第六届徐迟报告文学奖获奖作品

一颗子弹与一部红色经典

高建国 著

作家出版社

目　录

引子　苏州觅宝

共和国六十五岁华诞假日，我从上海赶往苏州，去寻找一颗子弹。

说来的确有些令人匪夷所思：国庆黄金周专程到有天堂美誉的苏州，竟然是为一睹一颗神秘子弹的真容！

北寺塔、虎丘、寒山寺……在寸土寸金的苏州高新工业园区三香路，步入七千平方米的苏州革命博物馆这所省级爱国主义教育基地，我终于见到了期待已久的镇馆之宝——那件黑与红的经历参半、烙印着特殊历史而又令人憎爱交加的文物：

> 铁质弹头被岁月的利齿咬啮得凹凸不平，似在诉说着它与寄居主人的爱恨情仇；深褐色的斑斑锈迹宛如凝结的陈年旧血，使人油然想起它蛰伏抗日英雄血肉之躯的年深日久。

这不是一颗普通子弹。

1939年9月21日，这粒长2.8厘米、底部直径0.7厘米的弹丸，从国民党军统特务头子戴笠网罗特务、流氓、封建把头和反动军官发展起来的"忠义救国军"的一支蒋（美）式0.3英寸步机枪中射出，嵌入一位十六年后荣膺共和国中将军衔的新四军指挥员刘飞胸中，直至将军1984年10月24日谢世方得取出，伴随和见证了将军从战争到和平四十五年的军旅生涯。

谁能想到，就是这颗来自敌人营垒的子弹，竟然引发了红色经典《芦荡火种》和《沙家浜》的创作，并打开了透视中国共产党人战略运筹和苏南东路地区抗日英雄谱的窗口！

第一章 深远经略

1. 历史十字路口的中国

1938年秋，濒临亡国灭种危险的中国，又一次走到了历史的十字路口。

10月21日，日本侵略军第十八、第一〇四师团攻占华南枢纽广州。四天后，上年末参加南京大屠杀兽性未泯的日军谷寿夫所部第六师团，会同第十三、第十六师团，经过四个多月的杀伐屠戮，以伤亡近四万人的代价，于10月25日占领华中重镇武汉。十个多月前由首都南京迁此的国民党政府，被迫移往重庆。

从1937年7月7日卢沟桥事变爆发以来，在一年零三个月的时间里，日军长驱直入，相继占领华北、华中、华南，在军事上取得重大胜利。但随着战线的延长、部队的分散、兵员的伤亡，以及占领区面临中国军民日益严重的威胁，战略进攻已达顶点的日军渐趋颓势。特别是1937年10月8日太原失守后，华北地区正面战场的作战基本结束，中国共产党领导的敌后游击战争地位逐步上升，客观上使中国的抗日战争形成了相互配合的两个战场：一个是主要由国民党军队担负的正面战场，一个是主要由共产党领导的人民军队担负的敌后战场。

东京永田町，建于1929年的两层西式木造楼首相官舍，葱茏的林木惧于将临的严冬，早已凋零。1938年11月3日，三度出任日本首相的近卫文麿在这里发表臭名昭著的第二次"近卫声明"。近卫文麿出身日本豪族家庭，门第仅次于天皇，是策动全面侵华战争和实行严密法西斯主义统治的始作俑者。日本政府这次声明的要害，是改变了年初第一次"近卫声明"关于"日本不以中国国民政府为谈判对手"的方针。近卫内阁在企图速战速决三个月击败国民党中央军计划落空后，开始调整侵华战争的战略和策略：在正面战场上停止战略性进攻，逐渐将其主要兵力用于打击中国共产党领导的八路军和新四军；对国民党政府，从以军事进攻为主、政治诱降为辅，变为政治诱降为主、军事打击为辅，企图诱使国民党政府妥协投降；在其占领区内，则加紧扶持傀儡政权，建立和发展汉奸组织。

在陕北高原延安的窑洞里，运筹帷幄的毛泽东，对中国时局的深刻转变和走向，洞若观火。早在中央红军到达陕北时，中国共产党就预见到，即将到来的中国抗日战争，是一场持久战争。1935年12月27日，毛泽东在瓦窑堡党的活动分子会议上，作了题为《论反对日本帝国主义的策略》的报告，指出："中国革命战争还是持久战，帝国主义的力量和革命发展的不平衡，规定了这个持久性。""帝国主义还是一个严重的力量，革命力量的不平衡状态是一个严重的缺点，要打倒敌人必须准备作持久战，这是现时革命形势的又一个特点。"1936年7月，毛泽东在同美国记者埃德加·斯诺的谈话中，明确提出通过持久战争夺取抗战胜利的方针。彼时，孱弱的中国抗战不可能取胜的"亡国论"，只要苏联出兵、美英等大国干涉，抗战很快会结束的"速胜论"，正沸沸扬扬，喧嚣一时，左右着国人思想和坊间舆论。毛泽东这一论断，对在战争发展趋势认知上处于混沌状态的中国，不啻一声春雷，石破天惊。

1938年5月，毛泽东总结全面抗战十个月的经验教训，集中全党智慧，在延安窑洞里写下了《论持久战》和《抗日游击战争的战略问题》两篇重要军事理论著作，并于1938年5月在延安抗日研究会上作了《论持久战》的讲演。毛泽东分析了中国实施持久战的外部原因，即"中日战争不是任何别的战争，乃是半殖民地半封建的中国和帝国主义的日本之间在20世纪30年代进行的一个决死的战争。全部问题的根据就在这里。"①毛泽东分析了中国实施持久战的内部条件，这个条件就是把已经发动的抗战发展为全面的全民族的抗战。毛泽东透过波谲云诡的历史进程，高瞻远瞩地指出，中日双方存在着互相矛盾的四个基本特点：

敌强我弱，敌退步我进步，敌小我大，敌失道寡助我得道多助。②

据此，毛泽东在中日两国本质特点的比照中，为持久战提供根据：

日本的长处是其战争力量之强，而其短处则在其战争本质的退步

①　中共中央文献编辑委员会.毛泽东选集（第二卷）.北京：人民出版社，1991:447.
②　中共中央文献编辑委员会.毛泽东选集（第二卷）.北京：人民出版社，1991:469-470.

性、野蛮性，在其人力、物力之不足，在其国际形势之寡助。……中国的短处是战争力量之弱，而其长处则在其战争本质的进步性和正义性，在其是一个大国家，在其国际形势之多助。①

毛泽东纵论持久战中战略防御、战略相持、战略反攻三阶段并预言：

> 第二个阶段，是敌之战略保守、我之准备反攻的时期。第二阶段仍将有广大的战争。此阶段中我之作战形式主要的是游击战，而以运动战辅助之。第二阶段是整个战争的过渡阶段，也将是最困难的时期，然而它是转变的枢纽。中国将在此阶段中获得转弱为强的力量。②

历史记住了一个感人至深的细节：春寒料峭的夜晚，在异常投入的理论创造中，在九天时间里焚膏继晷振笔疾书的毛泽东，其棉鞋被窑洞里的火盆引燃烧了一个洞，他竟浑然不觉。就是在夜以继日的思考和分析判断中，毛泽东提出了一个被后来的时局演进完全证实的论断，持久战是抗日战争的总的战略方针。

真理不问门第。《论持久战》的问世，在中外包括国民党营垒引起广泛关注和反响。在陪都重庆，白崇禧看了《论持久战》拍案叫绝："这才是克敌制胜的高韬战略！"他向蒋介石转述了《论持久战》的主要观点，蒋也对该文深以为然。在蒋的支持下，白崇禧将《论持久战》的思想归纳成两句话："积小胜为大胜，以空间换时间。"在取得周恩来同意后，由军事委员会通令全国，作为抗日战争中的战略指导思想。国民党军队傅作义、卫立煌等高级将领，都高度评价《论持久战》。这部论著还被翻译成英文印行海外，得到爱国华侨、华人及关注中国抗战的外国友人一致好评。

1938年10月，蒋介石在武汉召开高级将领会议，邀请朱德参加。朱德在会上提出了国共两党举办游击干部训练班的建议，被蒋介石采纳。其后，周恩来和叶剑英研究制定了游击干部训练班教育计划大纲。11月，蒋介石邀请中共代表周恩来和叶剑英参加在南岳召开的最高军事会议。会议确定，自"七七抗战"开始到武汉失守为第一期抗战，以正规战为主；而后为第二期抗战，实行"游击战

---

① 中共中央文献编辑委员会.毛泽东选集（第二卷）.北京：人民出版社，1991:448-449.
② 中共中央文献编辑委员会.毛泽东选集（第二卷）.北京：人民出版社，1991:462-465.

重于正规战，变敌后为其前方，用三分之一力量于敌后方"的方针。1939年2月，为了培养游击战指挥人才，国民政府军事委员会在衡山举办三期南岳游击干部训练班，蒋介石亲任主任，叶剑英应聘任副教育长，中共中央派出包括军政教官在内的三十余人代表团，传授游击战战略战术和政治工作。担任训练班国际问题讲师的周恩来，亲往衡山视察并授课。叶剑英在训练班讲授《游击战概论》时，听众达两三千人。课堂容纳不下踊跃听讲的参训学员，只得移师广场讲大课。

毛泽东非常注重从老子、庄子、列子积厚致大、由简到巨的哲学思想中汲取智慧，阐述和深化持久战的思想，强调只有坚持抗战、坚持统一战线、坚持持久战、坚持进步，才能最终打败日本侵略者。胜利产生于再坚持一下的努力之中。毛泽东向全党提出，抗战中的"坚持"和"努力"，要以列子讲的愚公移山为榜样。1938年4月30日，毛泽东在抗大第三期第二大队毕业典礼讲话中，要求大家学习愚公挖山的精神。1938年12月1日和1939年1月28日，毛泽东在延安抗大的讲演，又两次讲到愚公移山的故事。

1939年6月10日和13日，毛泽东分两次在延安高级干部会议上作题为《反投降提纲》的报告。6月30日，毛泽东撰写了《当前时局的最大危险》一文，开篇有这样一段话："我手边收集了不少材料，撰写一篇纪念抗战两周年的论文，借以答复自《论持久战》和《论新阶段》出版以来从某些方面发出的责难、挑战和质疑，名之曰《再论持久战》。"7月3日，中共中央政治局在讨论中央为纪念抗战两周年对时局宣言等文件时，周恩来发言说，我们要指出支持长期抗战是坚持敌后游击战争，请毛泽东作《再论持久战》，答复如何继续支持抗战的办法。

新中国成立后，《再论持久战》编入《毛泽东选集》时，毛泽东将题目改为《反对投降活动》，并将开头一段话略去。1993年，中央文献研究室编辑出版《毛泽东文集》时，把毛泽东1939年6月中旬作的两次报告合编为一篇文章，以《反投降提纲——在延安高级干部会议上的报告和结论的提纲》为题收入文集。

毛泽东两篇《再论持久战》文章和报告，系统分析了相持阶段抗战的两种前途，指出抗战是最艰苦的持久战。毛泽东说，抗战相持阶段有两个前途：第一前途——大部抗战，小部投降；第二前途——大部投降，小部抗战。鉴此，毛泽东说，第一前途，是长期的曲折的；第二前途，更是长期的曲折的。我们从来也没有设想过抗战应该是速胜论、直线论，而历来主张长期论与曲线论。所以，相持阶段抗战是最艰苦的持久战。

在世界东方，毛泽东的《论持久战》及相关论述，以其对抗日战争发展规律的清晰描述，令人信服地回答了国内外反法西斯人民最关心的重大问题，客观上成为中国抗日战争乃至世界人民反法西斯战争的指导纲领。

日本军事评论家池野清躬，深入研究毛泽东关于游击战争的战略战术思想，指出，把游击战"加以系统化、战略化、普遍化的始祖，无论怎么说也是中国的毛泽东。他是现代游击战争之父"。

侵华日军为摆脱在中国共产党领导的敌后游击战争中处处被动挨打的困局，特意编写《游击战条令》以为大批训练特种部队之用。该条令第六十五条提出："游击部队应按敌之进退择机行动，敌进我退，敌驻我扰，敌疲我打。"这些条文虽然盗取了我军游击战十六字诀的内容，但断不可能获得我军建立在人民战争基础之上的游击战真经，更不可能在异邦他国成功运用于血腥侵略战争的实践。倒是当年日军大本营参谋山崎重三郎，在其写的《毛泽东游击战略把百万帝国陆军弄得团团转》一文中，道出了其中的诀窍："毛泽东的抗日游击战，堪称世界历史上规模最大、质量最高的游击战。它是一种全民总动员的攻势战略。"

中外军事专家将《论持久战》列入世界十大军事名著。

2. 毛泽东看到了人类战争史中颇为新鲜的一幕

在攸关中国前途命运的时候，毛泽东已经清晰地掌握了历史脉搏的律动：抗战中敌我相持的新阶段已经到来了。于是，当他的对手踌躇满志，还在那里幻想重温元朝灭宋、清朝灭明、英占北美和印度、拉丁系国家占中南美等好梦时，毛泽东则看到了整个人类战争史中颇为新鲜的一幕。他用充满了哲人睿智和诗人浪漫的生花妙笔写道：

> 中国抗日的游击战争，就从战术范围跑了出来向战略敲门，要求把游击战争的问题放在战略的观点上加以考察。[1]

转眼已是1938年9月末，陕北高原高天寥廓，秋色斑斓。

9月29日，中共中央六届六中全体扩大会议，在延安城东北四公里处桥儿沟

---

[1] 中共中央文献编辑委员会.毛泽东选集（第二卷）.北京：人民出版社，1991:405.

一座哥特式双塔楼天主教堂召开。

在中国革命历史上，延安桥儿沟天主教堂的地位和作用不可小觑。1936年4月9日晚九时至10日凌晨三时，关中富商打扮的周恩来，与张学良曾在这里举行著名的"肤施（延安古称）会谈"，共商抗日救国大计，时逾六个小时。同年5月12日晚至13日晨，周恩来与张学良再度晤面。1936年12月12日，张学良与杨虎城联手发动了震惊中外的西安事变。周恩来与张学良延安桥儿沟天主教堂的晤面，其影响之深刻，改变了张学良的人生乃至中国的历史。

在延安桥儿沟天主教堂召开的中共六届六中全会，创造了三个历史之最：

与会人数之最。参加会议的中央委员候补中央委员十七人，中央各部门、全国各地区领导干部三十六人，是党的六大以来到会人数最多的一次中央全会。

开会时间之最。从红叶初染到霜冷延河，这次全会前后跨三个月份，一直开到11月6日，会期共三十九天时间，用时之长在中央以往全体会议中并不多见。

会议内容之最。全会议题重大而丰富。会上，王稼祥传达了共产国际的指示和季米特洛夫的意见，认为中共一年来建立了抗日民族统一战线，尤其是朱德、毛泽东领导了八路军，执行了党的新政策，政治路线是正确的；在中共中央领导机关中，要以毛泽东为核心解决统一领导问题。而一年前，共产国际和斯大林认为，中国共产党和中国工人阶级的力量比较弱小，中国的抗战要依靠蒋介石为首的国民党，中国共产党应竭力促成在国民党政府基础上的全国的团结统一，在抗日民族统一战线中不要提谁领导谁的问题，而应运用法国共产党关于"一切服从统一战线"和"一切经过统一战线"的经验，做到共同负责，共同领导。

两道"圣旨"，天渊之别，简直是一百八十度的大转弯！所幸这次转弯毕竟转到中国的国情、党情实际上来了。

毛泽东代表中央政治局，在全会作了《论新阶段》的政治报告[①]，代表中央作了总结报告[②]；张闻天作了《关于抗日民族统一战线与党的组织问题》的报告；周恩来作了中央代表团工作报告；朱德作了八路军工作报告；陈云作了青年工作报告；刘少奇作了关于党规党法的报告。彭德怀、博古（秦邦宪）、贺龙、

---

① 这个报告后以《抗日民族战争与抗日民族统一战线发展的新阶段》为题，收入《毛泽东军事文集》第二卷。
② 新中国成立后收入《毛泽东选集》第二卷中的《统一战线中的独立自主问题》和《战争和战略问题》，是总结报告的两部分。

杨尚昆、关向应、邓小平、彭真、罗荣桓、林伯渠、吴玉章等围绕总结抗战以来的经验作了发言。全会通过《中共扩大的六中全会政治决议案》，批准了以毛泽东为核心的中央政治局的路线。

引人注目的是，中共中央东南分局书记、中央军委新四军分会书记、新四军副军长项英，在会上作了关于新四军的成立与现状的报告，显示了中央对新四军和开展华中游击战争的高度重视及调整党的工作重点的深谋远虑。

10月12日，毛泽东在会上所作政治报告中，精辟阐述了抗日战争相持阶段游击战争的新形势、新特点、新任务：

> 新阶段中，正面防御的是主力军，敌后游击战争将暂时变为主要的形式。为了策应正面主力军的战斗，为了准备转入新阶段，游击战争尚未充分发展，或正开始发展的地区，如华中一带，主要方针是迅速地发展游击战争，以免敌人回师时游击战争发展的困难。在将来，为了配合正面防御使主力军得到休息整理机会，为了生长力量准备战略反攻，必须用尽一切努力坚持保卫根据地的游击战争，在长期坚持中，把游击部队锻炼成为一支生力军，拖住敌人，协助正面。一般说来，新阶段中敌后游击战争是比较前一阶段要困难得多的，我们必须预先看到这种困难，承认这种困难，不可因为前一阶段的发展容易而冲昏了头脑，因为敌人一定要转过去进攻游击战争。然而是能够坚持的，一切敌后工作的领导人们必须要有这种自信心。因为民族战争中的游击战争，不论敌人如何的强，总比内战时的条件优良得多。在这里，争取与瓦解伪军以孤立日寇，是非常重要的任务。[①]

二十五天后，11月6日，毛泽东在全会作的总结报告中，科学阐明了抗日游击战争的战略地位，深刻揭示了最广大和最坚持的游击战争，对于推动相持局面到来和积蓄反攻力量的极端重要性，指出：

> 游击战争是在全战争中占着一个重要的战略地位的。没有游击战

---

① 中共中央文献研究室，中国人民解放军军事科学院.毛泽东军事文集（第二卷）.北京：军事科学出版社，中央文献出版社，1993:399.

争，忽视游击队和游击军的建设，忽视游击战的研究和指导，也将不能战胜日本。原因是大半个中国将变为敌人的后方，如果没有最广大的和最坚持的游击战争，而使敌人安稳坐占，毫无后顾之忧，则我正面主力损伤必大，敌之进攻必更猖狂，相持局面难以出现，继续抗战可能动摇，即若不然，则我反攻力量准备不足，反攻之时没有呼应，敌之消耗可能取得补偿等等不利情况，也都要发生。假如这些情况出现，而不及时地发展广大的和坚持的游击战争去克服它，要战胜日本也是不可能的。因此，游击战争虽在战争全体上居于辅助地位，但实占据着极其重要的战略地位。抗日而忽视游击战争，无疑是非常错误的。[①]

毛泽东在深刻阐述由国内战争后期的正规战争转变为抗日战争前期的游击战争的必要性后，全面透彻分析了相持阶段开展抗日游击战争的十八个有利条件：

（一）缩小敌军的占领地；（二）扩大我军的根据地；（三）防御阶段，配合正面作战，拖住敌人；（四）相持阶段，坚持敌后根据地，利于正面整军；（五）反攻阶段，配合正面，恢复失地；（六）最迅速最有效地扩大军队；（七）最普遍地发展共产党，每个农村都可组织支部；（八）最普遍地发展民众运动，全体敌后人民，除了敌人的据点以外，都可组织起来；（九）最普遍地建立抗日的民主政权；（十）最普遍地发展抗日的文化教育；（十一）最普遍地改善人民的生活；（十二）最便利于瓦解敌人的军队；（十三）最普遍最持久地影响全国的人心，振奋全国的士气；（十四）最普遍地推动友军友党进步；（十五）适合敌强我弱条件，使自己少受损失，多打胜仗；（十六）适合敌小我大的条件，使敌人多受损失，少打胜仗；（十七）最迅速最有效地创造出大批的领导干部；（十八）最便利于解决给养问题。[②]

中共六届六中全会，是中国共产党基于对抗日战争特点规律的科学分析和准确把握，在1937年8月下旬召开的洛川会议上作出开辟敌后战场决定，并提出创

① 中共中央文献编辑委员会.毛泽东选集（第二卷）.北京：人民出版社，1991：552.
② 中共中央文献编辑委员会.毛泽东选集（第二卷）.北京：人民出版社，1991：553.

建根据地、牵制和相机消灭敌人、配合友军作战、保存和扩大自身及争取民族革命战争领导权的基本任务基础上，党在战争指导、战略规划、理论创新和自身建设上新的重大飞跃。后来的中共党史，对这次中央全会重要意义的评价大致如下：

正确分析了抗日战争的形势，规定了党在抗战战略相持阶段的任务，为实现党对抗日战争的领导进行了全面的战略规划；确定要不断巩固和扩大抗日民族统一战线，重申要坚持统一战线中的独立自主原则和放手组织人民抗日武装斗争的方针；作出了党的工作重点是在战区和敌后农村开展游击战争、建立抗日根据地的重大战略决策，对巩固华北，发展华中华南作出战略部署；坚持马克思列宁主义基本原理和中国革命相结合的原则，向全党提出了把马克思主义中国化的任务，进一步确立了毛泽东在全党的领导地位；要求加强党的自身建设，使党能够担负起领导抗日战争的重大历史责任。

中共六届六中全会决定，撤销以王明（陈绍禹）为书记的长江局，建立以周恩来任书记的南方局，统一领导南方各省国民党统治区党的工作；设立以刘少奇为书记的中原局；中共中央东南分局改为东南局，项英仍为书记；会议决定充实北方局，由朱德、彭德怀、杨尚昆组成北方局常务委员会，杨尚昆任书记。这次全会，基本纠正了抗战初期以王明为代表的右倾错误，统一了全党的思想和步调，为从政治、思想和组织上实现党对抗日战争的领导，奠定了坚实基础。

当此世界风云际会之时，中国共产党人以视通万里的眼界和胆魄，在宏阔的时代背景下，书写着历史的惊人之笔。

毛泽东后来在党的七大上说："六中全会是决定中国之命运的。"

与中国抗战出现重大转折逆势而行的是，在地球的另一端，欧洲大陆战云密布，形势日趋紧张。1938年3月，德意志吞并了奥地利。9月，德、意、英、法签订臭名昭著的《慕尼黑协定》，英、法以牺牲小国为代价对侵略者步步退让，更助长了侵略者气焰。1939年3月，德国占领捷克斯洛伐克。4月，意大利占领阿尔巴尼亚。9月1日，德国闪击波兰，第二次世界大战爆发。英国首相张伯伦惧怕日本进攻，企图牺牲中国向日本妥协，并诱使日本进攻苏联，以便英、法、美能全力在欧洲对付德、意挑战。长袖善舞的英国驻华大使卡尔，则奔走于上海和重庆之间进行斡旋，七次与蒋介石密谈，引诱国民党妥协投降。

新的世界大战的降临和中国发生的深刻变化，使中国的政治力量迅速分化组合，并作出新的调整。国民党统治集团中亲日派和亲英美派发生分裂，副总裁汪精卫（汪兆铭）于1938年12月率亲日集团主要成员逃到越南河内，于当年12月

29日公开发电，响应"近卫声明"并公开投敌。当时，在电报往来中以韵目①代表日期，29日为艳日，汪精卫此电成为臭名昭著的艳电。

局势的发展，再一次验证了毛泽东战略预见的正确。历史转折的关键时刻，中国共产党人又一次抢抓战略先机赢得主动。而这一战略主动对推动时局转圜所发挥的重要杠杆作用，很快就被中国其他政治力量察觉到了。

1939年1月，国民党在渝召开五届五中全会，调整内外政策，确定了消极抗战、积极反共和以政治反共为主、军事反共为辅的"溶共""防共""限共"方针，甚至无耻地提出了"宁亡于日、不亡于共"的口号。国民党五中全会是蒋介石政策发生重大变化的转折点。此后，国民党军主力撤到以重庆、西安为中心的西南和西北地区，对日避战观战，保存实力，并与敌信使往来，互通款曲。国民党秘密颁发《限制异党活动办法》《异党问题处理办法》《沦陷区防范共党活动办法草案》等一系列反共文件，各地接连发生反共摩擦事件，第一次反共高潮随即爆发。

"国民党是水做的林黛玉，但我们没有做贾宝玉，化不了。"六年三个月后，1945年4月30日，周恩来在延安召开的中国共产党第七次全国代表大会上发言时，谈及国民党1939年制定的"溶共"政策，妙趣横生地如是说。

3. 新四军在折冲樽俎中诞生

在中国历史上，国共两党曾先后实行过两次合作。

1924年1月，孙中山在广州主持召开国民党第一次全国代表大会，会议同意中国共产党党员以个人身份加入国民党，确立了联俄、联共、扶助农工三大政策，李大钊、林祖涵、毛泽东、瞿秋白等当选为国民党中央执行委员或候补执行委员。国民党一大的召开，标志着国共第一次合作的开始。1926年7月1日，国民政府军事委员会颁布北伐动员令，9日，国民革命军在广州誓师，以"打倒吴佩孚、联络孙传芳、不理张作霖"为基本策略，挥师北上、狂飙突进，饮马长江、会师武昌。8月末，代理军长陈可钰指挥国民革命军第四军向军阀吴佩孚部发起猛攻，叶挺独立团经浴血奋战夺取地势险要的汀四桥，在其他部队支援下攻

---

① 韵目：韵书各韵部的标目称韵目。如，处在去声的29日为"艳"，上平声的9日为"佳"，上声的19日为"皓"。

占贺胜桥，打开了进军武汉的通道。随后，叶挺独立团在攻克武昌一役中先拔头筹，率先入城，为歼灭吴佩孚部队主力立下赫赫战功。叶挺独立团所在的第四军被誉为"铁军"，叶挺成为名满天下的北伐名将。1927年，蒋介石和汪精卫公然发动四一二和七一五政变，国共合作宣告破裂。

红军改编八路军和新四军，是全面抗战爆发后抗日民族统一战线形成和国共第二次合作的产物，其间一波三折，颇多坎坷。

西安事变和平解决后，在中国共产党推动和全国人民呼吁下，蒋介石被迫与中共进行谈判，磋商合作抗日事宜。1937年2月起，中国共产党以民族大义为重，捐弃前嫌，派出周恩来、叶剑英等人，先后同蒋介石、顾祝同等围绕红军改编、苏区政权改制等问题，在西安、杭州、庐山、南京进行了四次谈判。但几经折冲樽俎，并未取得实质性成果。卢沟桥事变爆发第二天，中共中央在通电全国提出实行全民族抗战主张的同时，毛泽东亲自给蔡元培等七十余名学者写信做统战工作；随后，周恩来赴南京参加国共两党第五次谈判期间，专门拜会了冯玉祥等国民党地方实力派，阐明我党共同抗日和改编红军的原则立场，使两党半年谈判无果的真相大白于天下。

年近古稀的蔡元培赴宁绝食三天，逼蒋答复红军改编。

冯玉祥以请辞国民政府军事委员会副委员长，相劝蒋介石同意红军编三个师。

蒋介石当然明白，不同意红军改编和上前线，自己无异于历史罪人。1937年8月1日，蒋介石密邀毛泽东、朱德、周恩来即飞南京，共商国防问题。

8月9日，周恩来、朱德、叶剑英受命从西安飞抵南京，次日参加了国防会议。

8月13日，中共代表团正在南京之际，日军大举进攻上海，直逼蒋氏发家地江浙。蒋介石意识到，中日之间全面战争已经难以避免，迫切需要红军开赴抗日前线共同作战。在民族危亡加深和各界压力推动下，国共会谈出现转机。

8月中旬，周恩来、朱德、叶剑英继续在南京与国民党谈判，国民政府军事委员会军政部长何应钦终于答允，中共可派人到南方各游击区传达中共中央指示和协助红军游击队改编。8月17日，周恩来致电中共中央："现已与军何商定，允许我方派人到各边区传达党中央意旨，并协助各边区传达改编。"在此期间，经潘汉年安排，周恩来在上海新亚酒店即今天的新亚大酒店，会见了脱离共产党十年流亡海外刚刚回国的叶挺。

周恩来与叶挺暌违已久，两人1928年在柏林分手，一别也是十年。周恩来示意叶挺可在适当时找北伐军老四军袍泽陈诚、张发奎，向他们表示自己愿意领导南方八省红军游击队改编的国民革命军新编第四军，借以取得他们同情和支持，并通过他们争取蒋介石同意。蒋介石原本想让陈诚或张发奎出任新四军军长，无奈两人忌惮中共的坚决反对并各想另谋高就，均不愿接受。叶挺急于参加抗战，引起了两人同情，都表示愿意找蒋介石疏通。蒋介石征求北伐时老四军军长李济深的意见，李济深说："新四军军长职务除叶挺担任外，没有第二个人更适宜了。"

对国民革命军新编第四军番号，国共双方领导人和叶挺达成了一致意见。

在中国革命历史上，曾有三个红四军。1928年6月，朱德、陈毅带领南昌起义余部和湘南农军奔赴井冈山，与毛泽东领导的秋收起义部队会合后，为继承我党办军事的正确思想，弘扬北伐战争中创造的铁军精神，将中国共产党缔造的第一支武装力量称为中国工农红军第四军，朱德为军长，毛泽东为党代表。1928年7月，贺龙将他创建的湘赣边部队编为红四军（后改为红二军），由他任军长和前委书记。1931年1月，黄麻起义后建立的第一军、第十五军，合编后也称红四军，首任军长旷继勋，后由徐向前继任，余笃生、曾中生、陈昌浩先后任军政治委员。这三个红四军，亦即后来中国工农红军三个方面军的前身。

中国共产党和叶挺提出的国民革命军新编第四军番号，既有继承北伐时期国民革命军第四军铁军传统的考虑，利于获得当年北伐军总司令蒋介石认可，也是为了继承和发扬井冈山时代红四军的革命精神。陈毅根据中国共产党领导的革命武装的光荣历史，汲取新四军领导人智慧，创作了著名的《新四军军歌》，其中"光荣北伐武昌城下，血染着我们的姓名"和"孤军奋斗在罗霄山上，继承了先烈的殊勋"两句歌词，为新四军的光荣传统和革命精神，作了最好诠释。

1937年8月22日，国民党迫于中国共产党基于民族大义的有力斗争和全国人民压力，同意陕北红军改编为国民革命军第八路军。但此前，国民党却拒绝了中共同时改编南方红军游击队的建议，在南方调集四十多个正规师、六十多个保安团，加紧实施"北和南剿"计划，使南方红军游击队处境更加险恶和艰难。

8月25日，中共中央军事委员会宣布红军改编为八路军。

9月22日，国民党中央通讯社发表被延搁两个多月的《中共中央为公布国共合作宣言》。

9月23日，蒋介石在庐山发表谈话，实际上承认了中国共产党的合法地位，标志着第二次国共合作的实现和抗日民族统一战线的形成。

9月28日，蒋介石突然单方面委任叶挺为新四军军长。

10月6日，蒋介石又电告国民党江西省政府主席熊式辉：鄂豫皖边、湘鄂赣边、湘粤赣边、浙闽边和闽西等红军游击队，均编入新四军，由叶挺编遣调用。

10月12日，熊式辉转发了蒋介石6日电报。从1939年新四军成立两周年起，新四军领导人确定，10月12日为新四军成立纪念日。

毛泽东对蒋介石妄图通过拉叶挺控制红军游击队的动机心知肚明。在没有充分了解叶挺对我党态度之前，并未立即作出回应。

10月19日，毛泽东致电正在南京同国民党谈判的博古和叶剑英，询问"叶挺是否愿意恢复党籍或完全受党指导，而不受国民党干涉，并是否愿意来延安及八路军总部接洽一次（取得何应钦同意）"。

10月21日，博古、董必武、叶剑英致电张闻天、毛泽东、周恩来，报告"叶挺愿来前面陈，已得何同意，约一两日后即起程"。"叶声明完全接受党的领导"。

10月30日，张闻天、毛泽东致电博古和叶剑英，明确"叶挺是否能为军长，待你们提出保证之后，再行决定"。

11月3日，毛泽东致电周恩来，询问他在上海究竟对叶挺说过些什么？并明确"必须坚持各项条件"。

叶挺获悉毛泽东的关切后，迅速作出回应，于11月3日到达延安。毛泽东为他设宴接风，深谈一夜之后，专门在中国人民抗日军政大学为叶挺举行欢迎大会，正式宣布叶挺担任新四军军长。毛泽东在会上讲，我们为什么欢迎叶挺将军呢？因为他是大革命时期的北伐名将，因为他赞成我党的抗日民族统一战线。

叶挺表示，同志们欢迎我，实在不敢当。革命好比爬山，许多同志不怕山高，不怕路险，一直向上走。我有一段是爬到半山腰又折回去了，现在又跟上来。今后一定遵照党所指示的道路走，在党和毛主席正确领导下，坚决抗战到底。

10月上旬，博古派顾玉良（顾建业）携带信件从南京赴江西与项英、陈毅联络，10月中旬在江西吉安和大余池江先后与陈毅、项英见面，并口头传达了中共中央有关指示精神。这是南方游击区同中共中央中断联系近三年后，第一次接触中央派员并恢复与中央的联系。

10月12日，国民政府军事委员会宣布，南方八省（湘、赣、闽、粤、浙、鄂、豫、皖）十四个地区（不含琼崖）的红军和游击队，改编为国民革命军陆军新编第四军，军长叶挺、副军长项英。

中国共产党旋即认可叶挺任新四军军长。

叶挺于11月11日离开延安，12日到达武汉，13日即正式以新四军军长身份对《大公报》记者发表谈话。接着，叶挺带着中共中央关于新四军改编的初步方案去南京，由叶剑英陪同，于11月21日面见蒋介石，商谈改编有关事宜。11月下旬，叶挺由南京返回武汉，遵照毛泽东"军暂驻武汉"的指示，在汉口大和街26号设立新四军筹备处。

从1937年秋开始，叶挺、项英、陈毅在中共中央领导下，开始新四军的组建工作。这一年的11月7日，项英奉中共中央之命到达延安，同正在延安的叶挺会面，一起商谈了新四军的组建问题。12月14日，南京失陷第二天，中共中央政治局专门讨论了新四军的编组方针、原则和组织领导等问题，为加强党对新四军的领导，决定撤销中共中央分局，成立中共中央东南分局和中共中央革命军事委员会新四军分会，由项英、曾山、陈毅、方方、涂振农①组成中共中央东南分局，项英为书记；由项英、陈毅、张鼎丞、曾山、黄道组成中共中央军事委员会新四军分会，项英为书记、陈毅为副书记。

12月25日，叶挺、项英在汉口新四军筹备处召开新四军军部干部大会。参加会议的除叶挺、项英外，还有部分游击区的主要领导人傅秋涛等，中共中央派到新四军工作的第一批干部赖传珠、李子芳等，叶挺动员来新四军工作的朱克靖、叶辅平、沈其震等，共五十余人。会上，叶挺、项英就当前形势与新四军的任务分别讲了话。这次会议的召开，标志着新四军军部的成立。

在同中国共产党人一道紧锣密鼓展开新四军筹建工作的同时，叶挺还利用其社会关系和声望，积极争取经费、编制、军械物资，广揽人才，筹措枪款。叶挺的岳母刘德宜，把自己的养老金全部捐助出来，加上爱国侨胞的资助，买了三千六百支短枪和二百架望远镜，一并赠送给新四军。枪支从广东起运途径上饶，被国民党第三战区司令长官顾祝同扣押。叶挺接到夫人急电后，星夜备马赶赴上饶找顾祝同交涉。叶挺当年的警卫员熊辉亲眼看到，一大早，叶挺滚鞍下马径直进入顾祝同办公室，气呼呼坐在沙发上，一言不发。顾祝同假作殷勤为叶挺点燃香烟，以共事多年的老知己虚与委蛇，待叶挺点破三千六百支枪被扣时，顾祝同无耻地说："我战区所属各部，武器均甚缺乏，这批枪支，新四军用，亦不过是为抗日，其他军使用亦为抗日，望叶军长多从大局计议。"叶挺怒不可遏猛地一拳擂到桌子上，震得桌上两个长颈花瓶摔到地上跌得粉碎。叶挺义正词严驳斥说："新四军夜以继日与日寇搏斗，你们给过多少枪弹？我们自己筹措武器你们还要扣留，难道叫我们赤手空拳去抗击日寇？你们如此对待新四军，心怀何意？"面

---

① 涂振农，1940年在广东被捕叛变。

对叶挺气势如虹、声震山岳的质问，理屈词穷的顾祝同不得不如数奉还所扣枪支。

叶挺、项英还动员泰国华侨后裔、新四军二支队敌工科科长陈子谷，出国接受祖父遗产二十万元，陈子谷在曼谷以新四军军长秘书身份，向泰国各界募捐六万元，归国后将以上费用全部上缴，解决了新四军两个月的经费开支。叶挺深为陈子谷义薄云天的举动所感动，欣然挥毫，将意出《论语》的杜甫名句"富贵于我如浮云"，题赠陈子谷以为褒奖，并为新四军《抗敌报》撰文，赞扬陈子谷是鄙薄金钱、浮云富贵的爱国赤子，宣布革命胜利后，我们应该打一个金牌给陈子谷。1941年1月，陈子谷在皖南事变中被俘，1942年5月25日参加上饶集中营茅家岭监狱暴动重返新四军。1957年，陈子谷在地质部教育司副司长任上被错划为右派，时逾二十余年始得纠正。1987年6月9日，陈子谷因病逝世，经叶飞夫人王于畊奔走呼号，其遗著《富贵于我如浮云》1990年由中国华侨出版公司出版。

1938年1月，中共中央东南分局在南昌正式成立，项英任书记，曾山任副书记兼组织部长，涂振农任统战部长，李坚贞任妇女部长，陈丕显任青年部长，郭潜[①]任秘书长（后由温仰春接任）。后增补黄道为东南分局委员，任宣传部长。1940年夏，中共中央决定增补饶漱石（梁朴）为东南局副书记。

国军的番号，共军的人枪；正规军的头牌，游击队的架构。国民革命军陆军新编第四军，这支由主义和信仰截然不同的两个政党在反复角力中缔造，但却完全由中国共产党主导的革命武装，由于其鲜明的阶级性质和政党属性，在其躁动于母腹和诞生之日起，就被国民党当局视为异类。

关于新四军的编制，中共中央先是提出，将南方红军游击队改编为一个军，下设二师四旅八团，后又提出编两个纵队六个支队，但以上两案国民党均不同意。经与国民党当局反复商榷和曲折斗争，国民党同意中共中央提出的新四军编一个军，军以下不设师、旅，军部直辖四个游击支队，每个支队设两个团的方案，但不同意新四军隶属八路军并由八路军总部指挥。1938年1月8日，国民政府军事委员会军政部长、参谋总长何应钦，核准新四军编为四个游击支队。为加强对新四军的钳制，国民政府军事委员会令新四军部队分别由国民党两个战区指挥，第一、二、三支队隶属第三战区，第四支队则由第五战区管辖。

关于新四军干部的配备，国民党开始坚持派人担任新四军各支队、团、营的军职，遭到中共中央坚决拒绝。12月27日，项英致电毛泽东、张闻天，就新四

---

① 郭潜，1940年在广东被捕叛变，1949年逃台，1984年8月在台北病故。

军编制和主要干部配备提出建议。28日，毛泽东电复项英，同意新四军编四个支队和支队以上干部人选。经国共双方反复商谈，直到1938年1月8日，国民政府军事委员会才核准中共中央提出的新四军支队以上干部的配备名单，先后任命项英为副军长，张云逸为参谋长，袁国平为政治部主任，周子昆为副参谋长，邓子恢为政治部副主任。

关于新四军的薪饷和装备，中共中央提出，新四军应与国民党部队同等待遇。但国民党借口中央经费和武器保障困难，提出新四军的经费要从地方财政解决，不发武器弹药。后经周恩来与蒋介石、何应钦谈判，商定新四军的薪饷和装备，按稍次于国民党部队的标准发放和供给。

新四军军部和四个支队组成后，经中共中央同意，1938年1月中旬至下旬，项英、曾山、陈毅、张云逸分别到各游击区传达中央指示，动员和组织南方八省十四个游击区四十个县的红军游击队集中整编，琼崖游击队没有编入新四军。从延安党政军机关和八路军抽调到新四军的干部，也陆续分配到各游击区协助和加强整编工作。2月6日，国民政府军事委员会和第三战区命令新四军集中到皖南歙县岩寺镇一带整训。新四军军部即令各部队兼程前往，军部4月4日离开南昌，5日奉命进驻岩寺，7日进驻太平县麻村，26日进驻南陵县土塘村。8月2日，新四军军部移驻泾县云岭村。

新四军各支队的组编、集中和开进，使华中半壁河山开始成为广阔的抗日战场，凄风苦雨的南中国骤然现出亮色，各阶层人民普遍表示欢迎和赞赏。但逆历史潮流而动的国民党一些顽固分子，仍在处心积虑制造事端、敷设羁绊。

1938年1月15日，谭震林经赣南前往南昌向项英汇报请示工作，途经新四军瑞金办事处召集干部开会时，遭到国民党军独立三十三旅一个营突然袭击，谭震林等三十余名干部被扣留，一名干部被杀害。第二天，新四军第二支队秘书长温仰春去南昌军部领取电台和经费，返回途中经过瑞金，一行十余人也被独立三十三旅无理扣押。经新四军军部多次抗议交涉，国民党江西省当局不得不释放被扣人员，归还了武器电台和经费。

严重破坏国共合作抗日的"瑞金事件"余波未息，3月10日，驻泉州的国民党军八十师二三九旅为阻挠闽中红军游击队编入新四军，十分卑鄙地制造骗局和捏造罪名，公然杀害了中共闽中工委书记、红军游击大队大队长刘突军等四人，并于次日解除红军游击队武装，制造了骇人听闻的"泉州事件"。经中共中央和新四军多方交涉，国民党福建省当局被迫于3月下旬归还人员和武器。

乍暖还寒时节，尽管"倒春寒"频频光顾，但全民族团结抗战的春天毕竟不可遏制地到来了。经过两个多月紧张筹建和工作，1938年4月，新四军第一、第二、第三支队集中在皖南歙县岩寺地区，第四支队集中在皖西霍山流波疃地区，全军共一万零三百二十九人，六千二百三十一支枪，有一门炮，五十七挺轻重机枪。

第一支队由赣粤边、湘赣边、皖浙赣边及湘南红军游击队组成，司令员陈毅，副司令员傅秋涛，参谋长胡发坚，政治部主任刘炎，辖红十六师改编的第一团、赣粤边、湘赣边及赣东北游击队合编的第二团，共约两千三百人。

第二支队由闽西、闽南、浙南、闽赣边等地红军游击队组成，司令员张鼎丞，副司令员粟裕，参谋长罗忠毅，政治部主任王集成，辖闽西及闽赣边游击队改编的第三团、闽西另一部、闽南及浙南游击队改编的第四团，共约一千八百人。

第三支队由闽北、闽东两支红军游击队组成，司令员由张云逸兼任，副司令员谭震林，参谋长赵凌波，政治部主任胡荣，辖闽北游击队改编的第五团、闽东游击队改编的第六团，共约两千一百人。

第四支队由鄂豫皖、豫南两支红军游击队组成，司令员高敬亭，参谋长林维先，政治部主任肖望东，辖江北游击队、原鄂豫皖红二十八军部队改编的第七团、豫南游击队改编的第八团、红二十八军八十二师特务营和鄂东北独立团合编而成的第九团、红二十八军手枪团、部分便衣队和新兵编成手枪团，共约三千一百人。

新四军建军之初，国民党第三战区每月发给新四军的经费，仅相当于国民党军一个丙等师的标准。叶挺形容新四军的后勤保障情况是："饷款不济，军食不足，军装不备，弹药不充，枪械不补。"新四军自建兵站保障供给，筹建修械所制造武器弹药，办起织布厂、印刷所解决服装和宣传教育问题，靠国内外爱国人士捐助完善补充医疗器械和药品。

筚路蓝缕，以启山林，一支白手起家的人民武装，迎着抗日烽火，在百废待兴中开始了自己的战斗历程。

4. 毛泽东发出第一个"五四指示"

那是一个百川沸腾、山冢萃崩、高岸为谷、深谷为陵的剧烈动荡年代，国破之痛和沦丧之耻，依然难遏某些力量企图导演鹬蚌之争坐收渔人之利的美梦。

国民党第三战区一面将其主力部队西撤皖浙赣山区，一面令正集中整编的新四军限期开赴他们划定的南京、芜湖、镇江、丹阳之间的狭窄地区作战。其叵测居心是，新四军胜可牵制日军西进，减轻他们的压力；新四军败则可借日军之手，消灭他们多年未能剿灭的这支共产党领导的武装力量。

鉴于刚刚集结起来的新四军组织编制尚不健全，武器装备也不齐全，对敌后情况和作战对象特点更是知之甚少，新四军领导人在部队集结地点、开进路线和时间及作战地区等问题上，思想高度警觉，行动十分谨慎。而王明主持的中共中央长江局，虽然在发动民众抗日救亡、对国民党上层人士开展统战工作方面做了大量工作，但由于只重视正面战场的正规军作战，轻视敌后战场的游击战，在沪、宁等地失陷时，没有及时组织力量到农村去，建立由共产党领导的抗日游击武装，迅速开展广泛的敌后游击战争，而是忙于随国民党向武汉撤退，从而丧失了共产党及其领导的武装力量在华中敌后大发展的良机。

1938年4月28日，根据中共中央和毛泽东指示，新四军领导人叶挺、项英决定，从第一、第二、第三支队，各抽调部分团以下干部和各支队侦察连共四百余人组成先遣支队，由粟裕、钟期光率领，深入苏南敌后进行战略侦察。先遣支队由皖南岩寺潜口出发，日夜兼程，越过宣（城）芜（湖）铁路日军封锁线，挺进苏南敌后进行武装侦察。

6月12日，粟裕率部突破国民党军七十六师警戒部队阻拦，经三个雨夜急行军，于6月15日到达镇江、龙潭间的下蜀，四个半小时破坏铁路四十米，京沪铁路被迫中断数小时。随后，粟裕按预定方案，率部来到镇江西南十五公里处两山夹一路的韦岗，挑选精干人员百余名组成六个步枪班、一个机枪班、一个短枪班，连夜冒雨进入阵地，于17日上午八时许，成功伏击五辆日军汽车，击毙日军少佐土井、大尉梅泽武四郎以下十三人，击伤日军八人，击毁汽车四辆，缴获长短枪十余支及车载大批军用物资，取得了新四军组建后著名的"韦岗处女战"胜利。

蒋介石以国民政府军事委员会名义给新四军军部发嘉奖电："叶军长：所属粟部，袭击韦岗，斩获颇多，殊堪嘉尚。"

陈毅喜闻先遣支队首战告捷，随即口占七绝一首：

> 弯弓射日到江南，终夜喧呼敌胆寒。
>
> 镇江城下初遭遇，脱手斩得小楼兰。

先遣支队出发后，项英向毛泽东报告，国民党当局"屡次以命令强迫执行"

向他们指定的地区开进，"显然是将我们送出到敌区，听其自生自灭，含着借刀杀人的用意"。因此，项英采取的对策是："目前先遣队已出发，各支队不日陆续跟进，军部准备移南陵。我们的计划：利用短距离行军，每日的三十里路行程，其余时间进行教育，同时拖延时间，侦察地形。达到泾县与南陵之间，靠山地集中，由各支队各派一部队出动（等先遣队回后），大部求得整训，争取时间。"

明察秋毫的毛泽东，从项英接连发来的几份电报中，看出项英的所思所为与中央的意图不相吻合。1938年5月4日，毛泽东就发展华中敌后游击战争这个重大问题，给项英发出一份专电，史称第一个"五四指示"：

> 在敌后开展游击战争虽然有困难，但比在敌前同友军一道并受其指挥反会要好些，方便些，放手些。敌情方面虽较严重，但只要有广大群众，活动地区充分，注意指挥的机动灵活，也能够克服这种困难，这是河北及山东方面的游击战争已经证明了的。在侦察部队出去若干天之后，主力就可准备跟行，在广德、苏州、镇江、南京、芜湖五区之间广大地区创造根据地，发动民众的抗日斗争，组织民众武装，发展新的游击队，是完全有希望的。在茅山根据地大体建立起来之后，还应准备分兵一部进入苏州、镇江、吴淞三角地区去，再分一部渡江进入江北地区。在一定条件下，平原也是能发展游击战争的，条件与内战时候很大不同。当然，无论何时应有谨慎的态度，具体的作战行动应在具体情况许可之下，这是不能忽视的。薛岳等的不怀好意，值得严重注意。但现实方针不在与他争若干的时间与若干里的防地，而在服从他的命令开到他指定的地方去，到达那里以后就有自己的自由了。尔后不要对他事事请示与事事报告，只要报告大体上的行动经过及打捷报给他。此外，请始终保持与叶同志的良好关系。以上请加以考虑。①

遵照毛泽东"五四指示"关于"在侦察部队出去若干天之后，主力就可准备跟行"的要求，1938年5月12日，陈毅、傅秋涛率新四军第一支队由太平出发

---

① 中国人民解放军历史资料丛书编审委员会. 新四军文献（1）. 北京：解放军出版社，1994:111.

东进。5月28日，一支队在南陵县三里店召开干部大会，陈毅在会上阐述了进入敌后的作战方针。6月3日，一支队抵达高淳、宣城之间的狸头桥，当夜渡过固城湖，6月4日凌晨进入高淳县城，开展群众工作和统一战线工作。6月8日，陈毅在溧水新桥附近听取了粟裕关于苏南情况的汇报。6月12日，陈毅在竹箦桥召开营以上干部会议，讨论挺进苏南敌后的行动策略和作战方针，并明确了任务。会后，新四军二团进至茅山地区，展开于镇江、句容、金坛、丹阳一带；一团进入江宁、当涂、溧水地区。

从1938年6月至8月，陈毅所部新四军一支队纵横驰骋京沪铁路和京杭国道两侧，发扬近战夜战特长，连续几十次对日军展开夜袭、奔袭、伏击和突袭作战，取得了夜袭新丰火车站一次歼灭日军四十多人等一系列胜利，极大提振了军心士气，鼓舞了民众抗日热情，初步打开了挺进苏南敌后的新局面。

1938年6月2日，毛泽东就新四军应放手向敌后发展再次致电项英：

> 地区扩大已不患无回旋余地，望根据战争的实际经验，凡敌后一切无友军地区，我军均可派队活动。不但太湖以北、吴淞江以西广大地区，即长江以北到将来力能顾及时，亦应准备派出一小支队。
>
> 敌之总目标在进攻武汉，你们可放手在敌后活动。
>
> 枪支可由地方与敌人大批取得，不必多花钱远处购买。
>
> 加紧教导队训练，扩充名额，以备扩大部队之用。①

然而，项英对毛泽东的指示，思想上是有保留的。这位南方三年游击战争的主要领导者，在长期孤悬敌后的险恶环境中，积累了开展山地游击战的丰富经验，但对平原水乡能否开展游击战争，尚存疑虑。

新四军的隐忧还不止于此。叶挺是科班出身的北伐名将，项英则经历多年游击战争，两人阅历、禀赋、爱好、习惯和作风多有差异，又有在党非党之分。在坚持党对新四军绝对领导和尊重叶挺非党军长职权的关系上，项英作为新四军党委书记未能很好把握，致使叶挺有不受信任之感。

1938年6月，叶挺要求在新四军组织一个委员会，以便共同商议处理一切军

---

① 中国人民解放军历史资料丛书编审委员会.新四军文献（1）.北京：解放军出版社，1994:115.

政问题，但与项英未能在委员会的设置和对外职能等问题上取得共识。叶挺日感难以履责，遂萌生退意。1938年8月，叶挺致电王明、周恩来、博古，表示准备辞去新四军军长职务。

8月28日，周恩来等赴延安开会前致电叶挺："项英同志已回延安"，"关于新四军工作，请兄实际负责"，"当前战役已到紧急关头，兄必须到前方督战，万万勿误。我们深知兄在工作中感觉有困难，请明告。我们正帮助你克服这一困难。延安会毕，我们拟来一人帮助整理四军工作"。①

叶挺虽在新四军又逗留一些时日，但仍去意徘徊。9月30日，在中共六届六中全会开始次日，叶挺电催与会的项英速回新四军："我拟于下月初赴顾（祝同）处一行，如能请准假，则返香港，观察各方情形。"②

由于武汉战局吃紧，交通有被切断的危险，叶挺拟赴香港电催项英速回，六中全会日程尚未过半，项英即于10月上旬离开延安，10月下旬返回皖南。

项英回新四军后，于10月23日急电中共中央军委转周恩来："叶之辞职系（愈）坚，本问题无可挽回。目前四军问题应直接由周与蒋解决继任人。以后四军与八路军共同由党直接解决各种问题，才是根本之办法。"③

在项英未努力挽留叶挺的情况下，叶挺经江西、广东赴香港。临行前，叶挺给李一氓留下一封亲笔信，其中写道："居士不适于当一个大庙的方丈。"李一氓将信送给项英看，项英对叶挺的留言，没有作出明显反应。

1938年11月2日，周恩来、叶剑英电告项英："我们拟向希夷（叶挺）说明两点：一、新四军应保持我党领导，不能改变现行制度，此事已向蒋说明过，希夷不应有异议；二、至于工作关系不良，可以改善，而且应当改善。""为着统一战线的继续发展，希夷回部工作是有利的。"④

叶挺到香港之前，已获悉家乡广东惠州有中共领导的抗日游击队，遂向在港中共代表廖承志表示，愿留广东从事游击战争。接着，率在港组织的百余军政人员奔赴东江任游击指挥，还收编了溃散在广九铁路附近的五千粤军。据李一氓回忆，叶挺离开皖南前，曾与项英商量过去东江游击队事，项英十分赞成，还送了几百支步枪到广东，并答应调一些广东籍军政干部到东江游击队去。

叶挺辞职在国民党方面引起很大反响。

---

①②③④ 中国新四军和华中抗日根据地研究会.新四军的组建与发展.北京：军事科学出版社，2001:158.

1939年1月8日，周恩来致电中共中央书记处：蒋介石屡称，连叶挺都不能与你们合作，将无人与你们合作。电报分析说，蒋介石对新四军可能采取两种办法，一是另派更难相处的军长（不会派剑英去），一是改新四军为游击队，减少军款两万，这样对我更不利。周恩来提议，叶挺仍回新四军，解决的原则是："共产党领导必须确定，工作关系必须改变，新四军委员会可以叶正项副，项实际上为政委。"①

1月10日，中共中央书记处复电周恩来并告新四军："新四军问题以争取叶挺回四军工作为原则，共产党对新四军之政治领导不能改变，但应尊重叶之地位与职权。我们提议项多注意四军总的领导及东南局工作，而将军事指挥与军事工作多交叶办。"电报明确："委员会叶正项副我们同意。同时在新四军干部中进行教育，以确定对叶之正确关系。因叶挺工作问题之解决，影响新四军前途及全国同情者对我之态度，关系颇大。"②

经周恩来等努力协调，叶挺将东江纵队交粤东南特委和曾生指挥，于1939年2月初到重庆，向蒋介石表示愿回新四军工作，并同周恩来、叶剑英作了长谈。

2月3日，周恩来电告毛泽东、王稼祥并转项英：叶挺准备回去，并表示新四军问题好解决，"他只因自己非党，工作困难，大家信任差"，"我们力劝其回，并已确立制度必能解决工作困难与关系"。③

5. 周恩来皖南擘画新四军发展大计

早春时节的皖南，新竹滴翠，梅花飘香。

1939年2月23日，受中共中央委派，中共中央军委副主席、新任中共南方局书记周恩来，以国民政府军事委员会政治部副部长的公开身份，借视察浙江之

① 中国人民解放军历史资料丛书编审委员会.新四军文献（1）.北京：解放军出版社，1994:106.
② 中国人民解放军历史资料丛书编审委员会.新四军文献（1）.北京：解放军出版社，1994:107.
③ 中国新四军和华中抗日根据地研究会.新四军的组建与发展.北京：军事科学出版社，2001:159.

名，从重庆绕道桂林，抵达安徽省泾县云岭新四军军部。

周恩来于2月16日偕已到重庆的叶挺飞抵桂林。2月18日，正是农历除夕，周恩来、叶挺在浙江省政府主席黄绍竑陪同下，从桂林乘火车经长沙东行，在江西樟树下车，转乘汽车到吉安，随后到上饶，先后会见江西省政府主席熊式辉和第三战区司令长官兼江苏省政府主席顾祝同。2月22日，周恩来和叶挺进入安徽境内的岩寺，23日乘坐竹筏沿青弋江抵达泾县章渡古镇。这里距云岭约八公里。

章渡镇历史悠久，唐代即设埠置州，管辖三县。唐代李白游历泾县时，称章渡为皖南山区之"西来一镇"。抗战时期，章渡是新四军总兵站所在地和当时地方抗战的政治中心。由章渡溯江而上四十里，就是古今旅人追逐诗意梦境的桃花潭。相传，一千多年前的唐天宝年间，泾州豪士汪伦欣闻大诗人李白旅居南陵叔父李阳冰家，遂修书一封："先生好游乎？此地有十里桃花；先生好酒乎？这里有万家酒店。"李白应汪伦盛情邀请欣然而来，汪伦据实以告："桃花者，实为潭名，万家者，乃店主姓万。"李白听后大笑不止，且不以为忤，反而被汪伦的诚心所感动，两人相谈甚欢，惺惺相惜。至此，李白视汪伦为知己，相聚数月而不归。适逢春催桃李，群山飞红，加之潭水清澈，翠峦倒映，江山如画更兼曲水流觞，李白与汪伦诗酒唱和，流连忘返。临别时踏歌古岸，李白题下《赠汪伦》这首千古绝唱：

李白乘舟将欲行，忽闻岸上踏歌声。

桃花潭水深千尺，不及汪伦送我情。

周恩来偕叶挺回云岭，主要是统一东南局和新四军领导层思想、推动党的六届六中全会精神在东南局和新四军中得到全面贯彻执行。由于项英未全程参加党的六届六中全会，特别是未听到毛泽东对会议的总结报告，对会议后期批判王明"一切经过统一战线""一切服从统一战线"的右倾错误，确立"巩固华北、发展华中"方针等重要精神均不甚了解，中共中央特委托周恩来到皖南云岭，向东南局和新四军军部传达党的六届六中全会精神，进一步肃清王明右倾错误在新四军中的影响，共商在大江南北全面开展敌后游击战争的战略对策。同时，弥合叶项裂痕，力促"将相和"，也是周恩来亲莅皖南的一项重要使命。

23日清晨，新四军军部干部和教导总队干部学员共两千多人，在章渡码头附近列队欢迎周恩来和叶挺。新四军副军长项英、政治部主任袁国平、副参谋长周子昆等到码头迎接。当时，从2月7日开始的新四军第二次政治工作会议正在举行，从敌后前线归来参加会议的各支队军政负责同志，也都前往章渡码头迎接。

苍翠的群山夹一泓清流，蜿蜒于黄山山脉间的青弋江上，一叶竹筏顺流而下。一身戎装的周恩来、叶挺和几名随员屹立筏上，威武而挺拔。竹筏靠上码头时，岸上的官兵有节奏地呼喊着欢迎的口号，掌声和欢呼声在山谷间久久回荡。

时年四十一岁的周恩来，赴渝履新仅一个月零十天时间，但在秘密和公开的党的建设、上层和下层的统一战线、合法和"非法"的宣传文化和群众工作等方面，都已经做得风生水起。他在国统区同民主党派及无党派代表人物、国民党内的民主派、地方实力派、著名的知识分子广泛接触，共商国是，增强相互了解和信任。特别是通过《新华日报》和《群众》周刊，积极宣传党的主张，发动工农群众和团结各阶级、阶层支援敌后抗战，重视做好中间派的工作，对投降派、顽固派进行坚决而灵活的斗争，维护了全民族抗战的局面，扩大了抗日民族统一战线。世事纷攘之乱局，中共代表团驻地重庆曾家岩50号，客观上已成为国统区党联系群众最便捷的纽带和桥梁，也是大后方茫茫雾都中群众寻路觅航的灯塔。

第二天，新四军军部为周恩来莅临举行欢迎晚会，项英在会上向大家介绍周恩来和叶挺并致欢迎辞。周恩来代表党中央、中央军委和毛泽东，向新四军指战员致以亲切慰问，并发表了题为《新阶段的新关键》的演说。周恩来精辟分析了抗日战争进入战略相持阶段的形势，着重指出，经过一年半的战争，敌人速战速决的企图已被粉碎，困难日益增加，后方已显空虚，必将加强已占领地区的统治，用中国的人力、物力、财力来打中国。在敌人占领的地区争胜负，就是新阶段中的关键。周恩来强调，在民族斗争中，阶级斗争是以民族斗争形式出现的，这种形式表现了两者的一致性。我们一定不要破坏统一战线，但又绝不可以自己束缚自己的手脚。我党的方针是统一战线中的独立自主，既统一，又独立；既团结，又斗争，以斗争求团结。那种"一切经过统一战线"，不敢放手发展进步力量的想法和做法是错误的。周恩来号召：

> 举起新四军铁的拳头，使敌人再不能在长江两岸依靠中国的人力、物力、财力来解决自己的困难，使他不得不消耗他自己的资财力量，使敌人达到最大的困难，造成敌人在华中的失败。

在皖南期间，周恩来听取了新四军领导人汇报和各支队负责人意见，与从前线归来的陈毅、粟裕、傅秋涛等深入交谈，召开了军部各部门人员参加的座谈会，了解和研究江南敌后游击战争的环境、特点和与此相适应的战术原则，概括了开展游击战争敌击我隐、敌分我袭、敌进我伏、敌围我散的十六字诀，嗣后，在6月6日中共中央南方局举办的训练班上，作了透彻明晰的阐述。

周恩来深入附近机关、部队驻地，面对面了解官兵训练、学习和生活情况。2月24日，周恩来到离云岭十多里的中村，看望新四军教导总队（即抗大分校）的学员，接见了在教导总队工作的经济学家薛暮桥和夫人罗琼，并视察了新四军印刷厂。周恩来在驻中村的新四军战地服务团，观看了陈白尘编剧的话剧《魔窟》和战地服务团自己创作的独幕剧《春耕曲》《母亲》。

周恩来和几位领导同志看完演出后，特意走上舞台与服务团的演员握手，到后台看望演职人员。战地服务团女团员、正在新四军教导总队文化队深造的焦恭贞灵机一动，扯了一块演出用的丝绢，面向周恩来恭恭敬敬敬个礼，不无羞怯地说："周副主席，请您给我题个词好吗？"周恩来高兴地接过丝绢，和蔼地说："小鬼，别心急，你这么好的一大块丝绢，我不能一个人签，让我带回去，多找几个人给你签好吗？"焦恭贞高兴地跳了起来，忙说"谢谢首长！"周恩来详细询问了焦恭贞何时参军，何时入党，家在哪里，有什么人，叫什么名字，随后沉思了一下说："我把你的名字改个字吧，把'贞'改成'真'，恭恭敬敬服从真理，为真理而奋斗！"焦恭贞高兴地说："谢谢周副主席，我听您的！"

那晚回到住处后，焦恭真兴奋得睡不着觉，以后几天朝思暮想的都是早日见到周恩来题词的丝绢。过了半个多月，周恩来派人把丝绢送来了，焦恭真打开一看，只见周恩来在丝绢右下角写着：

为创造民族革命的艺术而奋斗！
恭真同志，周恩来，二十八，三，十

落款日期为中华民国二十八年（即1939年）3月10日。

丝绢的大部分空间，周恩来请陈毅、周子昆、教导总队教育长冯达飞、政治处主任余立金、训练处长薛暮桥、俱乐部负责人沈西蒙、教导总队文化队队长何士德，以及美国记者史沫特莱等人题了词。陈毅的题诗是：

十载心酸斗兵戎，愧我吴下旧阿蒙。
半壁河山沉血海，满地干戈战沙虫。

日搜夜剿人犹在，万伤千死鬼亦雄。

弹九挣扎鱼龙变，地覆天翻五洲红。

赠恭真同志　陈毅录旧作一首

　　周恩来等题字的丝绢辗转交到焦恭真手中时，周恩来已经离开了皖南。周恩来为焦恭真题词，在新四军战地服务团和军部传为佳话。新中国成立后，焦恭真与曾任南京军区政治部副主任和江苏省人大常委会副主任的丈夫杨汉林，一直把周恩来题词的丝绢，作为传家宝珍藏在身边。焦恭真的丈夫和她相继谢世后，其子女将这一珍贵文物保存至今。《周恩来年谱》记载，周恩来在皖南期间，曾到驻中村新四军战地服务团座谈，并给焦恭真题词。

　　新四军战地服务团副团长谢云晖、徐平羽（白丁）和创作组创作了一部话剧《圣诞节之夜》，再现了周恩来在惊心动魄的西安事变中力挽狂澜，通过和平解决事变推动国共两党共襄抗战大业的历史功绩，但因碍于国共关系未能演出。服务团女作家菡子将剧本抄写在稿纸上，用红绸带扎好送给周恩来。

　　周恩来向新四军领导人传达了中央关于叶挺工作安排的意见，委婉地批评了项英没有处理好与叶挺关系的问题。周恩来多次与项英恳谈，中肯地指出，叶挺是个好同志，很有军事才能，这样的将领如不去团结，还要团结谁呢？他还说，叶挺是热爱党的事业的，热爱人民解放事业的，不能认为他现在不是党员就不欢迎他参加党。中央考虑，目前叶挺留在党外对党的工作更有利些。我们要像信任党内同志一样信任叶挺同志，军事上要放手让叶挺指挥，你着重于总的领导和东南局的工作。在周恩来的帮助下，项英作了自我批评，表示要同叶挺搞好团结。周恩来还专门在住处"种墨园"同叶挺和项英合影留念，鼓励叶、项团结战斗，共图大业。据当时任新四军秘书长的李一氓回忆，此后叶、项之间开始保持一种和谐的状态，军部参谋处也从项英住处搬到了叶挺住处。

　　"种墨园"主人陈冠群是国民党党员，先后担任过云岭地区的保长、乡长、第三区区长。1938年8月新四军进驻云岭时，陈冠群将叶挺军长接到家里居住。周恩来到云岭新四军军部视察工作，就下榻于"种墨园"，在此度过二十天。其间，周恩来在军部大会堂作报告时，陈冠群作为开明民主人士应邀出席。陈冠群对周恩来十分敬重，在周恩来即将告别云岭之际，特地在军部附近的"源发祥"饭店为其钱行。皖南事变发生后，陈冠群利用其特殊身份，掩护帮助部分新四军指战员突围。陈冠群长子陈长寿清楚地记得，当时皖南特委书记李步新在突围中与部队失散，在当地群众帮助下躲在南堡村一个山头上。陈冠群闻讯立即请当地保长徐承恩为他送去十块大洋和一套便衣，让其化装成老百姓突围。

1951年镇压反革命运动中，陈冠群因是国民党员，地主成分，又长期担任国民党地方官职，被处以极刑。陈长寿回忆，当时有人劝父亲给周恩来写信反映自己的情况，但陈冠群终于没有写。1952年，原新四军秘书长李一氓得知此事后，立即赶赴泾县营救，但为时已晚，给自己留下了永世难忘的遗憾，也给新四军留下了挥之不去的痛惜。

1939年2月28日，周恩来在云岭召开的新四军活动分子会议上，作了《关于统一战线工作》的报告，系统地论述了统一战线的性质、特点、原则、方法及其发展前途等重大问题。

经过实地观察和调研，周恩来对新四军的状况和处境，有了更加具体和清晰的了解。当时，新四军主力驻扎在皖南，而长江沿岸据点被日军占领，军部背面是国民党第三战区司令部驻地，左右两侧国民党军队密集布防，处于一面临敌、三面被围的极为不利的境地。新四军活动区域被限制在东起芜湖、宣城，西至青阳、大通镇这一横宽约一百公里、纵深不过五十公里的狭长地带。遇有不测，几乎没有回旋余地。因此，帮助新四军确定正确的发展方向，是一个重大而紧迫的问题。

根据新四军所处的区位和周边敌情，周恩来与新四军领导人反复研究，商定了新四军今后的活动方针。周恩来认为，新四军驻地东面是日军占领区，日伪军占领了大中城市及交通沿线，新四军应该到东线去抗战，建立敌后抗日游击根据地，应鲜明提出"向东作战"；新四军在华中抗战最有发展潜力的地方是江北，即皖东、苏北地区，故应确定"向北发展"；新四军驻地南面是驻扎十多万重兵的国民党第三战区防区，而日本侵略军尚未向浙赣线进攻，这就决定了新四军不可能向南发展而只能防御，出于策略上的考虑，以提出巩固现有阵地为宜。于是，根据中共中央"巩固华北、发展华中"的战略方针，周恩来提出了新四军"向北发展，向东作战，巩固现在阵地"的发展方针。毛泽东完全同意周恩来提出的方针。次年2月19日，中共中央书记处在《对新四军发展方针》的指示中，根据周恩来概括的三句话，强调新四军要"向南巩固，向东作战，向北发展"。

1939年3月6日，周恩来给新四军军部和驻皖南地区部队干部及教导总队学员作报告。上午九时，身着绿色哔叽军装的周恩来，下着马裤，足蹬马靴，背武装带，挂中将军衔，在叶挺军长陪同下，英姿勃勃来到云岭村陈家祠堂军部大会堂。与会者每人一个背包或蒲团，席地而坐。见到戎装入场的周恩来，会场先是一阵激动的低语，随即响起了热烈的掌声。周恩来健步走上由四张八仙桌拼成的讲台，频频挥手向与会者致意，然后以洪亮而又抑扬顿挫的声音开始作报告。叶挺、项英等军首长及美国记者艾·史沫特莱、德国记者汉斯·希伯，围坐在讲台附近的几张八仙桌旁。周恩来的报告讲了三个问题：

一、目前的形势与新四军的环境。（一）敌人的政策明显地表示了三个特点：(1)认定"扫荡"敌后方是它的中心。(2)实行政治为主、军事配合的政策。(3)无论如何还是继续战争的局面。（二）我方的政策已转到要重视敌人后方。在新阶段中，我们抗战的中心放在敌后，在敌人占领地区开展游击战，实施新的施政纲领，整理地方武装，跟敌人在政治上、经济上、文化上、军事上争胜负。欢迎各抗日党派共同到敌后去工作。（三）国际上也是极注意中国问题的：(1)非常注意敌人占领地区的情况和敌人在占领地区的政策。(2)非常注意游击战争的发展。(3)非常注意中国共产党在游击区的政权。东部是中国人口最多的地区，是交通便利、土地肥沃、经济发达、文化程度高的财富地区。整个的中国东部，代表了中国走向近代化的最有力的地区。假如中国东部完全被敌人统治，我们的西部就要一天一天地贫弱危困起来，困难就要无形地加深，而敌人就能够利用中国的人力物力财力来克服自己的困难。我们要认识这个环境，这就是新四军的环境。

二、新四军的发展与困难的克服。（一）我们愈向敌人的后方，愈能够得到发展的机会。（二）愈在困难的条件底下，愈能够显出我们的特长，愈能够锻炼我们。（三）愈深入到民众中间，愈能够创造根据地。（四）愈复杂，愈能够使我们的统一战线发展。（五）愈有竞赛，愈能够使我们本身进步。（六）愈坚持，愈能够影响全国全世界。虽然我们有发展的有利条件，但困难还是存在的：（一）敌人的政策和他的军事技术在不断变化。（二）我们活动的地区是有限的。（三）地形交通条件不利。（四）江南的社会环境和历史条件，不十分有利。（五）我们的力量还小。（六）友党友军不会放弃江南，这个重要地区是他们誓死必争的。这些困难我们如何来克服呢？（一）要坚持游击战争。（二）要坚持统一战线。（三）要坚持强大自己。（四）要坚持深入群众。（五）要坚持帮助友党友军。

三、新四军的战略、方针和任务。周恩来提出了确定新四军在江南敌后地区发展方向的三个原则：（一）哪个地方空虚，我们就向哪个地方发展。（二）哪个地方危险，我们就到哪个地方去创造新的活动地区。（三）哪个地方只有敌人伪军，友党友军较不注意没有去活动，我们就向哪里发展。大江南北游击根据地的创造是完全可能的。尽管敌人封锁严密，只要我们能够深入广大的群众，善于进行游击战争，我们就不会让敌人完全占领这个地区。根据全国新阶段的任务，根据新四军所处地区的情况，游击战仍然是我们新四军主要的作战方针。我们要适合所处地区的特点，对游击战术有新的发展、新的研究、新的发扬。我们的游击战术应不同于华北，也不能只运用过去三年游击战的经验，应该更加灵活，更加机动，更加出没无常，更加变化无穷。干部在我们成为强大的新四军上有决定的意义。干部健全才能使工作发展。在这一方面，要用很大的力量，要很好地培养和教育。要以政治工作保证建军工作的完成，巩固党在新四军的领导，保持并发扬我们的优良传统。①

周恩来的报告深入浅出，分析透彻，极大地开阔了与会者的视野，提振了将士们的信心，赢得了大家雷鸣般的掌声。

德国共产党员汉斯·希伯，是1939年初由中共上海地下党组织周密安排，经浙江进入安徽而后来到云岭新四军军部的。那时，他和美国记者艾·史沫特莱同为美国《太平洋》杂志和英国《曼彻斯特卫报》撰稿。这位20世纪20年代就来到中国并在国民革命军总政治部编译处工作的新闻记者，大革命时期就同周恩来有所接触，在他撰写的《从广州到上海》一书中，对周恩来1927年3月在上海领导的震惊中外的第三次工人武装起义作过评述。但接到听取周恩来关于中共中央六届六中全会精神报告的邀请后，希伯还是抑制不住内心的激动。他将周恩来讲话内容整理成《周恩来论抗日战争新阶段》一文，发表在六月号的《亚美评论》杂志上。这是一家在欧美有较大影响、比较客观公正的时事政治杂志。那一次的云岭之行，希伯还采访了由江南敌后返回军部的新四军一支队司令员陈毅，详细了解了新四军在敌后开展游击战争和通过宣传群众、发动群众，坚持抗日民族统一战线和开辟根据地的情况。希伯写了《长江三角

---

① 中共中央文献编辑委员会.周恩来选集.北京：人民出版社，1980:101.

洲的游击战》一文，以"亚细亚人"的署名在美国发表，引起很大轰动。1941年11月30日，希伯在随八路军一一五师一个连队行动时，在山东临沂大青山与日军遭遇。为掩护机关转移，希伯与战士们一起同日军展开殊死搏斗，壮烈牺牲，时年四十四岁。

在军部大礼堂的一个角落中，来自新四军教导总队的女文化教员杨瑞年神情亢奋，鼓掌特别起劲。周恩来的报告，给年轻的杨瑞年打开了一个新的天地，使她对国家和抗战的前途看得更清楚了。

1938年3月为避难先于新四军到达云岭的抗日救亡宣传队女学生陈嘉穗，上个世纪80年代中期在一篇回忆录中写道，1939年3月周恩来去云岭时，杨瑞年要陈嘉穗通知各村群众和抗敌会去陈家祠堂军部大会堂开群众大会。就是这样一个不起眼的小女兵，日后却以悲壮曲折的经历和特有的巾帼豪气，在新四军的历史上迸发出耀眼的火花。

当晚，周恩来在军部大会堂参加联欢晚会。由祠堂改建的会堂虽然简陋，但晚会的组织筹划者却是中国一流音乐家。1931年入上海新华艺术专科学校深造的何士德，曾参加上海义勇军和支援东北义勇军革命活动，并率"洪钟乐社"艺术家以革命音乐唤起民众抗日。1937年10月，音乐家何士德从上海参加新四军，后来与陈毅联袂创作了著名的《新四军军歌》。晚会由何士德执棒指挥，周恩来与官兵坐在一起引吭高歌《三大纪律八项注意》《大刀进行曲》《我们在太行山上》，何士德登台独唱保留节目《歌八百壮士》，再次赢得热烈掌声。会堂里高潮迭起，群情激昂，大家对开展敌后游击战争迎接抗日战争新阶段到来，充满必胜信心。

3月9日，周恩来在叶挺陪同下，骑马翻山越岭十几里，专程视察从苏南调回皖南的新四军一团，观看部队缴获的日军文件、地图等战利品，在全团班长以上干部骨干会上讲了话。中午，周恩来来到连队，和战士们一起就着野菜吃糙米饭。周恩来非常关心部队的思想政治建设，当他看到新四军政治部编印的连队政治教材，竟以蒋介石的演讲为重要内容时，严肃地向政治部负责同志提出批评，要求立即予以纠正。周恩来还前往泾县、旌德、太平三县交界处的小河口新四军后方医院，看望和慰问住院伤病员，对医务人员的出色工作给予肯定和表扬。

几天后，周恩来又给新四军干部作了题为《党在新四军的政治工作》的报告，对政治委员、政治机关、营政治教导员、连政治指导员和医院、兵站、电台政治协理员的工作职责，以及工作中要注意的问题，作了详尽的介绍。深入浅出、易记好懂的讲述，使听者皆感茅塞顿开，眼前为之一亮。

有一天，周恩来专门会见了当地农抗会、妇抗会、青抗会等抗日团体的代表，并特意让军部伙房置办了几桌酒菜，请当地民众抗日团体负责人聚餐。当看到当地妇女抗日联合会主任不好意思吃菜时，周恩来和蔼地对大家说："这是我用国民政府军事委员会政治部的薪俸，请大家吃饭，慰劳大家对新四军的支持。让我们为军民团结，为抗日战争的胜利干杯！"

周恩来非常喜欢生活在战士们中间，在云岭的日子里，他常利用散步的时间与战士们接触。一天傍晚，他走过一块草坪，一个小战士正沐浴着晚霞的余晖在那里操练，看见周恩来走来，小战士忙收起枪，立正站好。周恩来很有兴趣地走过去，和蔼地问道："你今年几岁了？"

小战士操着浓重的湘音恭恭敬敬回答："报告首长，我今年十五岁了！"

周恩来摸着小战士的肩膀说："你怕还没有手中的小马枪高吧？"

小战士踮踮脚尖，腼腆地说："首长，我可比小马枪高多了！"

周恩来拍拍小战士胖乎乎的脸蛋，又问："为什么当新四军呀？"

"为了打鬼子！"

"那么，你知道是谁领导抗战吗？"

"知道，当然知道啦！首长您昨天在我们班里不是说过，中国的西部有个延安，延安住着党中央和毛主席，共产党就是我们中国的指路明灯，明灯亮着，抗战的前途就光明！"

"答得好，答得好！"周恩来连连点头，愉快地拉起小战士的手，满含期望地说："你现在是少年新四军，等你长成青年新四军时，鬼子就被我们赶跑了，将来建设新中国，还要靠你们。你要好好学习，学习文化知识和军事知识，在战斗中不断锻炼成长！"

周恩来视察新四军军部期间，叶挺向他汇报了新四军首长想组织创作一首军歌，以鼓舞士气和斗志，得到他的赞许。

1939年3月中旬，在新四军参谋工作会议上，根据大家提议，叶挺、项英动员将军诗人陈毅撰写新四军军歌歌词。3月30日，陈毅用新诗形式写出题为《十年》的军歌初稿，由项英主持，叶挺、袁国平、周子昆、秘书长李一氓等参加讨论，斟酌推敲了一些词句，确定将三段歌词改为两段，由陈毅重新改写加工，定稿后交何士德谱曲。按袁国平指示，六月号《抗敌》杂志一并刊登了改定的军歌歌和陈毅写的歌词初稿《十年》，歌词署名集体创作，绛夫（陈毅）执笔。

1945年4月，何士德当选为新四军和华中区中共七大候补代表，是全国音乐界唯一代表。七大代表在延安集中时，一天，毛泽东骑马到医院看望偶患小恙的陈毅，陈毅把在场的何士德介绍给毛泽东。4月23日，七大在杨家岭中央大礼堂举行开幕式，经陈毅提议，毛泽东亲邀何士德上台指挥代表唱《国际歌》。

在皖南期间，周恩来得知新四军三团副团长邱金声，1939年2月26日因枪伤复发逝世，年仅二十二岁的二团政治主任萧国生，同年3月7日掩护部队突围与日寇白刃格斗壮烈殉国，两人为新四军最早牺牲的团职干部，遂满怀深情写了《纪念邱金声萧国生两同志》的文章，发表在3月13日出版的《抗敌报》上。

新四军的编制由国民政府军事委员会下达，所编政治主任与我军习惯上的政治部（处）主任称谓有别。

"致广大而尽精微。"在制定和落实新四军发展战略的过程中，毛泽东举重若轻的战略决策与周恩来举轻若重的具体实施相辅相成，像一阕磅礴而又细腻的乐章，构成了相互依存、相得益彰的壮美交响。

周恩来在云岭新四军军部一直工作到3月14日。次日清晨，周恩来在官兵依依不舍的目光中，乘竹筏沿青弋江踏上了赴浙江的旅途。

青山依依，碧水潺潺，周恩来与送行的叶挺并肩伫立在竹筏上，溯流而去，留下了深情瞩望的合影。周恩来与叶挺的心是相通的。在距当年汪伦踏歌为李白送行的桃花潭不远的青弋江上，叶挺为自己崇敬有加的周恩来送行，胸中澎湃的何尝不是深似千尺桃花潭水的汪伦之情！叶挺曾慨叹，周公总是那样关心人，人生得一知己，可以死而无憾！但在那一天，周恩来和叶挺两位在中国革命史上彪炳千秋的历史人物都没有意识到，这是他们此生此世最后一次晤面和倾心交流。

多少年后，人们拂去岁月的风尘，从周恩来、叶挺摄于青弋江上的历史照片领略那个不同寻常的瞬间，开始读懂了那叶修长的竹筏，载着的是一个正于初兴之时的党的意志，载着的是一个历史转折关头的重要战略机遇期，载着的是一个如日方升领袖集团的伟大人格。

3月15日，周恩来前往浙江途中，途经太平县三门乡，再次在开明士绅、三门乡联保主任刘敬之家休息和用餐。饭后，刘敬之取出笔墨纸砚，请求周恩来题词留念。周恩来稍加思索，欣然命笔："绥靖地方，保卫江南，为全联导，为群众倡。"并有附记："因抗日机缘来皖南，道出三门，两遇刘主任及其公子。谈及捍卫乡里，驱逐日寇，大义凛然，亟可钦佩。爱书此应敬之主任及其公子旭初先生之嘱。周恩来"

刘敬之长子刘寅（字旭初）是三门乡小学校长，2月周恩来赴云岭在家中小憩时，听周恩来谈话已萌生参加抗日武装的念头，再次见到周恩来便提出到延安去。周恩来鼓励他说，要求抗日很好，皖南有抗日革命武装新四军，去皖南和去延安是一样的。三个月后，刘寅参加了新四军。刘敬之为周恩来伟大的人格魅力所折服，对中国共产党及其领导的人民军队愈加钦敬。皖南事变时，他利用自家茶园和林场多次掩护新四军官兵突围，他也因此四次被国民党政府逮捕入狱。抗战胜利后，刘敬之来到南京，给在重庆的周恩来写信诉说自己的遭遇。

周恩来不忘旧交，于1946年4月22日专门给刘敬之回信写道：

敬之先生惠鉴：

久违道范，只以事忙，未及时修函（问）候为歉。忆远岁既两扰堂阶，复多蒙遥赉名茶，隆情厚爱，遂令人心焉铭感。顷奉台函，备悉先生历年正面强暴，义薄乡邦，是以招丛忌妒，四构图圄，然犹持身不阿，未肯青黑随染。现且贻及七六老兄，无辜待赎。先生迫得远循遁薮，避难京都。先生所际至堪同情，而先生所怀尤可景仰矣。承示嘱托，力之所逮，自当勉为。尚望远瞩民主之前途，续作仗义执言之努力，放眼宽怀，善自珍重。至所盼祷。此肃复。敬候

道安

周恩来谨启
四月二十二日[①]

新中国成立后，刘敬之任安徽省政协委员、省文史馆馆员。

周恩来1939年早春皖南之行，在他的革命生涯中留下了深刻印记。

1946年9月，周恩来在南京先后三次接受美国《纽约时报》记者李勃曼专访，在漫忆自己的身世、父母、婚姻和赴日赴欧求学等经历的同时，周恩来回忆了上海工人为响应北伐军举行的三次暴动、蒋介石发动四一二政变和汪精卫七一五"分共"后中国共产党举行八一南昌起义、红军在中央苏区的反"围剿"和长征、西安事变的和平解决、抗战中的国共谈判和皖南事变，还专门讲到了"1939年2月，我曾自重庆去桂林，到皖南视察新四军"。

---

① 中国新四军和华中抗日根据地研究会.铁军.南京：铁军杂志社，2011：7.

第二章　铁流东进

6. 东进序曲从茅山奏响

周恩来云岭之行成效立显。

中央军委新四军分会副书记、新四军一支队司令员陈毅坚决执行党中央决策和周恩来指示，在仅有两个主力团的情况下，毅然决定，由一支队二团一部，配合新四军挺进纵队解放扬中，并担负茅山地区游击战争任务，派曾任红军闽东独立师政治委员的一支队六团团长叶飞，率六团向东路地区开进。

东路地区系指长江以南、沪宁铁路两侧、武进以东直到上海的澄（江阴）、锡（无锡）、虞（常熟西部）和苏（苏州）、常（常熟除虞以外部分）、太（太仓）的狭长地带。1937年八一三事变后，国民党政府人为设限、画地为牢，宣布宁沪铁路（时称京沪铁路）丹阳以东为国民党"忠义救国军"游击区，将新四军游击区划在长江以南，芜湖、溧水、金坛以北，丹阳、镇江以西，东西一百余公里、南北仅五十余公里。新四军处在日本军队和国民党军队的夹缝中，处境十分困难和危险。

东路地区人口稠密，物产丰富，交通便捷，信息灵通，敌人重兵控守，并不具备中国共产党人发动农村游击战争习惯选择的边（敌人统治薄弱的两省或数省交界处）、穷（便于发动基本群众）、山（高山丛林便于开展游击战和建立后方基地）、僻（敌人信息不灵行动不便）等条件。

1939年5月，毛泽东在《抗日游击战争的战略问题》一文中明确提出：

江北的洪泽湖地带、江南的太湖地带和沿江沿海一切敌人占领区的港汊地带，都应该好好地组织游击战争，并在河湖港汊之中及其近旁建立起持久的根据地。[①]

但"卧榻之侧，岂容他人安睡"。在日伪心腹地带东路地区开辟敌后根据地，无异于死地求生、虎口夺食。一向熟悉山地游击战的六团，能否在敌人重兵云集的平原水网地带开展游击战争并站稳脚跟，毕竟是党领导的敌后武装斗争面临的一个新课题。特殊的使命、特殊的任务、特殊的环境，使六团东进这一战术行动具有战略意义和影响，可以说是四两拨千斤。

叶飞受命率新四军主力一支队六团东进作战后，全团上下摩拳擦掌，跃跃欲试。六团是有红军闽东独立师血脉的一支劲旅，素来能征善战，威名远播。1937年8月，国共两党建立抗日民族统一战线后，红军闽东独立师一千三百八十名官兵以民族大义为重，坚决执行党的命令，在福建屏南县改编为新四军三支队六团。

六团改编后，先是在皖南杨村进行正规的短期军政训练，随即转战于宣城、芜湖、铜陵、繁昌、南陵地区。1938年10月1日，新四军三支队六团（欠三营）开赴茅山地区，在日军占领的心脏地区南京附近开展敌后游击战，创建抗日根据地。同年11月初，原隶属新四军三支队的六团，奉命归建新四军一支队，由先期率队进入茅山地区的一支队司令员陈毅指挥。

初进敌后，官兵多数来自闽东山区的六团面临着三个转变：由对国民党军作战，到对日军作战；由转战在知乡情、辨乡音的闽东，到挺进与群众语言不通的苏南；由在深山密林开展山地游击战，到敌伪据点星罗棋布、水陆交通十分发达的平原河网地区开辟根据地。由于老经验用不上了，新的战术战法还没有学会，部队甚至连宿营放哨都不知道哨兵的位置该放在哪里。在12月上旬攻打句容白兔镇日伪据点的战斗中，部队激战六小时，仍未攻克据点，反遭敌人反击被迫撤出战斗。通过总结部队没有重武器、不会用炸药爆破攻坚、不善于进行肉搏战和不宜白天攻击敌据点等教训，六团摸索总结出了夜袭、奔袭、奇袭和伏击等新的战法，经整训和粉碎日军分进合击与反"扫荡"斗争锻炼，全团军政素质明显提高，半年时间基本完成了三个转变。叶飞后来忆及当年皖南练兵，认为那是南方红军游击队"改变成为正规部队的重要一章，揭开了挺进敌后胜利的序幕"。

阳春三月的一天，句容东乡崔庄一骑绝尘，威武而不失儒雅的新四军一支队司令员陈毅骑一匹快马，只身来到了六团驻地。

---

① 中共中央文献编辑委员会.毛泽东选集（第二卷）.北京：人民出版社，1991：421.

六团进入茅山地区后，句容县中心乡组建了不脱产的冬防队，陈毅令六团领导这支民众武装。叶飞派出精干官兵做冬防队骨干，部队在周围活动时，注意带上冬防队，和他们一起操课训练，作战时给他们分配一些力所能及的任务，让他们听听枪声，感受战场氛围，逐步锻炼提高。战后也分给冬防队一些缴获的枪支，调动他们参战的积极性，增强他们战胜日军的勇气，冬防队遂成为六团扩军的主要来源。陈挺任营长的六团一营，就从冬防队扩大了三四十名新战士。但这一举动很快被当地顽固分子上告国民党第三战区并问罪于新四军军部。项英电责叶飞，批评他不懂统一战线，明确不发枪、不发饷、不批准。叶飞只得求助于陈毅。陈毅接报后，顾不上招呼警卫人员，只身策马来到六团驻地句容东乡崔庄。

陈毅匹马单枪来到六团驻地，一下子触动了六团领导的衷肠。团长叶飞、参谋长乔信明、政治主任刘飞围住陈毅，一起向他倾诉。六团进入苏南敌后时，军部扣去了三营，半年多来，六团从水阳一线到句容东乡，不间断地对日寇作战，部队的伤亡和损耗也在增加，不扩军怎么能行呢？叶飞等人提出，像这样只拼老本，不补充新生力量，总有消耗殆尽的一天。这不正迎合了蒋介石在抗日中消灭我军的图谋吗？陈毅觉得三人言之有理，稍加思索后说，你们先把扩充的兵编进部队吧，军部那边的工作我去做。我们不要国民党发枪，也不要他们发饷，自己解决武器和吃饭穿衣问题。我相信项副军长是会同意这样做的。

六团茅山扩军中的一场小小风波平息了。叶飞和刘飞事后得知，项英批评陈毅奉行"人、枪、款主义"，而在皖南实行"精兵主义"，说要以质量代数量。面对国民党溃败时遗弃江南的大量武器，项英却说："没有枪，发展那么多人干什么？"正值国家危亡之秋敌后游击战争急需壮大抗日武装之际，摆在眼前唾手可得的可观人枪却不让去争取和发展，这不免令六团官兵感到困惑不解。

革命的动因似乎毫无二致都由压迫而生，而革命力量的融合又如同百川汇海，奔腾激荡中不乏曲折蜿蜒。在那个纷繁迷离的春天，六团的闽东子弟在完成敌后游击战争转型的同时，也在熔铸磨砺中经历着前所未有的深刻嬗变。

六团的主体，是红军长征时留在南方实施战略策应的闽东红军独立师官兵，以叶飞为代表的闽东红军，由项英、陈毅统领，在世所罕见的接续苦斗中坚持了南方三年游击战争。而刘飞等人则是延安派来的经过长征考验的红军骨干，刘飞还任过红四方面军第四军独立师政治部主任。同根同源同一血脉的两支红军，本来有着水乳交融的天然优势和内在机理，不料令人痛心疾首的"南阳事件"，却把一条难以逾越的楚河汉界，横亘在来自北国江南的红军面前。

1935年2月，毛泽东、朱德率中央红军主力正顶风冒寒跋涉在长征路上，师长粟裕、政委刘英率北上抗日先遣队即红七军团和红十军团余部组成的中国工农红军挺进师，进入浙江开展游击战，两个月后开辟了以仙霞岭为中心的浙西南游击根据地。同年10月，刘英、粟裕率浙南红军挺进师与叶飞所部闽东红军独立师，在闽东北寿宁县境内不期而遇。联席会议上，大家认为，如浙江、闽东、闽西三区密切联系，相互策应，将有裨于游击斗争开展和根据地创建。刘英提议，由闽北的黄道担任现有三块根据地的书记。但因一时联系不上黄道，决定先成立中共闽浙边临时省委，由来自中央苏区的刘英任书记，粟裕任组织部长，叶飞任宣传部长。会议确定成立闽浙边临时省军区，粟裕任司令员，刘英任政治委员。鉴于红军游击队电台均已破坏，无法与中央联系，故临时省委只能待日后报批核准。

临时省委初期的合作，有过短暂而愉快的蜜月期。因敌后斗争环境险恶，刘英、粟裕、叶飞三人经常分头活动，临时省委的工作实际由刘英主持。

那时的南方红军游击队，正处于蹒跚起步和青涩成长的幼年期。长期与中央失联且不知遵义会议召开更无从得到阳光照耀的两支红色武装，免不了有些本位主义和山头主义。加之受左倾肃反扩大化影响，相互之间皆有错抓、错杀的宿仇积怨。尤其首次会师，闽东红军独立师将挺进师前身抗日先遣队留下的一批伤员，包括一位师领导尽皆"肃反"，刘英对此一直耿耿于怀。

刘英几次提出叶飞留在临时省委工作，藉以调虎离山，使叶飞脱离闽东，也好统一临时省委的军令政令。粟裕则认为不妥，感到此举不利于坚持闽东游击根据地和协调两个地区的关系，也不符合组成临时省委的初衷。刘英却固执己见。

粟裕想到了曾与方志敏一道领导过弋阳和横峰起义、担任过中华苏维埃共和国临时中央政府执行委员的黄道，这位党内威望颇高的前辈，正在闽北经营着一块与浙西南、闽东三足鼎立的苏区。粟裕认为，眼下只有黄道出山，才能纠正刘英的偏差，遂致信黄道，希望他来主持建立新的闽浙赣临时省委。刘英虽也曾给黄道写过信，但得知粟裕修书邀黄出山主政后大为不满。

1936年2月，粟裕建议叶飞去闽北独立师面见黄道，叶飞欣然成行。叶飞设想，成立闽浙赣临时省委，请黄道任书记，统一领导闽北、闽东、浙西南三地斗争。黄道了解了闽东和浙西南斗争情况及他们同刘英的原则分歧后，提出叶飞先退出刘英主持的闽浙临时省委，闽北独立师"才能接受闽赣临时省委领导"。

叶飞返回闽东后即向刘英报告了与黄道会面的情况，刘英不愿闽东与浙西南分离，也不同意成立闽浙赣临时省委并由黄道任书记。为挽回局面并留住叶飞，刘英承认浙西南工作有失误，提出让叶飞接替自己任临时省委书记。叶飞当然不敢答应此事，返回后便匆匆宣布闽东特委退出闽浙临时省委。

同年三月，刘英又致信叶飞，称临时省委已决定叶飞兼组织部长，再次让叶飞来省委工作，试图从闽东调离叶飞，同时撤掉粟裕的组织部长。叶飞未回应。

1936年秋，刘英以闽浙临时省委名义给粟裕带信，令他乘与叶飞见面之机，将叶飞扣押送至省委。为防止粟裕抗命，刘英特派一支部队前往监督执行。

1988年，叶飞回忆录描述了当年在浙江省庆元县南阳村赴"鸿门宴"的情形：

> 1936年初秋，粟裕同志约我到庆元南阳会面。自我们同刘英同志的会议以后，我还没有见到粟裕同志，我也很想同他谈话。我和陈挺同志率一个连，于中午时分到达南阳，与粟裕同志会合。见到粟裕同志，我很高兴，要向他汇报会见黄道同志的情况和临时省委会议的结果。他说："好呀，晚上吃过饭再说吧。"
>
> 当天晚饭的时候，我、陈挺和闽东的干部都入席了。如同旧小说中所描写的那种场景，酒过三巡，掷杯为号，预先布置好坐在我两边的人把我抓了起来，把陈挺同志也抓了。……我的手脚被捆绑起来，背上还被撑了一根竹竿，不能动弹，就像对待土豪、叛徒一样。在押解我的途中，我几次提出要同粟裕同志见面说话，都未予理睬。后来在路上遇到国民党军队的袭击，部队被打散，押解的人忙乱中向我打了一枪，打伤左腿，就把我扔下，自己逃走了。国民党士兵逼了上来，我就从十几丈高的悬崖上跳下去，恰巧挂在树上，没有摔死。陈挺同志也随我跳下悬崖。天黑后，我俩不顾伤痛，赶往闽东根据地，昼伏夜行，整整走了五夜，才到达目的地。
>
> 后来，粟裕同志告诉我，当时是刘英命令他扣押我的，也不说明是什么原因。"南阳事件"后，刘英单独召开了闽浙边临时省委紧急会议，宣布开除我和阮英平同志的党籍。同时说粟裕也参加了叶飞、黄道反对刘英的活动，也将粟裕同志隔离起来审查。①

当年，垂垂老矣的叶飞开始撰写回忆录时，刘英早已于1942年5月牺牲，粟裕也于几年前溘然离世。要不要写与老上级粟裕有关的"南阳事件"？叶飞有些

---

① 叶飞.叶飞回忆录.北京：解放军出版社，1988：54－55.

犹豫，便找老战友王必成商量。王必成未正面作答，却讲了一件趣事：

"1962年粟总在上海治病。大病初愈，陶勇建议出去活动一下，就安排了韩先楚、王建安陪粟总一起去打野兔。一到目的地，果然有一群野兔，韩先楚眼疾手快，举枪就射，打中一只。其余的野兔，四处惊逃。粟老总随手一枪，把逃得最快的一只大公兔打死了……而其他人，包括我、陶勇、王建安以及自己赶来参加活动的许世友，都没有击中目标。"①

王必成说完看了看叶飞，似在提醒他，当年，粟总真要杀你，你逃得了吗？

那一天，王必成还回忆说："当年我和陶勇一起问过粟总这件事，粟总说：'我是受害者又是执行者。问题是刘英同志已经英勇牺牲了，再要把这件事说清楚，难免有诿过于故人之嫌啊，不说了吧。'不过粟总在成立新四军和整风时，两度把这件事向组织作了如实汇报。"

叶飞回忆录全息披露"南阳事件"，同时坦言："我和粟裕同志也长期战斗在一起，从新四军一师，华东野战军，一直到解放后，我都在粟裕同志的领导下工作，多次当他的副手，相互间配合得很好，没有因为个人意气而影响工作。"②

毋庸置疑，当年中国工农红军挺进师与六团前身部队红军闽东独立师之间发生的令亲者痛、仇者快的憾事，给闽东游击斗争带来巨大伤害。刚成立不久的闽浙边临时省委宣告分裂，红军闽东独立师两个支队损失上百人，这对刚刚摆脱中央红军长征后孤立无援困境的闽东红军游击队，无疑是个沉重打击。延至1938年初，噩梦般的决裂虽然过去了一年多时间，但闽东红军官兵的心头仍有如刀剜，沥血不已。因此，闽东籍官兵对外来干部普遍存有戒心，甚至害怕外来干部。

然而，新四军初创时期对干部的巨大需求，不能不使远在陕北的毛泽东极为关注向新四军输送干部这个大问题。1938年2月15日，毛泽东致电项英、陈毅：

干部候抗大三期毕业派一批给四军，目前实在调不出，并望你们多少送点人来学习。③

一个多月后，3月18日，毛泽东从延安再次致电项英：

① 张雄文.名将粟裕珍闻录.太原：山西出版集团北岳文艺出版社，2009:309.
② 叶飞.叶飞回忆录.北京：解放军出版社，1988:55.
③ 中国人民解放军历史资料丛书编审委员会.新四军文献（1）.北京：解放军出版社，1994:212.

甲、前电谓派干部须得你同意，此事似未便定为原则，且中下级干部你处亦无法明了其底细。

　　乙、现已抽出五六十个干部，均团、连两级的，一星期后可派来你处。如你处不要，则交长江局使用。究竟你处是否要这批干部？

　　丙、中央决定派袁国平为四军政治部主任。袁政治开展，经验亦多。邓子恢可为副主任。五十个干部即由袁率来。①

　　在延安杨家岭梨花似雪的春天里，1938年4月，毛泽东关注并预作安排的"抗大三期毕业"的"五十个干部"，受到毛泽东亲切接见。毛泽东亲召刘飞等四十余名经过长征考验又刚刚受过抗大先进思想文化熏陶洗礼的师团职以下干部，面谕到新四军工作和开辟华中抗日根据地大计。诲人不倦的领袖殷切期望大家到新四军工作后，努力开创大江南北抗日斗争新局面。毛泽东似对南方红军游击队的复杂经历有所耳闻，特意叮嘱即将出征的将士：

　　初到一个新部队工作，一定会遇到困难的，但必须要细心、耐烦，克服困难，把党交给你们的部队教育好。

　　延安抗大的学习深造，使刘飞对张国焘给中国革命和红军带来的严重危害，有了更为深刻的认识，对毛泽东这个在长期中国革命实践中涌现出来的领袖愈加信赖和折服；而毛泽东亲切接见时的耳提面命和亲授机宜，又使长年鏖兵抗战一线的刘飞顿生登高望远之感。他对到江南新的斗争舞台上干一番事业，充满了信心和期待。在新四军新任政治部主任袁国平率领下，刘飞等人出陕北、下江南，迅速汇入铁流浩荡的新四军战斗序列。刘飞到达新四军集结地皖南歙县岩寺地区，先任新四军三支队政治部组织科科长，同年6月调任三支队六团政治主任。

　　刘飞到六团走马上任之际，"南阳事件"的刀光剑影犹在眼前，尚未完全割掉山头主义尾巴的六团官兵，对外来干部依然十分排斥和戒备。当年的火并给官兵植入的排外心理根深蒂固，刘飞工作中一度举步维艰。到职履新第一天，刘飞

---

① 中国人民解放军历史资料丛书编审委员会. 新四军文献（1）. 北京：解放军出版社，1994：88.

就感受到了欢迎言辞中的保留和端详目光中的狐疑。偏偏刘飞又蓄了大胡子，说话声若洪钟，动作孔武有力，做事风风火火，于是"刘胡子"的雅号不胫而走，半是对刘飞浓眉大眼、刚毅威武形象的描述，半是对刘飞近乎匪气偏见的讽喻。

新来的政治主任是何许人也？他能同我们一起出生入死、设身处地为弟兄们着想吗？年轻的团长叶飞在看，六团闽东籍老战士也在看。

1905年出生的刘飞，比1914年出生的叶飞大将近九岁。刘飞长子刘建华，曾对1939年4月六团东进前，陈毅与六团领导摄于溧阳县水西村的一张照片作过解读：那是一张不拘形式亦不讲排序的照片，疏朗而虬枝横逸的树林前，左侧站的是新四军一支队司令员陈毅，向右依次为一支队政治主任刘炎、六团政治主任刘飞、六团团长叶飞，六团副团长吴焜和六团参谋长乔信明。耐人寻味的是，紧靠刘飞的叶飞站位稍稍靠后。这或许是年轻团长对年长老大哥主任的一种尊重吧。

面对历史给六团这支红军血脉部队留下的似乎永难愈合的伤口，刘飞充满着深深的同情，时常忍不住鞠一捧热泪。刘飞永生不敢淡忘，1935年6月，红四方面军与中央红军在川北夹金山下的懋功胜利会师，讵料拥兵自重的张国焘公然分裂红军，刘飞随红四方面军官兵继续北上，先后三次穿越渺无人烟、纵横数百里的若尔盖大草地，数过雪山屡历险境。多少英姿勃发的身影和笑靥如花的面容，都被错误路线无情埋葬在茫茫草地和祁连山下。那段痛史，使刘飞格外理解六团闽东籍红军官兵，深知历史创伤的愈合，归根结底有赖于历史的进步。这就要在党的正确路线指引下，认真总结经验教训，破除部队在长期游击战争中形成的本位主义、山头主义，高举团结抗战的旗帜，摒弃历史上的恩恩怨怨，使来自各方面的力量在新的起点上凝聚起来。而眼下，自己必须捧出一颗虔诚的心，以令官兵感动和折服的举动，倾注全部热情和心智抚慰官兵受伤的心灵，在赢得信任中获取履职尽责的入场券。

那些日子，在雪山草地的苦难行军中汲取了更多人生精华的刘飞，凭借在黄土高原圣地的反思和积淀，抖擞精神开始向新的思想高地进发。夜阑人静，回首一路血火交迸走过的万水千山，刘飞分明感到，国破民敝年月，在那场最为宏阔和深厚的抗争中，从江南塞北村巷街口聚拢而来的红军将士的血肉之躯，在亘古未有的革命狂飙中熔铁铸钢的冶炼和锻打，眼前那个被崎岖、泥泞、污秽、磨难充塞的无远弗届的奇特时空，忽而铁水奔涌，忽而钢花四溅，瞬间又飞流直下，轰然作响中水雾蒸腾，寻常生灵尽皆化作峥嵘山岳，任凭岁月鬼斧神工打凿雕琢，仍神闲气定从容唤回丽日晴空和骀荡春风。裹挟着雪山草地的坚忍和黄土高原的雄浑，曾经沧海的刘飞张开臂膀，全身心拥抱江南的水乡阡陌和杏花春雨。

方言的阻隔，是踞守在刘飞融入六团途中的又一只拦路虎。

六团官兵大都来自福建福安，他们操着闽东方言同群众打交道，要煞费气力地用手比画，不仅当地群众听不懂，也给刘飞等人同官兵沟通出了一个很大难题。

粗中有细的刘飞很快发现，团总支书记黄烽既能讲普通话，又通闽东方言，是当翻译的不二人选。于是黄书记成了刘飞与官兵消除隔阂和交流思想感情的工作"拐杖"。为了破除历史隔阂和语言不通的障碍，化解闽东籍官兵的排外情绪，刘飞与"拐杖"黄烽形影不离，见缝插针找干部战士谈心，了解他们的疾苦和需求，用真诚的关爱拉近彼此距离。开始，有些战士对刘飞冷眼相看，不予理睬，甚至见到他转身就走。刘飞吃闭门羹后，时时谨记毛泽东"细心、耐烦"的嘱托，更加热情诚恳地做工作。有时候战士在前面跑，他在后面追，战士跑累了，只好气喘吁吁停下来向刘飞告饶。亲如兄长的刘飞，神情话语便愈加春风荡漾，不经意间就把醴泉甘霖般的道理，润物无声播布战士心扉。一幕幕戏剧般的场景，常常引得部队官兵会心微笑。

一次，刘飞找一个思想偏激的战士谈话，对方竟向他脸上啐唾沫。叶飞得知老部属对刘飞如此无礼，也看不下去了，生气地要把那个战士抓起来。刘飞赶忙劝阻道："为了抗日，我们连蒋介石都可以忍让，对自己的同志还不能忍让吗？同志们有些想法很正常，大家一起慢慢做工作吧！"

有人对他的忍让不理解，刘飞充满深情地说："同干部谈话，解决思想问题，就是要用自己的热脸去贴人家的冷屁股，贴得上要贴，贴不上也要贴。"

一语破的道出的思想工作诀窍，使大家在受触动中又深受启发。

六团1938年秋挺进苏南茅山地区后，即遭国民党第三战区断供，没有任何粮饷和服装，只能靠当地群众接济。刘飞深知，艰难困苦的时候，赢得官兵信任，既要靠说，更要靠做。他始终坚持以身作则、身教重于言教，处处起模范带头作用，在同甘共苦中暖兵心、聚士气。部队在风雨交加的夜晚行军，刘飞把马让给伤病员，自己和战士们一起在泥泞的道路上跋涉。部队到达宿营地，他总是下到连队，问有没有病号？多少人脚上打了泡？有没有用热水泡脚？部队离开宿营地，他都带政治处干部检查群众纪律执行情况，坚持做到"四不走"：门板不上好不走，稻草不捆好不走，水缸不挑满不走，损坏东西不赔偿不走。作战间隙，刘飞不间断地到一线了解部队伙食保障和官兵情绪，及时帮助解决思想和实际问题。基层干部常听刘飞讲这样的话，做干部的要爱护教育战士，养兵千日，用在一时，平时抓紧教育，爱护战士，战时才能战胜强大的敌人。

艰苦转战的环境中，部队官兵不乏"瘾君子"。刘飞的烟瘾也很大，尽管部队有时能搞到一些香烟，但分发战利品时，刘飞严格落实陈毅每人不超过一包烟的要求，从不搞特殊。平日里，刘飞总是随身带一个旱烟斗，与官兵有福同享、有烟同抽。干部战士围着刘飞拉呱儿时，他手中的旱烟斗便成了公共福利，转着圈儿被战士们轮流抽。由于刘飞与官兵亲如兄弟、不分彼此，既会耐心细致地做人的工作，又事事处处树立好样子，很快赢得了闽东籍官兵的喜爱和敬重。战士们送给他一个昵称——"老妈妈"。在此期间，乔信明、戴克林等延安来的红军干部，也都很快融入团队，与闽东籍官兵建立了亲密无间的关系。

一天，陈毅到六团检查工作，听到素有"刘胡子"之称的刘飞又有了"老妈妈"的雅号，感到好生奇怪。经叶飞说清原委，陈毅禁不住开怀大笑，连声说："叫得好！叫得好！"后来，陈毅经常在干部面前赞扬刘飞善做思想工作的精神。

从不无匪气的"刘胡子"，到和蔼可亲的"老妈妈"，六团官兵对刘飞称谓的变化，是刘飞与闽东子弟由隔阂疏离到亲密融合的生动见证。

在茅山这所砥砺敌后游击战争本领的熔炉里，压在六团官兵心底且成见弥深的坚冰迅速融化，不同籍贯和遭际的红军骨干心渐渐贴紧，感情日益融洽。风华正茂的叶飞，对自己敬重的兄长主任的了解也愈来愈深入。没有任何人能比他更深切地体察到，面对血淋淋的历史伤口，刘飞付出了怎样难以想象的艰辛努力，才完成了适应水乡游击战和融入闽东子弟心中的双重转变！这个顶天立地又柔情似水的汉子，分明是中国革命造化的一部英雄传奇，也是本团的标杆和骄傲！

刘飞1905年12月生于湖北黄安（今红安）县一个贫苦农家，三岁丧父，七岁到地主家放牛，因不堪凌辱又给猪贩子做脚夫，不料大病一场背上沉重的高利贷。九岁那年，母亲东借西挪，给刘飞做了一条土布裤子。这是他平生第一次穿上裤子，令光着屁股的弟弟羡慕不已。1923年秋，不满十八岁的刘飞到汉口当茶役，后又到码头扛大包，在社会底层受尽欺压。

1926年10月，北伐军攻克武汉后，刘飞在汉口加入党领导下的夏口工会。1927年11月，刘飞毅然参加黄麻起义，担任乡、区两级苏维埃主席和赤卫军二营七连连长。1930年1月，刘飞带七连五十余名队员参加中国工农红军。

刘飞个子不高，但力气很大，双手能拧裂胳膊粗的青毛竹。在汉口，他和工友们一起揪斗码头老板和工头，率先打死几个朝工人开枪的码头巡捕；抡起大刀来，四五十人轮流上阵也不是对手。刘飞首次参战夜袭平汉路（今北京至汉口路段）上的杨家寨车站，就挥舞大刀冲在全营最前面，接连砍翻几个国民党兵，受到表扬并被提升为副班长，入了党。

膂力过人的刘飞名气日盛，使得军中一武林高手不由连连侧目。一天，时任三十一师司令部特务队第二大队连长的少林高足许世友，登门找刘飞以武会友。谁知掰手腕许世友竟不是刘飞对手，待使出看家本领少林拳，才把刘飞打翻在地。刘飞性格酷似许世友，忠勇、刚烈，都是抢起大刀血战开路的猛士，两人从红军时期"过招"就结下了深厚友谊。1932年10月19日，刘飞刚随部队一场恶战解除红四方面军总部陷入重围的险境，11月12日，主力部队穿越鄂陕边界的漫川关时，在深山峡谷的羊肠道上，又遇到国民党暂编二十一师重兵阻击。生死存亡关头，许世友率三十四团在二十九团配合下，在漫川关撕开一道口子，打开了通道。当刘飞见到浑身是血的许世友时，两人一下子抱得紧紧的。

刘飞少小失学，起初和其他红军战士一样，连干部都不愿当。为了弥补自己文化知识上的缺憾，征战中，他以杀敌个数换取文书教的字数。1931年3月9日，在广水东双桥战斗中，刘飞一人砍杀二十多个国民党兵，战后找文书学了二十来个字。两次反"围剿"中，刘飞以杀敌换习字，激励自己不断学习进步。抗日战争中，组织上专门给政治部配了一名技术书记，一半时间做政治部日常文字工作，一半时间帮刘飞学文化。

1932年10月19日，在湖北枣阳解红四方面军总部之围恶战中，连长刘飞率部再建奇功，战后被提升为营政治委员。是月，刘飞随红四方面军主力撤离鄂豫皖苏区，经过三千多里西行转战进入川北，参与创建川陕革命根据地。

1933年10月，四川军阀刘湘纠集六路大军进犯川陕根据地，刘飞时任红四方面军第四军十一师三十二团政治处主任，在历时十个月的保卫战中，刘飞所在团经历了数十次恶战，有的连队打得仅剩七八个人，一天要换三四任连长指导员。刘飞身先士卒，哪里战斗最激烈、伤亡最惨重，他就出现在哪里。刘飞有个观点，战斗中的红军政治领导，绝不能仅靠喊口号激励部队，而是要靠自身的表率作用。弹雨横飞中，只要你无所畏惧地钉在阵地上，部队就绝不会后退半步！

1935年11月，刘飞在长征中任第十二师第三十四团团长兼政治委员，半年之后升任红四方面军第四军独立师政治部主任。在三过沼泽遍布的草地这一"死亡通道"时，刘飞时常肩扛几支枪，走在队伍最前列，在凶险莫测的茫茫水草中为部队趟出一条安全通道。漫漫长征路上，刘飞从未骑过上级配发给他的马，而是用来驮枪支和伤员病号。到了宿营地，大家都精疲力竭，刘飞还要逐连检查和看望官兵。断炊之日，刘飞总是坚持先尝炊事班挖来的野菜，确定无毒后才准部队食用。他跟战士们打趣说："我是吃野菜长大的，这方面我比你们懂。"部队先后两次翻越夹金山、岷山等雪山，刘飞总是负重行军。在翻越五千多米高的党岭山时，终年积雪的山顶空气稀薄，刘飞背一名身体屠弱的小战士，踏着厚厚的积雪奋力向上跋涉，可刚到山顶，这位红小鬼就永远闭上了眼睛。

1936年10月，艰难跋涉十九个月的红四方面军，终于在甘肃会宁与红一、二方面军会师。长征这所红色炼狱，使刘飞百炼成钢。

一年的摔打磨合，刘飞每天都欣喜地听到年轻的游击劲旅快速成长的拔节声。他渴望早日挺进日伪顽势力把持的敌占区，在更广阔的舞台和波澜壮阔的抗日洪流中，书写更加令人神往的瑰丽篇章。党的六届六中全会精神传达后，刘飞犹如醍醐灌顶，豁然开朗。他益发清晰地看到了团结抗战的光明前途和制胜之道，对开展敌后游击战争战略意义的认识更加透彻了。在实现中央战略部署的大棋盘上，六团东进正是具有战略意义的一步棋，成败利钝非同小可！那些天，如箭在弦的刘飞，体验到一种引而待发终于如愿出击的兴奋，也感受到了前所未有的压力。

接到开辟东路根据地的任务后，六团进行了一个多月的紧张整训。由于长期受国民党限制，团队官兵都憋了一股气，早就想到敌后战场去大显身手。刘飞借势发力，有针对性地给部队作动员报告，从开辟东路抗日根据地的意义，讲到六团东进肩负的重要使命和责任，又讲到执行三大纪律八项注意、保护群众利益，以及在东路扎下根、站住脚的重要性，讲得生动入耳，明白如话，使全体指战员明确了东进的任务、目的和要求，全团上下揎拳捋袖，士气大增。

中国革命史上影响深远的东进序曲，即将在茅山奏响！

7. 项英急电陈毅反对东进

六团出征前，陈毅突然接到项英的电报。项英不同意六团东进，理由有二：第一，东路不属于国民党当局给新四军划定的活动地区，东进会破坏统一战线；第二，东路是平原水网地区，铁路公路河网交错，日军兵力强大，据点林立，敌情严重，东进作战是冒险行动，甚至会全军覆没。

对项英颇有分量的来电，陈毅并没有感到十分意外。

与中国共产党一些早期领导人的革命生涯往往从领导农民运动开始不同，

1922 年入党的项英以中国工人运动领袖著称。

项英 1898 年出生于湖北武昌,原名项德隆,化名江钧、张成。1922 年至 1923 年,项英曾领导过京汉铁路工人大罢工,担任过中共中央职工运动委员会书记、中华全国总工会委员长。在中共第三次和第六次全国代表大会上,项英都当选为中央委员,在中共六届一中全会上当选为中央政治局委员、常务委员,在六届五中全会上当选为中央政治局委员、书记处书记。1931 年,项英当选为中华苏维埃共和国临时中央政府副主席,任中共中央苏区中央局委员、代理书记兼中央革命军事委员会主席。1928 年,项英赴莫斯科参加中共六大期间,斯大林曾单独接见过他,称他是中国工人阶级出身的领导人,勉励他要不断地在斗争中锻炼,加强学习理论知识。这次接见,斯大林特地送给项英一支自来水笔。

陈毅何尝不知,项英在主持中共中央长江局工作、参加中央苏区领导,以及组织南方八省红军和游击队改编新四军等工作中,居功甚伟。尤其是 1934 年 10 月红军主力长征后,根据中共中央决定,项英为策应中央红军主力实行战略转移,以大无畏和勇于牺牲的精神留在中央苏区,担任中共中央分局书记、中央军区司令员兼政治委员,领导留下的红军和游击队坚持了艰苦卓绝的南方三年游击战争,作出了特殊重要的贡献。自己作为项英的助手,深知斗争的艰辛和坚持的不易。在敌人大举搜山、命悬一线的危急时刻,陈毅曾留下《梅岭三章》以为绝笔:

> 断头今日意如何,创业艰难百战多。
>
> 此去泉台招旧部,旌旗十万斩阎罗。

1937 年 12 月 9 日,项英在延安参加中共中央政治局会议,就 12 月 7 日他写给中央的《三年来坚持的游击战争》的报告作说明,汇报了南方红军游击队改编新四军的筹备情况。12 月 13 日,中央政治局作出《中共中央政治局关于南方游击区工作的决议》,高度评价项英坚持南方三年游击战争的历史功绩并部署任务:

> 政治局听了项英同志关于南方游击区的报告之后,认为项英同志及南方各游击区的同志在主力红军离开南方后,在极艰苦的条件下,长期坚持了英勇的游击战争,基本上正确地执行了党的路线,完成了党所给予他们的任务,以致能够保存各游击区在今天成为中国人民反日抗战的主要支点,使各游击队成为今天最好的抗日军队之一部。这是中国人民一个极可宝贵的胜利。
>
> 项英同志及南方各游击区主要的领导同志,以及在游击区长期艰苦

斗争之各同志，他们的长期艰苦斗争精神与坚决为解放中国人民的意志，是全党的模范。政治局号召全党同志来学习这些同志的模范。

现在放在中国共产党前面的任务，是在扩大与巩固以国共两党的合作为基础的抗日民族统一战线，以战胜日寇。政治局相信南方过去各游击区的同志同样能够在中央及中央东南分局的领导之下，完成争取中华民族的独立解放的神圣的任务。[①]

陈毅比别人更清楚，项英虽是新四军副军长，但却身兼中共中央东南局书记和中央军委新四军分会书记两个要职，在新四军和江南几省党的建设中，具有举足轻重的地位。在新四军建设发展的一个重要历史关头，年轻的一支队司令员陈毅，无意间被推上了斗争的风口浪尖。

江南的春夜静谧而绵长，陈毅的思绪飞向了往事纷繁的畴昔。

1937年11月29日，曾任中共驻共产国际代表、共产国际执行委员会委员、主席团委员和候补书记的王明从苏联回国。在12月召开的中央政治局会议上，王明对洛川会议以来中央在统一战线问题上的许多正确观点和政策提出批评，提出了"一切通过统一战线""一切服从统一战线"和"以运动战为主、配合以阵地战、辅之以游击战的战略方针"等右倾错误观点。会后，王明去武汉主持中共中央长江局和中共代表团工作，拒不执行中央关于华中工作的中心任务是"武装民众，准备与发动游击战争，有计划地建立几个基干游击队与游击区"的部署，在实际工作中顽固贯彻其错误主张。长江局管辖范围包括中共中央东南分局和新四军。王明右倾投降主义错误路线，不可避免要对新四军产生深刻影响。一个显而易见的事实是，一年多来，八路军增长五倍，新四军只增长一倍；八路军在华北、山东开辟了十多个抗日游击根据地，新四军却只有茅山一处。虽然江南开展敌后游击战争和建立抗日根据地的条件，与华北等地有所不同，但新四军领导人贯彻中央战略方针思想滞后和犹豫迟疑，无疑是一个重要原因。

1938年春，国民党与日军正在徐州地区会战，中共中央于5月14日致电项英等人，明确指出："新四军正应利用目前的有利时机，主动的积极的深入到敌人的后方去。"徐州失陷后，毛泽东专门打电报提示项英："敌之总目标在进攻武汉，你们可放手在敌后活动。"陈毅在回首这一时期的局势时说："南京、徐州、武汉

---

① 中国人民解放军历史资料丛书编审委员会. 新四军文献（1）. 北京：解放军出版社，1994:17.

三大城市相继沦陷，我党我军声誉突起，国民党限制不大，应大胆迅速东进向敌后发展，但当时则采取沿途停留，不愿脱离国民党区域，等待敌寇前进。""这一时期应该以向敌后大发展为中心，项的领导是闭关自守，丧失时机。"①"从南昌到屯溪，迟迟不行，每天走三里五里，不敢到敌后去，丧失了主动性。那时毛主席提出要我们出动，许多同志也提出要出动，可是只先派了一个营出去。我主张无论如何派第一支队出去，但又不允许。"②刘少奇后来总结华中工作时指出："在武汉失守以前，华中有发展游击战争的很好的条件。在上海、南京、汉口、徐州及其他地区，国民党军队退却时丢弃了数十万件武器及大量的军用品，而敌后是空虚的，一时什么人也管不到。"但当时新四军不愿脱离国民党区域，向敌后发展动作迟缓，"这样，华中敌后发展游击战争及建立根据地的最好时机，就白白放过了"。③虽然此后新四军派出三个支队进入敌后，但均被限制在国民党划定的狭小区域活动。

机遇就像飞驰而过的奔马，稍纵即逝。在1939年4月末那个影响和决定江南抗战走势及发展的春夜，陈毅在为新四军憾失向敌后挺进和发展宝贵机遇而扼腕叹息之际，不由想起三个多月前，他与项英之间发生的水西村之争。1939年1月12日，项英带几个军政干部和一个警卫班，从云岭骑马到溧阳县水西村检查一支队工作。下马伊始，项英劈头就问陈毅："管文蔚从扬中撤回江南没有？"管文蔚原是丹阳北部抗日自卫团团长，1938年6月任改编后的丹北和新四军挺进纵队司令员。当年10月中旬，陈毅到挺进纵队视察，要求挺进纵队向北发展，早日把位于长江江心的扬中县拿下来，作为今后新四军部队过江的跳板。11月，管文蔚率部轻取扬中，陈毅判断守敌贾长富所部一个团事先听到风声出城规避，遂令挺进纵队迅速撤出扬中。不久，挺进纵队二取扬中，吃掉贾长富上千人的土匪武装。战后，陈毅专程登岛视察，紧紧握住管文蔚的手，连声说："老管，打得好，打得好啊！我要为你们记上一功！有了扬中，我们过江就容易了。我命令你，无论如何都要给我守住扬中这块'跳板'，决不允许丢失！"几乎与此同时，国民党第三战区司令长官顾祝同，气势汹汹以蒋介石的名义发来责令电，以高压政策逼管文蔚部退出扬中。项英感到，未经第三战区许可就歼灭"国军"一个团，再不收兵，新四军恐怕要担破坏国共合作的罪名。陈毅据理力争，指出贾长

①　南京军区陈毅传编写组.陈毅军事文选.北京：解放军出版社，1996:252.
②　中国人民解放军历史资料丛书编审委员会.新四军文献（1）.北京：解放军出版社，1994:624.
③　中央文献编辑委员会.刘少奇选集.北京：人民出版社，1981:269.

富根本不是什么"国军"，他不但不抗日，还勾结日本鬼子对付新四军，歼灭他何罪之有？陈毅诚恳地对项英说，扬中这块跳板，是挺进纵队付出了血的代价才架设起来的，挺进扬中完全符合毛泽东"五四指示"精神，万万撤不得。项英觉得陈毅讲的有道理，但总感到江南不像华北，新四军置身于虎视眈眈的复杂环境之中，稍有不慎就可能被吃掉，因而必要的忍让还是需要的。为缓和矛盾，项英提出，请韩德勤给扬中县派个县长。陈毅内心不悦，但考虑到项英已同意挺进纵队留在扬中，于是答应和管文蔚商量一下，把这件事搪塞了过去。

眼下，更令人焦心的是，项英与军长叶挺不睦。项英对大革命时期脱党至今尚未重新入党的叶挺，信任和尊重均不够，工作中两人意见常常相左。虽经周恩来等领导同志多次调解，但迄今未从根本上解决问题。在那个夜晚，陈毅耳边萦绕的是明朝抗倭名将戚继光深沉悲凉的箴言："诸君以今日其坐之据是何处耶？此非三间房子，乃是一只破船，又当风浪之中，若是睡的自睡，坐的自坐，仇人反目，各不同心，将使船被风浪飘冲打碎，彼时无分贤愚，无分恩仇，都是溺死。遭此之际，便是异心仇人，既在一船，说不得平日不相识，说不得平日仇怨，推此共患共难之心，掌舵掌舵，掌缭掌缭，同心同力，将此船撑过江海。今要求漏船过得风浪，却人人不齐心，不共拼一个死力，那个人免得去也！"

风雨飘摇的中国，有多少人解得名贤良将的一片苦心？陈毅借古喻今，把这段话作为《茅山一年》一文"政治的结语"。

抚今忆昔，陈毅清醒地意识到，六团东进是贯彻党的六届六中全会精神和落实周恩来部署，经过慎重考虑作出的重大决策。能否迈出这具有决定意义的重要一步，关系到党关于开展敌后游击战争的战略决策能否从华北拓展到华中，从交通闭塞的偏远山区向人口稠密的富庶平原辐射发展，是扭转华中敌后游击战争开展和抗日根据地建立被动局面的关键一招。

没有任何退路了！在不可回避的严重斗争面前，陈毅感到自己必须排除干扰，敢于担当，顶着压力，冒着风险，横下一条心，把党中央和中央军委的战略决策贯彻到底！

8. 陈毅星夜召见叶飞

经过近一个月的厉兵秣马，六团官兵如弹上膛、刀出鞘，随时准备杀向东路抗日前线。

1939年5月4日晚，一支队司令部突然打来电话，通知陈毅找叶飞谈工作，让他火速前往。叶飞心里一沉，暗自思忖：部队明天就要东进了，什么事这么急？因以往接受任务都是叶飞和吴焜副团长一起去，于是他急忙问道：吴焜去不去？得到的回答是，就你一个人。

叶飞飞身上马，在茫茫夜色中疾奔十几里外的一支队司令部驻地溧阳县水西村而去。

叶飞风尘仆仆赶到一支队司令部，见陈毅正坐在屋里默默抽烟。见到叶飞，陈毅示意他坐在旁边，半晌没有吭声，仍然独自一人抽烟。

一轮玉盘似的满月，渐渐隐入春夜柔似絮轻如绢的云朵中。叶飞孤寂难捱，忍不住问："你要我来有什么事啊？"

陈毅看了叶飞一眼，慢慢从口袋里掏出一份电报递了过来。叶飞接报迅速浏览了一遍，像兜头浇了一盆冷水。

这是军部发给陈毅的亲译电。电报不是以中央军委新四军分会或新四军军部名义，而是以项英个人名义，内容是不同意六团东进，口气不是商量，而是态度鲜明、不容置疑，甚至使用了"妨碍统一战线""敌情严重""冒险行动"和"全军覆没"等后果十分严重的字眼。叶飞当然知道，项英是中央军委新四军分会书记，陈毅是副书记，两人党内职务是一正一副，行政上是军首长与支队首长的上下级关系。眼看准备已久蓄势待发的东进有付之东流的危险，叶飞胸口像压了一块铅。他点燃一支烟，袅袅飘散的青烟，使他不由想起十年前的一段经历。

1929年冬，年仅十五岁的共青团福建省委委员、团省委宣传部长叶飞，赴上海参加团中央和全国总工会召开的全国青年工人代表大会。在那次会议上，他结识了大会负责人、中共中央政治局委员、全国总工会党团书记项英。那时，叶飞对这位中国工人运动的著名领袖何其崇敬，项英所作报告提出的正确策略和方法，以及大会倡导的务实精神，对朝气蓬勃的叶飞曾产生了怎样重要的影响啊！但一年多来，同在新四军这一崭新的战斗序列里，叶飞感到过去非常敬仰的项英变得陌生了，似乎不是那个在全国青工代表大会上，针对党内幼稚的"左"的错误，提出正确主张和方法的中央领导人了。

叶飞1914年5月7日生于菲律宾吕宋岛奎松省一个中菲混血家庭，原名叶启亨，菲律宾名字是西思托·麦尔卡托·迪翁戈，祖籍福建省南安市金淘镇，父亲叶苏卫系华侨小商人。南安古来人杰地灵，先后涌现出"开八闽文风之先"的诗人欧阳詹、明代思想家李贽、收复台湾的民族英雄郑成功等先贤名士。1918年，年仅五岁的叶飞随父回国认祖归宗，读过私塾，受过乡完全小学"新式教育"，后就读于厦门中山中学和省立第十三中学。1928年5月，叶飞加入中国共产主义青年团，年底离校从事秘密革命工作，次年任共青团福建省委宣传部长和代理书记、共青团福州中心市委书记。此后，叶飞经历了身陷囹圄、最终却安然脱身的磨难和考验。1930年7月，叶飞在厦门被国民党当局逮捕，入狱一年始终坚贞不屈，机智应敌，未暴露真实身份。1932年3月，叶飞转入中国共产党，1933年到闽东参加创建闽东革命根据地和红军游击队。1934年3月，在中共福建省委遭到破坏并与中央失去联系的危难时刻，叶飞以特派员身份果断主持召开会议，重建中共闽东特委并成立中国工农红军闽东独立师。1935年起，叶飞任中共闽东特委书记、闽东军政委员会主席兼红军闽东独立师政治委员，领导闽东军民坚持了备尝艰苦的三年游击战争。

清脆悠远的布谷啼春声，划破了黏稠的夜色，声声入耳。叶飞忧心忡忡地意识到，在要不要东进这个问题上，新四军领导层是有明显分歧的。矛盾的焦点，一个是要听国民党的，一个是要冲破国民党的限制。

陈毅起身在屋里踱来踱去，一会儿又在竹凳上坐下来，冷不丁问道："哎，叶飞，你看怎样？"

叶飞对东进作战早已跃跃欲试，但面对项英咄咄逼人的电报，一时不知应如何回应。

一番深思熟虑后，陈毅忽地站起来，重新点燃一支烟，狠狠吸了几口，在屋里踱了几步，随后在竹凳上坐下，旋又猛地站起身，走到叶飞面前，一字一顿地问："你看六团东进会不会被敌人消灭？"

叶飞十分干脆地回答说："六团东进绝不会被消灭！这一点我们有把握，我可以向你保证！"

陈毅紧盯着叶飞追问："你真有把握？"

叶飞坚定而又充满自信地回答："有把握！六团全体营连干部对这个问题进行过充分讨论，大家都认为有把握，我敢立军令状！"

叶飞在闽东七年多的戎马生涯中曾多次履险，但又一次次化险为夷。1934年10月的一天，叶飞在福建省福安县赛江渡口边的狮子头客栈接头时，突遇富安县三名国民党特务的袭击，其中一人举着手枪朝他连开三枪，有一枪打中叶飞头部，他血流如注，倒在楼板上。三名特务掠走叶飞的手枪仓皇逃窜，殿后的特务下楼时扭头看见叶飞还会动，大声嚷叫："哎呀！还没打死！"于是，特务又返回楼上对叶飞补了三枪，其中一枪打在手臂上，一枪打中左胸。身负重伤的叶飞，以惊人的毅力顺着楼梯从楼上爬下来，在客店女主人玉瑞帮助下连夜乘船转移，侥幸逃生。福安中心县委立即请医生给叶飞动了手术，取出了头部的子弹，但留在胸部的子弹一直伴随叶飞南征北战，直到逝世后才取出。惊心动魄的斗争历练，铸就了叶飞知难而进、无所畏惧的品格，对进军东路这一具有挑战性的任务，他早就志在必得、跃跃欲试了。

陈毅紧锁的眉头渐渐舒展开来，他与叶飞对项英电报和东路敌、我、友各方面情况进行了深入分析和研究。

1938 年 9 月，中共中央"特科"①派刘钊专程赴茅山脚下新四军一支队司令部，将华东人民武装抗日会近年搜集的一份关于苏南东路地区及杭嘉湖一带日伪军、国民党军和各色抗日游击武装分布概况的重要情报，当面呈送陈毅。陈毅看后喜上眉梢："天赐我也，今后我们下江南就不会当瞎子了！"他当即决定，立即派一支部队到东路地区进行侦察。9 月中旬，一支队二团参谋长王必成率一营二百多人，经丹北直插江阴、无锡地区，在澄武交界的塾村里，会见了中共澄锡虞工作委员会书记何克希等人。在地方武装配合下，王必成详细了解了东路地区敌情及抗日自卫武装分布情况，西返途中，伏击了日军汽车，袭击了顽军张来顺部短枪队，有力鼓舞了东路抗日军民的斗争。

根据王必成率二团一营侦察了解的情况和上海党组织多次提供的情报，东路地区除有"忠义救国军"七个支队两万余人、国民党第三战区收编地方武装成立的"淞沪民众抗敌自卫团"三路六个支队八千余人枪外，还有国民党军官、地主乡绅和帮会头子掌握的各路游击队，主要有无锡的周振纲部、强学曾部、邓本殷部、杨忠部，江阴的包汉生部、高杏宝部，阳澄湖的胡肇汉部，太仓的王士兰部，太湖的程万军部，常熟的熊剑东部、吴文信部、赵培芝部，嘉定的邓敬烈部，青浦的姚友莲部、许雷生部、武佩大部。

陈毅和叶飞共同认为，诚如中央所言，东路地区确已失去了建立抗日根据地的最佳时机，但在民族矛盾日益尖锐的形势下，日寇战线拉长兵力不足，只能控制大中城市和交通干线，国民党消极抗战不得人心，各种游杂武装有争取和做工作的余地，东路地区发展抗日武装力量并建立根据地仍有很大空间。特别要看到，东路地区有大革命时代留下的火种，有地方党组织和受苦受难人民的支持，

① 特科：即中共中央特别委员会在上海建立的以搜集情报、镇压叛徒内奸和营救革命同志为主要任务的政治执行机构。

有去年10月由梅光迪部、朱松寿旧部两支抗日武装改编的"江南抗日义勇军"第三路预置在江阴武进一线，还有在江阴西石桥乡举办的由上海工人、当地青年农民、常州和江阴的青年学生及少数参加过土地革命的同志参加的青训班，东进部队完全可以凭借这些有利条件，利用有一定灰色成分的抗日武装作掩护，回避新四军部队的敏感身份，在日伪盘踞的空隙站住脚，并且获得长足发展。

陈毅甩掉烟蒂，斩钉截铁地挥挥手说："那好，你们走，按原计划东进！"

叶飞兴奋之余又有几分担心："那破坏统一战线的问题怎么办？"

陈毅拍拍胸脯说："这不是你们的事。破坏了统一战线，我负责！"他用手指指叶飞又说："部队被消灭了，你负责！"

5月4日，这注定是个载入抗日战争史册的日子。

在毛泽东一年前对新四军开展敌后游击战争作出重要指示的同一天，1939年5月4日，陈毅对新四军一支队六团下达作战命令：

> 根据党的六届六中全会精神，要放手向敌后发展，抗击日寇。我们不要依靠国民党发饷、发枪，要独立自主地发展队伍，壮大自己。你们这次到东路去，一要发展队伍，二要搞到武器装备自己，三要筹集款子。用一句话说，就是人、枪、款！有人说这是机会主义。这不对！有了这些才好抗日嘛！

陈毅还指示叶飞，要相机建立抗日根据地。同时，陈毅复电项英：部队已提前出发，追之不及。他对身边参谋人员说："将在外，君命有所不受嘛！"

新四军成立后，六团番号和团领导名字，都在国民党第三战区注了册。为防止国民党顽固派寻找借口破坏东进，陈毅对叶飞戏称，这次要使用三十六计中的第一计——瞒天过海，把茅山地区的地方武装编成新六团，由曾任王必成所在二团营长、新中国成立后任过南京军区副司令员的段焕竞任团长，对外行动使用新四军六团番号，老六团以"江南抗日义勇军"名义东进，并成立"江抗"总指挥部。合编后的"江抗"由原"江南抗日义勇军"三路司令员梅光迪任总指挥，但只挂名，不随军行动；新四军一支队六团团长叶飞（化名叶琛），以病休名义向国民党第三战区请"长假"后任副总指挥，指挥老六团和东路所有部队。原"江南抗日义勇军"三路副司令员何克希（化名王端），延安分配来的原红六军团十八师师长、新四军六团副团长吴焜（化名吴克刚），分别任"江抗"副总指挥；

曾任红十军团二十师参谋长的新四军六团参谋长、1934年在怀玉山掩护方志敏突围的乔信明（化名汪明）任参谋长；曾任中共苏南特委书记、苏皖区委书记的吴仲超（化名吴铿）任"江抗"司令部政治委员；原红四方面军独立师政治部主任、新四军六团政治主任刘飞，将原名刘松清改为刘清，任"江抗"政治部主任。新四军一支队六团对外改称"江抗"二路，由吴焜兼任司令员。

在东进部队年少而资深的领导集团中，刘飞当然算不得一个举足轻重的人物。但在血火锻打中具备的军政兼优品质和专司政治工作的特殊定位，注定使他在东进中将发挥重要而特殊的作用。

为加强党对军队和地方工作的统一领导，陈毅决定成立党的东路工作委员会，叶飞任书记，中共江苏省京沪线路东特别委员会书记林枫和"江抗"副总指挥何克希分别任副书记。

9. 良团出征前接到陈毅来信

新四军成立初期，为弘扬传统和迷惑敌人，军部即确定以"保持发扬优良传统"八个字，分别作为四个支队所辖八个团的代号。原三支队六团因排行第六，故称"良团"。

六团厉兵秣马准备东进作战前夕，陈毅在一支队司令部驻地溧阳县水西村亲切接见连以上干部，与大家合影留念，并作了简短有力的出征动员。陈毅还满怀热情地写了著名的《献给良团（六团）全体同志》的一封信，交叶飞带给六团全体官兵。这封现存中国革命博物馆的来信，洋洋洒洒，言近旨远，把激励鞭策和说服诱导融入娓娓谈心中，极具感染力和渗透力。陈毅在信中写道：

第一，我首先指出良团（六团）的艰苦作风是本军中最突出的。回想在去年冬天，大家不发用费，用茶叶当烟吃，用烂棉絮包脚当鞋穿，每天吃两餐，甚至无菜吃，吃光饭。而你们能做到逃兵很少，能继续争取战斗胜利，维持模范纪律，这是我军优良传统的保持和发扬。这是我良团的特色，可做本军的模范。这在江南人民中都称赞你们这一点，我号召全军同志来学习你们这种精神，号召你们继续发扬这种精神。

第二，我希望你们今生今世永远不要忘记你们是闽东湘鄂赣的斗争农民，你们是中国革命的产儿，你们代表全中国的身世和利益。你们今天来参加抗战走向前线，是为了救祖国，救自己。你们有了艰苦斗争的精神，小部队游击的经验，但你们还缺乏高度的战术知识，还缺乏高深的政治理论，还缺乏革命必具的文化水平。这三个缺点希望你们今后努力学习来弥补它，不能自满，不能固执，不能自暴自弃。我们不必要妄自尊大，要人人做什么圣贤豪杰。但我们必须支持锻炼自己成为抗战为国的英勇战士，这除了虚心学习政治、军事、文化而外，没有第二条道路。

第三，我们今天不应讳言，在最初东征时期，你们中间是曾经有极少数人过高估计日寇的战斗力，但是你们经过六月的战斗，在白兔，在高庙，在宝堰，在下蜀，龙潭，在延陵，你们与日寇交过手，打败了日寇，从事实上提高了信心。根据这种事实，每个同志应坚强自己战胜日寇的信心，抛弃一切犹豫和动摇，稳定把握新的任务，争取新的胜利。同时自然要反对那些可能发生的轻敌情绪，因为在今天日寇力量仍然是大过于我们中国。在苏南，我们的力量距战胜日寇还差得很远，只有我们正确估计敌我力量对比，努力转变一切工作，才能达到最后胜利的光明之路。

第四，我们告诉你们，今天良团还缺乏的是高度军事系统的组织和指挥工作，目前部队中的散漫现象，游击习气，动作不熟练，礼节不讲究，武器常损坏，军事纪律不严明，这些弱点，正是我们还保持游击时代的残余。要纠正这些，只有厉行军事上的八大要求：第一是保守军事秘密。第二是保护武器。第三是动作迅速。第四是爱护公物。第五是遵守时间。第六是严肃整齐。第七是清洁卫生。第八是尊重礼节。

第五，很显然，我上面着重要你们提高军事，并不含有降低政治要求的意义。恰恰相反，不从政治上的动员，也绝不能达到军事上的提高。我们军队历来是政治领导军事，政治军事并重，军事达到政治的任务。谁把它分割开来，谁就是有了偏向，造成工作中危险。你们在历史成分上都是好人，你们是纯洁的农民。一开始就走上革命的正确道路，从你们能吃苦耐劳，不沾染嗜好，各方面都证明你们政治素质的优良，但仍然必须改进，要学习别团人的长处，学习中央军的长处，学习抗战人民的长处，甚至敌人的长处可以做我们的参证。比如说部队中有个别分子，也有破坏纪律的人，你们必须纠正他，教育他，帮助他，使他们回过头来发展。我们不要忘记思想斗争是我们的防腐剂，我们不要忘记政治集体教育制度是我们进步的推动机。

第六，我还交代你们三件事，作为你们胜利前进的法宝：

第一件事，首先提出的战斗胜利是解决一切问题的枢纽。你们能够想象，假如本军东征不打胜仗，还能有今天的声誉、今天的发展、今天各方面的同情和拥护吗？战斗的胜利依靠大家英勇为国牺牲的精神，依靠指挥员的适当指挥和战斗员的勇敢作战，依靠于广大人民的协助，不了解这些必然是百战百败的。

第二件事，就是模范守纪律，假如我军压迫人民，乱拿东西，乱收民枪，不与友军合作，不与人民亲爱，我们能成为一个军队吗？我们的三大纪律十项注意①是天经地义的。什么东西可以变化，我们纪律是铁的，必须遵守。我们的纪律是铁的，同时是自觉的不依靠鞭打刑罚，依靠我们的自觉。我们要知道，人民是我们的父母，我们是人民儿子，天下没有儿子不孝顺父母的道理啊。

第三件事，就是同志们的团结，我们的团结，就是把数千人打成一片，团结得像一个人一样。一个意志，一条心事，一样行动，要打一起动手，要卫一起向前。同甘共苦，轻财赴义，不但党员与党员应如此，党员与非党员亦应如此，就是整个中华民族更应如此，抗战必能胜利，建国必能成功。

我们不是什么生离死别，我只因为你们短期整训后，又回到原地行动，看见你们精神使我兴奋，看见你们第二次行动使我快慰，因此于感情上不免依恋，所以说一大堆话贡献你们，祝你们完成任务，给我以不断的捷报。②

陈毅的这封语重心长的来信，像冬日里吹来春天的风，一下子把"江抗"官兵的心暖热了；来信又像重峦叠嶂中亮出的一杆红旗，为"江抗"在日伪顽犬牙

---

① 三大纪律，即政治纪律：坚决抗日救国；服从命令听指挥；爱护老百姓，不违反民众利益。十项注意，即群众纪律：上门板捆铺草；地下扫净；说话要和气；买卖要公平；借物要送还；损失要赔偿；大便要找厕所；洗澡避开女人；进出要宣传；不虐待俘虏兵。

② 新四军茅山纪念馆.新四军与苏南抗日根据地（下册）.南京：江苏人民出版社，2005：807.

交错的东路地区开拓奋进指明了路径。叶飞立即让刘飞将这封信印发部队，传达到每个指战员，作为部队进军东路最强有力的战斗动员。殷殷深情激荡着良团，部队上下求战心切，官兵恨不得插翅飞到敌后，痛歼敌寇，再显铁军神威！

10. 水乡箪食壶浆以迎"江抗"

1939年5月5日，正值江南麦苗青、菜花黄的美好时节，时年二十五岁的叶飞，率新四军六团七百余官兵，打出"江抗"二路的旗号，冲破国民党限制，从苏南茅山根据地溧阳县水西村出发，踏上了东进作战的征程，迈出了突破国民党对新四军"划地为牢"限制的第一步。

茅山是东进江南最后的山脉。中国共产党领导的革命武装力量，从开辟井冈山起，似乎一直坚持"靠山吃山"。当是时，晋察冀有五台山，晋冀鲁豫有太行山，陈赓所部太岳纵队有太岳山，罗荣桓麾下之一——五师有吕梁山、沂蒙山……西出茅山，意味着新四军从此要放弃背靠大山开展游击战争的传统优势，在一些人认为无法立足、河湖港汊密布的平原水乡，创造游击战争新的奇迹。

茅山成为新四军由山地游击战转向平原水乡游击战的历史见证。

新四军六团共编有三个营。1938年10月，叶飞率六团向苏南敌后茅山地区挺进时，新四军军部把六团三营留在了皖南。从1937年初到年尾，在历时一年的繁昌五次保卫战中，六团三营全体官兵在扼守峨山头、与兄弟部队紧密配合重创繁昌城被围日军和血战塘口坝的战斗中，英勇顽强，战功卓著，受到新四军通报表彰。新四军军长叶挺对六团三营这支老红军部队欣赏备至，赞誉有加，亲嘱把三营继续留在军部。六团出征前，陈毅考虑到该团目前仅有两个营的兵力，遂决定由支队部特务营抽出两个连，组建了新的六团三营。

部队原计划拂晓前动身，叶飞担心夜长梦多，再生变故，通知部队提前两个小时开饭，吃完饭立即出发。

1939年5月6日，叶飞率部到达武进（今常州市武进区）戴溪桥，与在当地活动的梅光迪所率"江抗"三路会合，成立了"江南抗日义勇军"总指挥部，按陈毅安排，由梅光迪任总指挥。

梅光迪出身地主家庭，原是澄西（江阴西区）共青团负责人，曾参加过共产党，大革命失败后被捕叛变，损害过党组织，还娶小老婆，搞封建帮会，开香堂，收徒弟，与一些反动会道门组织过从甚密，并参加了国民党江苏省中统组织。抗战爆发后，梅光迪再兴武装，自任"江南抗日义勇军"总指挥。

1937年，中共上海地下党派原在"特科"工作的何克希带施光华，到江阴县西石桥了解当地游击武装梅光迪部的情况。

何克希原名和成孝，生于1906年，四川峨眉人，1929年加入中国共产党，在四川从事党的秘密工作。1935年，因在家乡组织一次不成熟的武装暴动暴露了身份，中共四川省委负责人车耀先要他到上海找党组织，经有关同志联系，辗转进入中央驻沪"特科"。

1937年江阴沦陷后，江阴要塞以西国民党部队和江阴党政军警人员悉数逃走，乡公所机构瓦解，保甲组织瘫痪。在权力和武装力量的真空地带，为抵御外侮和看家护院而兴起的各色游杂武装，像雨后春萤夏草般疯长，一下子遍布江南水乡村落。这些武装不少是由土地革命中脱党的党员和赤色群众组织发起，如朱松寿打着"除暴安良"的旗号，在长寿、云亭拉起一支四百多人的部队，1938年7月15日在祝塘颜家桥伏击日军船队，击毙九十六名日寇。张国珍、余静嘉在沙洲猛将堂搞了近二百人的武装，西石桥梅光迪有近百人的队伍，陆尔康在石牌拥有几十人的力量，仇庄周培大有五六十号人马，何金度、匡耀文在夏港的队伍也有三四十人之众，陈楚书在王家埭搞了个横河大队。一些地主士绅也乘机拥兵自守，如沙洲常阴沙一带的杨行方部有千把人，青阳章晓光的地主武装有三百人，峭岐、云亭、祝塘诸乡士绅俱养兵百人以上，其中峭岐地主资本家代表吴聚波数量过百的一干人马武器装备精良，长泾周振刚部也有一支地主武装。

在"群雄"四起、武装割据的复杂局面下，代表上层利益的各路武装，迫切希望得到国民党当局的合法委任。国民党军统特务头子戴笠，就是在这种形势下，特地成立"苏浙行动委员会"，专门收编上述游杂武装，以充作"忠义救国军"的重要力量来源。

"忠义救国军"前身是八一三事变爆发后，由国民党军统负责人戴笠、上海帮会头子杜月笙、杨虎等人组织的国民党军事委员会苏浙行动委员会别动队，由杜月笙任主任委员。上海沦陷后，该部残存的一千余人根据戴笠的指令撤到皖南整顿。1938年1月，戴笠将其改编为"忠义救国军"，明确其性质为第三战区长官司令部直属的敌后游击武装。3月，戴笠在武汉成立"忠义救国军"总指挥部，亲自兼任总指挥。

在争相扯起"忠义救国军"大旗的地方武装中，未被收编的梅光迪部感到自己像飘忽不定的浮萍，茕茕孑立，无所依附。

1938年上半年，"特科"老金（后知为徐强）把何克希介绍给上海八路军办事处秘书长刘少文。不久，为加强统一战线工作，壮大抗日武装力量，老金派何克希以上海八路军办事处的名义，去江阴武进一带组织敌后武装斗争。何克希受命后经过认真准备，带下属施光华二赴江阴西石桥，展开了争取梅光迪部的工作。当时组织上明确交代，争取梅光迪抗日是可以的，但其不能重新入党。

同年9月中旬，陈毅命王必成率部到东路地区侦察。当时，何克希已经在梅光迪部站住了脚。在澄、锡、虞工委引领下，王必成与梅光迪、朱松寿两支游击武装取得联系。10月，何克希随王必成到达茅山地区，向陈毅汇报了澄、锡、虞工委争取改造梅光迪、朱松寿和承寿根三支地方武装的详细情况。陈毅决定，将三支游击武装同时调到茅山整训。10月下旬，何克希率领上述三支游击武装到达丹南延陵地区，经过整训，陈毅宣布三支游击武装合编。为迷惑敌人，让其摸不清虚实，陈毅决定授予合编后的游击武装"江南抗日义勇军"第三路的番号（简称"江抗"三路），下辖三个连共二百余人，隶属新四军一支队建制，梅光迪任司令员，何克希任副司令员，吕平为政治部主任。

何克希担任"江抗"三路副司令员后，感到梅光迪是愿意抗日的，但权欲很重，且与党离心离德。他虽带队伍进了"江抗"，但还留了一手，属下周培大的武装就没有交出来。何克希确定一条底线，在顾全大局团结梅光迪抗日的同时，不能把部队领导权拱手让给他。但稍感棘手的是，梅光迪迫切要求恢复其党籍。何克希根据上级指示精神，婉拒了他的要求。

1939年1月，陈毅派新四军一支队参谋长胡发坚任"江抗"三路副司令员兼党总支书记，主持部队工作。鱼龙混杂，泥沙俱下，"掺沙子"自然不乏风险。3月15日，胡发坚根据"江抗"司令部决定，收缴武（进）南地区恶贯满盈的侯人雄（顺荣）刀会武装。在武进洛阳镇谈家头村召集百余名刀会会众训话时，一些会众听不懂胡发坚的方言，误以为要受镇压，持刀夺路奔逃，混乱中胡发坚被走火的枪击中。年仅三十三岁的胡发坚意外牺牲后，陈毅旋即派1934年入党、曾任红四方面军营连长和红二十五军团长的徐绪奎，到"江抗"三路接任副司令员。

2014年8月29日，国家民政部将胡发坚列入第一批公布的300名著名抗日英烈和英雄群体名录。

1939年6月，梅光迪遭日军突然袭击落入敌手，但未暴露身份。无锡抗联会遵中共东路工委指示出面担保营救，并通过苏州方面关系多方努力，梅光迪被保释。鉴于梅光迪在武进、江阴有一定影响，从统战和东进策略角度考虑，陈毅决定安排梅担任"江抗"总指挥部总指挥一职，但不随部队行动。"江抗"东进实际上都由叶飞指挥。1940年5月，江南人民抗日救国军西路指挥部成立，梅光迪被任命为司令员，吴仲超任政治委员。次年10月下旬，中共（京沪）路北特委决定成立江防司令部，任命梅光迪为司令员，张志强为政治委员，有四五十条枪。部队撤到靖江以后，梅光迪见形势不利，于12月下旬溜到上海，开一爿烟纸兑换店度日。赫赫有名的梅司令站柜台做生意，消息很快在周边传开，梅光迪被日寇捕去后彻底投敌叛变，和女特务金子芳狼狈为奸，皖南事变后诱捕新四军六师十八旅五十一团副参谋长罗庚大和五名战士，掠去轻机枪一挺、步枪五支。解放战争时期，梅光迪派人与党组织联系，要求给他个名分，理所当然为我党坚决拒绝。上海解放前夕，梅光迪被国民党淞沪警备司令部司令陈大庆所杀。

1939年5月6日，合编后的"江抗"千余官兵，从武进戴溪桥、洛阳一带出发，渡过京杭大运河，跨过京沪铁路，进入东路地区，随即在武南成立了江南抗日义勇军第三路武南办事处，张志强任主任。5月7日下午，中共无锡县委在东房桥河南村组织群众集会欢迎"江抗"东进，刘飞在会上致答词。5月8日凌晨，"江抗"到达无锡梅村，叶飞、何克希、刘飞等与中共江南特委及无锡、苏州、常熟等地党组织负责人林枫、张英等召开联席会议，分析东路地区抗战形势，协调"江抗"与地方党组织的关系。为加强党对军地工作的统一领导，按出征前安排，成立中共东路工作委员会，叶飞任书记，林枫、何克希任副书记，张英、吕平等为委员。之后，中共江南特委随"江抗"总指挥部一起行动。东路地区原有的中共组织活动范围不断扩大，活动方式也由秘密转为半公开。

5月14日，"江抗"副总指挥吴焜和政治部主任刘飞，率"江抗"二路主力一部抵达阳澄湖地区，与常熟"人民抗日自卫队"（简称"民抗"）和第六团会师，随即兵分三路奔袭东乡匪伪。6月，"江抗"向常熟、苏州方向运动，再次进入阳澄湖地区。随后，"江抗"总指挥部移至常熟横泾、唐市一带。

常熟，美丽富饶的鱼米之乡，因"土壤膏沃，岁无水旱之灾"而连年丰收，故名，且享誉神州。"江抗"进入常熟腹地以后发现，在日寇铁蹄践踏下，昔日富庶安宁的一方乐土，竟然成了"白骨露于野，千里无鸡鸣"的人间地狱！部队所到之处，耳闻目睹日寇惨绝人寰的暴行，令人发指，罄竹难书！

1937年10月14日，从常熟十一圩港驶出的一艘难民船，在长江江面被日舰击沉，船上百余难民无一生还。同年11月，日寇在常熟沿江野猫口一带登陆，沿途杀害百姓三千五百余人，烧毁民房三万余间，奸淫妇女难以计数。11月14日下午，日军冲锋队分批由东西门闯进常熟城，当日屠杀无辜百姓一千五百多人。在南门外莲墩浜，日军用机枪扫射杀害三百多居民和农民。日军入侵练塘镇查村，虐杀平民十八人，其中五人被装进麻袋抛入水中淹死，三人装入麻袋后挂到树上供士兵开展刺杀比赛用。11月21日，一支从常熟高浦口登陆的日军，见裁缝陈根福家挂着一张国民党军官照片，就把全家八口人押到码头，强令面水而跪，一一砍下脑袋，尸体抛入河中，连未满周岁的婴儿也未能逃脱。浒浦西段刘巷村搬运工王六，家中母亲和妻子皆病，三个孩子尚小，想到要被日军杀死，就在田里挖坑把一家五口全部活埋，自己吊死在坑旁树上。徐市镇蒋湾村邱家巷邱凤玲祖父等七八个老人，被日本兵推进粪池，身上压满石头，全部溺死。董家浜镇翁家桥的金忠顺被日军凌迟致死，砚泾村李贵生六十岁的母亲被日军撕裂而死。

嗜杀成性的日军一面疯狂草菅人命，一面肆意奸淫残害妇女，上至八十多岁的老妪，下至十几岁的幼女，遭其侮辱而被杀者有之，不甘从贼而自杀者也有之。史料载，地处长江边的吴市镇，被奸淫妇女达三百七十多人。该镇沿江村，有村民四家十三人躲在竹园地洞里，日军在洞口放火熏烧后见人都还活着，就把洞中的妇孺老幼一个个拖出洞外用刺刀捅死，其中二十多岁的青年妇女顾和祖被当场强暴，其三岁的小儿子在母亲身后哭喊，被劈去半个脑袋。董家浜镇和大义镇分别被奸淫妇女三十九人。董家浜镇邹家小桥李仁生的姐姐遭四名日军轮奸而死。徐市镇潘家巷孕妇瞿某，因胎儿临盆未能逃走，被日军发现后惨遭强暴，留下一具衣衫撕裂的女尸，下身被日军用木棒捣烂。大义镇辛庄有母女两人避难途中被日军搜获，为保护女儿，母亲苦苦哀求，愿代女受辱，结果母女均遭轮奸，后又双双惨死于日军刺刀之下。通河桥弄附近后大田岸有个年仅十三岁的小姑娘，被日军抓住后强奸致死。虞山镇石梅菜园内有一被日军糟蹋的妇女，全身赤裸，四肢被钉在大树上示众。镇中报本街有蔡姓母女两人，因女儿侍奉母病不能远避，匿居家中。一夕，忽闻兽军叩门，自知不免，相率跳井溺亡。

日军除在福山镇七峰小学开设蓄有十几名日本军妓的慰安所外，还在常熟城内鸿云楼、常熟饭店、北市心大方旅社等地开设五家慰安所，从苏州和本地掠来约八十名中国妇女供其蹂躏。

日军第十六师团步兵第二十联队上等兵东史郎，侵华战争期间记有反映日军暴行的日记三十七万字，其中涉及常熟的日记七千字。1937年11月18日，东史郎在日记中写道："这里是浒浦镇，房屋几乎全遭破坏，看不见一个支那人。"在同年11月22日的日记中，东史郎写道："梅李是个大镇子，已经被轰炸得满目疮痍。……镇子处处瓦砾成堆，破败不堪，没有可以立足的地方。""我们在这里做饭烧水不必拾柴，在稻谷堆上放一把火，烧水、煮饭、烤火全部解决。"两天后，东史郎记下了日军进犯常熟县城的暴行："相机店和钟表店等一切商店已被我们洗劫一空"，日军宿于虞山下一村庄，东史郎上司西原少尉"恶狠狠地说：'这个村子的人和邻村的一样，统统杀掉！邻村三岁的孩子都没有留下。'"

据有关机构上个世纪50年代初期调查统计，1937年日军入侵常熟后，全县计罹难五千四百二十四人，被强奸五千二百零六人，奸后被杀五百六十四人，打伤枪伤一千六百三十人。2011年5月出版的《中共常熟地方志》第一卷载："根据以后的调查统计，日军侵占时，常熟有五万零五百多间房屋被烧毁，有一万五千多平民被害死亡，难民超过六十三万八千人。"日本专门从事中国情报调查的满铁上海事务所调查室披露，据该所实地调查，常熟沦陷前人口总数为八十五万九千二百三十八人，沦陷后为七十一万三千一百九十一人，骤减十四万六千零四十七人。调查室承认该数字"如实显示了因事变而引起人口激减的事实"。

在"遥瞩城厢，劫火四起"的空前惨象中，以两代帝师、父子宰相、叔侄状元而名动江南的翁氏家族故宅的毁灭，最令人触目惊心。甲午战争中翁同龢以战求和，战败后积极参与戊戌变法，被开缺返乡。翁同龢六世孙翁宗庆记述，常熟鹁鸽峰瓶庐翁同龢寓所，翁同龢五侄、浙江布政司翁曾桂所建"之园"，翁同龢二兄、湖北巡抚兼署湖广总督翁同爵所置房产，均被日军焚毁殆尽。

日军所到之处，还把常熟百姓家里床铺上的棕垫全部用刺刀划断或凿穿，使你无法安睡；把乡间所有烧饭用的锅镬全部捣碎甚至拉上屎，使你无法得食；把所有家用的橱台桌椅全部劈柴取暖，使你无法使用。

富甲天下、人文厚积的常熟，历史上何曾蒙受过这样的奇耻大辱！勤劳善良而又充满正义感的常熟人民，岂能容忍日寇恣意践踏世代生息繁衍的美好家园！

自古以来以吴侬软语鱼米之乡著称的江南福地，吴中子民沉睡已久的血性陡然迸发。常熟籍光绪十六年（公元1890年）进士、曾参加同盟会的翰林院庶吉士徐兆玮，1937年8月25日在其日记中写道："下午有日机四架在锡沪路直塘一带投弹。遥见其形，遥听其声，血气偾张，恨不得作飞将军与此虏一决雌雄也！"

常熟父老乡亲蒙受的苦难，像熊熊烈焰一样炙烤着每一个"江抗"官兵的心田，部队上下纷纷求战，恨不得立刻杀向敌寇，喝其血、啖其肉、寝其皮，为千千万万受苦受难的同胞报仇雪恨！空前的深仇大恨，像地下的熔岩，在兵燹遍地、生灵涂炭的虞山脚下和阳澄湖畔奔突激荡。东路地区人民热切盼望真正抗日的武装早日救斯民出水火。对敌伪顽恨之愈深，对子弟兵爱之愈切。"江抗"健儿在东路连战皆捷，不仅使常熟百姓箪食壶浆以迎义师，而且使东路人民与"江抗"结成了生死相依、守望相助的命运共同体。

水乡人民为了配合"江抗"行动，组成浩浩荡荡的船队，趁着夜色，往返穿梭在阳澄湖和昆承湖上。横泾、唐市一带的农民为方便部队行军，还在水渠纵横的田间搭起了"船桥"。梅塘两岸的农民，把刚刚油漆好的新船交给部队作运输用。十里八乡的群众给"江抗"送来了猪肉、鸡蛋、咸菜等食品，还有胶鞋、袜子、毛巾等日用品，妇女们挑灯夜战为部队赶做军鞋。

在地方党组织和广大人民群众支持配合下，"江抗"实施机动灵活作战，经无锡、苏州、常熟、太仓等地，直逼上海近郊，在大小几十次战斗中声威大震。

11. 沉默的上海近郊变成烽火连天战场

东路地区的敌情果然严重。

1939年5月31日晨，在江阴、无锡两县交界的小镇黄土塘，"江抗"独立支队炊事员上街采办，发现镇上有日军二百多人。"江抗"副总指挥吴焜和二支队支队长廖政国率"江抗"二路二支队（六团二营）进驻黄土塘镇小成巷东南几个村落，侦察员上街侦察被困其中，一时难以脱身。

接到赶回驻地的独立支队炊事员报告后，吴焜对敌情作了分析，针对可能发生的遭遇战作了紧急部署：独立支队机枪连坚守小河土坝；一支队一连进入土坝西侧河岸阵地，二连担负预备队；一支队三连及直属机枪连在小成巷村东北角隐蔽待机；二支队在小成巷村西北角布防。考虑到刚改编的独立支队缺乏战斗经验，吴焜令其随司令部行动，战斗打响即后撤向南转移。吴焜刚作完战斗部署，日军先头部队已向小成巷村方向开进，哨兵鸣枪报警后，日军慌忙蹿入东侧坟地，架起机枪和迫击炮向"江抗"阵地射击，并组织兵力发起冲锋。土坝西侧河岸阵地的一连开火反击，双方隔河形成对峙。这时，九十多名日军赶来增援，一连连长谭冬生身负重伤。紧急关头，二支队支队长廖政国蹿上坝头，夺过机枪猛烈扫射，挡住了敌人进攻。

廖政国1930年秋入党，同年9月参加红四方面军。这个出生于大别山北麓罗山县、喝淮河水长大的豫南汉子，在社会底层的炼狱里，锻铸了一种勇往直前的冲劲和不达目的不罢休的韧劲。廖政国历任见习参谋、连长、副营长，多次负伤。1935年8月伤愈后，他任过甘孜兵站站长。1937年5月，廖政国在武威县组织暴动，攻取永昌县城。红军长征中西路军失利后，廖政国沿途乞讨二十余天回延安，入抗大学习后与刘飞一起分配到新四军，任老六团二营副营长，做教导员工作。

激战中，率部驰援的"江抗"一支队支队长王萱春，命令二连火速占领土坝东侧河堤投入战斗。二连连长吴立夏带领全连迅速进入阵地，九挺机枪一起开火，打得敌人抬不起头来。突然，日军迫击炮弹击中了二连火力最猛的苏制转盘机枪手，日军士兵趁机蜂拥而上。千钧一发之际，二连指导员赖生弟一口气扔出几颗手榴弹压制住敌人，苏制转盘机枪重新开火。在一连火力支援下，敌人进攻被打退，赖生弟却被敌炮火击中英勇牺牲。激烈的战斗一直持续到下午，三十余名日寇横尸桥头，其中有一名日军大佐。这时，"忠义救国军"一个支队奉国民党第三战区命令，公然配合日寇前来消灭"越防区作战"的新四军。

此刻，在外敌内奸两面夹击下，"江抗"副总指挥吴焜杀红了眼，大声呼喊："天红了，地红了，眼睛红了，杀呀！"他和廖政国端着机枪带领官兵冲锋，伤亡近百人的日寇和"忠义救国军"，在"江抗"部队猛烈冲击下狼狈溃逃。

黄土塘遭遇战是"江抗"东进打的第一场胜仗。首战告捷，不仅使日军受到强烈震慑，而且极大地焕发了东路人民的抗战热情。困顿中的人们纷纷睁大了惊愕的眼睛：原来日本人也是可以战胜的！胜利的消息像一股清风，使"失败""亡国"等笼罩江南上空的愁云惨雾为之一扫。

6月1日夜，在"江抗"和地方武装掩护下，吴县渭塘地区的贤圣、倪汇、永昌等乡镇上千名"农抗会""青抗会"会员，手持锄头、铁搭、洋镐，带上煤油、棉胎，分别到达苏常公路指定路段，联合开展破路行动，烧毁七座公路桥梁，破坏路面十余公里，使公路交通瘫痪了三个月，有力配合了"江抗"东进。

6月24日，叶飞和刘飞等领导经过深入研究敌情后，决定奇袭日寇踞守的沪宁（上海至南京）铁路和京杭大运河关隘浒墅关车站。作战部署确定兵分四路，一路由侦察参谋周后荣带侦察排抢占东桥镇，不露声色地把伪军一个中队解决掉；第二路以一支队二连随一路之后直扑浒墅关；第三路向望亭方向警戒；第四路攻击黄棣镇伪水警大队，力求歼其一部。东桥镇得手后，午夜一时许，"江抗"二路一支队（六团一营）担任主攻的二连连长吴立夏和指导员吴立批叔侄俩，趁守敌酣睡之际，分别带领一个排突袭车站东西两侧的日军营房，向屋内酣睡的敌人投掷手榴弹，引爆了汽油桶和弹药箱，兵营顿成火海。企图外窜的敌人被"江抗"部队机枪火力封锁，日军警备队长等三十人和七名日本职员，干净利落悉数被歼。与此同时，配合袭击浒墅关车站的"江抗"三路部队，也按预定计划击溃黄棣镇江苏省水警二纵队二大队王海宴部，带着几十个伪水警队俘虏胜利而归。焚毁的浒墅关车站破坏了附近的路轨，导致沪宁铁路被迫停运三天。

"江抗"夜袭浒墅关一日两战，双双告捷，使在日寇铁蹄践踏下窒息得透不过气来的江南新风劲吹，人心大快。历史在这个上海近郊小站续写了惊人相似的一幕：明嘉靖三十四年（公元1555年），一股来犯倭寇在浒墅关遭到痛击并被全歼。三百多年后，当年倭寇的子孙，又在这里葬身火海。

"江抗"夜袭浒墅关威震江南，进一步打破了日军不可战胜的神话。当时，正在新四军采访的美国记者艾·史沫特莱专门就"江抗"夜袭浒墅关写了一篇通讯，刊登在上海、香港出版的《密勒氏评论报》等英文报刊上。上海的《大美晚报》和《译报》也都迅速对发生在上海近郊的这场战斗进行了报道。后来的军事专家认为，夜袭浒墅关车站的意义，在于面向大上海正式亮出了"江抗"的旗帜，向沦陷区人民宣示，敌伪横行的上海近郊和东路地区，终于迎来了敢打真打日本鬼子的部队，从而极大地坚定了人民群众抗战的中国不会亡的信心。

青浦东面黄渡地区的淞沪游击纵队四支队许雷生部，经叛徒戴迪仁牵线与日伪拉上了关系，即将公开投敌。7月19日，在"江抗"副总指挥吴焜统一指挥下，"江抗"二路、三路和青浦三支队勠力发起讨许战斗，在距黄渡敌人据点两公里许的北张角，重创许部，缴获重机枪五挺，轻机枪数十挺，生俘二百余人。许雷生因不在驻地侥幸逃脱。7月23日，吴焜率"江抗"二路七连、特务连和四连一个排，"江抗"二路二支队长廖政国率五、六连和两个机枪排，分两路奔袭伪化顽军许雷生部。吴焜直取顺家桥，许雷生早已逃之夭夭。廖政国率部黄昏出发，一路疾进六十里，消灭顽军几股小部队，但奔袭虹桥许雷生残部也扑了空。

收兵回营途中，经过一处非常平坦空旷的场地，有高塔，有洋房，还有铁丝网。廖政国问向导："这是什么地方？"向导说："这是东洋赤佬的飞机场。"官兵们一听就来劲，纷纷怂恿支队长："开开洋荤吧，打几架日本鬼子的飞机可是个大胜仗！"廖政国也动心了：八路军火烧阳明堡日军飞机场威震敌胆，新四军何不夜袭虹桥机场给小鬼子点颜色看看！他来不及向"江抗"总指挥部请示，把张锡能、蓝阿嫩、叶克守等连长指导员找来商量，当机立断决定两个连队分头突击，一枪未发顺利突入机场大楼，缴了十几个正在熟睡的伪警察的枪。随后，廖政国迅速收拢部队冲向停机坪，不顾机场四周碉堡里日军的扫射，在机枪排掩护下，蓝阿嫩率五连官兵打开汽油桶点燃停机坪上的四架飞机，而后廖政国率部队立即撤出战斗。第二天，还是美国进步记者艾·史沫特莱，在美国和香港报纸上报道了中国抗日武装火烧虹桥机场的重磅新闻。"江抗"在日军宣称中国抗日力量绝对进不了的地方虎口拔牙，震惊海内外。

上海虹桥机场是"江抗"东进作战最远的一个标志点，虹桥机场之战，是"江抗"对社会各界影响力吸引力大增的一个转折点，其政治意义和综合效应大于军事意义。火烧虹桥机场的最大战果，就是其政治影响超过了夜袭浒墅关车站，使"江抗"在江南人民中的威望空前提高，大批知识青年和工人、市民，从上海、无锡等地踊跃参军。

8月上旬的一天，"江抗"负责青浦军事工作的周达明，指挥独立一支队和青浦三支队，在上海西郊庄家浜奋起抗击乘汽艇来袭的日军，打死打伤三十余人。此后不久，"江抗"三路一支队三连在嘉定城郊遭遇日军一小队，果断先敌开火，毫无戒备的日军折兵七八人后，被逼进一所瓜棚死守，频频用旗语向城中日军求援。扬眉吐气的嘉定居民纷纷在自家楼上观战，其中不乏英美等国的传教士。

《大美晚报》记者舜江起初认为，"上海近郊，日人防御坚固，而且是火网布置得最严密的地方"，"江抗"要挺进上海近郊"是不可能之事"，决定随军东进采访。通过身临其境、耳闻目睹，记者终于明白了"江抗"东进成功的道理，原来"它是有民间基础的地方部队"，"他们的唯一优点，就是与地方人民取得密切的联络。他们并不是消极的秋毫无犯，而是积极的发动民众参战，因为他们的军事动作，配合在政治的运用上……记者经历各省，看到过的游击队与正规军很多，从未见过像'江抗'队伍与地方人民融洽得打成一片，推究其原因，因为是民众自己武装组织起来的队伍"。记者常为"江抗"与江南人民之间的鱼水深情"感动得无法抑制由内心燃起来的热泪"，他深有感触地指出："江南人民看得很清楚，拥有民间基础的新兴势力，正在蓬蓬勃勃的发展中。"①

1940年11月7日，东路军政委员会主任谭震林在《大众报》发表题为《东路一年》的文章，赞扬"浒墅关之战，虹桥飞机场之行，已使沉默的上海近郊，变成了烽火连天的战场"。

---

① 中国人民解放军历史资料丛书编审委员会.新四军参考资料（1）.北京：解放军出版社，1992:104.

第三章 澄东喋血

12. 江南奔涌抗日春潮

那是"乱世英雄起四方"的时代。溃败的国民党和地方反动武装化作数百股流匪，肆虐于东路地区的村镇和湖滨。也有一些实则是"游吃队"的乌合之众混杂其中。一时间，东到苏、常、太，西到澄、锡、虞，日伪据点星罗棋布，公路堑壕密如蛛网，土匪地痞多如牛毛。

叶飞不负陈毅重托，率以六团为中坚的"江抗"东进作战四个多月，连续几十次袭击日伪军，打了一连串漂亮仗，通过大量收编地方抗日武装，加速解决"江抗""人"和"枪"的问题。

"江抗"收编地方武装的工作不是一帆风顺的。收编无锡鸿声里邓本殷部，就出现过惊险一幕。邓本殷原系粤军将领，抗战前反蒋失意，抗战爆发后拉起武装。该部在"特科"和中共无锡县委争取下，抗日意识有所增强，但国民党顽固派也加紧对其争夺。关键时刻，国民党江南行署派特务黄飞到邓部任参谋长。"江抗"着手收编邓部时，黄飞煽动哗变并企图带走部队。叶飞、何克希和刘飞接到情报后，采取果断措施，以"江抗"名义宴请邓部中层军官，随即通知邓部全体人员集合，"江抗"部队迅速包围会场，实行武装缴械。邓部由中共地下党掌握的一个中队直接编入"江抗"，其余人员全部遣散。叶飞将邓本殷安排在"江抗"总指挥部，给他配了五名警卫和一匹马，生活上给予优待，尊称他邓老司令。邓本殷跟"江抗"行动了一段时间，遂称病去上海，后乘隙逃走。

1939年五、六两个月间，"江抗"仅在无锡就收编七支地方武装，计一千三百五十余人、重机枪四挺、轻机枪三十六挺、长短枪一千一百多支。部队挺进途中，还击溃"忠义救国军"第十支队两个大队，消灭了该支队三个直属大队，缴获轻重机枪三十挺、长短枪四百余支，一个人枪百余的中队投诚加入"江抗"。在转战苏常地区时，又收编了吉品三、李桂生等部一百余人。

抗日游击根据地的开辟，挤压了日伪顽势力的地盘和活动空间。1939年6月下旬，不甘退守一隅的马乐鸣、赵北顽部，乘"江抗"第二支队开赴澄西执行任务之机，倾巢进犯虞西、锡北地区。6月26日，张开荆、刘飞率第一支队从常熟塘北出击，在无锡独立支队配合下，于锡北任巷、港下打退"保三纵队"第一、第二支队进攻，毙伤顽军二百余人。嗣后，"江抗"第二支队从澄西东返，两次奔袭逃至冶塘附近的马、赵残部，扫除了恢复澄、锡、虞地区抗战阵地的障碍。

"江抗"迭挫敌锋，声势赫然，此后相继争取并改编了阳澄湖一带的胡肇汉部为"江抗"独立第一支队，无锡县国民抗日自卫队强学曾部为"江抗"独立第二支队，中共常熟地方组织领导的陈震寰、周文在部为"江抗"独立第三支队，杨忠部为"江抗"独立第四支队，陈凤威、张卓如部为"江抗"独立支队，何市殷玉如部为"江抗"独立大队，陆巷周嘉禄部为"江抗"独立中队。

在1939年春夏之交的苏南敌后战场上，蓬勃兴起的"江抗"，无疑对其他抗日武装的发展，起到了不可低估的示范带动作用。一直配合"江抗"行动的常熟"民抗"迅速发展到四百五十人，从三个分队扩展为三个中队和一个特务队，8月底奉命改编为"江抗"三路第二支队。

常熟六梯团是由大革命时期脱党的共产党人建于东乡的近千人抗日武装，因经费困难被国民党收编，称六梯团。1938年秋冬之交，六梯团被日军击溃。中共常熟县委派原六梯团政治主任、共产党员周文在，召集散落各地的六梯团旧部，加上小市自卫队重建抗日武装，称新六梯团。新六梯团学习"江抗"建军经验，及时惩办闹独立性和抓人绑票的副团长，在军政素质全面提高后，改编为"江抗"独立第三支队，不久又升级为"江抗"二路第三支队。

7月下旬，叶飞率"江抗"一部从阳澄湖东进青浦，途经嘉定时，在吕炳奎部配合下，一举歼灭卖国附敌的淞沪民众抗敌自卫团第一路一、二两个支队，生俘该团指挥邓敬烈，缴获轻重机枪四十余挺、步枪六百余支。7月末，叶飞在朱家花园召集中共青浦工委和顾复生部开会，决定大力发展抗日武装，继续扩大抗日游击根据地，使青浦抗日基地与嘉定连成一片。此后，"江抗"主力回师苏州、常熟，"江抗"三路继续转战青浦、嘉定。8月3日，日伪军多路"扫荡"嘉定八士桥，"江抗"独立第一支队及吕炳奎部奋勇反击，毙伤日伪军二十余人。

"江抗"进军东路势如破竹、所向披靡，使上海和苏南广大人民群众欢呼雀跃，喜不自胜。由中共江苏省委、八路军驻沪办事处和中央驻沪"特科"所创建的抗日武装，也欢欣鼓舞加入了"江抗"的序列。经过数月征战，"江抗"部队从进至武进时的一千余人，猛增到五千余人，对外称"江抗"二路的六团由七百余人，扩展到两千余人。部队武器装备亦有很大改善，步枪都换成了中正式、捷克式，班有轻机枪，连有机枪班，支队有重机枪连。部队经历大小战斗五十余次，毙伤日伪军一千余人，粉碎敌顽多次"扫荡"。

1939年4月，陈毅写出了创建抗日根据地初期的优秀报告文学《江南抗战之春》。将军风度、诗人气质的司令员，闻听苏南敌后游击战的胜利捷报和部队不断壮大的喜讯，由衷赞扬"一九三九年春天，江南却有了意外的春汛"。随着"江抗"东进在军事、政治上的节节胜利，中共江南特委也随"江抗"总指挥部到达阳澄湖地区，活动于苏、常、太和昆山等地，活动方式也逐渐由秘密转为半公开。1939年7月，江南特委以苏、锡各界抗联会的名义，出版发行《江南》半月刊，有力扩大了党的宣传阵地。

"江抗"东进打开的新局面，犹如江南抗日春潮的潮头汹涌澎湃，推动苏南地区抗日斗争如火如荼迅猛发展。后来，陈毅先后两次从"江抗"部队抽调了二百多挺轻重机枪，支援皖南和江北新四军部队。

1982年1月9日，叶飞回顾"江抗"东进历史时讲道，1940年春，他率"江抗"赴半塔集增援新四军五支队遇韩德勤部主力，由于部队武器好，交战中很快占了上风。苏北反摩擦"江抗"能够取胜，与部队东进时武器装备显著改善有很大关系。叶飞还说，皖南事变时，国民党军八万人伏击我九千人，敌我力量相差那么悬殊，地形对我极其不利，但部队遭受突然袭击能顽强抵抗，与敌激战七昼夜，两千多名官兵突出重围，一些部队武器装备好是重要因素。

"江抗"连战皆捷，树起了抗日救国的大旗，为开展统一战线工作创造了十分有利的局面。刘飞按照上级"发展进步势力，争取中间势力，孤立顽固势力"的指示，以"江抗"政治部主任的身份，亲自出面同杨筱南、胡肇汉、强学曾、杨忠、赵北等地方武装头目进行谈判。由于他秉持大义，态度诚恳，言之在理，大大小小的"草头王"都心悦诚服，表示愿意归顺"江抗"统一指挥，在特定时期有效防止了他们勾结日伪顽与"江抗"为敌，对壮大"江抗"力量、建立抗日游击根据地起了重要作用。刘飞还曾动员沙洲县（今张家港）的一位女性头面人物出来抗日，由她负责税收工作，打开了当地税收工作局面，解决了我军部分给养和筹款问题。在刘飞教育鼓励下，这位女性锻炼成为一名财政领导骨干。

"兄弟阋于墙，外御其侮。"由于"江抗"领导人和政治机关正确执行党的抗日民族统一战线政策，东路地区许多爱国人士如周鼎、归星海、陈友梅、吴宗馨、徐翰青、顾骋寰、唐纳民、郭曦晨、浦太福、陈宝书、陶一球等，在党的路线方针政策影响和感召下，积极投身抗战事业，其中一些人从此走上革命道路，在斗争中锻炼成长为党的干部。

部队东进到常熟、太仓时，曾发生了踩坏田里庄稼和个别人吃群众西瓜的违纪问题。叶飞和刘飞当即召开军人大会，对违纪者进行严厉批评，并给予纪律处分。刘飞还派民运科长和干事带上银元，原路返回上百里外的村庄，向有关群众道歉，赔偿了他们的损失。这件事使部队受到很大震动和深刻教育，"江抗"也在当地群众中扩大了政治影响。

1939年8月，"江抗"总指挥部为适应行军作战需要，决定采取以老带新的办法，将不断发展壮大的队伍统一整编为四路（相当于团）："江抗"二路，由原新四军六团一、二营和原常熟新六梯团（"江抗"二路第三支队）、原陈凤威部（"江抗"独立支队）组成，司令员吴焜（兼），副司令员陈震寰，政治处主任刘飞（兼）；"江抗"三路，由原"江抗"三路、常熟"民抗"和嘉定吕炳奎部（外冈游击队）组成，司令员何克希（兼），参谋长徐绪奎，政治处主任杨浩庐；"江抗"四路，由原强学曾部（"江抗"独立第二支队）、原胡肇汉部（"江抗"独立第一支队）和原杨忠部（"江抗"独立第四支队）组成，司令员乔信明（兼），副司令员强学曾、胡肇汉、杨忠，政治处主任吕平；"江抗"五路，由原新四军六团三营、原周嘉禄部（"江抗"独立中队）和原江阴"民抗"朱松寿部组成，司令员朱松寿，副司令员梁金华，参谋长夏光，政治处主任张志强。此外，组建了两个重机枪连，有轻重机枪近二百挺，直属"江抗"总指挥部。

部队大发展，政治机关了解选拔和调整配备干部的任务很重，还要不间断地组织做溶俘补俘的工作。刘飞带领大家紧贴部队中心任务，夜以继日搞好服务保障，使政治工作在东进作战中开展得有声有色，成了巩固扩大部队和提升战斗力的重要法宝。随着"江抗"在苏南地区声名鹊起，新四军成功在日伪视为心腹地带的东路地区建立了抗日根据地。

转战苏南日益活跃的抗日游击兵团，对京沪敌伪造成极大威慑，国民党第三战区对"江抗""越界行动"极为恼火，战区司令长官顾祝同，数次电饬新四军军部立即"撤回第六团"。

1939年11月7日，为统一协调与指挥苏南新四军部队，新四军第一、第二支队领导机关在溧阳县水西村合并，成立新四军江南指挥部，陈毅任指挥，粟裕任副指挥，罗忠毅任参谋长，刘炎任政治部主任，钟期光任政治部副主任。新四军江南指挥部辖二团、四团、新六团、挺进纵队和防区地方武装。接到顾祝同接连发来的电报后，新任新四军江南指挥部指挥陈毅沉吟有日，遂机智回电作答："苏、常、太、澄、锡、虞地区之抗战部队乃敌后人民为自卫计而兴起的，且非本军管辖范围之内，故不宜加以干预也。"

13. 叶飞四天连折两员虎将

不料，在无锡鸿声里"江抗"武装缴械中漏网并逃去上海的邓本殷的"投诚报告"，帮助国民党比较确凿地搞清楚了"江抗"的真实身份。

1939年8月中旬，邓本殷借口身体不适离开无锡鸿声里，抵沪后即向戴笠密报了"江抗"的背景，称"匪首叶琛系新四军陈毅部之团长，派至苏、常一带活动，名为抗日义勇军，实为新四军之干部……现在该部之异党分子宣传赤化，诋毁中央，煽惑民众抗租，扰乱地方秩序，请予剿除，以弭后患"。

戴笠接到邓本殷密报后，速将这一情报呈报蒋介石，蒋介石又把戴笠的密电批给国民党第三战区。第三战区在变本加厉向新四军施压之际，密令国民党第三十二集团军副总司令王静久、"忠义救国军"总指挥俞一则"剿办""江抗"。

国民党军第三十二集团军一面调遣新三十师协助"忠义救国军"执行"剿办"任务，一面通过第三战区再次下达禁令："新四军各支队非由本部命令不得擅自进入金（坛）、丹（阳）、无（锡）、镇（江）以东地区活动。"江南顽伪交替使用遏、剿两种手法，企图先孤立再消灭"江抗"于东路地区。

1939年9月初，"江抗"为执行上级关于开辟澄东，使东路与澄西、丹北① 地区连成一片的指示，主力部队回师锡澄地区。

9月8日，"江抗"第三路撤回常熟地区。

---

① 抗日战争时期，长江以南，宁沪铁路以北，镇江以东，无锡、江阴公路以西这一狭长地带，包括今镇江、丹徒、丹阳、常州、武进、无锡、锡山、江阴等县、市的一部分和新老洲、扬中全境，统称丹北地区。

9月21日，"江抗"主力在江阴县顾山南麓遇到"忠义救国军"第五、第六支队和第十支队残部突然袭击，刘飞率"江抗"二路一部自东向西奋力反击。部队突入"忠义救国军"前沿阵地后，刘飞随即跃起，带领部队向山上猛冲。

刘飞有句口头禅："不到第一线，怎么掌握敌情？"在他看来，指挥员是喊"跟我上"还是"给我上"，这是共产党军队区别于国民党军队的一个本质特征，指挥员冲锋在前，是党领导的人民军队克敌制胜的重要法宝。

那天，刘飞挥舞着短枪冲到半山腰，突然胸部左侧中弹，口鼻窜血。警卫员何彭福和战士小孙哭喊着从地上扶起刘飞，刘飞镇静地问："背后有没有血？"

何彭福哽咽着说："没有。"

"没打穿就没事！"

刘飞挣扎着起身冲出几步，又一头栽倒在地。吴焜见刘飞负伤，顿时怒火中烧，带领战士们高喊着为刘主任报仇的口号，猛虎一样向山上冲去，将"忠义救国军"击退。

山坳里，何彭福含着泪水用绷带横着给刘飞包扎，但刘飞手臂一动绷带就脱落了。在刘飞指导下，何彭福给刘飞做了斜角包扎，后来又去找来一块门板，和卫生员一起，把他抬到隐蔽处。刘飞问："我们的部队打上去没有？"

何彭福说："部队已经占领了山头，敌人被我们打下去了。"

刘飞脸上露出了笑容。

叶飞得知刘飞负伤，像被陡然砍了一刀，大有顿失股肱之感。东进作战以来，叶飞日益强烈地感到，军中不可一日无刘飞！痛惜之余，叶飞意识到眼下不是懊恼的时候，还是救人要紧！他火速派"江抗"五路政治处主任张志强备船，把刘飞送往阳澄湖后方医院。

张志强原名郑潮涌，化名"老牛"。当时，从江阴、苏州到常熟须乘船走水路。"老牛"找来一条八九成新的木船，铺好褥垫，安置刘飞躺下，然后和刘飞警卫员何彭福一起，从水上把刘飞送到苏州太平桥伤员转运站。一些人得知子弹是从刘飞胸部左乳头边上打进去的，都感到凶多吉少，认为刘飞这一去怕是回不来了。"江抗"总指挥部甚至通知部队准备为刘飞开追悼会。但刘飞在伤员转运站经女护理员包蕴打止痛针和清理瘀血后，奇迹般地活了下来，换乘小船被转送到阳澄湖上的"江抗"后方医院。

"忠义救国军"得到增援后，继续向"江抗"进攻，"江抗"派秘书长陈同生前往谈判，希望停止冲突，一致抗日。但"忠义救国军"佯称罢兵，实则加紧准备对"江抗"实施新的袭击。

三天后,"江抗"向西北转移行至江阴徐霞客故里马镇(今霞客镇)湖塘里,又遭"忠义救国军"侧击。吴焜亲率一个排驱赶敌人,听到山上敌人一挺疯狂扫射的重机枪枪声特别清脆,吴焜判断这是新的且很有杀伤力的38式重机枪,因为新枪枪膛紧,所以枪声格外清脆。他指挥战士正面佯攻,自己带领十几个战士从侧面悄悄爬上山顶敌机枪阵地,一枪把机枪手撂倒,扑过去夺过这挺打得枪管滚烫的重机枪,掉转枪口向敌猛扫,敌人阵脚大乱,像割韭菜一样纷纷倒下。吴焜越战越勇,但由于过分暴露,遭敌集火射击,不幸头部中弹。吴焜被抬到马镇时停止了呼吸。

吴焜,四川万县人,船工出身,曾在四川军阀杨森部当号兵。他看到红军官兵平等,救济穷人,便给一名被俘的红军战士找了一身自己部队的军装,与他一同逃离杨森部队。吴焜参加红军后英勇善战,曾任红六军团十八师师长等职。1938年春夏之交,他和刘飞等人从延安调新四军工作,任六团副团长。

陈毅惊闻吴焜顾山殉难时,正准备二进泰州,说服国民政府鲁苏皖边区游击总指挥部正副总指挥李明扬和李长江信守中立,绝不反共。行前机要参谋见陈毅劳顿数日,身心交瘁,想陪他下盘棋解解乏,可棋盘尚未摆好,就传来噩耗。

"吴老虎",这个见了敌人就不要命的"吴老虎"啊!陈毅手中的棋子顿时掉落地上,良久才吩咐机要参谋给军部发电报告吴焜牺牲事。

刘飞在后方医院得知吴焜战地英勇捐躯,禁不住悲恸万分。

生死契阔,往事如烟。吴焜,何等英勇的一条四川汉子!"江抗"东进作战以来,江南日伪无不对他闻风丧胆,谓之"吴老虎"。眼下,在开辟东路抗日根据地的关键时刻,他竟然同朝夕相处、生死与共的战友永诀!刘飞肺部伤口受到刺激,不由大口吐血。那两天,医护人员的心都提到了嗓子眼儿。

江阴之战,叶飞四天时间连折刘飞、吴焜两员虎将,悲愤难抑,决定隆重安葬吴焜。他亲自交代张志强承办吴焜后事,颤声说:"要厚葬!不能亏待他!"张志强到朱家湾地主家买了一口油漆过多年的大寿材。9月24日,叶飞主持悼念仪式,警卫班鸣枪致敬,把吴焜安葬在马镇周庄定山中庵东南山坡上。

1957年,"江抗"总指挥部参谋长、时任南京军区空军后勤部政治委员的乔信明,回忆十八年前叶飞痛悼吴焜的情景,仍清晰如初,历历在目:

当年,我把追悼和安葬的事办好后,又检查了警戒部队。我有点不放心叶司令员，他是很重感情的，一听说吴副团长牺牲，悲痛万分，一到定山湾宿营，立即叫电台架线，向陈毅司令员报告，同时作了检讨并请求处分。我怕他悲愤伤身，想劝他早点休息，看他倒在床上，以为他睡了。我也疲劳，倒在床上睡着了，等我醒来，看到叶司令员坐在桌边写什么，眼睛红肿，警卫员悄悄告诉我，首长哭了一整夜。[①]

1939年9月24日，新四军二团团长王必成率部赶赴江阴增援接应，与"江抗"主力在周庄定山会师。鉴于"忠义救国军"步步进逼，欺人太甚，"江抗"有两个主力团，战斗力很强，占据明显优势，"江抗"总指挥部报请新四军江南指挥部，拟于拂晓前向集结在锡北黄梅夹山一带的"忠义救国军"发起反击，并做好战斗部署。

14. 陈毅相忍为国前线弭兵

吴焜牺牲和刘飞负伤，震动了新四军军部。

鉴于"忠义救国军"已调集六个支队五千余人猬集澄锡交界的西胶山一带，国民党军六十三师等部队正从太湖加紧进逼，"江抗"与国民党军的大战已箭在弦上、一触即发，项英给陈毅连发三封电报，明确指示："江抗"不能打！新四军江南指挥部副指挥粟裕也认为，打非上策。叶飞却感到胜券在握，不惜一战。

陈毅坚决执行新四军军部指示，为顾全抗战大局，缓和事态，以相忍为国的博大胸怀，作出了通过谈判解决争端的决定。陈毅发电报给叶飞、王必成，下令停止行动，继续西撤。部队官兵义愤填膺，高呼"严惩卖国贼"的口号，纷纷请战。叶飞悲愤地说："要撤，也要决一胜负再撤！"他再次电请陈毅批准拂晓发起总攻。半夜时分，陈毅急电叶飞、王必成，严令"撤兵集结待命"。陈毅在电报中指示，"江抗"和新四军二团继续向西转移，他本人将前来江阴传达军部决定。

1939年9月29日，陈毅专程赴国民党江南行署谈判，经与行署主任冷欣商定，双方同时撤出战斗。一场大规模摩擦战斗终于得以避免。翌日，陈毅由新四军二团副团长刘培善陪同，带一个特务连，昼夜兼程赶到周庄定山湾，随即召开军事会议。陈毅听取了叶飞、何克希等人的情况汇报，开门见山提出，你们十八

---

① 陈同生.战斗在大江南北.北京：解放军出版社，2001：552.

076

路诸侯来此会聚，战争时期情况紧急，讲话一律从简。听完汇报，陈毅作了讲话：

六团东进收获很大，只有几个月的时间部队就发展了几倍，武器装备有了极大的改善。但是，问题是"吃"得太多，一时还不能消化。虽然胜利是很大的，但是部队新成分太多，未经整训。苏南地区铁路、公路、河流密布，敌人的陆海空部队能迅速纠集，而我方不便于大兵团活动，只适宜留少数游击部队，依靠群众，长期与敌人周旋。何况南京、上海是敌人的心脏，经常驻屯重兵。敌强我弱的形势不是一年两年可以改变的，必须作持久的斗争。我们不但要动员长江南岸的群众，还要动员长江北岸的群众，才能取得对日作战的最后胜利。我们的斗争策略主要是依靠群众，但还要善于调动一切对革命事业有利的后备力量。在大江南北，有地方实力派，有各式各样的游杂部队。如果单依靠我们作战英勇，横冲直撞，那不但不能消灭敌人，反而会孤立了自己。如何争取多数，主要是依靠发动群众，但是还有一条，即如何争取更多的同情者，即使是暂时的同情者也罢。只有如此，才能孤立少数的投降派、顽固派，也才能集中从各角度发出的子弹，打在一个共同的靶子上面。①

晚上，陈毅找叶飞个别谈心时透露，蒋介石已下令把丹阳整体从我活动区域划出去，不准新四军再入丹北活动。叶飞心里一惊："忠义救国军"陈兵江阴，丹阳又要划出，这分明是想隔断江南江北新四军的联系嘛！原来蒋介石始终在盯着苏北和华中呵！陈毅告诉叶飞，据密报，最近韩德勤和冷欣都在积极向新四军挺进纵队活动。叶飞恍然大悟，终于悟透了陈毅战略转兵、以退为进的妙棋高招。

陈毅向部队传达了中共中央和新四军军部关于苏南新四军发展苏北的指示，提出了"为建设苏北抗日根据地而斗争"的口号。经过两天传达学习和讨论，部队上下统一了思想，"江抗"先行撤离东路，转至澄西进行整编。

在江阴县西石桥，陈毅继续做"江抗"官兵的思想工作，先是在西石桥小学召开营以上干部会议，耐心向大家解释，"江抗"西撤是为了更好保存东进聚集起来的力量，完成党中央确定的发展苏北的战略任务，再三讲明军事服从政治、战役服从战略的道理，并就抗日民族统一战线、建立抗日根据地等重大问题，作

① 中共江苏省党史工作办公室. 江抗战史. 北京：国家行政学院出版社，2006:81.

了通俗透彻的论述。接着又在西石桥东戏楼广场召开"江抗"全体军人大会。

会场上，"江抗"全体指战员以连为单位，齐刷刷坐成一个个方阵，方阵前一字儿摆开擦得锃亮的各式机枪，不无骄傲地展露了"江抗"不俗的实力。

陈毅对"江抗"东进抗日的战果表示满意，称赞"江抗"出色完成了人、枪、款三大任务。在阐明"江抗"西撤的重要性和必要性时，陈毅指出，军队在敌后作战，切忌暴露自己，否则很容易陷入敌人重围而吃亏。兵法有云：两军交战，杀敌三千，自损八百。既要向北发展，就得保存力量，切勿同敌人拼消耗。一切要以抗日大局为重，切勿造成"螳螂捕蝉黄雀在后"的危局。陈毅宣布了新四军江南指挥部关于"江抗"西去扬中整训的决定，指出，"江抗"东进抗日的胜利，为北上开辟苏北抗日根据地创造了条件，要求官兵把眼光放得更远些，愉快上缴富余枪支和向其他部队输送兵员。

乔信明原先听陈毅说摆出机枪是照相来着，及至闻听富余枪支都上缴，心尖子立马痛得像剜了肉似的，满脸都写着舍不得。心领神会的廖政国早把机枪结构摸了个门清，神不知鬼不觉拆卸了一批新枪装在麻袋里，让炊事班挑着。谁承想紧急集合时，还是被陈毅发现了。陈毅举起一支步枪，声若迅雷滚地："我们是共产党领导的抗日军队，决不容许有本位主义存在，谁敢违抗军令，就撤谁的职！就砍谁的头！"乔信明深受震动之余，弄清自己原来犯了"本位主义"的严重错误，嘴里叨咕着"实在太喜欢那些枪了"，向陈毅保证"以后再不犯了"，如数交出了打埋伏的机枪。"江抗"上缴机枪近二百挺，富余兵员大部补充新四军二团。

军人大会后，"江抗"开始整编，撤销原有的二、三、四、五路建制，部队整编为两个主力团。"江抗"一团以原"江抗"二路为主体，乔信明任团长，刘先胜任政治委员，廖政国仟参谋长，吕平任政治处主任。"江抗"二团以原"江抗"三路为基础，并入"江抗"四路的原胡肇汉部、原杨忠部和原强学曾部，徐绪奎任团长，何克希任政治委员，廖昌金任参谋长，杨浩庐任政治处主任。

陈毅说服叶飞西撤北进后如释重负。筹集人、枪、款，开辟东路抗日根据地，分兵江北发展苏中，"江抗"东进三步战略已然实现，陈毅把视线转向广袤的苏中。

1939年10月初的一天，陈毅到长江最窄处的江阴段勘察地形，选择"江抗"北渡地点。宽约三里许的长江江阴段，山水苍茫，阅尽兴亡，素有"锁航要塞""江上雄关"之称。古往今来，江阴既是由海入江的咽喉，又是南北交通孔道，历来是兵家必争之地。1937年12月1日，江阴要塞守军在击沉日舰一艘、击伤两艘并击落日机一架之后，火炮被日机炸毁，与外界通信联络中断。当晚，要塞总司令刘兴下达退却命令，国民政府斥巨资构筑的江防炮垒，遂成侵略者铁蹄任意践踏的废垒。

那个日暖风煦的秋日，陈毅缓辔策马，在江边徘徊有顷，但见浩瀚江阴要塞风波骤歇，天高地阔，滚滚长江载不尽千秋往事，益发催人生出几多遐思。

毛泽东曾笑谓陈毅：你打了胜仗总是要写诗的。素来上马杀敌、下马写诗的将军抚今忆昔，感念江南敌后游击战争风涛万里的喜人局面，心中似有千帆驶过。

"月下江流静，荒村人语稀。"是夜风清云霁，月华如银，万里长江波澜不惊。陈毅不由诗兴大发，挥毫草就《夜过江阴履国防废垒有作》这首脍炙人口的诗作：

> 江阴天堑望无涯，废垒犹存散似沙。
>
> 客过风兴敌惶急，军民游击满南华。

1939年10月26日，整编后的"江抗"开赴扬中岛，与新四军挺进纵队合编为新的挺进纵队，对外由称江南人民抗日义勇军挺进纵队，改称江北人民抗日义勇军挺进纵队。管文蔚任合编后的挺进纵队司令员，叶飞任副司令员（化名聂扬），张开荆任参谋长，陈时夫任政治部主任，陈同生任副主任。"江抗"一团、二团分别编为挺进纵队一团、二团。新四军挺进纵队北渡长江后，成为新四军江南指挥部领导的主力部队之一，1940年7月改称新四军苏北指挥部第一纵队，叶飞任司令员。1941年2月，新四军苏北指挥部第一纵队改编为新四军一师一旅。1942年11月，由新"江抗"发展而来的新四军六师十八旅划归新四军一师，新老"江抗"殊途同归，共同汇聚在中共中央称之曰"战略单位"的新四军一师的光荣旗帜下，实现了同出一门的兄弟部队在新的历史阶段的血脉融合，这是后话。

15. 吴焜的隐秘世界及身后事

西石桥整编期间，"江抗"举行了吴焜烈士追悼会。追悼会由乔信明主持，陈毅亲自致悼词。他对吴焜的牺牲表示万分悲痛，号召大家学习吴焜的好作风，同时也要记取烈士牺牲的教训。

1957年4月，福州军区司令员兼政治委员叶飞到上海开会，途中遥望长江南岸春意盎然的顾山，油然想起在这里壮烈殉国近二十年的吴焜。

当年，吴焜虽已是师团干部，打起仗来还是常常端着机枪向敌人冲锋，有时甚至夺过司号员的铜号，吹着冲锋号向前冲。叶飞曾提醒吴焜说："身先士卒，临危不惧，这是前辈名将留下的好风格；冲锋在前，退却在后，这是我军'三猛'（猛打、猛冲、猛追）作风的好传统。但是，作为一个团的指挥员，就不能只起一个英勇战士的作用了。"吴焜经过认真思考，第二天才郑重回答说："这支部队是您在闽东游击战争中带出来的，依托根据地开展游击战，是有丰富经验的。但作为坚强的能攻能守的正规部队，无论军事技术上、战斗作风上都还是不够的。不错，我们团在皖南进行了军政训练，成绩不小，但在实战中还是要各级指挥员以身作则，这样才能把部队的顽强战斗作风带出来，才能打不垮，拖不烂！"

吴焜牺牲后，由罗漠作词，何士德作曲，创作了一首《反"扫荡"》歌：

反"扫荡"！反"扫荡"！延陵大捷，血战繁昌！英勇牺牲的革命战士，壮烈殉国的吴副团长！他们的鲜血喷满敌人的胸膛，他们的战绩发扬了民族的荣光！粉碎敌人分进合击，夺取敌人精锐武装，这是我们空前的胜利，回答了顽固分子无耻的诽谤！同志们，我们要踏着先烈的血迹前进！反"扫荡"！反"扫荡"！

吴焜夺取的38式重机枪，伴随他生前所在部队转战大江南北，参加了抗美援朝，被官兵们称为"老黄牛"，后作为革命文物入藏中国人民革命军事博物馆。

"江抗"火烧虹桥机场后，上海《导报》主笔陈同生（笔名农菲）及时撰文报道。陈同生生于1906年，原名陈农非、张翰，四川营山人，1926年由团转党，参加过广州起义，曾任中国青年记者协会负责人。陈同生因报道火烧虹桥机场战斗暴露了身份，不能再在上海从事地下工作，被迫转到"江抗"总指挥部任秘书长，后任新四军挺进纵队政治部副主任，新四军苏中军区第四军分区政治部主任兼海启地区党政军委员会书记。新中国成立后，陈同生先后任上海第一医学院党委书记兼院长、南京市政府秘书长、中共南京市委统战部部长、中共中央华东局统战部副部长、华东军政委员会副秘书长、中共上海市委统战部部长、上海市政协副主席等职。当年郭村保卫战前夕，陈同生曾作为新四军代表深入虎穴与敌谈判，被扣押后大义凛然，后被剧作家作为《东进序曲》中黄秉光的人物原型。

江苏人民出版社1980年11月出版的陈毅、粟裕等著的《抗战之春》，收入了陈同生1957年写的《猛将吴焜》的回忆文章。这篇文章讲述了吴焜与新四军女战士杨瑞年短暂而又美好的一段感情：

在行军作战中，我不是与叶司令住在一起，便是与吴副司令住在一起，这两人的性格有很多相同处，也有一些不同处。叶飞同志，很冷静，比较沉默，说话声音低。吴焜同志喜欢热闹，有点闲工夫可以天南地北地聊天，一到宿营地，工作安排好了，我们唯一的娱乐，便是躺在铺有稻草的门板上，东扯西拉地谈开来。

老吴也不是一个不看地点对象乱扯的人，他的话匣子不轻易打开，可是一经打开就非将发条放完不可，从天下大事到个人生活，从不对我保守秘密。有一次他笑了一笑问我："你结婚没有？"

"早结过了。"

"爱人现在在哪里？"

"她已牺牲了七八年了。"

"现在有对象吗？"

"有一个女朋友在延安学习，当我被康泽抓去，又逃出了特务的魔掌，到了宁波，还没有把握说是完全脱险时，曾写过一封信给她，现在消息不通有半年多了。"

我问他："你呢？"

他告诉我，皖南军部有个小杨同志，是一个年轻党员，在大学读过书，他们常常通信，他说着从身上一个小包里，拿出小杨给他的照片、信与我看，信写得很热情，但很理智。看来她对老吴是很钦佩的，友谊也超过一般同志之上，从照片上看是一个漂亮的姑娘，穿的是军装，更显得妩媚中有一种刚毅的气质。我心底在为老吴祝福，他有一个理想的伴侣。

老吴还将几封写好未寄出的信给我看。我问："为什么写好了信又不寄出呢？"

老吴说出一番道理："一嘛，现在没有人去皖南，邮寄怕遗失了；二嘛，军部正在反恋爱，项副军长作了报告，听说几个闹恋爱的老干部还作了检讨，受了处分；三嘛，自己文化低，信写得不及人家好，说来说去都是些老话，想找个同志改改，叶司令文化最高，我怎么好意思与他说这门子事咧！给别的人看，我还怕那些知识分子笑话我这个大老粗，所以未寄，也未给别人看过，遇着你，我们都是老同志，当然不怕献丑了，请你好好地给我改一改。"

替人修改情书，我从未做过，写情书我也没有什么经验，但吴焜同志的诚意，使我不能拒绝他的要求，更不允许对他火热的心情来点敷衍，找句遁词。我认真地读完了他写的几封信，一颗朴实的灼热的心，在字里行间跳动，信写得十分动人，我心里想，谁会料到这个叱咤风云的虎将，不仅是一位多情种子，而且是写情书的"圣手"呢！

我对吴焜同志说："你的信写得很好。没有风花雪月，但洋溢着真实的感情，她看了之后，一定会更爱你。'相知贵道义，结交岂论文'，我看小杨同志是很有见解的，她不在城市的家庭过温暖日子，跑到抗日部队来；她不爱那些文人学士，而爱上你这个长征英雄，不能不说她是具有高人一等的见地。你们的前途一定美满、幸福。"我为他改了几个错字，删去一两处语法上显然有毛病的句子，便还给他，并说："改多了便失去你的原意，失去你说话的味道，现在这样便很好了。"

他同意我的意见，又重抄了一遍，不知什么时候寄出去的，我也未问。

陈同生文章中提到的皖南军部的"小杨同志"，名叫杨瑞年，系新四军战地服务团女生队队长，是个优秀演员，调新四军教导总队任文化教员后，1941年1月"皖南事变"中被俘，被关入上饶集中营大本营周田村监狱，编在集中关押监狱宪兵特务称为"政治顽固派"的第六队。队里的难友，都是各队政治坚定、斗争英勇的优秀党员和骨干。

家人记载，杨瑞年属龙，诞于丙辰年农历六月廿日午后三时，即1916年7月19日。杨瑞年十四岁考入扬州中学，读初中三年级时正逢上海一·二八事变，遂毅然参加学生纠察队，带头上街游行宣传、查日货、惩奸商。

十七岁那年，杨瑞年考入苏州女子师范学校，与后来成为刘飞夫人的朱一同学。朱一大杨瑞年两岁，因上学晚，恰好与她同窗。杨瑞年不仅以优异成绩完成学业，而且在课余阅读了大量进步书刊，尤喜读鲁迅的小说、杂义和邹韬奋主编的《生活周刊》，从中汲取革命思想。晚年的朱一看到悼念杨瑞年的文章，总是激情难抑，对杨瑞年赞赏有加。她告诉自己的孩子，当年在苏州女子师范学校，自己就是一个踊跃参加抗日活动而不甚守校规的"坏学生"，杨瑞年则特别积极，是"坏学生"中的"坏学生"。

杨瑞年从小就喜欢在长江弄潮，见惯了"长江浩浩西来，水面云山，山上楼台，山水相连，楼台相对"的壮阔景观。这个在长江与金山交相熏陶和濡染下成长起来的姑娘，从小就养成了凡事嫉恶如仇、刚直不阿和天不怕地不怕的性格。两年后，当苏州女子师范学校无理解聘孙其敏（即原中国民主建国会名誉主席、全国人大副委员长孙起孟）等进步教师时，杨瑞年被选为学生代表，走在游行请愿队伍最前列，第一个冲进江苏省教育厅办公楼，当面质问教育厅厅长周佛海。时光倒流十四年，这位国民党政府要员当时为中共一大代表，在上海法租界望志路106号和嘉兴南湖红船上，参与了中国共产党的创立。

1935年，杨瑞年从苏州女师毕业后，回镇江母校达仁小学和高桥北小学教书。在上海地下党派员领导下，和几位进步青年一起，秘密组织"读书会"。北平爆发一二·九学生爱国救亡运动，杨瑞年和一些青年积极筹备救亡话剧演出，大教《毕业歌》《义勇军进行曲》等抗日歌曲。她的进步活动，引起国民党特务机关注意，1936年春，杨瑞年等人遭到逮捕。杨瑞年的父亲杨效颜先生多方营救，最后找到时任国民党江苏省党部委员的表兄弟凌绍祖，杨瑞年于1937年夏被保释出狱。

卢沟桥事变爆发后，热血沸腾的杨瑞年和"读书会"的几个青年，立即组成"流动化装宣传队"鼓动抗日，排练了《张家店》《咆哮的河北》等抗日话剧。但上演前一天，国民党省党部竟禁止戏院租场。杨瑞年便带剧组人员上街下乡演出。

在形势日益严峻的情况下，当时在国民党江苏省党部工作的任弼时的妹妹任季潘，鼓励杨瑞年去延安去。当年冬天，杨瑞年和妹妹杨青年没有告诉父母就悄悄离家，长途跋涉到西安，后到山西临汾参加了八路军一一五师学兵队。1938年初，杨青年参加八路军，曾入延安抗大学习，抗战时在游击区工作，曾任区委书记、医院党支部书记。因积劳成疾，1947年在大连病逝，新中国成立后被追认为革命烈士，安葬在大连烈士陵园。

杨瑞年来到南昌参加新四军，随军部到了皖南。她给父母写信说："我在这里一切都很好。这里的群众也非常好，我认了个干娘，她还亲手做鞋给我穿呢！叫弟弟华年到我这里来吧！"1939年初，杨华年应姐姐召唤来到皖南，也分配在新四军教导总队工作，从此姐弟俩开始了共同战斗和生活的革命生涯。

叶飞夫人王于畊，1937年冬曾和杨瑞年同在驻山西临汾的八路军学兵队受训，学习结业后，又一起分配到新四军。从临汾到南昌的路上，杨瑞年是王于畊的班长，到新四军军部报到后，两人又双双进了新四军战地服务团，杨瑞年担任女生队队长。1991年9月，王于畊扶病完成了倾注其心血的力作《长江的女儿——记杨瑞年同志》，深情怀念五十年前英勇牺牲的亲密战友杨瑞年。这篇感人至深的纪实散文，生动描述了1937年那个严冬的早晨，刚入伍第一次出早操的王于畊，见到"一派老兵和大姐姐的模样"的杨瑞年的情景：

晨光中我忽然发现队列里一个女兵有点与众不同，一身阴丹士林布的自制军棉衣，一色鲜蓝，裁制合体，一条马裤尤其威风，头上戴的是一顶褐色的皮质航空帽。这在一群穿着灰棉军服的同学中，显得很突出。收操了，我好奇地向她走去，巧的是她也向我走来。看清楚了，她很漂亮，不但身材好，脸色也是那种娇艳的桃红，我猜她是南方人。她把那顶小航空帽一把摘下，黑发上立时冒出白气，又伸出手来抓住我的手，笑呵呵地问我："刚来吗？从哪里来的呀？叫什么名字？多大了？……"她说话很快，没有一点生分，就像姐姐对妹妹那样亲热，我还没有来得及一一作答，她就搂着我的肩膀，一同走回村里。这里是离黄河不远的汾河畔，一片平川，村子也大，我们各个学员班就分住在村上的各户农民家里。我先到住处了，她同我握握手，然后向她自己的住处快步走去。我站在门口目送她的背影，望着她这一身大概为从军而置备的服装，一下联想到我们抗战前后常读常唱的《木兰辞》："东市买骏马，西市买鞍鞯，南市买辔头，北市买长鞭。"然后是"朝辞爷娘去，暮宿黄河边……"我想，杨瑞年这一身戎装，一身英气，也真有点像花木兰。我们现在倒是"暮宿黄河边"了，我但愿以后也能同她在一起，并肩上前线！[1]

　　学兵队三个月训练结束后，1938年2月上旬，八路军总部安排全体同志行军六十里到洪洞县白石村，同八路军随营学校联欢并接受八路军朱德总司令检阅。王于畊对当年的联欢晚会记忆犹新，为惊艳全场的舞者杨瑞年勾勒了精彩剪影：

　　　　在雪亮刺眼的汽油灯下，她穿着黑色的紧身服装，上面大概缀了许多亮片，在汽油灯下神奇地飘闪着点点银光。她跳的是卡尔斯登舞，跳得神采飞扬，激越酣畅，皮鞋急骤地敲击着台板，踢踢踏踏，踢踢踏踏，强烈的节奏里充满活力，迅疾的舞步里透着潇洒，她双眼流盼，笑容满面……用眼下流行的话来说，台下的一千多人是一齐被"镇"住了，迸发出一阵阵的掌声。在这吕梁山麓的一个山村里，在这一千多个穿着灰布军服的人们面前，忽然出现了这样一个叫人眼花缭乱的洋舞蹈，不能不令人感到意外和欢乐！落幕后人们还不停地鼓掌，齐声喊着："再来一个！"终于大幕再次拉开，杨瑞年又重复跳了一遍，她这个

---

① 王于畊.往事灼灼.北京：人民出版社，2012:126.

节目才算结束。①

这样一位才貌俱佳的军中精灵，留给战火中的过来人的印象是永不泯灭的。当年与杨瑞年同在学兵队的女学员黄宛年，这样记述自己的回忆：

> 演出开始了，独唱、合唱、舞蹈、话剧等精彩节目，一个接着一个，观众不断报以热烈掌声。印象最深的是，我们女生队一位学员独唱的《流亡三部曲》，当她用悲愤、凄怆的颤音唱出"爹娘啊！爹娘啊！什么时候才能欢聚在一堂"时，悲痛的眼泪潸然而下，全场观众沉浸在悲切凄惨的氛围中，继而由悲痛化为义愤，激起对日寇同仇敌忾、英勇杀敌的高昂情绪。军民高呼口号："血债要用血来还！打倒日本帝国主义！"这位唱歌的女同学名叫杨瑞年……

当年同杨瑞年一起从八路军学兵队到新四军的张鏖的回忆老道而简洁：

> 在临汾刘村山麓，几乎每晚都听到她美妙的歌声。她演唱《流亡三部曲》时，苍凉凄切，声泪俱下，牵动了不少战士的心弦，催动他们义愤填膺地走上抗日前线。

学兵队男同学史骥，对杨瑞年的才情及引发的故事观察精细入微：

> 在刘村镇最受人注目的要数女生区队了。她们唱歌唱得好，每次比赛，总得第一，另外她们的文娱工作也搞得很活跃，每天下午做击鼓传花的游戏，女区队总要表演一些节目。我发现有些男同志在做这个游戏时做了手脚，击鼓的人只管打鼓而捂眼睛的是另一个人，她们为了想让女区队十七、八岁最漂亮最活跃最受欢迎的会跳舞的杨瑞年同学表演节目，总在花传到杨手中时，捂眼人就用膝盖顶一下击鼓人，使其住手，这样杨瑞年就得表演节目，她从不推辞，就大大方方地来一个"卡尔斯登舞"或别的舞。她是镇江姑娘，长着一对甜酒窝，美丽活泼，很受人们喜爱……成了学兵队引人注目的活跃人物，因为她头戴一顶航空帽，因此被人称作

① 王于畔.往事灼灼.北京：人民出版社，2012:128.

"小航空帽"，她总是那么热情那么明朗，既有女性的柔和也有战士的豪放，像春天的云雀，"杨瑞年，来一个卡尔斯登舞"，别人一喊她便会大方地微笑转着身子跳起来，黑白分明的眼睛里透出一种沉醉的欢乐心情。

毫无疑问，在当年八路军学兵队和初创时期的新四军女兵中，杨瑞年都是一道亮丽的风景。

皖南事变中，杨瑞年姐弟双双被俘。杨瑞年被国民党军五十二师关押在泾县时，杨瑞年同学、该师少将师长刘秉哲的姨太太白雅琴出面劝她"改换门庭"，"到五十二师工作"，被严词拒绝。不久，杨瑞年姐弟一起被囚于上饶集中营周田村监狱六队。为防止敌人利用姐弟关系做文章，杨瑞年改名杨瑞莲，让弟弟改名王宜林，姐弟俩见面故意装作不认识。杨华年在狱中染上了回归热，特务们递给他一张表，说："只要你自首，就给你治病。"杨华年接过表来，看都不看就撕碎扔在地上。特务逼他唱国民党党歌和三青团团歌，杨华年却把歌词"我们是三民主义的青年"改唱为"我们是共产主义的青年"，恼羞成怒的特务用毛竹扁担打得杨华年裤子渗血，他也没有呻吟一声。

狱中一个单间关着新四军女机要员施奇，皖南事变中本已突出重围，但在一位老乡家中被国民党军搜出，五十二师十几名兽兵对她进行轮奸，并给她染上了梅毒，致使其下身溃烂。杨瑞年经常帮她买药买草纸并揩身。一次，杨瑞年探视施奇时获悉，与女生队关在一起的新四军政治部民运部组织科长陈茂辉要越狱，但没有鞋穿。杨瑞年知道，前不久，陈茂辉不幸得了"回归热"，未得到及时治疗。女生队与特工队长曾恭生据理力争，把陈茂辉送去治疗。谁知医务室不给医治，导致病情加重，陈茂辉被抬入太平间准备活埋，幸被捡柴农妇发现，给他送了食物才延续了生命。难友中的医生又给陈茂辉注射了药物，终于把他从死神处拉了回来。回到牢房，杨瑞年悄悄把自己的衣服撕成布条，赶做了一双布草鞋，由施奇转交给陈茂辉。不久，陈茂辉穿着杨瑞年做的布草鞋冲破重围，逃出人间地狱，重返革命队伍并投入抗日斗争。时隔近八年，1949年1月10日，在淮海战役河南永城陈官庄战场上，时任华东野战军第四纵队八师副政治委员的陈茂辉，在成千上万的国民党军俘虏中，成功甄别出自称"军需处长"的国民党军徐州剿总中将副司令杜聿明，被传为佳话。1955年，陈茂辉成为开国少将，先后任江苏省军区副政治委员、南京军区顾问等职。

杨瑞年身材颀长，皮肤白皙，长得很漂亮。特务们垂涎欲滴，颇想占她的便宜。她则对特务们嬉笑怒骂，任意嘲弄。开始，有些难友对她的举止不理解，日子长了才明白，这是她独有的斗争方式，嬉笑中含着轻蔑，嘲弄中凸显刚烈，使那些心痒难挠的登徒子果然对她有色心、无色胆。

集中营特务为软化被俘新四军，也为向社会掩饰集中营法西斯监狱性质，提出组织"更新剧团"，点名要杨瑞年担任主要演员，但找到她时碰了一鼻子灰。后来，狱中党组织指示，通过演出可以了解外界情况，也可借机打通对外联系，应当参加剧团。杨瑞年联络众女演员向特务提出条件，第一，绝不演反共戏，演出鲁艺创作的《农村曲》《前夜》《麒麟寒》等抗日名剧；第二，要我们上台演戏，必须由难友赖少其做布景，邵宇化妆。演戏少不了女演员，敌特只得答应她们的条件。两位新四军著名画家深知到狱外演出是逃脱魔窟千载难逢的良机，利用演戏监禁松弛、有演戏用的便衣等有利条件，成功摆脱国民党特务控制返回部队。

2000年12月，当年新四军教导总队宣教干事、1941年12月上旬从上饶集中营越狱的浙江省人大常委会主任陈安羽，在《上饶集中营越狱记》一文中，一往情深地回忆起当年他在杨瑞年帮助下逃出魔窟的过程。

1941年12月初的一天，陈安羽根据狱中党组织的安排，随难友组成的"更新篮球队"去铅山赛球时，按计划准备实施越狱。当天，同在该地演出的"更新剧团"演员杨瑞年与他取得了联系。杨瑞年告诉他，剧团党组织决定让赖少其、邵宇越狱，但准备工作未做好。为了配合剧团党组织实现其越狱计划，陈安羽决定将越狱由铅山推迟到球赛和演出的下一站石塘实施。杨瑞年建议，在12月6日（或7日）傍晚，在剧团演出拉开幕布，特务、宪兵和观众被演出吸引时，篮球队和剧团准备越狱的同志分两路同时行动，得到陈安羽的赞同。在杨瑞年、陈安羽和其他难友的精心安排下，尚未暴露身份的新四军军部作战参谋、掌握大量机密的叶挺侄子叶育青，会同陈文全、陈安羽、赖少其、邵宇四人同时逃离敌人魔掌，顺利奔向武夷山区，不久重返新四军的战斗行列。1942年元旦前夕，在剧团杨瑞年等人掩护下，又有八位同志成功摆脱了敌人的羁绊。而杨瑞年也因为越狱同志提供方便，被敌特认准是"共党顽固分子"。

1942年5月，六队秘密党支部经缜密工作，制定了全队暴动越狱、重返抗日前线的计划，由陈念棣、王东平、阮世炯、赵天野四人组成暴动领导小组，由擅长武术的原新四军教导总队军事教员王达钧任暴动总指挥。

6月5日，由于日军逼近，顾祝同南迁集中营计划突然提前，六队开始在武夷山区长途跋涉转移。6月8日，宁死不屈的新四军女战士施奇因不能随队行动，被特务以送去福建为由抬到茅家岭雷公山下准备活埋。施奇识破了敌人的诡计，拼尽全身气力站起身怒斥敌人。一个特务慌忙向施奇嘴里塞了一团棉花，另外几个特务一齐把她推下事先挖好的土坑，手忙脚乱向坑里填土。坑中填满土后，特务们见施奇还在挣扎，又一拥而上用脚将土踩实，然后浇上了一桶水。年仅二十岁的上海姑娘施奇，新四军机要战线上坚贞、圣洁的"丹娘"，在与残暴的敌人抗争中壮烈牺牲，绚丽的青春如彩虹凌空，辉映皖南群山。施奇被害后半个多世纪，1995年，中共中央办公厅机要局在她殉难地立了一座碑，碑的上方是施奇身着戎装的半身像，碑上镌刻着"施奇同志浩气长存"八个金色大字，碑座上刻的"机要工作者的楷模——施奇同志"，对她短暂而美丽的一生作了最好的结语。

1942年6月17日下午，上饶集中营周田村监狱六队来到福建省崇安县崇阳溪畔。时近黄昏，山高林密，一百多米宽的河仅有一艘船和两条竹筏摆渡，六队要分三次才能渡完。四人领导小组在河边碰头决定迅即暴动。阮世炯随即发出紧急通知：一切服从准备信号与行动信号，过河登岸立即举行暴动，得手后沿山脚疾奔上山，黑夜将掩护我们赶路，脱险的同志到对面山上最高峰集合。

当全队三个分队的一、二分队乘船过河后，暴动总指挥王达钧站起来，用低沉而激动的嗓音唱起了《义勇军进行曲》的过门。这是事先规定的预备暴动信号。当三分队的船只将要靠岸时，王达钧高叫一声："有！"这是暴动的行动信号。难友们听到期盼已久的信号，个个热血沸腾，刷地站起来。一下子还未意识到有何异常的敌特喝问："你们想做什么？"值星官大声喊："坐下，坐下！"这时，三分队的难友已上岸。千钧一发之际，王达钧大声对秘密党支部书记陈念棣说："老陈，有黄烟吗？""有！"这是下定决心暴动的信号。王达钧冲口喊道："同志们，冲啊！"聚集河边的难友听到暴动命令后，一下子呈扇形散开，犹如一群猛虎，涉过水田，跳过水沟，越过丘岭，进入丛林，奔向武夷山！

在著名的赤石暴动中，有五十多名被囚新四军战士成功脱险，辗转回到了革命队伍的怀抱，有十一人在崇阳溪畔当场中弹牺牲，还有十多人暴动途中被敌人捕回。这是继二十二天前茅家岭监狱暴动中二十四名被俘新四军干部逃出虎口后，发生在上饶集中营的又一次成功暴动。

赤石暴动中，新四军女战士杨瑞年，不幸未能逃出魔掌。

暴动发起时，杨瑞年的胞弟杨华年和难友一起，不顾身边呼啸的子弹，奋勇冲过稻田，跨过山冈，向高山密林飞奔。杨华年由于极度疲劳和紧张，跨越沟坎时，不慎跌断了腿，无法行走。难友们要抬他走，杨华年坚决拒绝了，对难友们说："快跑，不要管我！"难友们忍痛离去之后，杨华年就地隐蔽。第二天，敌人在搜查中发现了他，动手捆绑他时，杨华年咬断了敌人一根手指，被恼羞成怒的敌人用刺刀捅死，牺牲时年仅二十岁。

顾祝同惊闻赤石暴动，勃然大怒，决定"将顽固不化分子予以处决"。

1942年6月19日黄昏时分，上饶集中营周田村监狱的宪兵特务以再编第六队为借口，从各队点名调出七十五人（国民党档案记载数字，后参加行刑的刽子手透露为一百四十一人），逐个五花大绑，先后分三批押解到虎山庙旁一个废弃的茶树园中，实施骇人听闻的集体大屠杀。

杨瑞年属于第二批遇难的烈士。

武夷山的夏天，万木葱茏，天澄水碧。杨瑞年昂首挺胸，慷慨赴难，始终没有低下骄傲的头颅。最后的时刻到了，她环视茶林，仰望天空，面容平静得像一尊玉雕。是的，这一生的确太短暂了。从童年到青年，人生的大幕似乎才刚刚拉开，她还没有来得及为这个苦难的民族做更多的事情，还没有来得及反哺父母的养育之恩，还没有来得及尽到为人妻、为人母的人生职责，就要骤然谢幕。在即将告别这个世界的时候，她想到了什么？她想起了到扬州求学时长江横渡、浪遏飞舟的壮阔吗？她想起了在苏州女师闹学潮时率先冲进省教育厅厅长办公室怒斥周佛海的激烈吗？她想起了在山西汾河畔八路军学兵队联欢晚会上酣畅淋漓表演卡尔斯登舞的惬意吗？她想起了与人称"中国夏伯阳①"的吴焜鸿雁传书的甘苦吗？

嘶哑的口令声，刺耳的枪栓声。那一瞬间，杨瑞年也许什么都没有想。只见她在难友中勇敢地跨出一步，向敌人喊道："来吧！抗日志士是杀不尽的！"罪恶的枪声响了，一枪，两枪……血流满面的杨瑞年仍在领唱《国际歌》。直到身中三枪，杨瑞年还在用力高呼："打倒法西斯独裁者蒋介石！""中国共产党万岁！"令刽子手无比惊骇的是，旷世女杰杨瑞年身中六枪，仍巍然挺立，向色厉内荏的敌人发出最后的呐喊！罪恶的第七颗子弹飞向杨瑞年，她的头颅被打碎了。一代巾帼恨犹未消，杨瑞年那玉树临风但却刚强无比的身躯，十分不情愿地倒在血泊中。

这一天，她差一个月才满二十六岁。

杨瑞年惊天地、泣鬼神的英雄壮举，谱写了一曲"草木为之含悲、风云因而变色"的大义之歌，行刑的刽子手们普遍感到震惊和恐慌。大屠杀后，参与杀害

---

① 夏伯阳，又译恰巴耶夫，生于1887年，苏维埃国内战争时期著名英雄，任过红军二十五师师长，1919年9月4日在同哥萨克白匪军作战中英勇牺牲。1934年，苏联列宁格勒电影制片厂根据同名小说拍摄了电影《夏伯阳》。

杨瑞年和目睹这一残忍罪行的部分宪兵，惶惶不可终日；有人甚至负疚逃走，从此洗手不干，并且泄露了这次血腥屠杀的真相。

2015年6月21日傍晚，我在镇江市革命烈士陵园杨瑞年烈士档案中，查到了一个刽子手对杨瑞年牺牲时情景的描述："杨很年轻，她的英雄气概使我手发抖，打枪时就乱打，她吃了三枪还在喊口号，打了七枪才倒下去。国民党反动派对日寇无能，而对无辜的爱国青年却如此残忍，他们丧尽天良，肯定要失败。"

《人物》杂志1981年第三期发表宋婕的《杨瑞年和她的弟弟》一文，记述了大屠杀后离队宪兵内心的惊骇："这真是令人惊心动魄的。一百四十一人之中，只有一个十七八岁的流泪喊冤枉，其余没有一个不从容倔强，视死如归，在高呼口号中倒在血泊里，有的已吃到子弹，还在血泊中喊：'中国共产党万岁！'有一个女的名叫杨瑞莲，吃三枪还在喊口号，打了七枪才断气，头颅都被打碎了……我们回来后，大家心头不知压着什么重东西，连呼吸都困难，真似做了一场噩梦。这事变给我们弟兄的刺激太大，我那时下了决心，死也要离开这刽子手队。"

就在杨瑞年在武夷山下的茶树园中，怀着一颗极其虔诚的心，用尽平生之力，向亲爱的党发出最真挚、最美好、最强烈的心声时，她全然不知，几年来，一个极其残酷的梦魇，竟然如影随形般始终笼罩着她。天晓得山西八路军学兵队的某些领导依据什么突发奇想，认为杨瑞年有"托派嫌疑"，并且正式向接收她的新四军部队作了介绍！杨瑞年虽然在很多时候感到自己不受信任，但对领导掌握的"托派嫌疑"并不知情。而吴焜还天真地以为杨瑞年"是一个年轻党员"！

1949年4月23日，百万雄师过大江，古城南京宣告解放。杨瑞年的父亲杨效颜欢欣鼓舞地从上海回到镇江。他和夫人潘志贞联名在《新华日报》刊登一则寻人启事，寻找他抗日战争中投身革命的三个儿女——杨瑞年、杨青年、杨华年。王于畊从报纸上看到这则寻人启事，感到心脏骤然收紧：三位烈士的父亲正倚门而望，望眼欲穿盼望儿女们归来，但瑞年和她的弟妹已经永远不能回家同她们的老父团聚了！那天，王于畊强抑悲痛，分别给镇江市军管会和杨效颜老先生写了信，汇报了三姐弟光荣牺牲的情况，向可敬的烈士父亲致以最崇高的敬意。同时，王于畊也恳请镇江市军管会的同志代表瑞年的战友去看望为中国革命献出三个子女的杨老先生。后来，王于畊了解到，新四军战地服务团的同志看到这则寻人启事，无一例外都给杨老先生写了信。得知姐弟三人在抗日战争和解放战争中先后牺牲的消息后，杨效颜一下子瘫倒在地，潘志贞也因伤心过度，哭瞎了一只眼。

不久，镇江市人民政府市长何冰皓，专程登门看望杨效颜老先生，告知其两女一子均为革命捐躯，并给他颁发了烈属证。杨效颜老先生热泪盈眶，既为痛失骨肉而无比悲恸，又为子女捐躯报国而无上光荣。杨效颜手书一首《题画》诗，表达自己的心境：

> 东风送暖遍天涯，喜见春梅巳放花。
>
> 回首十年前恨事，光荣今日是吾家。

在镇江市烈士陵园杨瑞年烈士的档案中，我看到了1987年10月11日《镇江日报》刊登的一则短讯《镇江籍两烈士遗骸找到》。文中披露，记者10日从市机械职工中专教师杨万年处得悉，闻名中外的1942年福建赤石暴动中牺牲的镇江籍烈士杨瑞年、杨华年姐弟的遗骸现已找到，并被移葬在赤石烈士公墓。档案中载，在1942年6月武夷山下虎山庙茶园大屠杀中，当地一个农民看到一位年轻的女志士在刑场上昂首屹立，连呼口号，身中数枪后才倒下，深受震撼。半夜，他把女志士的尸首偷偷埋在屋后。1957年12月，崇安县人民政府在赤石暴动发生地修建了规模宏大的赤石暴动烈士墓。三十年后，老人听说了当年慷慨赴死的女志士的身份，遂向有关部门报告了大屠杀后自己偷偷掩埋女志士尸首的情况，杨瑞年烈士的遗骸方得以移入赤石暴动烈士陵园。

杨效颜和潘志贞的二女儿杨青年，抗日战争时期与曾在苏北从事敌军工作、后任苏中某师政治部主任的盛朴结婚，两人育有一个女儿。抗战胜利后部队进军东北，盛朴与杨青年便把女儿寄养在山东一个老乡家。杨青年1947年在大连病逝并被追认为烈士后，盛朴与马朝芒（原名麻文芳）结为夫妻。1949年，盛朴南下任江西省萍乡县县长，新中国成立后，盛朴把寄养在山东老乡家的女儿找回。

1957年初，杨效颜和潘志贞对盛朴说，小儿子杨万年在北京上学，尚无对象，请他关心一下。盛朴十分理解老人的心情，当即与马朝芒商量。马朝芒说，她有一个妹妹叫麻文华，与杨万年年龄相仿，现正在上海第二军医大学附属医院工作。盛朴马上与杨万年联系，让他赶到上海，安排两个年轻人在南京西路666号麻文华家见了面。随后，盛朴偕妻子马朝芒，与两个情投意合的年轻人一起，专程回镇江看望杨效颜、潘志贞两位老人。二老见到女婿悲喜交加，马朝芒妹妹麻文华的到来，更令杨家老少喜出望外，给了烈士双亲极大的宽慰。一年后，1958年农历春节前夕，杨万年和麻文华在镇江结了婚。

按照世俗的眼光，女儿杨青年的逝去，很可能会使翁婿亲情有所疏离，但因麻文华嫁入杨家，这段亲情又平添了新的感情纽带。盛朴与马朝芒的一片真情和良苦用心，给晚年方知痛失三子女的杨效颜和潘志贞两位老人，带来了无可替代的特殊慰藉。盛朴后任南昌专署财经委副主任、江西省农林厅副厅长和厅长等职。

麻文华1953年从上海第二军医大学毕业后，先在二医大附属医院工作五年，1958年结婚后随杨万年调至广西南宁市，在市人民医院工作，并作为广西女子排球队运动员，参加了在江西举行的第一届全国运动会，后随杨万年到广西农业机械研究所医务室工作，1964年随杨万年到柳州农村搞"四清"，直到1971年调回镇江，在市防疫站一直工作到退休。

当年，镇江市人民政府按照有关规定，准备给杨效颜家发放抚恤粮八百斤大米。杨效颜颤声说："我哪能吃得下啊！"他把抚恤粮悉数捐给刚刚成立的市烈军工属协会充作经费。抗美援朝战争中，杨效颜动员老伴摘下耳环换成钱款，用于为志愿军购买飞机和大炮。1952年和1955年，杨效颜两度被评为模范烈属，成为镇江市烈军属中的一面旗帜。1957年2月，杨效颜参加了中国国民党革命委员会，后被选为民革镇江市副主委。晚年，杨效颜老先生悲壮而又自豪地挥毫泼墨，为杨门三烈写下五言诗句直抒胸臆：

> 我有三竿竹，直上青云霄。
> 生来不屈曲，哪怕暴风摇。

一门三英更兼父母深明大义，杨瑞年姐弟三人气冲霄汉的英雄壮举和杨效颜的高风亮节，七十多年来一直在古老的江城广为传颂，成为英雄镇江各界人们熠熠夺目的偶像。2002年，杨瑞年少年时代跨江就读的扬州中学举行百年校庆，杨瑞年被列为杰出校友。

2015年6月22日晨，我来到杨瑞年曾求学并任教的镇江中华路小学。杨瑞年在校时，这所私立学校名为达仁小学。绿树扶疏，屐痕处处，七十多年的变迁，到哪里寻觅杨瑞年的踪影？在学校荣誉室，我看到了杨瑞年身着新四军军服的照片，也看到了喷绘在墙上讴歌杨瑞年精神的校歌。学校员工告诉我，学校在各班级中开展评选"杨瑞年中队"活动，已持续了十几年，2003年，中华路小学"杨瑞年中队"被全国关心下一代工作委员会授予"全国英雄中队"光荣称号。英雄正年轻。年复一年，杨瑞年英姿飒爽的光辉形象，正不断走进一届又一届小学友的心灵，影响和铸造着他们的人生，一如浩浩长江，奔流到海不复回。

1942年6月，杨瑞年慷慨就义时，吴焜牺牲已经两年零九个月了。

吴焜独处定山湾可谓久矣！

当时，刘飞、廖政国和乔信明都在南京，当年负责安葬吴焜的原"江抗"五路政治处主任、抗战中曾任过中共澄西工委书记的张志强也在南京，时任江苏省农林厅厅长。叶飞想把吴焜迁葬南京雨花台，让乔信明把几个人找来，研究吴焜迁葬事宜。快人快语的张志强依然不失"老牛"之风："吴副团长的墓一直由定山湾党支部负责保护，迁葬这事好办，只要叶司令员领衔，老同志们都签署，写个报告给省委，我来具体承办！"

是年，吴焜遗骸从江阴迁至南京雨花台望江矶，在定山湾原葬地留了衣冠冢，建了纪念碑，叶飞亲笔题写了碑名，以为革命传统教育基地。

2015年9月20日下午，我来到江阴市周庄镇林木蓊郁的定山脚下，从倪家巷村西穿过茂林修竹攀援而上，拜谒英灵栖息地。绿荫掩映的山腰，吴焜衣冠冢和安葬处纪念碑赫然矗立，虽栉风沐雨五十八载，仍不失浩然正气。在江阴，说到吴焜无人不知并引为骄傲。吴焜衣冠冢碑前摆放的花束，见证着人们对千秋志士的尊崇，也昭示着虎将雄风远播后世依然赓续有致。古城江阴，素有宁死不肯屈节从贼之遗风。明朝末年，江阴军民为抵制清朝"剃头令"，杀掉清廷所遣知县，抗击三十万清军八十一天，令清廷三位王爷、十八员大将和七万五千兵丁殒命城下。抗清名人阎应元临终赋诗："八十日带发效忠，表太祖十七朝人物；十万人同心死义，留大明三百里江山。"清军屠城日，百姓均以先死为荣。城中民运巷头有一古泉俗称"四眼井"，相传生灵涂炭时，四百多名不愿丧生清兵刀剑的义士排队跳入井中殉国。一个为国尽忠的战士，血洒沙场后能把自己的名字刻在忠义之邦父老心头，历经沧桑巨变和岁月磨洗永不泯灭，足矣。正是怀着这样一种情愫，我向萦绕虎将英魂的丰碑深深鞠了三个躬。

1960年清明，刘飞、乔信明、陈同生三人携夫人，专门到南京雨花台祭扫吴焜烈士墓，三对夫妇一起在吴焜墓前合影留念。1998年年末，廖政国夫人史凌（蔡瑾如）看见南京雨花台吴焜墓的墓碑开始破损，与周围新建的陵墓形成明显反差，心里非常难过。她到北京找到叶飞，请他题写了"吴焜烈士之墓"的碑文。史凌从自己的积蓄中拿出了一些钱，又商请雨花台功德园出了一部分钱，于2003年4月1日，重新为吴焜墓立了碑，碑上镌刻着叶飞题写的碑文。

事后，刘飞夫人朱一知道了这件事，埋怨史凌重新给吴焜立碑时，为什么不告诉她，自己也好出点钱。史凌认真对朱一说："这个问题我想过了。刘飞同志过世已快二十年了，从50年代你带头从部队复员后，一直没有什么工资收入，怎么好让你出钱呢！"

第四章　芦荡传奇

16. 雾霭笼罩的阳澄湖畔

"江抗"东进五个多月后，1939年10月，鉴于国民党第三战区不断向新四军施压并频频挑起战端，为团结抗日，避免与国民党军冲突，以新四军东进部队为主体的"江南抗日义勇军"主动西撤，向苏北发展。

10月初的一个晚上，叶飞率"江抗"转移到武进以西开辟新战场，在东路雾霭笼罩的阳澄湖畔，留下了四十余名伤病员和十多名医护人员。

阳澄湖地处江苏省吴县、常熟、昆山三县交界处，湖面纵横数十里，素称鱼米之乡，是宁沪杭一带久负盛名的阳澄湖大闸蟹产地。后方医院所在的横泾镇有八百多年历史，镇上建于明末清初的人文景观毛晋汲古阁遐迩闻名，横泾东与千年古镇唐市连接，堪称姊妹镇。散落在两镇周围的是弯弯曲曲的河道，共有十八个泾、三十六个浜、七十二个溇，还有难以计数的荡。村庄大都随河道命名。

叶飞率"江抗"东进时，曾用汽艇拖着上百只木帆船，浩浩荡荡进军阳澄湖，横扫敌伪，大长人民志气。

无锡抗联会根据中共无锡县委的指示，把分散在锡东、锡北等地一批行动不便的重伤员，安全集中到茅塘桥、厚桥，再用船送到常熟东乡、横泾地区。中共常熟县委把他们连同原来分散隐蔽在芦滩、芦荡的伤病员集中起来，安置在阳澄湖畔一个港汊的芦苇丛中。

刘飞于1939年9月21日负伤后，从苏州太平桥转送到常熟县横泾镇，先期进入阳澄湖养伤。

集中隐蔽在阳澄湖广袤芦荡中的伤病员，有刘飞、夏光、黄烽等十多个红四方面军和闽东红军骨干，有苏南红十三军革命后裔、汇入"江抗"的东路地区"民抗"的赵阿山、吴有民，有1934年组织的抗敌后援会地下斗争者。"江抗"

政治部主任刘飞，理所当然成了伤病员的主心骨。

武汉失守后，国民党在华中敌后留下二十余万人枪。"江抗"西撤时，湖区形势异常险恶，一夜之间日伪军布下数十个据点，其中，在南天门等地由德国人指导修筑了一批钢筋水泥结构的永久性工事。日伪军采取软硬兼施的手段，迫使地方杂色武装投降，一些国民党部队溃散后，与当地反动武装同流合污，隐身在密匝匝芦苇丛中的伤病员，成为日伪顽匪日夜追捕的对象。

"江抗"西撤时，留在苏、常、太地区坚持的共产党领导的武装，有青浦顾复生、嘉定吕炳奎部的部分武装和昆山陶一球部，常熟阳澄湖区留有"民抗"总部的一个警卫班及数十人枪的常备队等少量武装。附近西董家浜抗日群众同伤病员约法三章：不能生烟火，不能唱歌，不能出港汊。

阳澄湖上的金秋，绿苇如帐，芦花怒放。伤病员们躺在船舱里，仰望蔚蓝天空上不时掠过南飞的雁群，耳畔交替响起摇橹的吱呀声、鱼跃出水的溅击声和受惊水鸟的啼叫声，却无心欣赏这充满诗情画意的湖上美景。

后方医院既没有固定的病房，也根本不在后方，前后左右都布满了敌人的据点，乍一看，在后方医院养伤，好比是阎罗殿里讨生活。刘飞入院后发现，阳澄湖地区港汊星罗、水网密布，前村后村相望而不可及，没有船只寸步难行。芦苇荡里地形十分复杂，没有人带路根本进不来，进来了也出不去，颇像《水浒传》里描写的梁山泊。湖上条件虽然十分艰苦，但却在虎伺狼窥的险恶环境中，为伤病员提供了难得的隐身和养伤之处。新中国成立以后，刘飞在莫干山疗养时曾写过一篇回忆文章，对阳澄湖上的后方医院作过如下描述：

> 我们经常流动在横泾、陆巷、肖泾、长浜、张家浜、西董家浜一带，最远的敌伪据点离我们不过一二十里，近的只有几里。情况较好时，农家的客堂、厨房、牛棚、猪圈是我们的病房，卸下的门板，是我们的床位。情况不好，就只能常在阳澄湖上漂泊，数叶渔舟，就是我们的一切。

刘飞入住后方医院之初，是在"水上流动病房"——小船上度过的，先后由二十四岁的包蕴和年仅十六岁的白山两名女护理员护理。当时，刘飞的伤势十分严重，船上药品奇缺，医护人员又缺乏治疗经验。他忍着剧烈的疼痛，一声不吭，常常面带笑容鼓励医护人员克服困难，做好医疗工作。刘飞不怕伤痛的革命英雄主义精神，感染和教育了后方医院工作人员，两名女战士天天用盐水给他冲洗伤口，用凡士林纱布条引流，经精心照料，一周后，刘飞的伤口不再出血，未发生恶性炎症。刘飞稍能走动后，就召集医护人员讲形势，教育大家坚持革命，不懈奋斗，迎接新的革命高潮的到来，给大家以很大鼓舞。看着刘飞伤口逐渐愈合，颇有成就感的白衣战士自豪地说，我们是恢复战斗力的劳动者！

秋意渐浓，天气大凉。湖上后方医院面临的一个现实而紧迫的问题，就是在天当房、滩作床的条件下，如何保障伤病员夜间有效御寒和得到较好睡眠。白天借着秋阳虽然可以睡一会儿，但可恶的铁嘴花蝇在伤病员间飞来飞去，专门乘隙叮暴露在外的伤口，大家只好用芦苇叶子包扎防蝇。入夜，湖上的气温低得让人打寒战，有的伤病员冻得上下牙直打架，碰得咯咯响。刘飞让把为数不多的稻草垫子盖到重伤员身上，轻伤员则互相搂在一起，挤在中间的伤病员，可以借助别人体温睡一会儿觉。而周边的伤病员，则饱尝了相偎胸前暖、风吹背后寒的滋味。大家只好隔一段时间就来个里外换班，轮流到中间暖和一下，也好借机打个盹。

比寒冷更令人难以忍受的是饥饿。虽然中共常熟县委日夜牵挂隐身芦苇荡的伤病员，时常安排设在董家浜的地下交通站东来茶馆牵头，组织湖滨村落的抗日积极分子，千方百计给后方医院送熟食和湖鲜，但遇到日伪封锁得紧，抗日群众无法进荡，伤病员难免会陷入吃了上顿没下顿的窘境。有的群众数度闯关未果，被抓走后折磨得死去活来。刘飞和伤病员闻讯后心如刀绞，急忙给湖畔地下交通站捎信，大伙儿宁肯饿几天肚子，也绝不要群众再冒险，做无谓的牺牲！

一天，有个叫谢锡生的伤员从滩外回来，带给每人一截雪白鲜嫩的芦柴根，一咬一口甜水。闽东籍的伤病员说，这东西跟福建的龙眼差不多；常熟籍的伤病员赵阿山说，当地人夏天把芦柴根当冰淇淋吃。不同地域官兵的品鉴引起了大家的兴趣，有人主张组织力量到滩外去挖，但立刻被六团作战参谋、新任"江抗"五路参谋长夏光制止了。"芦苇就是我们的帐篷，挖少了岂不暴露自己！再说，结伙到滩外去挖芦柴根，也很不安全！"伤病员觉得夏光讲得十分在理，瞅瞅鲜美可口的芦柴根，一个个悄悄把流到嘴里的口涎咽了下去。

赵阿山见吃不成芦柴根，脑子一转，眨眼工夫又捉来十几只青壳、白肚、金爪、黄毛的大闸蟹，用手一拨拉，状极威猛的大闸蟹一个个肚皮朝天，八脚齐动，双螯乱舞，在伤病员中引起一阵愉快的骚动。赵阿山得意地介绍说："这是最好不过的清水蟹，到了秋天，我们就用它来招待客人，九雌十雄，吃起来那个鲜劲儿就甭说了。上海沦陷前，一到深秋，我们就下湖捉蟹，然后送到昆山，再装上去上海的火车，每年都有几百担大闸蟹转运到香港去卖。"赵阿山说着叹口气："这年头，恐怕连上海人也吃不到大闸蟹了。你们福建人大概不懂这玩意儿吧！"

辘辘饥肠与对美食的谈兴原本就是孪生兄弟，有人兴奋地嚷道，海蟹不如江蟹，江蟹不如河蟹，河蟹不如溪蟹，溪蟹不如湖蟹！一句活色生香的话语，把众人空空如也的肠胃中那些充溢着色香味的欲求又引了出来。大家望着螯爪翻飞、十分肥实的大闸蟹，恨不得一口将其吞下肚去，性急的已经动手撕下大闸蟹的脚和钳，咔吃咔吃地嚼了起来，其他伤病员也都兴致勃勃准备打牙祭。但夏光出面制止说："生吃大闸蟹很容易拉肚子，滩里又找不到火，就是能找到，起火做饭也违反规定，这种蚀本的买卖不能做！"年轻的伤病员闻听此言，你看看我，我看看你，无奈但又很不情愿地放下手中的大闸蟹，一只一只扔到湖里放生。

　　世事洞明的谢锡生见众皆失望，急忙拍着赵阿山肩膀说："等把鬼子打跑了，我们到你家去，让你老婆烧大闸蟹，大伙儿吃个够！"伤病员们噼里啪啦鼓了一阵掌，谁知赵阿山却伤心地流下了眼泪。原来，他的妻子在"江抗"东进前，就被鬼子残杀了！国恨家仇更激起了大家坚守芦荡、抗战到底的决心。赵阿山的身世遭际，后来触动了作家和剧作家敏感的神经，不但写进了军旅作家崔左夫的纪实文学作品，而且成为上海人民沪剧团编剧和导演塑造《芦荡火种》中沙七龙形象的身世背景。

　　面对饥谨、蚊蝇叮咬和伤痛折磨，来自不同部队和营连的伤病员，像离群的孤雁，普遍不安心在芦荡养伤。大家日听橹声咿呀，夜伴渔火愁眠，有的伤病员随着身体逐渐痊愈，产生了想早日重返老部队的急躁情绪。在芦苇荡中的小渔船上，刘飞躺在门板上，通过因患痢疾入院的"拐杖"、六团政治副主任黄烽，不间断地了解斗争局势，掌握伤病员思想，因势利导开展工作。在湖波舐岸的节律中，他想起"江抗"西撤前，党组织对留守伤病员的殷切嘱托：把同志们留在这里，并不单单是因为你们身体条件不行，跟不上主力队伍频繁的流动，更重要的是党需要在东路留下一把火种！

　　党的信任和重托，东路抗日斗争对伤病员的倚重，使刘飞愈感自己责任的重大。刘飞深知，战士是为战斗而存在的，在衣食不保、缺医少药的湖上后方医院，要使听惯了枪炮声和闻惯了硝烟味的伤病员安下心来，完成党组织交给的养伤和康复任务，必须让大家真正认识到，阳澄湖芦苇荡也是战场，处在日伪顽日益猖獗的东路抗战低潮期，坚守芦荡不屈不挠开展斗争，在日伪统治的心腹地带显示党领导的抗日武装力量存在，不仅有重要政治和军事意义，而且是一场特殊而艰难的战斗。刘飞和黄烽及时与官兵沟通，循循善诱引导大家，回部队同日伪顽真刀实枪干精神固然可嘉，但留下来养好伤，在坚持阳澄湖敌后斗争中巩固苏、常、太抗日根据地，更有意义，是对革命更大的贡献。个人的良好愿望，最终要服从革命斗争需要。在刘飞耐心劝导下，伤病员的心结渐渐解开了。

鉴于敌人日夜追捕伤病员并封锁芦苇荡，刘飞组织轻伤员担任警戒，让当地籍的伤病员，带领大家到附近适宜地域采摘芦根菱角和鸡头米。地方党组织和群众倾力支援，再加上自我保障，伤病员思想逐渐稳定下来。因患疟疾进湖养病的黄烽很快康复，组织上确定他留下来，继续给刘飞当开展工作的"拐杖"，避敌偷袭时也可帮行动不便的刘飞转移。十几天后，刘飞目睹"江抗"西撤后日伪军的横行无忌，亲身感受群众日夜盼望"江抗"重返东路的迫切心情，考虑到多数伤病员身体开始康复，便组织大家深入讨论，正式向上级打报告，要求重建"江抗"。

深秋时节，"江抗"五路政治处主任张志强，风尘仆仆从新四军江南指挥部赶到阳澄湖后方医院，代表陈毅看望刘飞等伤病员，介绍了当前"江抗"主力首要任务是开辟苏北抗日民主根据地，部队马上就要北上的情况，并捎话给刘飞，陈毅司令员要留守在阳澄湖的伤病员和当地武装力量，组织东路抗日游击武装。

不久，陈毅批准了刘飞重建"江抗"的建议。

17. 浦江良医共赴国难

上海，1939年2月8日，有着八十年历史的远东最大水上门户十六铺码头，"新江南"号客轮正升火待发。熙熙攘攘的登船旅客中，一对情侣的装束格外抢眼。男的西装革履，器宇轩昂，女的身着旗袍，脚穿高跟鞋，颈挂珍珠项链，挑着三蒲包物品的脚夫紧随其后。上海同仁医院医生张贤和大德助产学校护士庞露，正携带医疗器械和药品，乘船前往常熟投身抗日武装。

张贤原名张兆浦，生于1915年5月，上海市嘉定县真如乡祁连村顾家巷人。七七事变和八一三事变发生时，正在上海同仁医院学医的张贤目睹祖国大好河山惨遭日寇铁蹄践踏，日夜寝食不安。1938年春，张贤与上海中共地下党员李建模相识，开始到浦东从事抗日救亡和红十字会活动。

1939年1月的一天，常熟"民抗"领导人李建模对张贤说："常熟有一支抗日游击队，那里非常需要医务人员，希望你和庞露一起到阳澄湖创办一所后方医院。"接到李建模带来的党的指示，张贤想都没想就一口答应了下来，动员新婚妻子庞露舍弃优裕的大城市生活，共同奔赴抗日前线和参加革命队伍。

购置创办后方医院必需的医疗器械和药材，是张贤接到的第一项任务。李建模交给张贤一笔款子。张贤看钱不够，便拿出自己多年积蓄的银元，庞露也把家中给她定亲的首饰和自己挣的特别护理费拿了出来，买了一批医疗器械和药材，中共地下党员、同仁医院护士长张晨又支援了一些医用器材。张贤和庞露从上海乘船到达常熟浒浦口码头，交通员把他们送到"民抗"大队部所在地苏家尖莲荡浜，受到中共常熟县委委员、"民抗"司令员任天石等人的热情欢迎。庞露因行前倾其所有，把自己的钱全部用来买医疗器械和药品，到后方医院后竟拿不出一分钱置办相应的服装，很长时间一直穿着从上海带来的旗袍护理伤病员。

任天石是常熟梅李塘桥人，出身中医世家，少年时便以天下苍生为念，立志为救国救民施展抱负，后就读于上海中国医学院，在家乡开过中药店。在张贤到来之前，他动员旧同行杨医生和当地人唤作蒋放的村姑来到阳澄湖张家浜，专门救治"民抗"的伤病员，由杨医生担任"民抗"后方医院院长，蒋放任护士。任天石管蒋放叫蒋淑芳，还安排病情较轻的伤病员赵阿山兼任医院管理员，负责把常熟县委筹集来的粮款，分送到伤病员隐蔽的村子和各家各户。这些赤脚医护人员都编入当地农户并熟记户口和门牌，白天化装成农民下田劳动，夜间给伤病员冲洗伤口、换药和搞吃食。作为第一个来"民抗"的上海医生，张贤成了湖上后方医院第二任院长，也是首任科班出身的院长。

张贤寡言，但颇重实干。2006年，庞露在一篇回忆文章中谈到，在水上流动医院中，张贤既是医生，又是护士，既是院长，又管总务，既要动手术和筹措药品，又要查看地形和为伤病员站岗放哨，里里外外一把手，忙得不可开交。一次战斗中，战士关玉坤面部受重伤，下颚骨破碎，满口牙齿都脱落了。张贤便通过导管给他鼻饲，还用自己每月发的一元五角钱，买来猪肉、鸡蛋和糖等营养品给伤病员补养身体，自己依旧吃粗茶淡饭。

那时，后方医院院部设在横泾河北岸西侧的两间草屋内。隐蔽在港汊芦苇荡中的后方医院处于日伪据点的"梅花桩"里，正面临着缺医少药的严重困难。张贤和庞露的到来，使阳澄湖后方医院在人才和设备上都得到明显加强。

1939年7月，"江抗"所属六团卫生队与张贤所在阳澄湖后方医院合并，组成"江抗"后方医院，六团卫生队队长林震成为湖上后方医院第三任院长，张贤改任休养所所长兼医务处主任，叶森任后方医院指导员。于是，在抗战艰苦环境中应运而生的湖上后方医院，建院时间不长就拥有了三任院长。

到这年底，"江抗"阳澄湖后方医院的医护人员增加到三十多人，医生有上海来的盛立、张力、赵熙等，也有从皖南新四军军部小河口后方医院来的梁玉贵医生。由于战斗频繁，伤病员逐渐增多，此后，从上海同仁、同济和红十字会医院及其他城市医院，陆续来了几批医护人员，其中有周廷宰、陈石士、陈宇（女）、白山（女）、王嶙（女）、包蕴（女）、征红（女）、马佩卿、叶琼、顾行（女）、顾励（女）、程毅、柳浪（女）、张帆、顾克成、顾定宇、沈逸、归祖兴、杨子清、安希宝、王寅、张健如、程瞒（女）、李善娟（女）等。为了帮助大家掌握和提高医疗技术，后方医院在战斗间隙举办短期医药卫生训练班。科班出身的医生自编教材，亲自讲授，边干边教，甚至采取一些直观形象的教学方法，如在眼药水瓶上画一只眼睛，以便初学医的同志与碘酒区分，减少医疗事故。

日寇稍一放松追捕，湖上后方医院便转移到张家浜，但有十名伤病员不幸被可恶的败血症夺去了生命。"民抗"司令员任天石将自家一条祖传的看病船送给后方医院，医院开始有了一只专放医疗设备和药品的小船，加上伤病员经常乘坐的其他船只，后方医院成了名副其实的水上流动医院。

湖上后方医院医疗用具和药品严重匮乏，用于伤病员治疗的每一瓶碘酒、每一片阿司匹林、每一滴红汞，都是地下党组织和医护人员冒着生命危险，突破鬼子和"忠义救国军"重重封锁从上海采购来的。医护人员坚持土法上马，因陋就简制作医疗设施器材和代用药物。没有手术室，就用土白布蒸煮加以布置营造消毒空间；没有金属镊子，就削竹筷蒸煮后顶替；没有夹板，自己锯木板做；没有脱脂棉花和绷带，就用普通棉花和土布煮沸消毒后代用；没有消毒液，就用明矾把河水和井水澄清，放盐烧开冷却后给伤员冲洗伤口。他们还用老百姓的蒸笼，对医疗器械进行消毒；把砖头烧热后，用于伤病员的热敷；把鸡蛋壳烘烤后研磨成粉，让肺结核病人服用后增加钙质；用硫磺粉加石灰水煮成药水，治疗伤病员身上的疥疮。常熟县委急湖上所急，积极同上海地下党组织取得联系，一些药品和慰问品交由上海来的工人、学生和商人，秘密带到阳澄湖上的后方医院。

敌人开始"扫荡"时，医护人员便背起割草的箩筐，里面藏着药品，边割草边观察敌情，相机到隐蔽着伤病员的老百姓家去巡诊和护理。敌情严重时，医护人员就傍晚开饭，天黑出发，连夜巡诊伤病员，拂晓前宿营，天明前派出观察哨。敌情最紧张时，医护人员就将重伤员留在船上护理，一夜要转移几次。一次，天刚蒙蒙亮，医生张力化装后到湖上给伤病员换药。路过一个小镇时，鬼子恰好把小镇包围，强逼村民集中起来。夹在村民中间的张力面临生死抉择：被鬼子查出手提篮子中的药物，自己必死无疑；可扔掉多少同志流血牺牲才送来的药物，耽误了伤病员治疗，自己活着又有什么意义呢？张力下决心与篮子中的药物同生死、共存亡，终于冒险闯过了生死关，安全地把药物送到后方医院船上。张医生的历险经过，使伤病员感动得热泪盈眶。

那年，常熟张家浜的村民秋收垛稻草时，都不约而同在草垛中间留个大窟窿，家家把狗都拴起来，防止乱叫。庄西头凌家寡妇有个九岁的女儿叫小凌子，有次在后门口偶然看见草垛里露出一条烂腿，吓得扑到妈妈怀里直叫唤。妈妈据实以告后，小凌子成了伤病员谢锡生的"特别护士"，每天天亮前和天黑后各给他送一次饭，有时在门口附近望风，让他晒会儿太阳。

后方医院护士蒋淑芳经常替伤病员换药送水、缝洗衣服。有一天，刚能走动的闽东籍排长叶诚忠见蒋淑芳在河中洗衣服手冻得发紫，便赶过去帮忙。不料刚蹲下，管理员就跑过来说，一个汉奸带着鬼子进村了。蒋淑芳急忙让叶诚忠躲到水凳底下，赶紧拉开被单遮住他的脑袋，依旧若无其事地洗衣服，竟然化险为夷。

医院转移前，医护人员和轻伤员常在打谷场演活报剧、唱京剧和抗战歌曲，顾励和姚琛圆润的歌喉最受欢迎。医院开会欢送伤病员出院，也令大家难舍难分。

1940年4月底，"江抗"东路指挥部成立后，将"江抗"休养所与"民抗"医务所合并成"江抗"后方医院，仍由林震任院长。10月，后方医院一分为二，第一后方医院留在常熟梅南区，由张贤、林立负责；第二后方医院随"江抗"东路指挥部前往澄、锡、虞地区，院长为马惠民。该地区后来又出现过几家后方医院，如江阴河塘姜太公庙建立过一所后方医院，后搬至附近的蓬仙庵，为迷惑日伪，挂起了广济医院的牌子；澄西金菜家塘也设立过一所后方医院，1941年春与丹镇扬疗养所合并，改称澄西疗养所，并迁至利港江边。

飘摇于战火中的芦荡医院，俨然化育人才的摇篮。新中国成立后，张力担任了海军东海舰队后勤部卫生部部长，盛立担任了江苏省卫生厅厅长。

18. 夏光受命召开伤病员会议

芦花似雪，白鹭寂寥。当萧瑟的秋风带着时序更替的决绝悄无声息掠过芦荡时，在同日伪周旋中再度隐身湖上的伤病员倍觉饥寒难耐。伤病员中职务最高的领导人刘飞躺在船上，肩上仿佛压着千钧重担，思绪像汹涌的湖水一样在翻滚。参加革命十三年来，他还从未孤悬敌后，在如此困难和特殊的环境中，以这种方式同穷凶极恶的敌人斗智斗勇。

刘飞深知，以阳澄湖为中心的苏、常、太抗日根据地，是新四军继开辟茅山抗日根据地之后，依靠当地党组织和人民群众大力支持，在日伪顽重兵据守、各方势力和斗争形势犬牙交错的平原水乡，建立的第一个革命根据地。从某种意义上说，"江抗"西撤后，东路抗日根据地的存亡，已系于后方医院几十个伤病员和医护人员身上！我们的任务不仅是养伤，而且要保证苏、常、太革命根据地红旗不倒，始终给人民以希望和力量！留下来的几十名伤病员，就是坚持敌后斗争和显示存在的革命火种。刘飞认为，目前，敌我力量悬殊是显而易见的，但权衡力量强弱不仅要看数量，更要看质量。后方医院的伤病员中，既有经过长征考验的红军战士，又有1934年10月中央红军长征后，留在南方独立开展艰苦卓绝三年游击战争的闽东红军战士，还有十几名信仰坚定、不怕牺牲的白衣战士。有这些身经百战、万难不屈的革命火种，有当地党组织的正确领导和人民群众的大力支持，东路地区抗日根据地，就一定会像尖刀一样，牢牢楔在日伪统治的心脏地带。

刘飞的想法得到了中共江南特委和常熟县委的重视。特委组织部长张英、常熟县委书记李建模、常熟"民抗"司令员任天石，经常来到刘飞隐蔽的地方，一起研究如何坚持敌后斗争的问题。一天，他们带来了毛泽东写的《抗日游击战争的战略问题》油印小册子。刘飞和大家一起学习后，受到很大启发和鼓舞。刘飞想，"江抗"在的时候，经常截击"扫荡"的敌人，炸毁敌人运兵运粮的船只，并在主要水道打下明桩暗坝，分段切断，使敌人的水上交通处于肢解瘫痪状态。现在，虽然"江抗"西撤，但党的组织还在，伤病员这些骨干还在，苏、常、太抗日根据地还有很好的群众基础，只要我们坚持下去，按照党的要求继续为开展敌后游击战争积极创造条件，就一定会迎来东路抗日根据地再度兴盛的那一天。

强烈的使命感和责任感，激励刘飞一有空就和"拐杖"黄烽一起，召集伤病员开会和谈心，鼓励大家发扬南方三年游击战争时期，部队与上级失去联系但官兵铁心不移忠诚于党的好传统，始终保持高昂的革命乐观主义精神，战胜伤病，早日重返抗日最前线。刘飞身负重伤仍拼命为党工作的精神，也深深感染和激励了伤病员。为防敌突袭，刘飞组织大家制定了不同情况下的应对方案，安排轻伤员担任警戒，还口述书信给湖区一些地方武装头领胡肇汉等人，明以公理，晓以大义，使其避免与"江抗"伤病员为敌，防止日伪加紧勾结增加伤病员坚守芦荡的压力。刘飞还时刻注意与当地党组织保持联系，紧紧依靠党和湖区内外的进步群众，做好伤病员掩护和医疗生活保障工作。

一天，刘飞伤口恶化，"拐杖"黄烽和医护人员急忙把他抬到张家浜救治。谁知刚进村，鬼子就来了。几个老乡急中生智，赶紧拿来白布将刘飞从头到脚裹起来，往河浜抬去。鬼子上前盘问，老乡说是个死人，抬去安葬。刘飞刚被放进小船，鬼子又追来了。老乡迅速撑船离岸，小船箭一般钻进芦苇荡。

秋雨连绵，湖水暴涨，芦苇荡中少有立足之地。到10月中旬，少数重伤病员不治牺牲，又零星转来一些新伤病员。入夜，患难与共的战友手拉着手，不敢打盹儿。但清晨发现，有个伤病员还是被湖水氽走了，也不知姓甚名谁。艰苦的环境加剧了一些伤病员思想的波动，有的提出要找大部队去，不愿憋在这里受窝囊气。刘飞意识到这样下去不行，必须赶快恢复和健全党的组织。根据他的指示，因严重腹泻入院的"江抗"五路参谋长夏光，召集全体伤病员开会。

这是会场简陋程度和会议重要程度均臻于极致的一次特殊会议。手握枪杆栖身芦荡的中国共产党人，娴熟施展开会这一看家本领，把党组织蕴含的扶危定倾、绝地反击神奇功能，开掘和发挥得淋漓尽致。主持会议的夏光首先登记了参加芦荡会议的三十六个伤病员的姓名、籍贯和部职别，要求每个人简要介绍自己的斗争履历，而后宣布建立由刘飞和夏光负责的临时党组织。接下来，夏光传达了刘飞的指示，明确了紧紧依靠地方党组织和人民群众，坚守芦荡，积极养伤，为东路抗日根据地保留革命火种，以备恢复壮大抗日武装的任务。伤病员有了自己的组织并明确了斗争任务，归属感和使命感顿增，一个个重又跃跃欲试起来。会上有人提议，以伤病员为主体，组建江南抗日义勇军留守总队，由已基本康复的夏光任队长。夏光笑笑说，现在还不是时候，何时能走出芦苇滩，就立一个番号。此后，陆续又有一些伤病员进入芦苇荡中的后方医院，前后有上百人之多。但由于当事人后来所撰的回忆录，都集中笔力对三十六个伤病员进行描述，夏光受刘飞委托在芦苇荡举行的这次会议，遂成为一个标志性事件，成为文学家和各路笔杆子构筑经典、演绎历史的上佳素材，永远镌刻在中国革命的光荣史册上。

19. 湖天尽洒苌弘碧血

1941年1月7日出版的《大众报》，刊登了柳浪写的报道《赵熙烈士》：

　　　今日东路之坚强壮大，可以说卫生工作者尽了最大的力量。铁的

"江抗"军的建立，却是由卫生工作者悉心医治好的几十个伤兵病员啊！

东路卫生工作者在环境恶劣、物质困难的条件下，终年奋斗创造了今日的局面。只有在中国共产党正确领导下，才有这种艰苦奋斗的伟大精神和伟大成就。布尔塞维克的赵熙同志，出入枪林弹雨救护负伤同志活跃在前线，随着东路奋斗已一年有余，不幸于张家浜一战中，遭受东洋鬼子机枪扫射，壮烈殉国了。这是损失！民族的损失，党的损失！

赵熙不吹牛，忠于革命事业，埋头苦干。家长要他进高等医学院，他不干。情愿偷偷留下来吃青菜豆腐汤，丢弃那顶博士方帽，穿起破棉军装，因为他不愿意忍受那些鬼子汉奸血腥的压迫，他要救护那些坚持苦斗的民族战士，使他们在战场上少流一点血。赵熙在工作之余，也会哼哼轻快的歌曲，而他那种吃苦耐劳的精神，又是值得我们敬佩和学习的。东路健壮了，赵熙也越进步，担任了一纵队卫生队长，刚祝贺他担负更重要工作，反"反共"战斗前夜的会面畅谈后，竟是永远诀别了！

抗战牺牲了一个志士，革命失去了一个同志，显然很平凡。革命的果实，是英勇的烈士们热血灌溉成长的。为民族解放，为社会解放，我们要追随着赵熙的布尔塞维克精神，前进，前进！

报纸在文末专门对赵熙作了介绍：

赵熙，原名查培基，一九二〇年生，江苏吴县人，少年时期曾在苏州一家作坊当学徒，以后进上海仁济医院当勤杂工和护士。一九三九年，他由上海到昆山参加抗日斗争，不久加入中国共产党。一九四〇年，任新"江抗"一纵队卫生队长，是年十二月十三日，在张家浜战斗中，参加救护伤病员，不幸中弹牺牲。[①]

柳浪是浙江宁波人，1923年5月出生于上海，是1940年9月参加新四军从事护理工作的女战士。作为战地"土记者"，她写的这篇新闻要素尚不够齐全、议论多于客观事实描述的报道虽充满稚嫩，但却给我们传递了那个年代真实的时代气息。这个从战地救护所走来的白衣天使，新中国成立前后入上海医科大学和沈

---

① 新四军中上海兵编委会. 新四军中上海兵. 上海：上海文艺出版社，2007：292.

阳中国医科大学学习进修，先后任驻长春的解放军第二○八医院科主任，长春市妇产科医院副院长，1979年任南京市妇幼保健院副院长、党总支书记。饶有兴味的是，山南海北缘不尽，新四军的战友情谊，从遥远的北中国向江南隔代传递，柳浪的儿子娶了"江抗"总指挥部秘书长陈同生的小女儿。

1939年10月"江抗"西撤，东路抗日根据地建设处于低潮之际，能不能把"江抗"留下的伤病员保护好、医治好，为东路地区保存好革命火种，成为根据地存亡的关键所在。来自上海等大城市医院的男儿女儿，以柔弱的肩膀担起了为东路根据地守护星星之火的重大历史责任。在金瓯破碎、生灵涂炭的年月，杏林精英所展示的殒身不恤、慷慨赴死的英雄气概，让天地动容，令山河失色！

1942年从上海入伍的女护理员吴秀瑛，冬季反"扫荡"中，组织姐妹们在芦苇荡中为伤病员架起高出水面的床，她们则在齐腰深的冷水中护理，几个姑娘因患严重的痛经病，以致月经全无。率性洒脱的吴秀瑛对同伴们打趣说，我们是年轻的老太婆！

为粉碎日军秋季大"扫荡"，吴秀瑛受命单独带重伤员去村子里隐蔽，当安置好伤员后，恰逢房东大娘儿媳妇要分娩，她决定留下来接生。这时，日本鬼子的枪声一阵紧似一阵，大娘既希望新四军医生为儿媳接生，又怕她遭遇危险，心里十分纠结。吴秀瑛懂得大娘的心思，临危不惧，一直坚持到婴儿诞生。这时，她已经走不脱了。日伪军用刺刀把老人、妇女和小孩赶到晒谷场上，一个汉奸神气活现地咆哮，要乡亲们把新四军伤病员交出来。

"谁家养出这个畜生，连自己的祖宗都忘了，有本事找'四老爹'（当地群众对新四军的爱称）去，别来为难手无寸铁的老百姓！"一位老大爷的斥骂声刚落，鬼子便饿狼似的端着刺刀向他刺去。

"住手！不许残害老百姓！我就是新四军！"吴秀瑛怒吼着站到晒谷场的石碾上，激昂地大声说："新四军伤病员是姑奶奶藏起来的，你们休想找到！"

敌人软硬兼施，抽刀横在她的胸前，吴秀瑛视死如归，丝毫不肯透露伤病员的下落。兽性大发的日寇一刀削掉吴秀瑛双乳，吴秀瑛破口大骂，凶残的日寇端起刺刀捅进了她的身躯。年仅二十三岁的军中白衣天使吴秀瑛，挺身而出掩护伤病员和人民群众，以悲壮凋谢的青春之花，为巾帼英雄榜平添了奇异的光彩。

吴秀瑛英勇殉国后，粟裕闻讯深为悲恸，慨然为她写下了"粉碎敌人凯歌里，南丁队里悼女雄"的挽诗。

国难深重的年月，在新四军后方医院医护人员出没的江南湖滨村舍，像吴秀瑛这样义无反顾、慷慨赴死的大丈夫和伟巾帼，又何止一人！

曾经护理过刘飞的阳澄湖后方医院院长和医务处主任张贤，随部队从苏南征战苏中，任苏中军区第七军分区卫生部长。1946年，张贤奔赴前线救治伤员涉险突围后，发现仍有伤病员未救出，不顾领导和家人劝阻，执意重返前线抢救伤员，遭敌袭击英勇牺牲。张贤的妻子庞露，晚年写了一篇题为《第一个来"民抗"部队的上海医生》的回忆文章，深情绵邈地讲述了当年夫妻生死诀别的感人场景：

> 那时我已和他结婚正要生第二个小孩，他派人只通知了我一声："我到前方去了。"
>
> 7月初，他从洪泽湖区突围归来，领导上对他说："你既然突围出来了，就不要回去了。"他回答说："我不能因为自己突围出来就行了，前方还在打仗，战士还在流血，那里还有我们的伤病员呢，我必须再到湖上去！"那时我刚生过孩子。我面对两个孩子，心情很复杂，对他说："这边工作也需要您，您就不要去了，万一牺牲了，叫我如何办？"他安慰说："万一我牺牲了，还有组织。组织会照顾您的。参加革命不能怕死！"他把在党校学习的两个笔记本交给我，说："留下这个，作个纪念。"
>
> 第二天，他正要动身时，大儿子克宁骑在爸爸的战马上大哭，不让爸爸离去。他哄儿子说，爸爸替你买肉吃，孩子才肯下马，就这样和我们告别。谁知，这次分别竟是永别！他走后不久，组织上通知我，张贤同志在重返洪泽湖区寻找伤病员时，在船上遭到敌人袭击，光荣牺牲了！[1]

张贤，为赴国难从上海十六铺码头奔赴抗战前线的良医、阳澄湖后方医院成长起来的苏中军区第七军分区卫生部长，为救助浴血奋战的战友，把自己的一腔苌弘碧血，洒在碧荷绿苇环绕的洪泽湖，时年三十一岁。行前，妻子庞露的百般担心，竟一语成谶！

当年在常熟莲荡浜，贫苦农民孙根乔因腹腔肿瘤奄奄一息，张贤果断为他施行肿瘤切除手术。术后，孙根乔因营养极度匮乏休克，张贤拿出自己的津贴买来营养品给他补养身体，孙根乔终于转危为安。新中国成立后，孙根乔感念当年后方医院的张大夫，带着白发苍苍的母亲来到上海，千方百计找到正在进修的庞露，叩谢

---

① 新四军中上海兵编委会. 新四军中上海兵. 上海：上海文艺出版社，2007:283.

救命恩人张贤。庞露自1950年起入上海第二军医大学干部大队深造，当时正值暑假，两个儿子张克宁、张克辛也在校。看到张贤救治过的常熟父老乡亲，庞露欲哭无泪，百感交集。当孙根乔听说张贤战争年代就已光荣牺牲时，顿觉如雷轰顶，五内俱焚，同年迈的母亲一起，抱着张贤和庞露的两个儿子失声痛哭。

2015年6月20日，我在上海见到了张贤和庞露的大儿子张克宁，得知庞露已于2009年12月30日病故，在此之前，张克宁的弟弟张克辛因患肝病于2006年8月5日去世，使青年丧夫的庞露，又尝受了老年丧子的痛苦。

攀谈中从张克宁口中得知，当年庞露怀他快要生产时，隐蔽在群众家，不幸被日伪军捕获，关押期间生下了张克宁，幸得老乡一床破棉被，孩子才得以存活。审讯中，庞露坚不吐实，未暴露身份，后被党组织保出。但毕竟有过被俘经历，新中国成立后不久，庞露转业到企业从事医务工作直至离休，其间备遭坎坷。庞露独撑残家，艰难养育两个孩子长大成人，张克宁和张克辛均成为国家的有用之才。张克宁考取哈尔滨军事工程学院核物理专业，1968年毕业后到安徽当涂一所农场劳动锻炼，1969年因母亲被俘事受审查又到核工业部九院河南五七干校劳动一年。张克辛高中毕业后参军来到驻山东某部，成为一名优秀的炮兵班长，但因母亲受审查未能提干，退伍后到南京熊猫集团前身七一四厂工作，哥哥张克宁后也到该厂工作。

我问张克宁对生父是否有印象，他茫然摇摇头，半晌才说，对父亲唯一的印象，就是依稀记得他骑一匹大马从家中离去的情景。那正是心情复杂的母亲，委婉劝说刚刚突围出来的父亲不一定非要重返洪泽湖，而父亲把自制的两个简陋笔记本赠给母亲，并以给他买肉吃的善意谎言，哄着不让爸爸走的张克宁从马上下来，毅然同母子俩诀别奔赴前线的时刻。

6月22日，我在南京后载巷后14号庞露故居，再次见到年逾七十的张克宁。他从家中翻出了母亲生前留存和整理成册的许多黑白照片，还找出了母亲分别珍藏了五十八年和五十二年的两封信。

1951年，庞露曾致信当年新四军后方医院院长、时任华东军政委员会卫生部部长的崔义田，询问张贤牺牲的情景。崔义田根据原华中军区卫生部部长齐仲桓不久前来沪时，谈及当年张贤赴洪泽湖遇难经过，于同年11月15日给庞露复信，简要说明了张贤1946年在洪泽湖遇袭牺牲，以及当事人和群众曾予证明的情况。张克宁介绍，根据母亲生前讲述，张贤到洪泽湖区寻找散失的伤病员时，遇还乡团并展开交战。周围的还乡团迅即围了上来，张贤见无法摆脱恶狼般的敌人，遂转到湖中一条船上，穷凶极恶的还乡团匪徒随即驾船把张贤团团围住。危急时刻，不会水的张贤决意投湖自尽，但落水后，匪徒又把他捞到岸上，凶残地砍掉了他的头颅。张贤的通信员在水中脱逃，目睹了张贤英勇就义的场景。

1957年，庞露致信江苏省洪泽县人民委员会，要求寻觅张贤遗体。洪泽县人民委员会民政科于5月17日给庞露复了信：

庞露同志：

关于你来询问张贤同志牺牲遗体问题，我们去信到老子山镇核查，据该镇许明友同志谈，46年张贤同志和刘泽甫同志均在戚家洼大河头牺牲的。那时由于环境恶化，两同志的牺牲，遗体无人埋葬，现查无实迹，故不明情况，特此函告，除此我们又写信到另外一个乡调查，等查明后再告是盼。

此致

敬礼

洪泽县人民委员会民政科（章）
一九五七年五月十七日

张克宁打开微机，展示了父亲写给母亲书信的影印电子版：

露：在苏时由塘桥的转函未知有否收阅。时间过得真快，一别已将四五个月了！在这过程，当儿无奈照意想中通信，因此想念之极！我今来信之要求，希接信复即速复示，便寄照片一张给我，以解远念为盼。长言后示。

祝

安好

贤草 十二日

来信地点：宜兴和桥镇上塘大昌绸庄杨新时先生转交张贤可也

2010年1月1日，张克宁在南京牛首山祖堂山公墓安放母亲的骨灰时，给父亲张贤也购置了一个带有衣冠冢性质的墓穴。因为家中没有父亲任何衣物，只有父亲当年写给母亲的这封信，于是就将信放入了父亲的墓穴。

这三封信，差不多是晚年庞露全部的精神寄托和希望所在。

我的眼睛湿润了。

纵死犹闻侠骨香！壮志未酬的张贤，七十多年的时光过去，你的忠骨和英灵何在？当你殒身碧水绿苇间时，可曾想到那个从上海十六铺码头苦苦追随你到抗日根据地的未亡人？

当年张贤牺牲时，庞露年仅二十五岁。她一心一意拉扯两个孩子，终身未曾改嫁。屈指算来，2009年庞露辞世时，她与张贤已阔别六十三年之久。九泉之下，庞露能按照张贤信中所写的地址，找到因"想念之极"要求庞露"寄照片一张""以解远念为盼"的夫君吗？

20. 东来茶馆的"瘦马"

1939年秋深的一天，常熟董家浜西南梅村东来茶馆，来了一位面孔清瘦的中年茶客，径直坐到一张临窗的桌前，冲着茶馆老板悠闲喊道："雨前茶，来一壶！"

"雨前茶来喽！"随着一声娴熟的应答，那个被唤作胡广兴的老板端起一壶雨前茶，三步并作两步来到中年茶客桌前，一双机灵的眼睛扫视四周，边布茶边朗声唱起了茶歌："饭后茶消食，酒后茶解醉；午茶能提神，晚茶难入睡；空腹饮茶使人心慌，过量饮茶令人清瘦；淡味茶清香养神，隔夜茶勿要入口；滚烫茶伤胃，慢饮茶无愁……"

中年茶客在茶馆小坐片刻，边付茶钱边小声向胡广兴交代："两天内把'蚂蚁爬，劈里扑'（常熟小商贩的一句缩脚韵，意为蚂蚁爬山，劈里扑落，山谐音三，落谐音六，"三六"即中共常熟县委给伤病员的临时代号）全部转移到湖西，否则他们都会饿死！"这位神秘的中年茶客，就是负责安置伤病员的中共常熟县委委员、原常熟"民抗"司令员任天石。胡广兴将任天石送出门，随手给他一盘日本产的野猪牌蚊香作掩护。当时日伪盘查，一般视用日货者为"良民"。

坐落在阳澄湖畔的东来茶馆，是中共常熟县委设立的一个秘密交通站。老板胡广兴是中共党员，以经商作掩护，做党的秘密交通员工作，按照县委早开门、早打烊，利用晚上时间做交通员工作的指示，依托茶馆为新四军伤病员送医送药和传递情报。刚才胡广兴唱的茶歌，是向县委领导任天石汇报工作。

翌日日落时分，董家浜湾汊里，一只无篷小船忽然离岸而去。巡逻鬼子汉奸连声喝问，堤下有人答："起风哉，绳子断了！"鬼子要村民下湖把船拉回来，早已潜在人群中的胡广兴跳下水去，游不到十丈远就双手乱舞，一副濒于灭顶的溺水样儿，在大呼小叫救命声中，被乡亲们拉上岸来。被蒙骗的鬼子汉奸气呼呼走开后，已漂远的小船下忽然冒出一个人，驾船飞快驶入湖心芦苇荡，连夜把三十多个伤病员转移到湖西张家浜。这个靠一根芦苇管潜水托船到湖心，趁天黑驾小船进芦苇荡连夜转移伤病员的小伙子，就是东来茶馆老板胡广兴的侄子胡小龙。

东来茶馆老板胡广兴，是后来担任中共常熟县委书记并领导新四军伤病员的任天石少年时的同学。在"江抗"主力西撤、伤病员苦守芦荡和湖滨村落、东路抗日根据地建设处于低潮的困难时期，胡广兴凭借熟悉当地地形和敌、我、友情况的优势，与侄子胡小龙一道，机智勇敢地担负地下联络站工作，给伤病员传送上级指示和重要情报，帮助转运物资药品，危急关头设法使伤病员脱离险境。阳澄湖畔的东来茶馆，成为东路地区党组织向伤病员及抗日武装和人民群众传达指示的一盏明灯，成为鼓舞军民在困境中战胜日伪顽的希望所在，其贡献颇为新四军伤病员和当地群众所赞许。尤其是在日寇封锁芦苇荡妄图困死伤病员的紧急情况下，胡广兴和胡小龙叔侄俩冒着生命危险巧演双簧，计送小船：由胡小龙潜入水中，巧妙避开敌伪盘查，以手托船驶入芦苇荡，帮助伤病员迅速跳出日寇的封锁圈，在东路地区抗日斗争史册上，留下了精彩而神奇的一笔。但胡广兴有着鲜为人知的苦恼：入党前，他娶有两个妻子，入党后，一夫两妻的家庭现状，与党实行一夫一妻制的纪律规定明显抵牾。党组织已经对他提出了这个问题，要求他妥善作出处理。年长的妻子与其理既久，他从感情和为人道德上不忍与其离异；年少的妻子善解人意、情感甚笃，胡广兴更下不了决心与她各奔东西。胡广兴陷入了从未有过的矛盾和纠结之中。

痛苦抉择后，无法解脱家庭矛盾的胡广兴，最终决定离乡去上海做生意。崔左夫写于1957年的纪实文学《血染着的姓名》一文记载，胡广兴是在不能摆脱既有婚姻束缚又无法面对党的纪律规定的情况下，无奈退党后去上海的。临走时，他对中共常熟县委书记任天石说："我瘦马负重，只能走到这里了。我到上海后做点儿正经生意，绝不会做一件不利于共产党的事情，我相信抗战必胜。"

任天石任中共常熟县委书记是1940年9月至1941年2月1日。由此推算，胡广兴离开常熟的时间，应该是在1940年秋冬时节。

瓜甘蒂苦，物难尽美。在钩沉烽火岁月、打捞抗战往事的今天，人们不无诧异地发现，在历史的紧要时刻，那些为进步事业作出贡献的人，有时候往往是看起来并不怎么完美的人。这大约也是历史的一种闲来之笔吧。

第五章　星火燎原

21. 新"江抗"在东塘墅庙宇诞生

1939年10月，陈毅在作出"江抗"主力与新四军挺进纵队合编、执行向苏北发展战略决策的同时，对苏南东路地区的工作也作了具体部署。他要求，留在东路的部队由中共江苏省委领导，与地方党配合，坚持和发展群众性的游击战争，积极开展统一战线工作。对国民党顽固派的破坏和进攻，要给予必要反击，同时，在斗争中应多用各种灰色名义和灵活机动的战术。

11月初，陈毅派原"民抗"政治处主任、"江抗"三路政治处主任杨浩庐，会同原"民抗"部队调出的陈岳章、张梦莹和章铁民三名营连级干部，在已回江阴县委工作的张志强带领下，从江阴西石桥出发，经戚墅堰坐火车到苏州，转乘班船到阳澄湖太平桥，而后转到常熟陆巷传达指示。

生于1911年的杨浩庐是四川宜宾人，其时已经入党三年。这位新中国成立后任过对外经济贸易合作部副部长的"江抗"领导骨干，军地两栖，是中共江苏省委最早派到常熟开辟工作的负责人之一，曾任常熟县委委员、常熟"民抗"政治处主任、"江抗"三路和"江抗"二团政治处主任，开展地方党的工作和领导抗日武装均有经验。

杨浩庐和他的战友到达陆巷后，马不停蹄会见了坚守湖上后方医院的刘飞和夏光，并与在东塘市一带坚持斗争的张英、李建模、任天石、蔡悲鸿、翁迪民等人取得了联系。杨浩庐分头向军地有关领导同志传达了陈毅的指示：为执行抗日民族统一战线政策，"江抗"主力西移待机，留在阳澄湖地区的部队人员与地方党组织配合，重新建立武装，坚持原地斗争。杨浩庐征求刘飞意见，请他担任新组建部队的司令员。刘飞聆听陈毅指示后很受鼓舞，但考虑到自己伤势较重，不能带部队行动，遂推荐已完全康复且有战斗经验的夏光出任司令员。

夏光 1909 年生于湖南武冈县，1927 年初进入毛泽东主持的武昌中央农民运动讲习所学习。那时，毛泽东一家就住在离农讲所不远的地方，有时农讲所的支部活动也在那里进行。1927 年 3 月，夏光由罗卓云介绍加入中国共产党，没有预备期。夏光等四人的入党仪式，是在毛泽东武昌寓所举行的，由毛泽东夫人杨开慧为他们望风作掩护。土地革命时期，夏光在湖南从事过党的地下斗争。抗日战争爆发后，夏光参加了新四军，任过一支队和三支队六团作战参谋，人称"一参谋"。新四军东进作战期间，夏光又于 1939 年 8 月出任"江抗"五路参谋长。刘飞认为，夏光任新"江抗"司令员是不二人选。

鉴于刘飞稍一咳嗽就吐血，湖上后方医院无法将子弹取出，陈毅决定通过地下党组织安排刘飞去上海治疗。

在新"江抗"呼之欲出的关键时刻，考虑到路东特委书记林枫正在上海治疗肺病，组织上决定，特委书记由组织部部长张英代理。

张英，原名黄文荃，又名莫高芳，1914 年出生，广西灵川人。1935 年，张英考入上海大夏大学，1937 年加入中国共产党，曾任上海学生界救亡协会党团书记、中共上海学委组织部部长，1938 年调新四军工作改名张英，担任路东特委组织部部长。张英在东路地区崭露头角，是 1940 年 4 月谭震林主持东路地区党政军全面工作之后。1941 年路东特委改组为东路特委，代理书记张英被任命为书记。1941 年 3 月，张英任新四军六师十八旅政治部主任，1943 年任六师十八旅五十二团政治委员，解放战争时期任华东野战军第六纵队十七师政治委员、第三十一军九十二师政治委员。新中国成立后，张英先后出任瑞士联邦公使馆武官、总参谋部第二部副部长、南京外国语学院院长。1961 年，张英晋升为少将军衔。

张英在东路地区抗日斗争中的一大功绩，是他参与并主持了"江抗"的重建。

1939 年 11 月 6 日，在路东特委代理书记张英主持下，东路地方党组织和"江抗""民抗"三方负责人，在常熟东塘墅一所破庙里召开会议。参加会议的除张英外，还有常熟县委书记兼"民抗"政治处主任李建模、"民抗"司令员任天石、"民抗"参谋长薛惠民、苏州县工委书记翁迪民和夏光、杨浩庐、蔡悲鸿等八人。刘飞因行动不便，未能出席这次在新"江抗"历史上具有特殊重要意义的会议。会上，杨浩庐首先传达了陈毅关于重建新"江抗"和坚持以阳澄湖为中心的苏、常、太抗日根据地的指示，然后分析了当前形势，讨论了重新组建部队、坚持原地斗争、迎接"江抗"主力回师的初步计划。

在研究重建武装的名义时，有人主张继续沿用"江抗"的番号，也有人提出用常熟"民抗"番号对外为好。两种意见各有千秋："江抗"是新四军主力部队，有广泛的军事政治影响，显然，重建武装用这个番号号召力大；"民抗"是当地抗日武装，植根于常熟群众之中，有坚持原地斗争的深厚基础。

会议经过充分讨论，决定建立江南抗日义勇军东路司令部，由夏光任司令员，杨浩庐任副司令员兼政治处主任，实际履行政治委员职责，原六团总支书记黄烽任政治处副主任，继续保留"江抗"东塘墅办事处，仍由蔡悲鸿任主任。

"江抗"设立在东塘墅庙宇中的办事处，是苏、常、太根据地抗日民主政权的雏形。东塘墅会议确定，常熟"民抗"作为"江抗"东路的一部分，仍保留"民抗"番号，由任天石任司令员，薛惠民任参谋长，李建模兼任政治处主任。为区别原来的"江抗""民抗"，夏光提议，将两支抗日武装简称为新"江抗"、新"民抗"。夏光还提议，建立有四个连组成的加强营，以便能控制基点，逐步巩固发展，得到大家赞成。会议确定，以新"江抗"十余名痊愈伤病员为主体组建特务连，连长由夜袭浒墅关车站的主攻连连长吴立夏担任，陈新一任政治指导员。

会后，刘飞把自己和警卫员何彭福的短枪交给特务连，使新"江抗"有了两支打得响的枪。

22. 刘飞、夏光智取人枪

新"江抗"成立时，人枪两缺，枪支尤甚。除了刘飞拿出的两支短枪外，还有老"江抗"修械所留下的几支打不响的步枪。尽快解决手中有枪的问题，成了新"江抗"的当务之急。

刘飞了解到，周嘉禄和高发泉家里还有不少枪。新"江抗"司令员夏光也想起在常熟芦巷高发泉家养伤时，无意中发现高发泉在河边船舱稻草下藏有一挺轻机枪和十支步枪。周嘉禄是常熟陆巷人，家有土地并做生意。高发泉则是一农村小商贩。上海沦陷后，他俩利用国民党军溃败时遗弃的武器弹药，拉过不到二百人的便衣游击队，周嘉禄当司令，高发泉为副官。"江抗"东进后，刘飞曾亲自出面做团结争取他们的工作，先是将周嘉禄部编为"江抗"独立中队，后编入"江抗"第五路，周嘉禄被委作"江抗"五路第二支队支队长，高发泉无意恋栈，回家当了百姓。刘飞想到周嘉禄的弟弟周嘉善是"江抗"二路的一名优秀连长，有做争取工作的有利条件，经东路特委代理书记张英和新"江抗"领导人夏光、杨浩庐、任天石研究，决定利用"江抗"连长周嘉善这层关系，由曾同周嘉禄打过交道的夏光出面，动员周嘉禄再度出山抗日，通过他说服高发泉把武器献出来。

夏光到周嘉禄家时，碰巧高发泉也在。夏光对周嘉禄说："老周，陈毅司令员派杨浩庐回来当副司令了，指示我们在阳澄湖坚持斗争，我们已经成立'江抗'东路司令部，想请你来当参谋长……"

夏光的话还没有说完，周嘉禄就连连摆手："谢谢，谢谢，我干不了，我干不了！"一下子把夏光拒之门外。接着，周嘉禄拿来两支驳壳枪，对夏光说："你们要拉部队，我周嘉禄理应助一臂之力，可是，你也知道，我周嘉禄家底子薄，所有的人枪都被你们带走了，就剩这两支家伙，送给你们发个利市吧！"

夏光知道周嘉禄共有六支驳壳枪，微微一笑说："还有四支呢？"

周嘉禄被揭穿了老底儿，一下子跳了起来，恼怒地说："你们也太不仗义了！"

夏光哈哈一笑，把两支驳壳枪还给他，诚恳地说："老周，我们交情是不浅的，你的老弟是'江抗'主力部队的连长，你也是老'江抗'的支队长，一家人嘛！不错，你拉起来的部队随老'江抗'西撤了，但还是由你的老弟带着嘛。再说，把部队带走，还不是为了打日本鬼子，早日收复家园！我们新四军是抗日的部队，正大光明，不谋私利。我们请你当参谋长，绝没有别的目的，你尽管放心！"

经夏光入情入理地说服诱导，周嘉禄终于同意担任"江抗"东路司令部参谋长。夏光转身对高发泉说："老高，你怎么样？咱们一起干吧！你不是还有一笔资本吗？与其让它趴在稻草堆里烂掉，不如借给我们抗日！"

周嘉禄对高发泉藏枪的事并不知晓，顿时吃了一惊，转而以上司教训下属的口吻说："发泉，夏司令说得对，有枪就快拿出来抗日！"

毫无心理准备的高发泉只得顺水推舟，无奈却故作爽快地说："'江抗'要枪，我能小气吗？我马上派人送来！"

当天，周嘉禄和高发泉把队伍和枪一并交了过来，补入特务连。

真是白水捞银子啊！新"江抗"甫一成立，就增添了十几人枪，刘飞和夏光乐得直拍巴掌。望着眼前以十余名伤病初愈的红军战士为骨干、以新生力量为补充的连队，夏光动情了，他抿了抿微微颤抖的嘴唇，操着浓厚的湘音，开始了就任司令后的首次讲话："同志们，'江抗'东路司令部成立了，大家重上战场的愿望就要实现了。虽然今天才只有一个排，但即将痊愈的伤病员同志很快就会充实进来，东路的热血青年都将是我们这支部队的新鲜血液。目前我们还比较困难，人数少，缺乏武器弹药，没有通信设备，甚至没有作战地图，这些都算不了什么！因为我们有党的领导，有人民的支持，有抗战必胜的决心，我们一定能够克服眼前的困难，胜利坚持东路的抗战，打开东路斗争的新局面……"

在热烈的掌声中，夏光和战士们一起引吭高歌《新四军军歌》：

> 光荣北伐，武昌城下，血染着我们的姓名……
>
> 东进！东进！我们是铁的新四军！东进！东进！我们是铁的新四军！

与此同时，刘飞和夏光还动员未随"江抗"西撤、化整为零在当地隐蔽的原"江抗"独立大队大队长殷玉如集合旧部，取出埋藏在各地的长枪，都是一色38式好枪。新"江抗"还派出营教导员陈岳章和二三十名刚出院的伤病员到殷玉如部做骨干，殷部经整训成为新"江抗"一个有八九十人枪的连队，仍以原番号活动，重点控制何市地区。

23. 陈毅安排刘飞赴上海医治枪伤

新四军江南指挥部成立和新"江抗"蓬勃发展，使新"江抗"官兵备受鼓舞，但刘飞却依旧离不开床板和两根拐杖。他多想一跃而起，和战友们并肩驰骋在阳澄湖上啊！但胸部隐隐作痛的伤口和嵌在肺部的子弹却告诉他，枪伤未愈，战斗暂时与他无缘。

新四军江南指挥部指挥陈毅再次派人来看刘飞，要他到上海去治疗。刘飞不愿在新"江抗"刚刚成立的时候离开战场，但想到只有尽快治好伤，才能重返抗日前线，于是表示服从组织的决定和安排。

1939年11月上旬末的一天，常熟浒浦口码头铅云低垂，阴风怒号。刘飞头戴呢礼帽，身穿棉长袍，取道这里乘江轮前往上海。

相传当年乾隆下江南时，误将常熟沿江的浒浦口读成"许浦口"。皇帝念了白字，当地百姓也就将错就错，于是常熟人都将"浒"念"许"。

码头上，警卫员何彭福要求与刘飞同行，刘飞正色道："我一个满口方言的湖北佬已经够呛了，再加上一个小闽东还了得！"

何彭福依依不舍地返回新"江抗"，经组织安排，担任夏光司令员的警卫员。

在中共上海党组织派来的地下交通员接应和掩护下，刘飞顺利登上长江客轮，通过关系安排在船上职员的休息间。船进吴淞口，上船检查的日本兵未到休息间。第二天，刘飞平安到达上海十六铺码头。地下交通员叫了一辆祥生公司的出租汽车，把刘飞送到中共地下党员荣健生住的亭子间。刘飞在荣健生处栖身时，荣健生把床让给刘飞，自己睡地铺。新中国成立后，荣健生任华东区邮电管理局局长，后调京任邮电总局局长等职。刘飞在荣健生处躲避四五天后，来到上海英租界内美国圣公会办的同仁医院，住进了外科H病房第四床。

护送刘飞入院的护士长张晨年纪虽轻，但早已是中共地下组织成员。他对院方说，刘飞是他的远亲，名叫王福祥，在湖北老家种田时为流弹所伤。大家见刘飞皮肤黝黑，忠厚老实，也都深信不疑。经检查，刘飞胸部的子弹在靠近心脏的肺腔，因体质较弱，需要卧床静养，待体质恢复到一定程度，再决定是否手术。刘飞以顽强的毅力积极配合治疗，就餐、大小便都卧床进行。

住院期间，荣健生特派交通员蒋国梁（康迪）到同仁医院，代表他看望刘飞。蒋国梁负责沟通张英与荣健生之间的联络，但并不认识刘飞。他找到同仁医院外科H病房时，刘飞恰好外出。蒋国梁便坐在病床上等他。刘飞回病房见一个陌生人坐在自己床上，马上不动声色走过来与他握手。蒋国梁自我介绍和说明来意后，两人就像亲人一样谈笑起来。刘飞知道，上海地下党组织派这位未曾谋面的同志来看望自己，是向病友释放他在上海有亲戚的信号，以便掩护自己养伤。1987年3月，蒋国梁发表题为《战斗在苏南东路地下交通线上》的回忆文章，专门回忆了当年自己受荣健生之托，到上海同仁医院外科病房看望刘飞的经过。

刘飞在上海同仁医院养伤三个多月后，体质明显增强。医生检查后认为，刘飞肺部的弹头已被结缔组织包裹，今后将不致由异物引起周围炎症或损伤重要脏器。因弹头靠近心脏，现在手术有一定危险性，待弹头外移至浅表组织时再取出为宜。经征求刘飞意见，院方确定暂不做手术。

真是生死冤家啊！刘飞意识到，"忠义救国军"送给他的这个礼物，恐怕今生今世要与自己相伴左右、不离不弃了。从上海返回苏北新四军一支队驻地，陈毅安排刘飞重返"江抗"。

1941年2月，为适应皖南事变后重建新四军和扩大江南抗日武装需要，迅猛发展壮大的新"江抗"，改编为新四军六师十八旅，刘飞任旅政治部主任。

不久，由新四军派回上海完成学业的朱萍，带着在上海护理过刘飞的医生蒋游、褚杰参加新四军。三人到达驻江都县的六师十八旅时，刘飞赶来看望，这时他们才知道，眼前这位英气逼人的旅政治部主任刘飞，原来就是当年在上海同仁医院住院的"王福祥"！

1985年6月25日，当年曾求学于上海同仁医院高级护士学校、现寓居南京江浦第二十八军干休所的蒋游，写了一篇纪念刘飞上海就医的文章：

"老王"就医

抗日战争爆发后不久，上海就沦陷了，市内英、法租界成了"孤岛"。在英租界四川路和九江路的交叉路口，有一所美国圣公会办的同仁医院。该院的外科主任是美国一个有名望的开刀手。当时，我在这个医院里学护士工作。1939年冬，在H病房工作的有：护士长刘崧先生，大班是金北溪同学、褚文禄同学（即褚杰同志）、我和其他几个同学。

有一天，我在班上，收进一名伤员，是由护士长张晨先生亲自伴送到病房来的，说这个伤员是他的远亲，在种田时为流弹所伤。当时，我们就将他安排在第四床住下。这个农民自称姓王，三十四岁，外貌却像四十岁左右，湖北人。因日军进攻武汉，沿途烧杀扫射，一个农民在田里种田被流弹打伤，是毫不奇怪的，何况他还是张晨护士长的亲戚，所以，对他的伤因，没有人怀疑。经医生初步检查，他胸部有一颗子弹头，靠近心脏，体质较弱，故确定卧床治疗，待体质恢复到一定程度，再确定是否手术。卧床治疗，就是患者的治疗、护理、大小便一切活动都在卧床条件下进行，不许下床。"老王"住院两三个月，始终卧床治疗，这对病人是不好受的，但我们看不到他有什么烦恼或不愉快的表示。当我们给他倒水、送饭时，他总是微笑着说："好！好！"当我们照料他大小便时，他仍微笑着说"我来""谢谢"。我们对卧床治病患者大小便的护理，一昼夜有几次送大小便器，如：交班前、开饭前、查房前、熄灯前等，他很注意这方面的配合，尽量减少我们在其他时间的生活护理。他肺部损伤，有时咳嗽，因弹头在危险部位，不宜重咳，他始终是遵守医嘱，每当咳嗽时，用手按住胸部，轻轻咳嗽。他胸痛时，从未哼过一声，也是手按胸部，轻轻喘息。当我们询问他是否胸痛时，他还微笑着回答："还好。"他目光明亮，流露着欣慰感激之情。他始终面带微笑，使人有亲切和善之感，加上说话简朴、面有皱纹、皮肤棕黑等，我们都相信他是一个典型的农民伤员。

"老王"住院期间，本病房的刘崧护士长、褚文禄同学和我在工作上的看望较多，其他到病房常来看望的有张晨护士长和朱先俊同学（即朱萍同志，他已于早些时候参加了新四军，后经上级同意，又返回医院完成学业）。一天下午，我在病房值班，先俊同志来探望后，悄悄告诉我说："四床伤员是新四军里的一位领导人，是打日本鬼子负伤的，你要好好照料。"我默默地点点头，心中既敬佩他的军人风格和工农本色，又为我能为抗日将领护理而高兴。

经过两三个月的治疗，他的体质已有很大改善，而胸部的弹头周围，已被结缔组织包裹，今后将不致由异物引起周围的炎症或损伤重要脏器，待弹头外移至浅表组织时，再取出；现在如开膛取弹，因靠近心脏，手术有一定危险性，经研究确定，不做手术。不久，他就出院了。

1942年，朱萍领着褚杰和我参加新四军，到达驻江都县的十八旅卫生部时，旅政治部主任刘飞来看望我们。直到此时，我们才知道，曾在H病房第四床住过的农民伤员"老王"原来就是刘飞同志。

2015年6月20日晚，我来到位于当年英租界内的静安区愚园路786号上海交通大学医学院附属同仁医院。初夏的夜上海草木郁郁葱葱，景色清新可人。步入建于清光绪六年（公元1880年）的百年老院，只见院区新老建筑群迥然不同但相映成趣，目睹镶嵌在古旧建筑上的"百年名院 经典品质 同怀仁术 博极医源"的院训，一种历史的沧桑感不禁油然而生。将近七十六年前，伤势十分沉重的"江抗"政治部主任刘飞，在新四军江南指挥部指挥陈毅的关怀下，身披阳澄湖的飞花和水渍，俨然一乡间老农进入这所美国教会医院，得到了四个多月时间的宝贵治疗和调养，从而再次焕发勃勃生机，精神抖擞重返抗日前线。阳澄湖"江抗"后方医院的骨干张贤、蒋游、褚杰等医护人员，也都来自同仁医院。英国租界的特殊环境，美国教会医院的避险功能，百年名院的优质资源，这些都为"江抗"和东路根据地的建设发展，提供了弥足珍贵而又可靠的支持和帮助。

亡国灭种之祸也是一种催化剂。在民族危亡之秋，不同肤色的人们所拥有的财富，属于不同价值观群体的资源，都被一种充满正义感的神奇力量统合起来，转化为浩浩荡荡驱逐日寇出中国的洪波巨浪。同仁医院对刘飞的救治和为"江抗"后方医院输送的医务人员及器械药品，就是汇入这磅礴浪潮的涓流飞花。

从今天的时间节点上回溯和审视当年同仁医院对刘飞实施的保守治疗，人们愈益强烈地感受到，这一医疗方案，不仅积极稳妥地保证了刘飞在较短时间和东路根据地最需要的时候重返战场，而且也使嵌入刘飞胸部的子弹这一有着非同寻常价值的文物得以存留。这是百年名院始料不及的特殊贡献。

24. "江抗"哥哥与"民抗"弟弟

新"江抗"成立当天，就设关防，贴布告，广造舆论，声势烜赫。第二天，1939年11月7日，特务连连长吴立夏带副连长和几名班排长小试锋芒，在东塘市与常熟城之间的北桥，成功伏击了一艘抢粮的日伪军汽艇。激烈的枪声昭告常熟人民：新"江抗"开始战斗了！一时间，常熟人民奔走相告，"江抗"又回来了！

那时候，在"忠义救国军"盘踞的湖区市镇，机枪五块钱一挺，步枪三块钱一支，手榴弹两块钱一担。"江抗"中闽东红军骨干拿出节省的伙食费和慰劳金，找人买来三挺机枪和一些步枪、手榴弹。人枪四十的新"江抗"首战梅李伏击日军，毙伤日军多人，缴获一挺崭新的轻机枪。此后，在杨树园战斗中，新"江抗"歼灭土顽马乐鸣部五十多人。

武器好，队伍精，新"江抗"特务连犹如出鞘利剑令敌伪胆寒！

东塘市是常熟粮食和水产集散地，每天税收达三四千元。为了迷惑和震慑敌人，新"江抗"采取虚张声势的战术，每天傍晚，都派两个班全副武装开进东塘市，一到镇上就公开宣布抓特务，通知商家把门前的风雨灯全部点亮，照得满街通明。部队还在桥口要道布上岗哨，组织人员在大街小巷巡查，挨家挨户进行检查，人为制造紧张空气。天亮之前，派出小分队从镇上撤回驻地休息。新"江抗"还大张旗鼓宣传主力部队是暂时西移，不久还要回师，在各地发布征集军鞋和毛巾慰劳部队的信息。伪军汉奸闻讯后，皆不敢贸然来犯。

新"江抗"发展到一个连时，组织了一次对边沿地区的武装宣传。部队北进到长江边的吴市，一面布置武装警戒巡逻，一面将储存的二百多套黄军装给常熟塘北自卫队队员穿戴起来，组织他们坐在市镇旁的大路边听宣传报告，军地民运干部则张贴标语，散发传单，宣讲抗日救国十大纲领，随后收回自卫队员的军装，部队迅速转移营地。这种真伪杂糅的武装宣传，不仅在驻地通过虚张声势造成"江抗"仍有大队人马留在东路的假象，而且影响远及太仓县双凤镇、昆山县周墅镇等地，为雏鹰展翅的新"江抗"发展壮大赢得宝贵时间。最有趣的是，部队到阳澄湖南岸悬珠镇武装宣传时，伪维持会以为"皇军"来了，急忙跑来迎接，谁知迎来了新四军，吓得魂不附体。夏光正色警告众汉奸认清抗战必胜大势，不得危害百姓，否则决不轻饶，围观群众纷纷拍手称快。

时令虽在寒冬，但湖区人民却分明感受到一种早春的气息。精心储存于阳澄湖芦苇荡的革命火种开始燎原，在广袤富庶的苏、常、太地区熊熊燃烧起来！

沉寂数月的"江抗"再度威震阳澄湖，一度偃旗息鼓的常熟"民抗"也重振军威，乘势扩充力量，把塘南、塘北等常备队上升组建为第一连，由新"江抗"帮助训练，并于1940年初正式编入新"江抗"序列。尔后，"民抗"又在常备队、自卫队基础上，循环上升扩建了"民抗"第二连、第三连和一个教导队。不久，这些部队再度升级，带着新锐之师的赳赳雄风，补充进了新"江抗"。

为了加快"江抗"重建的步伐，陈毅从新四军军部派原红军闽东独立师连长、独立四团团长、新四军一支队六团一营营长陈挺，从云岭昼夜兼程赶到阳澄湖，协助夏光组织训练并做稳定部队的工作。

陈挺是1940年1月从延安学习结束后，返回新四军军部的。当时陈毅正在军部开会，陈挺心想正好熟悉的老领导来了，可以向他提出回老六团工作的要求了。谁知，陈挺还未来得及找陈毅，陈毅倒先找陈挺谈话来了。陈毅告诉陈挺，1月14日，中共中央东南局、中央军委新四军分会召开了联席会议。紧接着，1月20日，东南局发出指示，对整个江南地区的工作作了具体部署，明确指出：东路地区甚富庶，可筹大批款项给新四军；应加强苏、锡一带工作，以阳澄湖为基点，努力扩大充实与壮大现有部队，灵活地开展游击战争。陈毅还告诉陈挺，东路部队是以六团留下的闽东红军老战士为骨干组建的，他们经受过南方三年游击战争的考验，政治上坚定，作战勇敢。但是他们都要求回原部队六团工作，不安心留在东路地区。陈毅说，"江抗"撤离东路地区以后，那里正在重建部队。苏、常、太地区的斗争，需要那些闽东红军老战士做骨干，他们都回六团，那怎么行呢？坚持东路抗日斗争，无论是从政治上、军事上，还是从经济上，都有十分重要的意义。那个地区过去是国民党统治的中心地带，现在又是日军侵华的战略基地，坚持那里的斗争是举足轻重的，对国内外都有重大影响。最后，陈毅叮嘱陈挺，你去东路工作，要向他们讲清楚道理，使他们认识到在那里工作的意义，安下心来，积极工作，重新创建一支好队伍。

听了陈毅这番话，陈挺哪还好意思再提回六团的事呢？第二天，他就背上背包，跟在陈毅的坐骑后面，从皖南军部出发，经过茅山地区，跨过沪宁铁路，到达丹北地区的安家舍。陈毅把陈挺等到东路赴任的几个干部交给"老牛"张志强，按计划继续前行。张志强给陈挺等人办了"良民证",并给他们置办了便衣,随后取道苏州,水陆兼程把陈挺一行送到新"江抗"所在地。

当时,杨浩庐正在养伤,一个人在家当光杆司令的夏光,见到陈挺等人到来,自然喜出望外。闽东红军老战士见到久别重逢的陈挺,更是亲热异常。陈挺向夏光等人传达了陈毅的指示,干部带头引导大家把思想和情绪稳定了下来。

1940年1月20日,中共中央东南局和新四军军部,派苏皖区委书记吴仲超和原"江抗"副总指挥、"江抗"三路司令员、"江抗"二团政治委员何克希,到东路地区加强新"江抗"领导力量。

2月6日,正值农历腊月二十九,新"江抗"部队在北桥袭击了日伪军下乡抢粮的汽艇。新"江抗"在予敌以沉重打击后,当晚严密封锁消息,分乘小木船,从常熟东塘墅附近村庄出发,过阳澄湖悄悄进入水乡泽国阳沟溇村,准备让部队隐蔽在这里过一个春节。

第二天正是庚辰年农历除夕,新"江抗"官兵帮助群众挑水扫地,做宣传工作,排演文艺节目,还搭了一个简易戏台,准备初一上午举行军民联欢会,由部队演出抗战节目。夏光司令提醒大家,要提高警惕,防止敌人趁节日搞突然袭击。

初一一大早,天气阴冷湿寒。河边瞭望哨发现湖荡中有只木船慢慢向村子驶来。因为没有其他船只跟进,船上有两个身披蓑衣的人,哨兵以为是一只渔船,并未在意。谁知船舱里载的全是日军,还带着一挺轻机枪和一具掷弹筒。船一靠岸,日军就迅速跳下船,机枪、步枪、掷弹筒猛烈向村子袭来。枪声一响,隐蔽在离村不远芦苇荡边的三艘汽艇,开足马力向村庄疾驶而来,行进间开枪开炮,掩护已经登陆的小部队。从昆山巴城来的六十多名日军和十多名伪军,在日军指挥官斋藤率领下,疯狂向新"江抗"扑来。

一场恶战在大年初一猝不及防地展开了!

熟悉中日国情和历史文化的人都知道,日本对华发动的侵略战争,看起来是蕞尔小国对泱泱大国的冒犯,实则是先进的工业国同落后的农业国之间以强凌弱的非均衡较量。第一次世界大战结束之后,日本逐渐建立起亚洲最好的适役青年训练和动员体系,到日本发动侵华战争时,日军步兵普遍接受过两年左右的系统训练。在战场上同日军士兵真刀实枪较量过的中国军人,都对日军士兵出色的射击、投弹和拼刺技术留下深刻印象。日军基层步兵中队(相当于中国军队的一个加强连),一般配有九挺轻机枪和九具重型掷弹筒,每个日军大队(相当于中国军队一个千人左右的团)还有一个装备八至十二挺重机枪的机关枪中队,另配有两门92式步兵炮和两挺反坦克枪。因此，日军一个中队的火力，一般超过两个甚至更多中国军队步兵连的火力。加上长期军国主义教育灌输和武士道精神荼毒，日本士兵普遍凶悍、不怕死，作战中集狡诈、疯狂和专业于一身，堪称"死硬作战机器"。连英勇善战的苏联红军，谈起与日军步兵作战的经历，都深感"就像跟死人作战"。1938年3月16日至4月15日之间举行的台儿庄战役，是抗战中正面战场屈指可数的大捷，中国军队以二十五万之众激战五万日军，毙伤日军二万余人（日军自报一万一千九百八十四人），国民党军队伤亡五万余人。抗战初期，有军事专家评估，大约三十名中国军人，抵得上一名日本军人的战斗力。抗战中期，对中日军人单兵战斗力的评估，调整为十比一。新"江抗"羽毛未丰就被迫同突然来袭的日军正面对抗，这不能不是一个严峻的挑战和考验。

仓促应战之际，夏光处变不惊，率领特务连迅速抢占村庄高地和屋顶进行抗击，"民抗"一连也迅速加入村落攻防战。哨兵鸣枪报警时，一连指导员褚学潜正在舞台上演戏，听到枪声后，穿着戏装跳下舞台，和连长彭海清一起带领部队投入战斗。双方凭借村落房舍和墙垣，在一个又一个村庄之间背水作战。因在水乡作战，进攻或转移都需要用船运输或搭设浮桥，因而敌人进攻难，新"江抗"摆脱也难。夏光意识到，匆忙撤退，容易给敌以可乘之机，置我于死地。敌强我弱，既不能消灭敌人，又不能一下子撤离，夏光决心采取拖中待机的战术，节节抗击敌人。日军害怕新"江抗"在两侧设伏，抄后路打掉汽艇，陷入有来无回的险境，不敢贸然包抄和断新"江抗"退路，采取正面进攻、步步为营的打法。

战斗从一个村庄转移到另一个村庄，马拉松式的消耗战打了整整一天，双方都有很大伤亡。夏光命令一连迂回到敌人侧后，连长彭海清一马当先冲到日军警备队长斋藤的指挥位置。斋藤的日语读音为"萨一岛"，新"江抗"官兵戏称他为"杀一刀"。彭海清手起枪响，"杀一刀"应声毙命。彭海清也被敌人击中，英勇牺牲。夜幕笼罩大地，失去指挥官的日军不敢恋战，慌忙收兵撤走。新"江抗"也迅速转移到董家浜一带休整。

阳沟溇之战是新"江抗"独立二大队、特务连、"民抗"一连和省保安四团三营第一次集中行动。这次战斗，日军指挥官斋藤和十几名士兵被击毙，二十余人被击伤，日伪军伤亡过半。新"江抗"也付出了沉重代价，一连连长彭海清等十七名同志光荣牺牲。新"江抗"副司令员兼政治处主任杨浩庐在战斗中负伤，曾在阳澄湖后方医院养过伤的特务连连长吴立夏、指导员褚学潜，从常熟浒浦口加入新"江抗"的排长费介成，也在战斗中负伤。褚学潜身中两弹，一弹在左臂，一弹在颈部，虽都不是要害处，但因感染了破伤风，送医院途中不治身亡。

彭海清和褚学潜烈士，都是刘飞在阳澄湖养伤时，参加过夏光召集的芦荡会议的三十六个伤病员之一。褚学潜是浙江海宁人，上海化学工业社学徒、上海补充教育协会干事，1939年入党，同年夏参加"江抗"。他是穿着戏装、化着妆投入战斗的，也是穿着戏装、化着妆离开这个世界的，时年只有二十岁。褚学潜牺牲后，他在上海的友人于3月底开了一个追悼会，并编印了《褚学潜烈士追悼特刊》，著名教育家张宗麟在悼文中写道："褚君！安息吧！全上海的青年正在准备进行最轰轰烈烈的工作，全中国的青年正在浴血奋斗。眼看得自由、独立、平等的中国在短时期内必可到来，先烈们在地下也必欢欣祷祝！"追悼会上诵读了褚学潜在上海发表过的万字长文《一支活跃在京沪线上的游击队》，其中几句以必死信念殉抗战大业的话，听来令人潸然泪下，又使人为烈士感到无比骄傲："我们为自由可以抛掉头颅，我们为自己的理想可以迸洒热血！又何必为我的牺牲而痛惜？我是带着光荣完成了对祖国的任务。"

新"江抗"初生牛犊不怕虎，十几个久经战火考验的骨干，带着众多缺乏训练和经验的新兵，勇敢地同突然来袭的日伪军作殊死搏斗，虽然付出了血的代价，但击毙了日军指挥官，使来犯之敌死伤过半，取得了水乡村落防御作战的胜利，积累和丰富了河汊水网地带作战的宝贵经验。阳沟溇之战，是新"江抗"初兴之时练翅丰羽的重要一战。通过同突然来袭的日寇正面对抗和交锋，部队增强了敢打必胜的信心，为后来坚持和发展苏、常、太抗日根据地斗争，再度兴起东路地区抗日斗争的新高潮和创建抗日民主根据地，作了思想、军事等多方面的准备。

这一年的春节，阳澄湖畔的抗日军民，都感受到一种融融暖意。1940年2月8日，正值农历正月初一，江南特委创立的油印《大众报》，在常熟徐市附近的棋杆里正式出刊。一个多月后，江南特委机关刊物《江南》半月刊恢复出版。随着苏、常、太抗日根据地的快速发展，筹建铅印印刷厂的工作提上了议事日程。李建模和任天石确定由上海地下党派往苏南的吴以常负责印刷厂筹建工作。吴以常领命后，在上海地下党帮助下，从上海买来老五号铅字和老三号标题铅字各一副，还买来一台二号脚踏圆盘印刷机。经过一段时间的紧张工作，两副铅字分别利用自制的字盘、木盘和字架安装到两条船上，印刷机安装在南长浜村河边的一户农民家里。当铅字不够用时，吴以常又请在上海同仁医院看望过刘飞的中共上海地下党交通员蒋国梁，补充采购了一些。以后，吴以常又通过上海地下党有关同志，采购到大量印刷器材，包括一台脚踏四开平台机、手摇对开切纸机、手摇铸字机、脚踏铁丝钉书机和一副五号铜模等设备。青纱帐里的水上印刷厂迅速发展到拥有大小十一条船只的规模，三日刊的《大众报》，最大发行量达近万份，半月刊《江南》杂志，发行量也近四千册。

江南早春天气，东路地区一报一刊的出版，犹如两枝报春花，给抗日军民传递着充满希冀的信息。

2月下旬的一天，阳澄湖畔春寒料峭。驻昆山巴城日军队长林木接到坐探密报，得知江南特委出版的《大众报》和《江南》半月刊社址，就在横泾镇附近的鲍家河湾。林木当即带领十多名日军，由坐探领路，乘汽艇直奔鲍家河湾而来。这天下午，鲍家河湾村口的消息旗突然升起，出版社社长冯二郎看到通报紧急敌情的信号后，正为转移出版社的十一条印刷船着急，村主席宋大宝指挥一伙青年村民火速赶来，跳上船去便荡桨向龚家浜方向划去。林木率部在鲍家河湾扑空后，令汽艇沿横泾塘进大瀚江驶入昆承湖，正兜圈时，忽见张泾港口有四五个村姑在洗衣，不由淫心大发，一面大叫"花姑娘，花姑娘！"一面下令汽艇直扑张泾港而来。张泾港口有两道暗坝，水下有抗日军民预置的专门用来对付鬼子汽艇的巨石和木桩，老百姓的木船吃水浅，可以自由来去，鬼子的汽艇吃水深则无法通过。带领部队驻在张泾村的夏光和刘飞，接到鬼子汽艇在昆承湖兜风的报告后，设计让村姑在湖边洗衣，把鬼子汽艇诱进暗坝所在的港口。汽艇搁浅后，部分鬼子急忙下船，企图减轻汽艇重量，使汽艇闯过暗坝。不料，新"江抗"官兵从东南西三个方向一齐杀出，形成了弧形包围圈。敌我短兵相接，迅速展开了白刃战，一个鬼子当场毙命。林木见势不妙，慌忙撤上汽艇用机枪疯狂扫射，新"江抗"部队也利用就近一座坟墓，架起机枪与日军展开火力交锋。常熟城里的日军闻讯驾驶五艘汽艇前来救援，拖起搁浅的汽艇狼狈逃窜，混乱中把三个来不及上船的鬼子丢在岸上，结果一个被击毙，两个被生擒，受到惊吓的林木逃回巴城也大病一场。出版社西移后留在龚家浜的二十箱铅字，被房东于银生连夜运到一座荒坟上，仿照棺材加以堆砌，再用砖瓦砌成江南水乡习见的瓦庐棺材形状，铅字就地隐藏半年后，被出版社派船悄然运走。

春催杜鹃时节，新"江抗"领导成员作了调整，何克希任司令员，吴仲超任政治委员，夏光任参谋长。陈毅对何克希和吴仲超交代了恢复原东路地区的任务，并派刚刚从延安抗大学习毕业的陈挺，随何克希和吴仲超一起回到东路。

在新"江抗"的影响和争取下，太仓境内的国民党保安四团一营，随新"江抗"东进至昆山地区，其余两个营留在太仓地区活动。

保安四团一营营长是个特务，到太仓后发现新"江抗"兵力不大，图谋不轨。何克希和吴仲超采取断然措施，将该营营长及其短枪队全部缴械，并集合全营士兵，宣布特务营长罪状，号召愿意抗日的留下编入新"江抗"，不愿留下的发资遣散。部队经过扩编，成立了新"江抗"第二支队。

4月25日，陈挺被任命为新"江抗"第二支队支队长。新中国成立后，陈挺任过福建省军区副司令员和福州军区副参谋长等职，1961年晋升为少将军衔。

1940年5月初，新四军江南指挥部决定，将新"江抗"东路活动地区划为苏南第四游击区，并把新四军挺进纵队留在江南溧阳一带活动的二团（原"江抗"二团），作为恢复东路的主力划归新"江抗"指挥。

5月间，二团团长徐绪奎率部从竹箦桥进入武进、无锡地区。途中在协助中共地方组织开辟太滆地区时，遭到无锡、常州、宜兴等地日军三千余兵力合击"扫荡"。二团指战员与锡宜武人民抗日义勇军总队勠力同心，英勇反击，半月连续作战十余次，粉碎了日军的"扫荡"。战后，二团继续东进江阴、沙洲一带扩大武装和开展民运工作，配合地方党组织打开了该地区的局面。

6月15日，二团从武进芙蓉圩越锡澄公路进入澄、锡、虞地区，翌晨在江阴长泾镇急袭反共马前卒"忠义救国军"包汉生部，俘获其骨干成员二十余人。8月11日，徐绪奎率新"江抗"三路四、五支队经安亭附近再越沪宁铁路，渡吴淞江，翌日拂晓到达青浦观音堂西北草鞋浜一带宿营。12日午后，青浦、黄渡、白鹤港等地数百名日军乘新"江抗"三路午休实施合围。新"江抗"四、五支队英勇反击，毙伤日军四十余人，傍晚突出重围。战斗中，五支队长刘金林、政治指导员孟颢等二十余名官兵献出了年轻的生命，五支队三连政治指导员包厚昌等负伤。

不久，新"江抗"二团奉命渡江北上，驰援新四军在泰州西北组织的反击国民党顽军李长江部的郭村保卫战。1940年9月4日晨，曾任红二十五军团长和新"江抗"二团团长、时年二十五岁的新四军苏北指挥部二纵队九团团长徐绪奎，在海安县营溪村率部反击顽军韩德勤部进攻中殉难战场。

1940年6月5日，新"江抗"第二支队支队长陈挺，率部在太仓与日伪军一日三战，有力打击了其嚣张气焰，日伪不得不退回据点困守。

6月18日凌晨，四百多名日军突袭宿营于昆北石牌大凤湾村的新"江抗"三支队一、二中队。温玉成、吕炳奎、周达明果断指挥部队迎击日军，战士们以有我无敌的战斗精神顽强作战，毙伤敌三十八人。战斗中，江军、周涵康等七人牺牲，周达明等十多人负伤。一中队班长江军身负重伤仍坚持战斗，直到子弹全部打光。一位老大娘正要帮他藏进船艄,被日军发现。江军毅然拉响最后一颗手榴弹,纵身扑向日军与敌同归于尽。

同日,何克希、陈挺率新"江抗"第二支队从常熟东塘市向西出击,在江阴顾山附近击溃了顽"保三纵队"第三支队,歼敌百余人,抓获一批俘虏,扫除了新"江抗"西进澄、锡、虞的第一道障碍,并在张缪舍与新"江抗"二团会合。接着,陈挺率第二支队在锡北夏庄,对已投敌的顽保安第六纵队司令丁松林部发起攻击,斩获数十人枪。

1940年5月12日至6月18日,新"江抗"三个支队不足一月时间,先后九次与日伪军作战,接敌一千九百人次,毙伤日伪军一百一十余人,"江抗"伤亡六十多人。1980年6月,当年新"江抗"司令员夏光在回忆录中写道,1939年10月至1940年10月,新"江抗"经历大小战斗四十七次,接触日寇两千二百五十名、伪军三千九百名,击毙日寇一百四十七名、伪军三百五十七名,击伤日寇一百一十二名、伪军四百三十三名,生俘伪军二百九十八名,缴获轻机枪十三挺、步枪二百六十六支、驳壳枪二十九支、手枪六支、各种弹药一万六千发。新"江抗"牺牲干部二十二人、战士一百六十五人,三十名干部和八十九名战士负伤。①

1940年11月7日《大众报》,刊登东路地区军政委员会主任、"江南人民抗日救国军"东路指挥部司令员兼政治委员谭震林所撰《东路一年》,文中写道:

是的,东路司令部是成立了,它虽然只是在小破庙中成立的,虽然它只有三十多个愈员的队伍,然而它有着钢铁般的意志,有着火山般的战斗的热情,在夏光同志的机警、灵活、正确的指挥下,在全体同志努力奋斗之下,在千万民众热烈的爱戴下,渡过了难关,克服了危险与困难,在不断的进攻和还击中成长起来了。特务排也变成了特务大队,独立二大队也集中起来行动了。被敌人击溃而在我收容之下的省四团的数十个武装由郭曦晨同志率领也集合在一路行动了。这个洪流的汇合,形成了东路的核心,支持了东路的局面。赵北、马乐鸣也只好停止在横泾,乐三、乐四也只好向西逃窜,王士兰也只好投机取巧地与"江抗"合作。并且"江抗"的"弟弟"诞生了:在任天石同志的抚养下由四十多个常备队员所组成的"民抗"也充实起来了,正式成立了民抗司令部

---

① 中共常熟县委征集革命文史办公室.常熟革命文史资料.常熟.1981:147-148.

和三个大队。东路又走上新的光明的道路，终于克服了一切的危险和困难，使东路重新掀起了抗战的热流。[①]

25. 刘飞随谭震林重返东路

1940年3月25日，新四军三支队副司令员谭震林，受中共中央东南局和新四军军部委派，从皖南千里跋涉奔赴常熟，负责组织苏南东路地区军政委员会，主持领导东路地区党政军全面工作。

谭震林原在新四军三支队任副职时，不满足三支队被摆在繁昌、铜陵一线守阵地，充任替国民党第三战区"看大门"的尴尬角色，对一、二支队深入江南敌后创建茅山根据地，不到一年就由原来的四千余人，发展到一万四千余人极为羡慕，早就盼着到敌后放开手脚大干一场。陈毅理解和支持谭震林，建议新四军军部报请中央军委批准，把谭震林派到东路。

到东路走马上任前，三十八岁的谭震林第一次当了爸爸，妻子葛慧敏与新生的女儿留在安徽省泾县云岭新四军军部。受命到东路开辟抗日根据地新局面后，谭震林抓紧了解东路情况，向新"江抗"驻地行进途中，反复与同行干部研究酝酿发展东路局面方针，到达溧阳县水西村后，又听取陈毅、粟裕意见。他打算到东路后，首先抓两件事：一是培养二百名连级军政干部，组建五十个连队；二是大力发展部队，尽快搞起一万人枪的抗日武装。凭借这支力量，独立自主开展平原水网地区抗日游击战，巩固扩大东路抗日游击根据地。

化装成绸布店老板的谭震林，带着刘飞、张开荆、戴克林、樊道余、白书章等人，着新购置的长袍礼帽和皮鞋，由新四军江南指挥部后勤部副部长吴师孟陪同，翻过大茅山，经"老牛"张志强接应，在延陵找到茅山中心县委办好"良民证"，由延陵上船，一路有风张帆，无风背纤，一个昼夜到达常州。谭震林化名李明，住在西门外去冬建立的新四军江南指挥部常州交通站粹昌豆行，随行七人分住他处。当时，日伪在车站码头遍设检查站，通过关卡所需通行证有两种价格，官价每张一角，要交两张照片，私下弄的每张五角，只交一张照片即可。市区周线巷开布店的顾姓老板，儿子在日本领事馆开通行证。谭震林等在常州盘桓

---

① 中国人民解放军历史资料丛书编审委员会.新四军文献（1）.北京：解放军出版社，1994:315.

三日，观察形势并等办手续，粹昌豆行张建林通过顾老板儿子办妥通行证，谭震林一行分成两组，先后乘火车到达苏州，住在城西阊门外的东来旅馆。

阊门即阊阖门，是苏州城著名的六门之一，亦是苏州最繁华的所在，素有"金阊门、银胥门"和"天下财货莫盛于苏州，苏州财货莫盛于阊门"之说。隋唐以降，阊门外的枫桥渐成江南漕运枢纽。唐代诗人张继《枫桥夜泊》中的千古名句"姑苏城外寒山寺，夜半钟声到客船"，就诞生于此。曹雪芹所著《红楼梦》开篇说到姑苏城，留下了"有城曰阊门者，最是红尘中一二等富贵风流之地"的描述。

那天，一副阔商派头的谭震林、刘飞、戴克林一行出门上街，戴克林的肩膀忽然被人拍了一下，回头看时，只见一个扮相妖冶、眼饧颊红的年轻女子，正站在路边搔首弄姿，望着他哧哧地笑。戴克林知道遇到了妓女，慌忙摆摆手，情急之下竟脱口说道："同志，这不行哎……"话未说完，就感到语中有失。谭震林瞪了戴克林一眼，带着几个人迅速摆脱了妓女的纠缠，走远后对随行几人说："大庭广众之下，绝不能随便叫同志，那不等于告诉别人你的身份了吗？"大家连连点头，深感从根据地到敌占区，还真有些不适应。因苏州日军每晚十点查房，谭震林一行吃过晚饭就躲进电影院，连看两三场电影，午夜查房过后再回住处。

从苏州到常熟的船上，有两个商人打扮的人热情地跟谭震林一行聊天，一路上请他们吸烟、代付茶钱，还买来小笼包子让谭震林等人吃，弄得大家心里七上八下。谭震林给随行的刘飞等人使眼色，提醒大家提高警惕。船到徐市，两个商人模样的人得意地说："从苏州一上船，就知道你们是到我俚'江抗'来的。你们一人一个口音，没有女人，老实正派，当然是新四军啦！"一声"我俚'江抗'"，使大家轻松笑了起来。

此后，温玉成、颜伏、张鏖、邱布、吴士莫、朱长清、王坚、王琪、张最真、阮文光、王澂明、林震等及连排干部五十多人，先后到达东路。

有"江抗"老战士作过统计，谭震林到东路辗转跋涉十八天，路上只要环境许可，每晚到达宿营地，他都要组织随行人员学习讨论，赴任路上共组织了十六次，每次都由谭震林亲自出题目，大家结合学习党中央和毛泽东的指示，围绕到东路如何完成好新任务等问题各抒己见，深化认识，使赴任之旅成了学习之旅、交流之旅、提高之旅。谭震林也在与大家的交流碰撞中，深化了对中央和新四军首长指示的理解，进一步理清了开辟东路的思路，明确了工作方针。

4月24日，谭震林一到常熟，不顾舟车劳顿，迅即在徐市附近的江家宅基村召开江南特委、常熟和苏州县委、"江抗"东路司令部、常熟"民抗"主要负责人会议。会议一连开了三天，史称"徐市会议"。会议宣布成立以谭震林为书记，何克希、温玉成、张开荆、吴达人、任天石、王承业等人为委员的新四军东路军政委员会，全面领导东路地区的党、政、军工作，将江南抗日义勇军东路司令部改名为江南抗日救国军东路指挥部，谭震林化名林俊，任司令员兼政治委员和政治部主任，何克希任副司令员，张开荆任参谋长，吴仲超任政治部副主任。

"徐市会议"对新"江抗"原有部队和常熟抗日武装进行了整编，将常熟"民抗"的三个连和"江抗"东路司令部指挥的四个连，统一整编为两个支队。戴克林任整编后的新"江抗"第一支队支队长，陈岳章任教导员；陈挺任第二支队支队长，黄烽任教导员。5月下旬，谭震林确定，以中共江苏省委交由新"江抗"统一指挥的昆山、青浦抗日武装为基础，联合嘉定外冈游击队、东塘市常备队组成新"江抗"第三支队，吴立夏任支队长。

与此同时，赴沪治疗四个月随谭震林重返东路的刘飞，被任命为江南抗日救国军政治部组织科长。

谭震林到东路赴任后，根据中共中央东南局和新四军军部指示精神，确定原先由中共江苏省委外县工作委员会领导的江南特委，改属东路军政委员会领导，将中共江南特委改称中共江苏省京沪线东路特别委员会（简称东路特委），因东路特委书记林枫患肺病仍在上海治疗，由张英代理书记，李建模、王承业、吴达人、赵秀英等为委员。东路特委参照中共中央提出的《抗日救国十大纲领》，于5月制定颁布了《关于坚持东路抗战十大工作纲领》。

刘飞随谭震林化装通过敌占区到达常熟后，充分发挥熟悉环境和人头的优势努力工作，很快成为谭震林的得力助手。新"江抗"以发展武装和创建根据地为工作重点，在分兵作战、开拓新区的同时，积极开展收编地方武装和扩军工作，个把月时间就把新"江抗"迅速扩编发展到两千余人枪。到1940年11月份，新"江抗"历经大小战斗五十余次，粉碎日伪多次"扫荡"和进攻，控制大小市镇九十四个及广大乡村，部队由两个支队四百多人发展到七个支队三千多人。除由戴克林任常熟"民抗"组编的一支队支队长、陈挺任新"江抗"部队组编的二支队支队长、原保四团副团长郭曦晨任副支队长外，顾复生领导的淞沪游击纵队第三支队、吕炳奎领导的嘉定外冈游击队、陶一球领导的昆山"联抗"和常熟东塘墅常备队合编为三支队，吴立夏任支队长。此后，以无锡独立支队为基础，联合锡南地方武装黄达三部、杭果人部，组成新"江抗"第四支队，朱长清任支队长，薛永辉任教导员。在苏常地区常备队中选拔新建了三个连，组成新"江抗"第五支队，薛惠民任支队长，江波任教导员（后为朱敏中）。以"江抗"二支队一部为基础，与江阴"民抗"一起，组成新"江抗"第六支队，陈凤威任支队长。澄西、丹北的地方武装上升为新"江抗"第七支队，匡志明任支队长。

虎啸苏南，新"江抗"成为威震四方、名副其实的游击兵团！

1940年11月6日，"江抗"东路指挥部召开新"江抗"成立一周年庆祝大会，谭震林宣布，在指挥部与支队之间增设纵队一级。新"江抗"整编为相当于团的三个纵队，一、五支队为第一纵队，司令员夏光，政治委员刘飞；二、六支队为第二纵队，司令员陈挺，政治处主任张鏖；三、四支队为第三纵队，司令员朱长清，政治委员温玉成；教导队也扩大为有三个中队的教导大队。夏光和刘飞两位阳澄湖后方医院伤病员的前后任领导人，又亲密无间并肩在一起战斗。

遵照毛泽东"五四指示"精神，结合东路地区实际情况，谭震林确定以苏常为基地，东出昆（山）嘉（定）太（仓），西入澄、锡、虞，放手发动群众创建游击根据地，机动灵活歼击敌伪军，同时，采取组建"江抗"办事处和抗日自卫会两种形式，逐步展开了根据地的民主建政工作。

1940年2月，新"江抗"在东路范围内正式组建第一、第二、第三行政专署，通过成立抗日民主政府，更好地运用政权力量独立自主开展敌后抗战工作。新"江抗"政治部发布了建立改组各级抗日民主政权的通令，规定了组织原则和办法，并正式任命了专员和县长。第一专署专员任天石（兼常熟县长），苏州县长浦青，太仓县长郭曦晨，阳澄县长陈鹤；第二专署专员吴达人，江阴县长李石坪，无锡县长王承业，沙洲县长蔡悲鸿，锡北特区行署主任陈枕白，虞西特区行署主任钱国华；第三专署专员顾复生（兼青浦县长），昆山县长陶一球，嘉定县长吕炳奎，南汇县长连柏生。3月，第四行政专署成立，专员韦永义，澄西县长张志强，武进县长管寒涛，山南县长张光，山北县长陈云阁，扬中县长王龙。县、区两级抗日民主政府成立后，各地对原有村乡镇保甲制度进行彻底改造，部分地区还民主选举产生了新的村长和乡镇长，成立了县、区参政会。4月1日，江南行政委员会正式成立，何克希任主任，吴达人任秘书长。

是年6月，谭震林在锡北张缪舍主持会议，宣布成立"江抗"祝塘、寨门、后塍、王庄、沙洲等五个办事处，旋即又成立华士、顾山、文堰等三个办事处，时称"八大办事处"。这些军政合一的"江抗"办事处，代行各该地方的抗日民主政权职能。四行署、一行委，再加"八大办事处"，半年光景，谭震林的"东出""西入"战略就大见成效，令人刮目相看。

1940年8月4日，常熟县人民抗日自卫会经县各级人民代表会议选举正式产生。谭震林对自卫会的性质作了解释："自卫会是人民的组织，是抗日的组织。它是一个群众团体，政府不能担负起领导人民抗日的时候，它是代表了政权执行一切任务，以达到人民的要求。"自卫会内部机构健全，设秘书、民政、经济、教育、公益、军事等科，颁布了各项法规，开始独立地行使政权职能。显然，抗日自卫会是具有"代政权性质"的政权形态，它与抗战初期以组织群众筹粮筹款为主要任务的"半群众团体半政权性质"的抗敌委员会、抗战动员会，已有很大不同。

9月，新"江抗"在群众基础较好的无锡地区建立了无锡县人民抗日自卫会，王承业任主席。同年10月，新"江抗"澄、锡、虞总办事处在锡北祝塘成立，顾复生任主任，设秘书、民政、文教、后勤等处，设在各地的"江抗"办事处由总办事处统一领导，并相应调整为江阴、虞西、锡北、沙洲四个县级办事处。11月，澄、锡、虞特区行政委员会成立，并陆续建立了县、区各级行政委员会。随着各地县级统一战线性质的代理政权的建立，区、乡自卫会的建设也日益加强，并不断从中心区向边缘区扩展，有效清除了日伪的基层政权。在敌占区，则从实际出发建立两面政权。抗日民主政权实行共产党员、非党的左倾进步分子、中间派各占三分之一的"三三制"，吸收拥护抗日的国民党员、地方实力派、开明士绅参政议政，从而进一步扩大了抗日民族统一战线。

货币是政权的名片。针对根据地货币流通紊乱、法币大幅贬值、辅币明显缺乏的状况，东路经委会制版发行"江南商业货币券"，建立基金会，购置一定数量的粮棉实物，以保证币值稳定。

新"江抗"在武装开辟苏、常、太和澄、锡、虞的基础上，坚持放手发动群众，健全地方党的组织，进而建立办事处、自卫会等带政权性质的组织机构，不失时机建立特区行政委员会。这一创新实践，迅速打通了茅山根据地与苏、常、太和澄、锡、虞及昆、青、嘉抗日根据地的联系，把京沪线以东星星点点的小块抗日根据地连成一片，在平原水网地区造就了一块面积仅次于茅山根据地的抗日游击区，使江南新四军形成了皖南、茅山和东路抗日民主根据地三足鼎立的有利战略布势，为巩固扩大苏南根据地、长期坚持华中敌后游击战，奠定了坚实基础。

东路抗日根据地的建立，使上海近郊及以西地区抗日斗争出现了令人鼓舞的新形势。各级县工委、特委的活动由秘密转为公开，各界纷纷成立人民抗日联合会和县、乡抗日联合办事处，建立了许多变相的抗日政权，推行"二五减租"①，

---

① 民主主义革命时期，在没有进行土地改革的地区，允许地主出租土地，为减轻农民负担，不论何种租佃形式，均按照原租额减去25%，统称"二五减租"。

解决民生问题，最大限度把社会各方面人士团结在抗日统一战线的旗帜下。各地相继建立了各种税收机构，通过设立抗日爱国税等途径开辟税源，补充和保证"江抗"部队的资金和给养。抗日民主根据地的巩固和发展，极大优化了社会氛围。当地农民、城镇工人和店员踊跃参军参政，各地纷纷建立脱产的常备队和不脱产的自卫队等民兵组织，一些进步士绅和教师敢于公开参加抗日活动。

各级抗日民主政权的建立和健全是一个信号，标志着东路抗日民主根据地的建设，开始进入形神兼备和日趋成熟的新阶段。

26. 地下交通线上的刀锋舞者

在国民党对新四军断供、战争环境下根据地生产力遭受严重破坏的情况下，能不能背靠上海，依托长江，内外兼营，独辟蹊径，通过建立安全可靠的地下交通线，源源不断地把上海的资源优势转化为抗日根据地的战斗力和保障力，成为事关"江抗"兴衰成败的关键环节。

1940年5月，东路特委遵照谭震林指示，将常熟县财经委员会扩建为东路经委会，由李建模兼任主任。同年9月，东路经委会随"江抗"东路指挥部西移澄、锡、虞后，又增设了苏、常、太经委会和澄、锡、虞经委会，苏、常、太经委会由杨浩庐兼任主任。经委会除负责属地的田赋、税收工作外，还建立若干稽征办事处，澄、锡、虞经委会还专门在沙洲县（今张家港）建立了江防管理局，负责沿江港口的税收工作。

当年在常熟东塘墅庙宇参加新"江抗"成立会议并继续担任"江抗"办事处主任的蔡悲鸿，1940年9月调任具有抗日民主政权职能的"江抗"澄、锡、虞总办事处，任财经处处长。

蔡悲鸿生于1913年，原名蔡志伦，又名蔡辉，上海市南汇县万祥镇人。1928年，年仅十五岁的蔡悲鸿即加入了中国共产主义青年团，1932年转正为中共党员，在党的领导下从事工运和学运活动。1936年，蔡悲鸿在上海编印秘密进步刊物，被法租界上海特区第二法院判刑一年。1937年七七事变后，蔡悲鸿先后在南汇和浦东从事抗日活动，奉命组建奉贤人民抗日自卫团并任团长。1939年7月，蔡悲鸿调任"江抗"苏州太平桥办事处主任、常熟东塘墅办事处主任。

抗战时期，日伪除严密控制铁路公路运输外，规定长江航线只允许外国商船行驶，中国船只一律禁航。为粉碎敌人经济封锁阴谋，1940年12月，新"江抗"成立沙洲县办事处，蔡悲鸿任主任并兼任中共沙洲县工作委员会书记，两个月后又兼任沙洲县抗日民主政府县长。他充分发挥沙洲沿江港口码头优势，在针锋相对的斗争中积极开展根据地与敌占区经济贸易。

当时，国民党"忠义救国军"与新四军争夺港口控制权的斗争十分激烈。1940年11月，"江抗"澄、锡、虞经委会沙洲江防管理局局长张国珍，在港口稽查时被土匪薛应文部绑架暗杀，沉尸江心；1940年12月5日，顾山镇长、"江抗"办事处主任吴秋岩，在顾山组织群众拦阻"忠义救国军"暗杀党卢振球向常熟日伪偷运粮食时，被残酷杀害；1941年1月，素来严查舞弊行为的澄、锡、虞经委会四区办事处副主任虞湘柏，在江阴新桥镇遭"忠义救国军"袭击牺牲。

蔡悲鸿一到沙洲，便亲自兼任江防管理局局长，加强江防大队力量，武装保护新四军在沿江各港口设卡收税，还在吞吐量很大的太字圩港，重新组建由工人骨干分子掌管的"一大"轮船公司，使敌伪把持的港口重新回到人民手中。与此同时，蔡悲鸿注意教育争取港口原税务管理人员，注意发挥他们一技之长为我抗日民主政府设卡收税服务，使沙洲境内各港口成为抗日民主政府的一统天下。

蔡悲鸿派人打入外轮开辟运输通道后，选定曾任嘉定县黄渡镇小学校长的妻兄盛慕莱，作为驻上海为根据地采购和运输急需物资的总代表。

盛慕莱生于1908年，原名盛毓，上海市嘉定县黄渡镇人，曾就读于黄波渡小学、江苏省立第二师范分校，毕业后从事小学教育工作。1938年，盛慕莱受蔡悲鸿影响开始从事革命活动。盛慕莱在上海门路极多，接到赴沪为根据地筹运抗战紧缺物资任务后，他很快通过蔡悲鸿的哥哥蔡志锷和朱玉龙两位帮新四军做对敌贸易工作的爱国商人，采购到手摇电台、印刷机、望远镜、军毯等军用物资，还有药品、火油、布匹、纸张等紧缺生活用品。蔡悲鸿亲自到太字圩港，指挥码头工人把收购的蚕丝、棉花等农副产品装上挂着外国旗的货轮，船到上海，盛慕莱则在码头组织搬运工人卸下货物，把早已包装好的物品搬运上船。上海发出的货物每天下午六时从吴淞口开出，半夜十二时左右到达太字圩港江心，而后由驳船将货物卸到码头上，再用手推小车把货物送往后塍、周庄等镇。沙洲沿江货运贸易业务日益兴旺，就连常州、无锡一带商人也同沙洲发生贸易关系。有时几条船同时靠岸货物来不及运出，货物卸船后就在太字圩港附近百姓家暂存，由小推车分流各地。于是，当地手推小车骤增到上千辆。往返穿梭于长江上的地下物流链，使根据地军民作战和生活必需得到满足，也给抗日民主政府带来丰厚税源。江防局每天可从港口和交通要道收取税金八千余元，多时逾万元，不仅解决了沙洲县政府经费开支，而且上缴新四军六师十八旅和新四军军部可观经费。

1941年7月，日伪组织近两万兵力对澄、锡、虞地区进行"清乡"，蔡悲鸿随已公开的县区主要干部奉命北撤，不久调任皖江行署财经处副处长兼货物贸易局局长。他以安徽无为县汤家沟为基地创办经济贸易特区，扩大水稻种植面积五十万亩，组织建成近七公里的黄丝滩防洪大堤，使境内八县四百万亩农田和三百万人民免遭水患，促进了特区水稻稳产高产，不但实现粮食自给有余，而且拥有了对根据地以外地区进行易货贸易的雄厚底牌。与此同时，蔡悲鸿积极开设集成号商行，同上海煤业资本家潘以三合资办大成公司，作为集成号商行在上海的代理机构，通过关系同汪精卫心腹人物、总力社芜湖分社社长汪子东进行贸易谈判。蔡悲鸿利用汪急于筹集军粮和有求于我的心态，提高谈判价码，公开提出用粮食换取敌方统制物资和军需品，迫使对方不得不以30%的机枪、收发报机、炸药、雷管等军用物资，30%的钢材、五金、工具、机床等统制物资，40%的食盐、布匹、药品等紧缺物资和杂货，与我进行易货贸易。

"富七师，甲全军"。当时，新四军中流传着"五师枪支多，六师马匹多，七师物资钞票多"的顺口溜儿。1942年秋，蔡悲鸿出任新四军七师皖江贸易局局长，后任由该局发展而来的大成贸易公司经理。当时，全国有包括陕甘宁边区在内的十九个抗日根据地，皖江抗日根据地是最小的。蔡悲鸿率领他的团队，在皖江创造了全国抗日根据地财政收入之最的奇迹。从新四军参谋长赖传珠日记不完全记载中，可见新四军七师暨皖江根据地对新四军资金物资贡献之一斑。1942年底至1945年春两年多时间，新四军七师上缴军部及由军部转交其他部队现款约五千三百万元法币（当时折黄金二十六点五万两）。其中，1944年1月至1945年1月，上交现款高达四千四百万元。抗战期间新四军七师上缴经费，按当时国民党军队供给标准，相当于二十个甲级师一年给养，是1937年11月至1940年12月，国民党政府拨付新四军总经费不足二百二十万元（皖南事变后即中断）的二十倍以上。从靠打"资敌"（没收资敌者财产）、流动设卡收税摊派人头税勉强维持部队供给和地方政府财政，到成为新四军、八路军中军费来源最充裕的部队，拥有三万雄兵的新四军七师，自身保障实现了"四个全军之最"：武器装备最先进（全部日式装备），财政储备最充裕，伙食标准最高（每月十元，主食大米，另发零用钱、一支牙膏、三条香烟），军装最整齐（经军部特批，是新四军唯一用进口龙头细布制作军装的部队）。这是中国革命战争史上绝无仅有的奇迹，在世界反法西斯战争史上也实属罕见。当年，李先念、陈毅、宋任穷、陈丕显、谭震林、叶飞等领导人，都给予高度评价和充分肯定。

动用日军军舰，冒着生命危险在敌营中打造向抗日根据地输送武器弹药和紧缺物资的水上"驼峰航线"，把日军枪支弹药源源不断运送到抗日根据地，用日寇制造的武器打击日寇，这不是痴人说梦和无知妄想，而是杰出爱国人士盛慕莱，在蔡悲鸿哥哥蔡志鄂和另一位红色商人朱玉龙帮助下，在日寇眼皮底下创造的奇迹。

当年的上海特务密布，日伪对军用物资特别是医药用品控制极严，巡逻艇日夜在长江游弋，一经查获违规输送，即以通匪论处。根据党组织"钻进敌人心脏去进行战斗"的指示，盛慕莱花了一大笔钱，在上海吕班路30号（今重庆南路原卢湾区中心医院）日本海军联欢社一幢洋房二楼开办了中华物产公司，自任总经理。联欢社标明是娱乐单位，实则为日伪特务机关，门口有日本兵站岗。伪海军上海办事处主任、大汉奸叶树初和日本顾问松冈，就与盛慕莱一墙之隔办公。盛慕莱见机行事，与叶树初称兄道弟，并通过他与松冈成了朋友。盛慕莱偷偷与叶树初做生意，不久把松冈也拉了进来，利用两艘日本海军退役军舰，在上海和芜湖之间跑运输，畅行无阻地闯过一道道水上封锁线，把在上海采购的枪支、弹药、雷管、炸药、无缝钢管、电台、医药用品和布匹、纸张等秘密运往抗日根据地。军舰驶抵芜湖停泊江心，夜里由根据地派出的武装护航队用木船驳走。

1943年春，日伪上海警察局侦探到盛慕莱行踪，一天早晨突然包围了浦柏路（今太仓路）赓裕里盛慕莱家，幸好盛慕莱一早外出，未遭捕获。傍晚，盛慕莱看到家门口形势紧张，心知有异。正迟疑间，看守弄堂的老伯悄悄对他打了个手势，盛慕莱迅速躲避逃过一劫。

1944年夏天，日寇南京宪兵队根据密报，突然出动两汽车鬼子兵包围了黄渡镇盛慕莱老宅。出门在外的盛慕莱急忙避走他乡才免遭毒手。

2015年5月1日，在上海延安饭店，我见到盛慕莱的大女儿盛才英，她回忆了与父亲最后一次见面的情形：

　　1949年春天，人民解放军即将发起渡江战役，整个上海笼罩在一片白色恐怖之中。一个阴雨绵绵的黄昏，父亲来到我和妹妹寄宿的禅文女中，神情严峻地对我们说："这几天时局紧张，你们年纪小不要到校外去，我最近工作忙，不能常来看你们。要好好读书，听老师话。"父亲简短地讲了几句话，并交给我们五块大洋，作为5月份的伙食费后便离开了。我们目送着他身穿灰色长衫的背影，缓缓地消失在雨雾蒙蒙的夜色中。想不到这竟成为父亲的最后遗言。

1949年4月，上海解放前夕，盛慕莱按党的指示，对上海市伪警察局及分局进行策反活动。他首先成功策反了国民党行政院善后救济总署总仓库，完好保存了大量库存物资，解放后由我军悉数接管，又成功策反了敌汽车大队、某保安团以及国民党上海市警察局杨思分局和杨泾分局。随后，他以华东局驻沪代表身份，与敌方代表伪警察局特刑处国际组特务吴钟英接触，先后谈了两三次。阴险狡诈的敌人一面哀求活命，一面却密告特务头子下毒手。5月9日清晨，盛慕莱在住处被捕。解放后吴钟英交代，盛慕莱在狱中被打得遍体鳞伤，股骨折断，门齿脱落，但他始终对敌人横眉冷对，以生命保守党的秘密。这时，人民解放军已经包围上海。5月24日上午九时，敌人将盛慕莱枪杀于虹口公园。据当年公园一位目击现场的园林工人回忆，身着格子纺短衫的盛慕莱伤痕累累，在解放上海的炮声中从容就义。敌人连射几枪，他魁梧的身躯才慢慢倒下，年仅四十一岁。

盛慕莱不是中国共产党人。他只是一个有良知和不愿当亡国奴的中国人，一个坚定的"江抗"战士靠得住的亲戚。在他像视死如归的优秀中国共产党人一样英勇就义的第四天，浦江两岸就响起了人民迎接解放的锣鼓声和鞭炮声。

一直领导盛慕莱战斗在日伪心脏里的蔡悲鸿人如其名，命运遭际充满悲剧色彩。1952年，蔡悲鸿任华东财委会办公厅主任兼机关企业处处长，"三反"运动中，他受到隔离审查，其罪名一是"敌我不分"，主持敌占区贸易时公然与敌伪商人进行贸易；二是"假公济私"，利用亲戚盛慕莱等人打开贸易渠道为己谋利；三是"私营套汇"，此事指蔡悲鸿1951年为支持抗美援朝，按华东局指令托爱国华侨吴先生垫支二十万港元，从香港购进青霉素等急救药品，运抵朝鲜后挽救了无数志愿军战士的生命。由于当时国家外汇极度匮乏，这笔垫款后来折成人民币归还。面对功过颠倒、黑白混淆的莫须有指控，再加上不许辩白、拳脚相加的羞辱，蔡悲鸿选择了以死抗争。1952年初夏一个细雨霏霏的日子，蔡悲鸿独自走到沪西真如附近，扑向疾驰而来的火车，结束了自己的生命，时年三十九岁。

1982年，中共中央组织部委托上海市委重新审理蔡悲鸿问题，推翻了强加于他的一切诬蔑不实之词，予以平反昭雪，恢复党籍，恢复名誉。上个世纪80年代，上海电影制片厂以蔡悲鸿和盛慕莱为原型，拍摄了电影《地下交通线》。很多人都不曾知道，银幕上栩栩如生的"小老大"形象，是以蔡悲鸿和盛慕莱的生命与鲜血为底色塑造的！

第六章　加钢淬火

27. 从十抵一到一抵二

新"江抗"虽有红军骨干，领导力量坚强，但毕竟是在快速扩充中发展起来的一支新军。尤其是新扩充的部队连一个成建制且经过长期斗争考验的连队也没有，部队战斗力缺乏坚实基础，发展虽快，但大而不坚。

出鞘利剑亟待在严酷的实战中砥砺和加钢淬火！

在新"江抗"崭露头角的过程中，阳沟溇、张家浜、桐岐三次惊心动魄的战斗，对部队强筋健骨和茁壮成长，起到了奠基和定型的重要作用。

阳沟溇战斗使新"江抗"在与日军正面作战中初试锋芒，令人刮目相看，十个月后，张家浜之战使新"江抗"经受了更为严峻的考验。

1940年12月13日，驻苏州日军第十七师团第八十一联队八十余名日寇，得到胡肇汉部密报后，乘三艘汽艇，携带轻重机枪、掷弹筒和迫击炮，在汉奸带领下轻装出营，到湘城后，由胡肇汉部再派向导三人，直扑新"江抗"机关驻地张家浜。日军到新"江抗"设营地前，弃船登陆，分头前进。

谭震林得悉日寇偷袭后，果断下达准备迎击的命令。何克希提出，请谭司令员带领指挥机关和非战斗人员立即撤离，由他带领战斗人员火速迎敌。谭震林提示说，我们的目的是安全撤离，让敌人扑空。何克希深知谭震林的用兵之道，迅速组织部队在敌人进攻路线设伏。

村南到湖边是一片开阔地，登陆的日军在火力掩护下，快速向村中冲锋。何克希率领尖刀排跃入蜻蜓堰有利地形，以田埂为掩护，指挥机枪和排枪向敌人猛烈射击。猝不及防的日军顿时乱了队形，迅即散开后又以新的队形匍匐前进。日军凭借精良的武器，机枪、掷弹筒并用，以密集的火力压制尖刀排，战士中出现了伤亡。危急时刻，夏光带领后援部队冲了上来，一阵急袭，部队稳住了阵脚。日军进攻的锐气受到重挫，为谭震林指挥后方机关转移赢得了宝贵时间。

激烈的战斗惊动了苏州守敌，日军从苏州和塔城分乘十二艘汽艇两路驰援，参战日军达到了二百多人，而新"江抗"仅有不到两个连兵力。日军见正面无法突破，便兵分两路从两侧包抄过来，企图四面包围张家浜。谭震林见三面受阻，北面的缺口被一条大河挡住，虽有十多条船，但来回摆渡转移机关、后方医院和文艺演出人员根本来不及。有个民工建议，将农船首尾连接，铺以木桥，让非战斗人员步行过河，得到采纳。偏偏这时刮起了大风，水上船只摇摇晃晃难以固定。排长叶诚忠高喊一声："下水!"带着几名战士跳下河去，在初冬的冰河中稳定船只，保证了转移人员迅速撤离。部队官兵一部也从船桥快速通过，从侧翼向敌发起猛烈攻击。日军以为新"江抗"的增援部队来了，方寸大乱，纷纷后撤。

从下午三时到七时，呈胶着状态的战斗一直持续到暮色苍茫，双方相持了四个多小时。三十多名日军丧命，撤退时尸体装了满满一船。新"江抗"也有重大伤亡，十九名官兵和四名支前群众光荣牺牲，新"江抗"一纵队卫生队队长赵熙为抢救伤病员血洒疆场，关键时刻献出架设船桥妙计的民工沈义祥，摆渡转移人员时中弹牺牲。当晚，新"江抗"转移到横泾双河浜村，次日举行隆重的追悼大会。谭震林在会上讲话说："血战张家浜，敌我双方均有重大伤亡。但是，通过这一仗，粉碎了日顽的联合进攻，大大提高了'江抗'部队的战斗力，增强了苏、常、太抗日军民的抗战信心。同时，它在常熟军民的抗日史上，写下了光荣的一页。"

1940年12月19日，新"江抗"副司令员何克希在《大众报》撰文《张家浜战斗之意义》，指明了这场战斗在"江抗"发展史上的重要地位：

第一，粉碎了敌伪顽的共同进攻。在敌人方面，以为预先有了顽方部署情报，老早知道我们宿营地所在，又有汉奸带路，在伪顽的协助下，在战线上使用了一倍于我的兵力，满期将我一鼓歼灭。结果，徒使敌人换来了惨重伤亡，几路增援，一夜惊惧，这非但动摇了此次敌军参战官兵，而且更一次使敌人共同鲜明认识，中国抗战的新生力量是无法战胜的。敌人于中国一些腐朽没落力量的利用——伪顽的利用，终于不过是在加速其侵华战争之更快失败。

第二，不但增强了民众抗日的信心，而且使广大人民认识了谁是他们自己的军队，谁是他们的敌人。阳澄湖畔好像是平静无事，在阳澄湖王胡肇汉的钳制下，人民只知出钱出米供给这位土皇帝，说话稍一不慎，谈到抗战问题，那便与抗战部队——"江抗"有关，就会有杀头之罪，抬尸游行。阳澄湖已变成了敌人的王道乐土，敌人到阳澄湖从没有遭到过这样的创伤，任何的打击。然而今天，老百姓都讲，阳澄湖从不曾听见过这样几个钟头的战斗，这样浓密的枪炮声，震醒了阳澄湖的人民，使阳澄湖变了颜色。老百姓相信，有了"江抗"，非但可以改善他们的生活，而且他们的子孙将不会做亡国奴隶。

第三，是锻炼了我们自己。在抗战开始时，是要十个中国兵才能抵得一个敌人，以后也是三个中国兵抵抗一个敌人。然而，我们今天以少于敌人一倍的兵力，阻止了敌人一步不敢前进，这已经不是游击战啊！这在向着大规模的野战发展。我们指战员在此次战斗中，毫无一点动摇和疲倦的神色，甚至地方工作同志手无寸铁，也感到异常兴奋，老百姓遭了敌人损失也毫无怨言，这是锻炼着我们战胜和驱逐敌人出中国的准备。[①]

如果说，阳沟娄和张家浜抗击战，是对新"江抗"发轫中铸造筋骨的锻打，那么，桐岐歼灭战则是新"江抗"初显虎威的精彩亮相。

1941年1月31日，新"江抗"第二纵队和七支队各一部，追歼顽军宿营于江阴王大坝与桐岐一线。顽军密探向驻青旸的日军报告后，日军警备队长早野绿明自恃装备精良，打破夜不出战的常规，率全队日军和四十多名伪军携带轻重武器，沿公路直扑桐岐。茫茫夜色中，新"江抗"在建于明代的万安桥开设指挥所，参谋长张开荆和二纵队司令员陈挺分头率部从侧翼实施迂回，日军占领桐岐关帝庙桑树林后，居高临下用机枪压制新"江抗"部队。新"江抗"七支队一部，用三挺机枪仰射，阻止敌人冲击，二纵队一部冒着敌人的炮火勇猛冲击，将敌压缩在关帝庙周围。二纵队一连连长叶诚忠，带领战士迅速接近关帝庙，向敌机枪阵地接连投掷手榴弹，敌大部被迫龟缩进关帝庙，一面发射紧急求援信号弹，一面组织火力固守待援，小部被逼进关帝庙旁的厕所。九班班长张德铭带领全班七名战士，一齐将手榴弹投进厕所，炸得鬼子一片哀嚎。随后，九班八员虎将迎着溃逃的鬼子，勇猛冲上前去展开了肉搏战。

---

① 中共江苏省党史工作办公室.江抗战史.北京：国家行政学院出版社，2006:219.

139

张德铭一个左突刺，一枪把一个鬼子刺倒在地，又有两个鬼子饿狼般向他扑来。他以静制动，当一鬼子突然向他下腹刺去时，只见他后退防下一个突刺，又将鬼子刺死。另一个鬼子见状不妙，撒腿就跑，张德铭一个箭步追上，双手合力猛刺鬼子心窝，把他送上了西天。这时，鬼子小队长歇斯底里号叫着扑了上来。张德铭摆开架势，防中反击，双方你来我往杀了十多个回合，鬼子小队长从平地跳到麦田，张德铭紧追不舍勇猛格斗。方战正酣时，陈挺司令员下令火攻，关帝庙瞬间火光冲天。张德铭利用亮光将刺刀压在鬼子枪上，突然一个滑枪刺，尖刀直插鬼子小队长的胸膛。鬼子小队长倒地时，也把刺刀刺入了张德铭的小腹。张德铭血流如注，很快裤子被血浸透，不多时便冻成了冰裤，但仍然屹立在麦田里，口中喊道："杀呀！杀呀！"直至光荣牺牲。

就在九班与关帝庙外鬼子生死肉搏之际，一连连长叶诚忠指挥连队一口气冲到关帝庙门前，把雨点般的手榴弹投向庙内，当场炸死在头山门门口指挥射击的日军早野队长和重机枪手。逃进正殿的鬼子拼命从墙上挖射击孔，叶诚忠命令一、二、三排准备手榴弹，鬼子挖开一个墙洞，就迅速塞入一枚拉弦的手榴弹，逼得鬼子无计可施，但新"江抗"部队一时也难以攻入。就在战斗处于胶着状态时，陈挺司令员再次下令火攻。周围百姓纷纷送草送木，叶诚忠组织战士在二山门前堆起干草，鸣枪将草引燃，一连副指导员吴志勤组织举火烧门楼，关帝庙大门顷刻被烧掉。部队迅即冲入庙内，不料几个战士被鬼子冷枪击伤。经观察，发现有鬼子躲在关帝塑像后射击。二排长指挥四个战士从左右两侧向塑像后投手榴弹，关帝塑像被炸倒，鬼子死伤狼藉，全部被歼。

桐岐歼灭战，新"江抗"歼灭日军警备队长早野绿明等日伪军四十二人，缴获92式重机枪和38式轻机枪各一挺、掷弹筒一具，还有三十多支步枪及指挥刀等军用物资装备。新"江抗"牺牲四人，负伤二十多人。92式重机枪是四连缴获的，连指导员麦汝璧格外高兴，亲自把这挺机枪扛回了驻地。

新"江抗"指挥员综合运用侧翼迂回、机枪掩护、近距离投弹攻击、白刃格斗和火攻等战术，一次战斗消灭日伪军四十多人，这在东路地区新"江抗"部队还是第一次，生动反映了部队指挥员的成熟和官兵战斗力的提高。新任新四军代军长陈毅发来嘉奖电，称赞此战为开创东路"我军歼灭战之先声"。

澄、锡、虞地区百姓对桐岐歼灭战传得神乎其神，皆称新"江抗"二纵队这支部队是老虎部队，专在江阴打"东洋赤佬"。江阴百姓更为自豪，硬说这支部队是江阴的，名之曰"江阴老虎"。日伪军提起新"江抗"二纵队，不禁心有余悸，谈"虎"色变。日军驻苏州警备司令部司令得知青旸日寇战败的消息大发雷霆，狂叫一定要消灭"江阴老虎"！

再战桐城，新"江抗"全歼日军一个小队，烧毁敌汽油船，从日寇手中夺得一挺92式重机枪。

新"江抗"大旗一树，常熟"民抗"以及江阴、无锡、青浦和昆山等地的小股抗日武装，也迅速恢复活动，形成了众星拱月的生动局面。阳澄湖抗日民主根据地建设，又重新充满了生机。

1942年1月22日清晨，五百多名日本鬼子饿狼般扑向江高宝地区朱家围子和朱庄村，偷袭由新"江抗"二纵队发展起来的新四军十八旅五十二团。团长陈挺令三营掩护地方党政机关和两个村的老百姓撤退，令一营营长胡乾秀带领部队迎头痛击敌人。一营与鬼子相持半小时，为地方党政机关和群众脱离险境争取了时间。这时，二百多名鬼子从侧后迂回过来，胡乾秀指挥一、二连坚决堵击敌人，但坚守在河南岸的三连因退路被敌火力封锁撤不下来。胡乾秀请求赶到一营的团参谋长韩云指挥一、二连火力掩护，自己冒着弹雨涉水过河，组织三连边阻击边撤退，终于把三连完整地带了出来。此战五十二团打死鬼子近四十人，本团除一营伤亡二十多人外，其他部队无损失。

在抗日烽火中不断成长壮大的"江阴老虎"，虎啸阳澄，声震苏中。1944年3月5日到13日，猛虎雄风正炽的十八旅五十二团，与兄弟部队一起，在江苏省淮安县车桥镇，对日伪军发起著名的车桥战役。战役打响之前，日军曾狂妄叫嚣："新四军若能打下车桥，皇军宁愿撤出苏中回归大海。"五十二团和兄弟部队在攻坚打援中紧密配合，以凌厉的攻势和辉煌的胜利，彻底粉碎了敌人的无耻谰言，一举歼灭日军独立步兵六十大队大队长三泽金夫大佐等四百六十五人，生俘山本一三中尉等二十四人；歼灭伪军四百八十三人，生俘一百六十八人。

车桥大捷使日伪在淮安、宝应地区的十余处据点全部被清除。战后，从日本解密档案中有关文件和关于车桥战役的概述中确认，三泽金夫后被追晋陆军少将军衔，从而填补了新四军在战场上击毙日军将级军官的空白。车桥战役结束第二天，新华社向全国播发了车桥大捷的消息《苏北新四军大捷，收复车桥》，延安《解放日报》特发表社论祝贺胜利。八路军总部发布公报称，车桥战役在抗战史上，是1944年以前我军在一次战役中俘虏日军最多的一次。日本东京大本营也承认，车桥战役标志着新四军反攻的开始，日军从此向下坡滑行。

后来，谭震林在向中央军委报告十八旅概况的电报中，介绍了由阳澄湖三十六个伤病员发展起来的五十二团一营，原为"江抗"二支队，素有"老虎支队"的美誉，赞扬这支部队既能打顺风仗，也能打劣势仗、逆风仗、危局仗，"江阴老虎"过了江也还是老虎！

1941年1月皖南事变后，新"江抗"改编为新四军六师十八旅，下辖五十二团、五十三团、五十四团，刘飞任旅主力团之一五十三团团长兼政治委员。

1941年夏，五十二团奉新四军军部之命，在十八旅建制内从苏、常、太"清乡"区突围，北上苏北盐阜区整训，受到新四军代军长陈毅亲切接见。全团官兵遵照陈毅"建设党的模范游击兵团"的指示，更加自觉地推进团队军政全面建设，部队战斗力持续提升，成为闻名新四军部队的"江南老虎团"。

28. 到上海去扩军

烽火岁月催人早熟。1938年8月中旬的一天，十七岁的中共新党员丁公量，刚在温州的关帝庙和城隍庙里组织铺好稻草，安顿下从上海来的七百五十名"难民"，令人啼笑皆非的事情便发生了：当地一些国民党军官和公职人员，赶庙会似的络绎不绝挤进门来，毫无顾忌甚至是放肆地盯着那些衣衫粗陋但颇有气质的女"难民"看，评头品足之余，纷纷找到有上海红十字会官员身份的丁公量，让他帮着在女"难民"中找老婆。

"媛子里有没主的吗？给哥物色个！"

"兄弟，帮着踅摸个老婆呗，不会亏待你的！"

丁公量不胜其烦，却又心中窃喜。看来，这次护送上海七百五十名抗日健儿到皖南参加新四军，到目前为止，隐蔽和保密工作做得都不错。他搪塞并敷衍着，心里盘算着如何抓紧与皖南新四军军部联系，早日离开温州这个是非之地。

1937年冬，中共江苏省委为统一党在难民所中的工作，成立了难民工作委员会，先后由汤镛和周克任书记。通过赵朴初在上层奔走推动，呼吁"移民垦荒"是难民生产自救的好途径，从上海向外地移民受到租界当局的欢迎。按照上海地下党负责人林枫的指示，上海慈善机构慈联会出面，以上海红十字会组织难民到安徽屯溪去开荒的名义，租用英商太古轮船公司的轮船，由汤镛、丁公量等组织首批以热血青年为主体、少量老人和儿童为掩护的"难民"，从上海乘船到温州，尔后转往皖南新四军军部。

那一天，丁公量在关帝庙摆脱国民党军官和公职人员的纠缠后，急忙随汤镛到中共浙江省委汇报情况。省委书记刘英告诉说，新四军军部已派教导队政治处主任余立金和一支队政治部组织科科长刘先胜，来温州传达军部指示和了解具体情况。第二天，丁公量和汤镛分头秘密赶往对外称新四军驻温州办事处的中共浙江省委驻地，见到了皖南来的余立金和刘先胜。余立金传达了军部指示：上海来的同志到达军部后，绝大多数同志将编入教导队，把现有的教导队扩大为教导总队。军部意见，为不影响部队战斗力，决定把所有女同志和十五岁以下的小同志均留在温州和金华，不去军部。省委书记刘英听完传达后，面有难色。事情是明摆着的，浙江省委尚处于半公开状态，党的活动基本上是秘密的，要省委一下子安排这么多人，谈何容易！他要求上海来的临时党组织，认真讨论一下新四军军部的指示，提出意见。

汤镛和丁公量回到关帝庙后，向临时党总支各负责人传达了新四军军部指示。各支部讨论时，众皆情绪激奋，一致要求去皖南新四军军部，有人甚至急得哭了起来。汤镛和丁公量综合各支部的意见认为，让女同志和小同志留下来，会产生一系列麻烦。既然是难民，当然会有老婆孩子。如果把她们留下，不仅难以做本人的工作，使当地党组织难以安置，而且于理不通，易为国民党怀疑，影响对皖南输送兵员。汤镛代表临时党总支，向中共浙江省委和新四军军部来人反映了大家的意见，刘英、余立金、刘先胜均表示赞成，并发电请示新四军军部，新四军军部复电同意从上海来的抗日健儿全部开往皖南。

第一批从上海参军的青年男女顺利到达金华三天后，丁公量又返回温州，接第二批上海来的一百多名"难民"，其中大部分是商业系统的职工，有二十多名青年学生，也有一部分工人骨干。"难民"队由三名中共党员组织带领，有个女大学生党员名叫吴博。经丁公量协调，当地以战地服务团名义，给关帝庙里的第二批"难民"演了戏。自然，应对前来讨老婆的国民党军官和公职人员，也使他费了不少口舌。两批从上海输送到新四军军部的兵员，先后顺利到达太平。当国民党第三战区有所察觉时，两批抗日健儿已经相继到达泾县章渡镇，受到由上海煤业救护队为骨干组建的新四军军部总兵站热情接待，随后由军部教导队接到驻地。

丁公量完成从上海输送兵员到皖南的任务，已是1938年8月下旬了。他向新四军政治部主任袁国平汇报了有关情况，把上海地下党负责人林枫给的密写本转交袁国平，然后提出了加入新四军的要求。袁国平当即表示同意。丁公量向袁国平汇报了上海地下党准备调他去工作的情况，袁国平答应，由他出面向上海地下党进行协调。1949年5月，华东野战军解放上海时，当年小小年纪担大任的丁公量，已出任第二十军五十八师一七二团政治委员。1950年，丁公量到杭州开会，遇到时任中共杭州市委书记的林枫。两人高兴地谈及往事，林枫埋怨丁公量，你既然留在军部，为什么不发电报告诉我，害得我等了好久！丁公量这才知道，当年日理万机的袁国平大约是因为忙，忘记告诉林枫自己留在皖南了。

从1937年八一三淞沪抗战爆发以来，中共上海地下党组织因势利导，组织大批青年学生和各界群众，源源不断奔向皖南和苏南参加新四军，给新四军这支年轻的劲旅注入了强大生机和活力，也显著改善了新四军的组织和人才结构。

"不能咱们炒豆，让上海地下党炸锅！如果因向根据地输送兵员危及上海地下党安全，那就得不偿失，我们会愧疚一辈子！"1940年夏，鉴于新"江抗"如新竹拔节苗壮成长，兵员补充成为当务之急，而上海地下党耗费心血输送的新兵，由上海乘火车到昆山或苏州后，还要徒步跋涉到东路根据地，每次都要冒着接受京沪路上日伪军检查的巨大风险，东路地区党政军负责人谭震林忧虑日深，决意改弦更张，另辟扩军蹊径。这年六七月间，谭震林决定，不再由上海地下党成批向新"江抗"输送新兵，改由新"江抗"派人打入大上海去扩军。

7月的一天，谭震林找到新"江抗"二支队政治处主任张鏖，高兴地对他说："今年5月4日，毛主席在延安再次对新四军的发展作出重要指示，要求我们在今年一年内，在江浙两省敌后地区扩大抗日武装至十万人枪。东路地区抗日武装为了适应形势任务需要，也要有一个大发展。过去我们扩充力量，一个重要渠道就是靠上海地下党跨越敌占区给我们输送兵员。这种十分危险的做法，不是地下党组织应该承担的，也很难持久。为了上海地下党的安全，今后，我们要主动承担起扩军的任务。"谭震林端详着身材挺拔的张鏖，拍着他的肩膀，话语中充满着信任和期待："到上海去扩军，大量吸收工人、学生、城市无产阶级，会显著改善新'江抗'的成分，大大提高部队战斗力。但这项工作好比虎口夺宝，肯定会有很大风险和困难，需要派出得力干部，开展工作也要靠机智和勇敢。为完成好这项艰巨而光荣的任务，你当主任的要亲自出马！"说完，谭震林详细交代了到上海扩军的具体方法，提出了明确而严格的要求。

张鏖受领任务后，立即向二支队司令员陈挺作了汇报，根据谭震林的指示和要求，陈挺和张鏖分析各方面有利和不利因素，迅速制定出一个扩军方案。

与此同时，新"江抗"政治部组织科长刘飞，也找到来自上海的二支队二营教导员张梦莹，动员他到上海去扩军，问他在上海有什么关系。张梦莹说，过去在上海搞抗日救亡运动，参加过上海职业界救国联合会，以后又在难民收容所工作过，能找到一些朋友。但毕竟几年不见了，可以先联系联系看。刘飞听后非常高兴，鼓励他发挥人熟地熟的优势，在扩军中多做工作。张梦莹提出，到上海扩军，可不可以通过上海地下党，这样在他们的领导下，工作有依靠，也容易开展。刘飞郑重而明确地告诉他，这样做不行，因为万一发生问题，容易暴露目标，给上海地下党带来严重危害。这是秘密工作决不容许的。这之后，陈挺和张鏖也分别找张梦莹谈话并作动员。

此时，二支队已经扩编为二纵队，根据纵队司令员陈挺批准的扩军方案，决定组成三个扩军小组。第一组由张梦莹负责，带三四个人；第二组由王志明负责，也带三四个人；第三组由青年干事陈浩、文化教员肖牧负责。方案明确，一、二两组常住上海，第三小组来往于上海与根据地之间，三个组统由纵队政治处主任张鏖负责，与各组实行单线联系，各小组之间不发生横向联系，也不与小组之外的其他任何组织发生关系，请示汇报采用秘密工作的方法。经教育动员，三个组执行扩军任务的同志都表示，坚决服从组织安排，坚决执行扩军纪律，一定胆大心细，出色完成到上海扩军的光荣任务。

1940年9月，二纵队先派青年干事陈浩和二连文化教员叶时赴上海。沦陷三年多的上海，深受日伪蹂躏和战火摧残之苦的市民大量流落街头，满怀痛苦和仇恨的青年人在寻觅出路和归宿。而"江抗"东进夜袭浒墅关车站和火烧虹桥机场等威震江南的壮举，又使很多失业工人、青年学生和贫苦店员始则惊喜，继而心向往之。陈浩和叶时重点深入饱尝国耻家痛的社会底层群体，经过半月时间紧张而缜密的工作，成功扩军二十多人。张鏖向谭震林报告试扩成功，谭震林要求进一步研究和完善到上海扩军的办法，积极稳妥加以推进。

在张鏖领导下，二纵队派出的三个扩军小组，根据侦查获取的各种情报信息，坚持把在社会最底层挣扎的贫民群体作为扩军主要对象，组织扩军人员日夜深入到曹家渡、小沙渡、外白渡桥等失业工人聚集的地方开展工作，通过了解他们的苦楚和宣传革命道理，启发他们的阶级觉悟，进而引导他们自觉走上抗日救国的革命道路。各扩军小组还通过串联亲友和同学故旧，用滚雪球的方法，使扩军工作有效向工厂和商店延伸。为了解决新"江抗"医护等专业技术人员匮乏问题，扩军小组还通过可靠渠道和关系搞定向扩军，以解部队燃眉之急。

张梦莹过去在无锡寨门一带开辟工作时，曾在包巷一户包姓百姓家住过，关系处得很好。1940年10月到上海前，他特地从包家借了一件骆驼绒灰色长衫和一顶铜盆帽，带上部队给的一些法币，步行几天到了芦潮港，从那里坐船来到上海。一晃离开上海三年了，熟稔的外滩海关大钟、礼查饭店、中国银行大厦依然如故，但上海已经沦为"孤岛"。张梦莹来到相对安全的法租界内的霞飞路（今淮海路），住进恩派亚戏院对面弄堂的一户邻居家，那是一个专给外国海员做衣服的"红帮裁缝"。落脚后，张梦莹先找到当年在难民所入党的烟厂管理员俞宝琴、自己做纸花生意的周守信和祁宝根，由他们四处联络和发动。接着他又来到苏州河北岸盆汤弄桥附近的一片小五金店，那里有新"江抗"一位韩姓女同志的哥哥在当会计，他与鲁迅是朋友，平时与文化界多有来往。张梦莹通过他的关系，又到一些剧团、学校和职业教育社进行联络，很快在文化界、教育界、工厂和手工业者中，建起了几条靠得住的扩军链，不长时间就动员了几十人到苏南东路地区参加了新"江抗"。11月，张梦莹离沪返回部队汇报扩军情况，二纵队领导认为他的工作很出色，不久又派他重返上海，一直工作到次年2月。

随着一批批觉悟了的爱国青年接踵投入抗日武装怀抱，张鏖和扩军小组的同志开始分力于新兵输送的组织筹划。起初，每批安排十来个新兵乘火车到苏州，再步行进入根据地，输送还算方便。后来，一周差不多就要输送三四十名新兵，偌大的目标频繁乘火车和徒步行进到根据地，一旦被日伪发现，后果不堪设想。在扩军日增情况下，如何把新兵安全顺利运到根据地？在社情复杂、敌情严重的十里洋场，如何搞好新兵政审和体检？还有，如何把不合格者安全快捷地遣返上海？这些都是亟待解决的问题。张鏖迅速向谭震林作了汇报，谭震林沉思有顷，胸有成竹地说："关于新兵如何安全地带到根据地的问题，我来想办法。其他问题，你们自己研究解决。"

过了几天，谭震林对张鏖说："今天蔡悲鸿来汇报财经工作，你也参加听听。"张鏖感到十分诧异：汇报财经工作同扩军有什么关系？到场听蔡悲鸿一讲才知道，侵占上海的日本陆军依靠其把持的京沪铁路横征暴敛，疯狂攫取财富，日本海军十分眼红，遂利用其控制的吴淞口和长江口，勾结五艘德国轮船向苏南等地走私，从中渔利和分肥。这五艘轮船由上海装载布匹、煤油、西药等日用品到江阴沙洲和护漕港卸货，再从那里装运大米等农副产品返沪，从而形成了上海到江阴的固定航线。谭震林打断蔡悲鸿的汇报说："老蔡，你考虑一下，我们从上海扩的新兵，有没有办法乘这些船到根据地来？"蔡悲鸿眼睛一亮，高兴地说："这倒是个很安全的通道！不过，要和打入船上工作的同志研究一下。"

不久，经蔡悲鸿精心布置，张鏖把各扩军小组组长召回上海，分别与德籍轮船的内线接上关系，很快建立起从上海直达东路抗日根据地的大通道，从而顺利解决了成批次和源源不断向根据地输送新兵的难题。

从1940年底开始，二纵队派出的扩军小组，每五到七天就可通过水路运送三十五名左右新兵。到1941年7月日伪"清乡"时，张鏖率领的扩军小组，成功从水路运回一千五百多名上海新兵。五艘德国商船，差不多见证和伴随了"江阴老虎"上海扩军的全过程。

有了安全可靠的输送管道，张鏖及他的团队，又相继解决了一度令人伤脑筋的新兵政审和体检问题。画龙画虎难画骨，知人知面不知心。新"江抗"在上海滩亮出抗日救国的大旗，应征者自然如过江之鲫。但其中也不乏政治投机和临阵脱逃者。如何鉴别和排除政治不纯者，不是一件容易事。更麻烦的是，扩军对象中，一些患有心肺病甚至患花柳病的人，也混迹其间，在上海不便也无法进行体检和政审。张鏖和扩军小组的同志商定，在沙洲护漕港成立一个新兵接待站，指定指导员张家信负责新兵接待工作，组织干部和医务人员对新兵进行体检和政审，发现不合格者，便通过水路送回上海。后来在东路根据地中心，还建立了一个新兵连，从连队临时抽调有工作经验的连排干部，专门负责新兵的军政训练，同时进行深入的政治审查。张鏖对新兵连的训练和政审很重视，每批新兵到来后，都要亲自逐人谈话，并在日后的教育训练中认真加以考察。素来忍饥挨饿的新战士，来到新兵连后可以放开肚皮吃饱饭，一个个笑得合不拢嘴。有一次，刚下船的十二个新兵，第一餐竟吃掉了一百碗大米饭。

扩军中的最大风险不在日伪，而在从根据地回来的逃兵和内部的叛徒。一天，有个逃兵在法租界碰到一个扩军干部，伸手就要钱。扩军干部没有给他，逃兵就耍赖把他拖到了附近的巡捕房，对巡捕报告说："这是从新四军来的干部，他把我弟弟拐到新四军卖了！"巡捕乜斜着眼睛瞅了瞅逃兵，气不打一处来，伸手打了他两个耳光，嘲笑说："你弟弟到新四军当兵是好事情，我以为他把你妹妹卖了呢！"说罢，便把告密滋事的逃兵撵走了。随后，巡捕关切地对扩军干部说："你等一会儿再走，免得再碰上那个家伙。"法租界的巡捕为新四军扩军干部解围，反映了上海人民痛恨日寇、支持帮助新四军的人心向背。但为安全计，张鏖还是让那个被逃兵盯上的扩军干部，尽快回到新"江抗"工作。

败类嘴脸各异，目的同样卑鄙。另一个从苏南私自离队的逃兵，碰到扩军干部就死皮赖脸要钱，不给就威胁"把你们拉到法国巡捕房去！"开始，扩军干部懒得跟他纠缠，想给点钱打发掉，不料他三番五次来敲诈，没完没了。怎么处理这个有现实威胁的家伙？张鏖向谭震林作了报告。谭震林果断地说，这种人劣性难改，如不采取措施，就可能给扩军引来大祸，要及时把他解决掉！鉴于这个逃兵变本加厉讹诈扩军人员，严重危及扩军安全，张鏖安排扩军干部对他采取了断然措施。

有一天，张鏖正在部署新兵输送工作，忽听有人急匆匆喊："出事了，张主任！俞忠祥被鬼子抓走了！"尽管张鏖对在日伪虎视眈眈的上海扩军随时可能出事早有思想准备，但接到扩军小组报告后，他的心还是像被猛地揪了一把。童工出身的俞忠祥，那是个多好的兵啊！二支队第一次到上海扩军，就看中了这个好苗子。俞忠祥是个孤儿，到新"江抗"仅七个月就入了党。张鏖了解到，这次俞忠祥随指导员汤江声到市郊一家工厂扩军，因叛徒告密不幸被捕。日本宪兵对俞忠祥进行严刑拷打，用铁丝穿透他的手掌和脚掌，把他绑在一个木架子上，逼他说出新四军扩军人员。俞忠祥咬紧牙关，只字不吐。凶残暴戾的鬼子牵来汪汪狂吠的狼狗，妄图逼俞忠祥就范，俞忠祥宁死不屈。鬼子一松手，两眼凶光毕露的狼狗呼一下扑向俞忠祥，把他咬得血肉模糊。俞忠祥年纪虽轻，但意志如钢，始终怒视敌寇，被狼狗活活咬死在木架子上，牺牲时年仅十七岁。

俞忠祥以极其惨烈的牺牲死守扩军秘密的英雄壮举，激励各扩军小组迅速化悲愤为力量，更加机警地在险象环生的复杂环境中斗智斗勇、化险为夷，使一批又一批热血青年源源不断奔赴东路抗日根据地。而谭震林和张鏖等人则从惊心动魄的上海扩军中，看到了虎口夺宝特殊战场对新"江抗"的锤炼锻打，有时甚至胜过战场上的生死搏战，从而给予高度评价。上海扩军虽因1941年日伪"清乡"而中断，但对促使新"江抗"百炼成钢、从整体上改善部队人员和素质结构，都产生了不可低估的深远影响。

后来的统计资料显示，从1940年夏至1941年初，新"江抗"在上海扩招新兵超过两千人，以张鏖所在的二支队、二纵队和后来的五十二团居多。五十二团自身补充新兵千把人，还支援五十三团和五十四团各二百五十人左右。皖南事变后，刘飞所在的新四军六师十八旅五十二团和五十四团，80%是上海兵。素有"江阴猛虎""老虎支队"之称的五十二团，扩军后部队成分以上海工人为主，因其令行禁止、作战勇敢，为团队的虎威神韵又丰富了新的内涵。五十四团以上海学生、店员为主，文化水平高，有"文化队"之称。"江抗"老战士施光华回忆说，那时"江抗"部队官兵都有两支枪，一支是手中的钢枪，一支是口袋里的钢笔，这与同样带有两支枪（即钢枪和烟枪）的伪军，形成了鲜明对比。陈毅1942年底检阅团队时，深有感触地说，五十二团是新四军中的文化团。一次，谭震林在听取部队工作汇报时，得知五十二团所在的十八旅在新四军中文化素质最高，高兴地说，十八旅文化水平高，产业工人多，建议给中央当警卫团！

1983年9月，谭震林在京逝世后，其夫人葛慧敏特地约张鏖写一篇纪念文章。张鏖所写文章中的《到上海去扩军》一节，成为出自老"江抗"手笔的脍炙人口的佳作。2012年10月16日，九十七岁的"江抗"老战士张鏖在沪逝世，这篇文章成为扩军一线指挥员写真惊心动魄上海往事的绝唱。而当年赴沪扩军的张梦莹，1984年前后，曾扶病将上海扩军惊险曲折的经历写成提纲，不久因病重搁笔。1987年，六十八岁的张梦莹在上海病逝，其儿子张野澜根据父亲生前留下的提纲，以他的名义整理了《扩军手记》一文，收入《新四军中上海兵》一书。这篇文章意犹未尽，文末所附提纲，已经成为永久的悬念：

斗争复杂、生活艰苦、工作紧张。

① 汪伪在码头上动员：金钱、美女、威胁。我们在隐蔽，又要揭露"汉奸"。

② 警惕性很高，红车子，白天分散，外面联系，黑夜碰头……不知我们住的地方。下雨、刮风。

③ 晚上深夜，九、十时到浙江路吃碗菜饭……很香。

④ 经常换住址，新城陛（隍）庙、顺昌路、浙江路、邻居家。[①]

历史总是不肯褪去自己神秘的面纱。穿巡幽深莫测的时光隧道，在新"江抗"上海扩军的历史镜头中，还隐藏着多少不为人知的故事？

29. 在反"清乡"中脱毛换羽

汪精卫偕周佛海、褚民谊、梅思平、林柏生等人，在日本华中派遣军特务机关机关长影佐祯昭等陪同下，乘日本轮船"奉天丸"号抵达青岛时，素以蓝天碧海、红瓦绿树景观著称的海滨名城，正在经历一年中最为寒冷的时节。

时在1941年1月22日下午三点，凛冽的海风裹着腥咸的气息扑面而来，这

---

① 新四军中上海兵编委会. 新四军中上海兵. 上海：上海文艺出版社，2007:21.

位1910年3月因谋刺满清摄政王载沣事泄被捕、在狱中赋诗"慷慨歌燕市，从容作楚囚，引刀成一快，不负少年头"而名噪天下的辛亥革命斗士，禁不住打了个激灵。世事无常，在20世纪上半叶风雷激荡的中国历史舞台上，汪精卫亦红亦黑、亦左亦右，由誉满天下到臭名昭著，人生大戏反复无常恐无人出其右。眼下，曾经的广东国民政府常务委员会主席和军事委员会主席、孙中山遗嘱起草人、武汉七一五"分共"元凶，继当年谋刺载沣一鸣惊人后，又作出了人生第二个重大决定，死心塌地投靠日本人并组建伪中央政府。

汪精卫于1938年12月携被坊间讥为"天字第一号女汉奸"的妻子、南洋巨富陈耕基之女陈璧君从重庆出走，经昆明到达越南河内发表"艳电"降日后，国民党中央于1939年元旦开会，宣布开除汪精卫党籍。2月上旬，蒋介石派与汪精卫有渊源的国民党中央委员谷正鼎赴河内，劝汪改弦更张回渝供职，结果碰壁而归。一个月后，谷正鼎奉命再赴河内，带来了汪精卫需要的出国护照和一笔可观经费，转达了蒋介石希汪精卫赴法国疗养但勿回上海、南京和另搞组织的要求，再遭拒绝。为根除后患，蒋介石亲遣戴笠手下大将陈恭澍前往河内行刺。

1939年3月21日凌晨二时许，陈恭澍等潜入河内高朗街一所三层洋房，用斧头劈开事先判定的汪精卫寓室房门，将汪精卫秘书、原国民党中央政治会议副秘书长曾仲鸣打死。据戴笠事后云，事发前两日，曾仲鸣妻由香港抵河内，汪精卫将卧室让给曾夫妇，结果刺客误中副车，曾仲鸣成了替死鬼。汪精卫河内遇刺大难不死，变本加厉与虎谋皮，于5月6日乘日本"北光丸"号轮船抵上海虬江码头，8日离船上岸后一头扎进上海江湾土肥原公馆。5月31日，汪精卫偕周佛海等人乘日本海军飞机由上海飞抵东京，先后与日本首相平沼麒一郎、枢密院议长、前首相近卫文麿和陆军、海军、大藏、外务大臣等举行会谈，怀揣日本允其成立"中央政府"的空头支票和接受日方控制的一大堆条款，于6月28日回到上海。汪精卫青岛之行，主要是就成立伪中央政府事，与"中华民国临时政府委员长"王克敏、"中华民国维新政府行政院院长"梁鸿志作最后磋商。

风光旖旎的"东方瑞士"青岛，因魑魅魍魉麇集而乌云密布，时见刀光剑影。先期到达的汪伪特务头目李士群，奉命带上海极司菲尔路"七十六号"（今万航渡路435号）特务总部特务抵青后，以迅雷不及掩耳之势逮捕了国民党"军统"青岛站站长傅胜兰及姘妇丁美珍等十多人。丁提出，只要恢复傅自由并允准自己与其结婚，可以说服青岛站所有人员投汪，得到李士群首肯。于是，原拟在青岛谋刺汪精卫、王克敏、梁鸿志，以阻止伪中央政府成立的"军统"青岛站特务，悉数投靠"七十六号"，大模大样充任起汪伪群丑青岛会议的卫士来。

与兴起于水乡草泽的革命武装大抵在庙宇里谋事起义截然不同，人称"公馆派"的汪伪巨奸密谋卖国求荣勾当，总是在高墙深院的豪宅里。1940年1月23日至26日，在青岛信号山胶澳总督官邸这所近代中国最具代表性的德国风格建筑里，汪伪各方头面人物经反复讨价还价最终朋比为奸，于1940年3月30日以"国民政府还都"名义在南京粉墨登场，上演了一幕日汪伪合流的中国版"浮世绘"。

1941年初，日军总结其在朝鲜、台湾和东北实行殖民统治的办法，借鉴蒋介石"围剿"根据地的阴招毒计，集反革命策略和手段之大成，在华中推行极其残酷毒辣的"清乡"，目的是为抢掠更多人力物力资源，巩固其占领区和抽调更多兵力进行新的军事冒险，实现其"以华制华""以战养战"和"东亚共荣"的美梦。是年1月，日军中国派遣军总司令部制定了《昭和十六年以后长期战政治政策指导方针概要》，提出以长江下游为起点，分区进行"清乡"的方案。汪伪政府把建功"清乡"，作为其上台后向日本主子献媚的开张大礼，5月22日正式成立与伪行政院、伪军事委员会平行的"清乡"委员会，汪精卫自任委员长，陈公博、周佛海任副委员长，李士群任秘书长，实际主持苏南"清乡"工作。汪伪政府军事顾问晴气庆胤与李士群沆瀣一气，策划制定了苏南地区"清乡"计划，得到日本中国派遣军总司令畑俊六的赞同，并由日军第十三军直接参加"清乡"。日本政府为此提供了三亿日元经费。

日伪在华中的"清乡"分为四期，第一期就直指苏、常、太抗日根据地。1941年6月18日，日伪签订《关于苏州地区"清乡"工作之日华协定》，规定日军担任"清乡"中作战及封锁事项，汪伪担任政治工作，伪军、伪保安队、伪警察均由日军指挥调遣。日军第十三军十个大队参加苏、常、太首期"清乡"，约三千五百人；伪军第一方面军出动四个师两个旅，共一万两千余人；此外还有武装"清乡"警察两千人及数百名"清乡"特工人员，总兵力达一万八千余人。敌人狂妄地叫嚣："一星期消灭新四军主力，半个月全部肃清，建立新政权。"

第一阶段"清乡"范围包括常熟、吴县、昆山、太仓、江阴、无锡、武进七个县，重点是新四军控制的苏、常、太和澄、锡、虞以及澄、武、锡地区。鉴于以往单纯依靠军事讨伐迭遭失败的教训，日伪提出"军政并进"和"三分军事、七分政治"，以政治为中心，以军事为推动，特工翼侧协助的"清乡"方针。其实施方法步骤有三：

"军事清乡"合围剿杀。日伪构筑封锁线和大量增设据点，沿公路筑起高达丈余的篱笆墙，一里一岗哨，三里一碉堡，在水路交通网以摩托步兵和汽艇川流不息来回巡逻。白天，敌人采取分片梳篦拉网式战术反复搜索，拂晓时先派兵在大小关卡隘口设下埋伏，然后以大队或中队为单位，分点合围搜索。搜索时，先头以军犬开道，日伪军则排成一线，逐次以长竹竿拨开农作物，遇有情况即快速出击。入夜，日伪军不断用探照灯搜索，发现目标迅即四面合击。对重点村镇，日伪军采取包围驱赶居民和逐屋搜查、逐人审问的办法，严查细抠抗日军民。

"政治清乡"伪化渗透。着眼奴化、殖民地化抗日根据地，逐村逐镇封闭编组保甲，建立各级伪政权；通过广造舆论和开办夜校，鼓吹"东亚新秩序"和"中日亲善"；清查户口，登记训练壮丁，清除可疑人员；组织特工大队，网罗地痞流氓为密探和爪牙；设立警察所，乡镇均设一所，所长兼任乡镇保甲指导员；组织乡自卫团和瞭望队，守路口、查行人；在集镇和大村设立烟馆赌场，双管齐下搜刮民脂民膏和毒化人民。日军规定："实行连坐切结……如该结内藏有要匪及匪物，先未报出，后经军队、团队或署长查出，同结者与匪同罪。"

"经济清乡"釜底抽薪。公开抢掠钱财物资，造田亩册派苛捐杂税；实行物资统制，粮、棉、布、煤油、火柴、蜡烛、糖、盐、医药一律配给消费；废止抗日民主根据地使用的流通券，使群众日常生活最大限度依赖日伪政权。

日伪把分割新四军与人民群众的血肉联系，作为"清乡"之要，耗费巨资建立"隔绝幕"，重点地区拉建电网和铁丝网，沿"清乡"区外的河道、公路编扎竹篱笆，限制新四军活动和统制物资流通。苏、常、太地区大规模的"清乡"，在全国是第一次，"清乡"与反"清乡"斗争之残酷，为全国各抗日根据地所仅见。

谭震林根据以往反"扫荡"战术思想，制定了"内线坚持、外线配合"军事方针。六师十八旅成立苏、常、太军政分会，由旅政治部主任张英任书记，五十四团二营两个连和侦察队及警卫二团四个连共六百余人组成反"清乡"部队，对外番号称十八旅五十五团，团长薛惠民，政治委员张英，参谋长王明星，政治处主任钟发宗。6月下旬，军政分会在东塘市召开苏、常、太三县区党政干部扩大会议，传达上级反"清乡"指示，号召苦斗两月粉碎敌人"清乡"。会议决定成立苏、常、太反"清乡"斗争委员会，张英任书记，杨浩庐、任天石、薛惠民、钟发宗任委员，各县区均成立反"清乡"领导机构。

1941年七一前夕，谭震林在锡北一家地主祠堂召开新四军六师直属队和东路特委机关党员会议，纪念党的生日，部署反"清乡"工作。出席会议的有两三百人，把偌大的祠堂挤得满满当当。谭震林在会上回溯党的光荣历史和优良传统，表扬了先进共产党员，号召大家团结起来，坚决粉碎敌人的"清乡"阴谋。

7月1日，在苏、常、太地区不少基层组织未及传达反"清乡"斗争有关精神之际，日伪军和伪警察就水陆并进，从四面八方气势汹汹展开了"预期清乡"，先包围苏州、太仓两县，后合击常熟，旨在把根据地新四军全部消灭或赶走。其策略是，对新四军在苏、常、太以外地区的袭击不再分兵对付，宁可缩小据点也不延长战线。而抗日军民因情况不明，未能敌变我变，仍恪守内线作战，立足短期坚持，以反"扫荡"的办法反"清乡"。五十五团参谋长王明星、营长张友林率部进入苏州县，团政治处主任钟发宗率一个连进入太仓县，团长薛惠民和团政治委员张英率团部及一个连在常熟梅南区负责全面指挥，在常熟县吴里区和梅北区各部署一个连。为打乱敌人部署，苏、常、太军民主动出击，向日伪据点发起进攻。7月12日前后，进入太仓的一个连袭击了方家桥据点，由于敌人火力很强，未能攻克，部队撤退途中又遭敌堵截，损失较大。面对数十倍于己的敌人，坚持内线作战部队很快陷入重围之中，被迫分散成一些战斗小组，形成各自为战、互相难以配合的被动局面。

7月中旬，五十五团参谋长王明星率四连进入苏州县反"清乡"，与十倍以上的日伪军频繁作战，有一天竟接连打了六仗，四连从八十三人猛减到二十六人，而面对的依然是上千人的日伪军。部队被打散后，王明星率余部从苏州到常熟集结，途经常熟白茆塘遭敌袭击，营长张友林作战负伤后，连涉十二条河后壮烈牺牲。王明星负伤后仍坚持指挥战斗，直至生命最后一刻。

王明星生于1914年，福建省连江县人，曾任红军闽东独立师战地救护员，由于聪明伶俐，深得陈挺喜爱，被其选为通信员。1936年11月，闽浙临时省委书记刘英，授意中国工农红军挺进师设下"鸿门宴"，诱捕闽东独立师政治委员叶飞。酒过三巡，挺进师政治部主任刘达云以酒杯掷地为号，夹坐在宴席桌上的挺进师干部迅疾动手，将叶飞和随行的师独立团团长陈挺抓了起来。外号"菩萨"的警卫班长龚复生大声责问，被当场打死。警卫班其他战士抽枪欲打，被叶飞厉声喝住："这是内部事情，不准开枪，谁开枪枪毙谁！"结果警卫班被全部缴械。混乱中，陈挺警卫员王明星在被抓住身背的手枪套时，飞快拔枪在手，和叶飞警卫员一起冲出门外，连夜返回部队报告。在史称"南阳事件"剑拔弩张的险境中，小小年纪的王明星临危不惧，表现出非凡的大智大勇。后来，叶飞抽调全团精锐组成侦察排，点名由王明星任排长。叶飞给王明星下的第一道命令，是一周内到句容热闹的集镇宝堰捉一个鬼子并缴一条枪。王明星摸清宝堰炮楼驻有一百多名鬼子和三十多名伪军，星期天一早带三名侦察员埋伏在镇内河北街一爿理发馆附近。当鬼子小队长进理发馆刮胡子时，佯装理发的王明星拔枪将鬼子击毙，缴获一支手枪和一具挂包，赢得孤胆英雄美誉。1940年12月10日，在新"江抗"攻打顽军马乐鸣部的战斗中，时任三支队支队长的王明星率部迂回兜住溃逃的敌人，一战抓了四百多名俘虏，三支队的装备也大大改善。《大众报》刊登了王明星的报道后，王明星成了"江抗"名副其实的明星人物。王明星壮烈殉国，犹如暗夜中一颗流星划过东路的天庭，令"江抗"官兵在壮怀激烈之余又嗟叹不已！

为支援苏、常、太地区反"清乡"斗争，牵制"清乡"区内日伪军，六师十八旅主力在"清乡"区外围连续出击：五十一团袭击江阴县西门外伪军，并攻克扬中县六圩港、武进县崔桥伪据点；五十二团积极进逼江阴近郊，在澄东全歼伪军一个排，缴获步枪二十二支，继而进袭江阴西门外伪"和平军"五师程万里部五团二营营部，毙敌六人，俘敌二十二人，缴枪二十余支、子弹千余发，该团二营攻克吴县寺桥、白马涧等据点，直逼苏州城下；五十四团一营攻克无锡近郊西胶山、严棣等据点；警卫一团和教导营在沙洲多次攻击日伪据点。此外，十六旅四十六团采用声东击西战术，先插入江句地区攻克郭庄庙，而后迅速回师茅山地区攻打丁庄、蒲干、西旸等据点。但六师在外围组织的一系列出击作战，均未能调动"清乡"区内的日伪军，也未能改变日伪既定的"清乡"计划。

7月15日晚，五十一团参谋长赵伯华率四个连队，从武进焦溪出发，围歼位于无锡玉祁镇北张巷的国民党"忠义救国军"高杏宝部。激战至下半夜，赵伯华率部撤出战斗时，不幸中弹牺牲，时年三十九岁。

赵伯华生于1902年，湖南永州人，1926年冬随北伐军九军贺龙师到达湖北宜昌，住在当地首屈一指的陈姓大户人家，与家中排行第五的女儿陈洁相识。他常给陈洁讲革命道理，引领陈洁走上革命道路，两人也在为共同理想奋斗中产生了爱情。陈洁毅然随赵伯华离家出走，于1927年春从长江买舟东下，在武汉参加了北伐军。这一年，赵伯华和陈洁先后入党，并双双参加了百色和海陆丰起义，赵伯华任红二团团长。1935年春，赵伯华与陈洁受党派遣，联袂赴东北抗日，途经上海时赵伯华不幸被捕，陈洁前往营救时也被抓。两人在狱中遭受严刑拷打，没有吐露一点实情。后幸遇担任警察局长的地下党负责人，赵伯华和陈洁很快脱险。1938年春，赵伯华夫妇由党中央派往新四军工作，赵伯华担任中共常熟县委委员，负责军事工作，发动大批群众投身抗日武装，后成为新"江抗"部队指挥员。1941年7月16日，赵伯华在反"清乡"战斗中牺牲第二天，在无锡祝文区任区委书记的陈洁来队探亲。哨兵问陈洁找谁，陈洁说找赵伯华。哨兵一惊，脱口嚷道："他昨天刚被打死了！"面对晴天霹雳般的噩耗，陈洁挺住了。当时她已怀孕，此前生育的几个孩子，因斗争环境恶劣均已送人。陈洁下决心为赵伯华生下这个遗腹子，并给孩子取名赵争存，寓意在艰难困苦中顽强斗争以图生存。新中国成立后，陈洁担任了上海医学院附属妇婴保健医院党委书记。女儿赵争存从上海医科大学毕业后，到华山医院工作，终因先天不足长期患病，于"文化大革命"初期不幸早逝。陈洁茹苦含辛抚养两个外孙女长大成人，直到她们都大学毕业和喜结良缘。1994年，九十岁高龄的陈洁见第三代都已成人成家，了无牵挂驾鹤西去，在无垠天宇间开始了寻觅诀别五十三年的赵伯华的旅程。

1941年7月16日，新四军六师十八旅五十五团组织股长黄之平率领一个连，在徐市陆岗桥遭日伪军袭击，黄之平掩护部队渡河突围，日军一个小队长冲上前来企图将其活捉，黄之平拉响手榴弹与敌人同归于尽。

7月中旬某日，五十五团六连指导员林家春、副指导员颜求真各带一个组，于午夜先后到达苏州县唐市儒浜附近村庄宿营，天明时日军分乘两艘汽艇从东西两侧实施包围，指战员虽经顽强抵抗，终因陷于水田行动不便，副指导员颜求真等七人当场牺牲于敌人机枪扫射和刺刀杀戮之下，指导员林家春冲到一座桥上进行抵抗，见敌已布满河岸，突围无望，即饮弹自尽。

7月20日左右，五十五团八连连长赵来发率十一人的战斗小组，在常熟梅北区八字桥一带遭敌包围，突围中，赵来发和梅北区副区长张平等六人壮烈牺牲。

7月22日，百余名伪军及"清乡"警察拉网搜剿常熟吴里区，在该地隐蔽的太仓县委书记杨子清、吴里区区政督导员唐绍裘、区委组织委员张汉章、常熟县交通站站长杨子欣等五人，突围时先后牺牲。常熟县副县长吴宗馨，苏州县抗中主席徐青萍，苏、常、太经委会主任姚熙等县级领导，也在突围和被捕后牺牲。

原"江抗"二路副司令员、警卫一团参谋长陈震寰被捕后，日酋命他任驻常熟汪伪军司令，陈震寰大义凛然严词拒绝。日寇用刺刀刺得他鲜血直流，陈震寰怒目横对，威慑敌胆。气急败坏的鬼子对他连刺十五刀，直至气绝犹不肯罢手。陈震寰宁折不弯和誓死不降的崇高气节，令山河垂泪、长风呜咽。

五十五团政治处主任钟发宗回忆，当年7月中旬，他带的两个班遭到敌人突然袭击，一百多个日寇冲到眼前他们才发觉。经过一场恶战，他带组织股长和两个通信员、一个警卫员突围，结果，组织股长和两个通信员都被打死，警卫员被敌抓去，他一连过了三条河，才摆脱日寇追击。

1941年9月26日，新四军六师江南东路保安司令部警卫一团政治委员曹德辉，率部重返澄、锡、虞参加反"清乡"斗争，在沙洲后塍与徐家高桥之间组织拆除竹篱笆，突破日伪封锁网，之后强渡横套河被激流冲走，不幸殉难。

同日，警卫一团参谋长陈新一，在云亭马家村遭二百多日伪军袭击牺牲。

2015年8月24日，曹德辉、赵伯华和陈新一三人共同进入国家民政部公布的第二批600名著名抗日英烈和英雄群体名录。

日伪1941年7月至9月实施的"清乡"，是1937年11月日寇对苏、常、太地区大举侵犯和烧杀掳掠以来，该地区蒙受的第二次重大牺牲和损失。

据日军公布，到7月20日止，第一期"清乡"新四军牺牲一百二十人。被俘者大都送苏州第三监狱关押，然后分批处置。1942年4月，敌人在苏州一次集体枪杀七十六人。也有少量被捕者在常熟被杀。1941年9月6日，敌人在支塘长桥乘滂沱大雨杀害十七人，尸体抛入激流冲往长江。苏州市委党史办所著《苏州抗日斗争史》载，反"清乡"斗争一个多月，"在苏、常、太地区，县、区、乡抗日民主政权完全瘫痪；党的组织遭到严重破坏，数百名党政人员被敌逮捕关押；武装力量损失（包括牺牲、被捕、失散）四百余人。广大群众也完全失去人身自由。常熟地区被无辜抓捕、关押的群众达数千人"，"昆北地区从7月起的半年间，被日伪军杀害的无辜群众达四百多人"。常熟辛莫区二十二岁的女区委书记朱凡，在木杓湾被日寇捕获后，宁死不讲我军情况，日寇用刀一片一片削掉她的乳房，用汽艇拖着她在昆承湖疾驰，朱凡活活被苇茬剐割而死。唐市数名女同志被捕后，日军剥光她们的衣裤，裸体押行，后生死不明。太仓县三五区区委员、年轻女党员端木瑞，在老闸落入敌手后，遭受严刑拷打坚贞不屈，以凛然正气怒斥敌人。灭绝人性的日军用镪水毁灭了她的躯体，只留下一束青丝。

面对穷凶极恶敌人的种种暴行，苏、常、太地区人民群众将个人生死置之度外，挺身而出与敌人斗智斗勇，保护了一批党政军干部。苏州县委书记冯二郎、常熟县委书记杨增、常熟梅北区委组织委员杨敏等，就是依靠人民群众掩护，躲过了日伪一次又一次拉网搜捕，险渡难关。人民群众将党政军年轻女同志乔装成女儿、媳妇，以外出烧香为由送往外地，男同志则假扮成兄弟、儿子，以治病名义送往上海等地。"清乡"中，常熟森泉湖泾党支部，机智勇敢地将隐藏在湖泾的二十多名新四军伤病员，分批安全转移出"清乡"区，该支部七名党员被捕，受尽酷刑坚不吐实，无一变节。在当地可靠群众带领下，张英、薛惠民、钟发宗等领导同志和二百多名指战员及地方干部，先后分作七批突破封锁线，夜渡福山塘，安全到达新四军六师师部，与主力部队会合。

为给参加"清乡"的伪军打气和讨好日军，汪精卫身着"特级上将"军服，先后三次"视察清乡"。每到一地特别区公署，汪精卫总要向伪署长提出两个问题：一是"清乡"前这个地区人口有多少？现在有多少？二是"清乡"前后的赋税收入对比情况。汪精卫认为，人口与赋税是否增加，可以说明治安是否确立。伪官吏为讨得汪精卫欢心，便随心所欲虚报数字。

伪行政院副院长周佛海"视察"昆山、太仓"清乡"时，伪江苏省省长李士群知其是酒色之徒，便投其所好在太仓辟一秘窟，专门从上海找来一交际花陪侍。不料颠鸾倒凤之际，丑闻见诸报端，周佛海狼狈不堪，仓皇打道回府。

陈璧君乘汪精卫专列"视察清乡"，更是一场闹剧。清晨，专列一到杭州，陈璧君就急不可耐扑进小吃店"奎元馆"，一人吃光一只红烧羊头、一碗半面，还频频光顾桌上冷盘。返沪时专列遍塞礼品，出现物比人多的奇观。

1941年8月13日、14日，新四军军部作出重要指示：日伪对苏南"清乡"是分区"清乡"性质，六师各旅团要以分区转移对付"清乡"为指导原则。要在"清乡"区内布置秘密工作人员，打入敌人内部进行隐蔽的斗争。

在敌我兵力对比悬殊、日伪毒计叠加对抗日军民造成很大威胁之际，谭震林组织新四军六师、江南区党委及东路特委总结反"清乡"斗争教训，调整澄、锡、虞地区反"清乡"斗争部署。十八旅坚持敌变我变，迅速安置伤病员，旅部和五十三团、五十四团果断西移跳到外线作战。陈毅1942年2月23日在《华中实战的经验教训》中说："我借此可以开展新区，以我之所得，偿我之所失，使敌得于此而失于彼，两两相较，仍为我之成功，敌之失败。"

留在东路的"江阴老虎"五十二团，在十八旅旅长江渭清指挥下，配合地方武装和党政组织，进行了极其艰苦而英勇的四十天坚持。该团攻克苏州附近的黄埭，横扫太湖地区全部敌伪据点，积极探索"以分区转移对付敌分区'清乡'"的新战法，坚持以分散对敌集中，以集中对敌分散，避其锋芒，击其空隙，积小胜为大胜。敌人行军纵队侧后和驻地，经常会遭到零星出没无常的便衣武装袭击，使白天疲于奔命之敌夜晚不得安宁。

一天，日军一个骑兵中队白天"扫荡"后龟缩于周泾巷。五十二团分析敌骑兵不善夜战，料定他们宿营后必定是军官酗酒作乐，士兵喂马做饭，疏于防范。

经侦察，住在街中心祠堂和几间大屋里的敌人果然毫无戒备。五十二团二营组成两个突击队，分头向街东、北两端隐蔽接近。拂晓前，以两颗手榴弹爆炸为信号，突击队随即从两端冲入。霎时间，枪声、手榴弹爆炸声大作，中弹和受惊的军马嘶叫着挣断缰绳，满街乱窜。穿着白衬衣的日军冲出大门，哇哇乱叫着在军马中左冲右撞。二营机枪手瞄准目标猛烈扫射，打得日军人仰马翻。

7月22日，新四军六师师部派五十二团参谋长胡品三、政治处主任张鏖，率第二营及张伟（薛永辉）等干部，由无锡东乡梅村出发，到苏西、锡南地区做开辟工作，同时，配合苏、常、太地区反"清乡"斗争。五十二团二营先打开苏西阳山局面，争取帮会头子蔡三乐部公开抗日，而后进入锡南地区。

7月27日，五十二团攻克苏州西郊伪军据点寺桥镇，全歼伪三师一个连。

日军突然袭击五十二团，是在7月的一天清晨。一连连长吴一民，奉命带领全连抢占东山头阻击敌人。官兵每人只有五发子弹和两颗手榴弹，占领有利地形后先敌开火，打得装备精良的上百名日军尸横遍野。激战三小时后，全连官兵子弹打光，连长把全连仅剩的三十八颗手榴弹交给一排长，令他带领全排绕到敌后实施前后夹击。吴一民一马当先带领其余官兵扑向敌人，展开气壮山河的白刃格斗。战斗最残酷的时候，一排从后面对敌人展开勇猛攻击，日军在腹背受敌中整体崩溃，一连官兵用大刀砍、刺刀捅，全歼上百名日军。

刘飞率五十三团跳到外线后，在长达十个月的反"清乡"斗争中，实行机动灵活的作战，出其不意打击敌人，组织保护民兵及抗日群众有计划地破坏道路，烧毁竹篱笆，使敌人在"清乡"中始终未在东路建成完整的篱笆封锁线。

"忠义救国军"澄、锡、虞挺进纵队郭墨涛部，会同包汉生与恬庄伪军头目杨春华部，汹汹然集结于祝塘，于8月3日公然向我进犯。五十二团已渡江北上，新四军六师师部和十八旅旅部，率五十三团、五十四团各一个营进行反击，激战一天毙伤伪顽军八十余人，五十三团营教导员商健民，率队反冲击头部中弹牺牲。"忠义救国军"从商健民衣袋里搜出一枚刻有"夏光"二字的牛角印章，遂残酷地将商健民首级割下，装进笼子悬挂在祝塘镇围墙上示众，并对上邀功请赏。汪精卫的《国民新闻》很快发表了"匪首夏光中弹毙命已证实"的消息。

"夏光牺牲了？"陈毅拿着敌伪报纸，疑惑地问谭震林。

谭震林笑而作答："夏光的参谋长不是当得好好的吗？"

原来，战士们将战斗中缴获的一枚伪军军官的名章刻上夏光的名字送给他，不久名章被戴克林拿走，后又被商健民获得，未及磨去名字，遂让好大喜功的

"忠义救国军"空欢喜一场。

日伪对苏、常、太地区的"清乡"，到1941年9月15日结束。第二天，五十四团一营一连连长何彭福（何云）带领全连官兵，在团长吴咏湘和西路保安司令韦永义统一指挥下，会同五十一团一部和地方武装，在武进县荫沙镇包围了前来抢劫的伪水警大队。何彭福凭借给刘飞、夏光和何克希当警卫员学的战术，指挥部队先敌一步抢占两米多高的围堤有利地形，顶住了敌人的猛烈进攻。营长带三连赶来增援后，何彭福组织两个排向敌正面发起攻击，三连从左侧发起反击，二连在长江边断敌退路。五十一团和民兵大队围捕溃散的伪水警，打了一个漂亮的歼灭战，活捉伪水警大队大队长，缴获三挺机枪和一百多支步枪。这场战斗，恰好给来势汹汹却又不得不黯然收场的"清乡"日伪军送了行。

9月22日，"忠义救国军"两千人向驻江阴西石桥的十八旅发起进攻。谭震林当机立断组织反击，歼敌逾百，击毙"忠义救国军"第二总队司令梅明章。

当时，皖南事变枪声在耳，殉难烈士血迹未干，新四军部队官兵对当地的地主、富农阶层，感情上一下子还扭不过弯来，存有这样那样的偏见。刘飞注意克服受皖南事变刺激统一战线工作中出现的"左"的影响，广泛团结和争取"清乡"区内一切爱国的地方士绅和帮会头领，要求他们保持民族气节，绝不与日伪同流合污，力所能及参加和配合反"清乡"斗争，同时又体谅他们的处境，不提过高要求。"清乡"期间，一些开明士绅杜门不出，拒绝日伪拉拢，有的还帮助新四军采购药品、布匹，甚至参与营救被捕人员，有效化敌为友。

1941年10月，十八旅除五十一团留在苏南坚持外，其余各团随旅部北渡长江，进入苏中江都、高邮、宝应地区，开辟抗日游击根据地。

同年11月，谭震林应苏中军区第三军分区司令员叶飞邀请，在该军分区司令部营以上干部会议上作东路反"清乡"斗争报告。他以直面事实、敢于担责、襟怀坦白、光明磊落的无产阶级革命家品格，认真总结了苏、常、太反"清乡"失利的四条教训：其一，"我们在开始时，对敌人对我的'清乡'缺乏正确的估计与认识。"其二，"我们在不能坚持时，部队没有迅速地坚决地转移；而且还很乐观的，以为可以支持下去的。"其三，"在紧急时部队不应该过于分散。"其四，"在总的方面说来，一般的政策的运用是过'左'的，造成了自己某些地方的孤立，给了敌人某些可以利用的条件。"

谭震林举了三个执行过"左"政策的例子：一是苏、常、太锄奸时，乱打滥杀给敌人利用，被捉过打过者及其家属，成了敌人对付我们的间谍。据统计，

1940年冬至1941年5月，在苏州、常熟两县抗日民主政权内部及各抗日群团中开展的锄奸工作，因把握不当而演变成"肃清汪派分子"运动，两县前后以"汪派"罪处决了四十五人，致使人心惶惶，先后有二百多人逃到敌占区，严重削弱了抗日军民反"清乡"斗争中的群众基础。二是对胡肇汉、马乐鸣只斗争不争取，成为"忠义救国军"进入东路的一个主要原因，给反"清乡"带来许多困难。三是对业佃政策、劳资政策、民主政权等，都有过"左"现象，致使地主与商人在"清乡"中站在中立地位，甚至还提供敌人某些便利。①

中央文献出版社2000年出版的《谭震林在常熟》一书，收入了当年任东路特委书记的张英撰写的《苏南东路抗日斗争情况追忆》一文，这篇写于20世纪80年代的回忆录谈及"肃汪运动"由来时，有如下记述："我那时比较'左'……是我开的杀戒。这一锄奸扩大化的错误，我要负主要责任。因为这对我们后来在反'清乡'斗争中群众基础不巩固是有一定联系的。"张英四十多年后的反思，印证了谭震林当年总结的教训，其不诿过、敢揽责的高风亮节，使他在东路地区抗日斗争史上的形象愈显高大。

谭震林坦承，东路反"清乡"中几个尚未解决的问题，有待第三军分区的同志悉心研究：要战胜敌人"清乡"，必须打破敌人封锁政策；要打破敌人封锁，必须攻破敌人据点，敌众我寡，主力转移，如何攻破尚无圆满答案；"清乡"中小部队能不能坚持，外线配合能不能给敌致命打击，分散敌在"清乡"区注意力，也有待实践中很好探索。谭震林对第三军分区反"清乡"斗争提了四条建议：第一条建议是，三分区地位没有苏南东路那样重要，交通也没有东路便利，又有新四军主力兵团做骨干，敌人要在三分区重演东路"清乡"故事，不易实现……第三条建议是，敌人一旦在三分区发动"清乡"，因拥有优势兵力，我不能也不应把主力放在封锁圈内与敌人硬拼，而要把主力转移到外围去打击敌人，配合内线地方部队进行反"清乡"斗争……这些宝贵的经验之谈，是报告的精华所在。谭震林这份浸透着东路反"清乡"斗争新四军官兵和党政干部鲜血的重要总结，成为指导苏中包括全国沦陷区反"清乡"斗争的经典之作。

1942年2月7日，陈毅强撑病体参加了抗大第五分校毕业典礼，在会上讲话后，躺在担架上返回军部。当日，病中的陈毅写下了《苏南反"清乡"斗争总

---

① 新四军茅山纪念馆. 新四军与苏南抗日根据地（下册）. 南京：江苏人民出版社，2005:1039.

结》一文，分析总结了我军在反"清乡"军事部署上的三个缺点：

一、"清乡"开始时，主力和地方部队均因轻视敌之进攻，视为一般性的季候"扫荡"，未能有充分准备，尤其未能断然转移，使有一部遭受合击，受了损失。

二、在转移时留下坚持部队，因不机动灵活，死守老套，亦受损失。但有一个部队在无法转移时，即留原地分散坚持，始终保留至现在。

三、在苏南，我军只有主力及不大的地方武装，人民武装更无基础，主力转移即失依靠，而主力又处在孤军作战状态。此外，地方党政习于公开的机关方式，对武装斗争、秘密斗争、合法斗争，不能综合掌握，环境骤变即手忙足乱，以致自己受了损失。[1]

陈毅从"清乡"与一般"扫荡"的不同，对"清乡"的作用应有清晰认识、对党的政策应正确地执行、对敌伪和伪伪间的内部矛盾应经常研究利用、对反间谍与反特工工作应有进一步的认识、在战略战术上争取主动、从失利中学习教训、各地方党政和群众团体应学习掌握各种斗争方式等八个方面，对反"清乡"做了深入总结，指出，我六师十八旅及东路特委、各行政专署，在反"清乡"斗争中基本上保持了我之主力及党政群众团体的干部大多数，还开辟了新区，恢复了非"清乡"区的失地，锻炼了自己，增强了坚持苏南敌后前线的信心。我苏、常、太之局部损失，不是敌伪如何厉害，而是由于我初期之无经验，以及准备不充分和某些方面的疏失所致。以后即逐渐纠正，故使敌伪第一期、第二期、第三期之"清乡"，其凶焰即逐渐减弱，而我之坚持力量乃逐渐上升。这是敌后抗战能坚持、能胜利之又一证明。

日伪三期"清乡"，首期苏、常、太，二期澄、锡、虞，三期武进、丹阳，一期不如一期，气焰江河日下。而十八旅注意吸取苏、常、太反"清乡"斗争经验教训，军事上周密部署，地方各级建立公开和秘密两套组织，对群众和上层人士深入进行宣传动员，小型武装和秘密党组织始终坚持在京沪铁路以北地区，主力部队继续坚持外线作战，仗越打越好。1942年以后，各敌后抗日

① 新四军茅山纪念馆.新四军与苏南抗日根据地（下册）.南京：江苏人民出版社，2005：1086.

根据地特别是苏中军区第四军分区反"清乡"斗争，取得了圆满、彻底、辉煌的胜利。

日伪孤注一掷策划的"清乡"日见颓势。1943年9月9日，三十八岁的汪伪政府"清乡"委员会秘书长、伪江苏省省长李士群，被日本宪兵特高课冈村少佐毒死。汪精卫为李士群亲撰墓碑铭，称李"才足以济世，而天不永其年"。

一年两个月后，1944年11月10日，在美军飞机大规模空袭日本名古屋之际，时年六十二岁的汪精卫因压迫性骨髓肿，病死于名古屋帝国大学附属医院寒冷的地下室。翌日，日本时任首相小矶和前首相东条英机、近卫等，在医院设的灵堂向汪精卫遗体凄然告别。按照汪精卫生前遗愿，伪南京政府把汪精卫葬在中山陵左侧梅花山上。1946年11月15日夜，为迎接重庆国民政府正式还都南京，何应钦命部队炸开汪精卫坟墓，尸体连夜火化，填平的墓穴处建一小亭。

陈璧君1945年9月9日被国民党军统局诱捕，于1946年4月22日被国民党江苏高等法院判处无期徒刑，终身监禁。1949年9月，中国人民政治协商会议在北京举行。出席会议的特邀代表宋庆龄和何香凝与陈璧君素有私交，汪精卫与陈璧君结婚时，何香凝还当过伴娘。两人念及旧谊，于9月25日找到毛泽东和周恩来，就能否开释陈璧君，向两位领袖进言。

宋庆龄对毛泽东说："主席，陈璧君的问题与汪精卫不同，是否可在适当时对她实行特赦？"

何香凝说："汪精卫叛国投敌，陈璧君是支持和参与者，但毕竟不是决策者。"

毛泽东顾忌可能产生的政治影响，思忖片刻，微笑着回答："在中国国民党第一次全国代表大会上，我见过汪兆铭和陈璧君，她可是个泼辣能干的女性，可惜她后来走错了路。这样吧！我们尊重二位先生的意见，只要陈璧君发个简短的认罪声明，即将成立的中央人民政府就下令释放她。"说到这里，毛泽东以征询的目光望着周恩来："周副主席的意见呢？过几天你就是政府总理，最后由你定。"

"同意主席的意见。"周恩来蔼然一笑，十分痛快地说："请宋先生、何先生给陈璧君写个信，我们派专人送往上海提篮桥监狱。"

宋庆龄与何香凝连夜进行磋商，研究了信的大意和措辞，宋庆龄展笺挥笔给陈璧君写信：

陈璧君先生大鉴：

我们曾经在国父孙先生身边相处共事多年，彼此都很了解。你是位倔强能干的女性，我们十分尊重你。对你抗战胜利后的痛苦处境，一直持同情态度。过去，因为我们与蒋先生领导的政权势不两立，不可能为你进言。现在，时代不同了。今天上午，我们晋见共产党的两位领袖。他们明确表示，只要陈先生发个简短的悔过声明，马上恢复你的自由。我们知道你的性格，一定感到难于接受。能屈能伸大丈夫，恳望你接受我们意见，好姐妹！

殷切期待你早日在上海庆龄寓所，在北京香凝寓所畅叙离别之情。

谨此敬颂

大安！

宋庆龄（执笔）　何香凝

1949年9月25日夜于北京①

一星期后，陈璧君在上海提篮桥监狱接到北京方面专程送来的宋庆龄和何香凝写的信，步履沉重地在牢房中踱踱良久，遂给宋庆龄和何香凝回信，衷心感谢两人对自己的关心爱护，表示"我愿意在监狱里送走我的最后岁月"。1959年3月上旬，陈璧君因病入监狱医院治疗，于6月17日下午3时病逝。

1944年1月，主持华中"清乡"的日军第十三军参谋部，专门到苏中"清乡"区调研，事后不得不承认："新四军尚存留于本地区之农村，不得不认为问题也……新四军之长处，不在军事力与经济力，而在其组织力，统一民意，导以一定方向，加以组织，煽动其反'清乡'之意识，以此为基础组成政权，其工作非常巧妙，一如散沙之农民能结合，而发扬之各个力量被结成有组织之力。"

1944年2月11日，当时主持"清乡"的伪行政院副院长周佛海在日记中哀鸣："'清乡'不仅不能确立治安，恐兵力、物资上、精神上均将江河日下，大乱之情形恐今年内即将逐渐实现也。焦虑万分！"

1944年春，新四军在华中开始局部反攻，各"清乡"区军民乘机发动攻势，逐步恢复了原根据地，日伪为期三年多的"清乡"终以彻底失败告终。

严酷的反"清乡"斗争，是新四军六师十八旅在新"江抗"阶段经阳沟溇、张家浜两次战斗磨砺之后，向合格游击兵团迈进中全面提升军政素质的一次浴火

---

① 陈大为. 汪精卫大传. 北京：华文出版社，2010：498.

重生，标志着部队整体作战能力和实施灵活机动战略战术的创新能力，提高到一个新的水平。一年来，该旅经过艰苦、险恶、紧张、激烈的二百九十余次大小战斗，彻底粉碎了日伪在苏南的"清乡""扫荡"，毙日伪军两千五百余人；开辟了大块新根据地，使苏南抗日根据地扩大了一倍，同时击退了顽固派的进攻，为尔后我军向东南敌后发展赢得了先机。

30. 东路来了"暗杀党"

1940年6月，新"江抗"为顾全大局，释放了被俘的"忠义救国军"包汉生部骨干。包汉生退至沙洲合兴街隐蔽，不久潜往伪军杨春华部据点恬庄蛰伏。

鉴于新"江抗"在澄东声势日隆，"忠义救国军"又迭遭挫败，包汉生剑走偏锋，由日伪撑腰打气，搜罗地痞流氓组成"暗杀党"，分为十个突击组潜入根据地制造恐怖事件，在江阴祝塘、陆桥、顾山和沙洲长泾等地大搞暗杀活动。

"暗杀党"要谋害新"江抗"指挥员不易得手，于是把暗杀目标瞄准了地方干部，尤其是当地籍的党政干部，妄图通过敲山震虎，使当地人民不敢与新"江抗"接触，让部队无法在根据地扎下根来。

"暗杀党"选取的第一个目标，是长泾中学校长、爱国人士张大烈。

张大烈在法国留学期间曾受到何香凝照顾，并认其为寄母。九一八事变后，张大烈为爱国热情所驱使，与其他留法学生一起冲击日本驻法领事馆被拘捕。1940年6月，张大烈积极参加新"江抗"组织的抗日活动，揭露"忠义救国军"假抗日、真反共的面目，被包汉生列入黑名单。8月30日黄昏，三个手持短枪的暗杀党徒，潜入长泾龙园茶店，将张大烈拖至天井，连续向其开了三枪，时年二十九岁的张大烈倒在血泊中，撇下了波兰籍的妻子施爱伦。

龙园血案发生后，谭震林亲莅张大烈追悼会并讲话，强烈谴责"暗杀党"破坏统一战线的卑鄙行径，号召军民加强团结，坚决粉碎"暗杀党"阴谋。

9月，曾服务于"江抗"的陆桥镇镇长章在田，又被"暗杀党"谋害。新"江抗"在陆桥镇隆重召开追悼大会，章在田十八岁的女儿章秀芳在会上表示，决心化悲痛为力量，女承父业，坚决抗战。章秀芳出任陆桥镇镇长并加入了中国共产党。

12月6日凌晨二时，"忠义救国军"虞振球部六七个暗杀党徒，将中共党员、顾山镇镇长吴庆岩暗杀于东街二巷门头。

在此期间，"暗杀党"一直在选择时机，刺杀"江抗"副总指挥乔信明的妻子、时任中共江阴县委宣传部部长的于玲。

于玲原名王韶华，生于1917年，江苏江阴人，1936年毕业于江苏省南菁高级中学。1937年，于玲参加进步读书会活动，在当地报纸办副刊，动员妇女抗日。1939年5月12日，于玲在"江抗"东进途中于无锡鸿山参军，6月入党，7月任"江抗"四路组织干事、常熟县塘南区区委书记。

1940年4月，谭震林来到东路抗日根据地后，王承业调任常熟县委书记，于玲调任常熟县委妇女部长。但于玲尚未到职，又接到一项特殊任务，于是开始了危机四伏中三到江阴的惊险一年，也创造了入伍一年多"连升四级"的纪录。

于玲先是同王新民（惠永昌）一起，随王承业去无锡、江阴一带开展工作。在无锡当了一次秘密信使之后，于玲又被派任江阴县委妇女部长，做发展党员和建立县委的工作，并执行查找一支失去联络部队的紧急任务。由于于玲在祝塘战斗中暴露了身份，成为当地敌伪顽搜捕和加害的对象，她被迫返回无锡。这时，何克希正带着"江抗"开拔过来，一见到于玲，就要她去开辟江阴，建立县委。于玲提出，自己已经暴露，到江阴很难立足。何克希告诉于玲，要她去找江阴国民党县党部的徐炎，告诉他我们手里有枪杆子，这样徐炎必不敢有越轨行为。于玲依计而行，以回家养病为由找到徐炎，要求安排一个小学教员的工作，以维持生活。于是，二返江阴的于玲，在国民党江阴县党部附近住了下来。正在开展工作时，何克希又派人召回于玲，要她和王新去祝塘建立"江抗"驻澄办事处，以此为依托，做开辟江阴县的工作。于是，于玲第三次受命来到江阴。

1940年5月，于玲担任了"江抗"驻祝塘办事处副主任，在谭震林领导下，大胆吸收愿意抗日的国民党县党部常备队，创建了拥有七八十人的"江抗"祝塘常备队，谭震林任命她为该队队长。后来，于玲当过江阴县委宣传部长兼祝文区区长、苏中军区第二军分区政治部民运科长。于玲在江阴还创造了二十四小时机智策反国民党印刷厂的奇迹，为改善"江抗"的书报印刷和宣传，进一步加强舆论宣传工作，作出了重要贡献。谭震林赞誉她是"江南第一个女区长"。

由于于玲在江阴很快打开工作局面，建立了抗日武装，宣传和组织群众的工作也很有起色，因此成为"忠义救国军"的肉中刺、眼中钉，必欲除之而后快。

于玲戴一副近视眼镜，"暗杀党"寻隙行凶时，误把戴眼镜的祝塘民运工作队队长、上海姑娘林杰当作于玲，在陆桥陈家坝残忍杀害后匆匆逃离。那一年，林杰刚满十八岁。林杰牺牲后，当地盛传于玲被杀。但很快"暗杀党"发现，于玲并未死，对她更是恨之入骨，处心积虑要刺杀她。

刺客重返祝塘并盯住于玲时，两人正隔着一条河。凶手迫不及待拔枪射击，由于距离较远，手枪打高，子弹从于玲头上飞过去了。十分熟悉当地地形的于玲飞身躲避。刺客袭击于玲失手，恼怒间对准陆桥职工工会负责人陆掌福开枪，但恰巧子弹卡壳，未能打响。穷凶极恶的刺客接着奔过来，抽刀向陆掌福砍去，陆掌福徒手与他搏斗，负了重伤。

"暗杀党"的罪恶行径和疯狂冒险，激起了东路地区人民群众的强烈愤慨。"江抗"常备队迅速开赴陆桥，紧紧依靠当地群众，撒下了搜捕"暗杀党"的天罗地网。于玲把大张旗鼓镇压"暗杀党"与智取巧攻结合起来，从9月起，就布置在祝塘华士家庭袜厂工作的共产党人龚吉义，伺机接近"暗杀党"。龚吉义受领任务后，设法取得了"暗杀党"头目包福衔的信任，及时把获取的情报送到"江抗"东路指挥部。当获悉"暗杀党"大队长毛耀南携情妇从华士乘船去无锡时，龚吉义从陆路抢先赶到祝塘，向于玲报告了这一重要信息。于玲火速部署力量，当船经祝塘时，预置在这里的祝塘常备队一举将毛耀南擒获，接着押送到东路特委书记吴仲超处，随后召开公审大会进行宣判，将罪大恶极的"暗杀党"魁首公开处决，有力打击了包汉生"暗杀党"的嚣张气焰。

根据"江抗"的安排，部队官兵见机行事，机智灵活打击"暗杀党"的恐怖破坏活动。1941年2月，"江抗"一位女战士在北漍镇发现一个行踪诡秘的女人，就主动与其接近。这个女人借机引诱女战士逃离"江抗"。女战士将计就计，将其带到附近的"江抗"机关，经审问，原来该女是"暗杀党"的一名眼线。"江抗"顺藤摸瓜，捕获了数名潜藏在北漍地区的暗杀党徒。此后不久，蔡炳南等三名"江抗"侦察员，在顾山镇一家茶馆发现了以大队长韦文华为首的三名暗杀党徒。为避免当场抓捕误伤群众，蔡炳南等人耐心等待时机。当发现韦文华示意两名暗杀党徒把伸手要钱的乞丐引向僻静处时，蔡炳南三人悄悄尾随，趁歹徒企图用绳子勒死乞丐之际，拔枪将两人击毙，而后与乞丐一起返回茶馆，顺利抓获韦文华并将其押回。经公审大会宣判，韦文华被当场处决。

"忠义救国军"在派出"暗杀党"的同时，还派出一些"三青团①"员骨干打入我根据地机关和抗日武装组织。1941年4月，于玲在璜马区检查工作，刚到的

---

① 三青团：1938年4月，国民党临时全国代表大会通过设立"三民主义青年团"，简称"三青团"，是国民党下属的青年组织。

那天，两个"三青团"员就鬼鬼祟祟溜走了。这引起了于玲的警觉。璜马区常备队是伪和平军一个姓高的人带过来的，背景复杂，底数不清。于玲当晚没有按时就寝，而是警惕地观察着动静。午夜时分，"忠义救国军"果然悄悄摸了过来。于玲立即把预有准备的机关和部队拉走，使敌人扑了个空。随后，东路特委采取断然措施，派璜马区委女书记徐子敏带领部队，以迅雷不及掩耳之势缴了璜马区常备队的械。经审查，常备队绝大部分队员是好的，但其中个别"三青团"员确实是坏人。于玲当即对内奸作了处理，纯洁了队伍。鉴于徐子敏已经暴露，为安全计，东路特委把她调离璜马区，安排到祝文区任区委书记。

1941年5月，于玲被送到华中党校学习。后因任苏中军区第二军分区副司令员的丈夫乔信明两腿瘫痪，华中局委派她送乔信明去上海治病。她节衣缩食，艰苦度日，机智规避和摆脱一切危险，还受命独自一人去根据地取经费。于玲一面照顾双腿瘫痪的乔信明，一面积极工作和学习，先后到黄花塘泥沛区委帮助工作，到苏中党校学习。在华野总留守处，她提出了创办子弟学校的建议，并担任了子弟学校副校长，倾注心血培育革命后代。新中国成立后，于玲先后在华东革命大学秘书科、南京军区空军后勤部宣教科、江苏省监察厅和手工业管理局担任领导职务。工作之余，于玲积极协助乔信明撰写革命回忆录，在《星火燎原》《解放军文艺》等书刊上发表了《回忆方志敏同志》《读〈狱中纪实〉后的感想与回忆》等文章。1959年夏天，于玲和乔信明开始致力于长篇纪实小说《掩不住的阳光》的创作。始料未及的是，作品付梓是在半个世纪后。

在"江抗"群芳战地竞放的壮美景观中，于玲是阴柔与阳刚得兼的一朵奇葩。作为战士，她在血火交织的战场上搏杀过；作为妻子，她为支持丈夫南征北战和战胜病残竭尽绵薄；作为学子，她与丈夫双双执笔戮力再现黑牢岁月中共产党人惊世骇俗的大义坚贞。毫无疑问，东路地区第一位独立指挥一支抗日武装勇挫"暗杀党"的女性于玲，其角色定位已经超出"江抗"优秀指挥员贤内助的范畴，无可争议地跻身新"江抗"合格战斗员和指挥员的行列。

31. 苏中遭遇"大刀会"

1941年10月28日，遵照新四军军部指示，新四军六师师部率十八旅，分批由苏南澄西地区转移长江北岸。十八旅五十四团团长吴咏湘、政治委员刘飞，于年底率领部队跟随旅长江渭清进入苏中江高宝地区。

这年3月，苏中军区在江苏省如皋县栟茶镇成立，标志着抗日战争相持阶段在苏中的开始。3月19日，中共中央华中局划定苏中军区范围，即东台、兴化以南，长江以北，运河以东，黄河以西地域，总面积约两万余平方公里。3月31日，中共中央华中局决定，苏中共分为四个行政区，苏中军区下辖四个军分区，新四军第一师兼苏中军区，第一旅兼第三军分区，第二旅兼第二军分区，第三旅兼第四军分区，第十八旅兼第一军分区。苏中我治区约占47%，敌占区约占32%，友军占3%，游击区约占17%。苏中八百一十七万人口，解放区人口约五百一十余万。

江高宝地区包括江都、高邮、宝应三县和兴化、淮安两县一部，南北长一百零三公里、东西宽四十公里，地处大运河东岸，境内河网纵横，舟楫如梭，是长江北岸的一方宝地，也是苏中军区一分区的辖区。

不是冤家不聚头。刘飞率部来到苏中，恰遇在苏南交战四年的老对头——南浦襄吉所部日军独立第十二混成旅团。1941年初皖南事变发生后，日伪接连于1月、2月、4月、7月，连续四次对苏中地区进行"扫荡"，最多时日伪拥兵达六千之众，新"江抗"和整编后建立的六师十八旅，开始了苏南地区首次高频度反"扫荡"。南京群丑也与重庆诸凶唱和鼓噪。新四军年仅三十岁的著名作家、鲁迅艺术学院华中分院教导主任邱东平，就是在反"扫荡"中，与戏剧家许晴等华中鲁迅艺术学院师生一起，于7月24日晨遭遇南浦襄吉所部日军英勇牺牲的。在那个染血的早晨，华中鲁艺戏剧系女生班八位年轻女学员，被日伪军堵在河岸上。为避免被日军活捉，女学员在党总支委员李锐带领下，相继跳河赴难，谱写了与东北抗日联军"八女投江"相媲美的新四军"八女投河"悲歌。恼羞成怒的日军兽兵把八位女学员的尸体打捞上岸，残忍地用刺刀一个一个挑破肚皮，暴尸荒野。

邱东平1927年加入中国共产党，1931年九一八事变后，到国民党军第十九路军中宣传抗日救国，1932年一·二八事变时，随第十九路军在淞沪抗日前线做民运和政治工作。1934年，邱东平在上海参加了左翼作家联盟。1936年初，邱东平与宣侠父等组织"民族解放革命同盟"，7月，与鲁迅等六十三人共同发表《中国文艺工作者宣言》。1937年全面抗战爆发后，邱东平随叶挺转战江南，1938年5月，任新四军一支队科长兼陈毅秘书。邱东平写了很多反映抗日斗争的战地通讯特写，还写出了长篇小说《茅山下》前五章，描述新四军同日军激战的壮烈场面及茅山人民的战斗生活情景。邱东平是活跃于抗战文化力量中那支精锐的"笔部队"中的杰出一员。吴焜牺牲后，邱东平含泪撰文痛悼虎将。仅过一年多时间，这位高举抗日的革命的战斗的文艺大纛，誓驱轷虏出中国的儒将亦血荐轩辕，使后人在痛悼复痛悼中平添永世不竭的悲怆。

许晴生于1911年，早年与后来写出小说《青春之歌》的杨沫和著名电影演员白杨姐妹俩相熟，对她们各自走上成功之路，曾产生过积极而重要的影响。上个世纪30年代初期，许晴和白杨都曾在联华影业公司从艺，后经许晴介绍，白杨加入了"苞莉芭"（俄语"斗争"之意）剧社，开始参加《战友》《乱钟》等剧演出，逐步走上了职业演员和追求进步之路。1933年1月25日，杨沫通过妹妹白杨认识了许晴等一群热血青年，许晴向杨沫推荐进步书籍，这次见面，使杨沫领略到一种从未感知的崭新气息，人生格局为之一新。许晴根据党组织安排，在北平西单开进步书店，杨沫常到书店帮他照看生意并阅读革命书刊。许晴被捕入狱三年间，杨沫时常以许晴妹妹的身份，陪同许晴母亲到监狱探视，送去他要的书籍、纸笔和其他东西，给了狱中的许晴莫大的安慰。1936年底，在中国共产党统一战线和全国舆论的压力下，国民党政府释放大批在押政治犯，许晴也重获自由并去了上海。1937年，杨沫与许晴在上海重逢。不久，两人分赴华中和华北参加抗日斗争，从此天各一方。杨沫得知许晴牺牲的消息，已是新中国成立后。这使她痛惜不已。那些年，许晴高大挺拔、剑眉亮眼的英姿，始终在她的眼前萦绕。在创作长篇小说《青春之歌》时，许晴化作了杨沫笔下的艺术形象许宁。

卢沟桥事变五周年纪念日，1942年7月7日，陈毅在《〈本军抗战殉国将校题名录〉书端》一文，以沉郁悲壮的笔触痛悼军中英才："邱东平、许晴同志等，或为文人学士，或为青年翘楚，或擅长文艺，其抗战著作，驰誉海外，或努力民运，其宣传员，风靡四方。年事青青，前途讵可限量，而一朝殉国殒身，人才之损失，何能弥补。言念及此，伤痛曷极！"

2014年8月29日和2015年8月24日，邱东平和许晴分别被列入国家民政部公布的第一、二批著名抗日英烈和英雄群体名录。

刘飞所在的六师十八旅五十四团，正是在日伪反复进行"扫荡"、苏中地区斗争形势错综复杂的背景下，肩负新的使命进入高邮三垛一带的。

当时，江高宝除江都部分地区外，基本是日伪天下，常驻于此的有日军南浦十二旅团和伪军四师两旅。盘踞城镇的日伪军，对挺进苏中的新四军虎视眈眈，稍大一点的村庄都筑有日伪据点，所有县区乡政权都是伪政权。北部淮宝地区是国民党顽固派韩德勤部的领地，他们与日伪互通款曲，过从甚密。要在豺狼密布且四处横行的伪化区执行"红旗插遍江高宝"的任务，无异于又一次虎口拔牙。

刘飞深知，十八旅部队的骨干，大都是经过南方三年游击战争考验的红军战士，团以上干部几乎全部是红军，营级干部半数以上是红军，每个连队至少有一名红军主官。部队又有相当一部分官兵，是抗战爆发后中共上海党组织（江苏省委）输送来的地下党员、先进工人和知识分子，还有大批朝气蓬勃的当地抗日进步青年，部队政治文化素养好，战斗作风硬朗，官兵关系密切，具备在敌后开展游击战争和做统一战线工作的丰富经验。刘飞告诉官兵，开辟巩固江高宝根据地，不仅可以保持苏中根据地自身完整，而且可以把苏中、苏北、淮南、淮北几个战略区连成一片，因此，江高宝是必争必夺必保之地。只要坚决贯彻党中央关于对新四军东进的指示，当英勇作战的模范、遵守纪律的模范、搞好统一战线工作的模范，部队就一定能够站住脚、扎下根，打开江高宝地区的新局面。

一天夜阑人静时分，部队刚到一个村子场院休息等待号房子，突然全村锣声大作，群犬狂吠，有人扯着嗓子呼喊："土匪来了！土匪来了！"接着，四邻各村也响起了急骤的敲锣声和"土匪来了"的呼叫声。开始，官兵不明就里，还真以为土匪来了。后来看到房顶屋脊冒出不少脑袋来，许多人正在监视自己，才知道锣声和喊声是冲着部队来的，顿时气不打一处来。好在刘飞事先给部队搞过教育，这一带的"大刀会""联庄会"人多势众，却受坏人挑唆，就连新四军可能也在他们的反对之列。刘飞规定，人民子弟兵对受蒙蔽的群众，也要坚决贯彻我党我军的宗旨和政策，不管对方怎么喊、怎么骂，甚至用棍棒打你、拿大刀砍你，也不准开枪。旅长江渭清也来到官兵中间，心平气和地对大家说："常言道，忍得一时之气，免得后顾之忧。我们共产党员和人民子弟兵要胸襟开阔，不计较群众态度。出现这种局面，说明我们的工作做得不够。"部队迅速拉到村外，官兵虽然露宿野外，但可能发生的冲突避免了。

根据江渭清指示，吴咏湘、刘飞经深入调查，很快弄清了"大刀会""联庄会"的来历和性质。"大刀会"兴起于清代，原是民间武术团体，又称"金钟罩"。民国时期，"大刀会"成为民间抗捐御匪的自卫组织。苏中沦陷后，溃逃此地的国民党残兵败将，与当地恶霸土匪狼狈为奸，兵匪一家，成为鱼肉百姓新的黑恶势力。仅高邮临泽一带的兵匪恶棍，就有"一龙二虎三条蛇，十八只壁虎满地爬，七十二根大烟枪"之说，还有大太岁、二阎王等武装匪徒和匪帮，时常向各阶层群众催粮款、要人枪，甚至杀人越货、绑架勒索。国民党残余政权和汪伪汉奸政权，还不断下派诸如经常费、大衣费、鞋子费、招待费、电线杆子费等苛捐杂税，广大群众忍无可忍，被迫兴起"大刀会""联庄会"，借以反抗兵匪残害和苛政压榨。临泽"大刀会"最盛时达两万之众。这些带有浓厚封建迷信色彩的帮会组织，信奉神灵护佑、刀枪不入，实行烧香吃符、头领主事，其领导权为中小地主和富农把持，但刀枪棍棒等武器在贫雇农等基本群众手中。

刘飞按照团结一切可以团结的抗日力量、防止不分青红皂白将"大刀会""联庄会"树为对立面予以打击的方针，组织力量在"大刀会"和"联庄会"活动中心区域，有条不紊、深入细致地展开工作，紧紧依靠两会中的基本群众，努力团结有抗日保乡要求的地主富农和地方头面人物，尊重他们为开明士绅，孤立少数反共和恶霸分子，揭露和打击混迹其中的通敌分子，使鱼龙混杂的"大刀会""联庄会"水落石出，阵营立见分明。

五十四团一营，是谭震林致军委电报中讲的"'江抗'中最年轻、工人最多、战斗经验最丰富的一个营"，打仗是主力，做群众工作也是行家里手。该营一连战士大部分是上海来的产业工人，思想觉悟高，组织纪律性强，打仗勇敢顽强；二连战士大部分是常熟青年农民，熟悉水乡情况，与日寇有家仇国恨，学习和作战都有韧劲；三连战士大部分是上海来的学生，文化素养高，接受能力强，善做宣传鼓动工作。该营营长杨绍良、副营长吴立夏，都是坚持南方三年游击战争的闽东红军，吴立夏是三十六个伤病员之一，到阳澄湖后方医院前就是夜袭浒墅关一战成名的连长。营党委书记、营政治委员林友映1915年生于一个菲律宾华侨家庭，是九一八事变后回国投身革命的知识分子。他不仅经常给官兵上政治教育课，讲毛泽东《新民主主义论》《论持久战》等著作时深入浅出，连文化最低的同志也能听懂，而且与官兵心心相印，时刻把大家的温饱和疾苦放在心上。

1942年春节前，部队给养匮乏，战士们一日三餐都不能吃饱，更没有菜。当地群众送来年礼，林友映考虑到群众生活困苦，婉言谢绝了。除夕下午，林友映掏出自己的怀表交给管军需的同志，要其拿去换猪肉，让全营官兵吃顿有肉的年夜饭。那位同志不肯，说政委指挥打仗不能没有表，营长也不同意。林友映说："我已经决定。行军作战营部和各连都有马蹄表可用。此事请营长和军需同志绝对保密。"军需同志在得到营长许可后，只好拿政委的怀表换了两头猪。当晚，全营官兵高高兴兴吃了一顿辞岁饭。

按照团领导指示，林友映和营党委委员、十八旅民运科长刘烈人，负责做高宝地区上层人物的统战工作。他们逐一拜会各乡"大刀会"首领，宣传我军打击日寇、反对伪军投敌和压迫人民、遏制国民党顽固派反共投降的主张，宣传新四军严格遵守的"三大纪律八项注意"，宣传五十四团对"大刀会""联庄会"鸣锣报警一事并不计较的态度，使刀会大小头目在增进对新四军了解的基础上，逐步消除了猜忌和戒备。与此同时，林友映和刘烈人还揭露了通敌且坚持反动立场的"大刀会"头目郑洪，历数其暗中放走"大刀会"捕获的恶贯满盈的伪扩充团长徐六蒲、接受顽军伪营长加委、策划千名"大刀会"会众武装示威并叫嚣赶走新四军等罪行。在确凿事实面前，刀会群众一致要求将郑洪开除出会。对参加两会的普通群众，五十四团不仅不歧视，还鼓励和赞扬他们抗日守土的正义行为，旗帜鲜明地表示维护他们的权益。教诛并举，金石为开。对两会有举足轻重影响的国民党区分部委员、乡长徐震之，教育界知名人士冯立生，握有部分武装的金凤翔、金瑞筠父子的态度，较前均有明显转变，在湖东行署成立会议上，都亮明了支持新四军抗日、坚决反对伪政权和伪军的态度。高邮名士吴襄哉、蒋植清等对林友映说："贵军抗日爱民的实际行动，我们从高邮各乡看到了，贵军联合一切抗日力量的诚意，我们从您林政委身上也看到了。"

开始，"大刀会"和"联庄会"还自诩中立坚持"三不打"："一不打皇军，二不打老中央，三不打新四军。"经宣传和开展工作，口号改为"一打两不打"："不打新四军，不打抗日的老中央，专打日伪保家乡。"调整修正后的口号虽然对"老中央"仍不乏幻想，但较前已有质的变化。

1942年4月8日，林友映奉命带五十四团一营拦击到郭氏桥一带"扫荡"和抢粮的日伪军，为避免群众伤亡，安排刀会近千人在外围鸣枪敲锣助威。一番激战，来犯敌人丢下十多具尸体，龟缩进吴家祠堂。林友映正准备指挥部队瓮中捉鳖，敌人的援军赶到了。林友映命令部队压制住敌人火力，首先掩护刀会群众转移，自己率先端起机枪向敌猛烈扫射，不幸腿部负了重伤。林友映挣脱背着自己撤退的通信员，令他迅速赶队，独自断后掩护群众和部队转移。当日伪军逼近时，林友映扔出最后两枚手榴弹，胸部连中数弹，壮烈牺牲。

林友映牺牲后，军民强忍悲痛在潼岭庵举行安葬仪式。当地群众按照民间习俗，备下酒菜到墓前祭奠，数千刀会群众长跪不起，哭声远播乡里。仪式结束后，营长杨绍良对大家说，林政委最爱憎分明。同志们知道他为什么叫"友映"吗？我问过他，他说这是入伍时自己改的名，"友"者"反"字出头，

"映"者从"日"从"央",是日本帝国主义和国民党中央军之谓也,整个意思就是反日寇、反国民党反动派,并且要反到底、反到头。也是在这一天,一营官兵才知道那顿丰盛的年夜饭,是用政委的怀表换来的,战士们更是齐声呜咽,哀恸欲绝。

中共高邮县委根据群众意愿,将郭氏桥乡命名为"友映乡",以志永久纪念。同气相求,同声相应,在为共同利益进行的生死战斗中,刀会群众和新四军已打成一片,子弟兵在高宝地区重又如鱼得水。

1943年6月,宝应县民兵和刀会群众四五千人轮番上阵,把赵家河伪军据点围得水泄不通。兵民拆大桥、封小桥,还在河面拦上树头木桩,使伪军龟缩据点,给养不保。刀会则日夜鸣锣打枪施加压力,迫使伪军不得不狼狈撤离。7月,高邮民兵和刀会四五千人又围困王庄伪军据点,展开强大攻势,致使伪军无法立足,只得撤离。附近白马庙伪军也闻风逃走。

六师十八旅五十四团官兵,用自己的生命、热血和赤诚,胜利地开辟了苏中,为实现中央关于江南新四军进军江北的战略意图,提供了坚实支撑。旅属其他部队,也以拳拳爱民心、殷殷孺子情,在江淮平原谱写了动人心弦的鱼水新歌。

从1941年冬到1945年春,十八旅五十二团频繁转战江高宝,足迹兼及淮北淮南,团队在长江以北威势颇盛,江淮百姓亲昵地称五十二团为"淮宝支队",且以为该部有一旅之众。在部队频繁进出的泗洪县朱湖集,五十二团留下诸多佳话。

一次,担任五十二团团报《工农兵》编辑的姚昌元,从朱湖集到青阳镇购买办报用的纸笔,回到团部与管理员结账时,发现商店多找了四元五角八分钱。姚昌元拿起发票和多找的钱就往青阳镇跑,一个多小时跑了十多公里,气喘吁吁把多找的钱退还商店,感动得老板和店员热泪涟涟。解放战争中,担任六连指导员的姚昌元在豫东战役中英勇献身,被授予战斗英雄光荣称号。

五十二团一营连续三次驻军朱湖集,一营卫生员杨明的房东孙大娘,其丈夫原是民兵队长,1943年支前光荣牺牲。大儿子成家后,大娘带着二儿子和闺女三丫儿(大名秀英)靠种地和烈士抚恤金过活。十六岁的三丫儿得了疟疾,经常"打摆子",发病时不断呻吟哭泣,瘦得皮包骨。营长朱全林、教导员汤江声看在眼里,痛在心上,决心治好三丫儿的病,责成杨明完成这个任务。杨明把医务所里的奎宁粉分成小包装好,交给孙大娘,告诉她服用方法,就随部队开赴朱开大桥作战。

打完仗回来，杨明发现三丫儿的病未见好转，仔细询问，发现三丫儿服药时间不对，影响了药效。杨明摸清三丫儿隔天发一次病的规律后，每次发病前两小时给她送药，根据病情调整剂量，注意给三丫儿增加营养并给她喂饭。二十天后，三丫儿不"打摆子"了，又经十天巩固治疗终于痊愈。半年前卧床不起的三丫儿重又焕发了青春，蜡黄的脸变得白里透红，一双水灵灵的大眼睛老是盯着杨明。年轻英俊的杨明犯了难，原来三丫儿对他由感激到爱慕，已让母亲为她传话，要跟杨明哥哥走，参军当卫生员，将来一起过日子。杨明马上向汤教导员汇报并表明自己的态度，汤教导员找到孙大娘，给她讲部队的纪律规定，告诉她即使三丫儿自愿参军，为避免乡亲们误会，也不能立即随队行动。孙大娘含泪说，俺知道部队纪律严，要是三丫儿不能跟你们走，就让我先认小杨明个干儿子吧，这不犯纪律，要不俺就给您跪下了！汤教导员只好让杨明认了干妈，答应部队到运河以东后，杨明可以和三丫儿通信，两人再见面要到抗战胜利后再说。部队开拔时，三丫儿哭成了泪人儿，孙大娘也拉着杨明的手说，明儿，可别忘了俺三丫儿！杨明红着脸向大娘道别，转身大步赶上了行进的队伍。

1948年夏，杨明与三丫儿的通信中断了。痴情的姑娘最终也不知道，她所挚爱的兵哥哥、五十二团三营医务所所长杨明，在豫东战役中为抢救伤员，把一腔青春热血洒在中原大地上。根据杨明在战场上英勇无畏抢救大批伤病员所建立的功勋，战后他被授予华东三级人民英雄光荣称号。

1943年春，淮宝地区兵燹灾荒连绵，人民群众一贫如洗，一家数人穿一条裤子并不鲜见。转战淮宝一带的"淮宝支队"五十二团党委发出号召，要求部队一日三餐只吃稀饭，把节省下来的粮食分给驻地受灾贫民，各单位驻地决不允许发生因饥荒饿死人的事情。从3月到12月，五十二团官兵一天三顿稀饭坚持了十个月，此间部队作战六十六次，歼灭日伪军七百二十余人，攻克安丰、青沟、杨桥、蛇峰等较大据点十多处。经与兄弟部队共同作战，淮宝大地重见天日，苏中与苏北、淮南、淮北连成一片。江高宝、淮宝、淮北、淮南地区父老乡亲，为纪念"淮宝支队"英勇献身的烈士，先后在兴化、如皋、王家墩子、杨桥、大官庄、安丰、顺河集、三垛等地修建了纪念碑和纪念塔。其中矗立王家墩子的"陆军新编第四军淮宝支队挺进淮宝区抗日阵亡将士纪念碑"，建于1943年11月7日。这座坐西朝东的塔形纪念碑共分上下四层，其中第二层四面分别镌刻着苏中军区第二军分区领导人撰写的题词。该区地委书记韦一平的题词是"精神不死"，该区专员惠浴宇的题词是"功在吾民"，新四军一师二旅旅长刘诚的题词是"英气犹存"，新四军五团团长黄公正的题词是"革命楷模"。纪念碑第一层南面，在"抗日阵亡将士英名一览"十个大字之下，镌刻着"淮宝支队"即新四军五十二团五十八位为国捐躯的烈士英名，西面镌刻着时任中共宝应县委书记兼县长的刘烈人撰写的碑文：

　　自暴敌入窥，抗日军兴，韩部困扰安平、曹甸以来，人民呻吟于横征暴敛之下久矣。及至今春，敌寇"扫荡"，韩部不战溃退，加之敌伪肆虐，盗贼蜂起，奸宄附逆，重苦吾民，使惨遭敲骨吸髓之痛，生命朝不保夕。壮士流亡乎四方，老弱辗转乎沟壑，田园废耕而荒芜，庐舍空虚而无烟。民生之凋敝，秩序之紊乱，至此极矣！当是时也，我新四军淮宝支队本抗敌救民之旨，裹粮携糇，涉水渡荡，挥戈北向，挺进斯土。击破敌伪，镇压奸宄，招抚流亡，稳定人心，重奠社会秩序。其中英勇作战，杀敌致果，为国捐躯者，有指战员赵熊、王和兴、江战等，皆是新四军之英萃，民族之精华。而今人民生活日渐改善，自卫武装蓬勃兴起，宵小匿迹，盗贼不兴，敌伪困守，抗日民主根据地因以奠定。比之往昔，何啻天壤耶！饮水思源，淮宝支队血战之功不可没，阵亡烈士忠勇精神岂可泯哉！爰为碑铭曰：生为精英，死为至灵；镇压奸宄，解救吾民；凛然正气，竹帛留青。

时维①

中华民国三十二年十一月七日

四川刘烈人敬撰

　　这篇三百四十六字的碑文，气势沉雄，力透纸背，道出了淮宝地区父老乡亲，对赴汤蹈火抗敌救民的新四军英烈敬比山高、情比海深的赤诚心声。"爱民者，民恒爱之。"矗立苏中的一座座民心铸就、堪比真金的丰碑，彪炳着那支发轫阳澄湖、血沃江高抗日武装的历史功勋，昭示了人民子弟兵永远立于不败之地的制胜秘诀。

---

① 时维，语气词，无实意，古文中常用于句首或句中。此处有"时令正当……"之意。

第七章　江南一叶

32. 毛泽东发出第二个"五四指示"

1939年5月中旬，新四军江北指挥部在安徽省庐江县东汤池组建，新四军参谋长张云逸兼任指挥，副指挥徐海东、罗炳辉，参谋长赖传珠，副参谋长杨梅生，政治部主任由新四军政治部副主任邓子恢兼任，副主任张劲夫。江北指挥部辖第四支队、第五支队、江北游击纵队、津浦路东各县联防司令部、津浦路西各县联防司令部。新四军游击支队一度也归江北指挥部指挥。

是年冬天，新四军基本完成了战略展开任务。11月19日，中共中央致电刘少奇、项英指出："整个江北的新四军应从安庆、合肥、怀远、永城、夏邑之线起，广泛猛烈的向东发展，一直发展到海边上去，不到海边决不应停止。"

12月中旬，中共中央中原局书记刘少奇主持召开会议，研究发展华中战略方向问题。12月19日，刘少奇致电中共中央并项英，提出苏北"是有最大发展希望的地区"，应把苏北作为新四军当前的战略突击方向。中共中央中原局在对新四军江北指挥部所属部队作出对西防御、向东发展部署的同时，建议中共中央指派江南新四军一部北上，华北八路军一部南下，合力开辟苏北。

1940年1月11日，中共中央复电刘少奇，同意其全力发展苏北的建议和部署。1月14日，项英致电中共中央军委，提出战略上北方必须有南方配合，按这一战略要求，应努力发展与增强皖、浙、赣等地的工作。项英主张"独立开展南方局面"，不同意江南部队北调。

1月19日，中共中央致电项英，重申早已确定的关于新四军向北发展的方针，强调指出："华中是我们目前在全国最好发展的区域。"

1940年三四月间，国民党顽固派进攻新四军江北部队迭遭失利后，第三战区司令长官顾祝同一再致电项英，强令新四军江北部队调到江南，并调兵遣将封锁长江，包围和监视新四军军部。

鉴此严重形势，4月20日，中共中央电示项英、刘少奇，明确指出："蒋、顾阴谋是想把新四军江北、江南部队全部陷死在苏南敌后狭小区域，以求隔断八路军新四军之联系，以求在适当时机消灭新四军。"与此同时，中共中央相继致电八路军、新四军，要求八路军一部迅速开动，增援华中，深入苏北；苏南新四军部队立即北上；江北部队不应南调，而应协同八路军向苏北发展，使八路军、新四军的抗日根据地连成一片。

1940年5月4日，根据敌后游击战争发展和新四军实际，毛泽东为中共中央起草了给中共中央东南局的指示，再度明确了新四军的战略任务、发展方向、作战方针和斗争策略。第二个"五四指示"收入《毛泽东选集》时，加了标题：

放手发展抗日力量，抵抗反共顽固派的进攻

（一）在一切敌后地区和战争区域，应强调同一性，不应强调特殊性，否则就会是绝大的错误。不论在华北、华中或华南，不论在江北或江南，不论在平原地区、山岳地区或湖沼地区，也不论是八路军、新四军或华南游击队，虽然各有特殊性，但均有同一性，即均有敌人，均在抗战。因此，我们均能够发展，均应该发展。这种发展的方针，中央曾多次给你们指出来了。所谓发展，就是不受国民党的限制，超越国民党所能允许的范围，不要别人委任，不靠上级发饷，独立自主地放手地扩大军队，坚决地建立根据地，在这种根据地上独立自主地发动群众，建立共产党领导的抗日统一战线的政权，向一切敌人占领区域发展。例如在江苏境内，应不顾顾祝同、冷欣、韩德勤等反共分子的批评、限制和压迫，西起南京，东至海边，南至杭州，北至徐州，尽可能迅速地并有步骤有计划地将一切可能控制的区域控制在我们手中，独立自主地扩大军队，建立政权，设立财政机关，征收抗日捐税，设立经济机关，发展农工商业，开办各种学校，大批培养干部。中央前要你们在今年一年内，在江浙两省敌后地区扩大抗日武装至十万人枪和迅速建立政权等项，不知你们具体布置如何？过去已经失去了时机，若再失去今年的时机，将来就会更困难了。

（二）在国民党反共顽固派坚决地执行其防共、限共、反共政策，

并以此为投降日本的准备的时候，我们应强调斗争，不应强调统一，否则就会是绝大的错误。因此，对于一切反共顽固派的防共、限共、反共的法律、命令、宣传、批评，不论是理论上的、政治上的、军事上的，原则上均应坚决地反抗之，均应采取坚决斗争的态度。这种斗争，应从有理、有利、有节的原则出发，也就是自卫的原则、胜利的原则和休战的原则，也就是目前每一具体斗争的防御性、局部性和暂时性。对于反共顽固派的一切反动的法律、命令、宣传、批评，我们应提出针锋相对的办法和他们作坚决的斗争。例如，他们要四、五支队南下，我们则以无论如何不能南下的态度对付之；他们要叶、张两部南下，我们则以请准征调一部北上对付之；他们说我们破坏兵役，我们就请他们扩大新四军的募兵区域；他们说我们的宣传错误，我们就请他们取消一切反共宣传，取消一切摩擦法令；他们要向我们举行军事进攻，我们就实行军事反攻以打破之。实行这样的针锋相对的政策，我们是有理由的。凡一切有理之事，不但我党中央应该提出，我军的任何部分均应该提出。例如，张云逸对李品仙，李先念对李宗仁，均是下级向上级提出强硬的抗议，就是好例。只有向顽固派采取这种强硬态度和在斗争时采取有理、有利、有节的方针，才能使顽固派有所畏而不敢压迫我们，才能缩小顽固派防共、限共、反共的范围，才能强迫顽固派承认我们的合法地位，也才能使顽固派不敢轻易分裂。所以，斗争是克服投降危险、争取时局好转、巩固国共合作的最主要的方法。在我党我军内部，只有坚持对顽固派的斗争，才能振奋精神，发扬勇气，团结干部，扩大力量，巩固军队和巩固党。在对中间派的关系上，只有坚持对顽固派的斗争，才能争取动摇的中间派，支持同情的中间派，否则都是不可能的。在应付可能的全国性的突然事变的问题上，也只有采取斗争的方针，才能使全党全军在精神上有所准备，在工作上有所布置。否则，就将再犯一九二七年的错误。

（三）在估计目前时局的时候，应懂得，一方面，投降危险是大大地加重了；另一方面，则仍未丧失克服这种危险的可能性。目前的军事冲突是局部性的，还不是全国性的。是彼方的战略侦察行动，还不是立即大举"剿共"的行动；是彼方准备投降的步骤，还不是马上投降的步骤。我们的任务，是坚持地猛力地执行中央"发展进步势力""争取中间势力""孤立顽固势力"这三项唯一正确的方针，用以达到克服投降危险、争取时局好转的目的。如果对时局的估计和任务的提出发生过左过右的意见，而不加以说明和克服，那也是绝大的危险。

（四）四、五支队反对韩德勤、李宗仁向皖东进攻的自卫战争，李先念纵队反对顽固派向鄂中和鄂东进攻的自卫战争，彭雪枫支队在淮北的坚决斗争，叶飞在江北的发展，以及八路军二万余人南下淮北、皖东和苏北，均不但是绝对必要和绝对正确的，而且是使顾祝同不敢轻易地在皖南、苏南向你们进攻的必要步骤。即是说，江北愈胜利、愈发展，则顾祝同在江南愈不敢轻动，你们在皖南、苏南的文章就愈好做。同样，八路军、新四军和华南游击队，在西北、华北、华中、华南愈发展，共产党在全国范围内愈发展，则克服投降危险争取时局好转的可能性愈增加，我党在全国的文章就愈好做。如果采取相反的估计和策略，以为我愈发展，彼愈投降，我愈退让，彼愈抗日，或者以为现在已经是全国分裂的时候，国共合作已经不可能，那就是错误的了。

（五）在抗日战争中，我们在全国的方针是抗日民族统一战线的。在敌后建立民主的抗日根据地，也是抗日民族统一战线的。中央关于政权问题的决定，你们应该坚决执行。

（六）在国民党统治区域的方针，则和战争区域、敌后区域不同。在那里，是荫蔽精干，长期埋伏，积蓄力量，以待时机，反对急性和暴露。其与顽固派斗争的策略，是在有理、有利、有节的原则下，利用国民党一切可以利用的法律、命令和社会习惯所许可的范围，稳扎稳打地进行斗争和积蓄力量。在党员被国民党强迫入党时，即加入之；对于地方保甲团体、教育团体、经济团体、军事团体，应广泛地打入之；在中央军和杂牌军中，应该广泛地展开统一战线的工作，即交朋友的工作。在一切国民党区域，党的基本方针，同样是发展进步势力（发展党的组织和民众运动），争取中间势力（民族资产阶级、开明绅士、杂牌军队、国民党内的中间派、中央军中的中间派、上层小资产阶级和各小党派，共七种），孤立顽固势力，用以克服投降危险，争取时局好转。同时，充分地准备应付可能发生的任何地方性和全国性的突然事变。在国民党区域，党的机关应极端秘密。东南局和各省委、各特委、各县委、各区委的工作人员（从书记至伙夫），应该一个一个地加以严格的和周密的审查，决不容许稍有嫌疑的人留在各级领导机关之内。应十分注意保护干部，凡有被国民党捕杀危险的公开或半公开了的干部，应转移地区荫蔽起来，或调至军队中工作。在日本占领地区（大城市、中小城市和乡村，如上海、南京、芜湖、无锡等地）的方针，和在国民党区域者基本相同。

（七）以上策略指示，经此次中央政治局会议决定，请东南局和军分会诸同志讨论，传达于全党全军的全体干部，并坚决执行之。

（八）此指示，在皖南由项英同志传达，在苏南由陈毅同志传达。并于接电后一个月内讨论和传达完毕。对于全党全军的工作布置，则由项英同志按照中央方针统筹办理，以其结果报告中央。

《毛泽东选集》收入这篇电文时作如下脚注：这是毛泽东为中共中央起草的给中共中央东南局的指示。在毛泽东为中央起草这个指示的时期，中共中央委员、中共中央东南局书记项英的思想中存在着严重的右倾观点，没有坚决实行中央的方针，不敢放手发动群众，不敢在日本占领地区扩大解放区和人民军队，对国民党的反动进攻的严重性认识不足，因而缺乏对付这个反动进攻的精神上和组织上的准备。中央这个指示到达后，中共中央东南局委员、新四军第一支队司令员陈毅立即执行了；项英却仍然不愿执行。他对于国民党的可能的反动进攻，仍然不作准备，以致在一九四一年一月间蒋介石发动皖南事变时处于软弱无能的地位，使在皖南的新四军九千余人遭受覆灭性的损失，项英亦被反动分子所杀。[①]

毛泽东第二个"五四指示"下达后，项英感到难以接受，认为中央不了解华中和新四军的情况，中央的批评"已充分包含方策与路线问题，使我不能领导"，遂于1940年5月9日、12日连续两次向中央提出辞职。对"五四指示"的传达，项英也交政治部主任袁国平办理。5月12日，项英给中共中央发电：

中央政治局九日电今日收到，下午即召开东南军分会常委联席会讨论，曾袁等对中央指示之方针与路线以及各种策略，均完全同意，并无（原文缺字），对于我提出在中央未决定前由曾袁代理书记，以保证中央指示之彻底明确实施，历久未决，认为需要中央决定。对中央指示，决定现由袁负责传达，不日召集上中级四干部开会讨论，江南由陈毅负

[①]　中共中央文献编辑委员会.毛泽东选集（第二卷）.北京：人民出版社，1991：753.

责。因此对于我之要求请中央立即决定电复。目前斗争局势仍紧张，变化甚快，请速派人或指定人负责，以应付大局而利斗争进行。现对我之请求再申明几点如下：（一）中央指示及总政指示内，观其形式与精神实质显然是我之领导已有路线错误和不执行中央方针，虽然上面未经公开正式指示其内容与决定的严肃性表现，显然如此，我当然不能继续领导而且无法领导，为党的利益应公开宣布撤职，以便利更能团结全军坚决执行中央指示。（二）中央指示一半系告同志书的性质，并且注明经中政局通过，已说明其性质之郑重性、严肃性，非普通指示与普通文件可比，为尊重与服从应改变领导。（三）中央指示并未明显指出根据何种事实，但指示全部精神系带有对错误的批评，与指示形式实非一般对工作指示，而是整个路线与策略问题，照此指示，我领导有严重错误，不可再忝负责。①

收到项英辞职电后，中共中央未予同意，于1940年5月23日致电东南局，指出："在项英同志领导下的东南局与军分会，在三年抗战中是有成绩的，是执行了抗日民族统一战线路线的，但在执行这一路线时犯了某些个别错误，故你处错误不是总路线，而是抗日战争与统一战线中某些个别策略问题错误，在你们总结自己工作，并适当指出工作中的缺点错误时，不应抹杀成绩，不应了解为总路线错误。"电报明确"项英同志应继续担负东南局及军分会书记之职"。

《陈毅年谱》载，1940年5月12日，陈毅口授新四军江南指挥部秘书处处长谢云晖起草致项英绝密电：中央政策是完全正确的，理应在部队传达贯彻。你身系东南半壁安危，任重道远，望仍统率我们共同为实现中央方针奋斗。你如辞职则群龙无首，国民党反共派必将乘隙蹈进，后果堪虞。望以大局为重重新考虑。

5月29日，项英第三次给中央发电时，再次提出："不能强做力不能胜的事。"

33. 北移前三个阵线的争夺与黄桥鏖兵

1940年夏秋时节，国民党顽固派在华北发动第一次反共高潮遭到挫败后，遂把反共中心转向华中。他们在不断制造军事摩擦，妄图用武力消灭新四军的同

---

① 新四军茅山纪念馆. 新四军与苏南抗日根据地（下册）. 南京：江苏人民出版社，2005：888.

时，还一再压迫八路军、新四军撤到黄河以北。

为维护团结抗日局面，力争国共长期合作，1940年6月，中共中央派周恩来、叶剑英为代表，在重庆同国民党代表何应钦、白崇禧举行谈判，要求国民党进一步解决中共的合法地位问题，承认陕甘宁边区，准予八路军、新四军扩编，谈判的中心问题是作战区域的划分。周恩来向国民党代表递交了《中共关于解决目前危机，加强团结抗战的提案》（又称"六月提案"）。7月2日，何应钦代表国民党对中共"六月提案"提出复案，遭中共代表拒绝后，又将此案略加修改，于7月21日用《国民政府提示案》名义以最后决定方式交中共代表，公然提出，取消陕甘宁边区政府，代以归国民党陕西省政府领导的"陕北行政公署"，八路军准扩三个军六个师五个补充团，新四军准编两个师，要求华中和江南的八路军、新四军集中到黄河以北冀、察两省。这个提示案再次为中共代表所拒绝。

9月初，周恩来向国民党递交《八月复案》，同时提出"调整作战区域及游击部队办法"。但蒋介石仍要求八路军、新四军开至黄河以北，同时进一步采取军事行动。国共两党谈判陷入僵局。

在中国共产党为保存抗日阵地和维护抗日民族统一战线而进行艰苦斗争之际，日本乘欧洲战局有利时机，对太平洋地区英、美、法、荷等国殖民地发动军事进攻，以掠夺其丰富资源。德国和意大利急切盼望日本早日结束对华战争，以便从中国战场抽身集中力量对付英国和美国。德国驻华大使陶德曼打着"调停中日战争"的幌子，力劝蒋介石对日妥协。日本也以某些"让步"对中国实行利诱分化，以达到"以华制华"、瓦解中国抗日运动的目的。美国为让中国继续拖住日本，先后给予国民党政府一点七亿美元贷款和五十架新式战斗机。英国决定重新向中国开放滇缅公路。苏联为免遭德日两面夹击，不断加大对华军援力度。从抗战爆发到1939年两年间，苏联向国民党政府提供飞机一千二百三十五架，坦克八十二辆，大炮一千九百门，汽车一千八百五十辆，机枪一万五千三百挺及大批弹药和其他军用物资，还派出大批军事顾问和两千多名志愿航空兵来华参加对日作战。

国际上德意日、美英和苏联三大力量或拉或诱或援，使左右逢源的蒋介石感到身价陡增。国民党顽固派自恃国际国内形势对己有利，加紧制造新的反共摩擦。9月中旬，苏北韩德勤部调动主力，令李明扬、陈泰运等部共二十五个团三万余人进逼黄桥，企图乘陈毅、粟裕所部立足未稳，一举将其歼灭。新四军苏北指挥部成功开展统一战线工作，争取了李明扬、陈泰运等部保持中立，同时从10月4日至6日，集中优势兵力激战三昼夜，歼灭韩德勤部一万一千人。韩德勤率残部千余人逃回兴化。韩德勤反共受挫后，国民党顽固派变本加厉逼迫皖南新四军北移。第二次反共高潮一触即发。

1940年10月3日，八路军第五纵队遵照毛泽东当日确定的"韩（德勤）不攻陈（毅），黄（克诚）不攻韩；韩若攻陈，黄必攻韩"的策略方针，从盐阜地区兼程南下，突破国民党军的盐河、废黄河防线，连克佃湖、东沟、益林、阜宁等城镇。其先头部队第一支队第一团团长胡炳云、政治委员田维扬率第三营，于10月10日抵达江苏东台县城以北白驹、刘庄间的狮子口（今属大丰市），与黄桥决战后乘胜追击的新四军苏北指挥部第二纵队六团团长池义标、政治委员吴嘉民率领的部队胜利会师。这是中国共产党领导的同宗同源但却有着迥然不同历史和风格的革命武装，第一次南北相向以战略态势进行融合。新四军与八路军苏北会师，打开了苏北抗战的新局面，对于实现党中央把八路军与新四军的抗日根据地连成一片的决心、奠定新四军在苏北的抗战地位，均具有重大战略意义。陈毅闻讯欣然命笔赋诗一首，以纪念这一重要事件：

> 十年征战几人回，又见同侪并马归。
> 江淮河汉今谁属，红旗十月满天飞。

江北会师高奏凯歌，江南征战也传来捷报。10月上旬，叶挺指挥新四军部队据险设伏、层层阻击，使直扑云岭新四军军部的五千余名日伪军，在不到十公里的山路上整整走了六天六夜。10月9日，叶挺乘敌疲惫不堪率部奋起反击，毙伤日伪军三千余人，一举收复泾县县城，彻底粉碎了日军对皖南的"扫荡"。

10月12日，皖南秋季反"扫荡"刚结束，毛泽东、朱德、王稼祥致电叶挺、项英等，要求："军部应乘此时迅速渡江，以皖东为根据地，绝对不要再迟延。皖南战斗部队，亦应以一部北移，留一部坚持游击战争。"然而此时，反"扫荡"的胜利冲淡了新四军皖南部队转移的紧迫感，项英等人以军部北移困难、三支队地区狭小等为由，使北移或东移苏南问题拖了下来，坐失转移良机。

1940年10月19日（皓日），蒋介石在传令嘉奖皖南新四军几天之后，指使何应钦、白崇禧，以正、副参谋总长的名义致电八路军朱德、彭德怀和新四军叶挺。这份在抗日战争史上颇有些名气的"何白皓电"，诬蔑八路军、新四军进行"我能往，寇亦能往"的灵活游击战为"不守战区范围，自由行动"，在罗织"不遵编制数量，自由扩充""不服从中央命令，破坏行政系统""不打敌人，专事吞并友军"等罪名的同时，限令黄河以南的八路军、新四军一个月内集中到黄河以北，并重弹蒋介石7月16日炮制的《中央提示案》老调，规定八路军、新四军总编制不得超过十万人，而当时，八路军、新四军已有五十万人之众。

皓电发出第二天，顾祝同即遵蒋介石旨意，拟定了以"掩护"皖南新四军北撤为名的调兵计划，急调四十师、七十九师、一四六师三个师直奔皖南，此前，皖南已部署国民党军五十二师、一〇八师、一四四师、一四五师四个师。

11月1日，周恩来从重庆打电报给毛泽东，分析了目前的形势：

> 三国协定①后，英美积极拉蒋，蒋喜。现在日本拉蒋，蒋更喜。斯大林电蒋，蒋亦喜。此正蒋大喜之时，故蒋于日军退出南宁、斯大林复电之后，立往成都，此往绝非偶然。蒋现在处于三个阵线争夺之中，他认为一身暂时兼做戴高乐②、贝当③、基玛尔④，最能左右逢源。故他自己躲在成都，让其夫人及英美派拉英美，让朱家骅、桂永清拉德，让亲日派谈和，让孙、冯亲苏，让何、白反共，以便他居中选择，并以反共为轴心来运用。时机是紧迫了，只有二十天，局部"剿共"战争会开始。在二十天内，无论如何日美战争不会爆发，中日妥协不会成功，中苏关系也不会一下改善。于是，"剿共"战争有可能相当改变了三个阵线的争夺形势，使表面上内战先于妥协，实质上就是停止内战；使英美感到中国不能拉住日本，有与日本暂时妥协，以推延冲突的可能；而中苏接近与苏联调解，中日或国共关系的可能更加紧张，这对于整个局势是不利的。

据此，周恩来建议中共中央采取以下对策：

> 还是用朱、彭、叶、项名义通电答复何、白，并呈蒋，要求解决悬案（边区、扩军、补给、晋察政权、党案等），表示在充分保障（政、

---

① 1940年9月27日，德、意、日三国在柏林签订《德意日三国同盟条约》，通称《三国轴心协定》，又称《柏林公约》。
② 戴高乐，法兰西第五共和国的创建者和首任总统。
③ 贝当，1940年6月任法国政府总理时，向德国侵略者投降，成为民族叛徒。
④ 基玛尔，土耳其共和国缔造者，第一任总统兼武装力量总司令、元帅。

军、经）下，可北调，特别要保证在移动中不受友军袭击。[①]

周恩来后来说过，黄桥自卫战后，蒋介石是要"复仇"的，"王懋功[②]就到顾祝同那里去，布置皖南事变"。[③]

11月9日（佳日），中共中央以朱德、彭德怀、叶挺、项英的名义复电国民党，史称"佳电"，拒绝其强令八路军、新四军全部开到黄河以北的无理要求。但为顾全大局，答应皖南新四军仍遵照国民党当局命令北移长江以北。之后，中共中央又接连指示新四军皖南部队必须迅速全部北移。项英接电后延宕数日，对部队北移仍然举棋不定。12月初，项英将一千七百余名非战斗人员和部分资材分批转移江北，其他九千余部队仍未及时行动，再次贻误战机。

鉴于项英仍不断向中央请示行动方针，12月26日，毛泽东为中共中央书记处起草"严责电"，严肃而急迫地要求项英等人克服动摇犹豫，坚决执行北移方针：

项、周、袁：

各电均悉。你们在困难面前屡次来电请示方针，但中央还在一年以前即将方针给了你们，即向北发展，向敌后发展，你们却始终藉故不执行。最近决定全部北移，至如何北移，如何克服移动中的困难，要你们自己想办法，有决心。现虽一面向国民党抗议，并要求宽展期限，发给饷弹，但你们不要对国民党存任何幻想，不要靠国民党帮助你们任何东西，把可能帮助的东西只当作意外之事。你们要有决心有办法冲破最黑暗最不利的环境，达到北移之目的。如有这种决心办法，则虽受损失，基本骨干仍可保存，发展前途仍是光明的；如果动摇犹豫，自己无办法无决心，则在敌顽夹击下，你们是很危险的。全国没有任何一个地方有你们这样迟疑犹豫无办法无决心的。在移动中如遇国民党向你们攻击，你们要有自卫的准备与决心，这个方针也早已指示你们了。我们不明了你们要我们指示何项方针，究竟你们自己有没有方针？现在又提出拖或

① 中国人民解放军历史资料丛书编审委员会.新四军文献（2）.北京：解放军出版社，1994：23.
② 王懋功，时任国民政府军事委员会军法执行总监部中将副监，江苏省政府主席，第十战区中将副司令长官兼苏北挺进军总指挥，中国国民党第六届中央执行委员。
③ 邵凯生.皖南事变回忆与思考.合肥：安徽人民出版社，1991：346.

走的问题，究竟你们自己主张的是什么？主张拖还是主张走？似此毫无定见，毫无方向，将来你们要吃大亏的。[①]

同一天，毛泽东、朱德致电项英：

> 关于销毁机密文电是否执行？你应估计在移动中可能遇到特别困难，可能受袭击，可能遭损失，要把情况特别看严重些。在此基点上，除想尽一切办法克服困难外，必须把一切机密文件电报通通销毁，片纸不留。每日收发电稿随看随毁，密码要带在最可靠的同志身上，并预先研究遇危险时如何处置。此事不仅军部，还要通令皖南全军一律实行，不留机密文件片纸只字，是为至要。[②]

叶挺看到中央"严责电"后，提出辞职并草拟了给中央的电报。项英顾全大局，积极做稳定叶挺的工作，并向中央作了报告。

1940年12月28日，项英主持召开中央军委新四军分会会议，研究北移方案。会上提出了三个方案：一是继续走先遣队北移路线，即由云岭向东经马头镇、杨柳铺、孙家埠、郎溪至竹箦桥，待机北渡苏北；二是由铜陵、繁昌之间北渡至皖东；三是绕道经茂林、三溪、旌德、宁国、郎溪，沿天目山麓至溧阳，待机北渡苏北。叶挺主张实施第一或第二案，但项英认为两案均太危险，应避强就弱，决定采用第三案。会议作出了一周后即次年1月4日全军开动的决定。但之后发生的事情表明，这次会议对毛泽东、朱德反复提示的可能受袭击等迫在眉睫的危险，未引起足够重视并缜密研究应变措施。

1941年1月1日，叶挺、项英电告毛泽东、朱德、王稼祥、刘少奇、陈毅，决心"全部移苏南""准备立即行动"，但未报告具体行动路线。1月3日，毛泽东、朱德复电指出："你们全部坚决开苏南，并立即开动，是完全正确的。"

后来人们从当年国民党有关电报获悉，早在1940年12月10日，蒋介石就密令第三战区司令长官顾祝同："对江南匪部，应按照前定计划，妥为部署并准

---

① 中国人民解放军历史资料丛书编审委员会.新四军文献（2）.北京：解放军出版社，1994:87.

② 中国人民解放军历史资料丛书编审委员会.新四军文献（2）.北京：解放军出版社，1994:88.

备"，如至期限仍不北渡，"应立即将其解决，勿再宽容"。国民党顽固派还通过不发军需补给、限定北移路线多方刁难新四军。尤为阴险毒辣的是，在新四军准备开动之际，国民党顽军通过电台广播、张贴标语和放口风，故意泄露皖南新四军北移路线。当日寇加强沿江封锁后，蒋介石又决定不准新四军由苏南北渡，只准由日军增兵增舰封锁甚严的铜陵、繁昌间北渡至第五战区。国民党顽固派的如意算盘是，对新四军皖南部队先"压迫北开，俟其越过守备线，即严阵以待，不使再退回守备线"，然后同日伪夹击消灭之；新四军如越过沦陷区北渡，"大部队过江，必遭日军袭击消灭"，则借日军之手消灭之；新四军如渡江成功，则由第五战区乘"立足未定而击灭之"；"新四军如在云岭按兵不动，则就地包围，坚决消灭他"。

12月下旬，顾祝同根据蒋介石命令，针对新四军北移路线，将调集的七个师八万余人部署到位，任命第三十二集团军总司令上官云相为前敌总指挥，确定了"逐步构筑碉堡，稳扎稳打"的作战方针。12月29日，上官云相于安徽宁国召开作战会议，明确进攻部署，限定各部队于12月31日前秘密完成作战准备。

34. 叶挺、项英生离死别石井坑

1941年1月4日夜，新四军军部及皖南部队九千余人，冒着霏霏细雨，顶着砭人肌骨的寒风，高唱袁国平作词、任光作曲的《别了，三年的皖南》，斗志昂扬从云岭向章渡开进。中共中央东南局副书记饶漱石，随新四军机关一起行动。当日，新四军《抗敌报》发表题为《临别之言》的社论，刊载了由叶挺、项英、袁国平、周子昆署名的《新四军为离开皖南进军敌后告皖南同胞书》。

尽管开拔前已广为宣传，但皖南民众尤其是一些德高望重的乡贤和士绅，对新四军仍难舍难分，或结伙挽留，或涕泗横流。中村一老者系董氏状元之后裔，特地修书赋诗给叶挺："老夫耄矣，未知何时再得见岳家军也。""恨不相随壮年时！"

新四军皖南北移部队编为三个纵队：左路为第一纵队，由老一团、新一团组成，约三千人，傅秋涛任司令员兼政治委员，计划由土塘到大康王地区集结，拟于5日晚通过球岭，向榔桥河地区开进。中路为第二纵队，由老三团、新三团组成，约两千人，周桂生任司令员，黄火星任政治委员，计划由北贡里到凤村附近集结，拟于5日晚经高坦、丕岭向星潭开进。右路为第三纵队，由第五团、特务团组成，约两千人，张正坤任司令员，胡荣任政治委员。北移部队以特务团为先行团，计划4日夜到达铜山徐，并前出占领新岭、大麻岭等要点，佯出太平，以造成新四军皖南部队准备南进太平、黄山假象，使国民党顽固派产生错觉，吸引第四十师西顾，掩护大部队前进，而后于5日晚向星潭开进。纵队司令部率第五团进至茂林、章村地区，充任全军后卫。军部机关和直属队约两千人，随第二纵队行动。新四军军部要求，各部于5日拂晓前分别到达预定位置。

按预定计划，多数部队徒涉通过青弋江，少数部队利用在章渡架设的浮桥过江。由于雨后河水猛涨，徒涉困难，新四军军部临时改变计划，部队全部转向章渡浮桥通过。湍急的江水使河床明显拓宽，原来架设的浮桥短了，只好临时在浮桥两头各加长一段。但部队过江时过于拥挤，仅过了千把人，浮桥就在密集人流的重压和河水冲击之下垮掉，正走在浮桥上的一队女兵掉进江中，相互拥抱着被急流冲走。工兵连跳进冰冷的江水中再架浮桥，以便载着枪炮和弹药的骡马运输队过江。为争取时间，部队官兵脱掉棉衣，冒着凛冽的寒风，趟过齐腰深的湍流，分头十分艰难地渡过青弋江。第二天一早，青弋江两岸的百姓打捞起女兵们的尸体，只见她们三五成伙抱在一起，有个女兵手里握着一枚手榴弹，乡亲们怎么也掰不开她的手。还有个女兵怀里抱着一根笛子，冻僵的嘴唇紧挨着笛孔……雨夜行军加之未请向导走错路，部队行军速度非常缓慢且官兵掉队甚多，各部队均未能按时到达预定位置，1月5日下午才陆续进入茂林。

茂林有上千户人家，是个因战而兴的村镇，抗战期间有"小小泾县城，大大茂林镇"之说。1934年，方志敏率红军抗日先遣队红七军团北上时，在谭家桥遭到国民党军优势兵力的围攻。激战中，二十二岁的红七军团军团长寻淮洲身负重伤，用担架抬到茂林时牺牲，葬于茂林附近潘村的马鞍山上。

1月5日，叶挺、项英致电蒋介石、何应钦、顾祝同、上官云相等，历数国民党军"遣兵布阵，剑拔弩张"，加紧"皖南友军合围部署"致皖南危急之事实，报告新四军皖南部队已于4日晚"遵行顾长官电令所定路线转经苏南，分路俟机北渡"。电报希望国民党当局"俯念下忱，稍加周全，勒临崖之奔马，挽未倒之狂澜"，饬令沿途各友军"推让道之高风"，以"保全抗战力量"。同时，叶挺、项英还分别致电国民党军四十师、五十二师、七十九师等部，吁请沿途协助，勿加阻拦，俾达成上级交给之任务。接到叶挺、项英电报当天，上官云相对国民党皖南部队下达命令："对日军仅留少数部队守备防线，集中优势兵力一举索新四军主力包围而歼灭之。"

鉴于官兵非常疲劳，叶挺和项英不得不作出"原地休息一天"的决定，以恢复体力，烘烤衣被。当天，雨仍下个不停，新四军官兵纷纷烘烤湿衣服，不少人在火堆旁睡着了。为了鼓舞士气，军部机关及各部队因地制宜开展文化娱乐活动。5日上午，中国无产阶级音乐运动的先驱者之一、中国电影音乐的开拓者、聂耳尊之为"我们的导师"的著名革命音乐家任光，召集司令部卫士及勤杂人员于一堂教唱新歌。任光参加新四军后，因在一次联欢会上演唱风趣诙谐的电影歌曲《王老五》大获成功，战士们从此亲昵地称他为"王老五"。那天，"王老五"教大家唱的新歌是《王老五反对开小差》。据时任军文化工作委员会总干事的文化名人钱俊瑞回忆："5日下午，我们参加了政治部同乐会。因地方太小，干部和勤杂人员分别举行。我们参加干部同乐会，大家说着唱着闹了半天。其中捉汉奸一幕顶有趣的。我也被坚请表演小魔术一套，博得大家哄堂大笑。底下一间房间里，是勤杂人员在开同乐会，他们唱戏的唱戏，说双簧的说双簧，真个热闹非凡。"

5日晚，军部在吴家大祠堂隆重举行军民告别晚会。圣公会长、各抗会代表都讲了话，最后是项英等军部首长讲话。军政治部主任袁国平在会上激动地表示："我们忍辱负重，委曲求全，离开皖南，进军敌后。在我们前进的道路上，不管遇到什么样的艰难险阻，我们都誓为中华民族和中国人民的彻底解放而斗争！"讲话结束后，新四军战地服务团演出了诗朗诵、活报剧、小魔术等节目，当合唱《新四军东征歌》（即《别了，三年的皖南》）时，台上台下一齐引吭高歌，把会场气氛推向高潮。在那个欢乐与忧伤交织的夜晚，新四军首长和皖南部队官兵谁都没有料到，这是新四军战地服务团给驻皖部队和父老乡亲演出的最后一场节目。

军部决定部队在茂林休整一天，虽然有利于指战员消除疲劳，但在兵贵神速的关键时刻，一天的迟滞，使战场态势发生了对新四军极为不利的重要变化。就在新四军部队就地宿营烘烤衣被和开展各种文艺活动之际，1月5日，国民党泾县章渡区区署迅即向上报告了新四军向茂林行动的路线和时间。当日傍晚，上官云相也接到了四十师关于在榔桥山口附近发现新四军的报告。上官云相遂令国民党军一线部队迅速搜索前进，二线部队逐次向前推进，准备投入一线作战。国民党军四十师迅速进驻三溪，抢占星潭，堵住了新四军前进的通路。

而在开进途中，新四军部队一些有战斗经验的指挥员早已发现，道路两侧情况异常，判断路有伏兵，且呈包围态势。当年的新四军新一团团长、新中国成立后任过济南军区副司令员、昆明军区司令员的张铚秀，1987年4月回忆，行军路上，他同团政治委员丁麟章和其他团领导交换意见，大家共同的看法是，蒋介石要搞名堂了。国民党顽军显然已经在路卡、隘口和山头布置了重兵，蒋介石反共反人民的屠刀，随时都可能从目不可及的山中密林里砍下来。阴冷的山谷间笼罩着剑拔弩张的紧张气氛。1月6日拂晓及上午，第二纵队老三团、第三纵队特务团警戒分队，分别在高坦、大麻岭同国民党军四十师搜索队遭遇并交火。回荡在茂林山谷中的枪声，预示着随时可能发生突然事变。

1月6日下午，项英在茂林西南潘村潘家祠堂召集纵队以上领导干部开会，研究部队行动方向。会议决定，仍按原定计划行动，乘国民党军包围之空隙，继续向苏南进发。会上，项英再次重申，顽军不开枪，我军不开枪；若顽军阻我前进，我则坚决还击。当日十五时，顾祝同命令上官云相："迅速部署所部开始进剿，务期于原京赣铁路以西地区彻底加以肃清。"

1月7日凌晨四时，新四军中路第二纵队前卫部队到达丕岭附近纸棚村，在此设伏的国民党军四十师迎头拦击，正式打响了皖南兄弟阋墙大血战的第一枪。

叶挺得知先头部队在丕岭遭四十师袭击后，强抑心中愤慨，立即动笔给孙中山当年的卫士、北伐同侪四十师师长方日英写信，再次恳请"推让道之高风"，准予新四军通过，其诚意苍天可鉴。项英则认为是"误会"，电询顾祝同。顾一面复电称是误会，一面下令上官云相"一网打尽，生擒叶项"。此间，第二纵队前卫部队像愤怒的雄狮，冒着呼啸的弹雨扑向顽军，经二十分钟激战歼灭四十师一个排，余顽溃败后向后撤离。第二纵队乘胜沿丕岭与星潭间长约十公里的山谷百户坑攻击前进，新三团和老三团四个营分别沿百户坑东西两侧山梁向星潭方向进击，顽军四十师一二〇团早已在百户坑东侧将军山、西侧曹家山、正面鹿公山构筑碉堡，以密集的火力封锁百户坑口。新老三团部队当即占领两侧高山，以火力掩护部队实施强攻，敌我双方形成对峙。部队星潭受阻，叶挺亲临前沿查看，布置第五团第二营准备增援第二纵队，突破顽军封锁，而后返回百户坑与项英商议对策。

1月7日十五时许，项英在百户坑一个茅棚里主持召开军分会扩大会议，讨论部队下步行动方案。参加会议的除叶挺、袁国平、周子昆、饶漱石、李一氓外，还有二纵队司令员周桂生、参谋长谢忠良、三纵队司令员张正坤、政治委员胡荣，新四军军部作战科长李志高等。会上出现了三种意见：

一种是叶挺和部队指挥员的意见，主张不惜一切代价，坚决攻下星潭。刚从前线赶到会场的第二纵队即中央纵队司令员周桂生、第三纵队即右路纵队司令员张正坤力主继续前进，直取星潭。叶挺赞成他们的意见，认为现在情况很紧急，背面顽军已向我们追来，左右纵队也已打响，我们只能前进，不能后退，后退就是灭亡。星潭是通往旌德必经之路，只有夺取星潭才有出路。叶挺主张，调五团二营增强攻击星潭力量，不惜牺牲，坚决打出去，突出包围，并说明已令二营做好增援准备。项英不同意叶挺等人的意见，认为要突破已构筑工事的敌军防线谈何容易，硬攻牺牲太大，伤员多了不好处理，不能把三年游击战争保存下来的骨干和精华拼掉。项英还说，即使攻下星潭，也难继续突破四十师的拦阻。

第二种意见是，翻过百户坑右侧山梁，由另一坑口打出去，直扑三溪。但这一路有无顽军封锁尚不清楚，侦察地形和摸清敌情时间又不允许，意见也被否决。

第三种意见是叶挺于傍晚时分提出的一案，改道沿顽军力量薄弱的太平、洋溪、石埭方向突围，甚至南出祁门、景德镇以图生存，避免被围歼。项英仍不同意，认为向国民党统治区行动，在政治上说不过去。

项英既不同意别人意见，又拿不出具体方案，会议开开停停，议而不决，迟迟形不成决心。下午，老三团、新三团官兵奋力攻占曹家山、将军山，歼灭顽军约两个连。当晚，两团再次发动攻击，扫除星潭外围多数据点。二十一时许，新三团一营攻进星潭镇。但因通信工具落后，这个重要信息未能及时传到军部。

晚二十二时，会议断断续续前后共开了七个小时，项英仍没有定下决心。叶挺一气之下离开会场，跑到山上叹气，后经人劝回。他气愤而无奈地说："即使有错误的决定也比没有决定好。现在就请项副军长决定吧！"

周子昆提议，早上特务团经过高岭时，没有遇到国民党军队，我们可退回里潭仓，出高岭，到太平，转入黄山，再伺机东进。

项英当即同意，决定二十四时开始沿原路折回，经高岭向太平方向突围。按照部署，五团由后卫变前卫，军部和直属队、第二纵队随后跟进，老三团一部防守丕岭，掩护各部后撤，特务团和第一纵队由现地回撤，随后跟进。1月8日凌晨，新三团一营得知部队已原路返回后，撤离星潭。

1月8日十时，新四军军部和第二纵队向高岭进发时，由于向导带错路，误走向濂岭时获悉，特务团正在此地与顽军七十九师对峙。军部当即后转改向高岭进发，又得到第三纵队司令员张正坤报告，七十九师主力正向高岭攻击，五团冲不出去，前进受阻，由太平方向突围计划落空。夜幕降临，军部不得已撤回丕岭以西里潭仓宿营。当日，第一纵队回撤中陷入顽军五十二师包围，第三纵队特务团在牛栏岭、濂岭与七十九师激战竟日。

8日下午，顾祝同严令上官云相将新四军皖南部队"包围于现地区，限电到十二小时内一鼓而聚歼之"。当晚，上官云相即给左右翼军下达总攻击命令："务于明日正午以前，将匪包围于现地区而聚歼之。"

新四军获悉这一重要情报后，决定迅速脱离险地，改道经高坦、茂林方向突围，由铜陵、繁昌之间直插江边北渡。但前卫部队新三团刚到高坦，即与顽军一四四师展开激战，顽军四十师也加紧从翼侧进攻。

傍晚，瓢泼大雨从天而降，雨水汇成一股股小溪，从山岭高处流向周围的山谷。黑沉沉的天幕下，伸手不见五指。且战且走的新四军撤到高岭高坦村，在徐家祠堂，叶挺突然发现项英、袁国平、周子昆不知去向。在顿失领导中枢的危急关头，饶漱石以军分会委员身份请叶挺指挥一切。

9日拂晓，新四军教导总队政治处主任、抗大五分校政治部主任余立金，把军直属队和教导总队及一些零散部队的官兵集合在阵地上，请军长讲话。临危受命的叶挺，一手提廿响驳壳枪，一手习惯地拄着手杖，深情地注视着雨中的官兵，低沉而激动地进行战斗动员："同志们，想不到蒋介石竟卑鄙无耻到如此地步，真是较之秦桧犹不如的中华民族罪人。现在我们正处于生死存亡的危急关头，为了抗战与人民的解放，为了挽回当前国家民族的危机，我们一定要杀开一条血路冲出去。从我军长到每一个战士，只要有一人一枪，都要坚决和敌人拼到底，在中国革命史上留下悲壮的一页。如我叶挺临阵脱逃，大家都有权打死我！"叶挺要求部队尽快抢占前面几个山头。

叶挺登高一呼，军心重聚。"坚决拥护叶军长领导！""坚决打退敌人进攻！"部队官兵士气大振，悲愤激越的口号声震荡山谷。军指挥所设在高坦以北的蛇山小高地上。骁勇的北伐名将叶挺，在弹雨横飞中巍然屹立，手持望远镜全神贯注观察敌情，指挥战斗。战况最激烈时，叶挺命令部队用仅有的两门迫击炮和为数不多的几发炮弹，一举摧毁顽军重机枪阵地，给坚守高地的指战员以极大鼓舞。官兵愈战愈勇，怒涛狂泻般冲下山去，给顽军以大量杀伤。气焰嚣张的一四四师全线动摇，被迫退守茂林。敌我方战正酣时，一四四师一名士兵突然扛一箱子弹火线起义，曾在泰国为新四军筹得巨款的陈子谷将其带到叶挺面前。该师排长吴志成，亦率剩余半个排火线投诚起义。一四四师六四四团团长李世镜，面对猛虎下山般扑上前来的新三团和教导总队官兵，因害怕当俘虏，改换便衣准备潜逃。

1月9日，叶挺给中共中央和中原局发电，报告项英等人"今晨率小部武装上呈而去，行方不明。我为全体安全计，决维持到底。"当日，刘少奇复电明确，军事上由叶挺负责，政治上由饶漱石负责，要他们积极支持，挽救危局。

叶挺决心甩开茂林顽军，率三团、教导总队和军直属队向东北方向开进，沿东流山麓，经石井坑、大康王，于泾县、丁家渡之间渡青弋江至孤峰，由铜陵、繁昌北渡长江。当日黄昏时分，与敌苦战一昼夜的叶挺率部开始翻越东流山，经过艰难徒涉，10日拂晓到达石井坑。一算行程，一夜只走了十里路！突围决心又告落空。部队再向北突围时，又遭一〇八师伏击，被迫退守石井坑。

石井坑东西宽四五里，南北长七八里，周围群山环峙，稀疏散落在"坑"中的几个小村庄，总共不过百十户人家。天大亮时，军部作战参谋叶超遇到了老三团一营号目张有利，急忙要他吹号联络周围部队。号声一响，散落附近的新四军部队，相继以号应答。接着，叶超发现五团的部队从山上走下来，且队伍整齐，建制完整，急忙向军长作了报告。

鉴于部队已两三昼夜没有休息和吃饭，叶挺下令就地整顿部队，收容失散人员，并作了三点指示：第一，五团迅速占领周围有利地形，立即筑工事坚守，掩护部队稍事休整；第二，通知各单位就地收容失散人员，恢复体力，整顿部队，准备战斗；第三，政治部要同后勤部配合做好群众工作，动用所有经费，尽可能多买些粮食和猪牛肉，改善一下部队生活。叶挺带头宰杀自己的坐骑供部队食用。

到10日中午，陆续到达石井坑的部队有建制完整的五团，还有老三团、新三团、特务团和军直属队各一部，约有五千人。

1月9日下午，在山上转了一夜又回到原地的项英、袁国平、周子昆，听到附近传来熟稔的军号声。周子昆听出是五团在山下集结部队，于是对项英说："咱们下去吧！"一行人下山找到五团，于10日上午随队来到军部所在的石井坑。

1941年1月10日，项英得知叶挺已将他离队事报告中共中央，于是就自己的离队经过致电刘少奇并转中共中央：

> 今日已归队。前天突围被阻，部队被围于大蠡山中，有被消灭极大可能，临时动摇，企图带小队穿插绕小道而出。因时间快要天亮，曾派人[请]希夷来商计，他在前线未来，故临时只找着国平及××同志（××[未]同我走）。至九日即感觉不对，未等希夷及其他同志开会并影响甚坏。今日闻五团在附近，及赶队到时与军部会合。此次行动甚坏，以候中央处罚。我坚决与部队共存亡（请胡服①转中央）。②

---

① 胡服，系刘少奇化名，1936年任中共中央北方局书记时开始使用。
② 中国人民解放军历史资料丛书编审委员会. 新四军文献（2）. 北京：解放军出版社，1994:105.

当日，叶挺、项英致电毛泽东、朱德：

> 我全军被围于泾县茂林以南，准备固守，可支持一星期。请以党中央及恩来名义，速向蒋、顾交涉，以不惜全面破裂威胁，要顾撤围，或可挽救。上下一致，决打到最后一人一枪，我等不足惜。一周后如无转机，则将全部覆没。盼立示。①
>
> 请胡、陈立转毛、朱。
> 叶、项
> 灰十四时②

入夜，山上的枪声稀疏起来，阵地上飘起低沉悲愤的歌声：

> 秋风起，树叶黄，弟兄杀敌在战场，我们本是一家人，祖孙三代同一庄，是鬼子杀了你爹娘，是鬼子烧了我家乡，互相残杀鬼子笑，热血同胞痛心肠。

在同室操戈的石井坑，何士德谱曲的歌，刺痛着每个官兵的心。

皖南事变发生后三天，中共中央才得到确凿消息。毛泽东等中央领导多次急电周恩来，要他在重庆进行最严正交涉，提出严正抗议，要求即日撤围。周恩来连日通宵达旦工作，采取一切可能的措施向蒋介石等人交涉，要求立即撤围。面对来自中共的交涉和抗议，蒋介石表面答应撤围，背地里却督促顾祝同加紧围攻，务期一网打尽。

1月11日上午，新四军军部召开会议，决定缩短防线，加强工事，以少数牵制多数，控制一个团以上兵力，选择顽军弱点给予打击。鉴于顽军不断紧缩包围圈，叶挺决心固守石井坑，创造新的黄花岗③。不料，当日顽军发动全面进攻。

---

① 中国人民解放军历史资料丛书编审委员会. 新四军文献（2）. 北京：解放军出版社，1994:106.
② 十日的电报韵目代日是"灰"字，灰十四时即十日十四时。
③ 1911年4月27日广州起义失败后，同盟会会员潘达微冒着生命危险，把起义中战死和被俘后慷慨就义的七十二名革命党人（实有一百多名革命党人牺牲）的尸骨葬于广州东北郊，并改红花岗为黄花岗。

海拔八百三十六米的东流山，是石井坑的最高点，也是拱卫新四军军部的最后一道屏障。当晚，四十师攻占东流山，军部及所属部队处于顽军炮火威胁之下。叶挺再次以个人名义给毛泽东、朱德、王稼祥发电：

> 本军五昼夜不停与五六倍[之敌]激战于重围，计划又告失望。现将士疲劳过度，只好固守一拼。惟士气尚高。此次失败，挺应负全责，实因处事失彼、指挥失当所致……今日事已至此，只好拼一死以赎其过。①

随后，叶挺命令教导总队夺回东流山最高峰，教导总队指挥员身先士卒，带领官兵轮番冲锋，经浴血奋战付出重大伤亡后，夺回了东流山。

1月12日凌晨一时，神情极为严肃的毛泽东、朱德、王稼祥、王若飞等，来到延安王家坪军委一局作战室。一局局长郭化若向毛泽东等汇报说："皖南我新四军被国民党军上官云相指挥的八万部队包围。1月8日（实为9日凌晨），项英、袁国平、周子昆等人擅自离开部队出走，他们被我自己后撤的部队碰上，被迫于10日晚（实为上午）回到军部，但已遭到指战员的鄙视。部队在叶挺军长指挥下，仍在顽强地战斗。"

毛泽东问："叶挺请求二支队向苏皖边积极行动，苏北部队予以声援，可以做到吗？"

郭化若答："顽敌已完成重兵合围，二支队在苏南，难以牵制调动江南顽敌。顾祝同已在苏皖边部署部队，切断了苏南与皖南的联系。苏北距离皖南太远，起不了牵制作用。我皖南部队已行军、作战八昼夜，官兵非常疲劳，面临弹尽粮绝的危局，全部突出重围已不是很困难，而是不可能了。但分散突围仍有可能。新四军皖南部队，是一支经历了三年游击战争、善于分散打游击的部队。"

毛泽东、朱德、王稼祥等听完汇报后，毛泽东开始起草电文：

> 叶、饶：
>
> 你们当前情况是否许可突围，如有可能，拟以突围出去分批东进或北进（指定目标，分作几个支队分道前进，不限时间，以保存实力，到

① 中国人民解放军历史资料丛书编审委员会. 新四军文献（2）. 北京：解放军出版社，1994：110.

达任务为原则，如有利，望考虑决定为盼）。因在重庆交涉恐靠不住。
同时应注意与包围部队首长谈判，并盼将情形告知。

毛、朱、王

一月十二日晨①

毛泽东写完电报后即送译发，随后站起身，心情十分沉重地说："根据我们得悉的情况与叶挺来电和听了你们的汇报，我认为皖南的形势已不可挽回了。只要能够执行分散突围，是可以救出一部分同志来的。"毛泽东停了一会儿，眉峰紧蹙："我很担心叶挺同志的生命安全，我要他去与包围部队谈判，这样才有可能挽救他的生命。因为叶挺是北伐名将，名气很大，他与顾祝同、陈诚等很多国民党高级将领都是老同学关系，国民党军将领是不敢杀他的。"

随即，毛泽东向郭化若下达命令：

一、一局迅速将皖南情况通报各战略区和各中央局，使他们了解情况，采取措施。二、发电报给胡服、陈毅，要中原局加强对叶挺的联络，他们之间距离近，对叶挺予以帮助与指导。三、电告八路军前方总部彭德怀，指出国民党反共气焰一定会更嚣张，要他们注意掌握当面敌军、顽军情况，坚决打退敌顽进攻，打退国民党的反共高潮。要他命令黄克诚部队加速南下，支援苏皖新四军作战。四、电告周恩来，要他立即向蒋介石、何应钦交涉，要蒋介石下令给顾祝同撤围，让路给皖南新四军东进抗日。②

1月12日，中共中央决定："一切军事、政治行动均由叶军长、饶漱石二人负总责，一切行动决心由叶军长下。项英同志随军行动北上。"

叶挺接报阅毕，泪水吧嗒吧嗒掉在电报纸上。

项英拥护中共中央决定，不再参与处于危境中的新四军决策。

当日下午，国民党军四十师由南、五十二师由东、一○八师由东北、一四四师由西北、七十九师由西，对石井坑这一弹丸之地实施向心总攻击，山头几乎被

---

① 中国人民解放军历史资料丛书编审委员会.新四军文献（2）.北京：解放军出版社，1994：113.

② 安徽省新四军历史研究会.茂林悲歌.北京：中央文献出版社，2010：110.

夷为平地。坚守东流山、长龙山一线的特务团、五团等部官兵，面对顽军四面八方的猛烈进攻，英勇阻击，反复冲杀，多次与敌人展开白刃格斗。五团三个营的六名营长、副营长，二人牺牲，三人负伤。激战中，有的战士手指被打掉，用残臂托枪射击；重机枪枪管打红无水降温，就用小便浇了继续打；有的战士子弹打光了，孤身冲进敌阵，夺过顽军的枪弹击毙敌人；有的紧抱冲上阵地的顽军，一起滚下山崖；有的拉响最后一颗手榴弹，冲进敌群与之同归于尽。

在气壮山河的东流山大血战中，新四军战地服务团九名为部队运送弹药的女战士，被国民党顽军追杀至东流山一处险峰，在进难脱身、退无生路之际，九名女战士将炸药绑在身上，拉着导火索，一起唱着《新四军军歌》，义无反顾扑向顽敌，在惊天动地的爆炸声中，把美丽的青春融入皖南的青山绿水。新四军教导总队七名女战士，在东流山被顽军逼到悬崖。在队长史红娟带领下，七名女战士用手榴弹与顽军展开了英勇搏杀。当史红娟向敌人投出最后一颗手榴弹后，宁为玉碎，不为瓦全的女战士们高呼"抗日必胜""新四军万岁"的口号，携手跳下百丈崖，悲壮的呼喊声萦绕山谷。她们之中，年纪最小的刘一兰只有十七岁。

红军闽东独立师改编为新四军老六团时，编有三个营，其中三营参加了繁昌战役。叶挺看到这支部队作战勇敢，淳朴可靠，就把三营留在了身边。突围中，三营誓死保卫叶挺，官兵毫无惧色，前赴后继，全部战死。

延至黄昏，东流山南面、东面和西面阵地相继失守，双方进入混战状态。鉴于局势已无可挽回，叶挺下令老三团、新三团向西北方向先行突围，以吸引五十二、一〇八师主力向西；军部率教导总队向大康王一带突围；其余部队根据情况向四面突围。总的目标，一是经铜陵、繁昌渡江北上，一是经苏南渡江北上，或就地坚持打游击。命令一下，部队即从四面八方向外冲，展开空前突围大血战。

1月12日夜，居高临下的顽军向石井坑疯狂扫射。叶挺令消灭离军指挥所二百米远小庙处敌机枪阵地。此刻，周子昆身边已无兵可用。不满二十五岁的特务团团长刘别生主动请缨，率四名通讯员十几分钟即歼灭小庙之敌。七八天没睡觉的刘团长进庙倒地就睡，任通讯员怎么叫也不醒，直到庙外连响两炮，才猛地跳起来喊："通讯员，打！"遂又倒地呼呼大睡。

夜渐深，曳光弹在石井坑编织出纵横交错的火网，弹雨横飞中，叶挺称之为"中国的音乐之星"的任光不幸中弹颓然倒下，肩背的小提琴随之落地。新婚三个月的妻子徐瑞芳扑上前去，见丈夫胸部军衣已被鲜血浸湿，疾声呼救。正在附近指挥战斗的叶挺闻讯赶来，急忙解开任光的上衣，见伤在要害处，焦急地说：

"立即抢救，否则有生命危险！"可身边除了呼啸的弹雨和誓死阻击敌人的士兵，没有一个医生。战况紧急，叶挺不得不继续指挥战斗。叶挺刚离开，一队顽军追了上来，其中一个少校军官问任光："你是什么人？"奄奄一息的任光吃力地说："我是……《渔光曲》作者……"怀抱任光的徐瑞芳补充道："他是音乐家任光！"在丈夫命悬一线之际，徐瑞芳多么希望有人能够拯救任光的生命啊！但任光的头无力地垂了下来。徐瑞芳紧抱任光连声呼唤终无济于事。早年因创作民族管弦乐曲《彩云追月》闻名遐迩、1935年以电影《渔光曲》主题歌在莫斯科国际电影节获奖的音乐之星任光，急遽陨落在茂林的战火硝烟中。这一年，他只有四十一岁。任光牺牲后，肃立一旁的国民党少校军官，立正后给他行了一个军礼。

叶挺为自己未能保护好"民族的号手"任光而深深自责，1941年2月从江西押解重庆途中，曾秘密投书阳翰笙，嘱他转告周恩来"任光已在我身旁阵亡"。此后，叶挺在其《囚语》中多次抒发对任光的思念之情，并详细记述任光遇难时的情形："入夜，四面烈火漫烧，曳光弹如萤箭四面飞来"，"忽有人高呼：'王老五'受伤了！余近视之，知其重在胸部。时萤箭蝗飞，余心痛如割，无语足以慰之，无法足以助之。及后闻战士言，'王老五'老婆亦受伤了。任君夫妇当作同命鸳鸯矣，悲乎！"叶挺真诚地希冀："愿后世有音乐家为我作一哀歌以吊之"。毕业于上海同济大学的任光妻子徐瑞芳，受伤被俘后被送至国民党军队野战医院治疗，一个妄图染指的顽军柴姓团长经常向她献殷勤，多次遭到徐瑞芳痛骂，结果伤势未愈就被关进上饶集中营。人称"曾魔王"的特工中队长曾恭生，不怀好意尾随徐瑞芳动手动脚，遭到厉声呵斥，徐瑞芳还顺手抄起身边的一条板凳向曾恭生头上砸去，吓得曾恭生魂飞魄散。1942年6月19日，时年二十四岁的徐瑞芳与杨瑞年等七名女战士一起，在闽北赤石镇英勇就义。

2014年8月29日，国家民政部公布第一批300名著名抗日英烈和英雄群体，任光作为新四军三十名英烈之一名列其中。这是祖国母亲以崇高的荣誉，给以笔和歌曲同敌寇抗争的儿子，谱写的令人荡气回肠的英雄颂和安魂曲，弥补了叶挺时逾七十余载未能"歌以吊之"的缺憾。

1941年1月13日凌晨，新四军军部和部分部队刚翻过大康王北面一座大山，又遭顽军重重包围，几度冲锋，损失很大，仍突不出去。当日下午，叶挺收到由刘少奇、陈毅转来的中央的电报，要求突围和分批东进、北进。叶挺将手杖柄上的螺丝一拧，手杖上半部立成一片凳面，下半部则成两条凳腿。叶挺从容坐定，召集部分团以上干部紧急部署部队突围。面对命悬一线的危局，有的干部难过地流下了眼泪。

"不要流泪！"叶挺镇定而充满期待地望着大家，话语中依然透着自信与乐观。经历过无数次死神磨砺的将军，此刻愈加笃定从容。他拿出随身携带的照相机，要求与会者抬起头来，开始给每个人照相。

14日上午，新四军政治部敌工部长林植夫受命下山与顽军谈判一去不返。生死存亡关头，饶漱石心情沉重地对叶挺说，这么多干部困在这里，不被敌人消灭，也会冻饿而死。他建议，请叶挺下山见一见他熟悉的一○八师师长戎纪五，让他看在抗日救国的份上，让出一些空隙，先把被困部队这批干部放走，然后下令"追击"，打个马虎眼，让新四军北渡长江开赴前线抗日。

叶挺对饶漱石的建议感到惊讶，不无忧虑地说，我作为败军之将已失去了谈判资格，再说，对这种行动的性质，应当怎样估计？你知道，大革命失败后我离开过党，走过弯路！

饶漱石说，你过去脱党，中央已有客观结论，今天下山去联络，在中央12日让我们分批突围的电报里，有应注意与包围部队首长谈判的指示作依据。这里每个幸存者都是见证人，都能证明你是执行中央指示，为减少牺牲和保存干部才这样做的。

情势危急，叶挺置个人生死荣辱于不顾，毅然下山。路上，叶挺凝望着硝烟弥漫的山谷，怀着"壮士一去兮不复还"的悲壮之情，折断从不离手且能打出一发子弹的手杖，扔进深深的山涧。

老谋深算的顾祝同，战前就收回了同情新四军的戎纪五的指挥权，在一○八师师部恭候叶挺的，是五十二师副师长朱惠英！

叶挺被顽军扣留三天后，被送往上饶国民党第三战区总部。

败军亦言勇。1月13日夜，新三团一营副营长张玉辉，上演虎穴掏心惊天大逆转：这位浑身是血的新四军猛将，率三百余名官兵，以九挺机枪和冲锋枪、手榴弹汇成势不可挡的狂涛怒浪，一鼓作气冲到茂林，与老三团六连连长肖恒辉、七连连长鄂庆陵所部和军部短枪队各一百人共六百余人，直捣顽军一四四师师部，打掉敌电话总机和七八部电台，俘敌一百二十余人后径奔章渡，期间经历雪夜长江遭遇日舰的惊心一幕，于1月25日夜从繁昌油坊咀北渡长江，抵达无为。

新三团二营营长巫希权，率第二纵队左路六百多人，以九挺机枪开路，一路冲杀，连连突破顽军封锁，当夜穿过茂林、章渡。1月25日夜，巫希权带领四百多名官兵冒雪渡过长江进入无为，成为皖南事变中突围出来人数最多的一支队伍。

第一纵队司令员兼政治委员傅秋涛，率老一团三百多人突围至泾县、宁国交界处山区，转战半月余，在顽军四个团围剿下再次分散突围，傅秋涛率部分干部相继突破顽军五十二师、一〇八师封锁，于3月初到达溧阳新四军六师十六旅。

第二纵队政治委员黄火星，率新三团等中路部分指战员突出重围，于1月中下旬渡过长江抵达无为。

第三纵队参谋长黄序周，与特务团团长刘别生、政治委员张闯初一起，率特务团二百八十多名官兵从高坦突围，辗转战斗二十多天，先后到达铜陵、繁昌，于2月中下旬渡江北上，顺利到达无为。

第一纵队副政治委员兼政治部主任江渭清、老一团团长熊应堂，亦经数番血战连破敌封锁线，率部分官兵转战至溧阳，江渭清嗣后任六师十八旅旅长。

左路第一纵队新一团团长张铚秀，率两百多名指战员苦战1月到达繁昌，在地方党和群众支援下，于2月底过长江到达无为，与新四军江北部队会合。

新三团团长熊梦辉、政治主任阙中一，1月14日晨率部突围被打散后，隐蔽在丁家渡附近树林里。晨光熹微中，阙中一透过树丛向青弋江望去，只见码头上蚂蚁逐食般麇集着一伙国民党兵，江边三步一岗、五步一哨，对岸闪烁明灭的火光，预示国民党军已隔江构筑了新的封锁线。红军长征中做过毛泽东保卫工作、西安事变中担任周恩来警卫参谋的阙中一，眉心拧成了疙瘩。出生入死十几年，经历了数不清的危险，但面临的局面从来没有像今天这样严重！他默默摘下腕上的手表，递给团长熊梦辉说："留个纪念吧！"熊梦辉眼里闪过一丝晶莹，会意地掏出自己的怀表塞给阙中一，声音有些异样："留个纪念！"言毕，两双手紧紧握在了一起，无声但却坚定地立下了生死之约。当地党组织帮助找到一任保长的地下党员，通过他买通敌守渡口的哨兵，又花钱买来一些便衣，熊梦辉和阙中一率官兵化装成敌筹粮队闯过封锁线，渡过青弋江，而后五渡长江抵达无为。阙中一连涉险关安然无恙，熊梦辉却在无为东乡姚沟战斗中牺牲。阙中一怀揣熊梦辉留下的怀表，历经抗日战争、解放战争成为开国少将，1961年出任南京军区舟嵊要塞区第一政治委员兼海军舟山基地政治委员。

1月14日拂晓，新三团参谋长张日清和新二支队三百余名官兵于章渡涉水强渡青弋江，为顽军猛烈火力所阻。张日清利用灌木和祠堂掩护，躲过顽军搜索，收拢二十余名战士编为两个班，于1月21日晚从无为乘船渡江。是夜江面大雾弥漫，江中隐约可见一条灰暗堤岸。船老大向岸边抛锚，只听"咣当"一声，锚绳击中金属船舷，原来雾中"堤岸"是日寇汽艇！所幸夜深雾浓，酣睡中的日寇竟未察觉。张日清急令船掉头驶向江心，从另一个方向驶达北岸，于1月24日顺抵江北游击纵队司令部。张日清后任新四军一师二旅六团团长。

虽经中国共产党人全力运筹和挽救，皖南茂林血战胜利的天平，还是向力量占绝对优势的国民党顽军倾斜了。原新四军二支队战地服务团团员后文洙回忆，一些从皖南突围出来的同志讲，许多新四军战士突围时，被国民党顽固派军队疯狂杀害，使泾县章渡的河水都被鲜血染红了。一些女战士在无法突围的情况下，解开绑腿在山林中自缢，有的竟一排排挂在树上，惨不忍睹。在国民党军队七个师八万余人的包围袭击下，新四军皖南部队英勇奋战七昼夜，终因寡不敌众、弹尽粮绝，除两千余官兵突出重围外，一部被打散，大部壮烈牺牲和被俘。

二纵队司令员周桂生，率部掩护军直属队及教导总队突围时，转移至狮形山西北高地，在敌重兵围攻中流尽最后一滴血，时年三十五岁。

三纵队司令张正坤突围中身负重伤被俘，被作为"要犯"囚禁于上饶集中营七峰岩监狱。1941年夏，张正坤为掩护战友越狱英勇牺牲，时年四十三岁。

三纵队政治委员胡荣，率五团在东流山与数倍于己的敌军激战至12日黄昏，大部官兵阵亡，胡荣身上也多处负伤。妻子李秀英搀扶着他转到大康王附近的九峰山下，于凌晨两点宿于青龙山湖岗村山民鲁荣生家。天刚蒙蒙亮，国民党顽军搜山部队赶到，胡荣对李秀英说，我俩一起跑，一个也跑不脱。你冲出去，我掩护你！说完，果断地把李秀英推出后门。李秀英跑到后山树林深处，忽听身后"轰"的一声爆炸，接着就是一阵杂乱的枪声。她知道胡荣凶多吉少，当晚悄悄摸下山来找到鲁大爷，得知敌人冲进来时，胡荣先甩出一枚手榴弹，而后用手枪结束了自己三十五岁的生命。悲恸欲绝的李秀英掏出仅有的十块银元给鲁大爷，请他代为收殓胡荣遗体，在他帮助下，李秀英隐匿山间寻找战友未果，后被泾县后山乡沙埂村一户农民认作义女，隐姓埋名在当地生活下来。新中国成立后，李秀英写信给李先念、傅秋涛、江渭清等领导同志，在他们的关怀下，享受了红军待遇。

新四军宣教部部长朱镜我早年留学日本，精通日、英、德、法、俄五国文字，曾在上海参与创办"左联"。1932年秋，朱镜我在中共中央宣传部工作，应鲁迅之邀，陪同红军将领陈赓两次到鲁迅上海寓所，给鲁迅讲述红军长征有关情况，为鲁迅构筑鸿篇巨著提供素材。1941年1月10日，叶挺曾托人看望正在石井坑的朱镜我，希望他设法化装并到农民家暂避。朱镜我得知叶挺的关切后眼圈泛红，喃喃说道："谢谢叶军长的好意，我们终究会成功的。"说完便无力地闭上了眼睛。1月13日晨，战士们用担架抬着朱镜我，历经险阻到达火云尖西侧马鞍形山岗。一连几天没有吃饭睡觉的朱镜我，身体虚弱到了极点，他见前方顽军用机枪猛烈扫射，后面的敌人又在放火烧山，坚决拒绝战士们背他下山突围，恳切地对大家说："你们快冲出去，不必为我再送上几条性命！"战士们不肯，朱镜我伸手去摸警卫员的枪："你们开枪吧，我不愿当俘虏，也不愿死在敌人手里！"警卫员含泪夺回枪说："首长，枪里的子弹早打光了！"说罢，捡起石头将枪砸烂。危难关头，朱镜我用尽最后气力对战士们吼道："你们快走，我不能连累你们，突围出去就是胜利！"言讫挥泪同卫士们永诀，纵身跳下悬崖。

1月7日拂晓，左路第一纵队在向泾县榔桥河地区开进时，遭国民党军四十师伏击。当晚，第一纵队按军部命令回撤，陷入国民党军重围。纵队领导人紧急碰头磋商，纵队副政治委员江渭清主张往东打，杀开一条血路冲向苏南，纵队副司令员赵凌波坚决反对，主张回去救援军部和二纵、三纵，结果赵的意见被采纳。1月8日，第一纵队在榜山、榔桥河地区与国民党军整日激战，晚上，国民党军官出身的赵凌波趁滂沱大雨逃跑，于1月10日在球岭被国民党军五十二师一五五团俘获，随即失节叛变，死心塌地为国民党效劳。新四军北移部队1月7日遭国民党军四十师伏击，本是赵凌波亲身经历之事，但他却颠倒是非，说新四军"取先发制人手段"，计划先歼四十师，再攻击第三十二集团军，"造成扩大纷乱之局"。1月12日，第三十二集团军总司令上官云相，特意把赵凌波的供词专电报送第三战区司令长官顾祝同。顾祝同如获至宝，将赵供词作为皖南事变后掩盖真相和逃脱罪责的有力"证据"，于13日转报蒋介石。1月17日，国民党发布解散新四军的反动命令，国民政府军事委员会发言人发表谈话，都把赵凌波的供词作为攻击和诬陷新四军的炮弹。赵凌波后充任上饶集中营的"政治教官"，到处找人谈话拉被俘新四军干部下水，甚至厚颜无耻地到囚于李村的叶挺处劝降，被叶挺狠狠地扇了几个耳光，厉声痛骂斥走。1942年5月，被国民党委任为反共副专员的赵凌波，假冒被俘后从国民党牢狱里逃出来的难友，化装潜入繁昌湖阳冲我军驻地侦察，企图为国民党军五十二师偷袭新四军七师搜集情报，被七师五十七团二连指导员董南才认出，随即被送往无为东乡白茆州五十七团团部。团长梁金华当即发电向师部报告。师首长即命正在五十七团工作的师侦察参谋李务本带一个侦察班，以"护送"为名将赵凌波押送师部驻地无为北乡大俞家岗，择机派精干武装押解其去军部审判。拂晓，李务本率侦察班押解赵凌波到石涧埠附近路旁休息时，赵凌波自知罪不容赦，突然向黄洛河据点窜去。李务本果断指挥侦察班追捕。赵凌波边仓皇逃命边大声呼喊："李务本，我和你今日无仇，往日无怨，何必这样逼我，你就放我一条生路吧！"李务本厉声喝道："赵凌波，不准跑！跑就打死你！"赵凌波依旧撒腿狂奔，追捕的战士当机立断开枪将其击毙。

皖南大血战结束后，顾祝同报请国民政府军事委员会对上官云相进行特别嘉奖，奖赏第三十二集团军总部法币五万元（当时国民党军一个上校月薪一百二十元），奖赏作战特别有功的五十二师法币五万元。对作战有功部队的主官、幕僚及战斗人员，均论功行赏，并颁发勋章、奖章。

雄峻瑰丽的皖南茂林，奇峰竞秀，烟树千重。在大敌当前、中华民族陷于最危险境地的时候，在这风景如画的深山幽谷，却上演了同室操戈、骨肉相残、萁豆相煎的千古奇冤！皖南事变发生那年秋天，茂林东流山漫山遍野的红豆红艳妖娆，浓烈似火，及至瑞雪覆地，纷纷坠于晶莹，一如草木含悲，杜鹃啼血。半个世纪以后，有作家睹物思情，茹苦含悲写就《茂林红豆亦相思》的祭文，如诉如泣抒发了对旷世英魂的哀思。

35. 延安攻守并用重建新四军

皖南事变的发生，举世震惊，舆论大哗。

1941年1月17日，国民政府军事委员会发布取消新四军反动命令当天，为了表示苏联政府的抗议，苏联外长莫洛托夫、对外贸易部长米高扬，拒绝出席中国驻苏大使邵力子举行的招待晚宴。八天后的1月25日，苏联驻华大使潘友新，抱病来到蒋介石官邸，就皖南事变向国民党当局提出抗议，指出国民党军队对新四军的进攻，削弱了中国人民的国防力量。对中国来说，内战将意味着灭亡。美、英出于利用中国抗战遏制日本南进的需要，也不赞成蒋介石发动内战影响抗日。美国总统特使居里正式向蒋介石声明：美国在国共纠纷未解决之前，无法大量援华，中美间之经济、财政等各种问题，不可能有任何进展。

1月8日，爱国华侨领袖司徒美堂等发电呼吁："大敌当前，谁甘分裂"，无异"自坏长城，自促亡国"。

1月14日，陈毅等新四军各支队、纵队司令员联名为解除新四军皖南部队重围致电蒋介石。次日，诸将领发表《抗议国民党顽固派制造皖南事变的通电》。

1月19日，菲律宾《建国报》发表题为《枪口一致向外》的社论，突出强调："再一次的大声疾呼，枪口一致向外！"

1月20日，上海英文报纸《大美晚报》发表题为《家庭事件》的社论，开篇就辛辣地指出："当我们的日本朋友看到重庆政府与共产党军队最近的剧烈摩擦时，他们一定要大流口涎。要是真的如此，那么抱歉得很，我们不能不说，东京要待菜肴端上桌子来，还得等好大的工夫。"

此后，美国埃德加·斯诺撰文《这是中国的内战吗》；德国汉斯·希伯撰文《日本庆幸着国共摩擦》；英国根室·史坦因撰文《国民党顽固派发动皖南事变适应了东京的要求》；缅甸十八个华侨团体联合发表宣言："反共就是投降的准备！"

3月5日，爱国华侨领袖陈嘉庚在通电中严正指出："值此敌焰犹张，国仇未雪，如复自为鹬蚌，势必利落渔人，民族惨祸，伊于胡底。"

1941年1月17日，蒋介石冒天下之大不韪，反诬新四军"叛变"并宣布取消其番号，声称将叶挺交付"军法审判"，从而把国共合作关系推到破裂的边缘。

日伪首领则弹冠相庆，认为皖南事变"其意义颇为重大"，"对于中国政治前途是相当有利的"，"当日夜馨香顶祝以求之"，"我们必须善用这种有利的形势"。"国共火并，恐从此开始矣"。东京当局期盼蒋汪合流。心中窃喜的日媒掩饰不住满脸得色，在蒋介石宣布取消新四军番号当天，日本同盟社在南京发电称："重庆政府严令长江下游江南地区之共产军，于12月26日以前移往江北，第三战区司令长官为使共产军早日北移，遂开始在东流山附近围攻新四军及共产军各军队，共产军一部已于10日由荻港附近溃退江北。"自14日以来，日军各部也以"完成皖南剿共未竟之功"为口号，向宣城、金坛附近之新四军发起攻击，"国民政府绥靖部队"亦协助日军作战。

汪精卫特意在南京召开庆祝大会，不无揶揄地在会上赞扬蒋介石说："蒋介石盲目抗战数年，只做了皖南事变一件好事！"

在新四军皖南部队深陷国民党军重围处境危殆之际，中共中央中原局书记、华中新四军八路军总指挥部政治委员刘少奇，与陈毅积极谋划反制解围之策，1月12日致电毛泽东、朱德、王稼祥，建议为救援新四军军部，由八路军山东部队包围沈鸿烈部，新四军苏北部队包围韩德勤部，以与国民党谈判做交换条件。

中共中央1月13日复电同意刘少奇建议，指示"限十天内准备完毕，待命行动"，"以答复蒋介石对我皖南一万人之聚歼计划"，"如皖南部队被蒋介石消灭，我应坚决彻底干净全部地消灭韩德勤、沈鸿烈，彻底解决华中问题"。

1月14日，毛泽东、朱德、王稼祥致电彭德怀、刘少奇、陈毅等："中央决定，在政治上军事上迅即准备做全面大反攻，救援新四军，粉碎反共高潮。"

在攸关国共两党战略博弈成败利钝的又一个历史关头，面对国民党顽固派掀起的第二次反共高潮的排天浊浪，沉稳持重的刘少奇接到毛泽东等人的电报后反复考虑，认为1月12日向中共中央建议包围韩德勤、沈鸿烈部，是要作为救援新四军军部的交换条件，现在新四军军部已被消灭，交换条件已不存在，目前进攻沈、韩两部已无必要，遂于1月15日晚致电中共中央：

中央，毛、王、朱：

寒①现叶、项已被俘，皖南新四军已全被歼灭，中央决定在政治上军事上准备全面的大反攻，这里的同志于气愤之余亦有立即举行反攻之主张。然根据各方面情况平心静气一想，我有下列意见，望中央考虑。

一、情况。(一)全国局面国民党未投降，仍继续抗战，对共产党仍不敢分裂，且怕影响对苏联的关系，在皖南消灭我军蒋亦曾下令制止，即证明蒋生怕乱子闹大。在此时，我党亦不宜借皖南事件与国党分裂。何应钦下令只说严防我军报复，未说即此在全国乘机进攻我军。(二)目前华中我占领地方很大，兵力不够，仍不能巩固。皖东北敌伪匪猖獗，已全部成游击区，原来巩固地区均已丧失；淮海区亦不能支持；盐阜区土匪亦蜂起；黄桥已被敌占领，海安亦有被敌占领可能；我们部队尚须休整补充。故以华中来看，能在半年若一年以内不发生大的战斗，肃清土匪，巩固现有地区，对我为有利。(三)韩德勤现在正利用水网泻通〔加筑〕工事，深沟高垒，屯集粮食，故我彻底消灭韩部极为困难，即打开一二个堡垒，消灭他一二次增援队，问题仍不能彻底解决。山东沈鸿烈情况，我不知道。

二、根据上述情况，我提议：以在全国主要实行政治上全面大反攻，但在军事上除某些个别地区外，以暂时不实行反攻为妥。其理由如下：(一)目前我能在军事上向国民党实行反攻者，大概只能有下列几着：(1)打韩德勤、沈鸿烈；(2)华中主力集中，经雪枫地区渡新黄河向河南出击；(3)陕北部队向西兰大道出击；(4)华北部队向河南或绥远出击；(5)全国各地党部实行武装起义。除此以外，就只有个别小的军事反攻之可能了。(二)上述各着，均无胜利把握，亦无大利可图，且系进攻性质，对人民、对部队、对统战朋友均无充分理由。在目前，

① 寒，即14日。

向国民党实行这种进攻和破裂，不仅将引起中间分子的非议，即自己部队亦难长期在精神上维系不发生动摇。如果再受挫折，则对我更有极大不利，那时反共高潮更不能压止，国民党更可借此向我大举进攻。故实行全面军事反攻对我不利，且有极大危险。（三）但是某些个别小的军事反攻是可实行的，如解决南下之东北军（为对东北军统战起见，解决再还人还枪），消灭某些小的顽固派等。

三、目前我党对皖南事件态度及办法如下：（一）向国民党提出严重抗议并发宣言，提出下列条件：（1）立即释放叶、项及所有被停人员及全国所有被捕党员，不得杀害一人及逼迫其自首等侮辱行为；（2）赔偿所有损失及抚恤死伤；（3）枪决上官云相等肇事凶手；（4）解决八路军、新四军过去所有一切悬案；（5）保证以后不得再有进攻我军之行为。（二）上述各条，要是国民党完全不能答复，我即宣布在皖南事件未彻底解决前，华中我军决不再考虑北移之命令，新四军全部除叶、项命令外，不听任何其他的命令，并宣布如国民党再向华中我军进攻，即认为国民党正式与我党的决裂，那时我即将不顾一切采取一切可能手段反对国民党。以此威胁国党不敢向华中我军进攻，以求得华中休整与巩固的时间至半年或一年，则对我甚为有利。（三）在全国全世界实行大的政治反攻宣传，抗议皖南事件，揭破国民党分裂行为，以孤立顽固派，并在全国造成我实行军事反攻之理由。如能请苏联对皖南事件表示某种态度则更好。全国各地党部及我军下部均公开要求中央下令停止合作，撤回各地办事处，实行军事反攻，将八路军、新四军全部开回大后方去，清除反共顽固派及包围蒋委员长的亲日派，敌后抗战由其他部来担负，以吓国党。如此对我在政治上有利，在军事上稳健，可能使蒋、何在半年至一年内不敢再向我华中进攻，使我能巩固华中阵地，以待变化。将来如须在军事上反攻，是可再找到其他理由的。

四、我的意见如何，请考虑示复。[①]

胡 服

删[②]

---

① 中国人民解放军历史资料丛书编审委员会.新四军文献（2）.北京：解放军出版社，1994:135.

② 删，即15日。

空前严重的政治军事危机，考验着中国共产党人的胆魄和智慧。在民族矛盾和阶级矛盾相互交织、错综复杂的形势下，中国共产党不能不全力维护抗日民族统一战线和以主要力量继续抗敌御侮，同时为生存计，对于国民党顽固派蓄意制造的反共事件，又不能不进行坚决有力的斗争。在决定中国抗战局势走向和抗日民族统一战线存亡的重要历史关头，毛泽东和中共中央冷峻透视皖南事变陡然掀起的轩然大波，从全局和长远上进行利弊分析和权衡，决定采纳刘少奇的意见，确定了"政治上取全面攻势，军事上取守势"的方针，一方面坚决揭露国民党顽固派反共图谋，另一方面又要在斗争中维护抗日民族统一战线。

1月20日，毛泽东以中共中央军委发言人名义对新华社记者发表谈话，揭露国民党顽固派阴谋，抗议其反革命暴行。谈话严正宣告：亲日派反共降日的计划即使实现，中国共产党和中国人民也有责任有能力出来收拾时局，决不让日本侵略者和亲日派横行到底。毛泽东在谈话中向国民党当局提出了处理皖南事变善后办法十二条（即老十二条）：

第一，悬崖勒马，停止挑衅；第二，取消一月十七日的反动命令，并宣布自己是完全错了；第三，惩办皖南事变的祸首何应钦、顾祝同、上官云相三人；第四，恢复叶挺自由，继续充当新四军军长；第五，交还皖南新四军全部人枪；第六，抚恤皖南新四军全部伤亡将士；第七，撤退华中的"剿共"军；第八，平毁西北的封锁线；第九，释放全国一切被捕的爱国政治犯；第十，废止一党专政，实行民主政治；第十一，实行三民主义，服从《总理遗嘱》；第十二，逮捕各亲日派首领，交付国法审判。谈话指出："如能实行以上十二条，则事态自然平复，我们共产党和全国人民，必不过为己甚。"[①]

远在重庆的周恩来，同国民党顽固派进行了针锋相对的斗争。1月14日，周恩来向蒋介石发出抗议电，悲愤中满含凛然之气诘蒋：

①　中国人民解放军历史资料丛书编审委员会.新四军文献（2）.北京：解放军出版社，1994:162-163.

委座钧鉴：

敬启者，皖南惨变，连日均托张委员淮南兄据实转呈，承钧令停止进攻，撤围让路，业已转电叶、项正副军长，未误。惟截至元①止，据叶、项正副军长最后来电，关于所部万人受七万余友军包围于泾南之茂林地区，自鱼②日至元，已血战八昼夜，犹未停止。文③日虽有小部突出小包围，但犹陷大包围中。战况激烈，损失奇重。同时并接延安、华北、苏鲁、皖北等地同志来电，一致表示悲愤，并声明委座命令犹不能停止彼等聚歼新四军之阴谋，则叶挺、项英等同志安全，应由主其事者负责。各地如李品仙、李仙洲、汤恩伯、韩德勤、沈鸿烈、胡宗南等友军，相率效尤，则破裂之责更攸归，等语。窃思皖南事变越五昼夜此间始得闻知，嗣有钧令停止，又越两昼夜而未息。职连日以电话询问该长官，均避不接电话，去电亦不得复。而上官云相总司令更通电称已歼灭新四军七千余人，并称奉命令对新四军应一网打尽，生擒叶、项，等语。其尤奇者，何总长更通电全国，竟称日来各战区"剿共"军颇为顺利，"匪首"叶挺、项英均先后被擒，各有关战区应加紧部署进攻，云云。似此作法，不仅显违军纪，并且藐视钧令。推其居心，似不惜以江南糜烂影响全国，以全面破裂为难钧座，积薪厝火，煮豆燃萁，内战火焰，已迫眉睫。职犹忆年前钧座凛于内战不可复发之训，痛于部下不尽听命之言，不图江南中央直属部队又肇其端，而发难者且不仅出之下级，因更知钧座之痛心为何如矣。现特再次上陈，敬乞钧座严令江南各军立即停战，保证叶、项等生命安全，让出新四军北移道路，严惩违令将领，停止各地效尤，以挽危局，以利抗战。否则战祸扩大，全国糜烂，职实不忍言也。临电悲愤，殊不胜迫切待命之至，专复。敬请钧安。④

1月17日晚，周恩来得知国民党顽固派已发布反动命令和谈话，立即打电话给国民党军事委员会参谋总长何应钦，痛斥"你们的行为使亲者痛、仇者快，做

---

① 元，即13日。
② 鱼，即6日。
③ 文，即12日。
④ 中国人民解放军历史资料丛书编审委员会.新四军文献（2）.北京：解放军出版社，1994:138-139.

了日寇想做却做不到的事","是中华民族的千古罪人"。当天深夜，周恩来满怀悲愤为《新华日报》赶写《团结起来打敌人》的社论，并和叶剑英指示南方局军事小组编写了《新四军皖南部队惨遭围歼真相》的新闻和反对蒋介石下令取消新四军番号的评论文章，但均遭国民党新闻检查机关扼杀，造成当日报纸因两篇文章撤版而"开天窗"。在报社领导与国民党新闻检查机关周旋之际，周恩来秘密安排1月18日的《新华日报》以两个版式排版印刷，其中一个版式刊登了周恩来所写"为江南死国难者志哀！"的挽词和"千古奇冤，江南一叶。同室操戈，相煎何急？！"的题词。周恩来亲自带领报社人员上街散发和张贴报纸，当得知国民党当局扣押发往外埠的《新华日报》时，几次打电话找蒋介石交涉，但蒋处工作人员由于心虚均加以搪塞。

皖南事变后，蒋介石感到时机已到，又重温肃清华中八路军、新四军或将其驱逐到黄河以北的旧梦，乘机调集二十万大军进攻豫皖苏地区。谁知日军于1月24日突然发起豫南战役，给了幻想在国共冲突中日军会坐山观虎斗的蒋介石当头一棒。深谋远虑的毛泽东审时度势，及时向全党全军发出指示，指明"目前党的政策的中心出发点是利用日蒋矛盾"，要求一方面要准备对付可能的突然事变（全面破裂），一方面又要在自己的行动上避免引起过早破裂。

面对中国共产党的坚决斗争、全国人民的愤怒声讨、国际舆论的强烈谴责，国民党顽固派空前孤立。蒋介石不得不于1月27日出面辩解，诡称皖南事变"纯然是为了整饬军纪，除此以外，并无其他丝毫政治或任何党派的性质夹杂其中"，企图掩盖真相，混淆视听，开脱罪责。为摆脱政治上孤立的困境，蒋介石一再邀请共产党参政员出席3月1日召开的第二届国民参政会，借此粉饰国共之间的紧张关系。中共中央为进一步争取中间力量，挽救时局，坚持团结抗战，针锋相对揭露蒋介石这一阴谋，于3月2日提出了《临时解决办法十二条》（即新十二条），要求立即停止全国向共产党的军事进攻；立即停止全国的政治压迫；承认陕甘宁边区的合法地位；承认敌后的抗日民主政权；释放皖南所有被捕干部，抚恤死难者家属；释放皖南所有被捕兵员，发还所有枪支等，作为共产党参政员出席参政会的条件。

中国共产党有理有利有节的斗争和团结抗日的决心，赢得了全国人民、各民主党派、海外侨胞、国民党左派和国际进步力量的广泛同情和支持，各界纷纷谴责国民党当局制造内战、分裂抗日阵营的罪恶行径。国民党军队中一些有影响的高级将领张治中、卫立煌、陈诚等，先后表示不愿内战，希望国共两党继续团结抗战。冯玉祥明确表态："只有共产党的十二条，国事才能解决。"蒋介石没料到皖南事变会在国内外引起如此强烈反响，没料到中国共产党文攻武慑、哀兵取胜的斗争策略会使自己陷入空前被动的狼狈境地，更没料到日军会继续对国民党军队发起进攻。如意算盘落空后，蒋介石被迫于3月8日在第二届国民参政会演说中一再声明和保证："以后亦决无剿共的军事"，不得不收敛其反共行径。国民党顽固派掀起的第二次反共高潮终于被击退。

数千名新四军将士的鲜血，擦亮了全国人民的眼睛。人们对为民族大义忍辱负重、以德报怨和坚定驱逐日寇出中国的中国共产党更加拥戴，在国共两党人心和道义的较量中，中国共产党开始占据上风，成为团结带领全国人民奋勇抗日的坚强领导核心。

新四军皖南惨败的第二天，毛泽东于1941年1月15日召开的中共中央政治局会议上，深刻总结了新四军失败的教训，指出，项英过去的路线是错误的，不执行独立自主政策，没有反摩擦斗争的思想准备。过去我们认为是个别错误，但现在错误的东西扩大起来，便成了路线的错误。抗战以来一部分领导同志的机会主义，只知片面的联合而不要斗争。有些同志没有把普遍真理的马列主义与中国革命的具体实际联系起来，项英同志便没有了解中国革命的实际。

1月20日，中共中央军委发布毛泽东拟制的新四军任职命令：陈毅代理军长，政治委员刘少奇，副军长张云逸，参谋长赖传珠，政治部主任邓子恢。

1月25日，新四军新军部成立大会在盐城大众剧场举行，刘少奇宣读中央军委关于新四军领导人的任职命令，陈毅即席发表就职演说：皖南事变我们损失了军部，现在军部又恢复了。皖南事变我们有几千个指战员牺牲，但我们今天还有九万人的强大力量。我们相信，有了军民一致团结的力量，一定有把握打倒日本帝国主义，一定有把握打倒亲日派、反共顽固派。

根据中央军委命令，新四军扩编为七个师，苏南部队改编为新四军六师，谭震林任师长兼政治委员。

1944年9月底，毛泽东在延安审阅《解放日报》社论《新四军的胜利出击与中国的救国事业》时，想到新四军在逆势崛起中所建立的不朽历史功勋，不由感慨系之，情难自已，亲笔为这篇社论加写了几段话，其中讲道："日本同盟通讯社曾嘉奖说：'蒋介石几年来未做什么好事，但解散新四军一事算是做得好。'"同月，在《新四军是消灭不了的》一文中，毛泽东高度赞扬新四军"已经成了华中人民的长城，成了华中人民血肉不可分离的一部分"。

36. 蜜蜂洞中的枪声

1941年3月12日晚，位于泾县、太平、旌德三县交界处蜜蜂桶山上的蜜蜂洞，山雨欲来，寒气袭人。项英、周子昆面对画在石板上的棋盘席地而坐，用小石块做的棋子对弈。

两人杀了几个回合，项英对周子昆说，这次我们吃了很大的亏，总有一天要把这个账算回来。周子昆说，派出去的人找到地方党组织，去江北就快了。项英说，只要不死，总会突围出去的。这一天，李志高带人去侦察情况，购买粮食，还安排刘厚总和军部警卫连排长李德和，第二天一早下山去找中共旌泾太县委书记洪林联系突围过江的事。晚十时许，周子昆警卫员黄诚催促说，天不早了，首长休息吧。周子昆回头对黄诚说，小黄，你先睡吧，我们等一下就睡。说完，项英、周子昆又下了几盘棋，便和副官刘厚总、黄诚一起在洞中就寝。

是夜风雨大作，猝然降临的冰雹打得洞口岩石罅里啪啦乱响。3月13日凌晨时分，躺在洞口的刘厚总趁项英等三人熟睡之际，一手持枪，一手拿手电筒照明，残忍地对身边的项英头部连开两枪。紧靠项英的周子昆被枪声惊醒，试图坐起身来，被刘厚总开枪击中胸部。睡在山洞最里面的黄诚伸手从枕下摸枪，刘厚总抢先下手，黄诚颈部和胳膊被打中三枪，失去抵抗能力。

项英，中国工人运动的著名领袖，长期担任党和军队重要领导职务的新四军主要创始人之一，中央红军主力长征时临危受命独撑一方的中央苏区红军主要领导人，当场死于随身副官枪下。这位以坚强党性和强烈自我牺牲精神，率部在赣粤边创造游击战争奇迹和历史功勋，被美国记者埃德加·斯诺誉为"从坟墓里爬出来的铁人"，最终未能走出他无比挚爱和依恋的皖南群山。

项英是抗日战争中中国共产党及其领导的人民军队殉难于战场的最高领导人。

周子昆中弹后也随即身亡，黄诚身中三弹后陷入昏迷。

这一天，距项英、周子昆从石井坑突围刚好两个月时间。

在江南抗日斗争严酷复杂的环境中，忠诚与背叛的变幻，时常在抗日营垒中上演，一些党员领导干部，竟然死于他们最信任的身边人之手。

1940年10月，中共江、当、溧、句中心县委组织部长汪大铭和江当溧县委副书记费明龙等到横山地区从事恢复工作，因费的警卫员戴金山告密，费被捕，汪脱险。费于同年11月20日在横溪被敌人杀害。

1941年8月6日，溧水抗日民主政府县长许维新，从新四军十六旅旅部开会回来后，以句容第四区为基地，积极向溧水地区推进恢复工作。是日，许维新一行五人，夜宿磨盘乡李塔村老人山对面的小松树山上，遭叛徒王崇武（外号二哈）、贾长根、丁志和暗害牺牲。

同年10月1日，中共江、句县委组织部长，原句北县委书记李义之被叛徒警卫员暗杀于赤山以南龙都附近庞家桥。

祸患起于卧榻之侧。败走石井坑的项英，并没有摆脱始终萦绕在身边的杀机。

1941年1月14日晚，叶挺下山谈判被扣后，顽军向石井坑发起进攻。项英凭着丰富的游击战争经验，认为北面的大康王等地，顽军必然封锁甚严，难以逾越，不如向南转到敌合围圈外暂时隐蔽。于是，项英率随行人员向南隐蔽行进，由石井坑向螺丝坑方向转移。

后来的情况表明，项英的判断是正确的。新四军政治部主任袁国平，随部队向顽军重兵堵截的北面突围时，敌顽如蝗，弹雨如幕，袁国平身上四处受伤。在担架上，他不忍心让战士抬着自己转来转去，为了减轻部队负担，也为了多保存一份革命力量，他毅然拔枪自戕，实现了自己"如果我们有一百发子弹，九十九发子弹射向敌人，最后一发留给自己，决不当俘虏"的诺言。袁国平牺牲后，部队官兵含泪将他就地掩埋。

项英一行离开石井坑向螺丝坑方向转移途中，刘厚总突然出现在项英面前，并主动要求留在项英身边。

刘厚总，湖南耒阳人，1903年出生于一个贫困农民家庭。1927年担任江头乡农会委员，成为农民运动骨干，1928年参加农民赤卫队（后改为赤色游击队）。1934年，刘厚总所在的耒阳游击队编为湘南赤色游击队第三大队，刘任大队政治委员。1935年，刘厚总担任耒阳县委委员。1938年4月，刘厚总随湘南红军游击队编入新四军，任军部特务营副营长。因严重违纪，9月，刘厚总被送到延安中央党校学习。1939年春学习结束后，满脑子"山大王"思想的刘厚总故态复萌，想重新拉起队伍上山打游击。因困难重重，不得已返回新四军军部，被分配到军部副官处第三科任副官，分管木工班和饲养班。

项英虽知刘厚总平时表现不太好，但考虑到他在湘南打过三年游击，个头高，力气大，枪法也准，是个打游击的好手，就答应把他留下来。转移途中，刘厚总十分殷勤地背项英过河。随行人员提出不宜留刘厚总在首长身边，项英不允，致使老警卫员夏冬青和他昵称"包子"的包惠清被疏远。项英还命身边一严姓排长，拿出自己使用的新二号驳壳枪，换下刘厚总用的口径很老的三号驳壳枪。李志高、谢忠良等人虽看不过，但又不便公开反对。项英一念之差，铸成千古遗恨！

1941年1月16日，项英带几个警卫在转移途中正巧遇到了周子昆及其警卫员黄诚。患难中意外相逢，两位老战友手紧紧握在一起，互相打量着，亲热得像多年未见一样。两人互道别离三天的情况后，项英拉着周子昆的手，噙着眼泪说："我们部队遭受这么大的损失，主要责任在我，我回到中央，要作检查，请求处分！"周子昆也流着眼泪承担责任。项英坚定地说："只要不死，我们一定能够突围出去！"周子昆连连点头。项英、周子昆会合后继续赶路，当晚来到螺丝坑。

过了一两天，项英发现附近一个山沟里冒烟，判断那里有自己的人，经与周子昆商量，决定派随行的警卫员夏冬青去那里联络，在一所炭棚子里，找到了军部作战科长李志高、二纵队参谋长谢忠良、老一团二营营长李元等人。李志高、谢忠良得知项英、周子昆安然无恙，高兴地随夏冬青来螺丝坑看望首长。项英见到大家，又是激动，又是羞愧，连连作自我批评，鼓励大家坚定信念，在坚持和等待中伺机突围。此后，项英派出的人下山搞吃的东西时，又与在附近隐蔽养伤的新四军三支队五团二营营长陈仁洪等人不期而遇。二营是1月7日新四军星潭被阻时，叶挺拟用来突破顽军封锁的一把尖刀。后因在百户坑会议上，项英顾虑伤亡太大不同意硬攻故未动用。上个世纪80年代，曾任济南军区政治委员的陈仁洪，在《皖南突围遇项英》的回忆文章中，记叙了项英生命最后时日的一些情景。

1941年1月8日，十八岁的新四军五团二营营长陈仁洪，与副营长马长炎一起，率部在高岭歼灭国民党军七十九师一个营并阻击敌人三天。11日晨，陈仁洪、马长炎率部队赶到石井坑口，又奉叶挺军长之命奔赴东流山、长龙山一线阵地坚守。13日下午三时许，陈仁洪、马长炎在激战中先后身负重伤。团部派人接替指挥后，团政治副主任何志远赶来看望，告诉陈仁洪说，晚上会组织人员抬他们突围出去。陈仁洪认为，让部队抬着突围是很困难的，不如带一部分人就地潜伏养伤，待伤愈后再突围到江北归队。经团领导批准，13日夜，侦察班、通信班战士用担架抬着陈仁洪、马长炎，离开部队就地隐蔽养伤。新四军女战士赵亚，晚年还清晰地记得，那一天她和战士们一起砍毛竹为陈仁洪、马长炎做担架的情形。皖南事变后，赵亚成为何志远的妻子。新中国成立后，何志远先后任第二十六军政治委员、济南军区司令部动员部部长、山东省军区政治委员、济南军区顾问等职，曾作为永葆艰苦奋斗本色的老红军重大典型在全军宣传，被誉为"模范将军"。

陈仁洪一行二十余人经两三天行军后到达石板坑，运用在南方三年游击战争中积累的经验，选了一个隐蔽的山坡暂时安顿下来，风餐露宿，以生米野菜充饥。个把月过去后，形势有所缓和，他们的伤势也逐渐好转。

辛巳年春节过后，2月末的一天黄昏，陈仁洪和马长炎在山顶观察，确信搜山的敌人已撤走，晚上两人便带几个战士来到山腰一处民宅附近，经搜索未发现异常，遂敲门进入，受到主人凤木匠热情接待，得知这里是泾县凤村。饭后，凤木匠拿出一口袋蜜枣，又做了一大口袋盐炒玉米。陈仁洪交给老乡几块银元，正准备走，突听门外警戒的哨兵报告说抓到四个人。一问，原来是项英派来搞东西吃的。其中，吴生茂原是五团二营五连指导员，康东北原是项英警卫员。陈仁洪安排四人吃饭后，得知项英、周子昆等四十余人还在山上隐蔽，已断炊数日，便在凤木匠家给项英写了一封信：

项副军长：

　　您好，听到您安全隐蔽我们很高兴。我们两人是五团二营正副营长，在长龙山作战中负伤，经领导批准带二十多人潜伏养伤，现已基本痊愈能活动。如果首长相信我们的话，我们愿随首长一起突围出去，因为我们对铜陵、南陵、繁昌一带的地形很熟悉。

　　附马长炎同志履历表一份。

陈仁洪、马长炎

二月××日

信写好后，陈仁洪将刚买到的食物分出一大半，连同一包烟叶，一并让吴生茂等人带给项英，然后悄悄潜回隐蔽点。

陈仁洪、马长炎走后，国民党军搜山部队抓住了凤木匠，打掉他两颗牙齿，用绳子拴住脚拇指反吊在屋梁上用皮鞭抽打，又将他的双手捆紧，顺着指缝钉松树针，十指都见了骨头，凤木匠始终没有吐露新四军的去向。

次日晚，项英派吴生茂等人按指定地点找到陈仁洪，并送来一封亲笔信：

陈、马：

　　你们带来的信和东西收到了，希望你们很好地隐蔽养伤，注意团结。等形势好转了，会通知你们一道突围。吴原是你营指导员，如需要可留下，与我保持联系。如健康状况允许，请你们两人来我处一趟。

项 英
二月××日

　　收信后的第二天晚上，陈仁洪、马长炎带上仅有的一条毡毯和一块油布，由吴生茂带路去见项英。项英隐蔽的地方叫石廉坑，看起来距陈仁洪等人隐蔽处不太远，但由于两山之间呈马鞍形，他们走了两个多小时才赶到项英隐蔽的茅草棚。

　　项英见到陈仁洪和马长炎十分激动，紧紧握着两人的手说："你们来了？伤口恢复得怎样？同志们都好吗？快坐下来说说。"

　　陈仁洪、马长炎坐下来，看到项英穿一件破烂的军棉袄，须发很长，人很憔悴，眼里布满血丝。他们简要汇报了所在营在高岭和长龙山战斗经过，还讲了隐蔽养伤及收容十几名失散人员的情况。

　　项英面带愧色望着两人，心情沉重地说："这次部队皖南遭受重大损失，我负完全责任，是由于我的错误造成的。突围出去后，我会向中央检讨，如果需要的话，我可以到苏联学习，回来后再继续为党做一点工作。"项英镇定了一下情绪，又接着说："虽然我们这次损失很大，但新四军在苏南、江北地区还是有很大发展的。从整个新四军看，还是有很大力量的，不要丧失信心，我们将来还会发展起来的。目前敌人还在搜山，你们要团结好周围的同志，注意隐蔽好，保存力量，以求共同突围出去。这次事变中剩下来的人，一定要争取全部安全突围出去。多保存一个人，就是多一颗革命种子，多一份革命力量啊！"说到这里，项英情不自禁地流下了热泪，陈仁洪、马长炎心里也很难过，提议早日突围出去。

　　项英说："我们现在还要好好隐蔽，敌人的大规模搜山虽然已经过去，但重点搜捕还未结束。要隐蔽好，不要暴露目标。我们这里有些同志急于突围，我没有同意。一是因为地下党负责人还未找到，地下党的工作还没有布置，我还不能走；二是目前的形势还很紧张。事变发生后，国民党对付我们分为三个阶段，首先是大规模搜山，搜捕我被打散的同志和伤病员，这一阶段已经过去。现在是第二阶段，敌人还在所有路口设埋伏，堵截零星突围人员，所以目前突围也是不安全的。敌人的第三步是撤换保甲长，这时就会松下来，就可以安全突围出去。

所以说现在走的时机还不成熟。"说到这里，项英有几分焦急："这次事变后，皖南地区的斗争形势将会变得更复杂。我已派人去找地下党负责人洪林同志，目前还未找到。等他来后，我们好好研究一下，党的斗争形式要根据形势的变化而转入地下活动。我一定要把工作布置好后再离开皖南，使地下党少受损失。"

两人十分理解项英的心情，共同表示，愿意留下来，做首长的警卫，等时机成熟，带路突围。项英经慎重考虑并征求他人意见，确定还是分散隐蔽待机。当晚，两人告别项英回到隐蔽点。之后，陈仁洪又派人给项英送了几次食品。在这段时间，项英率领的突围人员已经联系上了七十多名失散官兵，项英决定成立临时党总支部，确定由参加过南方三年游击战争并任过县委书记和组织部长的杨汉林任党总支部书记，马长炎任组织委员，李文英任宣传委员。

此后不久的一天下午，由于项英隐蔽处提前做饭冒烟，被敌发现，准备第二天搜山。老乡连夜告知我地下党，通知项英等人迅速转移。半夜时分，项英派人给陈仁洪、马长炎送来一封信：

陈、马：

　　我们隐蔽地点被敌发现，今晚已转移，联络地点由送信人告之。你
处尚未暴露，转移否自定，要提高警惕，注意隐蔽。

项英、周子昆

三月×日

陈仁洪、马长炎接信后，立即转移他处隐蔽。

项英等人连夜辗转来到安徽省泾县、太平、旌德三县交界的大山深处，天亮时发现一个天然隐藏在密林中的小山洞，可容三四人，洞口仅容一人出入。后知此洞为上山采蜜人歇脚处，人称蜜蜂洞。项英带刘厚总、周子昆带黄诚入住蜜蜂洞，其他随行人员在附近隐蔽警戒。蜜蜂洞成为项英、周子昆生命的最后驿站。

项英，从土地革命战争的腥风血雨和抗日战争的枪林弹雨中走来的一代名将，在皖南国民党顽军的疯狂绞杀中侥幸逃过魔爪，不想却屈死在身边叛徒的枪口之下。在生命的最后时日，项英已经从新四军惨败中幡然醒悟，痛彻肺腑地认识到自己的错误并勇于承担责任。在中共中央明确其不再履行新四军主要领导人职责后，项英依然对党忠贞不渝，对中国革命的胜利和新四军在重挫中奋起充满信心，积极组织突围中失散的新四军官兵就地隐蔽，择机过江，并认真思考部署

当地党组织转入地下后如何开展斗争问题，表现了一个坚定彻底的革命者，在犯有严重错误后和身处逆境中的高尚情怀。

1941年3月13日凌晨，身穿长袍的刘厚总行凶后仓皇下山，找到李德和谎称去找县委书记洪林，走到通往铜山的岔路上，刘厚总突然回头对李德和说："前面穿蓑衣戴斗笠的可能是个探子，敌人来了，我们赶快跑吧！"说完一溜烟向山里跑去，甩掉了李德和。在蜜蜂洞附近隐蔽警戒的夏冬青，晨起像往常一样到蜜蜂洞看望首长，一到洞口便被眼前的惨状惊呆了，立即跑下山向谢忠良和康东北等人作了报告。当时外出找粮刚刚赶回隐蔽处的军部参谋刘奎，见声称去找县委书记洪林的刘厚总神色异常下山而去，也急忙赶到洞口，发现项英、周子昆已经遇难，黄诚重伤昏迷。谢忠良、刘奎向黄诚询问项英、周子昆牺牲经过后，判断刘厚总行凶后很快会投敌并引狼入室，商定把项英、周子昆遗体用仅有的两条毛毯裹好，就地掩埋。他们在离洞口约百米远的山坳里，用原来向老百姓借来平整洞里地坪的锄头扒开碎石，挖了两个坑，把项英遗体埋在靠上一点的坑里，头朝东；将周子昆遗体埋在靠下一点的坑里，头朝西。掩埋完毕，谢忠良提醒大家说，项副军长穿的是布鞋，周副参谋长穿的是皮鞋，将来寻找遗体重新安葬的时候，要注意这个区别。

3月16日晚，李志高和谢忠良派十几人，抬着重伤的黄诚来到陈仁洪、马长炎处。陈仁洪等人这才知道，两天前的凌晨，项英、周子昆已在蜜蜂洞遇难，众人闻讯不禁悲痛万分。刘奎将黄诚送到二十多里外濂坑村曾救护过新四军战士的村民徐老三家。徐老三在山上给黄诚搭了个窝棚避险养伤，还请当地医生两次给黄诚做手术，取出了嵌在他臂骨上的子弹。

两个星期后，李志高、谢忠良带四十余人到石板坑与陈仁洪、马长炎部会合。经商定，除留下刘奎、李建春带领十几人组织地方游击队，继续坚持皖南游击斗争外，其他七十多人当晚从凤山出发，经北公里、六里墩、老虎山、油坊咀，昼伏夜出，四个晚上夜行军，一枪未发，终于安全顺利突围，到达江北无为东乡白茆洲大胡家村，胜利返回了部队。

少年老成的陈仁洪，在皖南神奇地逃过生死之劫重返部队后，先是任新四军七师十九旅五十六团一营营长，后任五十七团副团长、七师二十一旅参谋长、华东野战军第六纵队十七师副师长、十六师师长、第二十四军七十师师长、第二十四军副军长、第六十六军副军长、第二十四军军长、北京军区副政治委员、济南军区政治委员、中央顾问委员会委员等职。1955年，陈仁洪被授予少将军衔。

在皖南大山中因接触项英给叛徒刘厚总留下印象，刘厚总在《宣报》副刊发文时提到其姓氏和职务的马长炎，从皖南脱险后，历任新四军七师团政治委员、新四军和（县）含（山）江（浦）全（椒）地区游击纵队司令员、华东野战军第六纵队副师长、皖北军区巢湖军分区司令员、步兵九十师师长、水利工程第一师师长、安徽省副省长、安徽省人大常委会副主任等职。

1988年9月，在陈仁洪卸任济南军区政治委员三年并获颁中国人民解放军一级红星功勋荣誉章之际，我通过采访把他在皖南事变中的这段独特经历，写进一篇题为《金字塔的光辉》的新闻特写中，发表在济南军区《前卫报》上。二十七年后，当我再次探寻这段沉甸甸的历史时，当年亲历事变并见证了项英最后时日的新四军五团二营营长已仙逝多年。陈仁洪与项英在皖南突围时的山中奇遇，已经成为研究新四军和皖南事变的珍贵史料。

1941年1月14日，饶漱石见叶挺下山谈判未归，遂自行突围。1月16日，饶漱石被国民党顽军逮捕，但很快脱险并与中共中央南方局取得联系。3月8日，饶漱石向中共中央报告了他和叶挺突围的情况及自己脱险经历："子铣日（16日）深夜派卫士下山收买一连长成功，筱日（17日）晨由其代办便衣通行证等，经沿途重重阻难而终脱离虎口。"饶漱石电报中讲的收买的国民党军连长名叫叶正顺。1955年，公安机关进行专案调查时，找到了叶正顺本人，弄清饶漱石被捕时诡称自己是美国华侨，投身抗日，在新四军内部工作仅几个月。饶漱石在叶正顺处住了一晚上，叶还让手下做饭给饶漱石吃，并安排一名排长陪他办理路条，护送出警戒地域。公安机关的调查证明，饶漱石被捕后没有叛变或出卖同志。

当年，在濂坑村徐老三家人的精心照料下，大难不死的黄诚终于伤势痊愈，随刘奎在皖南打游击直至新中国成立。

安徽省档案馆馆藏省公安厅移交的敌伪档案证实，刘厚总于1941年3月14日凌晨行凶后，从项英和周子昆身上共掳得"国币两万四千余元，自来水笔三支，金表一只，钢表一只，手枪三支，赤金捌两五钱"，其中一支金笔是斯大林赠给项英的。刘厚总连夜跑到太平县隔河里向顽保长投诚，交出三支手枪，"赤金、钞票、水笔、金表、钢表等件悉被隔河里持枪的人检查拿去"。刘厚总又跑到泾县和旌德县邀功，经旌德县长李协昆审讯，刘厚总供出"于本年废历（即农历）二月二十六深夜乘隙将该项英枪杀毙命"，李协昆认为"事关奇重，所供是否确实，仍应赶速搜寻确证，藉资证实"。4月28日，李协昆饬派旌德县特种工作行动队队长陈思新，率兵押解刘厚总前往蜜蜂桶山蜜蜂洞搜寻项英、周子昆遗体未果。陈思新返回旌德后向李协昆销差时称："奉谕遵即带队押同该刘厚总，于当日十二时到达延岭坑右首石牛坞。该山势极陡峻，四围树木丛密，鸟道羊肠，绝无形迹。职等正在攀藤附葛将至山腰，隐约见有一石洞之际，忽该洞左边发现身着黑色短衣三人，左手挟有白色小包，大声问我们来干什么，观其情形，似有其他动作。同时该刘厚总说恐不是好人，我们大家要牺牲，言语支吾。职等值此险地，祗得奋勇分途搜索。讵该刘厚总竟乘此分途搜索期间潜逃无迹。该三人亦无迹影，迭寻均未缉获。职等祗得行达该石洞遍察。该石洞中仅检获已燃未了洋烛小半支，棋子四枚，小梳子一把，并未见有尸骸，亦别无其犹疑迹象，足资证实，惟竟被该刘厚总乘隙逃脱，疏忽之咎，实属难辞。"

当年的中共泾旌太中心县委书记洪林撰文回忆，当时蜜蜂洞附近确有"身着黑色短衣三人"，系他和中心县委军事部长尹德元、游击队长刘奎在设伏，伺机除掉刘厚总，惜未得手。

刘厚总从陈思新手下逃脱后转投国民党太平县党部。太平县党部感到刘厚总所述疑点颇多，又无从核查，于是按刘厚总要求将其押送到屯溪，交国民党安徽省党部皖南办事处。该办事处又将刘厚总转送至省政府皖南行署。该行署主任黄绍耿审讯刘厚总之后，致电太平、泾县等地，要求对刘厚总所供行状彻查具报，毋稍片延。有关各县查明刘厚总所供"投诚"后的情况属实，对其杀害项英、周子昆之事均无实证，亦无两人存活的信息。1942年，刘厚总又被送到设在泾县的第三战区铜（陵）南（陵）繁（昌）泾（县）绥靖指挥部反省。是年7月10日，刘厚总在《皖南绥声》上发表的《我为什么打死项英和周子昆——以一颗赤诚的心，向祖国同胞赤诚的报导》，就是宣示反省成果和表明反共心迹的产物。

1942年9月15日，国民党江西省主席韩德勤，将属下获取的一则秘闻电告蒋介石："项英并未殉难，现忽重回皖南。因中共中央斥项在政治上犯右机会主义之错误，乃令项英返皖戴罪立功。"蒋介石为了彻底弄清项英生死真相，令将刘厚总层层押送递解至重庆，关入重庆军统局本部白公馆监狱。

南京中国第二历史档案馆馆藏档案中，有刘厚总1948年5月10日给蒋介石的一件呈文，厚颜无耻地吹嘘自己杀害项英、周子昆的"功绩"："厚总之所以贡献于政府者，其价值如何，当亦不难估计。但此种忠诚之表现，非惟未蒙抚慰，且不幸被禁数年。现蒙局本部开释，并蒙发给两千五百万元，以资返籍，深感大德。厚总因被禁有年，致成残体，耳、目、脚等均有重病（现正医病），年龄老迈，六亲无靠，虽蒙厚惠两千五百万元，实不敷医病之用。他如购买行李衣物及旅费与今后生活费用，均无着落。际此生活奇昂，瞻念前途，不禁凄然。为此，不揣冒渎，披沥上陈，恳乞悯其投诚之愚衷，恩准另发救济费（或作奖金，厚总自当登报道谢）若干，以延蚁命，借昭激劝。并恳发自首证书（并乞严令下属军政人员，对诚意投诚而有显著工作表现之自首者之生命财产，加以保障，'确有不法行为者在外'，对剿匪建国有利无害）和护照，俾便返籍，免致当地政府发生误会，无任感祷。"

刘厚总摇尾乞怜"另发救济费若干"，与当时国统区通货膨胀、货币剧贬有关。1948年5月刘厚总开释时，两千五百万元法币只够吃几餐饭，此后国民党政府强制推行金圆券，三百万元法币兑换一元金圆券，两千五百万元法币只能换得八元多金圆券。叛徒下场之可悲，以至于此！

据重庆白公馆纪念馆人员介绍，刘厚总原在狱内管理图书，1948年宣布对其开释后，因对处理结果不满，不肯离去。重庆解放前夕，刘厚总自知罪孽深重，随狱卒一起逃亡，后竟不知所终。

1980年12月上旬，当时在安徽省革命斗争史资料收集整理办公室工作的童志强，在福州梅峰宾馆巧遇并访问了项英被害的见证人之一、时任江西省军区副司令员的谢忠良。据谢忠良回忆，1941年3月13日晨，他和李志高等人赶到蜜蜂洞，周子昆警卫员黄诚醒来后告诉他们，3月12日白天，天气很闷燥，项英和周子昆把棉衣脱下来在洞口晒太阳，不慎被刘厚总看见他们身上带有黄金和钞票，于是见财起意，在深夜里制造了这起命案，随后把枪支和财物劫掠一空叛逃。4月10日左右，李志高、谢忠良等人通过转入地下的皖南特委委员兼南（陵）芜（湖）宣（城）中心县委书记孙宗溶联系，与陈仁洪和马长炎率领的队伍一起，成功经繁昌北渡长江，在安徽无为新四军七师驻地见到了师政治委员曾希圣，成为皖南事变中最后一支过江的队伍。

1940年11月初，新四军无为游击纵队司令员曾希圣，曾按新四军军部指令停止北上，在江北就地组建"接应军部渡江指挥部"，曾希圣任指挥长。12月30日，新四军军部电告渡江指挥部，决定军部与皖南部队东进苏南，不从铜繁北渡。曾希圣接电后认为，军部等大部队东进，可能还会有少数人从铜繁过江，故指示中共无为县委书记胡德荣，在遣返集结船只时，仍留一些小船以备不时之需，并要求在无为和江南沿江一带设置众多联络点，派人昼夜值班，凡有新四军和地方党政人员过江，立即护送到江北无为白茆洲。皖南事变后，曾希圣由无为游击纵队司令出任新四军七师政治委员。他在紧要关头于铜繁预置过江通道的远见卓识，为九死一生从茂林突围的新四军勇士，搭建了弥足珍贵的诺亚方舟。后来的统计证明，从1941年1月中旬到4月上旬，在三个月的时间里，先后有七百余名突围党政军人员，从铜繁北渡长江到达无为，成为新四军七师初创时的重要骨干力量。为数可观的突围人员从铜繁安然过江，印证了由此北渡其实是新四军北移既便捷又安全的通道。1939年2月在云岭请周恩来在丝绢上题词的新四军女战士焦恭真，随部队从皖南东流山突围时，把什么都丢掉了，只把这块丝绢墨宝用油纸和布层层包好捆在胸前，跟随新四军五团政治副主任何志远，历尽艰险辗转来到长江南岸繁昌一个名叫一百步的村庄，而后到达江北无为皖南特委党校。焦恭真后来与项英在蜜蜂洞收拢新四军失散人员后指定的临时党总支书记杨汉林结为夫妻。

1941年4月18日，在项英生命最后时日追随其左右、项英罹难后掩埋其遗体的李志高、谢忠良，就项英、周子昆被害情况致电刘少奇：

少奇：

（一）皖南失败后，职率干部及士兵二十余人，坚决卫护项、周，在艰难严重的环境下，业经两月。不幸在三月十二日夜，在茂林东南约三十里之廉坑蜜蜂尖，突被项相信之副官刘厚总（与项同驻一石洞，我在相隔一里处警戒）所枪杀，项、周及卫士当即毙命，并将项、周身上之款四万余元，金子一斤以上，全部劫抢，带驳壳二支，手枪三支，向太平方向逃走。（二）该刘厚总系湖南耒阳人，曾在耒阳率武装十余人干数年，合作时则收编来军服务。因政治落后，项将他送延安党校，不久，请求返军工作，因上级未允，乃开小差回军部（无介绍信）。项、周念他斗争颇久，故送教队学习。毕业后，任副官。皖南突围时，刘厚总即跟随我们，在项面前表示他如何坚决。项信任他，我们数次提出意见，但项始终不听，而带着他在一起，致将自己款金暴露，又给他保存一部，该犯视财起心。（三）此种情况真令人悲痛。当时职等将项、周尸秘密埋后，并以全力捕捉逃犯，半月有余，竟未得手。乃是续收干部数十，于四月十日最后突围。职等已安抵希圣兄处。（四）当部队惨败后，项一再嘱我收集干部。曾对我们谈，此次错误重大，只有重整旗鼓，并请中央处分云。故我们多次要求突围，均不允，致遭如此结果

（此电希圣阅过）。

李志高　谢忠良

十八日[①]

从皖南脱险抵达无为后不久，李志高被任命为新四军七师参谋长，谢忠良被任命为七师十九旅五十五团团长。不料，1941年底，新四军军部锄奸部部长梁国斌来无为调查项英、周子昆被害案，先是指责李志高、谢忠良放弃对项英、周子昆的保护，后又怀疑李志高、谢忠良是刘厚总的同谋，将两人分头关押，逼其交代问题。小知识分子出身的李志高爱面子，自觉堂堂新四军七师参谋长旦夕之间成为阶下囚，无颜见首长和战友，遂于1942年1月13日，乘看守不备夺枪自杀。李志高死后，梁国斌见事情闹大，宣布解除谢忠良的嫌疑，谢仍回五十五团任团长，后调四明山区任新四军浙东游击纵队副参谋长。新中国成立后，谢忠良担任了江西省军区副司令员，跻身共和国将军之列。

1980年12月，谢忠良从童志强口中得知，当年帮助他们渡江北上的南（陵）芜（湖）宣（城）中心县委书记孙宗溶，现任安徽省委副秘书长兼《安徽日报》社党组书记。应孙宗溶之约，谢忠良写了一篇题为《回忆皖南事变与项英、周子昆同志被害真相》的文章，次年《安徽日报》用一个整版的篇幅予以刊发。

37. 毛泽东秉笔直书中共中央决定

1941年1月15日，在皖南大规模战斗结束后的第二天，毛泽东为中共中央起草了关于项英等人在贯彻中央指示和皖南事变中错误的决定。

据中国共产党新闻·文献资料网站悉，《中共中央文件选集十三（1941—1942）》中，全文刊载了这一决定。

> 决定指出，还在抗战开始，项英同志即与中央存在着关于政治原则与军事方针的分歧。项英于一九三七年九月在南昌国民党省党部纪念周

---

① 中国人民解放军历史资料丛书编审委员会.新四军文献（2）.北京：解放军出版社，1994：119.

上发表的演说，即丧失共产党员的立场。此后，他对统一战线的了解，都是犯了右倾机会主义错误的。他不认识统一战线中共产党的独立性斗争性，他对于国民党的反共政策从来就没有领导过斗争，精神上早已做了国民党的俘虏，并使皖南部队失去精神准备。

决定指出，三年以来，项英等人对于中央的指示，一贯的阳奉阴违，一切迁就国民党，反对向北发展与向敌后发展，反对扩大新四军，反对建立抗日根据地，坚持其自己的机会主义路线。其所领导的党政军内部情况，很少向中央作报告，完全自成风气。对于中央的不尊重，三年中已发展至极不正常的程度。关于项英等人所犯各项原则错误，经中央从去年夏季起历次严厉批评之后，表面上表示服从，中央方以为他们有了转变，今始证明依然未改。在新四军之其他部分，则在胡服、陈毅诸同志领导下，或则执行了正确的转变，例如皖东与苏南，或则自始即未受项英等人错误领导的影响，例如鄂中与淮北。在这些地方的新四军，适与项英等人直接领导之皖南部分（约占老部队三分之一，在全军则占九分之一）成为相反之对照。此次皖南部队北移，本可避免损失，乃项英等人先则犹豫动摇，继则自寻绝路，投入蒋介石反共军之包围罗网，刚刚开动走三十里，又停下来，在泾县以南之茂林村地方，徘徊不进，让反共军逐渐合围，最后，除傅秋涛同志率领一部突出外（但至今尚未脱离大包围），主力约七千人全部覆灭。该部于1月5日开至茂林，在蒋介石、顾祝同、上官云相指挥之反共军七万人合围后，仓促应战，除项英等数人仍然表示可耻的怯懦动摇外，全体指战员在军长叶挺与东南局副书记饶漱石二人领导下，与反共军激战七昼夜，表示了共产党员与革命战士的英雄气概。但由于项英等人领导错误，事先既少精神上之准备，临事复无机动作战之指挥与决心，遂至陷于失败。此次失败，乃项英等人一贯机会主义领导的结果，非寻常偶然的战斗失败可比。至此次失败是否有内奸阴谋存在，尚待考查，但其中许多情节是令人怀疑的。当项英等人一贯执行其机会主义路线时，新四军军委分会委员与东南局委员中即有不满或反对其错误的同志。对于项英压制干部积极性的家长制态度，党内不满意的人是很多的。当胡服同志在皖东、陈毅同志在苏南，传达中央指示，执行工作转变时，当地同志全体对于项英错误的坚决反对与对于中央路线的热烈拥护，就是明显的证据。

决定强调，军队干部，特别是各个独立工作区域的领导人员，由于中国革命中长期分散的游击战争特点所养成的独立自主能力，决不能发展到不服从中央领导与中央军委指挥，否则是异常危险的。过去的张国焘与现在的项英等人，都因不服从中央而失败，全党全军应该警惕，引为鉴戒。当与张国焘的右倾机会主义作斗争时，项英等人也是参加的，但随后他们却踏上了与张国焘相类似的覆辙。一切有个人英雄主义思想即是说党性不纯的同志，特别是军队的领导人员，必须深自省察。须知有枪在手的共产党员，如果不服从中央领导与军委指挥，不论其如何自以为是与有何等能力，结果总是要失败的。虽然在现时我们还不把项英与叛变了的张国焘同等看待，还待他今后事实的证明，如果项英没有在战斗中牺牲与没有冲出包围而是被反共军俘虏，我们还希望他们在被俘后能够表示共产党员的革命气节，但项英的机会主义错误是应该指出的。必须估计到游击战争环境，即在今后仍有可能产生如像张国焘或项英这类人物，因此加重了全党特别是军队中干部与党员的党性教育与党性学习，决不可轻视这个绝大的问题。而对于已经犯了严重错误又不服从中央或上级领导的同志，必须及时预防，加以调动与处置，这亦是从项英等人失败应该引出教训的。

　　决定最后指出，当抗日战争与抗日民族统一战线处于严重困难关头，蒋介石与国民党实行坚决的反共政策之时，我全党全军必须以项英等人为戒，于坚持抗日立场之下，在精神上、政治上、军事上及一切组织上严肃我党我军的阵容，方能粉碎蒋介石及国民党的反共进攻，与胜利地进行抗日战争。

　　决定提出，将项英等人错误提交党的七次代表大会讨论议处。

　　中共中央作出这一决定时，尚不知项英和周子昆是否已经遇难，因此还"希望他们在被俘后能够表示共产党员的革命气节"。1941年4月上旬，李志高、谢忠良从皖南脱险返回江北新四军后，不久即向刘少奇报告了项英、周子昆遇害情况。1942年，经刘少奇签署，中共中央华中局将《关于项英、周子昆被谋杀经过》的报告密送延安，确认项英、周子昆于1941年3月中旬在皖南山中被随行副官、叛徒刘厚总谋杀。1942年7月10日，国民党铜南繁泾绥靖区战地文艺通讯社在皖南编印出版的《宣报》副刊《皖南绥声》第十期，发表了刘厚总写的《我为什么打死项英和周子昆》的长文。至此，中共中央才了解了项英和周子昆被害经过。

刘厚总在《宣报》副刊发表的颠倒黑白、极尽造谣污蔑之能事的黑文，大彻大悟"反思"了自己怎样失足到"黑暗的深渊"、接受了"共产党的洗礼"和"麻醉训练"的过程，以所谓目击者和当事人的身份，"揭露"新四军"变乱阴谋之梗概"和"破坏抗战的不法事实"，公然捏造"叛变军事发动之后""恐怕他们泄露秘密""十几个青年无辜的牺牲"，谎称"我杀项周的动机，就在这时坚定了的信心"。刘厚总竭力把自己打扮成匡扶正义、替天行道的斗士，在文末宣示："在叛军解体后流窜的行动，我和项英周子昆始终是一道的，我认为这是好机会，打算相机把他们干掉后，再作一个弃暗投明的动作"，"终于在民国三十年废历二月十六日晚上在槱岭□岭的山洞中，连同一个卫士一齐结果了，当时抄了三支水笔、一个挂表、一个金挂、三支手枪，愉快地走上了光明的大道。"刘文在隐晦曲折披露项英、周子昆遇害情况的同时，无意间泄露了其斑斑劣迹和肮脏内心："赤卫队的工作，唯一的是杀人放火，当时我们的口号是'小姐太太奸死，财产挖个精光'"，"到陕北抗日大学去受训，由湖南动身，经过数千里的长途跋涉，总计受了四天的训，我便病了下来，接着敌人轰炸延安，一切教育集团都马上奉令疏散，于是等我病好以后，中共中央又派我到山西的抗大分校去受训，我感着受训兴趣索然，便不辞而行"。受到"留党察看"处分后，刘厚总被介绍到重庆八路军办事处，"一切都未摸着头脑，又被一位不认识的女同志，转介绍到新四军教导队来受训。三个月后，便被调到军部充当副官处第三科的副官"。从以上自白可以看出，刘厚总杀害项英、周子昆，并非仅是"见财起意"。从杀人放火、越货劫色的"山大王"，到始而拒训、继而离队的受处分逃兵，再到组织失察和用人不慎致刘成为新四军军部副官处副官，刘厚总夫子自道的叛徒供认状，道出了其混迹革命队伍多行不义终酿惊天命案的秘辛，也从反面对大浪淘沙年月，如何搞好干部的政审鉴别和教育管理任用，提供了足资省察历史和警示后人的血泪镜鉴。

显而易见，刘厚总在《宣报》所发文章，题文不符，错讹颇多，与其写给蒋介石的信相较，俨若出自两人手笔。刘厚总少时即迫于生计赴耒阳永兴等地矿区挖煤，按其文章所述，"是一个曾读书的煤矿工人"，虽自诩"求知欲望旺盛，不敷月闻，我便可以看懂一般普通的宣传刊物"，但并未受过系统教育，更无深厚诗书滋养。刘厚总作案投奔国民党后，在重庆白公馆监狱管理过图书，毕竟老大不小，属于"出了窑的砖"已经定型，故难有大成。笔者以为，刘厚总上书蒋介石表功乞赏，请人捉刀代笔的可能不能排除。

历史是最公正无私的法官。原新四军皖南部队左路第一纵队副司令员赵凌波和新四军军部副官处副官刘厚总，这两个皖南事变中臭名昭著的叛徒，已经被永远钉在历史的耻辱柱上。相形之下，职位和影响力均不如赵凌波的刘厚总，对新四军乃至抗战造成的危害和杀伤，远在赵凌波之上。

久经大风大浪考验的旷世名将在小河沟里翻了船，项英的悲剧令人震惊，又发人深省。痛定思痛，中共中央决定开宗明义就指出，要警惕"中国革命中长期分散的游击战争特点所养成的独立自主能力"，"发展到不服从中央领导与中央军委指挥"的危险，要求"全党全军应该警惕，引为鉴戒"。

重大历史事件，往往需要岁月之河的冲刷，才能看得更清楚。

在皖南千古奇冤发生七十四年后的今天，重新走进这段沉重得令人心悸的历史，你会发现，从1937年起，在建立抗日民族统一战线这一重大战略转变中，南方红军游击队指战员普遍经历了一场痛苦而激烈的思想斗争。伴随着林林总总或"左"或右的事件，一系列奇特的"游击队下山"现象，在历史帷幕后若隐若现，格外引人深思。

1937年11月的一天，中共抚东特委书记、军分区司令员刘文学，接到中共闽赣省委书记黄道派人送来关于同国民党当局合作抗日的指示信。开始，他以为是自己看错了。揉揉眼睛，盯着指示信仔细再看，白纸黑字确实要求同国民党合作。恍惚间，他的眼前出现了一颗挂在光泽县城城门上的人头——那是闽北军分区司令员吴先喜被国民党军杀害后正悬首示众。国民党和红军打了十年内战，天天要消灭红军，我们天天喊活捉蒋介石，怎么一下子又同他合作？十年内战中，蒋介石屠杀了成千上万的群众，我们红军牺牲了那么多同志，怎么会同蒋介石合作呢？死不瞑目的吴先喜还在看着我们哪！刘文学的心理和感受，在红军游击队中具有相当代表性。那段时间，一些红军战士认为，同国民党讲统一战线，就是向国民党投降；跟蒋介石合作，就是跟虎狼合作。还有的人说，"红五星"同"十二角星"（指国民党青天白日帽徽）打了十年仗，现在要摘下"红五星"，换上"青天白日"，这怎么能行呢？

由"抗日反蒋"到"联蒋抗日"，在从国内革命战争到抗日民族解放战争这一前所未有的战略转变中，大多数红军游击队经过教育引导，在保持应有的革命坚定性和警惕性的同时，以坚强的党性，保证了从思想和行动上服从党的决定。但由于长期与上级失去联系并同外界隔绝，加之国民党军在频繁"围剿"中，不断派密探或共产党的叛徒诱降诈捕边区干部和游击队员，红军游击队普遍对国共合作和下山改编难以置信，有的党组织派人上山传达国共合作的指示颇为艰难，甚至付出了血的代价。

1937年10月下旬的一天黄昏，湘赣边武功山脉重峦叠嶂间的盘山路上，几个民夫模样的人簇拥着一顶竹轿向永新县九陇山深处走来。坐在轿子里的陈毅戴一顶博士帽，鼻梁上架一副金丝眼镜，双膝间夹着一根手杖，绅士派头十足。陈毅带着项英的亲笔信到达九陇山红色独立团后，代团长段焕竞和政治委员刘培善虽对陈毅这员红军名将早有所闻，但一时难辨陈毅真伪，遂将陈毅转送中共湘赣临时省委驻地永新县铁镜山。陈毅阔绰的着装引起了省委书记谭余保的反感和怀疑，便武断地认定陈毅是叛徒，将他捆绑起来，严词审讯逼其交代"叛变"经过，并威胁要把陈毅当"叛徒"处死。陈毅对谭余保坚定的立场及很高的革命警惕性给予赞扬和肯定，同时耐心进行解释，从多方面来证实自己的身份。双方僵持了几天，谭余保觉得陈毅讲的很多情况确实是可信的，但仍没有彻底排除怀疑，对陈毅既不敢杀又不敢放。最后谭余保还是接受了陈毅的建议，派人下山核实情况。在得知陈毅确系上级党委所派时，谭余保幡然悔悟，当即给陈毅赔礼道歉，表示坚决服从党的决定，带领游击队下山改编。

受命上山的联络员，并不是人人都能像陈毅那样，在化险为夷中完成使命。率领游击队坚持在弋阳磨盘山和三县岭一带的中共上、横、弋、德中心县委书记、赣东北红军游击队领导人杨文翰，在国民党军长期"围剿"中困守深山，对抗日战争转折时期外界形势的剧烈变化一无所知，又因叛徒多次出卖险遭不测，遂绝不轻信任何消息和任何人。1937年秋到1938年春，上级党曾四次派人上山传达国共合作指示和游击队下山改编事宜，前两批上山联络的四名交通员，皆被杨文翰当作叛徒而误杀。第三次上山的是中共弋德中心县委所属的丁山区委书记余明兴，在劝说杨文翰率部下山改编时，又被杨文翰视为反革命两面派，不准申辩就予枪毙。行刑时，余明兴高呼"共产党万岁"，仍未能使杨文翰猛醒。1938年4月，奉中共中央东南分局指示，中共原皖浙赣省委书记关英，以新四军代表的身份再次上山动员杨文翰下山改编，杨文翰对国共合作与关英认识严重分歧，两人由争辩发展到争吵，杨文翰认定关英已经叛变，下令捆绑关英及随员四人并用刑。关英怒骂杨文翰鲁莽粗暴，杨文翰盛怒之下将关英等四人枪毙。事后，杨文翰派人到南昌新四军办事处核实情况，办事处对杨文翰的行为进行严厉批评，并要来人转告杨文翰，令其迅速率部下山改编。然而杨文翰仍坚持"不见到红军大部队，决不下山"。由于自外于抗日救国的时代潮流，在一意孤行中排除了共产党的领导，杨文翰终于难逃失败的厄运，于1943年3月因叛徒告密被国民党当局杀害。

无独有偶。1937年1月，湘南游击队派支队长赵书良带着项英的亲笔信，专程到湘赣边游击队，传达中央关于国共合作和游击队下山改编的指示，结果被当作叛徒杀害。1937年10月，中共湘鄂赣特委派红十六师政治委员明安楼和平修铜中心县委书记林梅清，到赣北游击区动员红军游击队负责人刘维泗率部下山改编。刘维泗视国共合作为奇谈，更不愿率队下山改编，极其轻率地把明安楼、林梅清两人当作叛徒处决。这支脱离党的领导而失去政治大方向的游击武装，在孤军奋斗中最终重演了被国民党军消灭的悲剧。

在"左"的错误倾向迟滞和影响战略转变的同时，右倾投降主义给红军游击队带来的危害更是令人痛心疾首。

毗邻港澳的闽粤边游击区，早在1937年3月5日，就接到设在香港的中共南方临时工作委员会的指示信，得知中共中央已将"抗日反蒋"口号改为"联蒋抗日"，信中要求闽粤边特委同当地国民党军举行谈判，争取国共合作。4月19日起，特委代理书记、红三团团长兼政治委员何鸣等人，同驻漳州的国民党粤军一五七师代表举行多次会谈，粤军当局奉行"谈判不忘'围剿'，'围剿'不忘谈判"的方针，不断向红军游击队发动进攻，甚至在5月27日逮捕并关押何鸣等人。在特委公开营救和内外强大压力下，一五七师被迫释放何鸣等人。6月中旬，何鸣重新与粤军谈判将红军改编为福建省保安独立大队时，唯国民党军一五七师马首是瞻，于6月26日与一五七师代表陈浚在漳州正式签订合作协议，并无视中共南方临时工作委员会"就地谈判、不能离开根据地"的指示，于7月13日率原红三团和独立营开抵漳浦县城。7月16日，一五七师以集中发饷和整训为名，没费一枪一弹，就把集中到体育场的近千名红军游击队员缴了械，制造了震惊全国的"漳浦事件"。党中央一面力促国民党迅速归还何部人枪，一面把解决"漳浦事件"作为南方红军游击队改编为新四军的一个砝码，针锋相对与国民党政府严正交涉。毛泽东向全党提出要防止和警惕"何鸣危险"。

殷鉴不远。"何鸣危险"的警钟犹响在耳，八个月后，福建又发生了"泉州事件"。1937年11月中旬，国民党以日军攻陷金门、封锁闽粤沿海为借口，命令刚编入八十师特务大队的闽中红军游击队开赴泉州驻防。对这种调虎离山、伺机重演"漳浦事件"的伎俩，红军游击队不无异议。但闽中工委书记刘突军以军令难违、大敌当前国民党当局不至于翻脸为由，11月中旬率部开赴泉州承天寺，从而完全丧失了独立性，为之后的事变埋下了祸根。1938年3月，原闽中红军游击队一百六十九人，被国民党军八十师二三九旅悉数缴械，重蹈"漳浦事件"覆辙。

震惊中外的皖南事变如晴天霹雳猝然临临，但灾难的幽灵其实早就悄悄临近了。在"游击队下山"的特定历史时期，发生在1937年的"漳浦事件"和1938年的"泉州事件"，已隐约可见皖南事变的端倪，而皖南事变的发生，又与以上两个事件同因异果，是两个悲剧的再现和放大！

数千名新四军将士用生命和鲜血换来的惨痛教训，以昂贵的代价印证了毛泽东、周恩来为代表的中国共产党人战略判断和指导的正确。皖南阋墙大血战——这一令人不堪回首的痛史再次昭告人们，领导人尤其是高级领导干部思想路线、思想作风上的偏差，以及他们在敌后游击战争中长期株守一隅形成的某些缺点和缺陷，在历史紧要关头一经某些因素发酵并呈几何级数放大，最终必然给党和人民事业带来无可挽回的巨大损失！

中共中央决定向全党敲响了振聋发聩的警钟：党员领导干部必须切实加强党性锻炼，自觉在政治上同党中央保持一致，在统一战线中既讲联合，又保持政治上、组织上的独立自主，唯其如此，才能在日、顽、我长期三角态势的复杂斗争中，真正立于不败之地，夺取抗日武装斗争和革命事业全胜。

1945年4月23日至6月11日，中国共产党第七次全国代表大会在延安杨家岭中央礼堂召开。这次历时五十天的会议，未按四年三个月前中共中央决定所言，在会上讨论和议处项英等人的错误。

1945年迄今，中国共产党已召开十一次全国代表大会，均未安排这一议题。

38. 茂林缘何起悲歌

1942年，陈毅怀着十分沉重的心情，写下了《皖南事变总结》：

> 一、皖变失败的政治原因系由于项英等人的错误，只了解对资产阶级联合的一面，忘记了斗争的一面，并且一贯来违背党中央向华中敌后发展的决定，组织上又不执行中央撤退皖南的命令，这些都早有决定，

我只就军事上提出几点，以供研究。二、退出皖南，是个战略转移，必须对敌对顽作战，才能达到目的。而皖南负责同志，由于政治上过分相信国民党，因此首先对整个战局的情况估计错了，没有一个坚决作战的决心，还以为可以用和平交涉的方法通过来，结果枪一打响就会昏头昏脑。三、战略转移的路线也错了，当时有三条路：一路走北，从铜、繁渡江，完全走敌占区最安全；一路向东，经泾县、郎溪、宣城向东到苏南再北渡，走敌顽结合部也好；最后就走国民党指定的南路，经过其包围圈，再转向东到苏南而又北上，路最长，而又最不安全，却偏偏选定这条路，自己送到虎口去。四、转移的部署是大搬家，什么都带，错了。当时应该只带枪支弹药，尽量轻装，减少非战斗员才行。五、要通过封锁线和敌占区，可分路分批地通过，这也不会被人"聚而歼之"了。六、战斗中的指挥错误了，一万多人平均分配成三个纵队，军部只带了教导队和特务团，军长变成旅长，事急当然无法应付。当时既然决定要集中起来一齐走，就应该把三个团走在前面，三个团走在中间，辎重走后面，集中力量打开一路这才对。分开三个纵队，光是相互通讯联络就很困难，山这边打枪，山那边还不知道。十几万的部队才可分纵队走。既然到了茂林就不应该休息一天，被敌人察知情况而决心来堵，等到他包围好了才前进，既然冲到丕岭下是包围圈的外沿了，就再不用又撤回去了。七、这给我们今后的经验是：战略转移一定要决心作战，要集中主力打开一路，要轻装，情况一急，能舍得牺牲，而要特别注意求得指挥部之安全。中国革命军战略转移是很多的，过去就有过井冈山的转移，方志敏北上，二万五千里长征，四方面军转移等，我们要很好地学习经验。[1]

1941年3月20日，原新四军秘书长李一氓，就新四军皖南部队北移路线及行动迟缓原因，致电中共中央书记处及在重庆的周恩来：

书记处、渝周：

皖南事变报告之四（删午[2]）。

---

[1] 中国人民解放军历史资料丛书编审委员会.新四军文献（2）.北京：解放军出版社，1994：195.

[2] 删午，即20日11时至13时。

三、我军行动路线　（一）走原来三战区指定到苏南的路线，必须通过五十二师及一〇八师的防地，那时该两师兵力及六十二[师]冷欣部已分别集中，同时经过地区均已筑好工事。（二）稍偏南走五十二师及一〇八师之背面，仍须打两个师。（三）再南走泾县、宁国以南，旌德之北，脱离五十二及一〇八师，有与四十师遭遇之可能，但只打四十师，我估计力量有余。（四）故决定走第三条路。

四、我军行动迟缓之原因　（一）自决定北移后，项英同志始终动摇不定，有时想苏北，有时想皖北，拿保全力量作为不坚决迅速行动之掩护。我曾个人三次进言，催促行动，少数损失可毋庸顾忌，皆被拒绝。且以从苏南你可以穿便衣走，而枪杆子不能化装之语加以斥责。并在一次干部会议上，暗中指出某些干部不顾保全力量的观点之不正确，云云。而叶希夷则始终想得点子弹，后来闹僵，战区则非行动后不发子弹，而叶则非子弹到手后才走。虽中央电到谓，得到战区的子弹与饷款只能认为是例外，□叶浊笑语谓说，不留一点情（指顾祝同），就发一万也是好的。（二）只有到后来中央书记处给项、袁、周的斥责电到了之后，同时得到情报，四十师已进到泾县、旌德之线，才决定行动，那时还是十二月二十九日。但如果决心快，在三十一日或一月一日就出发，事情也不会闹到如此之糟。（三）我三十日曾往催晤袁国平促项行动，并向周谈，行动既决定，应即作行军部署。但不知何故，决定到四日晚出发。（四）四日大雨，晚间[青]弋江水涨。原来决定徒涉，彼时不得不搭浮桥，而工兵计算河幅有误，搭好后还差二十米达，又拆后重搭。加以军部由云岭出发到窠过〔章家〕渡竟会走错了路，由云岭到茂林四十里，连过江耽搁，到五日正午才到齐。（五）五日又大雨，晚上未能行动，到六日晚才行动，又迟了两天，使敌人顽兵有时间准备好，而我反变为被动。

李一氓

二十日①

---

① 中国人民解放军历史资料丛书编审委员会．新四军文献（2）．北京：解放军出版社，1994：184-185．

1941年4月1日，李一氓就新四军兵败皖南致电中共中央书记处和周恩来：

书记处并报渝周：

皖南战役报告之七（感午①）：军事失败原因。

检讨这次战役的失败，主要的当然是项的政治领导的错误，但如单纯军事来说，也犯了极大的错误。第一，出动太迟，假如能提早四五天，结果也不会如此之难堪。第二，估计敌人太低，估计自己太高，以为四十师不堪一击。第三，在地形选择上，当把自己放在高山上，放在深谷中，毫无作用。第四，战斗准备不足，非战斗人员太多，××太多。第五，行军过久，行军力不强。敌人是每天一百里路，我们仅四十里路。第六，使用兵力不恰当，兵力分散。假如全军作一路攻击，不会感到兵力不足与彼此脱节。第七，缺乏大兵团作战经验。过去三年战斗，都是团为单位，这次六个团一齐打，毫无协同作战可言。第八，因过去子弹多，不注意节省弹药，到后来有枪无弹。第九，参谋长工作差，×××只能管后方勤务与教育工作，对作战部署与指导毫无把握。第十，项指挥大兵团作战之经验与能力差。第十一，战时工作全无计划，也无工作，下级连指导员只有单纯的鼓动工作，缺乏整个战役的组织工作。以上是我个人对于这次战役的军事上失败的意见。中央及军委如还有查问的，我当据所知答复，因除叶、项、袁、周外，我知道的经过比任何人为多（全报告完）。

李一氓

一日②

岁月的涓涓细流滴水穿石，人们对历史事件的认知，也在时移岁迁中不断磨砺出新的印痕。1982年至1990年，李一氓数次接受新四军老战士、原中央党史研究室办公室主任李志光（笔名南北）、董之曦访谈，针对多年来各方对项英贯

① 感午，即27日11时至13时。
② 中国人民解放军历史资料丛书编审委员会.新四军文献（2）.北京：解放军出版社，1994：189-190.

彻中央"向北发展、向敌后发展"方针不力的批评，陈述了自己的看法。李一氓认为："项英既是新四军实际上的政委，又是中共中央东南局的书记。作为新四军，他的作战区域是大江南北，作为东南局，管辖范围则是长江以南的东南数省，而长江以北则置于中原局的管辖范围。1938年秋，六届六中全会上曾估计日寇将继续大举深入，粤汉路以东将成为敌后，项英很可能考虑如日本人将浙赣路切断时，新四军就可以大发展，向南扩大根据地。1939年春，周恩来到皖南时，共同商定了'向南巩固，向北发展，向东作战'的方针。'向南巩固'就是要保持住皖南现有的阵地，这需要有足够的兵力；而'向北发展'，则需要投入更多的力量。皖南的战斗部队只有三个团的兵力，其中一个团还担负着第三战区指定的繁昌前线的战斗任务。作为新四军主要负责人的项英，他既要执行所商定的战略方针；作为东南局的负责人，他又要将党的工作重点放在长江以南的皖、浙、闽、赣诸省，这本身就是件较为错综复杂的事情。他很可能认为，八路军既已南下，新四军的半数以上兵力已位于江北，即可解决江北问题。中央在1940年春曾有一电，要项英直接负责指挥皖南斗争，巩固现有阵地。"①

开国上将陈士榘，上个世纪70年代末曾谈到，当年自己在重庆见到叶挺时，叶回忆说，1941年1月5日，新四军部队到达茂林地区，天下起了大雨。叶挺说，要警惕国民党，为避免成为瓮中之鳖，最好改变路线，不从东南翻山去旌德，而从西南过去向东进军然后北上。但项英不同意，还是按照国民党指定的路线进军。

2000年12月，第四期《铁军》杂志发表新四军老战士、北京新四军研究会副会长兼秘书长鲁冰所撰《皖南事变六十周年回眸》一文，从三方面总结了新四军兵败皖南的教训：第一，败就败在政治右倾，思想保守；第二，败就败在党性不强，不服从中央指挥；第三，败就败在不懂军事，拒绝军事家的解围良策。

2002年2月，第一期《铁军》杂志发表中国新四军研究会副秘书长朱清泽撰写的《皖南事变的哲学思考》一文，从认识论与方法论的结合上，对皖南事变的惨痛教训进行深省和透视：一、在激烈的军事对峙中，丧失时机就要付出沉重的代价；二、在抗日民族统一战线中，只承认统一，放弃独立，必然吃大亏；三、离开全局，只从局部出发考虑问题，其结果必然是既丢失局部，又损害全局。

1938年10月，求贤若渴的项英赴延安出席党的六届六中全会时，专程登门邀请经济学家薛暮桥参加新四军，并任命其为教导总队训练处长。1996年，薛

---

① 安徽省新四军历史研究会.茂林悲歌.北京：中央文献出版社，2010:292.

暮桥重拾皖南事变的惨痛教训，深有感触地说："中央'五四指示'的内容，经过历史的检验已证明是完全正确的。中央正是在项英迟迟没有坚决贯彻执行关于新四军发展的方针，并且在实际工作中出现了错误，贻误了时机，又孕育着更为严重后果的情况下，适时地提出批评，敲起警钟。'五四指示'的着重点在于说明道理和指明利害，期望项英引起警觉，迅速改正错误，带领新四军坚决完成中央赋予的战略任务，迅速向敌后转移。""从'五四指示'后到年底，中央发了许多个电报催促项英执行中央指示。但是项英一面表示同意，一面三心二意，拖延不决，总希望留在皖南。""我认为，项英同志对中央1940年'五四指示'的态度，是皖南事变遭到失败的一个重要历史关节。"薛暮桥所言"中央发了许多个电报催促项英"，并无夸张之辞。除毛泽东两个"五四指示"等重要电文外，文献档案中中央指导新四军化危为机、力争战略主动的电报和指示比比皆是。

1938年5月14日，中共中央书记处致电长江局、东南分局及项英，就新四军行动方针作出明确指示：

> 甲、迭次来电均收到。根据华北经验，在目前形势下，在敌人的广大后方，即使是平原地区，亦便利于我们的游击活动与游击根据地的创立。我们在那里更能自由的发展与扩大自己的力量与影响。只要自己不犯严重错误与慎重从事，是没有什么危险的。
>
> 乙、因此，新四军正应利用目前的有利时机，主动地积极地深入到敌人的后方去，以自己灵活坚决的行动、模范的纪律与群众工作，大大地去发动与组织群众，建立地方党，组织与团集无数的游击队在自己的周围，扩大自己，坚强自己，解决自己的武装与给养。在大江以南，创立一些模范的游击根据地，以建立新四军的威信，扩大新四军的影响。
>
> 丙、必须向党的干部解释目前斗争形式与过去的根本区别，因此，目前的工作方法与方式应与过去的根本的不同。要他们在大胆地向外发展与积极的抗战行动中，来扩大与巩固统一战线，争取更多同情者在自己的周围，同时扩大与巩固自己的力量。也只有这样，才能有力地打击造谣中伤与打破防范限制。①

---

① 中国人民解放军历史资料丛书编审委员会.新四军文献（1）.北京：解放军出版社，1994：112.

1939 年 4 月 21 日，毛泽东为中共中央书记处起草给新四军的电报，对发展华中武装力量作出指示：

一、我在华中之游击战争及武装力量有很大发展前途。过去由竹沟出发之少数部队，如八团队、彭雪枫部现已发展合计万余人，在鄂境我新成立之游击队亦有数千人，便是明证。在江南则因国民党之限制及其统治力量之雄厚，致发展迟缓，在将来发展亦有很多困难。在华北则过去已有大量发展，现在中心任务是巩固工作。因此，华中是我党发展武装力量的主要地域，并在战略上华中亦为联系华北、华南之枢纽，关系整个抗战前途甚大。

二、蒋已批准新四军在华中成立指挥部，我应利用此机会来作发展的布置。（略）

三、新四军在江北指挥部应成为华中我武装力量之领导中心，除指挥我原有武装外，更有建立及发展新的队伍之任务。因此，仅云逸同志还不够，应有大将主持。我们提议，或者项英同志来华中，把新四军直接领导委托叶、陈、袁等同志，或者调陈毅同志来华中主持指挥部。现由华北调大员去，在对外关系上不适宜。

四、新四军在江南者现尚仅万余人，而发展前途又受大限制，许多大员仅指挥数千人，实不符合其才能之发展的方针，希望东南局及新四军领导同志顾全全国局势及华中之重要，抽调大员及大批干部到江北。请讨论电复。[①]

1939 年 12 月 27 日，中共中央书记处对华中及江南工作作出指示：

三、在江南方面处境是困难的，我们有以下意见：

（一）立即在部队中进行必要的解释工作，提高警惕性，以防局部的突然事变。

（二）军部各机关减缩非战斗员的成分，加强其防御能力。

---

① 中国人民解放军历史资料丛书编审委员会.新四军文献（1）.北京：解放军出版社，1994：126-127.

（三）皖南抽一部分干部，要武装过江北，发展和巩固津浦南段地区。

（四）陈毅方面抽有力部队过江，发展扬州以东。

（五）东南局地方工作应着重皖、浙、赣三省边区。

（六）这样，才能使在将来极不利局面下，有江北及皖、浙、赣三省边界的两条退路。你们应坚决执行这一计划。

四、应付摩擦方针已见中央过去各种电报，但在华中及江南应根据不同的地区采取不同的方法。……在江南方面，过去采取比较谨慎态度是必要的，但不应向战区多作报告，不应向他们经常请示，许多问题应相应不理。如遇武装冲突，有利时则反击之，不利时则应转移被攻击之部队至有利地区，再讲对付。同时，大事宣传，以争取中立分子之同情，以孤立反共最积极的分子。[①]

1940年1月19日，中共中央书记处对新四军发展方针作出指示：

一、新四军向北发展的方针，六中全会早已共同确定，后来周恩来到新四军时又商得"向南巩固，向东作战，向北发展"的一致意见。华中是我们目前在全国最好发展的区域，在华中可以发展（彭雪枫部由三连人发展到十二个团，李先念部几百人发展到九千人），而大江以南新四军受到友军十余师的威胁和限制的时候，我们曾主张从江南再调一个到两个团来江北，以便大大的发展华中力量。

二、今后全国形势的发展，即使全国发生大事变后，新四军能否向南发展，向皖浙赣大活动，抑或应过江向北，要看今后的形势来决定。假如全国剿共，则我们可以向南；假若是前途是国共划界而治，则我们不宜大举向南，而宜向北，以求与蒋隔江而治。所以新四军的退路有二：一为皖北、苏北；一为皖、浙、赣、闽交界地区。现在两条退路都要准备，但最后采取哪一条路要到那时才能决定。

三、在全国未公开投降以前，即现在的抗日反共局面继续下去的形势下面，新四军大江南北部队应在现地区力求发展。发展当然会引起摩

① 中国人民解放军历史资料丛书编审委员会.新四军文献（1）.北京：解放军出版社，1994：139-140.

擦，但只有发展力量，给摩擦者以反打击，给武装进攻者以反攻，才能巩固自己、坚持阵地和克服投降危险。反摩擦就是反对反共派投降派的斗争。这种斗争并不促进分裂而是延迟分裂、阻止分裂、延迟投降、克服投降的有效办法。如不斗争，不足以巩固统一团结和坚持抗战。

四、皖南既不能再调部队过江到皖北，我们同意不再调。新四军在皖南、江南力求扩大的计划，我们完全同意。由江南抽兵到皖南，请考虑。因为我们觉得似乎皖南发展较难，江南发展较易。江南陈毅同志处应努力向苏北发展。①

1940年1月29日，毛泽东、王稼祥对皖南部队须力争江北致电项英、叶挺：

甲、你们主要出路在江北，虽已失去良机，但仍非力争江北不可。

乙、须秘密准备多数渡江，为紧急时用。

丙、经费绝无他项出路，全党均须自力更生。②

而项英坚持认为："在战略上，北方必须有南方之配合""皖南在任何情况下，非独立行动坚持南方不可"，不愿执行中央关于北上的指示。

同年3月，国民党将反共重心由华北转到华中，先后向皖东、皖南、苏南增兵，华中局势骤然紧张。为防止新四军军部遭受袭击，3月29日，毛泽东、王稼祥就目前华中军事策略致电朱德、彭德怀、刘少奇、项英：

在华中为新四军摩擦日益尖锐的条件下，顽方有可能利用其优势兵力向新四军军部地区进攻。因此，军部及皖南部队应预先有所准备，以免袭击。万不[得]已时，可向苏南陈支队靠拢，再向苏北转移。③

---

① 中国人民解放军历史资料丛书编审委员会.新四军文献（1）.北京：解放军出版社，1994:141-142.

② 中国人民解放军历史资料丛书编审委员会.新四军文献（1）.北京：解放军出版社，1994:145.

③ 中国人民解放军历史资料丛书编审委员会.新四军文献（1）.北京：解放军出版社，1994.151.

2002年12月，曾任新四军江南指挥部政治部宣教干事的新四军老战士余伯由回忆，1940年3月8日，新四军军直运动会结束后，项英曾同意派出小组勘察东移路线。一天，江南指挥部政治部钟期光副主任找到他和民运干事金祥伯，要他俩参加勘察组，具体任务由陈毅指挥部署，勘察路线请示粟裕副指挥。余伯由和金伯祥来到陈、粟首长居住的祠堂，粟裕指着挂满四壁的军用地图说，勘察组由指挥部驻地出发，经郎溪向西，再过叶家渡附近到宣城青弋江兵站，与军部勘察组会合。江南指挥部勘察组一行五人，在勘察组组长、江南指挥部作战科长吴肃带领下，按粟裕确定的路线进行勘察，对沿途地形、道路、桥梁、渡河点、休息点、宿营点都作了记录，对经过的村庄和乡保长的政治态度及村民风俗习惯等，进行社会调查。在青弋江兵站，江南指挥部勘察组与军部作战科长李志高率领的军部勘察组会合并交流情况，研究了东移过程中可能出现的情况，拟定了应付突然事变的几种方案，形成了一份简要勘察报告，供向军部和江南指挥部首长汇报。据勘察得出的结论，军部沿勘察路线东移是完全可行的，届时江南指挥部有五个团可西出接应，东移部队两天时间便可进入苏南敌后地区。勘察组返回苏南后，军部却没有东移的动静。陈毅很是着急，便写信派民运科长曾如清专程去皖南军部，催促项英率军部东移。但项英以中间要通过两条河，要两天半行程才能到苏南敌后，国民党军已有布置，很可能借此进攻等理由，取消了军部东移计划。

1940年4月3日，毛泽东就皖南部队是否已做好应对突然事变准备致电项英：

一、军部及皖南部队被某方[1]袭击时是否有冲出包围避免重大损失的办法？其办法以向南打游击为有利，还是以向东会合陈毅为有利？渡江向北是否已绝对不可能？

二、党内干部是否已有应付某方可能袭击的精神上充分准备？

三、皖南、江南地区各友军中是否有坚持抗日同情我党的高级中级进步军官与进步部队？在突然事变时是否有掩护我军或与我军一致行动的可能？我在附近友军中统一战线工作如何？

四、某方在第三战区的意向如何？顾祝同等中央军态度如何？黄绍雄[2]态度如何？东南局领导下的地方党是否有保存干部、蓄积力量、应

---

① 某方，指国民党顽固派。

② 黄绍雄，即黄绍竑，当时是国民党浙江省政府主席，浙江省国民抗敌自卫团总司令。

付突然事变的精神上和实际上的准备？①

项英在回电中否认北上东移的可能性，坚持认为："渡江，绝对不可能，敌在长江封锁更严，江北桂军已密布江边。""向东，某方已有布置，须冲过两道封锁，经过几次战斗，才能与陈支会合。到苏南，地区不利，处在敌友夹击，地区狭小。只有在广德、宁国一带坚持，继续战斗。"针对项英株守皖南、准备向南发展的意图，中共中央于5月26日致电项英，再次指出：

> 皖南军部以速移苏南为宜。……在团结抗战时期，我军不应向友党后方行动，而应向战争区域与敌人后方行动。②

在中央一再督促下，项英一度同意率军部和皖南部队东移并作出部署，但6月12日，项英又电告中共中央苏南局势紧张，东移不利，把转移苏南事搁置下来。

10月上旬，毛泽东获悉蒋介石已令顾祝同、韩德勤"扫荡"长江南北的新四军，主战场将在苏北和江南，直接威胁新四军军部和皖南部队，遂于10月8日同朱德、王稼祥致电叶挺、项英，提出军部移动的三个方案：

> 一是移到第三支队活动地区，如顽军来攻不易长期抵抗时则渡江北上；二是如有可能移至苏南；三是决心移至皖北，由第四支队派部队到无为接应。

针对项英不切实际的"南进计划"，毛泽东等严肃指出：

> 向南深入黄山山脉游击，无论在政治上、军事上是最不利的。③

10月9日，刘少奇也致电叶挺、项英：

① 中国人民解放军历史资料丛书编审委员会. 新四军文献（1）. 北京：解放军出版社，1994：152.
② 中国人民解放军历史资料丛书编审委员会. 新四军文献（1）. 北京：解放军出版社，1994：313.
③ 中国人民解放军历史资料丛书编审委员会. 新四军文献（2）. 北京：解放军出版社，1994：9.

军部在皖南既不可能，建议从速北移。因目前交通尚有可能，如果迟缓，恐有被顽固派阻断封锁可能。①

面对中共中央纷至沓来的一道道"金牌"，项英依然恪守自己的一定之规。10月11日，项英致电毛泽东、朱德、王稼祥及刘少奇：

依据各方形势与条件，军部困难北移，也不便移三支区域（地区太小，敌友进攻无法住），仍以军部所在地作基点较有利。②

接到项英复电的毛泽东显然已经十分焦急，鉴于皖南反"扫荡"胜利后，因国民党军五十二师避战丢弃为日军盘踞的泾县县城失而复得，由云岭东进苏南的通道已经打开，毛泽东于10月12日亲拟电文，联名朱德、王稼祥再次致电项英进行劝导：

整个南方有变为黑暗世界之可能。但因蒋是站在反日立场上，我不能在南方国民党地区进行任何游击战争。曾生部队在东江失败就是证明。因此，军部应乘此时速速渡江，以皖东为根据地，绝对不要再延迟。③

而项英依然认为："为了便于将来我更大发展，坚持皖南阵地有极大作用。如现放弃，将来不易取得这一个强固的支点。"面对稍纵即逝的机会窗口，项英再次向中央强调北移困难。

1940年11月1日，毛泽东、朱德、王稼祥就加紧准备粉碎蒋介石严重进攻致电刘少奇、叶挺、项英等人：

———————

① 中国人民解放军历史资料丛书编审委员会. 新四军文献（2）. 北京：解放军出版社，1994：10.
② 中国人民解放军历史资料丛书编审委员会. 新四军文献（2）. 北京：解放军出版社，1994：11.
③ 中国人民解放军历史资料丛书编审委员会. 新四军文献（1）. 北京：解放军出版社，1994：185.

甲、蒋介石已通知我们限在十一月二十日以前，将在华中与山东的新四军八路军一律开至华北。近据确息，蒋已令汤恩伯率九个师，李品仙率三个师立开豫皖，准备期满后向你们进攻，皖南、鄂中两方面亦必有进攻布置。

乙、你们应立即开始加紧军事政治各方面的准备，补充兵员，厉行整训，征集资财，加紧根据地的创造与巩固，加强友军中统战工作，加强部队中政治工作，并预计如何打破蒋介石的这一严重进攻，预先向内部与民众宣传反共如何是罪恶，是为至要。[①]

从1938年5月以来，在长达两年半的时间里，中共中央和毛泽东等领导同志，就新四军大力开展敌后游击战争、抓紧有利时机果断渡江北上、在将来极不利局面下多方向预有退路、给摩擦者以反打击克服投降危险、从精神和实际工作上充分做好应对突然事变准备和加强友军中的统战工作等重大问题，从战略、策略和政治上，作了一系列鞭辟入里、切中要害的重要指示，其预见之准确、思考之缜密、对策之具体、要求之明确，可以说已经到了无以复加的地步。

1940年11月上旬，国民党顽固派制定《剿灭黄河以南匪军作战计划》，在皖南大举调兵遣将的同时，命令第三十一集团军总司令汤恩伯率四个军九个师由豫南东进，准备进攻彭雪枫部和增援苏北；命令李品仙率三个师进攻皖东；命令鲁苏战区派部队南下增援苏北，其第一一二师已越过陇海铁路南进至淮阴苏家嘴，与黄克诚部对峙。面对剑拔弩张的紧张局势，毛泽东打算，在全国发动反投降反内战运动的同时，以撤离皖南的让步作为同国民党谈判的交换条件，以换取其停止汤恩伯、李品仙等部二十万大军的东进，并于11月15日致电周恩来、项英等人讲明这一战略企图。项英感到，眼前的局势使新四军北移有拖延之可能，于18日致毛泽东等电报中提出："如认目前局势有拖下之必要，也请指示。"

11月21日，毛泽东为中央书记处起草的复叶挺、项英电指出：

你们可以拖一个月至两个月（要开拔费，要停止江北进攻），但须

---

① 中国人民解放军历史资料丛书编审委员会. 新四军文献（1）. 北京：解放军出版社，1994:188.

认真准备北移。我们决心以皖南的让步换得对中间派的政治影响。①

显而易见，毛泽东的"拖"是一种斗争策略，是把新四军皖南部队北移作为一张牌，以此要求国民党停止江北进攻，但北移决心并未改变。

项英于11月22日联名叶挺致电中共中央，历数部队北移诸多困难，明确提出"极短期内无法开动"，强调如发生战事，"反不如停留皖南，胜利把握较多"。

毛泽东判断，新四军如在苏北打韩德勤，蒋介石、顾祝同很可能在皖南对新四军动手，新四军军部停留皖南愈加危险。11月24日，毛泽东亲拟电文，联名朱德、王稼祥致电叶挺、项英，口气明显变得严厉：

> （一）你们必须准备于12月底全部开动完毕；（二）希夷率一部分须立即出发；（三）一切问题须于二十天内处理完毕。②

当日下午，毛泽东、朱德、王稼祥再电叶挺、项英：

> 立即开始分批移动，否则一有战斗发生，非战斗人员及资材势必被打散。③

在中共中央一再敦促下，项英态度有所变化，分别于11月26日、27日、29日先后三次与叶挺致电毛泽东、朱德等，表示"准备北移"，"但无论如何要在12月底才能完毕开动"。毛泽东收到皖南发来三份电报，对叶挺、项英的积极态度是满意的。但12月13日，项英忽然致电毛泽东、朱德、王稼祥说：北移消息被国民党泄露，"已使敌注意，到处增加兵力，严密封锁""无法保守秘密与突然行动"，因此，"目前当很难求得迅速北渡"，甚至欲以"不发饷弹即不开动"为由来拖延北移时间。鉴于项英以难拖移的思想实际，中共中央书记处于12月14日复电：

① 中国人民解放军历史资料丛书编审委员会.新四军文献（2）.北京：解放军出版社，1994:48.
② 中国人民解放军历史资料丛书编审委员会.新四军文献（2）.北京：解放军出版社，1994:51.
③ 中国人民解放军历史资料丛书编审委员会.新四军文献（2）.北京：解放军出版社，1994:52.

移动时间蒋限12月底移完，我们正交涉展限一个月，但你们仍须于本月内尽可能移毕。①

项英借机拖延、滞留皖南的思想根深蒂固，12月16日与叶挺联名致电毛泽东、朱德并中共中央，要求中央"给我们以行动方针（或拖或走）及行动范围的指示，以便执行"。

当天，毛泽东、朱德、王稼祥致电刘少奇、陈毅并叶挺、项英，再次明示："皖南部队务须迅速渡江，作为坚持皖东之核心。"12月18日毛泽东、朱德、王稼祥致电叶挺、项英，语气趋严峻紧迫："重庆形势严重"，"希夷及一部人员北上，望速作部署。""秘密文件必须烧毁，严防袭击。"同日，毛泽东、朱德、王稼祥又致电叶挺、项英，又一次强调："你们的机密文件电报须一律烧毁，切勿保留片纸只字，以免在通过封锁线时落入敌人手中，你们的密码须由负责人带在自己身上。"12月19日，毛泽东、朱德、王稼祥在致彭德怀、叶挺、项英电中重申："望叶、项率部迅即渡江，应于两星期内渡毕，增援皖东为要。"

延安心急如焚，苏中和苏南也寝食不安。12月21日，刘少奇、陈毅致电叶挺、项英，提出皖南部队北移与第四、第五支队会合的三种方式，强调："愈迟情况将变得愈困难，以从速行动为妙。"但优柔寡断的项英依旧按兵不动。新四军秘书长李一氓按捺不住内心的焦急，先后三次建言项英从速行动，少数损失可毋庸顾忌，但均遭拒绝并受到斥责。叶挺则认为留在皖南比渡江北上危险，自己留下来出面同国民党交涉要比别人方便些，借此机会还可以向第三战区要些弹药，执意要项英先行。结果叶挺和项英谁也没有按中央意图先行渡江北上。

12月23日、24日、25日，项英连电中共中央：根据确息，蒋介石已密令顾祝同"作一网打尽之计"，近日顽军调动频繁。现北渡困难，"有被截断或遭腰击之危险"，"大批渡江已不可能"，需延长时日分批偷渡。此前，12月22日，新四军军部以叶挺名义致电蒋介石、何应钦、白崇禧、顾祝同并致函李宗仁、李品仙，要求让路并延缓北渡期限一个月。

对一个战略区的领导人来说，中共中央和毛泽东劝说之耐心，等待之长久，

---

① 中国人民解放军历史资料丛书编审委员会.新四军文献（2）.北京：解放军出版社，1994:66.

243

催促之紧迫，都是罕见的。鉴于项英蹉跎战机并一再向中央请示行动方针，毛泽东终于遏制不住内心的愤怒，12月26日以中共中央名义给项英等发来由他草拟的语多批评与诘问的"严责电"。

纵观和重新审视这一阶段的战略指导，中共中央和毛泽东的一个鲜明思想，就是新四军皖南部队必须北移长江，而且愈早愈主动。今天，人们重温当年中共中央和毛泽东把握时局走势、集纳各方智慧，从眼前与长远、局部与全局的结合上，为新四军制定当时看来势在必行、历史证明完全正确的战略方针和行动策略，都会忍不住顿足慨叹：对这些出迷津、避祸患的金箴之言，哪怕认真落实那么一两条，也断不至于使新四军陷入茂林被歼的悲惨境地！

1940年4月21日，新四军将领陈毅、粟裕、罗忠毅、邓振询，就建议皖南部队东移苏南联名致电中央，力陈己见：皖南、苏南分则力弱，合作可以开展局面；目前坚持力量不够，应先放弃皖南，集中全力发展苏南；若皖南部队东移，三个月即可发展力量一倍至两倍，即发生事变亦可胜利击退顽固势力；国民党亦希望我们让出皖南，应将计就计，以退为进，靠向苏南，不能再迟。

这些来自一线将领的真知灼见，反映了新四军有识之士急切要求打破困守皖南被动局面的愿望，也印证了中央战略考量和指导的正确。

李志光1989年在《星潭突围浅谈》[1]一文中，就新四军北移路线的选择有如下分析：皓电发表后，国民党顽固派掀起第二次反共高潮，将反共重心移至华中，国民党命令新四军北移。当时，第三战区指定的北移路线为取道苏南开往苏北，实际上是"借刀杀人"之计，其目的显然是企图利用日伪在苏南一带"扫荡"，而国民党军队从西面堵击，来个"东西夹击"。因此，叶、项于1940年11月向毛泽东等报告，经苏南北渡困难，拟以一部去该处迷惑各方，主力由现地突过长江至皖北，以"声东击西"对付日伪和国民党顽固派的"东西夹击"。根据这个方案，自1940年12月初开始，皖南部队的后方机关人员和伤病员等即分批取道苏南，然后化装分散越过日伪封锁线前往苏北。11月中下旬，毛泽东从全局出发，拟以皖南让步作为国民党停止进攻华中的交换条件，因此要皖南部队"可以拖一个月至二个月"，"要开拔费、要停止江北进攻"。但国民党当局消灭皖南新四军决心已下，故无结果。作为新四军领导人，自应最了解本身所处之逆境，而不应有任何依赖思想，举棋不定，犹豫不决，坐失转移良机。

---

① 邵凯生. 皖南事变回忆与思考. 合肥：安徽人民出版社，1991：390.

2007年12月，吉林人民出版社出版由时任中共南京市委党校副校长的刘喜发和上海师范大学教师李亮合著的《皖南事变史论》，提出1940年11月29日，苏北新四军和南下八路军在刘少奇、黄克诚、陈毅指挥下，发起旨在歼灭韩德勤部的曹甸战役，对刺激蒋介石加速反共步伐终使皖南生变的影响。战役发起当天，叶挺、项英曾电询延安："苏北动作如何？如与大局无碍，可否延至我安全北渡后？"①11月30日，中共中央电复叶、项："苏北动作不碍大局，只在淮安、宝应间打一缺口，以便隔断韩、霍②，打通苏皖，顾、韩会要叫几声的，你们敷衍一下就完了。以大势判断，蒋、顾是不会为难你们的。现在开始分批移动，十二月底移完不算太迟。"③12月10日，蒋介石密令顾祝同："（一）查苏北匪伪不断进攻韩部，为使该军江南部队，不致直接参加对韩部之攻击，应不准其由镇江北渡，只准其由江南原地北渡，或由该长官另予规定路线亦可。（二）该战区对江南匪部，应按照前定计划，妥为部署并准备，如发现江北匪伪竟敢进攻兴化，或至限期（本年12月31日）该军仍不遵命北渡，应立即将其解决，勿再宽容。"④鉴于曹甸久攻不下，12月16日，华中新四军八路军总指挥部下令我军参战部队撤出战斗。

李志光在《星潭突围浅谈》中认为，1940年10月黄桥自卫战后，蒋介石命上官云相着手布置"皖南事变"。中央曾于同年11月下旬有意识地让皖南部队拖延一二个月北移。但由于苏北曹甸战役即将爆发，11月22日毛泽东致电叶、项，告以"顽正调集大军来华中，约于下月中旬向我皖东、淮北进攻，此时我苏北主力须即解决韩部"，询问"皖南部队及军部以在动手解决韩德勤之前移至苏南为有利，准备情形如何，几天可开完"？叶、项复电称：皖南军部短期内无法开动，如发生战斗反不如暂留皖南为好。并力陈不能立即开动理由。11月24日毛泽东等指示叶、项：必须准备于12月底开动完毕，一切问题须于二十天内处理完毕；同时通知刘少奇等，将作战时间推迟到12月上旬。但由于苏北方面形势紧张，急于行动，经中央同意，自卫战于11月29日开始。战事开始后，韩德

---

① 中国人民解放军历史资料丛书编审委员会. 新四军参考资料（2）. 北京：解放军出版社，1992:56.

② 指韩德勤、霍守义。

③ 中国人民解放军历史资料丛书编审委员会. 新四军参考资料（2）. 北京：解放军出版社，1992:60.

④ 皖南事变资料选编选组. 皖南事变资料选. 上海：上海人民出版社，1983:113.

勤即向蒋介石紧急求援。蒋遂于12月10日下令，不准皖南新四军由原指定路线经苏南北渡，只准由皖南铜、繁渡江，并张贴标语大肆宣传。于是，皖南部队被迫改变原定的"明走苏南、暗渡皖东"的北移方案。

皖南新四军北移前迫于形势发起的曹甸战役，是否成为黄桥决战后蒋介石破釜沉舟血洗皖南新的诱因？扑朔迷离的历史，期待人们在最大限度还原真相和综合研判中，作出肯綮而令人信服的回答。

历史上，没有一个政党、一支军队的成熟与成长壮大，不经历过重大牺牲和挫折。但数千名新四军优秀儿女用生命绝响汇成的茂林悲歌，的确太过悲怆和沉重。新四军皖南部队的失利，有在复杂国际背景下，国民党顽固派加紧制造反共摩擦，新四军在日伪堵截和顽军夹击下难以完全规避风险和不测等因素使然，但从根本上来说，是背离正确战略指导的结果。

历史的经验值得注意。在时隔四分之三个世纪的今天，我们面向皖南染血的茂林，还应当反思些什么？

39. 夏光、刘飞建言速纠"肃汪"扩大化

1941年1月14日，东路地区一个黑色的日子，"江抗"部队惊闻皖南事变。当晚，"江抗"东路指挥部在江阴长泾小庄圩召开声讨大会，新"江抗"官兵和东路党政机关干部、抗日群众两千余人参加会议。会上，谭震林慷慨激昂声讨国民党顽固派制造皖南事变、破坏抗战、杀戮新四军将士的罪行，要求部队官兵和党政干部擦亮眼睛，听从指挥，随时准备粉碎日伪和顽固派新的阴谋。

当时，刘飞在"江抗"东路指挥部所辖一纵队任政治委员，新四军老六团一、二营和东进前抽组而成的三营，都在一纵队编成内。老六团挺进苏南时留在军部的三营官兵，皖南事变中全部战死沙场，惊天噩耗传来，一纵队官兵这些铁打的汉子，无不捶胸顿足、痛不欲生。老六团三个营的官兵，都是经历南方三年游击战争无数次生死考验保留下来的红军战斗骨干。陈毅在郭村保卫战时，曾对叶飞讲："你那个六团不简单，土地革命锻炼出来的，党的精华啊！这些老战士九死一生，斗争经验丰富，一个人将来都可带一个连或一个营。把这样的部队同国民党杂牌部队拼掉了，我们要成为历史的罪人！"从延安来的刘飞，虽然没有同老六团官兵一起在闽东并肩战斗过，但自从1938年春他在皖南融入这支部队

后，刘飞就以自己火热的心，融化了一些官兵因历史纠葛而梗在胸中的坚冰，同包括三营在内的老六团官兵结下了深厚的战友情谊。

1938年10月，叶飞率六团挺进茅山根据地，六团三营留归新四军军部直接指挥。1938年10月30日至11月4日，为保卫南陵门户青弋江，六团三营与新四军三支队五团一营、三营和一支队一团二营一道，在南陵县马家园遂行阵地防御作战任务，担任正面防御。四天激战，新四军部队以伤亡三十二人、群众被害二十余人的代价，毙伤日军三百余人将其击退，巩固了南陵根据地。

繁昌是皖南前线几度沦陷失而复得的一个前进据点。在皖南抗战全局上，确保繁昌不失，对于破坏和威胁敌之长江交通运输，侧应青（阳）、铜（陵）、南（陵）、宣（城）等地友军之守备作战，都具有重要意义。1939年11月8日至23日，驻守铜（陵）繁（昌）前线的六团三营，在号称"英勇支队"的新四军三支队建制内，与五团和一支队一团，共同参加了著名的五次繁昌保卫战。在那些日子里，刘飞心里一直惦记着这些优秀闽东子弟。他忘不了，在粉碎日军分进合击战斗中，自己和三营官兵一起切磋琢磨，总结经验教训，从战争中学习战争，那情景仿佛就在昨天。现在，正当抗战处于敌我相持胶着状态的关键时期，从闽东一路冲杀而来的生龙活虎的三营官兵，一个夜晚就齐刷刷在铁军序列中全部消失，这怎能不让具有生死之谊的老战友们肝胆俱裂！

悲伤的泪水最终被仇恨的怒火烧干。日夜思念同乡战友的闽东红军战士叶诚忠、吴立夏、张世万，人人缄默无言，眼里闪着骇人的怒火。新"江抗"官兵一致誓言，血债要用血来还！刘飞意识到，悼念和告慰牺牲战友的最好行动，就是把悲愤转化为打击敌人和巩固抗日根据地的实际行动。对国民党顽固派的血腥屠杀要坚决声讨，对他们的挑衅和进攻要坚决反击，同时，要在斗而不破中保持抗日民族统一战线，团结一切可以团结的力量，实现驱逐日寇出中国的目标。他决意通过循循善诱的工作，把上级指示要求化为抚慰官兵心灵的春风，引导官兵在群情激昂中紧紧勒住思想骏马的缰绳，蹄疾步稳向着理性的原野驰骋。

3月5日，从皖南突围的新四军新一支队傅秋涛、江渭清、吴咏湘、胡乾秀，率余部经太湖到达东路，东路部队举行欢迎会。《东进报》即派记者顾克如、肖湘前往采访，于3月10日发表了题为《新由皖南突围出来的新四军新一支队司令员傅秋涛同志访问记》。新四军将领以亲身经历，揭露了国民党顽固派精心策划袭击奉命北上的新四军的真相。与此同时，东路各地先后召开群众声讨大会和追悼大会，愤怒控诉国民党顽固派罪行，沉痛悼念在皖南事变中牺牲的新四军将士。常熟宗教界爱国僧侣，在董家浜设台做法事，超度新四军阵亡将士英灵。

皖南事变的发生，对新"江抗"和苏南东路抗日根据地建设产生很大负面影响。新四军军部及皖南主力损失殆尽，苏南、苏北和茅山根据地三足鼎立的局面被打破，长江以南敌我力量对比更加悬殊，也使新"江抗"和东路抗日根据地失去了一个重要依托。加之国民党顽固派倒行逆施，相当一部分"江抗"指战员和党政干部产生了"左"的情绪，使党的统战政策在执行中发生了偏差。

正是在这种特定历史背景下，东路地区发生了"肃汪"斗争扩大化偏向。苏、常、太根据地中心区错抓了一些统战人士及干部群众，甚至出现了逼供和错杀现象。常熟东唐市镇镇长、共产党员朱达三，在"肃汪"中被错误地定为汪派内奸，不允许申辩，也不深入调查取证，就草率判处死刑。随后发生的"无锡四四事件"，在无锡地区乃至整个东路产生了更大的消极影响。1941年4月4日，经军政领导小组同意，无锡县委逮捕了无锡县抗日民主政府副县长强学曾等六十八人，并将县政府秘书长李哲先、县政府工作人员黄梁、吴风中学教导主任张英镐、大同中学校长陈志清、薛典小学校长薛道千五人当晚处决。事件的发生一度使不少群众尤其是统战人士产生恐惧心理，削弱了抗日民族统一战线的力量。

就在东路抗日根据地建设面临一场新的严重危机的紧要时刻，1941年初，"江抗"一纵队司令员夏光、政治委员刘飞，率部队到苏、常、太地区活动。他们发现，从皖南茂林流淌而来的新四军将士殷红的鲜血，正刺激抗日根据地滋生出一种十分可怕的东西。夏光、刘飞认为，如不迅速纠正"肃汪"扩大化的错误倾向，抗战以来东路地区历尽千辛万苦建立起来的统一战线，就会毁于一旦，这种为渊驱鱼、为丛驱雀的愚蠢做法，只能博得日伪顽喝彩，必须坚决加以制止。刘飞与夏光交换意见，两人联名向新四军江南指挥部发电报反映他们在基层了解的情况。谭震林接报后感到很震惊，也极为气愤，迅速作出反应，采取坚决措施纠正了东路一些地方在"肃汪"中乱抓乱杀的错误做法，将已关押人员全部释放，避免了更大悲剧的发生。谭震林还建议东路特委对无锡县主要领导作了调整，并对"无锡四四事件"责任人作了严厉批评和处分。无锡县县长王承业遵照谭震林指示，释放了全部被捕人员，对错杀人员给予抚恤，对家人作了妥善安排。

为了从政治上反击国民党顽固派的反共行径，新"江抗"东路指挥部奉命改番号为新四军三支队，并成立江南指挥部，谭震林任三支队支队长兼江南指挥部指挥。2月4日，《大众报》发表《江南人民抗日救国军改编新四军第三支队成立江南指挥部宣言》，"一致拥护陈毅将军代理新四军军长职务"，"一致通过改编为新四军第三支队，拥护前三支队司令谭震林为司令，直接受陈代军长之指挥领导，组织江南指挥部，拥护谭震林兼任指挥，誓死坚持江南抗战"。

1941年3月，新四军六师暨十八旅成立大会在江阴祝塘召开，新四军三支队全体指战员及地方党政干部、抗日协会代表五六千人参加。谭震林宣读了中央军委关于成立六师的命令，谭震林任师长兼政治委员，罗忠毅任参谋长。同时宣布新四军三支队改建为六师十八旅，谭震林兼任旅长（后为江渭清），温玉成任政治委员，夏光任参谋长，张英任政治部主任。十八旅下辖三个团，原二纵队为五十二团，团长陈挺，参谋长刘品玉（后为胡品三），政治处主任张鏖；原一纵队为五十三团，团长兼政治委员刘飞，参谋长韩云，政治处主任舒石生（后为彭冲）；原三纵队为五十四团，团长兼政治委员朱长清（后为吴咏湘），参谋长游玉山（后为王明星），政治处主任黄吉民。3月下旬又成立五十一团，团长张开荆，政治委员陈光，参谋长赵伯华，归十八旅指挥。此外，还成立了江南保安司令部，司令员何克希，政治委员吴仲超，以澄、锡、虞地方部队编为警卫一团，团长杨知方，政治委员曹德辉，参谋长陈新一，政治处主任包厚昌；以苏、常、太地方部队编为警卫二团，团长薛惠民，政治委员钟发宗。

至此，在抗日民族统一战线的旗帜下，肩负着在平原水乡开展敌后游击战争和建立抗日根据地重任的新老"江抗"，在苏南分两个阶段驰骋征战一年八个月，在新四军金戈铁马、跌宕激越的历史上打下深刻的"江抗"印记后，出色完成了自己的使命。1939年10月，"江抗"总指挥叶飞率部编入新四军挺进纵队后，几经辗转和整编，最终融入赫赫有名的新四军一师。1941年3月，新"江抗"在"江抗"东路指挥部司令员兼政治委员和政治部主任谭震林统领下，以六师十八旅的崭新序列，成为铁军部队一支所向披靡的无敌劲旅。

六师十八旅一成立即开展了为期三个月的军政集训。为适应斗争环境，集训以营为单位进行，旅部重点加强司令部建设，积极培养参谋人员，旅教导大队抓紧培训军政干部，各团也都开办军事教导队，轮训班排干部和骨干。旅政治部编印了《什么是无产阶级》《工人与革命》《农民与革命》《统一战线策略问题》等教材，对官兵进行通俗易懂的政治教育。军政集训进一步健全了旅团领导机构，建立和健全了军事工作、政治工作、纪律和军需四大制度，部队战斗力显著提高。此间，十八旅为保卫东路抗日根据地，三个月与日伪军作战三十九次，大量牵制和消灭敌有生力量，部队在向合格游击兵团转变中迈出了新的步伐。

1942年3月16日，中共中央军委电令新四军六师部队统一由一师指挥，六师番号不变。谭震林为一师政治委员。3月28日，中共中央华中局致电谭震林："目前一师是一个战略单位，统率苏中与苏南地区部队比较便利适宜"，"一师因刘炎病批准其长期休养，必须要你去才能解决问题，统一苏南、苏中指挥"。

10月26日，中共中央军委同意新四军一、六两师领导机关对内实行合并，由粟裕统一指挥，谭震林调任新四军政治部主任，对外保留两个师番号。同年11月，刘飞所在的六师十八旅划归一师建制，六师十六旅由一师指挥。

1941年11月28日，十六旅与苏南党政机关被三千余日军合围于溧阳县塘马村，日军用军犬作前导，配合骑兵冲锋。旅长罗忠毅、政治委员廖海涛率部奋勇阻击，掩护旅部和党政机关上千人突出重围，两人率四十八团一营和旅部特务连转移至附近的王家庄和茅棚村，与尾追之敌展开绝地厮杀。罗忠毅手端轻机枪扫射日寇骑兵，不幸中弹牺牲。廖海涛也在与日寇近身肉搏中壮烈殉国。此役十六旅毙伤日军三四百人，部队二百七十余名官兵为国捐躯。战后，日军将罗忠毅和廖海涛遗体擦洗干净，着黄呢军装倚墙而坐，组织日军士兵前去跪拜，反省自身意志精神之差距。经过一年调整补充和战地淬火，十六旅又重振虎威。

从茅山到东路，从山区到水乡，在敌后抗战中愈战愈勇、不断发展壮大的"江抗"，踔厉风发，足音跫然，在全民族抗战乃至世界反法西斯战争的光荣史册上，谱写了令人赞叹的辉煌篇章。"江抗"和新"江抗"不仅以骄人的战绩跻身新四军主力部队之列，而且当之无愧成为人民解放军雄师劲旅中一支传统厚重、英勇善战、作风顽强的源头部队。

1942年到1943年，刘飞先后任过新四军六师十八旅、一师十八旅政治部主任、副政治委员和苏中军区第一军分区政治部主任之职。1944年6月，刘飞被任命为新四军一师十八旅旅长兼苏中军区第一军分区司令员。

40. 北伐名将的赤子情怀

1941年1月14日，叶挺下山与国民党军谈判未成被扣押三天，1月17日被辗转关入上饶集中营李村监狱。

蒋介石起初对乘机将叶挺收入自己彀中抱有很大希望，指令第三战区司令长官顾祝同等说服叶挺发表一个声明，把事变的责任全部推到项英身上，只要说明项英不服从军令、政令，就可委叶以第三战区副司令长官之职。

顾祝同用小车把叶挺接到战区司令长官部设宴款待，还特地请叶挺在保定军校的同窗好友、战区副司令长官上官云相和政治部主任邓文仪等出席作陪。

叶挺走进宴会厅，看见顾祝同，不无调侃地说："胜者王侯败者寇。连蒋委员长都称新四军为匪，那我无疑是匪首了。我既然是匪首，你还假惺惺地招待什么！"尴尬万分的顾祝同竟一时语塞。叶挺又径自走到顾祝同自题自书的对联前念道："刚日读经，柔日读史；怒气写竹，喜气写兰。"叶挺冷冷一笑，用尖刻的语气挖苦说："你老兄可谓满腹经纶，刚柔相济，潇洒倜傥，运筹帷幄而决胜千里呀！"顾祝同明知性情刚烈的叶挺在耻笑他，但为实现蒋介石指令计，强掩不悦劝叶挺坐下，而后袭用老谱，拉上官云相与叶挺一番叙旧，话锋一转对叶挺说："委座很器重你，认为这次皖南的事你没有责任，希望你能说几句话，说明这次事件的起因是项英不服从军令和政令，即可以第三战区副司令长官一职相屈，何必要代人受过呢？……"

叶挺闻言拍案而起，义正词严地说："我替谁受过？共产党有什么错？我是新四军军长，一切应由我负责，何来'代人受过'？值此国家危亡之秋，我叶挺只想抗日，别无他求。你们公然践踏国共合作一致抗日诺言，以卑鄙手段陷害新四军，历史将把你们钉在耻辱柱上！"

顾祝同软硬兼施均无可奈叶挺何，只得下令撤宴，将叶挺收监。

1月21日，叶挺被囚第八天，开始在狱室墙壁上书写《囚语》：

坐牢三个月，胜读十年书。

富贵不能淫，威武不能屈。

正气压邪气，不变应万变。

三军可夺帅，匹夫不可夺志！

1941年2月12日夜，叶挺手书致蒋介石的《一述其志》快邮代电，提出"恳准判挺以死刑，而将所部被俘干部不问党籍何属，概予释放，复其自由"。明确表白："不愿苟且偷生，以玷前修，愿保其真情而入地狱！"信中以一组格言排句诘蒋："挺闻之，凡自爱其人格者，必能尊重他人之人格；凡宝贵自己之政治节操者，必能尊重他人之政治节操。""今委座方以尊重道义节操人格为天下倡，且执政党亦应以宽大为群伦楷模，则挺愿以一死为部曲赎命。"

8月，叶挺被囚上饶一百五十多天后，蒋介石下令将叶挺转押盘石渡监狱，几天后又关进桂林七星岩一个潮湿不堪的山洞。叶挺拒绝理发，以示抗议。一年多后，蒋介石以为吃尽苦头的叶挺会软化，下令押往重庆渣滓洞监狱。须发皆长的叶挺手持一盏油灯走下飞机，别人不解为何白日举灯，叶挺曰："天还未明！"

1942年5月12日，蒋介石指使陈诚诱降叶挺碰壁后，亲自出马逼叶挺屈服。叶挺以死明志，重申"我愿受军法裁判"，愿以一己之死换取部属无条件释放。蒋介石威胁说："尔能绝对服从我，跟我走，尔一定可以得到成功，不然尔就算完了。"叶挺斩钉截铁回答："我早已决定我已经完了！"

11月21日，在距上饶狱中写作《囚语》一年零十个月后，叶挺在重庆渣滓洞监狱中，以"六面碰壁居士"自诩，写下了著名的《囚歌》：

> 为人进出的门紧锁着，
>
> 为狗爬走的洞敞开着，
>
> 一个声音高叫着：
>
> 爬出来呵，给你自由！
>
> 我渴望着自由，
>
> 但我深深的知道——
>
> 人的躯体哪能由狗的洞子爬出！
>
> 我只能期待着，
>
> 那一天——
>
> 地下的烈火冲腾，
>
> 把这活棺材和我一齐烧掉，
>
> 我应该在烈火和热血中得到永生！

郭沫若读罢叶挺《囚歌》动情地说，这是一首崇高的革命者壮怀的《满江红》！为"不食蒋粟"，叶挺甚至在被囚处牧羊蓄畜，躬耕陇亩。

人民解放军闻名于世的三大起义，都与叶挺有直接和间接的关系。叶挺有幸先后担任南昌起义前敌总指挥和广州起义总指挥，秋收起义总指挥卢德铭曾在叶挺独立团任营长。毛泽东曾面誉叶挺是"共产党第一任总司令，人民军队的战史要从你写起"。作为红军第一位总司令，叶挺甚至比朱德任这一职务还要早五年。

1926年7月，以蒋介石为总司令的国民革命军八个军，分左、中、右三路从广东出发，分别向两湖、江西、闽浙进军。叶挺独立团北伐开进前集结时，周恩来对该团连以上干部作动员讲话，要求独立团加强党的领导，牢记是党领导的部队，加强政治工作，注意发动群众，注意统一战线团结友军，一定要勇敢战斗，能吃苦耐劳，有不怕牺牲的精神，起先锋、模范、骨干作用，通过作战胜利让有些怕担艰苦任务的部队跟上来。周恩来满怀信心地预言：饮马长江，武汉见面！

叶挺是铁军荣誉和铁军精神的主要缔造者。他曾任孙中山大元帅府警卫营长，1924年赴莫斯科红军学校学习，同年加入中国共产党，1925年回国任国民革命军第四军独立团团长。在时逾半年的北伐战争中，第四军奔驰数千里，转战湘鄂赣，经历七大战役，战绩之辉煌，居北伐诸军之首。在湖北汀四桥和贺胜桥两次战斗中，叶挺独立团先后击溃军阀吴佩孚主力，为第四军赢得"铁军"称号。

1926年11月下旬，第四军从赣北凯旋回师武汉，各界联电祝贺。

1927年1月15日，武汉粤侨联欢社特在汉阳兵工厂铸造了一个铁盾送给第四军。铁盾正面铸有"铁军"两字，上款刻有"国民革命军第四军全体同志伟鉴"，背后铸有一首四言题辞：

> 烈士之血，主义之花，四军伟绩，威振遐迩。
> 能守纪律，能毋自夸，能爱百姓，能救国家。
> 摧锋陷阵，如铁之坚，革命担负，如铁之肩。
> 功用若铁，人民倚焉，愿寿如铁，垂亿万年。

1931年，朱德提出建设"铁的红军"的口号。

斯诺在《抗战人物志》一书中这样讲述叶挺："他读过不少书，对中国的政治问题他特有研究。在澳门寄寓的几年，他无日不看书。所以当他抓住一个政治问题来发表意见的时候，他真像一个雄辩家一样。在这一点上，他是和其他许多军人不同的。他之所以成为一名著名的革命军人，与其说是因为有军事的天才或卓越的勇敢，毋宁说是因为他有了丰富的政治知识。"

但透过北伐名将耀眼的光环，审视叶挺叱咤风云又不乏坎坷的一生，其政治上的不够成熟又显而易见，其中既有事业受挫时的悲观失望，也有遭遇不公正时的消极怨愤。

广州起义失败后，1928年初，广东省委在香港开会总结反思广州起义问题。主导会议的李立三十分武断地全盘否定这次起义，严厉批评起义失败主因是起义领导人犯了军事投机和盲动主义错误，关键时刻动摇，对起义指挥不力。起义中"任红军总司令职务"的叶挺，因"表示消极"，受到"留党察看六个月的处分"。虽然中央批评了李立三的做法，要求广东省委撤销此处分决定，但叶挺受此责难后，一腔悲愤无处诉说。由于香港当局应国民党政府要求，抓紧搜捕起义失败避港的共产党人，叶挺经组织同意，先是去马来西亚吉隆坡亲友处躲避风头，6月又按中央通知从南洋回香港，取道日本转赴苏联。这时党在莫斯科成立了以苏兆征为召集人的专门委员会，深入讨论研究广州起义问题。叶挺依据亲身经历写了一份报告，认为当时革命正处于低潮，在广州这样的大城市举行武装起义，很难取得彻底胜利。鉴于敌众我寡，起义部队不能死守广州，而应及时撤离，转移到海陆丰与澎湃领导的农民运动相结合。会上，叶挺受到共产国际的米夫、王明等人的严厉批评，王明仅凭主观臆测就指责叶挺"政治动摇"。当莫斯科东方大学准备邀请叶挺作广州起义问题报告时，遭到共产国际阻止。相反，根本未参加广州起义的王明却以权威自居，编造了洋洋数万言的《广东暴动纪实》，攻击叶挺"于暴动前六小时始由香港到广州"，指责叶挺"对于军事计划不甚熟悉，遂致表示出消极怠工"，批判了叶挺在起义中提出的将部队转移农村的正确主张。日渐孤立的叶挺愈感苦闷，于是决定步大革命失败后一些有志之士包括共产党人的后尘，前往欧洲考察，独自离开了莫斯科和党组织。

叶挺来到德国后，万念俱灰，一度十分消沉，在柏林加入了一个提倡素食的流派，大有超凡脱俗、修身养性之概。他甚至打算远离政治纷扰，放弃军事专长，转而从事德文著作的翻译和著述。这时，在莫斯科参加党的六大和共产国际六大的周恩来，取道欧洲回国，在柏林见到了叶挺，并进行了推心置腹的交谈。周恩来介绍了国内革命的形势，给叶挺讲了无论在中国还是在外国，打破旧秩序、建立新国家，都不可能一蹴而就，必须经过多次失败和牺牲才能成功的道理，批评叶挺"总不能放弃革命不干"。重新振作起来的叶挺主动与正在德国的廖承志等人建立联系。1931年九一八事变爆发后，叶挺决定立即回国，次年秋天偕夫人李秀文和二儿子叶正明从德国回到澳门，并给南昌起义的战友、正在上海从事地下工作的阳翰笙写信，党立即派张云逸与叶挺取得联系。

叶挺流亡海外十年，由革命武装暴动帅才，到一度不无怨愤与党疏离的游子，在正反两方面的比较和椎心泣血的反思中，他政治上终于成熟起来。狱中所写《囚歌》，就是他百炼成钢的铮铮誓言。叶挺警卫员熊辉回忆，当年在皖南随叶挺外出时曾问，北伐和南昌起义时的叶挺是不是您？叶挺点头应允。熊辉又问，怎么南昌起义之后没有听说您呢？叶挺的脸沉了下来，半晌才沉痛地说，这就是小资产阶级的动摇性，可耻！

经中共中央和爱国人士多方营救，蒋介石最终答应我党提出的交换条件，中共释放邯郸战役俘获的国民党第十一战区副司令长官兼第四十军军长马法五，国民党释放叶挺。1946年3月4日，在狱中被囚禁了五年之久的叶挺终于获得了自由。出狱后仅十个小时，叶挺就致电中共中央请求加入中国共产党，表示要在党中央领导下为中国人民的解放事业贡献自己的一切。

3月7日，毛泽东亲自修改胡乔木草拟的中共中央复电，将起首"叶希夷"改为"叶挺同志"，又改为"叶挺将军"，最后改为"亲爱的叶挺同志"：

> 你为中国民族解放与人民解放事业进行了二十余年的奋斗，经历了种种严重的考验，全中国都已熟知你对民族的无限忠诚。兹决定接受你加入中国共产党为党员，并向你致热烈的慰问与欢迎之忱。①

4月8日，叶挺和夫人李秀文、十一岁的女儿扬眉、三岁的幼子阿九一起，与王若飞、博古、邓发等十三人同乘一架美军运输机从重庆飞往延安。飞机不幸撞在山西省兴县东南四十公里的黑茶山上，机上人员全部殉难。

41. 天下谁人不悼公

1946年4月19日上午十时，延安各界群众三万多人，在延安机场隆重举行追悼大会，深切悼念和缅怀"四八烈士"。

叶挺等人猝然遇难，蒙受打击最巨者，莫过于毛泽东。

皖南事变后，营救叶挺成为毛泽东同国民党交涉中时时牵挂的重大问题。当国民党不堪舆论重负千方百计拉共产党参加其参政会时，毛泽东电告周恩来，不恢复叶挺自由，我们就不参加参政会，并于1941年7月15日明示："如能释放叶挺及发八路军几个月饷，国共关系即可开始转圜。"同年9月1日，毛泽东提出："国民党方面释放叶挺，共产党方面即派董必武一人出席参政会。"

---

① 中国人民解放军历史资料丛书编审委员会. 新四军文献（5）. 北京：解放军出版社，1994:679.

1946年4月7日，毛泽东得知王若飞、叶挺等人次日上午飞返延安，当即决定以中共中央名义举行隆重盛大的欢迎仪式，热烈欢迎这批劳苦功高、长期出生入死战斗在对敌斗争第一线的功臣，尤其是要高规格欢迎被国民党辗转五地囚禁五年零两个月胜利归来的叶挺军长。中央有关部门下达通知后，宝塔山上红旗招展，延安沉浸在喜悦和欢笑中。

　　4月8日中午，延安地区气温骤降，天降细雨，万人空巷的古城依然热度不减。人们聚集在延安简易机场，翘首以待，期待着载誉归来的英雄尽快降临。扶病前来迎接的毛泽东，好不容易向医生告假获准，于十三时赶来机场。他的到来，在欢迎的人群中激起了一阵热烈的掌声。一起来迎接的还有朱德、任弼时等中央领导同志，以及王若飞、博古、叶挺等同志的亲属。十四时前，美军驻延安电台与驾驶飞机的美军飞行员兰奇上尉进行了联系。此时，飞机已飞抵富县至甘泉上空，距延安仅三十公里之遥，机场已经听见隆隆的轰鸣声，伫立在细雨中的人群开始沸腾起来。但随着飞机的轰鸣声逐渐远去，人们的笑容开始消失了，焦虑、不安和骚动，逐渐在人群中聚集、弥漫和扩散。延安电台试图与飞机联系，但没有沟通。与重庆和西安方向联系，也没有任何消息。十六时，欢迎的人群怀着失望和忐忑不安的心情，陆续撤离机场。

　　毛泽东和朱德从机场返回王家坪驻地那刻起，他们的全部注意力，都放在了那架去向不明的飞机和生死未卜的乘员身上。两人一直忧心忡忡地在桃园路口踱步，时不时迎着寒风冷雨抬头看看彤云密布的天空，脸上的阴影越发重了。毛泽东已经作了最坏的打算，要求一面继续与重庆、西安保持联系，一面下令陕甘宁、晋绥边区数百万军民在管辖区域展开拉网式搜寻。4月9日至11日，一连三天的联系和搜寻一无所获。不祥的预感已经像阴云一样笼罩了延安城。

　　4月11日二十二时，山西兴县晋绥军区急电延安，报告飞机失事和机上十七人全部遇难的噩耗。消息传出后，延安沉浸在悲哀之中，毛泽东彻夜未眠。

　　而远在近八十公里外的山西兴县，在中共晋绥分局书记李井泉的组织领导下，向延安移送烈士遗体的工作，正在巨大的悲恸中紧张而有秩序地进行。4月12日凌晨，兴县地区专员康世恩率一队精干的送灵民兵，抬着烈士遗体从黑茶山向岚县机场进发，沿途群众焚香跪拜，哭声惊天动地。兴县、岚县近千名青壮民兵争相抬灵，沿途数万群众挥泪相送。三昼夜后，送灵队于4月15日凌晨到达岚县机场，就地组织了送灵中最后一次公祭活动。

　　4月18日十三时，两架运灵专机抵达延安机场，中央领导同志和各界群众一万余人云集机场迎灵。烈士遗体由朱德、刘少奇和烈士家属亲视入殓。

设在延安机场的追悼大会会场，白幡素缟，庄严肃穆。中共中央献了挽联：

> 天下正多艰，赖斗争前线坚持民主，驱除反动不屈不挠，惊听凶音丧砥柱；
>
> 党中留永痛，念人民事业惟将悲苦，化成力量一心一德，誓争胜利慰英灵。

毛泽东题写的挽词是：

> 为人民而死，虽死犹荣。向四八被难烈士致哀！

朱德的挽词是：

> 为全国人民和平民主团结而牺牲。

刘少奇的挽词是：

> 把给予我们伟大死者的悲痛，变为更积极的力量来巩固和平，争取民主。

周恩来的挽联是：

> 因政协枝节横生，丧吾党一批优秀英才，此责任有人应负；
>
> 看反动阴谋层出，为祖国百年民主伟业，这斗争我辈当承。

叶剑英的挽联是：

> 三十年戎幕同胞，六载别离成永诀；五千里云天在望，一腔热血为招魂。

聂荣臻的挽联是：

五十载崎岖世路，献身革命，尽瘁斯民，海内瀛寰，同钦气节；两次长征凡七载，流亡异域，苦经十度春秋，反动阴谋空画饼；纵几处羁囚，壮怀尤烈；方期延水堤边，宏抒国事；天丧巨才无可赎，旷古艰难遗后死。

二十年忧患旧交，同学苏京，并肩北伐，南昌广州，共举义旗；一朝分手隔重洋，抗日军兴，血战大江南北，茂林惨变痛陷身；喜今番出狱，久别再逢；孰意黑茶山上，飞殒长星；我哭故人成长诀，普天涕泪哭英雄。

除长联外，聂荣臻还与贺龙合撰了一副挽联：

忆赣水南昌，并辔驰驱犹昨日；哭大河兴县，共承热泪创明朝。

正在前方指挥作战的刘伯承，含泪撰联以悼：

勒马黄河悲壮士，挥戈易水哭将军

叶挺密友和上司、北伐战争时第四军军长李济深的悼词是：

旋转乾坤，胜利还需谋建国；疾风暴雨，艰危不幸失雄才。

远在茅山根据地的陈毅，在前线挥泪写下痛悼叶挺的百行挽诗：

四月十二日，惨淡天云暮。噩耗突飞来，将星从天堕。
磐石压余心，几番疑电错。再四问消息，哀音牢不破。
沉痛与追想，对灯长痴坐。忆君生海隅，少小入军籍。
及冠事中山，警卫依朝夕。追后独建军，驻节珠江湄。
策划赖长才，腐朽化神奇。脱颖自北伐，初胜湘江曲。
秋风扫落叶，铁军声威立。江汉功更伟，一战安群黎。

革命初受难，南昌举义旗。三战痛失败，香岛稍整息。

广州又再起，举世开新局。从此流亡苦，海外勤研习。

孤臣孽子心，退藏入于密。"七七"抗战开，君自海外回。

东进杀倭寇，举世惊风雷。挺进复挺进，直抵雨花台。

饮马扬子江，触处见将才。不幸黑潮起，皖变突然来。

孤军七昼夜，战败在山岩。独夫事阴谋，毒计早安排。

君虽败一着，正义举世怀。君为民族雄，顽固等尘埃。

忆君缧绁中，恶斗五秋冬。对簿仅一字，投降私害公。

词严而义正，每战胜群凶。矢志不转移，雪里傲青松。

生死等鸿毛，信义泰岳重。于此见叶挺，举世矜雄风。

唾彼法西斯，得志徒匆匆。及至寇投降，抗战奏肤功。

自卫复胜利，一月停刀锋。人民之世纪，震撼魔王宫。

狡魔不敢拒，出狱在巴东。欢声腾薄海，君立万山峰。

何期临关陕，一痛坠高空！

　　沉默寡言，深沉不露，令我忆君之丰采。勇迈绝伦，倜傥不群，令我忆君之将才。胸无城府，光风霁月，令我忆君之天真有如提孩。我佩君忠贞不屈，服务人民，不愧革命家的气概。我正盼君东来齐鲁，有伟大事业待你参加，待你安排。岂料高空失事，一去悠悠，永不回来。我不信命运，故不言命运之悲惨；我不信天道，故不言天道之不公；我只说斗争需要你贡献雄才，我只说法西斯正待人民去葬埋。你之牺牲是革命长恨，人百其身赎不回。我只望你的遗风长存，化育无数后继之英材。将军之魂魄兮，归去来，归去来！

　　追悼大会由林伯渠主持，主祭人朱德致祭词，沉痛追忆烈士的丰功伟绩，愤怒揭露和声讨蒋介石，号召全体军民团结一致，为实现烈士的遗愿努力奋斗。当其时，接运四名遇难美军人员的两架专机，在延安上空盘旋一周，向"四八烈士"致哀。中午十二时，朱德、刘少奇等中共领导人亲自执绋送灵，徒步行进一个半小时，将叶挺等烈士安葬在延安以北七公里处的李家并建烈士陵园。

　　叶挺再赴延安，与中共领导人已是阴阳两隔。其时，距他第一次到延安向毛泽东等中共领导人坦陈心迹，已逾八年五个月零五天。先有"北伐名将"之誉，后有"抗战岳飞"之喻，叶挺高尚的人格和悲剧命运，常使后人泪满襟。一代元戎，携妻挈子，叶挺将自己的英名和骨殖，永远留在了黄土高原的革命圣地上。病中身体十分虚弱的毛泽东，一面密切关注东北紧张的局势，一面用心关照诸多栋梁之才的后事安排，百忙中把叶挺的两个孩子接到家中吃饭，亲切抚慰，鼓励他们坚强起来。

同一天，重庆各界公祭"四八烈士"。公祭典礼以郭沫若作的《英雄们向暴风雨飞去》挽歌为先导，极尽哀荣。郭沫若在祭文中写道："祖孙甥舅，夫妻子女，皆遭焚如，惨绝寰宇"，"普天同悲，挥泪如雨，百身莫赎，万民无语"，"呜呼诸公，诸公之生，生为民主，诸公之死，死为民主"。周恩来在典礼上悼念遇难诸烈士时痛哭失声，几度哽咽。他盛赞叶挺英勇善战，为国家民族建立了不朽功勋，堪称国之干城、军之名将，对其出狱一月几乎全家罹难，表达了无尽的哀思。当日，周恩来在《新华日报》上发表了《"四八烈士"永垂不朽》的文章。

曾任国防科工委副主任的叶挺长子叶正大中将，2006年4月的一天，回忆了周恩来1951年6月请他和弟弟叶正明到家中吃午饭时说的一段话："关于你爸爸的座机为什么会失事，过去是说因浓雾撞山失事。今天我可以告诉你们，肯定是国民党特务做了手脚。机上的乘客全是我们的人，其中还有我们党的王若飞、博古、邓发那样的重要负责同志，当然，还有你们的父亲叶挺同志。国民党关了他五年，他出狱的第二天就给党中央写报告要加入共产党，这就触犯了蒋介石。蒋介石是什么人？我跟他打交道多年，可以说对他的个性我基本了解。这个人排除政敌无所不用其极。他利用特务在飞机仪表上做点手脚很容易。当时延安只下点小雨，飞机已到延安上空，我们已听到飞机的声音了，为什么一转眼就飞黑茶山？这不是国民党特务做了手脚又是什么！"

当年，山西省兴县公安局参加清理失事飞机现场并护灵到延安的顾逸之，曾写报告给中央，对飞机失事原因作了分析：其一，飞机不是在空中爆炸后坠毁的，而是撞山后才爆炸起火的。因为飞机撞上黑茶山侧峰巨石的痕迹非常清晰。其二，飞机失事时，天上云雾很浓，山上下雪，山下下雨，驾驶人员是因能见度太差、看不清山川地貌而撞山的。其三，这架飞机本来是在西安机场降落加油，稍事停留后再飞往延安的，西安到延安一直是向北飞行，为什么竟向东北飞到黄河以东的黑茶山来了呢？在飞机残骸中发现一份迷失方向的电报稿。美方机长是佩戴飞虎臂章的老飞行员，怎么会迷失方向呢？

21世纪初年，行将就木的台湾老兵、原重庆中美特别合作所军统特工队长杜吉堂终于良心发现，离世前在一篇文章中忏悔了当年他参与军统方面策划的谋害叶挺将军的罪恶行径：1946年4月7日凌晨，军统安插在空军系统调度科的科长王平虎，得知叶挺将赴延安的信息，立即上报。随即有人电话通知杜吉堂：中共的叶挺将军准备乘美国运输机回延安，请立即执行刺杀任务。杜吉堂接令后便召集特工队其他负责人，密谋破坏中共这次飞行。有特工建议，破坏飞机上的仪表可使飞机迷航，让其自然坠落，遂被采纳。8日八时，王平虎事先做好安排，让装扮成机修工的特工杨耀武跟随检修员一道进入飞机检修场地，偷偷走到C-47运输机驾驶舱前，将一块磁铁安放在飞机仪表盘的背面，然后悄悄离开……

知蒋介石者，周恩来也！

2009年9月14日，叶挺跻身"100位为新中国成立作出突出贡献的英雄模范"之列。

42. 魂归望江矶

1952年7月23日，根据项英、袁国平、周子昆家人请求，华东军区给总政治部上报了关于寻找三烈士遗骸并重新安葬的请示。7月29日，总政治部批复同意。华东军区遂派时任皖南军区副参谋长的刘奎，牵头前往皖南寻找三烈士遗骸。

当年项英、周子昆在蜜蜂洞遇害后，刘奎参与了掩埋项英和周子昆遗体，并留在皖南继续坚持游击战争，被人称为"打不死的刘奎"。8月14日，刘奎与项英儿子项学成、军区政治部组织部邵德孚及了解情况的有关人员一道，启程赶赴皖南泾县，不顾天气炎热和道路艰险，在当地政府和群众协助下，很快寻得三烈士遗骨，按当年标记就地识别后包扎编号，于8月26日运回南京。

经勘察，军区和省市领导商定，墓地选定雨花台西南两公里花神庙望江矶矶头，位于地势最高处，由此可眺望长江。工程由华东军区后勤部负责，1953年初开工平整土地和改造地形。

1954年夏天，地形改造工程基本完成后，为尽早确定墓的形制，军区领导向国务院和中央军委有关领导同志作了汇报。陈毅副总理指示，你们可以派人来北京看看八宝山公墓任弼时同志是怎么安葬的。军区领导立即决定由政治部组织部派员赴京考察。军区组织部分管优抚工作的汤汉祥，进京后径赴中南海陈毅副总理办公室，由秘书直接介绍去八宝山公墓和天安门广场人民英雄纪念碑工地，现场参观考察并搜集资料。汤汉祥到八宝山参观了任弼时用汉白玉建造的西式墓，索取了建墓资料及照片，又赶赴天安门广场人民英雄纪念碑工地，就纪念碑碑体为何不用汉白玉材质问题，由在场的工程师作了详细解答。汤汉祥返宁在组织部作汇报后，形成了三烈士墓取中式和使用苏州产花岗石的意见，并呈报军区首长。军区首长经多方征询意见和反复研究论证后认为，鉴于汉白玉价格昂贵，大材质难于开采，运输成本高，花岗石就近开采造价低，能取大材，且质地坚硬、耐腐蚀，使用年代久远，倾向使用花岗石建造陵墓。在征得烈士家人同意后，南京军区确定，按照南京地区历史上重要人物安葬传统葬俗，三烈士墓均建为馒头形墓穴和墓前立碑的中式墓，建材使用苏州花岗石。

1954年底，大批建墓用的花岗石毛坯，陆续运到墓前广场和路旁。次年开春天气转暖时，工程部门组织工人进场展开全面施工。造墓石匠师傅由苏州花岗石厂选派，遴选的一些老工人已有二十多年工龄，技艺精湛。

碑文也颇费斟酌。鉴于中央尚未对皖南事变有关人物作出明确结论，经研究，碑文正面写名字加同志之墓几个字，上嵌立碑时间，下嵌立碑单位，习惯上写在碑背面的业绩从略。碑文请康有为关门弟子、金陵书家翘楚肖娴书写。一周后，肖娴用心为三烈士题写了柔韧刚毅的碑文，执意不收价格不菲的润笔费。

1955年4月28日，三烈士墓建造方案和安葬仪式由南京军区[①]政治部呈报总政治部，总政治部于5月18日批复同意这些做法和安排。

整个工程于1955年5月完工，前后共两年多时间。

根据军区领导的交代，三烈士遗骨安葬时选用较好的棺木。其中从长江路中段一家店铺购得一口外形庄重、漆黑光亮、木质坚硬厚实的棺木，价位六百余元，超过了当时一般群众家一年的生活费。

吊唁瞻仰期定在1955年6月16日至18日。灵堂设在军区总医院礼堂，礼堂东侧的舞台前用整幅白布作屏幕将大厅隔开，幕前大厅为灵堂。离屏幕约两米处，纵向排列陈放三口黑漆棺木，棺盖凹面朝上覆盖白布，尸骨放在白布上，项英居中，袁国平、周子昆在两侧。医务人员根据人体解剖结构，悉心将烈士尸骨用细钢丝连接包扎后穿上衣服，外穿黄呢子军装，头面部用近似人肤颜色的丝绸包裹，并戴上大檐帽。棺木前挂遗照并簇拥花圈鲜花，军区司、政、后机关各派

① 1955年4月，根据国务院2月11日关于全国军区重新划分的决定，华东军区改编为南京军区。原属华东军区的山东军区改编为济南军区。

两名部长轮流守灵并接待和陪同吊唁。前来吊唁的有南京军区领导和机关干部代表、驻宁军事院校领导和代表、省市党政领导及机关代表、各界人士，烈士遗属和亲友。一些从皖南突围出来的新四军老战士，闻讯后纷纷前来吊唁。三天的吊唁活动结束后，三烈士遗骨入殓封棺。

安葬仪式于6月19日上午九时开始。三辆灵车挂满花圈，每台灵车上有两名全副武装的礼仪士兵护灵。在军乐队悲壮的哀乐声中，军区政治委员唐亮等首长和机关领导、驻宁军事院校及省市领导约五十人，分别站在项英灵车前执绋送行，烈士亲属和机关代表紧随其后。三辆灵车和三十多辆送葬车驶出军区总医院东侧门，沿黄浦路、中山东路、太平路、建康路、中华路，出中华门沿雨花路前行，经雨花台西侧到花神庙望江矶三烈士墓（现雨花台功德园）。南京市公安和交警部门增派警力，沿途实行交通管制，哀乐声和长长的车队引得市民驻足观看，默默目送车队远去。

上午十点钟，四百多人参加的安葬仪式在望江矶墓地广场举行。哀乐声中，三烈士灵柩由十位工人缓缓抬上矶顶，把灵柩放在滚木上，徐徐推入墓穴后封墓。送行人员将花圈、花篮和祭品等摆放在墓碑前，皖南事变中牺牲的新四军三将领的忠魂，从此长眠于此。

2006年12月，时年八十二岁的新四军老战士叶明，在《铁军》杂志撰文，回忆了当年在南京为项英等三烈士整理遗骸的经过：

> 1956年初夏时节，我在华东军区医院病理科工作。有一天，林钧才院长郑重地交代一项异乎寻常的任务：皖南事变中牺牲的新四军领导人项英、袁国平、周子昆三位烈士的遗骸，已从安徽泾县移至南京，准备安葬在雨花台烈士陵园。你的任务是将三位革命先烈的遗骸复原组合，尽量恢复本来面目，以便重新安葬。
>
> 这是一件自古至今很少有人做过的工作，需要智慧、科学和勇气。基于对先烈的崇敬之情，而且身为病理解剖军医，我责无旁贷，表示坚决完成任务。为了科学、妥善地做好这项工作，我提议请骨科高贤铭军医临场指导，获得批准。
>
> 我们来到医院太平间，蓦见三口红色简易棺材排列在面前，好像是见到了远去归来的亲人。我不禁悲从中来：老首长，你们在荒山野岭里已经待了很久、很久，如今终于回来了，回到久违了的老部下身边，回

到了无数先烈安息的地方，今后将不再感到孤独了。

在众人协助下，我们将三口棺材搬到病理解剖室，并依次逐一打开。接着，一些动人的场面便出现在眼前。

一号棺盛放着项英烈士的遗骸。我最先看到的是一件半旧的青灰色棉大衣，一双黑色圆口单步鞋，两侧还系有鞋带。难道这就是新四军最高领导人的着装吗？将军的职位，士兵的着装，是我军高级领导干部艰苦奋斗，与军民同甘共苦的最好见证。我建议将这些物品保存下来。由于当时年代保存文物尚未提上议事日程，我的建议未被采纳。

二号棺是袁国平烈士的遗骸。他的颅骨顶部一侧有一个圆形弹孔，直径大约1~1.5厘米，边界比较整齐。从病理学变化看来，应该是枪弹近距离射击的结果，至于是他伤还是自伤，当时难作结论。后来从报刊披露的信息中我才知道，原来袁国平主任指挥部队突围时，身负重伤。战友们用担架抬着他到处转战。随着国民党顽固派的包围圈越缩越小，新四军官兵伤亡越来越多。为了减少部队负担，把生的希望留给别人，袁国平主任毅然自击身亡。悲壮的枪声惊天地，泣鬼神！历史一定会记下这震撼人心的时刻。

在整理先烈们遗骨的沉重气氛中，我仿佛看到了铮铮铁骨闪耀着明亮的光芒，蕴藏着他们生前的英雄气概和死后不朽的灵魂。三位先烈的遗骨大都保存良好，有的长骨附近还遗留着片片褐色碎片。我们用铁条将散落的脊椎骨依次串连，以保持他们生前英勇不屈挺直的躯体。其他骨块也按固有位置排列，组成了骨骼系统，并预先在其底部铺上白布和棉花，再用绷带分别缠绕和塑造成头部、躯干和四肢，然后穿上崭新的草绿色呢军装和皮鞋，恢复了烈士生前的基本形象。

执行特殊任务的亲历者真挚翔实的追忆，还原了新四军三将领魂归望江矶的历史。医务人员目睹的项英身穿旧棉衣和脚穿圆口黑布鞋，为他始终保持艰苦朴素的本色，作了一个形象生动的历史定格。

2015年6月21日，我从上海经杭州来到茅山新四军纪念馆。纪念馆西侧的茅山北麓望母山之巅，高三十六米的苏南抗战胜利纪念碑，在夏日晴空下熠熠闪光。据介绍，1997年除夕之夜，茅山脚下一居民燃放鞭炮时偶然发现，每当爆竹升空爆炸后，纪念碑上便响起一阵"滴滴哒，滴滴哒……"的清晰军号声。报告有关部门后，消息不胫而走，四方游客多有到此放鞭炮、听军号者。中央电视台还专门报道了"纪念碑下放鞭炮、纪念碑上空响军号"的红色奇观。2005年10月，苏南抗战胜利纪念碑以"丰碑奇号"的独特优势，入选"句容十景"。

1985年9月，在项英殉难四十四个春秋之际，茅山新四军纪念馆这座红色教育基地在茅山脚下正式落成。自2013年起，纪念馆新开放新四军廉政建设史实馆，专门布展了"项英保持艰苦朴素本色"的内容，展出了项英三幅照片并介绍了几则轶事。其中一则是，1938年冬，每月仅四元津贴的项英，特意要警卫员从司务长那里借三块钱招待美国记者史沫特莱，借款从他第二个月的津贴费中扣除，被传为佳话。当年参加陪客的军部战地服务团油画家涂克，1991年在《与项副军长陪史沫特莱吃饭》的回忆文章中写道："我看到这一情景，十分赞叹：'我们共产党和军队的高级领导人的生活作风，是多么的简朴清廉啊！'"

1938年12月，上海英文《大美晚报》记者贝尔墩在云岭新四军军部采访时，谈到他对项英的印象时说："他有时跟活的《共产党宣言》一样和你谈话，过会儿又用中国式的殷勤款待你。"贝尔墩称项英是"新四军的灵魂"。

陕北晴秋，万物结实，红叶初染。

1939年8月，中共中央政治局召开扩大会议，总结南方局和新四军、东南分局工作。正在延安的中央军委新四军分会委员张鼎丞在会上作了《关于新四军与东南党的工作》的报告，认为一年多来，东南局完成了中央赋予的任务，保证了各地红军和游击队集中计划的完成；新四军组建后，扩大了部队，加强了部队的建设；注意了对新四军广大党员的教育，促进了新四军党的团结；实现党在军队中的绝对领导地位；做了大量的统一战线工作。这次会议充分肯定了东南局的工作：（1）发展了统一战线；（2）扩大了党的组织；（3）推进了战争的动员；（4）进行了青年和妇女工作；（5）开展了工农运动；（6）建设了部队的武装力量。

1940年6月，周恩来主持南方局常委会，听取新四军政治部主任、东南局委员袁国平有关新四军和东南地区党的工作的汇报，指出："一年来东南局的工作在项英领导下是正确的。"

那天，我走出茅山新四军纪念馆，西望耸立于茅山北麓的苏南抗战胜利纪念碑，辄觉在金戈铁马气吞万里如虎的声威中，一个沛然莫之能御的声音正从历史深处传来："不念英雄江左老，用之可以尊中国。"这是南宋著名词人辛弃疾在《满江红》中留下的震古烁今之言。俄顷，一个雄浑苍凉的声音又响起了："有缺点的战士终究是战士，完美的苍蝇终究不过是苍蝇。"这是文化革命的旗手鲁迅说过的话。毋庸讳言，项英在贯彻落实中共中央关于放手开展敌后游击战争和开辟抗日民主根据地的战略决策上，在新四军皖南部队北移时机的把握上，在识破国民党顽军阴谋并有效防范其袭击上，在兵困茂林向哪儿突围的决断与指挥上，均出现了重大失误而负有责任。这些失误的发生有着复杂的背景和因素，不能都归咎于项英一人。但项英作为中共中央东南局书记、中央军委新四军分会书记，其所负责任的分量也是显而易见的。

《左传》有云：不以一眚掩大德。作为为中国工人运动开展、中国共产党建设和新四军创立发展作出重大贡献的职业革命家，项英的一生无疑是应当充分肯定的。在不离不弃的母亲的热忱召唤下，从皖南大山深处归来的项英、袁国平、周子昆，体面而尊严地长眠于堪称人生后花园圣地的雨花台，三颗孤寂而忐忑的心灵，得到了永生。

项英、袁国平、周子昆墓曾名"三将军墓"，1981年全国地名普查时，改称"三烈士墓"。

皖南事变之后一个时期，对项英的评价，出现了过掩其功的现象。项英在某些时期的历史功绩被淡化。上个世纪90年代以来，在实事求是思想和历史唯物主义光辉照耀下，对项英功过是非的评价，逐步趋向理性、科学和辩证。

1990年9月，中共中央办公厅批准项英家乡——湖北省武昌县（今武汉市江夏区）为项英塑一尊铜像，时任国家主席杨尚昆为铜像题字"项英同志浩气长存"。

1998年5月13日，经党中央批准，解放军总政治部、中央党史研究室举行纪念项英诞辰一百周年座谈会。党和国家领导人吴邦国等出席。时任中央政治局委员、中央军委副主席、国务委员兼国防部长迟浩田在座谈会上讲话，称赞"项英同志是杰出的无产阶级革命家，工人运动的著名活动家，党和红军早期的领导人之一，新四军的创建人和主要领导人之一"，是"抗日战争的名将之一"，对项英为中国人民解放事业所建立的历史功绩，作了高度评价。

迟浩田深情讲述了项英的悲惨身世，追溯了七十八年前项英投身革命后，在各个历史时期作出的重大贡献。他说，项英同志出身于一个贫苦的职员家庭，十五岁进工厂当工人，饱受资本家的剥削和工头的虐待。他1920年起从事工人运动，1922年加入中国共产党。他参加与领导了1923年京汉铁路工人大罢工，1925年上海沪西日商纱厂工人"二月罢工"，以及著名的五卅运动，在我国工人运动史上写下了光辉的一页。在斗争的实践中，项英同志赢得了广大工人群众的信赖和拥戴，成为著名的工人运动领袖。大革命失败后，项英同志积极贯彻党中央的指示，为中国工农红军和中央革命根据地的建设与发展，做了大量工作。1934年10月，中央红军主力长征，项英同志根据中共中央决定留在中央苏区坚持斗争，任中共中央苏区分局书记、中央军区司令员兼政治委员。他与当时任中华苏维埃共和国中央政府办事处主任的陈毅同志等一起，率领留在中央苏区的红军第二十四师和地方武装一万六千余人，掩护红军主力进行战略转移。遵义会议后，他根据中央指示，组织红军和游击队分路突围，开展分散的游击战争。在与中央失去联系，国民党持续"清剿"的极端困难条件下，他领导苏区党和工农武装，紧紧依靠人民群众，巧妙地与敌周旋，灵活机动地打击敌人，为南方三年游击战争的坚持与胜利，作出了重大贡献。1937年12月13日，中共中央政治局作出《关于南方各游击区工作的决议》，对项英同志和南方各游击区军民的斗争给予高度评价。

迟浩田历数了项英在抗日战争中为新四军组建和部队教育训练及思想政治建设建立的历史功勋，指出：项英同志是抗日战争的名将之一，他为新四军的组建、为华中抗日民主根据地的创建与发展，付出了很大心血。抗日战争全面爆发后，他与叶挺同志先后到达延安，接受党中央赋予的组建新四军、开展华中抗日游击战争的任务。此后，项英同志担任新四军副军长、中共中央东南分局和东南局书记、中央军委新四军分会书记。1937年底至1938年初，他与新四军军长叶挺及陈毅同志一起，将分散在南方八省十四个地区的红军和游击队组建为新四军。新四军成立后，项英同志与新四军其他领导人一起，指挥部队不断粉碎日军的"扫荡"。同时，还领导了反击国民党顽固派军队进攻的斗争。在严酷的战争环境中，项英同志十分重视新四军部队的教育训练和干部队伍建设，强调要做好政治思想工作，发扬艰苦奋斗的优良传统，大力培养干部，努力提高军政素质。他的《新阶段中我们在江南抗战的任务》《一年来作战的经验与本军建军工作》等文章，是新四军建军和政治工作史上的重要文献。

迟浩田最后指出，项英同志的一生，是革命的一生，战斗的一生。我们纪念项英同志，要学习他对共产主义理想的坚定信仰；要学习他不怕困难、百折不挠的革命精神；要学习他艰苦奋斗、密切联系群众的优秀品质。[1]

显而易见，迟浩田在座谈会上的重要讲话，对项英一生的历史及对党和军队

---

① 罗玉文.纪念项英百年诞辰.人民日报，1998-05-14.

建设发展的杰出贡献，作了客观、全面、公正的评价。中国古来讲求盖棺论定。皖南事变发生五十七年后，革命生涯中有着过山车般跌宕起伏的项英，终于等来了对自己苦难辉煌交织一生郑重庄严的结语。唯其姗姗来迟，故而愈显弥足珍贵。

随着项英百年诞辰座谈会的召开，一扇尘封几十年的大门被打开了。长期以来湮没在中国革命进程和一些重大历史事件中的项英，开始从历史帷幕后走了出来。经现代传媒和有关史馆对项英奋斗历史和革命功绩的披露与介绍，今天的人们开始看到和认识了一个真实而全面的项英。

党史界专家披沙简金，透过历史迷雾去伪存真，弄清项英主持的中共中央东南局及前身东南分局，虽然只存在了三年五个月时间，但作为中共中央领导中国东南地区工作的代表机关，在其管辖的浙江、福建两省全部和江苏、安徽、江西三省部分地区，为发动东南五省人民团结抗日，勤勉工作，建树颇多。

第一，大力宣传并扎实推进抗日民族统一战线工作。东南局驻赣办事处经常邀请国民党政府要员、各党派负责人和社会名流参加座谈会，阐述中共统一战线政策和团结抗日主张。影响所及，连时任江西保安处少将副处长、江西省政治讲习院军政总队长的蒋经国，也曾发起过人力车夫座谈会等有益抗战的活动。

第二，广泛发动群众开展轰轰烈烈的抗日救亡运动。在东南局的号召和领导下，江西省抗战后援会组织一百五十多个宣传队，深入城乡挨家挨户宣传动员；抗敌后援会妇女界分会举办妇女救护训练班，组办战时妇女服务团，募制衣被并组织捐献金银首饰，慰劳护理伤兵；江西青年服务团编为十个大队共一千二百余人。在新四军军部民运部组织下，皖南地区农抗会、工抗会、青抗会、学抗会、商抗会、妇抗会、儿童团等抗日团体纷纷建立，其中农抗会有三百九十四个，会员达一万三千四百余人。浙江建立的全省性产业联合工会有会员五万两千五百五十八人，全省文化界抗敌协会在三十余县成立分会或筹备会，会员达两千余人，抗敌救亡报刊1939年达一百六十五种。

第三，按照中央部署推动战略转变完成新四军组建工作。西安事变后，项英在赣粤边游击区根据国民党地方报刊披露的消息，写了《关于西安事变》的文章，指出西安事变的解决，表明抗日民族统一战线已经成功而正式开展起来，必然促使抗日的革命高潮马上到来。卢沟桥事变后，项英起草了《卢沟桥事变与抗日斗争高潮》《中国新的革命阶段与党的路线》两份文件，8月8日，项英和陈毅以中共赣粤边特委和红军游击队名义发表《停止内战，联合抗日》的宣言。9月

24日，项英应邀到南昌与国民党江西省政府谈判，解决南方及其他红军游击队改编为抗日队伍的问题。在南昌，项英通过正在南京同国民党政府谈判的中共中央代表博古，致电毛泽东、张闻天。接到延安的复电后，项英在中央红军长征后三年音信全无的情况下，首次得到中共中央的指示。1937年12月14日，中共中央政治局会议专门讨论了南方游击区和新四军工作问题，确定了新四军编组的原则、部队的部署和新四军领导人。12月23日，中共中央代表团与中共中央长江局在武汉召开第一次联席会议，第一项议程就是讨论新四军工作，要求红军和游击队迅速集中改编，早日开赴前线；分工项英主要抓军队工作。12月25日新四军成立后，27日与国民党就编制问题达成协议，项英电告中央："四军编为四个支队，支队等于旅。"毛泽东于28日复电同意。次年1月8日，国民政府军事委员会同意新四军编为四个支队，新四军领导人分赴各游击区传达新四军军部指示，动员部队下山改编，项英亲赴湘赣边、粤赣边游击队做工作，保证了南方八省红军游击队完成了下山改编的战略转变。

第四，迅速恢复并有效加强对东南各省党组织的领导。在完成新四军组建任务后，东南局把工作重心转移到恢复、巩固和发展地方党组织上来。据1938年3月25日东南分局给长江局并中央的报告统计：东南局直接领导下的粤赣边、湘南、湘赣、赣北、湘鄂赣、皖浙赣、闽赣、闽东特委和吉安中心县委，下辖一百六十六个县委、工委、中心区委和分区委，拥有党员四千六百九十二名。东南分局还抽调部分能力较强的同志当巡视员，检查指导基层党组织建设。1940年5月，东南局辖区内党组织有较大发展，党员总数达五万人。

第五，为贯彻中央发展华中战略方针做了许多有益工作。项英、叶挺建议并经中共中央批准，设立了新四军江北指挥部。1939年4月25日，叶挺率军政治部副主任邓子恢、第一支队副司令员罗炳辉、新四军参谋处长赖传珠等突破日军长江封锁线，于5月6日到达庐江东汤池。5月中旬成立新四军江北指挥部，指挥张云逸兼，参谋长赖传珠，政治部主任邓子恢兼。随后着手对江北部队进行整编，组成第四、第五支队和江北游击纵队，并将彭雪枫率领的新四军游击支队划归江北指挥部指挥，从而理顺了江北部队与军部的关系，增强了内部团结，为东进皖东、发展华中打下了坚实基础。

第六，组织地方党适应形势剧变转入隐蔽斗争。1940年10月，东南局召集浙江、福建两个省委及皖南、浙西、赣东北三个特委领导人，在新四军军部紧急开会，传达中央关于"充分地准备应付可能发生的任何地方性和全国性的突然事变"的指示，项英部署了新四军北撤后闽浙两省工作，确定改党委制为单线领导的特派员制，让与会的浙江同志转告浙江省委书记刘英，省委机关要上山，不要再住在城里；省委上山后，在丽水或温州设立交通总站，与上下联系；省委在山上办一个干部训练班，办一份党报，帮助干部提高理论水平。东南局为刘英配备了联络员并调一部电台给省委，保证与浙江省委的交通联络，将活动于敌后的浙西特委划归苏皖区党委领导。在云岭紧急会议上，项英指示福建省委要背靠山头，面向群众，开展反顽自卫斗争；尽快撤退城市党员干部，开展审干工作；建立政治交通和省委电台，与东南局保持电讯联系。从1940年夏天开始，东南局还将皖南地方经常出头露面、转为公开的党员干部分批撤走，将泾县地方中共支部书记和工抗会主任、农抗会主任、自卫队队长等共一百三十余人，编成一个地方干部队，作为新四军非战斗人员撤往苏北。新四军北移前夕，项英决定撤销皖南特委，成立新的秘密皖南特委坚持斗争。在皖南事变发生前，项英采取上述有效措施贯彻中央隐蔽精干方针，不仅大大减少了损失，而且保证了形势逆转后，皖南革命星火得以迅速重新燎原，为胜利地迎接全国解放作了组织上的准备。

2000年，经中央军委批准，军事科学院组织编写《项英军事文选》，2003年由中共中央党校出版社出版。

2001年3月，项英遇难六十周年前夕，上海市新四军历史研究会军部委员会发起倡议，由新四军老战士捐资、上海油画雕塑院雕塑家刘巽发设计，上海造船厂青铜艺术品中心承铸了项英铜像。铜像高三米，净重一千七百公斤，坐南朝北安放在安徽省泾县云岭罗里村新四军军部门前广场。看到这座栩栩如生的铜像，人们就会油然忆起项英等新四军将士在皖南度过的峥嵘岁月。

2014年8月29日，国家民政部公布第一批300名著名抗日英烈和英雄群体名录，项英、袁国平、周子昆三英烈的名字赫然在册。

2015年9月3日，在纪念中国人民抗日战争暨世界反法西斯战争胜利七十周年阅兵中，项英女儿项苏云、袁国平儿子袁振威、周子昆女儿周民，作为抗日英烈子女代表，随抗战老兵、英烈子女和支前模范乘车方队经过天安门广场，接受了习近平等党和国家领导人检阅。

这是当今世界最大执政党和阵容无以出其右的中国人民，以国家的名义，给予项英、袁国平、周子昆三烈士的崇高荣誉，也是对三烈士遗属及子女的最好抚慰。此前，项苏云、袁振威分别接受《解放军报》《中国青年报》等中央媒体采访，以催人泪下的细节，再现了项英和袁国平别妻撇子勇赴国难的家国情怀。

2015年9月3日上午十时四十一分，在习近平主席为纪念中国人民抗日战争暨世界反法西斯战争胜利七十周年发表重要讲话后，气势恢宏的盛大阅兵式正式开始。习主席乘车依次检阅十一个徒步方队和二十七个装备方队，空中护旗方队和直升机群率先亮相。随后，在摩托车队护卫下，抗战老兵、英烈子女和支前模范乘车方队，由东长安街缓缓驶入天安门广场。项苏云、袁振威坐在第六排车（每排三辆）靠近天安门城楼的第一辆车上。在全民族抗战胜利七十周年的国家胜利日，项苏云、袁振威、周民作为数以千万计的英烈子女代表聚首京华，以受阅者的身份参加举世瞩目的大阅兵，自然思绪纷萦，激情难抑。

1940年12月，三人的母亲一起随新四军一千七百余名非战斗人员转移江北，而新年的日历刚刚翻开不足半月，三人的父亲却一同在皖南事变中殉难。共同的身世遭际，成了维系三人心灵的特殊情感纽带。受阅前，他们统一定制了具有浓郁民族风格的绛紫色新装，作为女士，项苏云和周民的新装还笼着一袭轻纱。

乘车方队驶近天安门，退休前为海军指挥学院教授并享受军职待遇的袁振威，抖擞精神向天安门城楼致以庄严军礼。奉身军职近半个世纪，职业军人袁振威差不多向国旗军旗和首长战友敬了一辈子礼。但在如此盛大的国家庆典中，能以抗日英烈后代名义，用军人特有的方式，向党和国家领导人及海内外来宾致以崇高敬礼，平生还是第一次。为了这一天，三烈士的家人付出了太多的期盼和等待。

整整七十四个春秋，那是比抗战胜利迄今还要长四个年头的漫长时光，国殇家痛一直在咬噬着三个残破家庭成员的心。

1955年6月，南京军区即将在雨花台隆重安葬项英、袁国平、周子昆三烈士，战争年代曾任过县委书记、特委妇女部长、新四军教导大队宣传科长和组织科长、抗大四分校政治部主任，时任江苏省委常委、省监察委员会书记的袁国平夫人邱一涵，看到袁国平陵墓的后门开得小了些，提出为方便自己过世后与袁国平合葬，可否将后门开得大一点。组织上考虑到邱一涵1926年参加革命，是斯诺《西行漫记》中盛赞参加过长征的三十位女领袖之一，当年硬是靠一双缠足放开的"解放脚"走完了长征路，便同意了她的要求，三烈士安葬仪式也因此推迟四天举行。冥冥中似乎阴阳有约，安葬仪式刚刚结束四个半月，1956年11月2日，邱一涵因患肠癌在南京与世长辞，年仅四十九岁。生命绝响或许正是精神永生的信号。时光飞逝一个甲子，谜一样亲和醇厚的邱式风范，仍鲜活在新四军和

"江抗"领导人后裔心中。"邱姑妈"——每逢言及这位堪称卓越的女革命家,年届古稀的第二代,无一例外都会使用这一饱蘸亲情而恒久不变的标谓,以表达其他称呼难以道出的亲情。母亲病逝时,袁振威只有十七岁。在党的关怀下,袁振威子承父业,投笔从戎,成为人民海军的拔尖人才,先后主持过十多项总部和海军作战领域的重大课题研究,其成果虽有填补空白和满足急需之效,但由于保密性强无法公开评奖。袁振威被人们称为没有获过奖的功臣。

2007年12月27日,中共江苏省纪律检查委员会、江苏省委党史工作办公室和江苏省新四军历史研究会,在雨花台袁国平、邱一涵夫妇合葬墓前举行祭扫活动,纪念邱一涵诞辰一百周年。国家和军队有关领导人敬献了花篮。

与袁振威同排受阅的项苏云生于1931年,在铿锵有力的军乐声中,她仰望巍峨的天安门城楼,频频挥手向关心厚爱自己的党和国家领导人致意,泪水早已模糊了视线。在皖南三烈士子女中,项苏云的命运最令人唏嘘。1938年九十月间,项英去延安参加党的六届六中全会,已失去母亲的项苏云,得以与父亲度过了一生中唯一一次亲沐父爱的十二天。中央全会尚未结束,父亲便因军务匆匆返回皖南,从此一去不返。1948年,项苏云与李鹏、邹家华、叶正大等烈士子女一起赴苏留学,学成回国后,先后在北京第二棉纺厂、纺织工业部研究所和情报所工作,1984年调中国科协,直到1991年离休。令她无比欣喜的是,在开放包容的中国,"先烈回眸应笑慰"的跨世纪憧憬和夙愿,已经变成真真切切的现实。

皖南事变使三烈士成为一个永恒的整体,源自父辈的血谊,又奠定了三烈士子女一生心心相印的基础。看到患难与共的项苏云和周民盛典中的悲喜交加,袁振威情不自禁想起了自己的干妈、周民的母亲何子友。

1913年1月生于四川阆中的何子友至今健在。她1933年10月参加中国工农红军,随红四方面军参加了长征,1936年10月加入中国共产党。何子友1937年随周子昆调新四军工作后,历任教导总队女生大队排长、协理员、军代表等职。1955年,何子友荣获三级八一勋章、三级独立自由勋章、三级解放勋章,1988年获二级红星功勋荣誉章。

袁振威和周民都出生在1939年的烽火皖南,一个生于5月,一个生于10月。袁振威呱呱坠地后,母亲邱一涵没有奶水,周民的母亲何子友当仁不让担负起哺育两个婴儿的责任,每次喂奶都是先让乳名"浣郎"的袁振威吃饱,然后再喂自己的女儿周民。

襁褓中的哺养、少年丧母的打击，并无血缘关系的何子友与袁振威两代人之间，始终氤氲着一种超凡脱俗的特殊亲情。在可以告慰父辈的胜利日阅兵式上，袁振威怀念历尽苦难和艰辛的父母，也格外想念不是母亲、胜似母亲的何子友！

袁振威退休后任江苏省新四军暨华中抗日根据地研究会副会长，退休前为南京军区总医院内科副主任医师的周民，任研究会所辖的卫生分会会长。两人自京返宁后，顾不上休息，就身着受阅新装来到南京西康宾馆，分别给在宁部分新四军老战士和子女，报告了"九三"阅兵台前幕后的盛况及自己的亲身感受。

当祖国母亲又一个流光溢彩的生日即将到来前夕，9月28日，周民随南京市新四军红星文工团，专程来到南京军区某通信团，参加原创舞台剧《红色回音》演出。周民在剧中以女儿的身份，与饰演父亲的演员真情对话。悲壮哀婉的音乐声中，天幕上交替出现了雨花台周子昆烈士陵墓的墓碑、周子昆烈士遗像和他怀抱周岁女儿周民的老照片。缓步上场的周民深情凝望着天幕上的周子昆烈士遗像，与远在天国的父亲展开了穿越时空的交流：

女儿：爸爸，我是您的女儿小泾民啊！又到清明，妈妈让我代她来看望您，看望项英伯伯，看望袁国平叔叔。七十四年了，爸爸，您是永远的四十岁，可妈妈已经一百零二岁了！她爱您爱了一辈子，也想您想了一辈子啊！

父亲：女儿，爸爸也爱妈妈，爱着你啊！

女儿：那年，在新四军教导总队学习的妈妈，带我回司令部与您团聚，您温柔地抱着我。和爸爸在一起的那段短暂时光，是我最快乐的日子，也是我最温暖的回忆。

父亲：那时，你妈妈带你回司令部，我们一家人团圆。我天天抱着你，却总也抱不够。

女儿：爸爸！这么多年来，我多么想和您在一起！小时候，盼望着爸爸能牵着我的手上学，长大后，盼望着爸爸能牵着我的手走过婚礼，走过人生，走过山山水水，也盼望着能在您面前尽尽做女儿的孝道。可是，这些世间再寻常不过的天伦之乐，不属于我。我拥有的，只是那一段模模糊糊的记忆，还有妈妈回忆中不知讲了多少遍的故事。

父亲：女儿，我多想能一直抱着你，看着你慢慢长大，看着你有了自己的小家庭，有了幸福的人生。可是，可是我不能！为了千千万万个像你一样的孩子，为了他们能有一个和平美好的明天，爸爸愿意作出牺牲，愿意献出自己的一切！

女儿：爸爸，您知道吗？那一年，妈妈来到皖南泾县，执意登上蜜蜂洞所在的那座大山，她要亲眼看一看您和战友牺牲的地方。一个人，妈妈一个人在山洞里，站了好久好久。忽然，一只大蜘蛛出现在眼前。妈妈目不转睛地盯着，盯着，泪水一下子流了出来，她呼喊道：子昆，子昆！是你吗？你知道我来看你了，是吗？

父亲：这一生，我最对不起的，就是你的妈妈。人生苦短，转眼就是百年。我欠你妈妈的一辈子，我一定还！

女儿：爸爸，项英伯伯，袁国平叔叔，虽然你们没有看到新中国诞生，没有看到梦寐以求的五星红旗在天安门广场冉冉升起的那一刻，可祖国不会忘记，一代又一代中国人不会忘记。千秋万代，祖国和人民都永远铭记着你们洒下的鲜血，崇敬着你们留下的忠魂！

父亲：一代人有一代人的梦想，一代人有一代人的作为。七十多年前，我们冲锋在抗战第一线，我看到了迎风飘扬的铁军战旗，看到了千千万万奋勇杀敌、驱逐倭寇出中国的新四军健儿的前赴后继。孩子，我们用生命和鲜血换来的江山，你们可一定要建设好、保卫好啊！

女儿：爸爸，您的嘱托我记住了。您知道吗？七十多年过去了，我们长大了，我们也老了。但长江后浪推前浪，新四军的传人正继承你们的事业，在强国兴国的道路上大踏步前进。爸爸，您放心吧！

袁振威、周民的报告和在军营的激情倾诉，通过信息网络平台，向山南海北飞速传播。皖南三烈士子女在党和国家关怀下，卸掉背负了几十年重荷的新闻，仿佛向社会释放了一个信号。在茂林悲歌回响皖南七十四年之后，举国上下以"铭记历史、缅怀先烈、珍爱和平、开创未来"为主题的回溯和反思，正在社会各界激发和凝聚起前所未有的正能量。

"治大国若烹小鲜"。一个饱经风雨沧桑、正领导世界第二大经济体孜孜矻矻奋然前行的成熟的党，完全能够以更加宏阔的视野和博大的胸怀，正确看待和处理历史上发生的复杂纷纭的事情，海纳百川，行稳致远，从容引领中国迈向更加美好的明天。

第八章 爱在铁军

43. 周恩来重申"二八五团"规定

1938年2月初的一天傍晚，江城武汉海关大楼上的大钟敲完十七响已经时过三刻，汉口码头上，一个名叫张掌珠的女学生，和林琳、丁剑影（丁汀）两个同伴一道，急匆匆奔向停泊着的一艘客轮。

"快一点，马上开船了！"

三个刚入伍的女兵，清一色穿着典型的武汉女学生服装阴丹士林蓝布旗袍，听到召唤飞快跑了过来。船上，有个英姿飒爽的女兵把手伸向船舷，张掌珠就势抓住她的手，轻捷地一跃便上了船。女兵名叫王于畊，汉口江轮上的这次拉手，使两个素昧平生的女性，结下了一生一世的情谊。

欢声笑语中响起一声呼唤："杨瑞年班长，快来认识一下你的新队员！"一个清秀俏丽的女兵闻声走了过来，大方地自我介绍名叫杨瑞年，随后与张掌珠三人逐个握手，询问姓名和籍贯，告诉她们自己和八路军学兵队四十多名毕业学员，正由谢忠良、陈克寒率领，前往南昌新组建的新四军军部报到。张掌珠注意到，这批学员中有近十名女兵，除杨瑞年、王于畊外，还有葛慧敏（田秉秀）等人。

"热烈欢迎新战士入伍！"在船舱里此起彼伏的口号声和掌声中，女兵班班长杨瑞年把张掌珠三人介绍给女战士们，然后充满信任地对王于畊说："老兵带新兵是部队的老传统，你就负责带张掌珠吧！"

王于畊端详着两只大眼睛直忽闪的张掌珠，亲热地说："跟我来！"说完拉着张掌珠进了船舱，找到自己的铺位坐下说："今晚我们就挤在一起睡吧！"

这就是新四军最早的一批女兵。当过八路军的杨瑞年和王于畊，比张掌珠等人要早入伍三四个月。

1937年八一三淞沪抗战爆发，特别是"江抗"东进在上海近郊和东路地区连续予日伪以沉重打击后，上海乃至整个江南抗战热情空前高涨，一大批城市青年学生、工人、店员和市民踊跃参加新四军，仅上海市先后就有两万余人参军，其中不乏豆蔻年华的青年女学生。1938年，香港《良友》杂志刊登了张茜、王于畊六位新四军女战士的演出照，第一次在海内外展示了新四军女兵的英姿。

新四军女战士的出现，使部队在顿增阴柔之美的同时，极大强化了男子汉的阳刚之气。胼手胝足的工农武装，一下子拥入了那么多有抱负、有知识、有气质的城市新女性，这不能不令枪林弹雨中走来该当谈婚论嫁的新四军指挥员，那样鲜明地感受到生命春天的到来，进而心旌摇荡起来。如同久旱之盼云霓的铁流精英，开始演奏或热烈、或曲折、或凄美的战地浪漫曲。

1939年，新四军纪念三八国际妇女节大会上，新四军副军长项英发表热情洋溢的讲话："当我们新四军开始组成的时候，有一大批进步青年参加支队的、团的服务团，其中，女同志占极重要的成分。随后，各支队的、团的服务团，合并为一个全军的服务团。于是，在服务团中，成立了独立的女生队，这是新四军有'女兵'的开始，也是'女兵'这个称号的起源。"1940年三八国际妇女节前夕，项英在《抗敌》杂志发表《我们的女战士》一文，高度赞扬新四军女军人为抗日救国作出的重大贡献，号召她们把妇女的命运与整个民族解放和社会解放斗争结合起来，求得自身的彻底解放。

但在新四军成立之初，在日伪顽夹击中缺乏巩固和应有回旋余地的根据地，部队又没有稳定可靠的武器、粮秣、服装和军饷供给的艰苦环境下，求生存、求发展成了新四军的第一要义，恋爱婚姻成为一个近乎奢侈的贵族问题。在项英看来，新四军将士人无分长幼、职无论高低，皆应上下同欲，共赴国难，摒弃一切儿女情长和卿卿我我，"个人问题"等胜利以后再说。因而在干部婚恋问题上，项英采取了"一刀切"的政策：不管是谁，不管什么特殊情况，都不准在部队里搞恋爱。谁若破坏规定，轻则撤职开除党籍，重则还要军法从事，甚至还一度提出过"枪毙恋爱"的过激口号。

1939年2月，新四军二支队副司令员谭震林，向前来视察的周恩来反映了新四军关于干部婚恋不合理规定的情况，引起了周恩来的关注。经征求其他人意见，根据新四军部队的实际情况，周恩来提出不赞成对干部婚姻搞"一刀切"，主张从实际出发，区别对待。特别是对那些年龄较大的领导干部，应该给予关心和帮助。周恩来讲到，在延安有个不成文的"二八五团"规定，即年龄超过二十八岁、参加革命满五年、团级以上干部，可以自由恋爱结婚。

周恩来在皖南重申"二八五团"规定，像一股迟到的春风，唤醒了新四军指挥员爱的百花园。但长于沙场点兵却拙于情场缱绻的虎将们，在爱的寻觅中往往又一波三折、好事多磨。

谭震林是新四军中第一个递交申请结婚报告的人。

这位曾担任过红四军第二纵队政治委员、红十二军政治委员和福建军区司令员兼政治委员的老革命，第一次见到十九岁的新四军女战士葛慧敏，是在繁昌前线召开的政工会议上。葛慧敏是与杨瑞年、王于畊一起，从山西八路军学兵队南下来到新四军的。她修长的身材、秀美白净的脸庞、闪亮的眼眸和活泼的身姿，深深拨动了谭震林的心弦。

葛慧敏的长相、性格，太像谭震林被害的前妻蒋秀仙了！

谭震林与蒋秀仙在战火中结缘，新婚燕尔，两情相悦蜜意方浓，正在前线奋勇杀敌的谭震林，却意外获悉了妻子被诬为"第三党"而遭秘密杀害的噩耗！

葛慧敏的出现勾起了谭震林的痛苦回忆，也再度引发了他对爱情的渴求。谭震林与葛慧敏相识前两个月，周恩来到皖南视察带来了"二八五团"的春风。但葛慧敏却一度成为红军名将谭震林攻不破的"堡垒"。尽管谭震林频频引颈向葛慧敏的工作场所、住处甚至路过的地方举目眺望，组织上也出面做工作，葛慧敏硬是心如止水，纹丝不动。素来所向披靡的红军名将射出的丘比特之箭，始终没有命中自己心仪女兵的心扉。

有的同志看在眼里，急在心上，一次乘谭震林在住处，借故把葛慧敏找来，把两人反锁在屋里，葛慧敏又急又窘，一下子哭了起来。好心人出此下策，令谭震林十分尴尬，他急忙给葛慧敏解释，并马上搬来凳子，扶着葛慧敏从窗户跳到院外，一直看着她顺利离开。谭震林的正直坦诚和对女性尊严的尊重，终于悄无声息地感动了葛慧敏。一个晴朗的傍晚，谭震林在溪边散步，巧遇正在洗衣的葛慧敏。谭震林想起葛慧敏教唱的皖南民歌《洗衣曲》，便掏出口琴吹起来。葛慧敏一边洗衣，一边不由随着琴声轻轻哼唱，当看到不远处谭震林正深情凝望她时，两朵红云飞上脸颊。

谭震林与葛慧敏定下鸳盟之后，两人的结婚报告迅速报到新四军军部。但有的领导人依然认为这是典型的"不爱江山爱美人"，不同意他们结婚。一支队司令员陈毅给谭震林出主意向延安"告状"，谭震林又将报告寄往延安，中央果然很快就批准谭震林结婚。

1939年6月，枪林弹雨中走来的红军将领谭震林，终于同自己钟情的新四军女兵葛慧敏喜结良缘。

与幸运的谭震林相比，"江抗"副总指挥吴焜与新四军女战士杨瑞年的恋情，则要凄楚和悲壮得多。

作为亲历者和目击人，王于畊见证了杨瑞年和吴焜的相识相交。

在去新四军军部报到路上，王于畊和杨瑞年从汉口登上轮船，准备到九江后换乘火车去南昌。恰逢从延安分去新四军的吴焜同在船上，夜间，吴焜发烧呕吐。杨瑞年把王于畊喊来，从长江中打水涮毛巾给他揩脸和作冷敷，帮助清理呕吐物，还给他送开水，忙了一夜。到南昌后，吴焜约杨瑞年同游百花洲，又请她到饭馆吃饭。王于畊认为，这大概是老红军对杨瑞年热心帮助的酬谢吧，似乎没什么可非议的。但这时发生了吴焜和杨瑞年外出被人"盯梢"和向上打"小报告"的事。

王于畊晚年扶病写出的散文《长江的女儿》，记述了这样的片段：

　　那晚吹了熄灯号之后，我已蒙眬入梦，忽然被几声大嗓门的斥骂惊醒，听到的是："……为什么盯我们的梢？我犯了哪条军法？你们说！谁有种谁站出来！谁有理谁去报告项副军长！我不怕！……"原来是那位老红军在大发雷霆。我被吓得推醒了身侧的小纪，睡在我另一侧的杨瑞年也挤过来了，靠在我身上簌簌发抖。她轻声对我说："他嚷嚷什么？我的手都被他气冰凉了！"我握住她的手，手真凉，还在颤抖。我拉她过来紧贴住我，小声说："我们不听这个，我们睡觉。"我用被子把我们两人的头都蒙了起来，心里却直嘀咕：这算个什么事呢！大教室内很快安静下来。老红军发脾气，没人敢搭腔，他想吵架没有对象，事情就罢了。可是在我身边睡着的杨瑞年却翻腾了一夜。

　　第二天早晨，我们刚要去出早操，我和小纪却被人唤住了，原来是他，那位老红军，他粗壮的身躯挡在我们面前，说："我叫吴焜，刚从延安调来新四军。小同志，我马上就要出发到部队去了，有点事托你们。"我听着并端详着他，觉出他是认真和诚恳的。他取出一封信，信封下面还别着五元钱。他说："代我交给那位女同志——对，就是杨瑞年。她待我是很好的，可是有人报告了项副军长，昨天项副军长把我叫去批评了一顿，说我刚到南方就腐化了，说本来叫我去做团长的，现在降为副团长。"当他把手中的信和钱递过来时，我看了看小纪，断然把它接了过来，又说："一定

278

交到，请放心。"他竟对我们敬了个礼，转身大步走了。[1]

直到1939年11月，前线传来消息，闻名新四军的"中国夏伯阳"吴焜，在一次遭遇战中，被"一颗可诅咒的子弹"所击中。人们议论，吴焜牺牲的方式也和夏伯阳相似。吴焜牺牲后，新四军部队到处传唱何士德创作的《反"扫荡"》歌，吴焜的英雄事迹也随着歌声在官兵中传颂。

时任新四军战地服务团副团长、上个世纪50年代担任过国务院文化部副部长的徐平羽（白丁），写了题为《真的人，真的战士》的悼文。

曾和吴焜在一个部队作战的新四军作家邱东平，以凝重的笔力写了题为《用战斗的顽强性……》一文，不久发表在大后方的《七月》杂志上。

当时，杨瑞年已于头一年秋天调到新四军教导总队任文化教员，王于畊想，她一定会流着泪唱《反"扫荡"》歌，一定会在教导总队教唱这支歌吧。她真想把邱东平赠给她的刊有《用战斗的顽强性……》一文的那本杂志送给杨瑞年，但转念一想，还是不提旧事，不给她新的刺激为好，于是悄悄作罢。

44. 春天里的生死之交

当年在停泊于汉口码头的客轮上，王于畊把手伸到船舷外一把拉上船的那个穿蓝旗袍的女学生张掌珠，参军后分配到新四军战地服务团。填写登记表时，张掌珠刻意翻查字典，将自己的名字改为张茜。

女战士们不解"茜"为何意，张茜解释说："茜就是红色，茜草的根可做红色染料。"

"那你是要去染红世界啦?"

"对，是要去染红世界!"张茜一本正经地说。

可是，"茜"字十人有八九人要念白字，改名后的张茜到处都被称作张西。开始，张茜还认真纠正，我的名字不念"西"念"倩"，可众口铄金，大家一口一个"张西"地叫着，连团里队里晚点名也称"张西"，张茜哭笑不得，只有答应了。

张茜1922年6月11日生于武汉三镇的汉阳，小名春兰，学名张掌珠。1934年秋，张茜考入武昌湖北省立第二女子中学，在接触革命者过程中受到抗日救亡

---

[1] 王于畊. 往事灼灼. 北京：人民出版社，2012:132.

先进思想影响，积极投身一二·九学生运动。1937年夏，张茜考入湖北省立女子师范，加入学校青年救国会，参加《放下你的鞭子》街头剧演出。1938年2月，张茜和女伴一起不辞而别，偷偷离家参加新四军，成为新四军战地服务团最早的团员和第一批女兵。

1938年8月，新四军军部进驻泾县云岭镇。新四军战地服务团驻在距军部不到十里路的新村，服务团小分队到各支队演出间隙，常请抗日前线将士作报告，而一支队司令员陈毅既有鼓动力又十分诙谐的报告，听来最令她们开心。

新四军在江南频频出击，连战皆捷，特别是在苏州武进一带的内河上常常截获日军的物资，排以上干部都穿缴来的日军黄呢子大衣。部队每打胜仗，陈毅就会选黄呢子大衣之类缴获日军的战利品，送给国民党第三战区副总指挥冷欣，以示友好。谁知好心未得好报，因冷欣所辖部队既无胜利可以夸耀于人，更无战利品可以馈赠友军，故对陈毅这种十分友善的做法表面高兴，内心又有一些恼怒，总想找机会挽回一些脸面。

1938年年底，冷欣所部终于在战斗中生俘日军一个士兵，特意安排在元旦搞一次庆功展示，把战区部队的军师旅长和辖区的县区长悉数请来，新四军一支队司令员陈毅也在座。当冷欣的参谋长传令带上日军俘虏时，这个日本兵神气活现地走进会场，一屁股坐到椅子上并翘起了二郎腿。翻译逐一介绍战区国民党军队出席活动的军师旅等长官时，日军俘虏仰脸望着屋顶，现出一副极其轻蔑的神情。当最后一个介绍到陈毅时，日军俘虏条件反射般一下子跳了起来，先是一个立正，而后恭恭敬敬向陈毅鞠了个九十度的躬。全场顿时失声，应邀赴会的各路大员尽皆失色，狼狈不堪。冷欣的参谋长恼羞成怒地问："为什么只给陈司令鞠躬？"

翻译刚刚译完，日军俘虏就大声说道："新四军会打仗！"

这则耐人寻味的轶事，很快使陈毅成为战地服务团团员心中的偶像。

一次服务团与部队联欢时，战士们拼命起哄要陈司令员出节目。

陈毅站起身说："大家要我献丑，那就唱首歌吧！"接着，他清一下嗓子，用法语唱了一首《马赛曲》，唱得激情澎湃，气势雄浑。

老红军居然用法语演唱《马赛曲》！年轻的服务团团员不禁目瞪口呆。

服务团团长朱克靖说："陈司令员参加革命前读过大学，1919年就去法国勤工俭学，正经八百吃过洋面包，名副其实文武双全！"

陈毅的形象在张茜心中愈加高大起来，她对自己投身新四军这支英雄部队的选择感到庆幸。热爱是最好的老师。张茜全身心投入服务团的宣传和演出工作，虚心拜王于畊为师，一句一句学说台词，苦练讲国语的基本功，终于使原先十分明显的湖北口音，变为一口纯正的国语，成了服务团一颗令人刮目相看的新星。张茜既演街头活报剧《放下你的鞭子》，也开始演大戏。在服务团一年半时间，张茜演过曹禺的名剧《雷雨》中的四凤，演过苏联话剧《第四十一个》中的玛特柳加，还演过《阿Q正传》中的吴妈，而饰演阿Q的吴强，日后成为写出长篇小说《红日》的著名作家。

在排演陈白尘创作的话剧《魔窟》时，遇到了一个小小的难题，女演员们都不愿意饰演剧中的"小白菜"这个角色。正当领导感到为难之际，已经确定饰演剧中小姑娘银姊的张茜霍地站起来说："我来演'小白菜'，一切为了抗日！"此事在新四军战地服务团传为美谈。张茜饰演的"小白菜"出神入化，以致其真名反倒不彰，当时百姓和战士看到她直呼"小白菜"……

1938年的一天，军部大礼堂演出抗战宣传剧《一年间》，张茜饰演剧中的新娘子。那晚，张茜一身红装且顾盼生辉，灵动乖巧的表演令台下的陈毅如痴如醉。看完演出，陈毅连夜找新四军战地服务团团长朱克靖，问张茜有没有男朋友。在得到否定的回答后，陈毅请朱克靖找张茜做工作。返回驻地后，陈毅开始写信给张茜表达爱意。

陈毅，字仲弘，四川乐至县人，1901年8月26日生，1923年入党。1928年1月，陈毅参与领导湘南起义，任工农革命军第一师党代表，同年4月与朱德带领南昌起义队伍上井冈山，与毛泽东率领的秋收起义队伍会师，任中国工农红军第四军师长、军委书记、政治部主任、前委书记，后任第六军政治委员，中共赣西南特委书记、第二十二军军长、江西军区总指挥兼政治委员。红军长征后，陈毅在赣粤边区坚持了三年游击战争。

戎马倥偬的战争岁月，陈毅曾有过两次短暂的婚姻。一次是1930年10月任红二十二军军长时，与军部秘书肖菊英结婚，婚后一年，肖菊英在躲避敌人袭击中，不慎落井淹亡。另一次是1932年10月在江西省军区任职时，在宁都与中央苏区江西省委儿童局的赖月明结婚。1934年12月，陈毅转入游击战争前，动员赖月明回兴国家乡，不久就传来陈毅已牺牲的消息。赖月明的父亲强逼女儿改嫁。陈毅出山后打听赖月明的消息，得知她已有了孩子。

张茜的倩影终日在陈毅心中萦绕，他苦心经营了一首《赞春兰》的诗：

小箭含胎初生岗，似是欲绽蕊吐黄。

娇艳高雅世难受，万紫千红妒幽香。

诗写好后，恰好新四军战地服务团来部队演出，服务团谢副团长安排张茜去找陈毅借演出道具军大衣，陈毅即把《赞春兰》一诗放在大衣口袋里。张茜无意中发现陈毅写的诗后，不觉脸飞红霞，不知如何是好的她惶急中找到谢副团长，商量是不是把诗还给陈毅。谢副团长不敢做主，当即向朱克靖团长汇报。朱克靖对张茜说："诗先不着急还给陈司令，放我这儿保管好啦。你现在的主要任务是集中精力搞好晚上的演出。有些事儿随着时间的推移会让人慢慢明白的，过后说不准你会来要这首诗呢！"

当时，张茜尚不满十七岁，不想过早结婚，同时，她一直想抗战胜利后进大学读戏剧专业，她更愿意找个同行做伴侣。随着相差二十一岁的陈毅的频繁来信，新四军战地服务团各种议论逐渐增多，涉世不深的张茜感到前所未有的惶惑。

1939年3月中旬的一天，张茜约服务团好友王于畊，在一片盛开着红杜鹃的山坡上，各自敞开心扉，就终身大事进行交流。王于畊鼓励张茜："自己的事，用不着看别人的脸色，惶惑下去，可能后悔莫及。"

当张茜热切地问王于畊遇到这类事怎么想时，王于畊说："我要的是生死之交！"

一句话使张茜受到很大震动。她感到，那个可以托付一生、堪称生死之交的忘年知己，正向自己走来。两个闺蜜红花前的倾心交流，坚定了张茜迈出关键一步的决心。张茜落落大方找朱克靖要回了《赞春兰》一诗。陈毅也趁热打铁，让警卫员送给张茜一支缴获的小手枪。

一个春光明媚的艳阳天，陈毅来到云岭田坤大盆村，与张茜整整谈了八个小时。陈毅讲到了自己的身世和经历，和盘托出了自己两次婚姻的前后经过，以真挚的话语表达了对美好生活的向往，展示了光明磊落的品格和腹有诗书气自华的风度，从而深深打动了张茜的心。这天夜深，陈毅在皎洁的月光下，第一次送张茜回新四军战地服务团。几天后，陈毅从水西村寄来了记述那个美妙夜晚的散文《月夜》，文中横溢的才华和火热的情感令张茜惊叹不已。

张茜用诗一般的语言回信写道："我爱这战斗的春天，我爱这春天的战斗。"陈毅非常喜欢张茜细腻而豪迈的战斗情感，在随后自己创作的报告文学《江南抗战之春》中写道："我记起一个同志写给我的信，信中说：'我爱这战斗的春天，我爱这春天的战斗！'这句话很好，我们确实在与日本军队顽强地战斗着，当着这美好的春天！"

针对两人年龄存有代差的议论，富有主见的张茜对挚友说："年龄差距不是主要的，我感觉学问和政治水平远不及他。我要和他相称，成为伴侣和助手，只有发愤学习，才能缩小距离。他出身书香世家，文化修养很高，对古典文学和法国文学都有广泛的了解，赋诗填词写文章造诣很高。他又是红军初创时的高级领导人，文武兼备的儒将。我在各方面都要甘当小学生，拜他为师，从头学起，努力做到基本相称。"

由张茜改名取茜草染红世界之意借题发挥，陈毅很浪漫地为自己取了个笔名"绛夫"。绛者红也，绛夫即张茜的丈夫。鉴于张茜的名字常被人误读为"张西"，陈毅又有了另一个笔名"鲍东"，以便与"张西"相对应。

不久，张茜又收到陈毅寄来的一首充满深深爱恋的情诗：

> 春光照眼意如痴，愧我江南统锐师。
> 豪情廿载今何在？输与红芳不自知。

1939年秋天，张茜挥泪告别新四军战地服务团，调往陈毅所在的新四军一支队政治部工作。1940年2月6日，正值农历腊月廿九，陈毅与张茜在溧阳水西村悄悄结婚。没有任何仪式，新房就是陈毅的办公室，拉一道布幔，用几捆喷香的稻草铺床，又剪了两个大红的"囍"字贴在房门里面。陈毅和张茜在村旁的树林边拍了合影照片，又与几个女战士一起，吃了一碗面算是喜宴。

婚后陈毅赋诗一首赠爱妻张茜：

> 烛影摇红喜可知，催妆为赋小乔诗。
> 同心能偿浑疑梦，注目相看不语时。
> 一笑艰难成往事，共盟奋勉成佳期。
> 百年一吻叮咛后，明月来窥夜正迟。

45. 陈毅巧医叶飞"心病"

陈毅在乐享爱情的美酒佳酿时，没有忘记同甘共苦的战友。

1940年夏天，陈毅忽闻时任新四军苏北指挥部第一纵队司令员兼政治委员的叶飞性格变得有些怪异，经常发脾气，笑道："看起来，该解决叶飞的个人问题了！"他让新四军战地服务团团长朱克靖带上团里的名册，叫上政治部副主任钟期光，三人扬鞭策马赶到叶飞的指挥所。

叶飞忽然看到陈毅三人进屋，急忙让参谋人员回避，紧张地问："陈司令，有什么紧急任务？"

"你说对了，此行确实有紧急任务。"陈毅笑笑说："部队反映你性情大变，脾气暴躁，是不是该找媳妇了？我们仨就是来做月老的。"

钟期光和朱克靖闻声也都一齐发出会心的微笑。

叶飞红着脸辩解："他们净瞎扯，没有的事，我很好……"

"小叶，你是要美女，还是要才女？"陈毅打断了叶飞的解释。

朱克靖把新四军战地服务团女生队的花名册递给叶飞："请叶司令挑吧，论美女我们服务团有四小名旦，还有三大才女……"

"我喜欢有才的，才女吧！"叶飞看陈毅不是开玩笑，也认真起来。

"要说才女，首推王于畊，这个女孩子写过两部大戏……"

"对，就是王于畊！"叶飞年轻时在《鹭岛日报》发表过新诗，对腹有诗书、兰心蕙质的女兵天生有一种好感，此刻，没等朱克靖介绍完，他就抢先表了态。

陈毅意味深长地问："你认识王于畊？"

叶飞说："不认识，刚到云岭时，我看过服务团出的墙报，王于畊写的文章，不但文字流畅，而且很有思想和独到见解。听说服务团演的话剧《繁昌之战》，王于畊也是编剧之一呢。"

陈毅朗声一笑："原来你早注意上她了！张茜也极力推荐王于畊！"

陈毅转身对钟期光交代："老钟，回去把王于畊调过来。"接着又对叶飞说："我们把人调过来，成不成就在你了。我主张，抗战持久战，恋爱速决战。"说完，三人大步跨出指挥所，上马飞奔而去。

虽然叶飞与王于畊相差仅七岁，算不得老夫少妻，但牵线工作仍有几个回合。钟期光亲自找王于畊谈话并修书一封，鉴于王于畊最听陈毅的话，钟期光又特地找陈毅给王于畊写信，语重心长地叮嘱她"走上新的征途吧，你要快马加鞭"。

离开新四军战地服务团时，王于畊没有像张茜那样抱着同室战友大哭一场，而是选择没人时悄悄赶到一支队报到。叶飞清茶一杯热情迎接王于畊，让警卫员黄中贵带王于畊到政治部报到。王于畊见叶飞处有不少军事和文学书籍，就隔三差五跑到司令部，与叶飞边翻书边交谈，书籍成了融汇两个人思想和感情的媒介。

一天，王于畊又兴致勃勃跑到叶飞处，听黄中贵说叶飞到指挥部开会去了，要两三天才能回来，不禁怅然若失。王于畊见掩嘴偷笑的黄中贵猜到了自己的心思，解释说："我又不是来找他的，是来和你换书的。"

黄中贵笑道："我知道你是以换书为由头的。"

王于畊嗔怪道："同志不要乱讲话，不然我就走了。"

黄中贵赶紧说："王同志你要多来啊！自从你来了以后，司令的心情好多了，原来要么发脾气训人，要么半天闷坐不吭一声，打完仗总是无精打采的。自从你来了以后，他的嘴就没有再合拢过，有时候还给我们讲讲笑话。你第一次借书后，碰巧首长也找这本书，找不到眼看要发脾气，我赶紧说是王同志借走了，首长马上就笑了。"

王于畊脸红了："就你话多，快给我拿书！"

王于畊的神情变化，早被精明的黄中贵看在眼里，叶飞回来后，他眉飞色舞作一番描述，叶飞虽不动声色，心里却像蜜一样甜。

叶飞与王于畊情投意合，陈毅看在眼里，乐在心上。丹桂飘香时节，陈毅喜滋滋地盘算着，几个够杠的老光棍，找媳妇的事有的已有眉目了。叶飞不用愁了，可那个新四军苏北指挥部第一纵队一团团长、已经三十一岁的老小伙乔信明的媳妇还没着落呢！

陈毅一督促，乔信明也有些着急了。是啊，这些年戎马倥偬，光想着打仗的事了，哪有空考虑成家的事。现在新四军江南指挥部指挥有话，个人问题是该解决了。可到哪去"抓"个现成媳妇结婚呢？

乔信明脑子一转，很快想到了在"江抗"认识的精明干练的江阴籍女青年于玲，乔信明对她印象颇佳，有一次，他还送给于玲一双布鞋和一支派克钢笔呢。可人家现在有没有对象，愿不愿意？聪明的乔信明立即请"江抗"老战友戴克林吃了一顿烧鸡，请他先行"侦察"，如于玲没有对象则请牵线搭桥。当时于玲已任"江抗"驻澄办事处副主任、江阴县委宣传部长、江阴祝塘常备队大队长、江阴祝文区区委书记兼区长，工作出色且名花无主。乔信明得知这些情况后喜出望外，立即张罗着送点东西聊表心意。乔信明过手的各式战利品倒是不少，但都上缴了。想来想去，他决定送于玲一支精致的小手枪作为信物。于玲对老红军乔信明早就充满了敬意，高兴地接受了乔信明的礼物，也爽快地接受了他的求婚。

不久，骁将才女叶飞和王于畊的结婚报告送到了陈毅桌子上。陈毅一看心里就乐开了花，立即打电话给叶飞："叶飞啊！你抗日持久战打得好，恋爱速决战也打得好，我同意你们的报告！对了，请你转告王于畊，张茜也祝贺她！"

1940年11月29日，叶飞和王于畊，新四军第一纵队副司令员张藩和彭克，第一纵队参谋长乔信明和于玲三对夫妇举行集体婚礼，参加婚礼的机关干部闹到午夜，才把三对新人送进洞房。

46. "破冰者"的月老心

作为新四军指挥员中第一个冲决婚恋禁令束缚的"破冰者"，谭震林对部属特别是经历过北上长征和南方三年游击战争考验干部的婚姻，格外关注，悉心扶助，甚至不惜亲自出马充当月老。

有一天，谭震林忽然想到，1940年4月随自己重返"江抗"的刘飞已三十五岁，受过重伤，肺里嵌着一颗子弹，还有严重的胃病，心里不由暗暗焦急起来。谭震林扳着指头数来算去，最后锁定了刚刚从苏联回来的一名青年女工。那时候，共产国际正殷切地期望中国共产党尽可能多地吸收工人出身的党员，在以农民和小知识分子为主体的革命队伍中，工人出身的先进分子凤毛麟角，简直是金疙瘩。谭震林乐得一拍大腿，兴冲冲地去找刘飞，满以为他保荐的大媒手拿把掐，只等择个良辰吉日办喜事就行了。可谁承想胸有成竹的谭震林刚把话题点破，刘飞就十分老练地婉拒说："娶妻当为革命娶，我没文化，要找个知识分子，能互相帮助。"谭震林吃了闭门羹，只得悻悻作罢。他哪里知道，刘飞一直心仪在"江抗"政治部战地服务团搞民运的朱一，并且在"二八五团"的春风吹遍铁军时，主动发起进攻，当面向朱一坦陈心曲！

刘飞的小女儿刘凯军回忆说，父母终生恩爱，在孩子面前是典型的慈父严母形象，但父亲嘴巴蛮紧的，从未在子女面前披露过与母亲恋情的内幕及细节。倒是晚年的妈妈，一次与凯军谈及当年时，脸上浮起一抹淡淡的红晕："那时你爸爸在新'江抗'政治部任组织科长，是我非常敬重和景仰的领导。有一天，你爸爸让通信员喊我去，我以为是谈工作，跟着就过去了，因为过去有时他也直接给我交代一些工作。结果那天，你爸爸一见到我，就直截了当讲了想同我结为伴侣的意思。我思想上丝毫没有准备，一下子就愣在那里了。慌乱中我抬头看了你爸爸一眼，蓦然发现这个身经百战的老红军，脸上挂着一种亲切、真诚而又使人感到踏实的笑容。我感到自己的脸在发烧，当时也不知道是怎么回事，稀里糊涂点了下头，就急急忙忙走开了。那时'江抗'的人都说我素来敬慕刘飞，其实部队整天行军作战，我要忙着做群众工作，哪有时间想这些事！后来回想起来，我和你爸爸之所以能走到一起，说到底还是感到你爸爸这个人对党忠诚，作战勇敢，也很关心人，靠得住和可以托付终身，只是有些想法当时不是很清晰罢了。嗨，一晃都过去六十多年了……"

解放军出版社出版的《中国人民解放军高级将领传》第十八卷刘飞传略记载，"江抗"北进苏中后，团以上干部又要改名。当时刘飞叫刘清，陈毅开玩笑说："刘清这回要改名刘飞，娶了个大知识分子，再写简单的字（飞字繁体难写），那可屈才喽。"《陈毅年谱》有云，陈毅笑赐刘飞大名，"其寓意是汉武帝有飞将军李广，昭烈帝有飞将军张翼德，我陈毅有飞将军刘松青。"

刘飞与朱一结为伴侣后，作战间隙，风晨雨夕，夫妻俩总是乐此不疲地在学文化，成为官兵津津乐道的战地新人一景。有了朝夕相处且诲人不倦的老师，求知若渴的虎将顿时返老还童，成了中规中矩发奋苦读的学生。朱一给刘飞布置的读写练习作业，就是刘飞每天收到的新华社电讯稿等。刘飞一有空，就会用洪亮的嗓门和浓重的湖北黄安口音，大声朗读朱一指定的内容，常常惹得身旁的妻子和警卫员忍俊不禁。

刘飞和朱一前后生了七个孩子，大儿子三岁时于1944年春殁于苏中，其余六个孩子三女三男，三个女儿都是盛开在战火硝烟中的姊妹花。

对父母充满战地罗曼蒂克的爱情故事，孩子们虽感神秘但鲜有知悉，只是从"江抗"叔叔阿姨们言谈话语中约略得知，1940年秋上，大老粗的爸爸娶了大学生妈妈，当时在"江抗"一度曾传为佳话。但孩子们对佳话不佳话的并不关心，他们只是觉得，妈妈似乎太过严厉，尤其是对孩子关乎品行的瑕疵绝不放过，一经发现，必定往死里打。毕业于苏州女师的朱一，终其一生都在自觉践行天下师范遵崇的"学高为师、身正为范"的校训和准则，以致凯军做了母亲、年逾三十，见了妈妈还敬畏有加。

战士自有战士的爱情，因伤致爱，是"江抗"爱情别有韵味的模式和一道风景。"江抗"名将廖政国的婚姻是"弹为媒"，或者干脆说，是那枚该死的手榴弹给送来个媳妇。

1940年10月，时任团长的廖政国率部参加黄桥决战后，就地进行整训。深入部队期间，廖政国听官兵反映，从伪军手中缴获的泰州造的这批手榴弹，打仗时差不多三个才炸一个，即使能炸的手榴弹，有的延时很长，有的出手就炸，还有的一炸两半，基本没什么杀伤力。带着这么糟烂的武器打仗，官兵心里怎么能踏实！一番苦心琢磨，廖政国终于弄清了症结所在。他把干部召集到住处，针对这批手榴弹雷管和引信制作工艺不规范影响发火的问题，给大家讲解实战应用要注意的事项。正讲解中，廖政国手中的手榴弹突然哧哧冒起了白烟。他迅疾扫视周遭，瞥见院子里有人在晒太阳，窗台上趴着正在听讲的警卫员和马夫，里间屋子团政委在休息，手榴弹朝哪个方向扔都会危及别人。千钧一发之际，廖政国一面令大家隐蔽，一面飞身跨上身边的桌子，挺身举弹，尽可能让手榴弹远离众人。一声巨响，手榴弹爆炸了，周围的人安然无恙，廖政国的右臂却被炸飞了。

　　素来叱咤风云的"江抗"猛将一下子成了"独膀子"，廖政国工作和生活处处都感到别扭死了，钢铁汉子在苦难和战斗中铸造的人生，整个儿都被改变了。好在很快上了特护，独臂团长的身边悄然出现了善解人意的十八岁扬州姑娘史凌。"金风玉露一相逢，便胜却人间无数。"在精心护理廖政国的日子里，医疗队长史凌在延伸和代偿廖政国肢体功能的同时，也走进了他的人生。朝夕相处间，廖政国为史凌的美丽和善良所倾倒，但又担心自己的残疾会拖累姑娘一辈子，便把爱慕之情深藏心底。后来纵队司令员叶飞去探望廖政国时，窥知了他的隐秘心曲，回去与纵队参谋长张藩一合计，商定由张藩出面牵线搭桥，终于玉成良缘。

　　"我是断臂换良妻呀！"风雨人生，每逢谈及当年负伤后与史凌的相知、相恋与相守，廖政国都无限神往，回味无穷。他觉得，这是自己这辈子最幸福的事情。

　　无独有偶，在"江抗"指挥员中，因祸得福的并非廖政国一人。1940年12月13日，"江抗"东路指挥部副司令员兼政治处主任杨浩庐在张家浜战斗中负伤，在后方医院养伤期间，与护理自己的女护士王嶙由素昧平生到相知相恋。

　　　　蒹葭苍苍，白露为霜。
　　　　所谓伊人，在水一方。

　　在中国第一部诗歌总集《诗经》中，水与芦苇、芦花和爱情是融为一体的。一望无际的芦荡和如雪似霜的芦花，不仅为"江抗"伤病员养伤提供了隐蔽而可靠的场所，而且还以充满诗意的上佳环境，催生了战火中的爱情。

　　芦荡有佳人，绝世而独立。

　　没有红袖添香，但有共同的追求和理想。杨浩庐与王嶙的阳澄湖之恋，植于"蒹葭苍苍"，获于"在水一方"，两人携手走过一生。

　　因伤结缘，确是一种偶然，其中是否有组织这个最靠得住的"月老"的良苦用心，也未可知。

47. 革命红颜亦薄命

朱克靖在国民党保密局副局长毛人凤陪同下，驱车进入南京总统府这所中国近代建筑规模最大、保存最完整的建筑群，正是"乌衣巷口夕阳斜"时分。这是1947年秋日的一个黄昏，南京城溽暑渐消，中西合璧的总统府内花红柳绿，景色怡人。囚衣换便装，黑牢变庙堂，当虚假而短暂的自由降临时，他感到浑身上下都不自在。自年初身陷囹圄以来，这已是第三次应蒋介石之邀到总统府赴宴了。

蒋介石熟悉并赏识朱克靖，还是在他任北伐军总司令时。1925年夏，刚从莫斯科东方劳动者共产主义大学学习回国的朱克靖参加北伐，任国民革命军第三军党代表兼政治部主任。那一年，这位1919年考入北京大学并在西风东渐中接受了马克思主义熏陶，同年底与周恩来、邓小平、李富春、蔡和森等人赴法勤工俭学的青年革命家，加入中国共产党已逾三个春秋。

1926年6月，朱克靖与赴苏求学时的同学萧复之的妹妹萧仲之结为秦晋之好。萧氏兄妹出身于江西萍乡晚清两代翰林之家，幼年丧父，家道中落，萧仲之随母亲寄居北平外婆家。经萧复之介绍和牵线，萧仲之由北京来广州与朱克靖完婚。洞房花烛夜，朱克靖瞅着千般娇羞、万般妩媚的新娘，怜爱并郑重地叮嘱说："与我结婚，就不要希望当官太太，也不要指望发财享福，而要准备吃苦。"新娘温顺地点点头，似乎是懂了，似乎又没有完全懂。那天的结婚仪式毫无排场和奢华可言，只有好友叶挺、李富春、蔡畅、郭沫若和苏联顾问马采伊利克等人出席。有一段时间，朱克靖夫妇与周恩来、李富春夫妇三家同住一栋楼，朱克靖想送萧仲之去农民运动讲习所听课，但大家闺秀作派的萧仲之对政治不感兴趣。新婚燕尔，朱克靖即告别妻子继续投身北伐战争。

作为早期中国共产党人中知识文化型的革命家和卓尔不凡的统战先锋，朱克靖首次建功，是策动国民革命军第三军旧部参加南昌起义。1927年8月1日凌晨，朱德、朱克靖率第三军军官教导团一千名起义官兵，先取南昌市公安局，又配合兄弟起义军激战四小时占领南昌城，朱克靖任第九军党代表。南昌起义部队南下失败后，朱克靖与部队失散回到武汉，匆忙携妻子萧仲之和孩子避走北平岳母家暂居。此后，朱克靖化名李有才，到自己在北大读书时十分熟悉的海淀中关村租一个葡萄园，种葡萄、种菜、养蜂、养兔子，一面自食其力，一面寻找党的组织。后迫于生计，化名朱笃一，与杨东莼、薛暮桥两个未能与党取得联系的共产党员一起，到广西师范专科学校教书，宣传马克思主义。被白崇禧"礼送出境"后，朱克靖又带家人流落长沙，到河南南阳扶贫。1937年下半年，朱克靖到南昌办刊，任农村合作出版社总编辑。新四军成立后在江南高举抗敌义帜，漂泊十年的朱克靖把妻儿送回醴陵家乡，急赴南昌投身抗日革命武装。

1937年秋，朱克靖在南昌见到一别十年的新四军军长叶挺和八路军参谋长叶剑英。叶挺邀朱克靖任专门负责战地宣传和民运工作的新四军战地服务团团长。在武汉，周恩来对朱克靖说，现在国共合作，你大革命时任过国民革命军第三军党代表兼政治部主任，在国民党上层关系较多，出任新四军战地服务团团长，便于做统战工作。朱克靖欣然受命，并于1938年1月21日在南昌正式就职。1939年春，周恩来莅皖视察，南昌起义失败后与党失联十二年的朱克靖的党籍始得恢复，经新四军政治部组织部部长李子芳和战地服务团副团长谢云晖介绍，新四军军分会批准朱克靖为中共特别党员。

萧仲之带着孩子回到朱克靖老家醴陵乡下，靠母亲给自己买的六十亩地出租过活，由朱克靖族兄代管。族人克扣田租，生活难乎为继，萧仲之待了八个月便被迫来到江西赣州的一座大山中，由哥哥帮助找了一份每月挣四十元钱的工作。朱克靖屡屡给萧仲之写信，但有的被当局拆阅，有的被嫂子扣留。连天烽火中，朱克靖与流离失所的妻子终于音讯全无，失去联系。

生死未卜的戎马生涯，或许天生就是婚姻的死敌。在情感生活的空窗期，身在云岭的朱克靖，时常到新四军战地服务团图书室翻书查资料，负责管理图书的上海姑娘李珉与朱克靖志趣相投，渐生爱慕。经组织批准，两人建立了恋爱关系。朱克靖因有家室，内心深处是矛盾的。不久，李珉在行军途中遭敌伏击，中弹负伤不治身亡，朱克靖悲痛欲绝。同为上海姑娘的战地服务团团员康宁，在照顾负伤的李珉和劝说朱克靖节哀时，发现资深革命家朱克靖学识渊博，极重感情，遂暗生情愫。

叶飞的女儿叶葳葳参与著述的《三个新四军女兵的多彩人生》一书，在写到陈毅、钟期光和朱克靖三人赴苏中军区一纵指挥所当月老，并以才女王于畊成功降服叶飞后，有这样一段绘声绘色的描述：

> 忽然朱克靖在马上长叹一声："我们服务团又少了一个骨干了。"
> 陈毅看着朱克靖忍不住笑了，忽然一拍头说："我怎么只顾着远

处，没有看到咫尺呢?"

朱克靖莫名其妙地问:"什么咫尺呀?"

陈毅指着他:"就是你啊! 你也该加油解决自己的问题了。翻翻服务团的名册吧!"

陈毅妙语解颐，说得朱克靖不好意思地笑了。

1941年，经陈毅批准，朱克靖与康宁结为伉俪。

朱克靖在统战工作中再创辉煌，是黄桥决战中坐镇泰州，保证了李明扬按兵不动。1940年9月14日，黄桥决战前夜，国民党江苏省政府主席韩德勤部以三万重兵，进犯不足八千人的苏北新四军部队，同时极力拉拢国民政府鲁苏皖边区游击总指挥部正副总指挥李明扬和李长江及陈泰运部一万两千人参与进攻。鉴于李明扬大革命时期任国民革命军第三军第九师师长，与朱克靖同属三军袍泽，决战当夜，陈毅派朱克靖盯在李明扬处，寸步不离做工作，确保李明扬不打新四军，还在防区提供新四军援兵反击韩德勤的通道。激战中，李明扬部下不断来电话报告战况，次日午后，陈毅打电话让朱克靖转告李明扬，黄桥大战已经结束，战前狂叫把新四军赶到长江去喝水的顽军军长李守维，仓惶逃窜中坠河溺毙，韩部精锐独六旅中将旅长翁达自杀身亡，师长孙启人及旅团长皆成新四军俘虏。

抗战胜利后，朱克靖任新四军兼山东军区政治部秘书长、联络部部长等职。

朱克靖身陷缧绁，是在1947年1月26日。此前一年，1946年1月，经朱克靖积极开展工作，国民党淮海绥靖公署长官郝鹏举率新编第六路军两万余人宣布起义，被改编为"华中民主联军"，朱克靖奉派任常驻该部联络代表。但这一回，朱克靖未能再续南昌和黄桥统战工作的殊功。全面内战爆发后，原来投机归附新四军但却首鼠两端的郝鹏举见势不利，暗中策划叛变，以开会为名扣押了朱克靖和康宁夫妇等六人，打死随行的警卫员，向蒋介石邀功请赏。2月7日，我华东野战军第二纵队在韦国清指挥下，于白塔埠消灭叛军总部和两个师，活捉郝鹏举，以郝部后方留守人员换回康宁和孩子及随行人员，朱克靖却被敌在海州移交国民党陈诚部队。1947年2月22日，国民党最高当局令将朱克靖押送南京。

朱克靖的到来，给内战中接连损兵折将的蒋介石带来意外惊喜。他决意通过朱克靖幡然悔悟和改换门庭，打压中共士气。蒋介石吩咐:"朱克靖北伐时是三军党代表，不许饿饭，不许用刑，劝他脱离共产党，为党国效力。"

南京宁海路19号，国防部保密局看守所，国民党军政要员和朱克靖故旧，走马灯般前往朱克靖谑称"粉红色坟墓"的公馆式监狱劝降，要他弃暗投明，登报脱离共产党。朱克靖正色道："让我死，让我回家种地则可，让我骂共产党，为国民党宣传，是痴心妄想！"

蒋介石见八方说客均无功而返，不惜御驾亲征，专门在总统府宴请朱克靖。蒋介石举杯敬酒，指着桌上的菜肴干笑着说："看守所生活清苦，唵，唵，先尝尝南京名吃鸭血粉丝汤，味道好得很咧！"

朱克靖毫不谦让，大快朵颐，有滋有味地扒了半碗鸭血粉丝汤，揩揩嘴说："嗯，确实不错，不过我不习惯吃带血的东西，倒很想吃西北的羊肉泡馍。"

蒋介石不悦，随即言归正传："老朱同志，到我这里来吧！国家正当用人之际，你帮帮我嘛，不会亏待你！当年北伐时，贺衷寒、刘斐官衔都比你低，现在都是中将，你归附党国，我保证你不低于他们！"

还是那种口音，还是那副模样。但朱克靖感到眼前权倾朝野的总统，与昔日的北伐军总司令已相去甚远。当年，自己追随这位英姿勃勃的统帅，为了总理瞩望的革命事业，席卷湖广、直击列强，逐鹿中原、横扫华东，人们对中国未来曾充满了怎样的憧憬啊！那时，统帅剑之所指，他赴汤蹈火在所不惜。但四一二政变的血腥现实，使朱克靖明白了他与蒋氏的追求并无共同之处。蒋介石代表大地主和资产阶级的利益，他却志在为天地立心、为生民立命、为万世开太平，建立一个崭新世界。道谋迥异，俨如水火冰炭刻不相容。

朱克靖坦然一笑："蒋先生的好意我心领了，不过我耻于做郝鹏举那种人。"

话不投机，宴会后，蒋介石又派毛人凤陪朱克靖去看戏。

再次宴请，觥筹交错的总统府宴会厅，照例短兵相接，充满浓浓的火药味。蒋介石一口一个"老朱同志"，要其改弦易辙，回到"党国的怀抱"。酒过三巡，菜过五味，朱克靖主动出击："蒋先生，抗战胜利后，本应致力于和平建国，恢复国力，改善民生。现在内战连连，受害的是国家，遭难的是百姓。国家满目疮痍，老百姓在水深火热之中，政治领袖何以心安？克靖呼吁蒋先生停止内战，实行民主，建设国家。"

蒋介石面有愠色："我也不愿打内战。可一山不容二虎，我不消灭共产党，共产党早晚有一天要消灭我。你回去好好反省！"

朱克靖第三次进入总统府，已是华灯初上时分。入席前，他在当年太平天国天王洪秀全穷奢极欲的天朝宫殿外水榭处驻足，闪烁明灭的灯火恍如令时光倒流，那一刻，太平天国新贵们的嫔妃在曾国藩湘军追杀下，慌不择路相率投水溺亡的惊心一幕，又那样逼真而撼人心灵地出现在眼前！从天王府到总统府，醉生梦死的温柔乡，转瞬又是血光交织的覆亡地。在蹈常袭故、轮回上演的历史大剧中，曾在北京大学饱受过大洋彼岸那位大胡子先生马克思学说濡染的朱克靖，感受到了一种顺应历史潮流的笃定与自信。

事不过三。朱克靖知道，蒋介石的耐心是有限的。但面对主义和信仰这座无形山岳的阻隔，他实难从命。因为他无法翻山越岭同昔日统帅、今日敌酋握手言欢。在这个多舛而灾难深重的国度，革命正以不可阻挡之势向着最后的胜利迈进。想到无法看到自己浴血奋战的事业最后的成功，朱克靖未免感到遗憾。但他很快就从这个小小的跌宕中走了出来。吾曹不出如苍生何？中国知识分子与生俱来的那种以天下为己任的家国情怀，决定了朱克靖一旦把信仰之根植入自己的人生理想，便坚如磐石，永世不移。在饱受中华民族优秀传统文化哺养的赤子看来，名节永远重于生命。

"怎么样，老朱同志？如果你不愿在军队，可以回江西当个省长、副省长。在戎还是从政，你自己定夺。"蒋介石仍以军阶和官职相诱。

朱克靖却分明看到了一种图穷匕首见的窘相。双方都感到戏很难再演下去了。朱克靖举起眼前的杯中物，坦然自若地说："我有两个生命，一个是肉体生命，一个是政治生命。我虽跨党从事革命，但我是为共产党打天下。现在我已成阶下囚，我宁愿牺牲我的肉体生命。我为共产主义理想奋斗了大半生，我不能牺牲我的政治生命。"言毕，一饮而尽。

蒋介石喟然长叹道："你不听我的忠告，你将后悔莫及。"

朱克靖微微一笑，反问道："如果蒋先生处于我目前的境遇，你将如何选择？"

蒋介石放下已举起的杯子，眼中满是无奈："好吧，你我这是最后一次谈话了。"

朱克靖离开总统府的华堂盛宴，回到阴暗逼仄的囚室，窗外的星空朗月忽而转为风雨晦暝。适才蒋介石的话，已经分明透着杀机。当临窗伫立的朱克靖，清醒地意识到自己与亲人的死别已然不可避免时，萧萧落叶便那样强烈地触动了他的衷肠。"生如夏花之绚烂，死如秋叶之静美。"他油然想起印度诗人泰戈尔清丽隽永的诗句。人生自古谁无死？如同悄然飘落的秋叶，即使枯萎，也要保持丰肌清骨的傲然！自己死不足惜，可身后的赏叶人呢？朱克靖绝地回首，当年实在过于美好的缱绻缠绵，此刻复品俨然万箭穿心；不能忘却的两情相悦，化作悱恻刻骨的哀伤，潮水般向他袭来。是时候劝她走出自己了。那个秋夜，早已抱定用生命去殉自己事业的朱克靖，思妻怜子之情愈发浓烈。他展笺挥毫，给妻子康宁写了一首绝笔诗：

> 风雨打牢墙，南冠客思长。
> 寄衣人不见，日日依囚窗。
> 我生君所依，我死君所泣。
> 良侣须自择，儿女当教齐。

捐躯只为主义真，问平生惟负妻子儿女。在盛年人生即将戛然而止时，朱克靖唯一割舍不下的是康宁和一双儿女，叮嘱爱妻身后自择"良侣"，并将儿女教育成人。朱克靖哪里知道，他锒铛入狱的消息见诸报端后，失散多年的发妻萧仲之，从哥哥处闻讯后心急如焚，领着十二岁的大儿子来到南京，求救于朱克靖的同乡好友、国民党军第九十七军中将军长李明灏。李明灏早年接受过国际共产主义组织秘密情报培训，是直接受周恩来单线领导的高级情报员。但朱克靖案是蒋介石直接督办，他人很难染指。面对蒙难同乡的妻儿，李明灏连声叹气："老朱是要人，通了天的，我无能为力。我带你们去找刘斐吧。"刘斐也是湖南醴陵人，抗战时曾任南京政府大本营对日作战组组长、军令部次长，时任国防部参谋次长。刘斐对萧仲之说："你带这么大的儿子来探监，不是把孩子往虎口里送吗？探视老朱须经毛人凤批准，你们一露面，很可能被作为劝降的人质关起来，还是赶快回去吧！老朱我会关照他的。"萧仲之手抚监狱冰冷的铁门，遥望朱克靖被囚的那座"粉红色坟墓"，含悲忍痛，挥泪携子返乡。

1948年秋，刘斐三年中八次请辞参谋次长终于获准，只挂一个最高战略顾问委员会委员空衔。李宗仁代总统后，多次要刘斐出任总统府参军长，遭到拒绝。1949年4月1日，刘斐随张治中将军所率南京政府和平商谈代表团飞抵北平，参加为时半个月的谈判，期间受到毛泽东接见。南京政府拒绝在和平协定上签字后，刘斐极为愤慨，和代表团成员一起拒回南京，留在北平。同年8月13日，刘斐在香港联合四十四位国民党知名人士宣布起义，同国民党政府公开决裂，下旬即应邀北上，赴北平出席中国人民政治协商会议第一届全体会议，开始了弃旧图新的人生历程。新中国成立后，刘斐历任中南军政委员会委员兼水利部部长和民革中央常务委员、副主席等职。

李明灏1933年任南京军校教育处长等职时，通过在上海的中共党员曾希圣、黄龙等，传递过国民党进攻红军的重要情报、文件和地图。1935年，李明灏任国民党中央军校成都分校主任时，曾亲赴浙江奉化做蒋介石工作，制止了该校政训处长任觉伍企图密捕四百多名共产党员和进步人士的图谋。1948年，李明灏毅然向白崇禧递交脱离国民党声明，同年11月秘密从天津来到河北西柏坡，受到毛泽东、刘少奇、周恩来、朱德等接见，随后参与了策动北平和平解放工作。1949年6月，李明灏以中国人民解放军和谈代表团先遣代表身份到达长沙，先后会见程潜、陈明仁，商谈起义大计，打破了陈明仁与林彪所部在岳麓山前的军事对峙，促进了国家统一进程。新中国成立后，李明灏任中华人民共和国国防委员会委员、湖北省副省长和政协副主席等职。

刘斐、李明灏等人在蒋介石麾下效命时，极力想保释朱克靖，策划用朱克靖交换被我军俘虏的国民党高级将领，但报告送到蒋介石处，未获允准。蒋介石说："朱克靖愿意以身许国，为中共效忠到底，那就让他把牢底坐穿吧！"

朱克靖狱中难友、华中民主联军副司令员李泽洲，当年用一张解放区生产的大生产牌香烟盒纸，记录了朱克靖在狱中写的一首古风：

> 此身早许国，被卖作楚囚。
> 壮士非无泪，不为断头流！
> 一颗为民心，万古终不泯。
> 身心献党国，一死何足愁！

1947年2月7日，国民党鲁南绥靖区司令长官兼第四十二集团军总司令郝鹏举部兵败被俘，陈毅看着这条在日伪顽我之间五次倒戈的变色龙，正气凛然喝问："你为何要扣押我的朱克靖？"陈毅满怀义愤写下训诫诗《示郝鹏举》：

> 教尔作人不作人，教尔不苟竟狗苟。
> 而今俯首尔就擒，仍自教尔分人狗。

2月12日，陈毅致电中共中央和华东局，提出胜利后郝鹏举"可在大赦中处理之"。陈毅还考虑用郝鹏举将朱克靖等人换回，建议由在南京的董必武向国民党当局进行交涉。不料此后国民党大举进逼胶东，有关方面准备将郝鹏举从威海押往大连前夕，海上形势骤然紧张，为防止郝鹏举再度逃脱，在无法请示上级的情况下，遂临机决断，将郝鹏举在威海城南大桥下处决。

1947年10月，朱克靖开始绝食抗议。蒋介石无可奈何地说："朱克靖是个人才，既然他不买我的账，拒绝为党国效力，也不能留给共产党。你们就成全他吧。不过他北伐有功，不可使他皮肉受伤。"国民党保密局特务在牢外一辆救护车中，将朱克靖用绳索勒毙，掩埋在雨花台荒野，卒年五十二岁。

陈毅获悉朱克靖在南京罹难后，不胜痛惜。岁月迢递，朱克靖的遗骨今已无从寻考。春来到雨花台凭吊，烈士纪念馆工作人员会告诉你，山间那几株迎春怒放的杜鹃，庶几就是烈士钟灵毓秀英魂的化身。一世英名，万古流芳，待到乾坤再造、山河锦绣之日，人们在景仰朱克靖名垂青史、泽被后世的功业时，有谁想过萧仲之、康宁两位女性难以言表的巨大牺牲吗？

东路抗日英雄陈挺其貌不扬，生性不爱讲话，话一出口往往顶得人直打趔趄。但美女爱英雄，从上海浦东来到东路的青春似火而又稚气满怀的姑娘陈光，看上了这个头顶光环的老红军。尽管出身经历有着天壤之别，不过并没有影响两人演绎浪漫、酿造幸福时光。如同刘飞、夏光、张英、张鏖等优秀指挥员一样，"江阴老虎"五十二团性格和作风的塑造，陈挺打下了深深的印记。谭震林对陈挺虎将性格的诠释是"敢打劣势战、逆风战、危局战"。虎将自然有虎模样，陈挺战场上威慑敌胆，平时亦常作雷霆万钧吼。小鸟依人般的上海姑娘自然不适应，可当陈挺负伤的时候，陈光总是不分昼夜偎依在床前，百般呵护，悉心照料，用最真挚的爱，构筑英雄康复的绿岛和方舟。

抗战临近尾声，战事稍疏，陈光不敢有与陈挺鹣鲽比翼、朝朝夕夕长沐爱河的奢望，但希望陈挺能多陪陪她，毕竟戎马倥偬的岁月，两人失去的太多。可陈挺似乎比天天打仗还忙，整天价滚在兵堆里，跟战士摔跤、掰腕子、下象棋。陈光心底的怨怼之情日甚一日，而粗心的陈挺竟然没有察觉。终于有一天，失落至极的陈光弃陈挺而去，走上了不归路。

战场上无往不胜的英雄，在爱的港湾中遭遇了滑铁卢，陈光之死，震动了"江抗"部队，也使陈挺如五雷轰顶，痛不欲生。修身齐家治国平天下，一家不为，何以治军！战火中的优秀共产党人，不仅要有狭路相逢勇者胜的英雄气度，而且也要有丰富的内心世界和细腻的情感，懂得关心人、体贴人、爱护人，这样才能更好地带领部队去斩关夺隘，夺取一个又一个胜利啊！惨痛的教训使陈挺开始猛醒，沙场猛将匍匐在精神的炼狱里，刮骨疗毒般进行堪称惨烈的自我救赎。

大彻大悟的陈挺炼狱再造后俨若重生，他更缄默了，但更加注重对人的关爱和与人的交流。独具魅力的战将再度上演天仙配，"江抗"部队颇为惹眼的淑女、人称"大红花"的苏州姑娘朱静，开始走进陈挺的生活。朱静1943年从上海来到"江抗"，先后从事财务和文化教员等工作。1947年，朱静与陈挺结婚后，虎将靓女相敬如宾，琴瑟和鸣，1948年生下了大女儿陈黄河。在家庭变故中懂得了爱、学会了爱的陈挺，十分珍惜失而复得的幸福家庭生活，也愈加感到对不起意外早逝的陈光。陈光的母亲是个瞎子，人称瞎子婆婆。陈挺默默地担负起为老人养老送终的责任，以此作为对九泉之下陈光的一份歉疚和补偿。瞎子婆婆去世时，陈挺派妻子朱静带大女儿黄河专程前往吊唁和治丧，承担了全部费用。

陈挺于1983年离休，1985年回朱静原籍苏州定居。

2005年2月18日，枕戈一生砥砺前行的陈挺，铿锵激越的人生大戏在苏州谢幕。这位少小离家、老来享受副兵团待遇的闽籍将军，在历史的年轮中刀砍斧凿般刻下了九十四道深深的印记，最终叶落归根，把自己在戎马生涯中漂泊了大半生的灵魂，安歇在福州三山陵园。

如今，文静如初的朱静依旧锦衣华服，风度翩翩，在素为世人向往的苏州颐养天年，间或也会同"江抗"第二代忆旧谈往，形同忘年。

硝烟中的血色玫瑰绝少铿锵开放，透视她们浸透着凄楚抑或是血泪的情感世界，人们往往可以窥知一种甚至比血洒疆场还要悲壮的牺牲。

何克希发现自己的爱妻吴恩灼和女儿骤然失踪，是在一个落霞似火的黄昏。一切都来得那样突然，事先竟然没有丝毫征兆。

吴恩灼出身名门望族。何克希与她的婚恋，纯粹是英俊而充满传奇色彩的中共地下党员，与大资本家阔小姐一见钟情俗不可耐的桥段，而吴恩灼私定终身投身革命的叛逆之旅，对奠定她一生悲剧命运的基调，又绝对令人唏嘘不已。

吴恩灼是中国银行界巨子的大小姐，其父吴晋航名国琛，四川省仁寿县人，1916年任重庆警察厅长，与人称"西康王"的民国第二十四军军长、陆军上将刘文辉过从甚密。吴晋航1927年初任四川省政府及第二十四军驻汉口代表，后到南京任国民政府文官处参事。1934年刘文辉战败后，吴晋航弃政从商，创办中国五大银行之一和成银行，任总经理，银行分支行遍布中国南部通商要地和香港，后任民生轮船公司等企业董事长、重庆银行同业公会理事长等职。1942年2月，吴晋航安排周恩来与刘文辉在重庆机房街私宅秘密会晤。1949年，蒋介石撤离大陆时要吴晋航去台湾，他选择了拒绝。新中国成立后，吴晋航任公私合营和成银行和民生轮船公司副董事长、民建中央常委、全国政协委员。

何克希在四川从事党的秘密工作时，曾寄居吴晋航家。充满神秘色彩且成熟干练的革命才俊，与天真烂漫且憧憬未来的名门闺秀，天生就是相互吸引的两极。于是播布真理和向往光明成为爱的天然媒介。后何克希因身份暴露避走上海，吴恩灼于1935年如影随形离家出走，烽火中的并蒂莲迅速展蕊怒放。吴晋航发现独生女投身革命后，立即在英国名校为其办理了入学手续并缴纳学费，希冀通过出洋留学吸引女儿重回预设生活轨道。父亲的良苦用心并未换来女儿回心转意。吴晋航哪里甘心掌上明珠远走高飞去过一种生死未卜的日子，翌年又早早为女儿缴纳了出国深造学费。但杳如黄鹤的吴恩灼，最终还是令父亲深深地失望了。她向着东方，向着太阳，为了人类最壮丽的事业，也为了自己妙不可言的美好爱情，义无反顾投入革命怀抱，再也没有回头。

七十多年后的今天，当年跟随何克希的施光华告诉我，转战苏南时，他见过戴一副眼镜且十分文静的吴恩灼，有时也一起行军，但昙花一现就消失了，并未留下深刻印象。

何克希与吴恩灼的婚变，缘起于一项特殊任务。

新中国成立后才得知，1946年5月，经新四军军长兼山东军区司令员陈毅批准，华中军区政治部联络部负责人陈同生赋予吴恩灼一项重要任务，要她立即潜回四川，以探亲为名重点做其父吴晋航的统战工作，行前不得告诉任何人。

那是一个党让你赴汤蹈火眼睛都可以不眨一眨的年月。虔诚而执着的吴恩灼守纪如铁，接命后立即消失在熟悉人的视野中，包括自己相依为命的丈夫，并没有留下只言片语。经过数年四处打听和令人身心交瘁的等待，从苏南水乡斜刺里杀到四明山区的新四军浙东游击纵队司令员何克希，终于失望了。始于天府之国的爱情之火渐渐熄灭，但生活还需要继续。南北转战中，何克希与纵队政治部指导员陈孟庸由两情相悦到心心相印，1948年9月23日，经华东野战军首长陈毅、粟裕、唐亮、钟期光、张鼎丞批准，华东野战军第一纵队副司令员何克希预支三个月津贴费，请叶飞、谭启龙等人热热闹闹聚餐，在山东济宁一所德国教堂与陈孟庸永结百年之好。没有任何传奇，两人从战争到和平，相濡以沫，白头偕老。

新中国成立后，何克希任华东军区装甲兵司令员兼政治委员，1955年被授予少将军衔。1956年，何克希转业地方工作，任国务院第二机械工业部部长助理，1966年调任浙江省政协副主席。

而那个不辞而别、从苏南敌后神秘消失的吴恩灼，在一唱雄鸡天下白的日子里，终于在重庆现身。人们注意到，1949年，不肯随蒋介石逃台的吴晋航在京参加了开国大典，吴晋航密友刘文辉，也在江山易主前起义于川康。完成了特殊使命的吴恩灼猛然发现，自己已无法回到何克希身边了。这个生性耿直的川妹子，1952年因被诬阻挠"三反"运动开展，被撤销重庆市妇联保育部长职务，1957年又被打成右派，在接踵而来的打击下坠入深渊，下放工厂拉板车。在最悲惨的岁月里，吴恩灼几乎快撑不住了，一双笨拙却强有力的手，帮她撑起了快要塌下来的天。这个比她小八岁的基层干部，在吴恩灼最无助、最脆弱的时候，走进了她的世界。他们相互扶助着，走过了那段艰苦而又洋溢着些许幸福的时光。

十年浩劫后，吴恩灼平反恢复了红军待遇，定为行政十四级，调整了住房。但她发现，在人生的漫漫长夜里，那种支持自己苦苦前行的卑微甚至堪称可怜的幸福，在物质生活不再成为问题后，居然慢慢消失了。站在洒满夕照余晖的人生驿站，吴恩灼回首自己毅然同给过她优渥生活的家庭和阶级决裂而投身革命的叛逆之旅，禁不住心潮起伏，潸然泪下。吴恩灼庆幸在何克希引领下走上革命道路，也终生感激丈夫，在自己行将于人生苦海中没顶之际，是他以毫不迟疑的有力托举，给了自己第二次生命。但毕竟造化弄人，自己并无过失，却要无可逃遁地承受命运残酷的嘲弄！

1988年10月，吴恩灼回到儿时居住过的成都，见到了表妹余桂芬。两人初识时都是十五岁左右的少女，后余桂芬爱上了教国文的吕老师，吴恩灼钟情于何克希。吴恩灼想说服表妹参加革命，但其丈夫已出任地方政府的田粮处长、征收局长，吴恩灼只得与她分道扬镳。时隔五十七年，吴恩灼与表妹在蓉城再度聚首。那个秋风萧瑟的向晚，表妹一声叹息传入吴恩灼的耳廓："记得吗？当初你硬要革命，结果吃了几十年苦头，到头来还是两只脚走路……"

而表妹呢？家有汽车洋房，与丈夫白头偕老。落木萧萧时节，已届暮年辰光的吴恩灼，回首那个依稀可见的人生岔路口，面对理想与现实、奉献与境遇的强烈反差，想想自己为革命付出的常人难以承受的巨大牺牲，不由忧思悱恻，伤心感怀。她不断给"江抗"老战友、原新四军六师十八旅五十二团政治处主任张鏖写信，叙说自己的人生际遇，倾诉这些年的种种切切，排遣郁积心中的块垒。

张鏖总是回信相劝，你是党的优秀女儿，党和人民不会忘记你的牺牲和贡献。失之东隅，收之桑榆。作为饱经战火和磨难的幸存者，要多向前看呀！

采访中得知，张鏖的女儿张小滨，近期整理父亲房间遗物时，意外发现老人生前留存的吴恩灼1979年至1993年的来信，共有一百五十四封之多，计十五万五千八百多字！披阅书写于二三十年前的山城书简，聆听苦命女叛逆者的心灵絮语，感受吴恩灼骤失爱情的痛苦、敌后统战的误解、无端蒙垢的屈辱、奔走伸冤的艰辛……你不由不顿足叹息：革命与爱情的冲突，竟然演绎了如此令人扼腕痛惜的人生悲剧！

1979年10月18日，吴恩灼在给张鏖的信中，这样描述自己的心境："母亲在呼唤她失散了的儿子，可守门人还是紧关着大门说'我去开……'三十六岁我挨冤枉，现在六十三岁多了，还在门外叫'妈妈开门，儿子要回来啊！'"

1980年11月5日，吴恩灼致信张鏖时，用发自丹田的真挚话语，把亲爱的党同生身父亲作了比较："我等了几十年，我为了相信有实事求是的一天，因此我忍受一切，不论是人们对我的辱骂、鄙弃、罚劳动，以至生活必须拍卖体力劳动，我不向我的父亲要个钱，尽管他总希望女儿是他的。他一次再次、无数次宽恕他叛逆他的孩子。我啊，直到他停止呼吸时候而我也被'党'的处分整得遍体鳞伤，可我心灵深处还是悄悄的和党联在一起，而不是怀念我的父亲。"

信中有两句意味隽永的话：贵为小姐易，投身革命难。这是吴恩灼叛逆之旅启程时何克希对她的忠告。吴恩灼以战争年代牺牲自己至真至纯爱情、新中国成立后坠入社会底层三十年的高昂代价，在晚年终于读懂了何克希给她的箴言。

吴恩灼在信中屡屡表示，要把自己的坎坷一生写下来留给后人。她未曾想到，自己在经年累月向老战友泣血倾诉中，无意间完成了最本真书信体心灵秘史的书写。

上个世纪80年代初，何克希在杭州时，吴恩灼曾专程去看过他一次。后来的人们描述，何克希一看见走进家门的吴恩灼，恍如隔世，情不自禁倒退两步，双手连连作揖："对不住，真是对不住啊！"

吴恩灼看着英雄暮年的何克希，千言万语竟一时不知从哪儿说起。

在严酷的战争环境中，不惜任何代价完成党交给的艰巨任务，是共产党人至高无上的信条和行为准则。爱情和婚姻，有时其实就是磨盘下的一粒米，砧板上的一块肉。

1982年12月17日晚，何克希猝发心脏病在杭州寓所逝世，享年七十六岁。

未及耄耋的何克希猝然离世，令吴恩灼和"江抗"老战友不胜痛惜。有消息说，那晚，何克希吃了家人削的半个梨。张鏖女儿张小滨至今记忆犹新，当年母亲赵珍闻讯后不由凄然长叹："老话有一说，夫妻是不能分梨（离）吃的！"

何克希仙逝十七年后，1999年4月12日，八十三岁的吴恩灼因病在重庆逝世。在另一个世界里，这个先是背叛了自己的阶级和家庭，后又不惜以牺牲自己爱情和婚姻为代价，义无反顾去完成组织交给的特殊任务的女共产党人，她的心会是平静的吗？

48. 长使英雄泪满襟

无情未必真豪杰。吴焜与杨瑞年的纯真恋情，无疑是民族危亡年月一曲催人泪下的悲歌。虎将吴焜怀揣着杨瑞年的书信和照片血洒疆场，杨瑞年心里装着"中国夏伯阳"的英雄形象大义凛然走向刑场。历史早已用如椽之笔，把吴焜和杨瑞年的英名写入共和国的千秋史册，但这对志同道合的青年男女的悲怆情感经历，常使后人在摇首顿息之余热泪沾巾，从而引发对战火中恋情的深沉思考。

吴焜与杨瑞年的情感纠葛，恰好发生在项英"枪毙恋爱"的过激时期，吴焜的使用和安排也因此受到影响，由团长改任副团长。王于畊的文章讲到，吴焜托她交给杨瑞年的信和五元钱，以后听说杨瑞年交给组织了，究竟如何，她不便再问瑞年。七十七年后的今天，从陈同生文章中讲的杨瑞年与吴焜书信往来并给他寄照片的情形推断，吴焜与杨瑞年保持联系，应该是两人在南昌被"盯梢"和吴焜受到项英批评之后。

杨瑞年会把吴焜的信和五元钱交给组织吗？2015年6月21日，在镇江市我家山水小区瑞雪苑杨瑞年弟弟杨万年家，我就这个问题与杨瑞年唯一在世的亲属——杨万年老伴麻文华及子女进行了探讨。

嫁入杨家五十七年的麻文华已年届八十一岁，身板硬朗，精神矍铄。据她介绍，杨万年生于1929年，是杨瑞年六个兄弟姐妹中的老小。当年，杨万年在镇江读中学时，与后来担任过国务院副总理的李岚清同学。杨万年大学毕业后分去广西南宁工作。后按李岚清建议，于1971年调回镇江照顾年迈的父母。杨瑞年的父亲杨效颜，生于1895年6月8日，老人在世时，李岚清到镇江总要前往家中看望。杨效颜在世最后十六年，与女婿盛朴有着天然亲情的儿媳麻文华，在很大程度上弥补了三个子女为国捐躯的缺失，成了老人垂暮之年的重要精神支柱。

1974年5月16日，七十九岁的杨效颜在镇江去世。四十年后，八十五岁的杨万年因车祸长期卧床终致大面积脑梗，于2014年4月3日辞世。李岚清委托在镇江的妹妹转达对老同学的哀悼；原江苏省人大常委会和镇江市委领导以及镇江市民政局、镇江市烈士陵园、江苏大学、镇江中华路小学、镇江文广集团等单位分别送来花圈；杨瑞年表妹、曾任国务院地质矿产部部长的孙大光夫人张刚，委托儿子孙东梁发来唁电；茅山新四军纪念馆领导前来吊唁。亲朋故友和社会各界的哀思，显示了对烈士亲属的敬重，也寄托了人们对杨瑞年烈士的怀念。

"从我家人的为人和行事风格来分析，当年我的姑姑杨瑞年不会把吴焜的信和钱交给组织。"杨万年和麻文华的女儿杨红十分中肯地对我说。

"侄女像家姑"，从一进门，我就感到这位容貌端庄的镇江技师学院数学教师，酷似纪念馆和书刊中的杨瑞年照片。她似乎猜到了我的心思，笑道："前几年，有个过去并不熟悉的同志到家里来，见到我就说，你非常像一个人。我问他像谁，他告诉我，像一位叫杨瑞年的烈士。听爸爸说，姑姑的皮肤非常白皙。"交谈中，杨红对姑姑的生平包括各种史料涉及的吴杨恋情等情节，十分熟稔。

在杨瑞年烈士档案中，我看到长春石油化工设计研究院的孙李立，2003年五一写给杨瑞年表哥张立的一封信，信中称他手中有一份记载杨瑞年烈士爱情的回忆录，即发表于1986年12月出版的《繁昌文史资料选辑第四辑》上的《云岭杂记》，作者是当年云岭抗日救亡宣传队的陈嘉穗。这位当年经常与新四军战地服务团接触的进步女学生，在她撰写的回忆录中讲到，新四军来了以后，"战地服务团团长朱克靖，他的爱人杨瑞年（服务团队长，扬州师范毕业）和几位战服团男女同志，配合我们云岭抗日救亡宣传队的人，一道进行抗日宣传和演出"。

朱克靖与杨瑞年是否有过恋情？史料中的相关时间节点予以否定。其一，杨瑞年与吴焜相识于1938年2月同赴新四军军部的长江江轮上，从时间上早于新四军战地服务团的朱克靖，1939年吴焜牺牲前与杨瑞年一直保持通信联系；其二，杨瑞年在新四军战地服务团只工作了半年时间，1938年秋即调新四军教导大队任文化教员；其三，陈毅、钟期光、朱克靖给叶飞当月老是1940年夏，次年朱克靖与新四军战地服务团康宁结婚。陈嘉穗回忆讲的杨瑞年是朱克靖爱人的那段时间，杨瑞年与吴焜正书信往来，情感甚笃。显然，文中所说杨瑞年毕业于扬州师范，系毕业于苏州女子师范之误。陈嘉穗所言朱杨配，会不会是一种误判？

当然，像杨瑞年这样出色的新四军女兵，在不乏优秀男子汉的军旅引起人们爱慕，也是情理中事。2015年6月20日，我在上海见到"江抗"老战士张鏖的女儿张小滨，她讲述了一则父亲生前多次讲过的轶事。当年，谭震林曾当着新"江抗"领导的面，开过曾任新"江抗"政治委员的吴仲超的玩笑："吴仲超啊，吴仲超，你到了江南以后，左看有红花，右看有绿草……"一席话逗得"江抗"领导人捧腹大笑。谭震林开的这个玩笑，源于他看到吴仲超写给杨瑞年的一首情诗。

吴仲超又名兰久、铿，生于1902年4月，上海南汇县人，1928年加入中国共产党后，在上海、无锡等地从事地下工作，任中共南汇、无锡中心县委书记。

抗日战争时期，吴仲超任新四军战地服务团副团长，中共苏南特委书记，苏皖区委书记，"江抗"东路司令部政治委员，"江抗"东路指挥部政治部副主任，"江抗"西路指挥部政治委员，新四军六师江南保安司令部政治委员，中共京沪路东特委书记，中共茅山地委书记，苏皖区党委组织部部长兼苏南行署主任，苏浙区党委委员兼组织部部长，苏浙军区政治部秘书长。解放战争时期，吴仲超任华中分局秘书长、华东局副秘书长。新中国成立后，吴仲超任华东党校副校长兼华东人民革命大学副校长，国家文化部部长助理。

当年，吴仲超转战江南时，就喜爱文物，1946年在淮安任中共中央华中分局秘书长，常到旧物市场觅宝，购回有价值而价格不甚昂贵的古董文物收藏。一次，谭震林处理敌产时，发现有一批文物，就委派吴仲超等人成立一个文物管理委员会，担负起保管文物的担子。1954年，经张鼎丞向中央推荐，吴仲超出任故宫博物院院长兼党委第一书记。

1972年，美国总统尼克松访华时，吴仲超因接受审查正"靠边站"。周恩来指定吴仲超出面接待，并对尼克松介绍说："这位是吴仲超，故宫博物院院长。"

吴仲超早在大革命前，曾按旧俗娶了一房夫人，参加革命后与妻子失去联系。据说，当年吴仲超给杨瑞年写诗后，未得到她的回应。新中国成立后，周恩来十分关心年近五十的吴仲超的婚事，想帮他再组织一个家庭，但吴仲超婉言谢绝了。

吴仲超终身未再续妻室。

1984年10月7日，吴仲超因病在北京逝世，享年八十二岁。

1985年9月，吴仲超骨灰安放在茅山新四军纪念馆南侧，成为首个埋骨不寻桑梓地、愿将忠魂留茅山的"江抗"领导人。

品鉴"江抗"领导人粗犷而不失婉约的战地浪漫曲，吴焜与杨瑞年的恋情，无疑是悲歌一曲。作为党领导下的革命武装力量的成员，中国革命军人的婚姻，从来都不可能是随心所欲和纯情感的产物，而是不可避免地要受到特定时期政治条件和纪律规定的约束。吴焜与杨瑞年的情感交集，自然也不能例外。在新四军组建之初"枪毙恋爱"过激军规的历史背景下，杨瑞年在万里长江上的惊鸿一瞥，吴焜因病受到照料转而向杨瑞年发起的凌厉攻势，殊途同归共赴新四军报到途中摩擦出的情感火花，虽使枪林弹雨中走来的红军战士吴焜尝到了从未有过的幸福和甜蜜，但确实给两人带来了始料不及的麻烦。此后不久，吴焜和杨瑞年一个在战场上壮烈殉国，一个在刑场上慷慨赴死，给熟悉他们的人留下无尽的遗憾和痛惜。尤其令人心碎的是，那个对党忠贞、多才多艺、嫉恶如仇的新四军女杰杨瑞年，因背着"托派嫌疑"的黑锅，至死都没有实现加入中国共产党的夙愿！

1981年，皖南事变四十周年之际，《人物》杂志第三期发表宗婕的《杨瑞年和她的弟弟》一文，并附原新四军秘书长李一氓写的读后记：

关于杨瑞年烈士的事情，自从知道她在上饶集中营牺牲后，我就想写几句话，纪念她。但是一瞬眼就三十多年过去了。今年1月是"皖南事变"的四十周年。

前边的这篇纪念文，大致已介绍了她姐弟的详细情况，我也不能再增加什么。有一个关于杨瑞年同志的情节，始终在我的记忆里引为遗憾和歉恨。这个同志牺牲三十多年了，抱着一种殉道的精神，为抗日的民族气节而牺牲，为共产党的事业而牺牲。

而牺牲又还要经过一段精神和肉体都难堪的历程。这就不是简单叫不怕苦、不怕死所能达到的了。她是南方人——镇江出生。抗日战争中自愿到了山西，参加临汾学兵队。当时不知为了什么原因，或者有什么可疑的形迹，引起学兵队领导人的怀疑，直率地说吧，就是有"托派"嫌疑。在山西，也弄不清楚，因为她是南方人。学兵队结业以后，就不敢留她在北方分配工作，所以转而千里迢迢，介绍到新四军来。新四军军部那时在皖南的泾县云岭。以工作关系，我就把他们——还有几位男女青年，接收下来，分配到新四军服务团。而这个嫌疑，临汾学兵队领导人是清楚介绍了的。虽然我们曾想解决这个问题，究竟为什么染上这个嫌疑，可是究竟在南方也无法作出否和是的决定。这样就以一个嫌疑分子的身份在新四军中工作了。结果当然得不到信任，在考虑人事安排的时候，总是有所顾虑。应该派到前线部队去的，也不敢派，只好留在军部。

上饶集中营的考验和锻炼，最后否定了临汾学兵队的怀疑，那是没有根据的。她，杨瑞年同志，一个二十几岁的还极为年轻的女战士，勇敢的，非常勇敢的，在集中营中牺牲了。谁能下这个结论，一个托派嫌疑分子？三十九年后的今天，应该向她道歉，应该为她平反，应该承认她是新四军的大无畏的女战士，应该追认她是有百分之百条件的中国共产党党员。

——比某个党员好多了。在"文化大革命"中血口喷人地招供自己在"皖南事变"中被俘了，投降国民党了，并且攀诬了好几个人。他假如真被俘到上饶集中营，不知要害死多少同志。无耻之尤。因此使我想起杨瑞年同志来，我更加敬佩她，一位了不起的新四军女战士，一位了不起的女青年。在"皖南事变"中我侥天之幸能够突围出来，活到今天，自然没有什么不好，但提到当年皖南这些死难的同志们的时候，总不免感慨万千。特别对杨瑞年同志，我是在职责上把她当成一个嫌疑分子接待下来，分配工作的；对于她短短的青春和青春所爆发的火花，重复一句，我深"引为遗憾和歉恨"。无数的经验和教训，这种无凭无据的傻事情恐怕不能再继续了。

当年王于畊心中一直有个疑团，杨瑞年是新四军战地服务团的台柱子，是公认的新四军战地服务团最早出现的优秀女演员。在1938年的岩寺和云岭，无论在广场还是军部礼堂，看过杨瑞年演的戏的人，都知道她的表演有多么好。杨瑞年和张茜等出演的根据艾青长诗改编的秧歌剧《刘桂英是一朵大红花》和《张德宝归队》《红鼻子》《雷雨》《钦差大臣》等剧目，还有一些京剧、地方戏和舞蹈，都给新四军首长机关和部队，留下了没齿难忘的印象。杨瑞年演得最多的一出戏，是新四军战地服务团集体创作的《送郎上战场》。当年看过这出戏的存世者，至今都还对杨瑞年惟妙惟肖的表演赞不绝口。"模范将军"何志远在回忆录中，还清晰描述了1938年新四军部队向岩寺集中点编时，新四军战地服务团演出《送郎上战场》，剧中饰演女主角的演员是杨瑞年，演男角的女同志叫周绉惠。但1938年秋，杨瑞年却莫名其妙被调到新四军教导总队，当起了很多人都做得了的文化教员，而杨瑞年却默默地服从了。杨瑞年调走后，王于畊还时常与她见面，1940年4月，王于畊随新四军战地服务团离开皖南，两人才分手。

杨瑞年的调动，是因"托派嫌疑"，还是因与吴焜的恋情？在七十五年后的今天，这些问题都已经成为千古之谜。王于畊还回忆起，自己和周围不少人都先后被党支部列为发展对象了，而杨瑞年一直没有。可贵的是，杨瑞年无论怎样不被充分信任，她的工作始终是积极的，学习也是努力的。尽管曾经被误解、被委屈、被不公平地对待过，但她历经百折而不悔，在逆境中自觉以一个共产党员的标准要求自己。在她头颅被击碎前的几秒钟里，她用尽丹田之气喊出的，依旧是撼人心灵的"中国共产党万岁!"

在记述和怀念杨瑞年的文章中，有这样一个镜头：新四军军部从南昌迁移到皖南岩寺不久，有一天晚上，战地服务团秘书长主持召开大会，专讲反对自由行动、遵守纪律问题，并点了迁移中在玉山火车站擅自回家过夜的服务团团员王金生的名，让他到前面站着，并发动大家批评。当有人站起来说必须开除王金生以严明纪律时，杨瑞年霍地站了起来，十分严肃地大声说："我反对！"她向前跨了一步，又接着说："我们新四军是共产党领导的队伍，对我们的战士，从红军时代起就是非常爱护的。有错误应该批评，主要是教育；重的也可以处分，处分也还是为了教育。王金生参军不到两个月，一个新兵，难免犯错误，何况他并不是开小差，车停玉山，离家近了，回家看看，被母亲留下住了一夜，第二天又赶回来了，是自由行动，违反纪律了吧，应该批评教育他，但是不应该开除他。军队当然要讲纪律，但纪律是教育训练出来的，为什么这样随随便便就把他开除？我认为开除是不对的。我再说一遍，我反对开除王金生！"

杨瑞年挺身而出发表的意见，得到了很多人的赞成，会场发言十分踊跃，呈现难以抵挡之势。新四军战地服务团秘书长大光其火，怒气冲冲地宣布："王金生必须开除出部队！"接着批评了提不同意见的同志。话音刚落，杨瑞年又大声说："为什么不允许？你既然召开会议，我们就有发言的权利！我们有发言权。"会议不欢而散。回忆文章讲道，杨瑞年在这次会上的"反斗争"发言，无疑加重了自身"托派嫌疑"的分量。虽然这位年轻的秘书长后来成为中国文化界一名优秀领导干部，几十年的工作很有成绩，在极"左"思潮泛滥的年代也吃尽了苦头，但这次会上杨瑞年与他的交锋，肯定对杨瑞年的命运产生深刻影响。

当然，中共党史人物、专家及当事人认为杨瑞年是中共党员的，也大有人在。

刘飞的夫人朱一，晚年在与小女儿刘凯军谈及在苏州女师与杨瑞年同学少年的难忘往事时，曾讲过，当时在学校自己没有入党，而杨瑞年已经入了党。

蔡水泉于1993年在《福建党史月刊》第八期发表《杨瑞年烈士是共产党员》的文章，从多个侧面对自己的观点进行论证：

——老同志撰文证明杨瑞年是共产党员。蔡文说，早在1982年前，一些老同志撰文就提到杨瑞年是共产党员。1979年江西人民出版社出版的《忆上饶集中营的斗争》一书中秦烽的文章《浩气长存》，1980年上海人民出版社增补再版本《上饶集中营》一书中陈安羽的文章《炼狱散记》，1981年1月30日《人民日报》署名"上饶集中营部分老同志"的文章《留取丹心照汗青——纪念皖南事变四十周年，回忆上饶集中营的斗争》，都明确提到"共产党员杨瑞年"。

——当年和杨瑞年共同战斗生活的同志证明她是共产党员。曾在教导总队工作过的陈安羽、陈洛痕、蔡园、丁公量等同志，或面陈蔡水泉或来函证明杨瑞年是共产党员。蒋航芝1983年12月30日致信蔡水泉说："我可以证明杨瑞年同志是中共正式党员！1940年初夏，我由后方医院副指导员调至教导总队政治处（主任余立金）宣传科（科长夏征农）民运组任组长。我到民运组后，调来三位同志，两女一男，均是中共正式党员，其中一位女同志就是杨瑞年。我们四个人一个党小组，我是组长。我们四个同志工作热情都较高，常受到上级的表扬，而杨瑞年同志在我们中间更为突出。在皖南战斗中，她很勇敢。我们共同学习、工作生活到1941年皖南突围时失散。"张太雷烈士女儿、原新四军教导总队训练处党支部书记张西蕾，1992年8月4日给蔡水泉回函说："经我反复回忆，杨瑞年烈士是党员，是在皖南事变前入党的。"

——杨瑞年领导证明后来消除了影响杨瑞年入党的怀疑。江苏人民出版社1988年出版薛暮桥主编的《奔向苏北敌后》一书载："现经查对，经陈安羽、丁公量、陈念棣、毛纸青证明，1940年夏季到来之前，已消除了对杨瑞年同志怀疑。"杨瑞年同志"加入了中国共产党，经党委批准，编入了蒋航芝同志为组长的党小组，过组织生活"。1992年8月12日，张西蕾受薛暮桥和罗琼之托再次来函，转达薛老意见，称"皖南事变前，杨瑞年是中共党员，陈安羽、陈念棣、丁公量、毛纸青等同志都是在教导总队工作的，他们对杨瑞年是了解的，他们的证明是可靠的"。她再次强调："我是当时教导总队训练处的支部书记，我的记忆应是最直接的证明"，"我认为你们完全可以按她是中共党员写进历史"。

以上多个当事人的回忆，自然应予重视。但回忆中讲到的时间，与王于畊回忆和杨瑞年给家人书信中讲的时间不相吻合。蒋航芝回忆自己1940年初夏调教导总队政治处任民运组长，不久杨瑞年调入并编在一个党小组。而王于畊回忆，杨瑞年1938年秋即调教导总队。杨瑞年当过王于畊的班长，从山西八路军学兵队到新四军战地服务团，两人一直在一起，堪称真正意义上的"闺蜜"，故王于畊所言应更为可信。对杨瑞年是不是党员，王于畊曾找过很多知情人调查，最后慎重作出了结论。从感情上讲，她更希望杨瑞年是党员，但感情毕竟要尊重和服从历史。

我在造访镇江我家山水小区瑞雪苑杨瑞年弟弟杨万年家时，杨万年的遗孀麻文华老人建议，关于杨瑞年是不是党员的问题，可与曾任过国务院交通部和地质矿产部两个部部长的孙大光的儿子孙东梁联系。孙东梁的母亲张刚是杨瑞年的表妹，当年她与杨瑞年联系很密切，应该知道杨瑞年入没入党。

2015年6月22日晚，我拨通了中国贸易促进会化工行业分会原常务副会长兼秘书长孙东梁的电话。谈到孙家亲戚杨瑞年，生于1944年的孙东梁，对我为写这本书刨根究底挖掘有关杨瑞年的历史细节颇为感慨，言谈话语中感激之情油然而生。因为正是由于杨瑞年的影响和引导，母亲张刚早在红军时期就走上了革命道路。从这一点上讲，没有杨瑞年这个革命领路人，也许就没有母亲后来的革命生涯，也就没有父母在投身革命中的相识相知和他们缔造的这个革命家庭。嗣后，我赴京开会期间，抽暇到和平里南街孙东梁寓所进行访谈。

生于1917年1月的张刚原名张植华，与麻文华是杨瑞年最后两位存世亲属，张刚是唯一与杨瑞年熟悉者，当年在扬州读中学时恰与大自己一岁的表姐杨瑞年同校。学校放假时，杨瑞年跨江回镇江不便，常住在张植华家。风云变幻的年月，两个心忧天下的女学子，每每秉烛夜谈，共话家国，眺望人生，常常不知东方之既白。中学毕业后，张植华入南京中央大学读书，而杨瑞年因家境不宽，入苏州女子师范学校读书。身处双城，并未影响两姐妹和闺蜜的深度交流。暑期杨瑞年常径赴金陵与张植华晤面，于是，表妹的校舍就成了表姐经常光顾的客栈，关于国家、革命和人生的扬州夜话，又在金陵延续。在杨瑞年影响下，红色的种子在张植华的心中悄然发芽。不久，杨瑞年帮张植华与党的外围组织、宋庆龄牵头的救国会下属的南京市学生联合会取得联系。蓬生麻中，不扶自直。1936年，张植华读大二期间，参加了革命工作。这个重要时间节点，确凿无疑地规定了张植华的老红军身份，使离休前担任北京师范大学教务长的张植华，今天以百岁高龄，在中日友好医院享受正部级医疗待遇。当年张植华投笔从戎后，开始在战地服务团工作，后经组织批准，到迁移重庆的中央大学复读，在周恩来爱将王昆仑的夫人曹孟君领导下从事革命工作。张植华去曹孟君家中时，与王昆仑的秘书叶兆南邂逅。在巴渝陪都，两个品貌般配、志趣相投的年轻人，很快摩擦出感情火花并结为革命夫妻。浪迹天涯的革命斗争生活，使后改名孙大光的叶兆南愈加冷峻和刚毅。他隐隐感到爱妻的性格似乎显得柔弱了些，遂建议张植华改名张刚。

孙东梁十分熟悉杨瑞年有关情况。谈起杨瑞年是否入党的话题，他十分惋惜地说，一直以来，母亲总是讲，因受"托派嫌疑"影响，杨瑞年最终未能入党。

七十多年的历史纵深，犹如烟波浩渺的湖中芦荡，横无际涯，扑朔迷离。在渐行渐远的抗日烽火硝烟中，还隐匿着多少不为人知的悬疑！

杨瑞年究竟是不是中国共产党党员？看来还是难以得出一个十分肯定的结论。但在她英勇牺牲七十三年后的今天，这个问题已经不那么重要了。杨瑞年是中国共产党党员，我们为党有这样的好女儿感到骄傲；杨瑞年不是中国共产党党员，虽然令人不胜惋惜和惆怅，但这丝毫无损于巾帼英雄的光辉。因为作为新四军最著名的女英烈，集正义、勇敢、才华、美丽于一身的一代女杰杨瑞年，已经当之无愧地把自己的名字写进了中国共产党的光荣史册。在杨万年家，我与麻文华老人及女儿杨红、女婿宋文才谈及这一观点，他们均表赞成。

从互联网上看到，2015年4月3日，在杨瑞年牺牲后的第七十二个清明节到来前夕，杨红在博客中谈到自己的姑姑杨瑞年时写道："也许是身边有几本普列汉诺夫的哲学书，在参加革命初期被无端地怀疑为托派，不受信任与重用。"杨红的这种观点并非空穴来风。2002年，与杨瑞年同庚的表哥张立，在《纪念杨瑞年烈士》一文中回忆说："1937年8月初，她忽然来到我家，说是准备到延安去，在我家住了三天。我见她手中拿了一本书，要来一看，大约是普列汉诺夫的《哲学的贫困》，我一点儿也看不懂，便还给她了。"他在这篇文章中还写道："瑞年在学兵队一开始就背上'托派嫌疑'——这真是天晓得！是因为她的心直口快还是因为她带了几本《哲学的贫困》一类的书籍？1936年西安事变以后，国民党对文化的控制松了一些，上海出版了不少这一类的书。广大青年出于对社会主义的向往，纷纷购买阅读。我就买过几本，可惜一本也未读得下去。我们懂得什么是托派？"

烈士亲属所见难免会有感情色彩，但仍不失为研究杨瑞年生平的一家之言。

历史不能假设。不过，杨瑞年的英雄悲剧，还是常使后人在扼腕痛惜中作出种种假设。假如杨瑞年没有"托派嫌疑"的幽灵追随，假如她面对种种不公不"霍地站起来"，而改用一种较为委婉的方式，假如她面对缺乏经验的吴焜十分稚拙的情感攻势采取"人约黄昏后"等更加含蓄的做法，她应当一直活跃在最需要她也最能展示其才华的新四军战地服务团，在皖南事变发生前已随多数服务团成员先期过江，而不会深陷囹圄和惨遭杀害。随后，她也应当像张茜、王于畊、葛慧敏、朱一、史凌等女战士一样，在新四军优秀将领和指挥员中选择一个如意伴侣，度过自己美好的一生。但历史仿佛一开始就注定了杨瑞年的悲剧命运，吴焜与她情感路上的逆风飞扬，嫉恶如仇的她面对不当不妥和不公正以无私无畏的品格直面斗争，在大庭广众之下毫无顾忌地展露自己的才艺和专长，直到吴焜和杨瑞年先后壮烈牺牲，这一切都严格地恪守悲剧的定义——把最美好的东西打碎给人看，从而最终铸就了杨瑞年独特的人生轨迹。

王于畊说："杨瑞年是一首悲痛的清唱诗，撼人心灵！"

这是历史留下的难遂人愿甚至令人难以接受的遗憾，也是政治因素和杨瑞年性格交互作用使然。

第九章　织梦窑湾

49. 一个纵队歼灭国民党一个军

1948 年冬，淮海战役东部战场，华东野战军第一纵队正以摧枯拉朽之势，向国民党军队发起猛攻。

这是一支由土地革命战争时期创立的闽东工农革命武装，与抗日战争中诞生的新四军六师十八旅及浙东游击纵队融合而来的英雄部队。1932 年 9 月 14 日，陶铸在福建福安兰田发动"兰田暴动"，创立闽东工农游击第一支队，后为中国工农红军闽东独立师，该师缩编为新四军六团后，把红军血脉延续到新四军劲旅。历史上，这一战役军团其序列总是排在第一，曾为新四军和山东野战军第一纵队。

1947 年 1 月 21 日，新四军兼山东军区与华中军区合编为华东军区，山东野战军与华中野战军合编为华东野战军，新四军番号至此撤销。弯弓射日，铁血万里，从 1937 年 10 月民族危亡之秋艰难诞生，到在大江南北纵横驰骋发展壮大，新四军已经由建军之初的一万余人，发展成拥有主力二十一万五千余人、地方武装九万七千余人的钢铁劲旅，在党领导的新的武装力量体制下，浩浩荡荡汇入推翻蒋家王朝、建立新中国的伟大解放战争洪流。刘飞就是在历史大转折的流变中，由新四军第一纵队，到山东野战军第一纵队，再到华东野战军第一纵队的。

1948 年 9 月 24 日，华东野战军第一纵队挟济南战役胜利声威挥师南下，司令员叶飞因患黑热病留济治疗，南下作战部队由副司令员刘飞代行指挥。

11 月 8 日，刘飞率部首战江苏新沂窑湾镇，围歼黄百韬兵团第六十三军。这是淮海战役战略决战第一阶段作战即歼灭黄百韬兵团的首战。

窑湾城三面环水，东濒骆马湖，西傍京杭大运河，北临老沂河，是京杭大运河畔的一处水运要津和商业港埠，自古便是兵家必争之地。楚汉相争以来，历代政治家、军事家都要在窑湾大兴土木、屯兵布阵。镇区的建筑是按照奇门遁甲七星五行八卦迷宫阵布局的，有一条长街、两处吊桥、八方炮台、十二道深巷、二十一座哨楼。镇区临陆的一面挖有宽、深各十米的壕沟，壕沟上建有两处吊桥，白天放下吊桥供行人进出，晚上提起吊桥关闭城门。八方炮台依照乾、坤、巽、震、坎、离、艮、兑八卦方位设置，分别置于东、西、南、北城门两侧两米高的城墙上，大炮能轻易击沉五百米外在运河航行的百吨大船。

二十八天前，1948年10月11日，毛泽东为中央军委起草的给华东野战军和中原野战军、华东局和中原局《关于淮海战役的作战方针》的电报中明确指出：

> 本战役第一阶段的重心，是集中兵力歼灭黄百韬兵团，完成中间突破，占领新安镇、运河车站、曹八集、峄县、枣庄、临城、韩庄、沭阳、邳县、郯城、台儿庄、临沂等地。[1]

1948年11月6日晚，华东野战军在中原野战军配合下，以排山倒海之势，挺进以徐州为中心的淮海战场，揭开了围歼黄百韬兵团的序幕。7日，华东野战军围歼黄百韬兵团的部队分四路出击：第一、第六、第九纵队和鲁中南纵队及特种兵纵队主力攻击新安镇之敌；担任阻援和截击任务的第四、第八纵队及特种兵纵队一部攻击邳县、官湖之敌，先头部队向陇海线运河桥挺进，并控制运河以东阻击阵地；苏北兵团的第二、第十二纵队和中原野战军第十一纵队攻击阿湖（今新沂市下辖的一个镇）之敌，越陇海路对黄百韬兵团实施迂回包围；原在宿迁、睢宁地区的华东野战军第十一纵队和江淮军区两个旅沿运河北上，指向运河车站。同时，鲁中南纵队一部包围郯城，并于7日晚歼灭守敌山东省保安旅王洪九部。山东兵团第七、第十、第十三纵队攻占韩庄、万年闸，包围台儿庄，促使国民党第三绥靖区冯治安部起义，然后直出陇海路，从东北方向逼近徐州，切断黄百韬兵团与徐州的联系，并准备阻击由徐州东援之敌。华东野战军第三纵队和两广纵队及冀鲁豫军区两个独立旅，在中原野战军指挥下由西北方向直逼徐州，并配合中原野战军第一纵队在商丘以东张公店地区歼灭国民党军一八一师。中原野战军主力进入永城地区，从西南方向向徐州疾进，造成威逼徐州之势。

歼灭第六十三军之役，就是在烽烟万里的黄淮海大平原上整体联动走出的一步好棋，是一个完整的追击、拦截、围歼的作战过程。

1948年11月6日，国民革命军第六十三军军长陈章，命令一五二师四五五

---

① 中共中央文献编辑委员会. 毛泽东选集（第四卷）. 北京：人民出版社，1991：1351.

团和一五二师、一八六师工兵连先行赶到窑湾架设浮桥。一五二师师长雷秀民率一个团赶到窑湾，发现运河西岸国民党孙良诚第一〇七军踪影全无，阵地已被华东野战军胡炳云部第十一纵队三十三师占领，无法架桥。雷秀民派出一个营的兵力企图占领对岸阵地，结果该营被重创。随后，华东野战军第十一纵队三十三师用交叉火力封锁河面。第六十三军在窑湾渡河计划落空后，遂决定固守待援。

11月8日傍晚，华东野战军聂凤智部第九纵队在今新沂市草桥镇堰头村追上了第六十三军军部和后卫部队，一夜激战，歼敌两千余人，其中俘敌一千三百三十七人。战斗中，为了迅速渡过沂河一条十多米宽的分支中沟，二十七师七十九团二营二连三班，用两架梯子和一些木板在河上搭起了浮桥。敌人火力封锁渡口，找不到器材做桥桩，副排长范学福和三班长马选云带领八名战士跳入冰冷刺骨的河水中，人当桥桩扛起浮桥，保障全营顺利通过并完成了战斗任务。11月26日，新华社随军记者黎明在《大众日报》刊发了题为《十人桥》的通讯，使"十人桥"的英雄事迹蜚声全国。新中国成立后，十位勇士扛浮桥的历史画面，雕刻在淮海战役烈士纪念塔的浮雕中，"十人桥"的英雄故事选入小学语文课本。

华东野战军第一纵队围歼第六十三军之战，就是在华东野战军第九纵队堰头追击战和第十一纵队窑湾运河西岸阻击战基础上，趁热打铁实施的一场攻坚战。

战斗发起前，华东野战军代司令员粟裕曾打电话询问第一纵队首长："你们一个纵队消灭敌人一个军，有把握吗？"

"有！"纵队首长代表士气正旺的第一纵队官兵，向粟裕表达了在窑湾瓮中捉鳖、全歼国民党军第六十三军的坚定决心。

国民党军第六十三军是清一色"老广"，水乡机动作战如鱼得水，而华东野战军第一纵队还有不少北方兵是"旱鸭子"。刘飞与纵队副司令员兼参谋长张翼翔当机立断，根据窑湾的地形特点和敌人仓促布防、立足未稳、工事不坚、士气低落、军心动摇的情况，决心不予敌以喘息机会，采取急促勇猛的战斗行动发起攻击，打敌措手不及。为此，纵队在行进间即令第一、二、三师，分别从东、北、东南三面包围压缩敌人于窑湾，背水一战，纵队不留预备队，各师自定一个团作预备队，首先肃清外围，而后，纵队对各师不再调整部署即转入总攻，务于12日前全歼窑湾之敌。

11月10日拂晓，华东野战军第一纵队各师同时向窑湾外围发起攻击，10日午夜扫清周围约三公里大小村落的外围之敌，逼近四米多高的土围子。纵队第一突击梯队由一师二团担任，一师师长廖政国命二团各级指挥员迅速察看地形，师政治委员曾如清坐镇二团指挥所，团营干部的指挥位置全部在前沿阵地上。11日下午四时三十分，总攻开始，纵队配属的数十门榴弹炮和山炮，以准确的抵近射击，摧毁了小东门门楼，压制住敌人的火力点。二团二连以迅速勇猛的动作实施突击，爆破班连续实施爆破，炸开了鹿砦和围墙，一举突入小东门。小东门突破后能否站稳脚跟并扩大战果，是窑湾之战胜利的关键。第六十三军军长陈章给部下打强心针："打胜这一仗，军官连升三级，薪饷增加十倍！"围墙内的敌人连续组织了三次疯狂反扑，坚如钢钉的二连寸土不让，接连打退了敌人三次集团冲锋，巩固扩大了突破口，为后续部队赢得了两个小时的宝贵时间。战后，二团二连被纵队授予"窑湾战斗第一大功连"荣誉称号。

一师二团五连在伤亡较大的情况下，连长金永清和指导员顾建帆及时调整组织，将剩下的二十余名战士编成三个班，继续向敌军指挥所所在的天主教堂发起冲击，俘敌二百余人，战后被纵队授予"窑湾战斗第二大功连"荣誉称号。

二师六团五连指导员周文江，身经百战，智勇双全。窑湾之战外围战中，周文江所在五连担负攻击窑湾镇北门外张口砦并歼灭守敌的任务。战斗发起前，连长、指导员分别到团受领任务和参加政工会，由于战事紧迫，回来后未及认真研究和布置传达就把部队拉上去，接近张口砦时，遭敌密集火力杀伤，伤亡很大，连长的腿也被打断。外围战失利后，周文江后悔没做好战前准备和政治工作，决心打好翻身仗。团政治委员告诉他："一定要用脑子打仗，靠智慧战胜敌人。"周文江也对连队官兵提出，打仗要体脑并用。他对全连官兵宣讲中共中央颁布的《土地法大纲》，组织北方解放区参军新战士讲家乡分土地闹翻身的喜人情景，引发了新解放和南方籍战士对推翻蒋家王朝分田分地的美好憧憬，全连官兵掀起了互诉互谈互帮互学热潮，杀敌立功热忱像怒潮汹涌，势不可挡。刘飞赞誉周文江是"猴子的脑袋老虎的胆，把《土地法大纲》也调到淮海前线来参加战斗了"。

当周文江得知老团长、师参谋长戴克林带领六团到小东门受领任务时，便越级跑到戴参谋长面前请战，要求打头阵、挑重担，重振连威。五连终获批准担负总攻窑湾的突击任务，具体是打巷战，开辟窑湾镇东北角一条通道，保障友邻部队开进并投入交战，歼灭守敌一八六师六团。

五连攻击前进的巷子虽只有三百多米长，但碉楼林立，敌人密集设防，完成任务十分艰巨。周文江把全连仅有的二十多人编成两个班，与敌人逐巷逐屋展开了争夺。他带领半个班爬上屋脊，撬开房顶向下扔手榴弹，半个班上刺刀搜索前进，一个班担任警戒，并与友邻部队保持联系。五连边搜边打，滚筒式向前推进，两个多小时就打到了敌六团最前沿。到晚上十时许，五连终于打开了通道。这时，周文江发现，街的尽头有一个直径约六十米的大操场，借着月光看上去，偏北方有一所学校，隐约听见学校里敌军的躁动声。周文江凭经验判断，敌人已在学校周围布置好火力网，不能贸然前进。经盘问俘虏得知，学校内有一八六师六团团部和一个营的兵力。敌众我寡，周文江召集班长商量，提出用智俘的办法克敌制胜，得到大家赞成。他一面布置人员占领有利地形做好打的准备，一面展开政治攻势，组织两个班一起喊话："蒋军官兵们，你们被包围了，过不了运河，出不了窑湾，等死不如求生，放下武器便有活路，解放军优待俘虏……"洪亮而有穿透力的喊话声，在夜空中像无形的炮弹射向敌人。不大工夫，学校守敌传出话来："我们愿意缴械投降，请派一位长官来谈判。"

周文江不顾战士们劝阻，带着通信员小孙勇闯虎穴，猫着腰抵近学校围墙。他刚推开墙洞上一块顶着的门板，敌人的机枪就扫射过来。周文江对着正在开火的重机枪打了一梭子，机枪立刻哑了。

周文江厉声喝问："我们是来谈判的，为什么开枪?!"接着向连队方向喊："准备向敌右边开火!"这是事先规定的联络信号，意在告诉二班长他已从右边进入敌阵，要他密切注意。

朦胧的月光中，周文江看到校园东北角是一片坟地，那里聚集着一堆人，周文江判断这是敌人的团部。他和通信员直奔校园东北角，一个箭步站到坟头上，以咄咄逼人的气势问道："谁是领头的? 要谈判就快点过来!"

这时，一个四十多岁、身穿皮大衣的军官走过来，瞟瞟周文江说："我是副团长，是这里的最高长官。你是什么人? 是负责的吗?"

周文江毫不畏惧地说："老实告诉你，我们的负责人在外面，上级派我来谈判。你们已经被层层包围了，一个也跑不出去，缴枪投降才是唯一的出路!"

突然，敌人的机枪又嗒嗒嗒地响起来，向我阵地开了火。周文江知道，现在打的是气势仗、心理仗，决不能示弱。他抬手打了一梭子，敌机枪手应声倒下。周文江厉声喊道："再顽抗只有死路一条，要死要活你们自己选择! 给你们一分钟时间，不投降，我们的炮火就让你们在这里见阎王!"

趁敌人惊魂未定，周文江纵身跳到敌副团长身边，一把抓住他说："弟兄们的性命都在你手里攥着，还不赶快给大家找条活路!"

精神已经崩溃的敌副团长从口袋里掏出两根金条和一块手表，哆哆嗦嗦地对周文江说："放我们一条生路，这些都给你……"

周文江手一挥，响亮地说："解放军一律不要私人财物，只要你们放下武器，保证生命安全!"

敌副团长拿出哨子要他集合部队，周文江说："哨子声小，命令号兵吹集合号!"

号声一响，四百多名国民党官兵陆续猬集到操场上来。周文江暗自吃惊，这么多人，怎么缴械？怎么带出去？俘敌先俘心，擒贼先擒王。周文江紧紧抓住敌副团长，要他们按班、排、连站好队，接着派通信员出学校通知部队，一个班在大操场外布置好火力，一个班带机枪快速到位站在他身后。人不够，气来补。孤身一人的周文江对敌开展"政战"，从窑湾的战场形势、学校里敌人的处境，讲到我军优待俘虏的政策，敌人听得聚精会神，又将信将疑。周文江见心理攻势开始见效，立即命令营以上军官出列。七名国民党军官站到队前后，他又令全体人员把武器弹药放在原地，三路纵队到大操场集合。这时，五连一个班已经冲进大操场，从不同方向把四百多名放下武器的国民党官兵严密监视起来。

敌副团长看着十几名持枪解放军官兵，急忙问周文江："你们有多少人？"

周文江哈哈一笑说："外面都是我们的部队，打到这里的是一个小分队。"

敌副团长摇摇头，叹一口气，随同俘虏一起被押走了。

1950年9月，在抗日战争、解放战争和抗美援朝战争中参加过大小一百余次战斗，华东一级、二级、三级战斗英雄勋章获得者周文江，光荣出席了全国战斗英雄代表大会，并被选派参加在德国柏林召开的第三届世界青年学生和平联欢节大会。1960年9月，周文江担任了第二十军五十九师一七五团第六任团长。

1948年11月12日，天刚蒙蒙亮，国民党军第六十三军军长陈章丢下部队窜至运河边，企图泅水逃跑，被我军击毙。群龙无首的敌军阵脚大乱。总攻发起后仅六小时，敌军两个师五个团共一万三千七百七十二人被歼，其中七千人被生俘，黄百韬兵团左臂被彻底砍掉。这是淮海战役中首个被整建制歼灭的国民党军。

窑湾战斗创造了我军运用急袭战法，在攻坚作战中以一个纵队歼灭敌人一个军的范例，也是解放战争以来，我军伤亡较少、俘获较多的一场漂亮歼灭战! 华东野战军首长予以通令嘉奖。

窑湾攻坚战中，当年参加火烧虹桥机场战斗的五连指导员蓝阿嫩，已由华东野战军第一纵队一师一团副团长调任二团团长，当时一团团长负伤住院未归，蓝阿嫩请求率一团参战，战后再到二团赴任。11月11日，窑湾战斗结束后，蓝阿嫩率部随第一纵队渡过运河，以攻势行动抢占了碾庄圩西南的鼓山阵地，胜利阻击邱清泉兵团所属第七十军东援后，蓝阿嫩指挥部队追歼逃敌，遇敌机空袭牺牲。

蓝阿嫩生于1920年，福建省柘洋（今柘荣）县人，1933年参加红军闽东独立团当小号兵。1934年底，蓝阿嫩调任闽东独立师第二纵队，给纵队长陈挺当通信员。蓝阿嫩牺牲后，大家想起这位有"畲族雄鹰"之誉的优秀指挥员，在闽东红军、新四军和解放军战斗成长的历程，那些鲜活的往事，又一幕幕浮现在眼前。

1936年3月，红十六连攻打福建省霞浦县大坪岗附近的反动"大刀会"时，"大刀会"匪徒逃进大坪岗后抽掉过河跳板，蓝阿嫩用一丈多长的杖刀向水中一插，飞身跳往对岸吹起冲锋号，鼓舞官兵奋勇过河全歼匪徒。

叶飞任新四军老六团团长时，发现蓝阿嫩智勇过人，是个可塑之才，提拔他当连指导员。谁知，蓝阿嫩觉得自己因家贫没念过书，是个粗人，竟不愿意上任。叶飞闻讯后，派警卫班拿着任命书，到连队里找到躲在炊事班里不愿出来的蓝阿嫩，五花大绑"押"着他前去赴任。

1939年5月下旬，"江抗"东进首战黄土塘，蓝阿嫩率领五连一个排抢占房屋制高点，用机枪掩护大部队渡河。当部队被日军猛烈炮火阻于桥边时，蓝阿嫩亲自吹响冲锋号，带领全连迫近日军投掷手榴弹摧毁其火力点，有效掩护了大部队冲锋，为战斗胜利创造了有利条件。

同年7月火烧虹桥机场时，十九岁的五连指导员蓝阿嫩率官兵冲进机场后，缴了十几支枪，并放火烧了日军四架飞机。日军开始疯狂射击，廖政国通过侦察员对钻进敌给养库里的司务长传令说，拣好的搬，火速撤出！司务长拣了一堆贴着花花绿绿商标的油墨罐头，误当作食品罐头分给大家带出，蓝阿嫩也装了满满一挎包。回到驻地，蓝阿嫩打开油墨罐头与战士分享，自己弄得脸上红一道白一道。这则轶闻，成了部队永久的谈资笑料。

就在窑湾战斗中，蓝阿嫩所在的一团突破小东门后，他亲率突击营一直打到盘踞在天主教堂的敌第六十三军军部，全团俘敌三千余人。

现在，从闽东到苏南每每闪电般鹰击长空的蓝阿嫩，终于敛翅收羽，静静地安卧在他洒过鲜血的土地上。颇受陈挺青睐并得其真传的蓝阿嫩，是华东野战军第一纵队牺牲在淮海战场职务最高的指挥员。

当年参战的指挥员和后来的军史专家，对窑湾之战曾作过这样的评价：窑湾战斗吹响了淮海战役整建制歼灭国民党重兵集团的号角，揭开了这场气势恢宏战略决战的序幕。窑湾首战告捷，极大地鼓舞了我军的军心士气，为在碾庄圩全歼国民党黄百韬兵团奠定了基础。

远在南京的蒋介石兔死狐悲，对陈章这员从广东北伐就追随自己的爱将殒命窑湾悲恸有加，追授其为陆军上将。比起先前阵亡的兵团司令黄百韬，粤籍第六十三军军长陈章命丧苏北运河古镇，似乎是一个更加明晰的信号和预兆。"无限

316

江山，别时容易见时难。"从广东参加北伐起家，到获得全国政权，当年蒋某是何等鹰扬不可一世！倏忽间"忽喇喇似大厦倾"，时易势移，流水落花，一世雄杰竟落得个挥泪哭陈章的下场！伤感之余，蒋介石命陆军总司令余汉谋筹备公祭，邀国民党中委、政府中的立监委、部分"国大代表"和将领及在宁广东人士祭奠，还特别通知粤系军留南方官兵参加。是日，蒋介石亲自到场祭奠并讲话，其间难抑悲哀，频频拭泪。而此前按蒋介石旨意在南京公祭黄百韬的追悼会，只由南京国防部参谋次长林蔚代表蒋介石到场。

50. 窑湾来了新华社记者

窑湾之战的硝烟尚未飘散，新华社随军一支社记者崔左夫等人，就兴冲冲赶到华东野战军第一纵队指挥所采访刘飞。

时年四十三岁的刘飞个子不高，黑里泛红的脸上一双眼睛炯炯有神。那天，刘飞身穿一件合体的皮夹克，威武中透出几分英俊。

来自苏中公学三大队的崔左夫，和很多同学一样都担任过连队的文化教员。战斗间隙，这些稚气未消甚至不乏"小资调"的年轻人，常喜欢给英武且从不盛气凌人的刘飞画人物素描：

"看他骑马的姿势很像夏伯阳，不是骑，而是两脚站在马镫上……"

"胡子很密，斯大林式的！"

"还有那左轮手枪套配上锃亮的子弹，真神！"

"他讲话的神态极好，简直是活动的雕塑，那咬嚼筋跳个不停，还有那手臂，边讲边卷袖子，那身结实的腱子肉，像一个运动员要蹦出起跑线似的……"

"他这个人的特点就是好动、好问、好学、好想。"

此刻，记者发现，刘飞蓄了多年的斯大林式胡子不见了，脸刮得干干净净。看到记者打量他的着装，刘飞朗声笑道："这是国民党联勤总署投到济南的美国军用物资，兵团许世友、谭震林首长分送纵队领导一件。"说话间，这位浑身仿佛有使不完劲儿的优秀战役指挥员，双手的十指又像往常一样一刻不停地动了起来。

刘飞拍拍身穿的皮夹克，诙谐地说："这东西能遮风挡寒，将来夺了天下，建议毛主席、朱总司令员把部队冬季服装搞成这样好不好？"

冬日的旷野里响起了一阵愉快的笑声，宛如春风鼓浪。

曾在纵队《前锋报》任过战地记者并在纵队师团两级搞过宣传文化工作的崔左夫，太熟悉刘飞这个深受部队官兵爱戴的高级指挥员了。

在崔左夫的印象中，三垛河伏击战是刘飞在较长时间和较多岗位担任政治工作领导后，担任旅级军事主官后打的第一场漂亮仗。

1945年4月下旬的一天，时任新四军一师十八旅旅长兼苏中军区第一军分区司令员的刘飞，接打入伪苏北绥靖公署的旅特工人员密报，伪苏北绥靖公署特务第二团少将团长马佑铭部，拟于4月28日在日军护送下由宝应向兴化换防。刘飞早就想在宝应附近的运河线上打一仗，后因情况变化没有打成。现在痛歼日伪军的机会终于来了，他决心拿马佑铭这个伪少将团长开刀。

刘飞把战斗决心向苏中军区首长作了报告，并要求将已上升为苏中主力兵团之一的十八旅五十二团调回参战。刘飞的决心正符合苏中军区首长意图，军区司令员管文蔚和政治委员陈丕显立即批准了这一作战计划，并命令五十二团、江都独立团和第三军分区特五团一起参加战斗，所有参战部队均由刘飞统一指挥。经实地勘察，刘飞把战场选在离城较远、地形有利的高邮县三垛镇以东到河口段，在新庄至野徐庄近四公里长的狭长地带沿河村舍和青纱帐设伏，精心布置了聚歼马团的"口袋阵"。

参战部队于4月27日拂晓秘密开进阵地隐蔽休息，同时设置秘密警戒，严密封锁消息。一个昼夜过去了，马团迟迟没有露面。会不会情况有变？刘飞相信我特工人员情报的准确，要求部队继续隐蔽待机。令人焦灼的半天过去了，28日中午，水陆并进的马团在日军山本旅团合川大队两个中队和一个小队护送下，两千人大摇大摆蜂拥而至，下午三点全部钻进了"口袋"。刘飞审时度势，果断下达出击命令。随着两颗红色信号弹腾空而起，刘飞指挥埋伏在河道南北两岸和化装在田里劳动的五十二团、江都独立团、第三军分区特五团和第一军分区特务营指战员，凭借有利地形，用轻重机枪、手榴弹和"江抗"兵工厂制造的小炮，向日伪军展开猛攻，当即击毁牵引十几条民船前行的两艘汽艇。艇上的日军纷纷跳水逃生，从小生活在水网地区的江都团官兵，个个犹如水中蛟龙，一面向水中日军投掷手榴弹，一面冲下河去与日军在水中刺刀见红，霎时水中战场满目日军浮尸，河水尽染。一连连长周文江，带领全连挥舞着寒光闪闪的大刀左冲右突，杀得鬼子和伪军魂飞胆丧，一个班就抓了二十多个俘虏。激战正酣时，一连奉命支援二连，周文江带着连队火速转移阵地，不到半小时，两个连队又歼灭了五十多个弃船逃跑的鬼子。

公路上的日伪军遇我猛烈袭击，前进不能、后退不得，又无地形可利用，兵力、火器无法施展，在火力网下互相冲撞，乱作一团。刘飞指挥部队勇猛穿插，以迅雷不及掩耳之势把公路上的敌人截为数段，边围歼边展开政治攻势。马团伪军不顾日军疯狂辱骂，纷纷缴械投降。拼命顽抗的日军也大部被打死或打伤。前后一个半小时，公路东段的歼击战基本结束。

行进中在最后压阵的日军一个中队，遭我特务营截击后，丢下几具尸体夺路抢占了新庄，与前面溃逃的日伪军会合，凭着一人高的矮墙，用机枪步枪构成交叉火力网，用掷弹筒弥补死角，集火向我射击，妄想固守待援。刘飞指挥五十二团一营由北面跑步抢占新庄，但因受小河阻挡，一时未能通过，却被日军以火力阻滞在开阔地上，教导员汤江声和一连指导员等官兵中弹牺牲。关键时刻，二连连长组织突击小组，凭借用绑带结成的绳索，在火力掩护下强渡小河，全连一起扑上对岸，冲上庄头，投出一排手榴弹，抢占了两间破屋。

日军想趁二连立足未稳进行反扑，脱掉上衣，端着刺刀哇哇狂叫着猛扑过来。班长、战斗英雄海有鱼纵身跳到一米多高的断墙上，振臂高喊："同志们，继承咱连光荣传统，用刺刀杀出威风，坚决消灭小鬼子！"说罢，猛虎下山似的扑向手举指挥刀的敌指挥官。敌酋见势不妙，急忙后退躲避。海有鱼趁势一个突刺，扑哧一声把刺刀捅进他的胸膛。海有鱼连捅三个鬼子，刚拔出刺刀，又有六七个鬼子向他围过来。他怒目圆睁，挺枪向前，鬼子慑于他的虎威不敢跨前半步。海有鱼乘虚而入，身子向左一闪，就势用枪托砸向左边鬼子的太阳穴，鬼子的脑袋立刻开了花。接着，海有鱼一个突刺，又一个鬼子"哇"的一声栽倒在地，其余的鬼子四散逃窜。全身六七处受伤的海有鱼越战越勇，把一个肥头大耳的鬼子逼到了墙角边。困兽犹斗的鬼子舞动着刺刀，疯狂向他扑来，海有鱼向下虚晃一枪，鬼子慌忙向下一挡，海有鱼出其不意，抬枪顺势将刺刀刺入鬼子胸部。这时，鬼子的刺刀也戳进了海有鱼的小腹。钢铁战士海有鱼，以压倒一切敌人的英雄气概，使出全身力气用刺刀贯通鬼子胸膛，把他牢牢钉死在土墙上，自己两腿前后交叉屹立，任凭鲜血染红了军装，至死不仆怒视着敌人，保持着英勇拼杀的战斗姿态。

海有鱼1923年5月生于山东曹州府濒临黄河的一个贫苦渔民家庭。出生那天，其父捕一黄河鲤鱼，遂名"有鱼"。1938年4月，日本鬼子汽艇在黄河中游弋，撞翻了海有鱼家的渔船，母亲和弟妹被淹死，父亲背着祖母快游到对岸时，被鬼子一枪打死。时年十五岁的海有鱼潜游到河汊芦苇丛中，才死里逃生。海有鱼怀着血海深仇参加了新四军，在党组织教育下，迅速成长为一名为人民解放事业不惜赴汤蹈火的革命战士，入了党，并被评为全团战斗英雄，当了二班班长。

"同志们，为海有鱼报仇啊！"随着连长一声怒吼，二连官兵高声呐喊着，泰山压顶般扑了上去，与鬼子展开白刃大血战。不料，又一群鬼子扑了过来，得到增援的日军展开了疯狂反扑，二连的处境陡然变得十分凶险。关键时刻，以阳澄湖畔三十六个伤病员起家的一连，利箭般火速赶来助战，一、二连的一百多把刺刀杀得鬼子肝胆俱裂，鬼哭狼嚎。有的战士拼弯了刺刀，砸折了枪托，就和鬼子扭在一起，拉响手榴弹同归于尽。官兵们冲入敌人阵地，夺下打得发红的机枪，缴来热得烫手的掷弹筒，迫使困守新庄北部的敌人丢下几十具尸体向南退守。这时，五十二团三连和特务营及江都团一个连赶到了，各路健儿从四面八方把固守新庄南部的敌人团团围住。随着三长声军号响起，部队集中炮火向新庄南部轰击，发起围歼残敌的总攻。三十多个鬼子眼见大势已去，扯掉太阳旗，跳出断墙，赤裸着上身向西逃窜突围。二连一个战士快速追上去，奋力抓住一个身材高大的鬼子，本想将其活捉，无奈鬼子怎么也不肯投降，战士只好将其击毙在河滩上。

经过三小时的激烈战斗，刘飞所部共歼灭日伪军一千八百多人，其中打死日军二百四十余人、伪军六百多人，俘虏日军七人、伪军九百五十八人，包括日军山本顾问、伪军少将团长马佑铭和一名中校副团长，缴获轻、重机枪和步枪一千余支，各种炮十六门及大批弹药和物资器材。

三垛河伏击战，是苏中党政军首长正确领导并及时准确提供情报，由刘飞指挥新四军游击兵团，在民兵和当地群众密切配合下，巧妙设伏痛歼日伪军的一个范例。而窑湾之战，则是刘飞指挥战役军团，运用炉火纯青的战略战术勇猛攻坚创造的陆战奇观。

记者请刘飞谈谈窑湾大捷的制胜妙诀。刘飞不以为然地摆摆手说："窑湾之战是大兵团作战的胜利，上有总前委和野指，下有各级指挥员和冲锋陷阵的士兵，还有兄弟部队在全局上起的作用。作为一个普通指挥员，我没什么绝招，以往打的胜仗和败仗一样多，每一仗都打得很艰苦。远的不说，1946年1月到10月，我带全旅先后担负了攻打兖州、大汶口和在峄县进行防御作战的任务，这三仗都没打好，部队由三个团缩编为两个团。撤出战斗后，看到各团的伤亡报告，心里那个难受啊，一气之下把胡须剃光了，见了几个团长政委，我不是甩帽子，就是骂娘，因犯有'军阀残余'错误，还写了检查报告。待我冷静下来以后，叶飞司令员让我认真读兵书，是德国人克劳塞维茨写的……"

说到这里，刘飞望着崔左夫，呵呵一笑说："那个时候，你们都到哪里去了？世无常胜将军，好汉不提当年勇啊！"

言毕，刘飞脱掉皮夹克，随手扔给警卫员："把这个送给机要处值班的同志穿。"接着，刘飞回头对记者一招手："走，咱们看部队去！"

一行人径向京杭大运河西岸走去。

51. 大运河飞出芦花梦

正是夕阳西下时分，晚霞倒映在大运河、老沂河和骆马湖上，新生的古城窑湾映衬着浮光跃金的水系，像是一帧恬静而又热烈的画卷。刘飞一行沿运河西岸碉楼与飞檐掩映的老街信步而行，迎面走来一支刚刚打扫战场下来的部队。刘飞一问，原来是纵队所属的五十九师一七五团二营官兵。

"这个部队的前身是新四军十八旅五十二团，最早的一批战斗骨干是江南抗日义勇军在东路作战留下的三十六个伤病员！"

刘飞神采飞扬，指着征尘未洗的官兵对崔左夫说："他们在阳澄湖芦苇荡中坚持敌后斗争的经历很有意思，等胜利了，你们一定要好好写写这支部队！有一首歌子叫《你是游击兵团》，是这个团的团歌，是黄苇作的曲，他现在当宣传科长了吧？科长要当好，可还要多写歌子。"

一七五团团长和政治委员听说刘代司令员来了，赶到西岸来请他给部队讲讲话。刘飞没有推辞，站到堤岸的高垛上，舞动着双手大声说："前些日子有个秀才告诉我，徐州这个地方是个古战场，徐州以南灵璧县内有个地方叫垓下，是项羽最后全军覆没的地方。楚汉相争，汉胜楚亡，刘邦得天下后设宴犒赏群臣，他问大家，项羽为什么会失败？我刘邦为什么会胜利？大家七嘴八舌地奉承了他一番，刘邦自己却说，项王失败是因为他孤家寡人一个，我所以能成功是因为能用人。论足智多谋我不如张良，管理地方筹集粮饷我不如萧何，统兵百万能攻善守我不如韩信，他们都是人中豪杰，但我能信任重用他们。这是两千多年前的历史故事。我们现在进行的是伟大的人民解放战争，我们每个同志都懂得热爱和依靠全中国人民的道理，每个指挥员都要信赖和爱护自己的战士。这个历史故事很有意思，张良这个人也真有办法，他搜集了吴楚很多悠扬婉转的民歌，教会士兵夜间唱给陷入重围的楚军士兵听，风送楚歌，唱得项羽的江东子弟都动摇思乡，瓦解了战斗意志，加速了项羽的灭亡，这是我国战争史上很有名的战例。今后我们解放全中国的作战方式将是多种多样的，只要能瓦解敌人，文的武的半文半武的方式都可以用，像广播、传单、喊话、唱个小曲什么的，都可能用得上。这方面谁出过力气谁就是人民的功臣。各级指挥员和政治干部都要学得更聪明一些，作战中我们付出的代价很小而获得的胜利很大，党和人民就更加满意。"

刘飞的这番话，赢得了官兵们热烈的掌声和欢呼声。

大捷之后话失利，窑湾古镇思刘项，叱咤风云的战将在枪炮声初歇就言败战、论古今，这使崔左夫等人颇为诧异。尤其是刘飞避而不谈制胜秘诀，反而一往情深忆起了"江抗"伤病员在阳澄湖养伤的往事，这更使崔左夫意外中又颇感耐人寻味。但司令员硝烟中的殷殷嘱托，还是令他掂出了那段扑朔迷离历史的分量。崔左夫约略知道刘飞抗战时期在苏南作战负伤后，曾到阳澄湖养过伤，胸膛里至今还带着"忠义救国军"的一颗子弹。莫非是大运河畔古城窑湾浓郁的水乡风情，唤起了刘飞对当年那段刻骨铭心岁月的回忆？多年跟随首长南征北战的崔左夫，深知这个工农出身却酷爱学习的指挥员，对革命文艺和知识分子有着一种特殊的偏爱。他不禁想起两年前发生的一件事。

1946年4月，刘飞率华中军区第一纵队二旅在山东泰安地区参加受降讨逆作战，部队围攻大汶口一仗，六团政治处主任陈玉治率一营先锋连向西门突破时，不幸中弹牺牲。这是二旅在山东战场上损失的第一位团职干部。官兵们都感到很惋惜，团政治处有人透露，陈主任的牺牲与失恋有关。战斗发起前，他曾向旅后勤部一位女同志求过爱，不料求爱信被退回来了。于是，便有人说这位女同志破坏了他的战斗情绪，对陈主任的牺牲是负有责任的。一时间，部队议论纷纷，陈主任求爱被拒导致牺牲的说法，甚至激起了一些人的愤懑。

不久，一位团首长到上级开会，返回部队后传达了旅长刘飞的指示。

崔左夫上个世纪80年代写的《魂追陈粟去，遗爱后人钦》一文，记述了当年刘飞指示的大意：长期固定之敌，有固定的火力网控制有效射程，进攻这样的敌人应该以夜战为主，可是有的部队天黑前就发起突击了，这是指挥上犯了轻敌的毛病。陈主任冲在突击连最前面，成了掩护后续部队前进的最大目标，他的牺牲是勇敢光荣的。但我们指挥上应负的责任是对他照顾不够。陈主任是个知识分子，在苏中公学当过多年的大队教导员，他的专长是搞政治训练、文化教育，缺乏实战经验。他带着旅团的指挥意图下到营连去，他的职责应当是督促下级指挥员正确组织实施战斗指挥，而不应当是起一个突击队员的作用。我们旅部没有加以关照，下面也没有加以劝阻，没有人提醒他注意利用地形地物保存自己，所以陈主任牺牲了，我们总有些对不起这位勇敢而身先士卒的好干部。

刘飞专门强调，至于有人说陈主任失恋什么的，这是胡扯，一是对死者不敬重，二是对女同志也是一种侮辱。即使有求爱那么一回事，男同志有追求的自由，女同志就不能有选择的自由？否则做女同志不就成了"供给品"了？目前，在物质生活低水平的情况下我们实行的是供给制，又有战争生活的限制，我们在婚姻问题上有个"二八五团"的暂行规定，但婚姻恋爱自由是我们党的一个大政策，我们共产党人是为亿万同胞摆脱封建压迫，争自由、求解放、闹翻身而奋斗的。

刘飞最后要求，政治机关要注意议论大问题，研究大政策，宣传我们的崇高理想，对干部战士的私生活不要搞捕风捉影。我们革命大家庭讲的是团结友爱，不允许搞流言蜚语，伤害同志，损害斗志。

由团政治处主任牺牲引出的热门话题，成为刘飞因势利导化解矛盾、有效增进部队团结的契机。那一年，十九岁的崔左夫第一次听到一个叱咤风云的军事指挥员对婚姻恋爱的见解，第一次得知革命队伍中男女爱情自由选择是无可指摘的，也懂得了军队内部有一种比男女之爱更为崇高的东西。

在决定中国命运的伟大战略决战初战告捷的那个傍晚，不满二十二岁的新华社战地记者崔左夫，凝望晚霞夕照中的大运河，默诵着刘飞对他的嘱托，口中喃喃自语：阳澄湖，阳澄湖……

1949年1月，中国人民解放军华东野战军第一纵队整编为第三野战军第二十军，刘飞出任首任军长。

52.《血染着的姓名》诞生

江山易主，日月重光。新中国成立的礼炮，转瞬就响过了九载。

抗美援朝胜利后，第二十军五十九师驻防杭州。担任师文化科副科长的崔左夫，忙得像一只高速旋转的陀螺。从1946年8月，中共山东分局机关报《大众日报》刊登了崔左夫的处女作《开赴前线》后，他一发不可收，始终笔耕不辍。新中国成立后，上海文化工作出版社出版了他的第一部著作《胜利的创造者》；1951年3月，华东人民出版社出版了其报告文学集《淮海前线目击记》；抗美援朝期间，崔左夫不幸负伤，在医院用左手完成了记录抗美援朝光辉历程的《战斗在长津湖畔》一书并出版，该书获得了朝鲜民主主义人民共和国三级国旗勋章。因左手著书，故改名左夫。欣欣向荣的新中国的建设发展，极大地激发了崔左夫的创作激情，但他始终不敢淡忘刘飞在淮海战场的嘱托。三十六个伤病员的故事像一块奇异的磁石，时时在吸引着他，随着时间流逝，吸引力愈发增大。

1957年夏，崔左夫受命到苏南收集红十三军和苏南地区抗战史料，在上海见到了"江抗"总指挥部秘书长、上海第一医学院院长兼党委书记陈同生，意外获得了1939年"江抗"伤病员在阳澄湖坚持敌后斗争的材料。这使他不禁大喜过望。恰逢全军开展"解放军三十年征文"活动，南京军区政治部组织作家集中采写。崔左夫得以重返苏南实地采访，像一只采得百花酿佳蜜的蜜蜂，辛劳竟日，收获颇丰。虞山脚下，阳澄湖畔，芦花悄吟，桨声细说，那么多动人心弦而又富有传奇色彩的往事纷至沓来，——在眼前呈现，又齐集他的心怀。

月落乌啼，江枫渔火，崔左夫四顾枕水人家，那些1934年就飘扬过江南东路抗敌后援会旗帜、七七事变后李建模和杨浩庐受党派遣前来播火的湖滨村舍，仿佛从酣睡中被虔诚的寻访者唤醒，争相向他讲述尘封已久的往事。

在张家浜村西头，崔左夫找到凌家寡妇女儿小凌子，这个曾被伤员谢锡生从草垛中伸出的一条烂腿吓得扑到妈妈怀里惊叫的九岁女孩，已是两个孩子的母亲。当年的"特别护士"忆起每天天亮前和天黑后都要给谢锡生送饭，还时常给钻出草垛晒太阳的谢锡生望风的往事，眼泪簌簌淌了下来。"谢同志是多好的人哪！他伤好走后再也没有回来。"崔左夫闻言心像被猛刺了一下：谢锡生伤愈不足百日，就在阳沟溇同日寇搏杀中为国尽忠！

草木深深的董家浜东来茶馆旧址，崔左夫听年长者描述，秋深水寒，被日寇赶下湖追逐离岸小船的人们，听到双手乱舞的胡广兴疾呼"救命"，身子便慢慢向水中蹲下去，随后相继挣扎着从"深水"中逃回岸上，而水下潜游的胡小龙，正以手托船驶向湖心，连夜把被日寇围困多日的三十多个伤病员转移到湖西。

烟水平桥时分，崔左夫来到当年后方医院护士蒋淑芳洗衣的小河边，遥想当年日寇突然进村时，正在洗衣的蒋淑芳急中生智，飞快将在一旁帮助洗衣的伤病员排长叶诚忠藏在水凳下并蒙上被单的情景。深秋的湖水砭人肌骨，事后叶诚忠的伤口开始复发，蒋淑芳见状竟急得哭了起来。

崔左夫不禁慨叹：火种得以幸存并最终燎原，靠的是千千万万个竭诚支持革命的百姓啊！中国革命的历史舞台是宏大的，独具特色的阳澄湖抗日武装斗争，无疑提供了一个极具典型意义的样本！

为了最大限度逼近历史真实，崔左夫特意找到创作过一七五团团歌《你是游击兵团》的词作者、时任南京师范学院党委书记的过鉴清。过鉴清是无锡人，曾任新四军六师十八旅教导大队政治教员并做五十二团宣传股长工作，新中国成立后转业地方，后来成为著名经济学家薛暮桥的学生。崔左夫又登门请十八旅五十二团《你是游击兵团》的曲作者、时任总政治部组织部青年处处长的黄苇回首当年，还专程拜访了曾任中共澄、锡、虞工委委员和警卫一团政治处主任的江苏省委书记处书记包厚昌，以及任过"江抗"组织科长的南京军区军史编辑室谭肇之等人，其中屠淑芳作了长达一周的认真回忆，订正了一些重要史实。南京军区司令部办公室主任施光华，当年随何克希从上海"特科"来到"江抗"，与刘飞、朱一多有接触，熟悉"江抗"在苏南马鞍形发展的斗争历程，被称为"江抗"的见证人，他给崔左夫介绍了"江抗"东进前后的大量情况。

令崔左夫感奋不已的是，两个月采访，他已经能够令人信服地解析国内外一些军事专家感到困惑的战争奇观：在东有上海、西有南京、南有杭州，重镇拱卫且交通发达的平原水乡，日伪据点像"梅花桩"般占据各乡镇和交通要道，特别是1941年敌人"清乡"中用竹篱笆把各个村分割封锁起来，巡逻艇日夜穿梭于河道水网，但就在敌人的眼皮底下，以刘飞、夏光为首的新四军伤病员及由此发展起来的部队，在党领导和人民群众支援下，始终据守湖泊棋布、河道纵横的苏、常、太三角地区，在阳澄湖建立了巩固的抗日根据地，创造了中国革命史上的奇迹！骨鲠在喉，不吐不快，崔左夫展笺挥毫，开始在历史的具象中描摹和书写别有洞天的篇章。他一气呵成，用白描的笔触和经典场景精致呈现的手法，将新四军伤病员坚持芦荡斗争出神入化的故事收诸笔端。

"秋风起，蟹脚痒。"菊茂蟹肥时节，崔左夫收获了苏南之行的宝贵成果：纪实文学《血染着的姓名——三十六个伤病员斗争纪实》诞生了！作品虽然只有七千字，但充满了江南水乡特有的风土人情和生活气息，生动传神地展现了抗日战争相持阶段，苏南水网密布地带敌我犬牙交错斗争的瑰丽画卷，读来饶有兴味。显然，作品题目是由陈毅作词的《新四军军歌》中"光荣北伐，武昌城下，血染着我们的姓名"一句歌词演化而来。崔左夫将稿子打印二百份，分送有关部门和当年阳澄湖斗争亲历者征求意见，并作为"解放军三十年征文"送交南京军区政治部宣传部。那时他当然无法预想，就是这篇浸透着特定年代历史气息、充满了苏南地区生动鲜活的湖上特色、武装斗争与地下斗争交相辉映、浸透军民鱼水情的未定稿，成为后来剧作家们打造红色经典的滥觞！

第十章　再现峥嵘

53. 创作冲动源于《铁道游击队》

1958年的春天在"大跃进"浪潮中到来了。上海人民沪剧团编剧文牧，正被一种莫名的冲动搅扰得坐卧不宁。

两年前，上海电影制片厂拍摄的电影《铁道游击队》上映后，在社会上引起很大轰动。

"西边的太阳快要落山了，微山湖上静悄悄……"影片插曲《弹起我心爱的土琵琶》的抒情慢板，终日在文牧脑间萦回，使他如痴如醉。他太想创作一部抗日战争题材的传奇剧了。

文牧原名王文爵，1919年生于上海松江县，从小就喜爱盛行于浦江两岸的申曲。申曲是沪剧前身，是唱出来的上海话，渊源于浦江两岸的民歌俚曲，后受其他民间说唱及戏曲影响进入花鼓戏时期，清末形成上海滩簧，文明戏时代发展成小型舞台剧申曲。文牧高小毕业后曾在松江南门外一爿米行学做生意，1936年弃商拜师学唱申曲，随先生参加小型申曲班，在上海郊县村镇跑码头演唱，做过演员，编过幕表戏，自己也挑过戏班，是从小受申曲浸泡并喂大的艺人。

1941年上海沪剧社成立，申曲正式改称沪剧。上海沦陷后，为了混饭吃，文牧随戏班继续上庙台、进茶馆，有时到大户人家堂屋唱堂会戏，甚至在沪郊"白相人"聚赌处唱赌场戏。在战后的北新泾河浜，他见过全副武装的水中腐尸和狼藉满地的弹药；在嘉定县北桑庙，戏班正在一家三进头的瓦房堂屋里演唱，忽听人喊："日本兵来了！"文牧和女演员连戏装也来不及脱，跳窗落荒而逃。

乱世江湖，戏班的足迹踏遍了奉城、青村、三官堂一带的茶馆。文牧在同三教九流打交道中阅尽世间乱象，也听人绘声绘色讲述一个叫傅春堂的人，用拾来的枪在剃头店打死一个日本兵，拉起队伍打游击的故事。在日伪顽势力相互勾结又明争暗斗的复杂环境中，为了在夹缝中求生存，戏班不得不同爱唱申曲的汪伪团长勤务兵拉关系，以保护团里女演员不吃大亏，也防止演出中道具和行头箱被砸坏。在青浦淀山湖，文牧一行甚至还同日本兵同船过渡去商榻，途中亲眼目睹了日本兵朝天鸣枪，惊得湖边芦苇丛中野鸭乱飞的情景。文牧熟悉上海远、近郊的风土人情和民间习俗，对抗战初期日寇、汉奸、流氓、乡保长等各色人物也不陌生，当年也听说过青浦抗日游击队的故事，一度想创作一部反映淞沪抗日游击支队斗争生活的剧本。但一琢磨起剧中我军指战员的形象，他的眼前就一片茫然。

冥思苦想中，文牧把目光投向了沪剧团党总支书记、副团长陈荣兰。

陈荣兰又名熊兰，江苏江都人，1929年生，1943年到上海读中学，1944年年仅十五岁就参加了新四军，1946年入党。她先是在新四军浙东纵队织布厂担任文化教员，因参与演出话剧《流寇队长》调入政工队，后到纵队文工团，莱芜战役前开始饰演歌剧《白毛女》中的喜儿，新中国成立后任第二十军文工团戏剧股股长、文工团团长，参加过抗美援朝。1953年9月，陈荣兰转业后先到上海市越剧团研究所工作，随后又调到上海人民沪剧团工作。1954年7月，陈荣兰任沪剧团副团长，不久又兼任了沪剧团党总支书记。

生活和阅历从来都是不辜负人的。在党实行一元化领导的年代，身为书记又懂业务且经战火考验和部队文工团领导岗位锻炼，陈荣兰绝对是上海人民沪剧团的核心人物。在主持剧团工作十三年间，她充分发挥自己的政治、专业和经历优长，在把方向、抓重点中出色履行职责，牢牢把握文艺为人民服务、为社会主义服务的"两为"方向，建立以创作为中心的管理体制，精心组织编导和老中青三代演员积极创演现代戏，亲身参加了沪剧《金黛莱》的编剧组和《战士在故乡》的导演组，不间断地组织演创人员下基层深入火热的生活，使素来以演西装旗袍戏为主的上海人民沪剧团，从此开了新生面。

业内有个说法，京剧演的是帝王将相，越剧演的是才子佳人，沪剧演的是普通百姓。陈荣兰转业后，之所以迅速从上海越剧团"跳槽"，与她个人认为越剧唱腔软绵绵、难以表现现实生活直接有关。陈荣兰引导大家充分认清沪剧在反映和表现现代生活上的独特优势，组织编导人员认真学习党的路线方针政策，遵循沪剧艺术创演规律，亲自参与和组织推出了一批反映火热现实生活的现代戏剧作。陈荣兰主持上海人民沪剧团工作期间，该团创演的歌颂自由恋爱、反映婚姻制度变迁的沪剧《罗汉钱》，进京给毛泽东等中央领导同志汇报演出后，由上海电影制片厂拍成戏曲艺术片。后来，陈荣兰又先后组织创作了《星星之火》《芦荡火种》《母亲》《金黛莱》《战士在故乡》《鸡毛飞上天》《八连之风》《巧遇记》《艰难的历程》等现实主义的精品力作。其中，《星星之火》1959年亦由上海天马电影制片厂拍成戏曲艺术片。

陈荣兰一向尊重知识，善于团结艺人。1959年7月，她积极倡导上海人民沪剧团与艺华、努力、勤艺、长江、爱华六个剧团主要演员联合演出《雷雨》，荟萃群星大大提升了戏剧演出效果，观众大饱眼福，剧团青年演员在竞争优化和以老带新中开阔了眼界、提高了艺术素养。同年，陈荣兰首倡组织沪剧艺术流派"大会串"，在百花齐放中推动各流派交融并推陈出新。

1961年4月，陈荣兰又协调上海人民沪剧团与艺华沪剧团联合公演《金沙江畔》等剧目，为加强沪剧兄弟剧团团结、推进艺术交流，做了有益尝试和探索。

文牧对上海人民沪剧团近四年来在陈荣兰直接领导下，积极开展编演现代戏艺术创作实践的探索感受尤深，打心眼里佩服陈荣兰的政治艺术眼力和"咬定青山不放松"的韧劲，尤其对陈荣兰历经十几年战火硝烟，熟悉军队的历史和生活非常感兴趣。他对陈荣兰讲了自己的创作设想，也讲了苦于不熟悉部队生活的困难，邀陈荣兰一起创作。一门心思抓现代戏创演的陈荣兰欣然同意，两人商定写一台暂名《淞沪抗日游击支队》的戏。陈荣兰还是战争年代那么一股风风火火的劲，加班加点写出了一个故事梗概和剧本提纲。

54. 陈荣兰南京邂逅崔左夫

1957年，中国人民解放军建军三十周年前夕，《红旗飘飘》编辑部向全军高级干部征集革命回忆录。当年苏南东路地区丰富多彩的斗争生活，成了高级将领争相撰写的热点题材。军人和艺术家的双重敏感，积极创演现代戏的强烈责任感，都促使陈荣兰很快把艺术触角伸向这一区域。

1958年9月，陈荣兰专程赴南京军区政治部宣传部，索阅有关"解放军三十年征文"未定稿。《向上海近郊挺进》《夜袭浒墅关》《火烧虹桥机场》……走进高级将领笔下惊天地、泣鬼神的战争世界，陈荣兰不禁心驰神往。她如获至宝，将这些珍贵的回忆史料悉数收入囊中。

在宁期间，一天，陈荣兰与第二十军的老战友崔左夫不期而遇。和平年代，与在同一支部队并肩经历过战争岁月的战友相逢，令人感到格外亲切和激动。他们谈了许多艰苦而难忘的往事，也谈了这些年各自的工作和生活。当崔左夫得知陈荣兰赴宁的使命后，主动给她提供了头一年写的《血染着的姓名》一文。这篇诞生于阳澄湖畔，以江南水乡特有的旖旎风情和精致呈现，展示东路地区抗日战争全新的革命武装斗争画卷的纪实文学，立刻紧紧地攫住了陈荣兰的眼睛。她当即表示："这篇东西有不少传奇色彩，我带回去请团里编剧组看看，他们肯定喜欢。"

沪剧团编剧接到陈荣兰带回的稿子后兴奋不已，尤其是一直渴望创造抗日传奇剧的文牧，看了新奇而别具特色的三十六个伤病员的湖上斗争故事，一下子唤起了当年他在上海近郊跑码头的抗战记忆，那些支离破碎、杂乱无章的生活积淀，仿佛纷纷扬扬的飞雪流絮，从不同年代、不同方位的贮存中一齐跑了出来，围绕着一条无形但却清晰的主线，渐渐整合成一个错落有致、秩序井然的统一体，进而转化为鲜活生动的创作灵感。

踏破铁鞋无觅处，得来全不费工夫！兴奋不已的文牧不禁击节叫绝，以剧作家特有的眼力和敏感迅速锁定了这个题材。他感慨万分地对陈荣兰说，这个素材新鲜、传奇、有特色，使他想起了抗战初期在沪郊生活经历中遇到的许多场景，想起了一些传说中的抗日英雄形象，完全可以写个引人入胜的东西！他打算改变原来的创作计划，毕其功于一役，全力创作阳澄湖伤病员坚持敌后斗争的戏。陈荣兰很赞同文牧的想法。她在给崔左夫的信中写道："沪剧团编剧文牧看完征文稿后说，根据《血染着的姓名》，可以编一个抗日传奇剧。"

历史往往在不经意间的巧合中演绎出精彩。陈荣兰南京邂逅崔左夫，成了三十六个伤病员斗争故事从纪实文学到舞台艺术转换的一个枢纽。

55. 朱一建议编剧赴"模范游击兵团"

几天后，陈荣兰带文牧去拜访自己崇拜而又敬重的老首长、当年阳澄湖伤病员领导人、时任上海警备区副司令员刘飞的爱人朱一。刘飞是1957年南京军区公安部队整编时，由该部队司令员调任现职的。

朱一原名朱素娟，1914年12月生于江阴县夏巷镇。朱一的叔叔朱杏南1926年入党，牺牲前任中共苏州县委书记，大革命失败后被叛徒出卖，面对严刑拷打坚贞不屈，1931年5月英勇就义。受朱杏南影响和熏陶，朱一从小心中就埋下了对旧社会和反动统治仇恨的种子，下决心自立自强，后考取苏州女子师范学校。受在校任教的革命家孙起孟影响，积极投身学生运动，被当时江苏省教育厅列入"赤色学生"黑名单，监视住校，失去了人身自由。抗战爆发后，1937年8月，朱一在中共上海地下党领导的难民收容所做地下工作。1939年1月，朱一由上海地下党派到青浦参加了淞沪游击三支队。1940年，在日伪顽残酷的"扫荡"中，朱一由乡亲们掩护死里逃生，经组织安排从上海到常熟东塘墅参加了"江抗"。

陈荣兰和文牧的到访，唤起了朱一对苏南抗战峥嵘岁月的回忆，她为终于有机会圆刘飞在窑湾放飞的芦花梦而感到由衷高兴。她知道，1948年，在淮海战场上首战窑湾一役，刘飞与崔左夫有个约定。

1958年11月，在朱一热情帮助下，陈荣兰、文牧和参与创作沪剧《星星之火》《鸡毛飞上天》的女剧作家宗华一起，到杭州市留下镇西穆坞村军营，访问了当年由阳澄湖伤病员发展壮大起来的第二十军五十九师一七五团。

为迎接陈荣兰一行，部队特地把在湖州第二十军军部写作"解放军三十年征文"的原军文工团演员朱仁抽回来，负责协调和安排两位艺术家的活动。当年军文工团演《白毛女》，陈荣兰饰演喜儿，朱仁饰演大春，久别重逢，两人自然格外高兴。恰逢师文化科干事李吉祥在团里组织文艺会演，陈荣兰、文牧、宗华兴致勃勃地和官兵们一起观看了团战士业余文艺演出队演出的独幕小话剧《芦苇塘》。这台小戏，取材于一七五团一营二连老前辈新四军伤病员，在阳澄湖芦苇荡坚持斗争的真实经历。看到上海人民沪剧团领导和艺术家观看演出，演出队的小伙子们紧张得汗都出来了，有的登台表演时几乎连声音都发不出来。但陈荣兰很快就看懂了剧情，她扭头对文牧和宗华说，这不和我们要搞的东西一样嘛！原来这个团就是新四军伤病员在阳澄湖芦苇荡坚持敌后斗争故事的发源地！陈荣兰决心把熟悉了解一七五团历史和熟悉官兵，作为创作必修课。她和文牧、宗华认真听取了团领导对部队成长壮大历程和建设情况的介绍，翻阅了一七五团的历史资料和有关文章，到连队和训练场感受火热的军营生活，还召开了连队官兵参加的座谈会，在与官兵面对面交流碰撞中，熟悉了解官兵，重拾军营记忆，试图从新一代"江抗"人身上，去捕捉前辈筚路蓝缕创业的足迹。

登山则情满于山，观海则意溢于海。陈荣兰、文牧和宗华的杭州军营之行，使他们找到了从今天回溯昨天的路径。三人有一个共同的感觉，崔左夫笔下当年那个雾霭笼罩、危机四伏的湖上芦苇荡，离自己近了，变得清晰了。

56. 一首团歌浓缩的团史

正逢部队纪念建团十九周年，陈荣兰、文牧和宗华兴致勃勃参观了部队史馆，见到了三十六个伤病员名单和部分照片。当他们聆听官兵高唱团歌《你是游击兵团》时，两人被深深震撼了：

> 阳澄湖畔，虞山之麓，三九年的严冬，三十六个伤兵病员高举共产党的旗帜，在暗影笼罩着的鱼米之乡，埋着头流着血呀流着汗，辛苦地耕耘着被野狗蹂躏的田园，东路人民的救星生长了，游击队变成了"民抗"，"民抗"又锻炼成了一支强大的"江抗"，"江抗"，"江抗"，你不断地战斗，你的威名震彻了江南，你的钢刀刺破了敌汪心房。啊！游击兵团，游击兵团，你是党的模范游击兵团，你是战胜日寇的怒潮，你是大江南北的解放信号……

这首歌，是黄苇当年在五十二团二营当文化干事时，收集了三十六个伤病员、"江阴老虎"、新"江抗"反"清乡"斗争和转战江北地区等史料后，同老"江抗"成员、宣传股长过鉴清反复酝酿后一起创作的。谁知生孩子易，起名字难。两人先后琢磨过三十六个伤病员、江阴老虎团、工农兵团等歌名，都感到不太理想。最后由过鉴清根据陈毅关于六师十八旅要成为游击兵团模范的指示，敲定题目为《你是游击兵团》。已是胸有成竹的过鉴清，两天就写出了初稿。黄苇则忙着去连队收集战士们曾经唱过哪些歌，喜欢什么曲调，为歌曲寻觅基本旋律和节奏。部队打哈拖沟后，《你是游击兵团》歌词经团政治处主任彭冲修改，并吸收老"江抗"指战员意见，初步定稿。团首长要求黄苇抓紧配好曲调。

五十二团上海兵多，整体文化水平高。全团基本上没有文盲，单是一营就有三十多名高中毕业生。当时二连有个统计，全连一百零四人，有两名干部是老红军，有七十名干部战士是上海来的工人、职员和学生，其他战士是江南江北的工农青年，全连没有一个文盲。部队官兵有文化，鉴赏和学唱歌曲的能力自然也强。

黄苇到连队征求意见，指导员丁毕克建议，曲子既要有江南风味，又要有英雄气魄！黄苇又一头扎到战士堆里，让小伙子们敞开思想讲喜欢啥样的团歌。战士们快言快语，七嘴八舌说，团歌唱起来要有劲道，要好唱！有个虎头虎脑的兵嚷道，团歌听起来像个模范游击兵团的模样！一句话使黄苇的心里亮堂起来：模样就是形象，就是歌曲的灵魂和基调！

那几天，黄苇眼前总是萦绕着一个英雄的影子，那是闻名苏中的本团战斗英雄海有鱼。部队宿营宝应县王家墩那天，海有鱼挑着水桶路过烈士纪念塔，见到黄苇，红着脸放下水桶，低声说："有件事想请你帮忙。"黄苇急忙问："啥事？尽管说。""要是俺在战斗中光荣了，你能给俺写支歌吗？像唱《模范共产党员沈进洪》的歌那样，在全团唱得亮亮的。"黄苇一把抱住海有鱼，连声说道："我写，一定写！"那一刻，两个人都流下了热泪。

两年多后，1945年4月21日，海有鱼在高邮县三垛河伏击战中壮烈殉国。黄苇连夜挥泪赶写了一首纪念海有鱼的歌，开头几句是："大海里有条英雄鱼，经得起巨浪冲打，熬得住狂风暴雨，在搏斗中，勇敢冲向前……"这首歌很快风靡全团。写好这首团歌，是多少海有鱼一样可钦可敬的英雄战士的期盼啊！追忆往事，黄苇浑身的血仿佛都沸腾起来。他像着了魔似的，吃饭、行军、睡觉都在背词哼调，灵感一来，就赶紧把音符记在本子上，逐步形成了曲子的结构和旋律。

三天后，黄苇向股长过鉴清交上了为团歌谱好的曲子。经团领导和部分干部、老兵试唱，综合大家提出的修改意见，过鉴清和黄苇又改动了歌曲的个别字句和音符，11月由歌咏队正式示范演唱，博得全团官兵热烈赞叹。此后，各营连争相教唱《你是游击兵团》歌曲，迅速在十八旅普及并波及苏中军区第一军分区，成为部队官兵传唱不衰的雄壮战歌。为了烘托气氛，增强表现力和感染力，过鉴清和黄苇又将团歌写成两部合唱，歌咏队到旅部演唱时，受到旅首长好评和大会奖励。在1943年的江苏江都、高邮和后来诞生过电影《柳堡的故事》的宝应地区，《你是游击兵团》这首歌，抗日军民无人不晓，个个会唱。

时任十八旅政治部主任的刘飞和参谋长夏光认为，由阳澄湖三十六个伤病员发展起来的新"江抗"部队，不仅仅是指五十二团，也包括整个十八旅，因此，《你是游击兵团》是团歌，也是旅歌。根据刘飞的指示，这首歌又有了"歌颂十八旅"的副标题。歌曲展示的伤病员群体在艰难竭蹶中发展为游击兵团的不平凡历程，成为鼓舞苏南抗日军民团结一心坚决战胜日伪顽的精神力量。

作家丰子恺1938年在《谈抗战歌曲》一文中写道："抗战以来，文艺中最勇猛前进的，要算音乐……只有音乐，普遍于全体民众，像血液周流于全身一样。"据可以查到的歌谱统计，抗战期间曾产生了三千多首歌曲，在中华民族国难当头的非常年月，抗战歌曲唱出了所有中国人抗日救国的共同心声。徜徉在充满光荣与梦想的团史馆，陈荣兰一行深深感到，战火中诞生的歌声，曾经那样神奇地转化成催生部队战斗力和鼓舞官兵不断夺取新胜利的强大精神力量，而令人意气风发、血脉偾张的战斗歌声，又与部队士气高、打胜仗结下了不解之缘。

在转战苏南和苏中的征程中，五十二团做到了一次战斗胜利一首歌，如《淮宝进行曲》《大官庄之歌》，车桥、三垛河、顺河集、兴化等战役战斗都专门创作了歌曲；一位英模烈士一首歌，如沈进洪、陶祖全、叶诚忠、朱宝山、马思进等英烈，都有讴歌其英雄事迹的歌曲；一次休息整训一首歌，如《练兵进行曲》《整训歌》《学习军事》《掷弹歌》等，都是在休整中应运而生；一次政治教育活动一首歌，如开展团结进步、反对内战、诉苦立功等活动，都专题创作相关歌曲增强活动效果。此外，还创作了瓦解敌军的《叫老乡》《回头打东洋》，加强军民团结的《拥政爱民小唱》等歌曲，成为鼓舞军心士气、凝聚意志力量、推动立功创模活动蓬勃开展的重要形式和载体。据当年五十二团统计资料显示，1943年至1945年3月，全团各单位会唱的歌曲共计七十六首，其中三十首是新歌。在嘹亮的歌声中，全团涌现出费阿大、唐国平、张仁友、王和兴、徐柏生、吴福根等十六位英雄人物，实现了战斗歌声与战斗英雄同步增长的良性互动。

1943年秋，在纪念新四军成立六周年之际，五十二团创作演出了赵杰编导的《朱宝山转变》一剧，生动地反映了一个青年战士在部队熔炉锻铸和革命歌曲熏陶下茁壮成长的故事。三营九连战士朱宝山，1943年从伪军解放过来，开始放哨怕鬼，行军掉队，经老兵耐心帮助和热心带领，逐步适应了人民军队的战斗生活。尤其是连队指导员对他进行为谁当兵、为谁打仗的阶级和民族意识教育，他通过学唱团队创作的《模范共产党员沈进洪》等歌曲，内心受到深深的震撼，思想有了很大转变，决心在革命队伍里"好好干"，由一个后进新兵成为连队骨干。三垛河伏击战中，朱宝山冲锋在前，和战友们共同缴获了一挺92式重机枪，光荣立功。1945年七一，《朱宝山转变》在部队演出，坐在台下的朱宝山泪光闪烁，心潮起伏，九连的官兵格外兴奋，羡慕不已。大幕一落，热烈的掌声经久不息，"向朱宝山学习"的口号声和《团结进步》的歌声此起彼伏，九连受到了很大的激励和新的洗礼。在8月攻打兴化城的战斗中，朱宝山主动要求参加突击队，率先冲上西北城墙，在云梯被打断、后续部队受阻的情况下，他和另外三位勇士与伪军展开白刃格斗，最后英勇牺牲在城头。

1943年，五十二团在江苏省泰州市兴化县安丰镇举行了一次全团歌咏比赛，各营连排班都能够唱几首比较长且难度大的歌曲，如两部轮唱的《你是游击兵团》，三部轮唱的《保卫黄河》和《新四军军歌》等，时任五十二团政治处主任的彭冲亲自担任评判小组组长。这位在新四军部队中锻炼成长，新中国成立后曾主政南京、江苏、上海等地，担任过中共中央政治局委员、书记处书记、政协全国委员会副主席、全国人大常委会副委员长等党和国家重要领导职务的革命家，因亲笔修改润色《你是游击兵团》团歌歌词，也成为一七五团乃至今天第二十集团军官兵津津乐道的一段佳话。

2002年，学林出版社出版由第二十集团军、中共常熟市委员会、上海新四军"沙家浜部队"历史研究会组织编纂，辑录上百篇亲历者的回忆文章、团史文稿和战地采访札记而成的《沙家浜战士足迹》一书，2007年，上海文艺出版社出版《新四军中的上海兵》一书，德高望重的彭冲欣然为两书作序，这是后话。

一首历史厚重、脍炙人口的团歌，就是一部浓缩的团史！

在团史馆，深受触动感染的陈荣兰和文牧，又瞻仰了叶诚忠以命相搏从日寇手中夺取的92式重机枪。当年，崔左夫写的《血染着的姓名》，对这挺机枪有过专门的描述。闽东籍红军战士叶诚忠，一直战斗在有着"江阴老虎"美誉、以三十六个伤病员为骨干发展起来的二支队，担任过诞生在阳澄湖畔的一连连长，1944年在副营长任上，牺牲于宝应县大官庄乡战斗。为了今天的新中国，多少像叶诚忠这样的烈士，以自己宝贵的生命铺平了胜利的道路！出于纪念这位为"江抗"发展作出特殊贡献的红军烈士的考虑，在嗣后的剧本创作中，陈荣兰和文牧特地在剧中安排了伤病员排长"叶思中"这一人物。

57. 刘飞扶病助力剧本修改

毕竟从小跑江湖，戏班出身的文牧，对抗战时期日伪顽我犬牙交错的复杂斗争局势，感到十分难以把握。

返回上海后，文牧反复研读《中国革命史讲义》，弄清了"江抗"在东路地区开辟抗日根据地这个时期，正逢日本首相近卫发表声明，汪精卫发表"艳电"降敌，国民党发动了国共合作以来的第一次反共高潮。这使他意识到，这台戏的时代背景，应反映出敌顽伪既相互勾结、又相互矛盾的情况。同时，剧中我地下工作者要摸清敌人情况并利用"忠义救国军"内部的矛盾，小心机智地掩护伤病员。

陈荣兰、文牧与其他主创人员多次沟通，反复琢磨，构思了"智斗"这出戏。两人认为，"智斗"是全剧的重头戏，创作演出的难度也最大。必须在这场戏中使人物性格定型，矛盾开始激化，定下戏的基调。这场戏写好了，有了人物、情节的轴心，以后随着剧情发展达到高潮就好写了。大家一起敲定了戏的故事梗概和框架。虽然文牧写戏前从未到过阳澄湖，但他多年在上海郊县跑码头，对淀山湖和社会各色人等比较熟悉，写起来很顺手，很快拿出了反映"江抗"三十六个伤病员斗争生活的沪剧剧本《碧水红旗》。因刘飞既是剧中的重要人物原型，又是该剧素材的重要提供者，也是该剧创作的热情支持者，陈荣兰决定，首先将剧本送刘飞征求意见。

刘飞到上海警备区工作后，在科技先进、人文荟萃的大都市，迫切感到自己的科学文化素养与上海市各行各业人员的巨大差距。参加革命后，刘飞在参与打碎一个旧世界的革命斗争中，深感学文化的重要，战争年代行军作战间隙见缝插针抓紧学习。如今，在建设一个新世界的历史征程中，他更为自己知识和本领欠缺感到恐慌，进而产生了一种比战争年代更加深厚的求知欲望和学习动力，虽担负着繁重的领导工作，却仍孜孜不倦刻苦学习。

1951年11月，组织上确定刘飞在职参加军事学院函授系学习，时任安徽军区司令员的刘飞，竟激动得眼噙泪花，对夫人朱一说："组织上对我们年纪大的干部还这么注重培养教育，说明对我们还是寄予希望的。我得下把劲好好学，提高为党工作的能力。"刘飞白天忙工作，晚上抓学习，遇到难题弄不懂就不睡觉。由于过分劳累，加上缺乏营养，两年下来，刘飞的眉毛全掉光了，头发也一块块脱落。安徽军区机关有人俏皮地说："刘司令的头，像地球，有山有水有河流。"

后来朱德到安徽视察，看见刘飞花头光眉，就关切地询问原因。当他得知刘飞是读书把眉毛读掉的，非常感动，握着他的手说："我在安徽见到了一个读书把眉毛读掉了的司令，了不起啊！"朱德离开安徽时，还特意向刘飞赠送了两本书。

朱德向刘飞赠书，这已经是第二次了。1948年5月4日，朱德在陈毅、粟裕陪同下视察华东野战军。在第一纵队二师，朱德把随身带的《向列宁学习工作方法》的小册子，送了二师师长刘飞等师领导。朱德在送给刘飞的那本小册子上亲笔题词："二师师长，刘飞同志：你们要学习列宁的工作。朱德赠。"2006年5月，南京军区军史馆征集文物，刘飞夫人朱一把这本小册子捐赠了出来。

在努力向书本学习的同时，刘飞虚怀若谷，拨冗求知，利用一切机会抓紧向内行的人们学习。

当时刘飞的胃病已很严重，经常疼得脸色发青、直冒冷汗，正在上海华东医院治疗。陈荣兰、文牧和著名沪剧表演艺术家丁是娥到医院拜访时，身体十分虚弱的刘飞仍专门抽出时间，热情接待陈荣兰一行。他把帮助上海人民沪剧团创作演出好这台戏，作为自己义不容辞的责任，同时也把与陈荣兰、文牧和丁是娥的接触，作为向三位艺术家学习的好机会。刘飞认真听朱一念完了剧本，详细询问了剧本创作情况，高兴地表示，沪剧能反映部队生活，是一件非常好的事情，提出该剧的创作和演出都要进一步贴近生活，并拿出自己1959年夏在莫干山疗养时，反复修改定稿的回忆录《火种》供他们参考。这篇八万字的回忆录，是应《红旗飘飘》编辑部之约，为纪念建军三十周年而撰写的，由刘飞抱病口述、朱一和秘书高松记录整理完成，部分内容以《阳澄湖畔》为题，在上海《萌芽》、南京《雨花》杂志和江苏《新华日报》发表。

陈荣兰等人得到刘飞以亲身经历为轴线写的回忆录，如获至宝。这篇集"江抗"东进精彩战斗故事和场景之大成的文章，写了"江抗"东进途中在伪江苏省政府大门口水陆码头浒墅关车站打的漂亮夜袭战；写了部队乘胜挺进在上海近郊火烧虹桥机场的战斗；写了"江抗"为避免摩擦，主力西撤后伤病员在阳澄湖芦苇荡英勇坚守的情景；写了医护人员面对鬼子搜查宁可牺牲也不丢弃抢救伤病员药物的感人事迹；写了护理员中的"小鬼"一身孤胆伴装拾粪尾随鬼子侦察的惊险情节；写了"派头很大"的茶客如何来董家浜东来茶馆交代两天内把伤病员转移澄西的任务；写了东来茶馆老板胡广兴侄子胡小龙，潜入水中将一艘挣断缆绳的船悄悄送进芦苇荡转移伤病员的故事；写了新"江抗"司令员夏光根据组织安排，向当地游杂武装首领智取人枪的生动过程。为生动翔实和准确还原当年阳澄湖畔的斗争环境，刘飞还专门打电话，让当年自己养伤时的"拐杖"、时任福州军区空军政治部主任的黄烽，专程从福州赶到上海，给剧作家介绍湖区敌情、稳定闹着回部队伤病员情绪和群众冒死掩护伤病员的故事。文牧、陈荣兰根据这些珍贵的第一手资料，又对剧本作了重要修改。受刘飞回忆录影响，文牧和陈荣兰按照主创人员建议，将剧本更名为《芦荡火种》，使戏剧能更准确地反映当年坚持敌后斗争的价值和地域特征。

从1948年11月窑湾之战，到上海人民沪剧团登门征求剧本意见，一晃十年时间过去了。当年苏北大运河边萦绕在纵队副司令员刘飞脑中的芦花梦，终于从原生态生活到纪实文学，再到现代戏剧，就要以上海人喜闻乐见的艺术形式，展现在广大观众面前了。刘飞在欣慰之余，愈加怀念在阳澄湖和后来征战中牺牲的后方医院病友。他感到自己的生命不仅仅属于自己。作为世界反法西斯战争东方主战场九死一生的幸存者，他不仅要加倍努力完成战友们未竟的事业，而且有责任把他们光耀千秋的英雄业绩和伟大精神，传诸后世，培塑今人。

58. 陈荣兰提议茶馆老板改为老板娘

剧本写的春来茶馆男老板，以当年董家浜西南梅村东来茶馆老板胡广兴为原型。抗日战争时期，东来茶馆是中共常熟县委设立的一个秘密交通站，由老板胡广兴任秘密交通员。陈荣兰提议说，沪剧是以旦角戏为主的，戏里的男角太多，不利于充分发挥沪剧剧种特色，削弱了戏的观赏性，是否可以把茶馆老板改为老板娘，这样可以增添很多戏，情节也会更加曲折生动。她还建议，剧中的老板娘，由沪剧团的当家名旦丁是娥饰演。

丁是娥原名潘咏华，浙江湖州马腰镇人，1923年出生于上海虹口虹江桥畔外婆家，九岁从师学艺，是全国著名沪剧演员，花旦、正旦、老旦样样俱工，在长期的艺术创造中形成了以瑰丽多变为特色的丁派。1952年，丁是娥在首届全国戏曲观摩大会上，因饰演《罗汉钱》中的小飞蛾，受到毛泽东、周恩来等党和国家领导人的接见。那时的上海人民沪剧团，可谓百花争艳、人才荟萃。除丁是娥外，石筱英创立的以抒情委婉为特色的石派，解洪元创立的以浑厚苍劲为特色的解派，邵滨孙创立的以激昂高亢为特色的邵派，以及以唱腔清丽流畅著称的筱爱琴等，也都各有千秋，极一时之盛。

文牧当然知道，从小生长在上海、又在部队演了那么多年戏的陈荣兰，确实深得戏剧之三昧，按她的意见调整，把茶馆男老板改为老板娘，由丁是娥来演这个角色，戏肯定更有看头。文牧与陈荣兰经深入讨论和缜密思考，一致感到把剧中的男老板换成老板娘，既是剧情所需，也有坚实的历史文化根基。

阳澄湖是著名的鱼米之乡，人口稠密，村头街尾都有茶馆。当年，离伤病员隐蔽的芦苇荡不远处，还有董家浜的涵芬阁茶馆、白泥翁的陆家茶馆，都是新四军交通站。经营茶馆的关林嫂和陆二嫂，丈夫因参加共产党和抗日武装斗争，先后牺牲在故乡土地上。当年新"江抗"成立后，受命主持东路地区党政军全面工作并担任"江抗"东路指挥部司令员兼政治委员的谭震林，就曾得到过涵芬阁茶馆的掩护帮助。1982年5月20日，谭震林旧地重游来到阳澄湖畔的董家浜，见到尚健在的关林嫂，动情地说："常熟有许许多多阿庆嫂，关林嫂不也是一个嘛！"当年，这些史料虽未进入刘飞和崔左夫的作品，但仍不失为上海人民沪剧团创演的重要历史背景和艺术构思的依托。

英雄所见略同的文牧和陈荣兰一拍即合，在剧中设置了阿庆嫂这一人物，并相应增加了在幕后"跑单帮"的阿庆。但这毕竟是个牵一发而动全身的改动，随着老板娘的出现，全剧的人物关系都需要重新构思和布局。文牧和陈荣兰在调整人物关系中，逐一解决了三对矛盾。

第一个是，兵荒马乱的年月，店主夫妻同在，老板娘总不能抢在老板前面去同胡传奎、刁德一等人打交道，必须把老板打发走；但老板走后，只剩年纪不大的老婆，"忠义救国军"的胡司令、刘副官，还有顽劣不轨的天子九等人会不会对她动邪念？因此，必须把老板娘与胡传奎的关系摆得更亲近和合理些。崔左夫《血染着的姓名》中有正在水塘边洗衣的女护士蒋淑芳，用被单遮住蹲在水边桥下的伤病员叶诚忠，躲过鬼子搜捕的细节。文牧移花接木，设计了一个当年胡传奎遇日本鬼子追击时，阿庆嫂曾急中生智把他藏在水缸里的情节，这样既有利于表现阿庆嫂机智应变的性格特征，又可以为"讲义气、知感恩"的胡传奎成为"挡风的墙"做好铺垫。既然阿庆嫂同胡司令有生死之谊，凭借胡的势力，别人也就不敢动她的坏脑筋了，同时，也有利于阿庆嫂对付刁德一。

第二个是，茶馆里只有一个老板娘，身边又有一个成年的侄子胡小龙，少妇和男团住在一起很不妥当。于是，文牧将胡小龙改成沙七龙，另添一个妈妈沙老太，把崔左夫《血染着的姓名》中伤病员赵阿山的身世融入沙七龙身上，沙家成为新四军家属，沙氏母子成为阿庆嫂的得力助手。文牧还把常熟人民支援、掩护伤病员的事迹，有选择地移接到阿庆嫂的戏里去，使剧情更加饱满和引人。

第三个是，阿庆嫂与胡传奎和刁德一"智斗"一场戏能否真实可信和立得住，关键是阿庆嫂必须知己知彼，熟悉当地情况和敌人内部矛盾，同时还要胆大心细，谋胜一筹。文牧在创作中注意把握一点，阿庆嫂的智慧，主要不在于要什么花招，而是在于善于利用敌人之间的矛盾来保存自己。剧中的阿庆嫂不仅对变化着的敌我情况了如指掌，而且善于及时观察分析瞬息万变的情况并作出判断，因而总能料事在先、因敌而动，把斗争的主动权牢牢抓在自己手里。

文牧起初给阿庆嫂起名阿兴嫂，取东来茶馆老板胡广兴姓名中的"兴"字。后来觉得"兴"字音显得平，作为剧中重要角色，人物名字中间的字应该响亮、有力，于是把"兴"字改成"庆"字。

至此，沪剧《芦荡火种》从在纪实文学和回忆史料中激发生活积淀，到形成故事梗概和剧本初稿，再到着眼舞台和艺术效果进行调整修改和升华，完成了对历史史实和人物原型的第一次超越。戏剧的主要情节，由新四军伤病员在艰难困苦中隐蔽在芦苇荡坚持与敌斗争，变为阿庆嫂为掩护新四军伤病员，与敌人斗智斗勇的传奇故事。剧中主要人物阿庆嫂为我党地下联络员，郭建光成为新四军指导员，胡传奎是有抗日倾向的地方武装头领。为便于舞台表演和使戏剧整体更为紧凑，陈荣兰和文牧将剧中三十六个伤病员减为十八个。所有人物生活原生态痕迹都进一步淡化，使艺术虚构成分得到强化，剧本的戏剧性明显增强。

59. 刘飞安排剧组下生活

　　1960年五六月间，热心的刘飞又安排《芦荡火种》剧组六十余名演职员，到五十九师有关部队下连当兵体验生活。陈荣兰率领剧组来到由三十六个伤病员起家的原型部队，演职员们一下子就被这支部队的传奇经历和火热生活吸引住了。恰逢驻杨家牌楼的师警侦连去余杭农场夏收夏种，剧组男女演员大部住在警侦连，而邵滨孙等主要演员，则赴当年"江阴老虎"部队发展而来的一七五团代职。剧组边向解放军学习，体验军营生活，边修改排练《芦荡火种》，在追寻历史中感受官兵战斗精神和情怀，最大限度地变艺人演兵为兵演兵。

　　那时正是共和国遭遇三年自然灾害的饥馑年月，子弟兵正和全国人民一道共度时艰。沪剧团演员们全身心投入，与部队官兵同甘共苦，有模有样地下连当起了兵。饰演刁德一的邵滨孙，大概因为在《金黛莱》《战士在故乡》等剧目中饰演过部队领导，这会儿作古正经地代理起了一七五团三营副营长，他和战士们一起吃山芋藤饭、抽山芋藤烟，每天还和战士们一起出操跑步。其他演员在训练中也像战士们一样摸爬滚打，操枪打靶，有的衣裤都磨破了。军人服务社供应的解放鞋和针线包，很快被演员们抢购一空。青年演员还踊跃到附近的芦苇荡野营露宿，亲身体验当年新四军伤病员在芦苇荡坚持斗争的革命精神。在跟班训练和不误戏剧排练的前提下，演职员们还热情为解放军服务，每天早晨起床号吹响后，趁连队官兵在操场集合之际，总有一些演员争先恐后奔向战士寝室收集衣被鞋袜，洗净晒干后再补好。那段时间，营区大礼堂夜夜灯火通明，剧组不是排练《碧水红旗》，就是演出沪剧传统名剧《罗汉钱》《阿必大》《杨乃武与小白菜》和现代戏《鸡毛飞上天》，场场博得满堂喝彩。一七五团官兵曾用这样两句话赞誉沪剧团演职员："台上表演众乡亲掩护新四军鱼水情，台下演绎艺术家服务解放军鱼水情。"

　　一个月下来，剧组获得了排练与体验军营生活双丰收，邵滨孙等人还被部队评为"五好战士"，获得了纪念章和证书。当时五十九师有四个建制团，部队官兵亲切地把上海人民沪剧团称为"五十九师第五团",剧团团长自然为团长,书记为政治委员,剧组被誉为"部队文工团"。剧组离开营区时,部队官兵列队敲锣打鼓欢送,演职员们乘坐的车刚一开动,战士们就紧随其后挥泪道别,于是,剧组人员情不自禁下车与战士握手拥抱,如此送送停停足有三四回,剧组与官兵依依不舍,难分难别。有了这段经历,演员们在思想感情和气质演技上,均有很大长进,与各自饰演的角色对上了号,尤其是饰演新四军更有精气神。

丁是娥事后深有感触地说:"只有坚持不断地深入生活,十分注意找寻自己与英雄人物的思想差距,才能找到找准自己与所创作或所扮演的新人物的差距,才能正确地、有深度地塑造新人物。"

对于不熟悉军营官兵的编剧文牧来说,下到有着"江抗"光荣传统的部队体验生活,收益是全方位和长远的。从刻意创作叫好又叫座的抗日传奇剧,到开始运用我党抗日斗争的战略策略思想,来观照透视"江抗"东进作战我与日伪顽惊心动魄、错综复杂的斗争,文牧的创作视野开始走出芦苇荡,创作中自觉将芦苇荡与全国抗日大战场联系在一起,大大深化了剧作的主题,胸中大义和笔下乾坤开始深度介入时代肌理。再加上文牧一向善于广征博采,充分听取各方面意见择善而从,从军营返回上海后,对剧本再次进行修改提高,显得顺手多了。

为了使演员们直观真切地感受阳澄湖芦苇荡奇特而又艰苦的斗争生活,从而为准确把握剧中角色心理和一招一式奠定坚实生活基础,陈荣兰专门带领剧组演职人员,到新四军伤病员战斗过的常熟横泾乡采风和体验生活,演员们穿巡芦荡,泛舟湖上,在水天交融中感受创作意境。

蒹葭采采,白露未已。

所谓伊人,在水之涘。

在洒下抗日健儿鲜血、充满战斗传奇的芦荡,《诗经》所描绘的如诗如画的美景和淳朴唯美的爱情,使艺术家们领略到一种前所未有的艺术境界,不由思接千载,浮想联翩。

常熟市沙家浜革命传统教育馆中,陈列着当年上海人民沪剧团党总支书记、副团长陈荣兰,率领《芦荡火种》剧组人员在阳澄湖芦苇荡中采风和生活的一组照片:一张是陈荣兰手抓船舷,半身浸在湖水里,在浪遏飞舟中体验当年伤病员水上坚守的艰辛;另一张是上海人民沪剧团演员行进在湖畔芦苇丛中,这张照片也留下了陈荣兰的倩影——时年二十九岁的陈荣兰风姿绰约,一双明眸顾盼生辉，饱经炮火硝烟洗礼的战地艺术家气质呼之欲出。

走在阳澄湖畔崎岖泥泞的水乡小径上，在东方大都市饱受海派文化濡染而对湖区生活十分陌生的演员们，感觉自己不仅置身于剧中角色生活的环境，而且已经开始走进他们的内心世界，并逐渐融为一体了。

"陈荣兰是《芦荡火种》导演的导演！"2015年7月5日上午，原上海人民沪剧团导演王兴仁，不胜感慨地对我这样说。

王兴仁原籍山东招远，1934年生在上海，1949年上海解放后被第二十军文工团演的《白毛女》所吸引，遂参军当了一名文艺战士，和陈荣兰等睡起了毛森公馆打了蜡的地板。后王兴仁循着陈荣兰的足迹，从部队转业到上海人民沪剧团。作为亲眼目睹《芦荡火种》从创意萌芽到化茧成蝶全过程的见证人，回首剧作半个多世纪的艰辛创演路，她的心情仍十分激动。

"上海人民沪剧团是由夫妻演员为基础的两个私营剧团，响应政府号召合并而成的国有剧团，要使原来属于不同剧团的演员同心协力共同创演革命现代戏，是很不容易的一件事。开始，团里对搞现代戏的呼声并不是很高，一些有成就的老演员对搞过去的传统戏轻车熟路，对贴近生活的创新探索心里并没有底。另外，丁是娥原来属于上艺沪剧团，石筱英属于中艺沪剧团，丁是娥演主角阿庆嫂，同样优秀的女演员石筱英只能演配角沙奶奶。如何让大家正确对待角色分工、心甘情愿做好绿叶扶红花的事情，陈荣兰做了大量工作。还有，陈荣兰是从战争年代过来的新四军和解放军女战士，《芦荡火种》的导演杨文龙也是从军队转业来的，他们在战火纷飞的武装斗争年代，从切身体验中深刻地懂得了军民鱼水深情和血肉关系的极端重要性，所以在组织艺术创作中，才能自觉挖掘和全力表现这一主题。那时候创作和排演一台戏，都是领导、专家和演员群策群力，是集体智慧和大协作的结果。《芦荡火种》的主要执笔人是文牧，但第六场《开方授计》开场，阿庆嫂有一段内心独白唱段'快板'，陈荣兰就安排更擅长心理描述的女编剧宗华来改写。创作沪剧《鸡毛飞上天》时，得知一个民办教师的事迹很先进，领导和专家都去了，后来连演员也参与台词的修改。就是在今天，这种三结合创作的模式和方法也应该大力提倡！"

王兴仁告诉我，在陈荣兰眼中，戏比天大。为了精益求精打造《芦荡火种》这出现代戏经典，陈荣兰倾注了自己的全部才智和心血，从剧情、台词到服装布景，都一丝不苟，精雕细刻。比如，陈荣兰在常熟深入生活时，发现阳澄湖畔茶馆的女老板通常腰系前后两片的竹裙，成为具有鲜明地方特色的职业服饰。为了做好戏中阿庆嫂穿的这条竹裙，陈荣兰专门请擅长服装设计的妹妹熊玲，量身打造为剧团女演员设计了具有浓郁水乡特色且款式新颖的竹裙。加工制作也煞费苦心，可谓大动干戈。陈荣兰安排剧团服装组买来粗布，自染印花，竹裙前面绘有图案，腰带是用五颜六色的线编织而成，像梳辫子似的缠在腰上，后面还打了一个结。王兴仁说，《芦荡火种》能产生那么大的影响，对上海乃至中国戏剧界现代戏的创演都起到了重要的促进作用，不容易啊。说起这些往事，她忍不住喟然长叹：陈荣兰走得太早了！

60. 《芦荡火种》绽放戏剧百花园

《芦荡火种》剧组走出杭州留下军营后，首演杭州胜利剧院就一炮打响，返沪在上海人民大舞台演出，更是好评如潮。

春华秋实。1959年6月30日，沪剧现代戏《芦荡火种》正式定稿。关于剧本署名，陈荣兰定为集体创作，文牧执笔，导演杨文龙。

"上演税"的分成，也是一个不可回避的问题。陈荣兰确定，文牧60%，三位有关人员40%，其中陈荣兰10%，其他两人各15%。这个分配比例，反映了上海人民沪剧团编创导人员对《芦荡火种》的贡献率，也体现了陈荣兰尊重知识、尊重劳动、尊重创造的特质和先人后己的品格。半个多世纪以来，上海沪剧院一直坚持和沿袭这个分配比例，从陈荣兰和文牧等过世到如今，沪剧院历届领导仍如数将"上演税"分给编创导人员的遗孀或子女。

这是中国革命文艺史上动人心弦而又颇为奇特的景观：由新四军成长起来的华东野战军纵队指挥员刘飞，在硝烟弥漫的淮海战场上深情缅怀芦荡往事，为在中国历史上产生巨大影响的红色经典剧作诞生播下了希望的种子；崔左夫的《血染着的姓名》、刘飞的《火种》、过鉴清和黄苇的《你是游击兵团》，三种产生于不同历史时期又有着不同表现形式的纪实和歌曲作品，共同为《芦荡火种》创作提供了扎实的历史佐证和丰厚的生活养料；上海人民沪剧团编导创作集体特别是剧作家文牧和新四军老战士陈荣兰联袂创作，为珠联璧合打造史诗般的抗日正剧提供了坚实智力支持；亲历阳澄湖芦荡艰苦岁月的刘飞，还有把花样年华献给党和军队革命斗争事业的知识巾帼朱一等前辈，他们热忱而无私的帮助和鼎力支持，为文艺工作者最大限度逼近和感知金戈铁马的烽火岁月，再现雄浑壮美的革命武装斗争画卷，创造了极为有利的条件；上海人民沪剧团党组织和以陈荣兰、文牧、丁是娥为代表的演职人员，他们以奉献的精神进行的创造性劳动，为《芦荡火种》这朵中国戏剧百花园中的奇葩展蕊怒放，起到了不可替代的重要作用。

1960年1月17日，沪剧《芦荡火种》首次彩排，而后正式在上海人民大舞台公演。全剧由杨文龙导演，丁是娥饰阿庆嫂，解洪元饰郭建光，石筱英饰沙奶奶，邵滨孙饰刁德一，俞麟童饰胡传奎。全剧音乐设计为万智卿、沈开文、何树柏，舞美设计为魏征，灯光设计为蒋鉴明。

当时全国共有两千八百多个戏曲剧团，主要演以帝王将相、才子佳人为主角的传统戏，表现工农兵形象的现代戏如凤毛麟角。《芦荡火种》的问世，无疑像一朵报春花，吸引了文艺界和社会公众的关注。这一在党的"百花齐放、百家争鸣"方针指引下，遵循戏剧艺术创作规律，植根革命现实主义深厚土壤，艺术地展现抗日战争特定阶段苏南革命武装斗争宏伟场景的优秀原创性作品，在上海公演后引起很大反响，"茶坊智斗"等场次尤为观众扬袂击节。仅上海一地，就有不同剧种的九个剧团移植《芦荡火种》，全国演出该剧的有三十一个剧团之多。随后三年，文牧和陈荣兰又根据演出实践发现的问题和艺术锤炼中产生的思想升华，对剧本作了多次修改。1963年，当修改后的《芦荡火种》再度搬上舞台时，演员阵容又略有调整。从此，《芦荡火种》成为上海人民沪剧团的优秀保留剧目。

1963年12月22日，应中共北京市委邀请，上海人民沪剧团《芦荡火种》剧组赴京演出，获得巨大成功。

1964年1月9日，由中国剧协等单位出面，文化部艺术局局长周巍峙主持，为沪剧《芦荡火种》在京组织专题座谈。周巍峙由衷地称赞："沪剧团四次来京演出，一次比一次进步。"《人民日报》还发表戴不凡的剧评《喜看沪剧〈芦荡火种〉》。

1月11日，《芦荡火种》剧组为驻京部队慰问演出，肖华、彭绍辉、刘志坚等三总部首长观看演出，并登台同全体演职人员合影留念。

1月23日，刘少奇、李先念、薄一波、张鼎丞、罗瑞卿等党和国家领导人，在国务院礼堂观看了上海人民沪剧团演出的《芦荡火种》。几位领导人认为戏演得蛮好，登上舞台，亲切接见上海人民沪剧团全体演职人员，并与大家一起合影留念。1941年1月皖南事变后临危受命担任新四军政治委员的刘少奇，看过《芦荡火种》演出后，对该剧给予很高评价，在与京剧的比较中，特地肯定了沪剧的长处："沪剧的阿庆嫂周旋于胡、刁之间，利用敌人矛盾，这一点比京剧好。"这意味着《芦荡火种》反映的新四军战斗历程和表现形式，得到熟悉中国革命斗争和新四军历史的中央领导同志认可，剧目在政治和艺术上都是站得住脚的。

剧组载誉返沪后，自1964年3月5日起，《芦荡火种》再次在上海美琪大剧院公演，连续九个月演出三百七十多场，观众达五十六万人次之多，成为上海人民沪剧团1953年建团以来，连续演出时间最长、上座率最高的剧目，也创造了上海解放十五年来，上海戏曲舞台前所未有的纪录。

1964年1月23日，《芦荡火种》剧组在京为党和国家领导人演出时，陈毅副总理因出访未能出席观看，但他的夫人张茜看了演出，并颇为动情。或许是张茜看戏之后的激动和亢奋之情感染了陈毅，1964年夏天，陈毅出国访问经停上海时，特意提出，要抽时间看一看上海人民沪剧团演出的《芦荡火种》。陈毅专门要求，不搞专场演出，和群众一起看戏。

下午三点，陈毅和张茜准时来到美琪大剧院。来自全市各行各业的观众看到久违的新中国首位上海市市长，都情不自禁地鼓起掌来。陈毅快速走到自己的坐席处，举起双手向大家致意，随后坐下来兴致勃勃看戏。

天幕拉开，初秋深夜的阳澄湖畔，芦苇茂密，水浪澎湃。一队巡逻的日军刚刚走过，合抱粗的大树后闪出了手持划桨的沙七龙，机警地四处探视后轻敲划桨，阿庆嫂从湖边小路上唱"快板慢唱"登场：

> 月黑星稀三更天，紧摇快船到湖边；
> 黄昏县委来指示，半夜接应伤病员。

随着序幕《湖边接应》剧情的展开，陈毅顿时沉浸在如火如荼且渐行渐远的战斗岁月中。作为"江抗"东进作战和开辟东路抗日根据地这台威武雄壮活剧的执行导演，很少有人能比他更深刻地理解《芦荡火种》反映斗争生活的时代背景。看到上海人民沪剧团艺术地再现当年波澜壮阔的斗争场景，陈毅感到了一种少有的激动和亢奋。演出结束后，他健步登上舞台，亲切接见全体演员，祝贺演出成功，赞扬这出凝聚着艺术家心血的戏剧，生动反映了江南抗日群众与人民军队一条心的史实，剧中的阿庆嫂智勇双全，是一名优秀地下工作者，也是一位出色的老板娘。随后，陈毅愉快地同大家合影留念。

当年"江抗"东进的决策者、新四军军长、上海市老市长陈毅，出访途经上海专门观看《芦荡火种》并给予充分肯定，这使新四军老战士陈荣兰和沪剧团全体演职人员感到格外高兴。宝刀赠壮士，佳作奉知音。最大的成就感莫过于丰收的喜悦。能把剧组几年来呕心沥血创造的艺术结晶，呈现给那帧恢宏斗争画卷的创作指导者和见证人，上海滩的沪剧人领略到一种夙愿以偿的惬意。

61. 特殊观众与无名作者

1964年的一天，夏光到上海出差，朋友送票要他去看沪剧《芦荡火种》。夏光看戏时，一边为戏中的剧情所深深吸引，一边心中暗自嘀咕：过去自己从未与该戏的编剧谋面，怎么剧中的一些情节有自己经历的影子？尤其使他感到纳闷的是，编剧怎么对当年伤病员坚持阳澄湖地区斗争的情况，这么熟悉和了解？

1985年，一个偶然的机会，夏光见到了执笔创作《芦荡火种》的编剧文牧。两人虽然素昧平生，但参与开辟东路抗日根据地和创作《芦荡火种》的不解之缘，使他们一见如故。夏光听文牧讲述了当年受电影《铁道游击队》影响，产生了想写一部抗日传奇剧的创作冲动，了解到他十分熟悉的新四军老战友陈荣兰，专程赴宁收集抗战史料，并得到崔左夫《血染着的姓名》的情况，从中得知，崔左夫这篇原创性作品，对陈荣兰和文牧创作《芦荡火种》有重要作用。此后不久，陈荣兰带文牧拜访刘飞时，又得到他写的回忆录《阳澄湖畔》，从中获益甚伙。《芦荡火种》戏名，就是受刘飞回忆录原稿题目《火种》启发而来的。

那一天，谈兴颇浓的文牧还兴致勃勃告诉夏光，当年在搜集素材、酝酿创作时，陈荣兰和文牧特意定向下生活，来到由阳澄湖三十六个伤病员发展起来的驻杭州一七五团寻根问祖，到光荣传统的源头感知魅力、领悟真谛。陈荣兰和文牧等主创人员注意到，在团史馆中陈列的三十六个伤病员名单，夏光的名字排在前面。文牧说，为了纪念一些健在或已牺牲的同志，创作时，他们尽可能把原型人物的名字与剧中人物的名字挂上个把字。如郭建光的名字，就用了夏光的"光"字。

听了文牧介绍的《芦荡火种》创作过程，夏光顿时恍然大悟，解开了二十多年前留在心中的谜团。成如容易却艰辛！夏光忆起，这一年，距他在上海看沪剧《芦荡火种》演出对戏剧情节的由来产生疑惑，已经过去了整整二十一年时光。

夏光和文牧，两个因戏结缘的老"江抗"和剧作家，从此成了心心相印、十分投契的好朋友。

1973年1月，上海人民沪剧团与爱华沪剧团部分合并后，改名为上海沪剧团。

1980年2月，中共中央为刘少奇平反昭雪。4月初，上海沪剧团为纪念这一重大事件，特意重新上演《芦荡火种》，由刚出院的丁是娥饰演阿庆嫂。4月8日晚首场演出，人们在观众席上惊喜地发现了头发花白但精神饱满、步履依然轻快的朱一。见到丁是娥和其他熟悉的演员，朱一激动得难以自已。她充满深情地对演员们说，刘飞同志因健康原因，不能前来看戏，只能由我代表他看望大家，祝你们演出成功！一语未了，特邀观众与演员们手握在了一起，泪流在了一处。

白驹过隙，往事如烟。从运河古镇战火硝烟中畅想胜利后再现阳澄湖斗争可歌可泣历史到如今，将近三十二年过去了。当年阳澄湖畔暗影笼罩着的悲惨田园，早已成为人民当家做主幸福耕耘的鱼米之乡。在《芦荡火种》创演初期曾给予上海人民沪剧团宝贵政治支持、"文化大革命"中蒙受奇冤的新四军老政委刘少奇，也终获昭雪。一部《芦荡火种》的创作史，是形象再现党领导中国革命武装斗争胜利史诗的探索史，也是共和国艰难曲折发展进程的艺术折光。三十六个伤病员的斗争故事，从生活到艺术，从纪实到戏剧，其中的艰辛和甘苦，只有亲身创造和再现这段历史的人，才能真正领略！

1976年粉碎"四人帮"后，《中国大百科全书》戏曲卷决定为沪剧《芦荡火种》编写一个条目，上海沪剧团首位饰演阿庆嫂的著名表演艺术家丁是娥提出，《芦荡火种》的产生，不要忘记为当时第二十军的作者崔左夫记下一笔，这个戏是根据他的《血染着的姓名》一文改编的。1983年，新出版的《中国大百科全书》戏曲卷的《芦荡火种》条目中，有"剧本取材于崔左夫所写的《血染着的姓名》"的记述。此后，崔左夫陆续收到一些读者来信，询问从未发表过的《血染着的姓名》一稿的情况。1985年春，崔左夫在订正写于1957年秋的《血染着的姓名》一文时，在开头增加了这样一段文字："《芦荡火种》从彩排到正式上演，我看过多次，平心而论，该剧除了历史背景、环境气氛和郭建光、阿庆嫂等受了真人真事的引发外，全剧主要是剧作者的再创造。"

嘉言懿行，金声玉振。崔左夫和丁是娥两位与《芦荡火种》有着密切关系的作家和艺术家，时隔九年在不同场合对《芦荡火种》创作过程和剧本与借鉴史料关系的看法，显露了他们忠于历史、推功于人的高尚人品，也较为客观地揭示了《芦荡火种》源于生活、高于生活的艺术品质。

1982年9月，在上海沪剧团的基础上，组建了上海沪剧院。

1985年8月，创作后沉寂二十八年的无名美文《血染着的姓名》，终于在《大江南北》创刊号面世。

第十一章 国家工程

62. 江青把《芦荡火种》推荐给北京京剧团

1963年春夏之交，上海人民沪剧团正在紧张修改的《芦荡火种》，引起了江青的注意。5月3日，江青在杭州胜利剧院观看了沪剧《芦荡火种》的演出。

在这之前，上海市委书记陈丕显的夫人谢志成，曾经陪同江青观看《芦荡火种》彩排。当看到舞台上芦苇荡中的芦苇既小又稀，而接应新四军的船很大，无法隐蔽，谢志成便对江青说，这个布景不符合实际，应当改一改。江青很重视谢志成的意见，表示马上到芦苇荡现场去看一看，体验一下生活。不久，上海市和公安局领导驱车乘船上百里，专程陪江青去阳澄湖畔看芦苇荡。

江青看了沪剧《芦荡火种》以后，感到戏的基础不错，便给国务院文化部打招呼，将这部戏推荐给北京京剧团移植改编为京剧，同时，把北京京剧团作为她搞"京剧革命"的"试验田"。

京剧是中国国粹。1790年徽班进京，揭开了一百七十多年京剧发展史上异峰突起的序幕。随着其后的"汉调北上"，促进了各剧种之间在北京这个特定地域和人文环境中的相互竞争与吸收，形成了昆、梆、徽、汉诸腔纷呈的繁荣局面。通过"徽汉合流"与"皮黄交融"，最终实现了从徽班内部逐渐演化向京剧的嬗变。而博采众家之长的京剧，经过数代艺术家精心琢磨实践，逐渐形成了一套相对独立完整的表演体系，产生了一大批内容与形式高度统一的传统戏精品。京剧的表演注重写意和象征，讲究唱、念、做、打，有一套与表现旧时代生活相适应的相对固定的表演程式。另外，作为京剧表演的重要手段和载体，如韵白、小生的小嗓、水袖、髯口、雉尾、厚底靴等，已成为独具特色和别有风味的艺术元素，但这些京剧与生俱来的标志性的东西，又成为京剧从传统向现代转型的桎梏和羁绊，很难用于表现现代生活。因此，创作高水平的京剧现代戏，确实是一场从内容到形式都必须进行脱胎换骨改造的革命。

江青推荐的沪剧《芦荡火种》剧本，既使北京京剧团领导感到是一个很大的挑战，同时又敏锐地意识到是一个千载难逢的重要契机。移植改编京剧现代戏虽属创新性实践，但对北京京剧团来说，已不是第一次"吃螃蟹"了。《芦荡火种》剧情曲折、人物鲜活，具有移植改编的良好基础。以本团雄厚的创作力量和马连良、谭元寿、张君秋、裘盛戎、赵燕侠"五大头牌"演员的强大阵容，移植改编和演好这台戏应当说胜算是很大的。北京京剧团领导和编导分析认为，这部戏的主人公，是肩负地下联络员使命的茶馆老板娘，由本团1958年曾演过《白毛女》中的喜儿、有搞现代戏艺术创作经验的赵燕侠扮演，非常对路，准"有戏"。另外，沪剧的语言基础是属于吴方言的上海话，《芦荡火种》的沪剧本性，决定了这出戏只能在上海和江浙一带有限传播。移植改编成南北咸宜、中国大多数人听得懂的京剧，可使这一精品走向全国，因而具有里程碑意义，值得放手一搏。

京剧现代戏开创性移植，又是中央高层关注，《芦荡火种》的移植改编，从一开始就注定会在历史上引起不同凡响。1963年11月，北京京剧团正式启动在中国戏剧史、文艺史乃至政治生活中具有特别意义的京剧现代戏移植改编工程。京剧团决定，由党委书记薛恩厚、副团长肖甲、艺术室主任杨毓珉和专职编剧汪曾祺四人，组成专门的创作班子，集智聚力从事《芦荡火种》剧本京剧化移植改编，汪曾祺为主要执笔者。同时确定，由迟金声任导演，李慕良、陆松龄负责音乐设计，由赵燕侠、谭元寿分别担纲演出阿庆嫂和郭建光。

63. "革命时代的士大夫"担纲移植改编

剧本剧本，一剧之本。不同戏剧移植改编的全部基础和关键，在于按照剧种特性和要求，扬长避短写好剧本，使移植改编后的剧本既得其韵而不失其形，又能满足本剧种舞台呈现的内在要求。薛恩厚和肖甲一身二任，既当领导又搞业务，手中各有一摊活。好在执笔改写剧本的担子主要压在汪曾祺和杨毓珉肩上，而这两个同出一校的西南联大高材生，偏偏又有个后来被誉为"革命时代的士大夫"的汪曾祺，因而薛恩厚和肖甲对剧本改编成功，心里是有底的。

汪曾祺早年为沈从文得意门生，饱读诗书，学养深厚，深得沈先生真传。北京文学界都知道这样一则轶闻,当年老舍任北京市文联主席时曾风趣地说,我在市文联只怕两人,一个是端木蕻良,另一个就是汪曾祺。他们书读得比我多,学问比我大。这虽是老舍奖掖后进的谦和之言,也足见其对汪曾祺的欣赏和看重。

1957年,汪曾祺因发表过一些言论而受到批判,但当时还是作为思想问题来看待的。不料1958年夏,北京市文化系统因右派数量未达标,汪曾祺在"补课"中又成了右派,下放到张家口沙岭子一个农业科学研究所从事农业劳动。1960年,汪曾祺摘掉右派帽子,由于暂时无接收单位,遂留所协助工作,主要负责画画。接到所领导交给的画一套《中国马铃薯图谱》的任务后,8月下旬,汪曾祺乘开往沽源的长途汽车,来到单位下属的马铃薯研究站,开始过上神仙般的日子。那时正值马铃薯开花,汪曾祺每天蹭着露水,到试验田里摘几丛花,对花描画。他曾写诗给北京的朋友叙述自己的生活,其中两句是:

坐对一丛花,眸子炯如虎。

下午,汪曾祺便画叶子。

朝花夕叶,不觉天气转凉,马铃薯陆续成熟,汪曾祺又开始临摹马铃薯。先画一个整薯,再将薯切开来画一个剖面,用完的薯块随手埋进牛粪火里,烤熟后吃掉。汪曾祺曾不无夸耀地对友人说,像他那样吃过那么多品种马铃薯的,全国盖无第二人。

1962年,汪曾祺调回北京,在北京京剧团担任编剧。

汪曾祺是江苏高邮人,在接受移植改编京剧《芦荡火种》任务之前虽未到过阳澄湖,但从小在高邮湖边长大的他,对江南水乡风情十分熟悉,抒情写意挥洒自如。移植改编中,汪曾祺悉心把握沪剧与京剧的特点和差异,对剧本作了重新定位,将移植改编的重心放在增强戏的文学性上。

2014年秋,我经上海新四军"沙家浜部队"历史研究会原会长刘石安协调,从上海市图书馆借得五十年前上海人民出版社出版的沪剧《芦荡火种》剧本,又从上海沪剧院获得了《芦荡火种》草创时期供研究修改用的油印本剧本复印件,与1974年人民文学出版社出版的《革命样板戏剧本汇编》(第一集)中京剧现代戏《沙家浜》剧本进行比对,对移植改编中两剧的借鉴传承和创新升华的轨迹,有了一个明晰的认识。

第四场戏《智斗》堪称全剧精华,文牧的沪剧本为刁德一设计的"基本调"

戏文是："新四军在此日脚长，一定是，茶馆店里常来往，既然是，行得春风有夏雨（故意地），我要问一声，你对他们照顾得如何样？"汪曾祺在沪剧本基础上，为阿庆嫂和刁德一设计了一段堪称现代京剧经典的台词。京剧剧本中，刁德一抓住阿庆嫂"司令常来又常往，我有心背靠大树好乘凉"一句台词，阴险地唱道："新四军久在沙家浜，这棵大树有荫凉，你与他们常来往，想必是安排照应更周详？"阿庆嫂则洞穿肺腑，以地下交通员特有的机敏和犀利揭穿刁德一的蛇蝎心肠，若无其事地妙语应对。文牧的沪剧本为阿庆嫂设计的"吴江歌"戏文是："摆出八仙桌，招接十六方，砌起七星炉，全靠嘴一张。来者是客勤招待，照应两字谈不上。"汪曾祺改写为："垒起七星灶，铜壶煮三江，摆开八仙桌，招待十六方，来的都是客，全凭嘴一张，相逢开口笑，过后不思量。人一走，茶就凉……有什么周详不周详？"这段脱胎于沪剧市井生活语言、经加工提炼如行云流水般干净利落的唱词，通俗晓畅、韵律铿锵，把茶馆老板娘阿庆嫂热情周到、灵活机智而又圆通泼辣的性格特征及非凡胆略和才干，表现得活灵活现、淋漓尽致，为这一核心唱段的台词和阿庆嫂的形象塑造增色不少。每逢戏演到这里，全场观众总会对扣人心弦的剧情和妙语连珠的唱段，情不自禁报以热烈的掌声。上级主管部门同志审查时，对这场戏中的"江湖口"即江湖游民气息大为不满。汪曾祺以剧作家的执着，坚持把这段戏文保留了下来。历史证明，正因为在高度程式化的板腔体唱词中，创造性加入充满现代生活甚至是江湖游民气息的白话诗词，才使得京剧《沙家浜》变得更加富于美感和艺术表现力，以新的发现和新的运用，独辟蹊径开掘出人物形象的心灵之光。

移植改编后的京剧根据《芦荡火种》浓郁的地下工作色彩，几经斟酌，将剧名改为《地下联络员》。

64. 毛泽东疾言倡导社会主义艺术

1963年夏秋之际，中国思想文化领域风云激荡、山雨欲来。

9月27日，毛泽东在中央工作会议上讲话指出：

> 反对修正主义要包括意识形态方面，除了文学之外，还有艺术，比如歌舞、戏剧、电影等等，都应该抓一下。要"推陈出新"，"陈"就是

封建主义、资本主义，要把封建主义、资本主义推出去，出社会主义。就是要提倡新的形式，旧形式要搞新内容，形式也得有所改变。

同年11月，毛泽东对文化部和《戏剧报》进行了严厉批评：

> 一个时期《戏剧报》尽宣传牛鬼蛇神。文化部不管文化，封建的、帝王将相的、才子佳人的东西很多，文化部不管……如不改变，就改名"帝王将相部""才子佳人部"，或"外国死人部"。①

12月12日，毛泽东把他在中宣部《文艺情况汇报》刊登的《柯庆施同志抓曲艺工作》材料上的批示，直接批给中共中央书记处书记兼北京市委第一书记彭真和市委第二书记刘仁。批示尖锐指出：

> 各种艺术形式——戏剧、曲艺、音乐、美术、舞蹈、电影、诗和文学等等，问题不少，人数很多，社会主义改造在许多部门中，至今收效甚微。许多部门至今还是"死人"统治着。不能低估电影、新诗、民歌、美术、小说的成绩，但其中的问题也不少。至于戏剧等部门，问题就更大了。
>
> 许多共产党人热心提倡封建主义和资本主义的艺术，却不热心提倡社会主义的艺术，岂非咄咄怪事。②

彭真和刘仁接到毛泽东批语当晚，紧急召集几位市委书记和相关常委开会，研究贯彻执行问题。此后，彭真亲自抓北京的文学艺术工作，要求努力赶上毛泽东表扬的上海。

那段时间，北京市委确定重点抓好三件事：一是戏曲演现代戏，特别是京剧演现代戏；二是继续组织文艺工作者深入工农兵生活进行创作；三是开展文艺界的思想革命。首都文艺界闻风而动，各文艺团体以极大的热情投入了贯彻落实毛泽东批示精神的艺术创演实践，一时间，"写社会主义""演现代戏"，成为当时北京文艺界最响亮的革命口号，在首都舞台蔚成一股清新之风。

正是在这一特殊政治背景和"旧形式要搞新内容"的艺术氛围中，北京京剧

---

①② 毛泽东.关于文学艺术的两个批示.人民日报.1967-05-28.

团创作组快马加鞭，仅用一周时间就把剧本改定。当时，北京市已确定在12月初举办现代题材剧目观摩会演出周，为使移植改编后的戏赶在演出周与观众见面，北京京剧团又趁热打铁，以超常的速度推出了移植改编后的京剧《地下联络员》。

65. 江青与彭真态度迥然不同

就在北京市尽心竭力抓《芦荡火种》移植改编之际，江青也对这台戏的改编表现出异乎寻常的热情。有一天，江青专门接见了北京京剧团移植改编主创人员，给每人赠送一套《毛泽东选集》，要求大家努力学习毛泽东著作，把这场具有世界意义的"京剧革命"进行到底。

剧组彩排时，江青、彭真和解放军总参谋长罗瑞卿前往观看。由于仓促上马，并未完全得原剧真传，加之对剧种之间的艺术转换缺乏经验，修改后的戏难免有些粗糙，很大程度上失去了原剧的神韵，又没有充分展示京剧特有的表现力，审看效果不尽如人意。演出结束后，江青上台接见演员一言未发，就拂袖而去。事后，她又专门让警卫参谋打来电话，要求此剧不得再演。江青对《地下联络员》的强烈排斥态度，使北京京剧团感受到了前所未有的巨大压力。

彭真的态度却迥然不同。是出于改变首都文艺工作被动局面的强烈责任感，还是因为新中国成立前在白区长期从事地下工作故对反映秘密斗争的戏剧格外感兴趣，他对这出并不被看好的戏颇有好感，认为不妨演几场，北京京剧团还在报上登了广告。当时，《地下联络员》预售票已经售出三场。后来，彭真考虑到江青有明确要求，戏也确实需要认真打磨，指示停演重排，并把市委书记邓拓、书记处书记陈克寒、宣传部长李琪、北京京剧团党总支部书记赵鼎新几位领导同志叫到家中开碰头会，说服李琪和赵鼎新给买了票的观众退票并道歉。此后，彭真在百忙中多次来到剧团，亲自找剧团领导和主要演员谈话，充分肯定移植改编后的戏基础是好的，满怀信心鼓励大家说，我看这个戏能改好，你们不要泄气。

自然，关心和支持北京京剧团移植改编工作的彭真也有苦衷。一天，彭真又一次驱车来到北京京剧团，发现江青的车正停在院里。彭真没有下车，让司机掉头把车开走了。

北京市存档的材料和当事人的回忆，还原了当年北京京剧团聚焦突出问题全力攻关的过程。那时，北京京剧团面临三个迫切需要解决的问题：一是戏的剧本存有不少矛盾和问题，亟待调整修改；二是演员的表演不到位，需要下功夫研究提高；三是演职员不熟悉工农兵生活，迫切要求有针对性地深入下去，在感知生活中找到角色定位。北京京剧团根据彭真和北京市委的指示，不惜工本，前后用三个多月时间，下大气力对这出戏进行全面加工改造。鉴于改好剧本是解决所有问题的基础和关键，北京市委特事特办，把创作组的编剧安排进风光宜人的颐和园龙王庙，为他们潜心改好本子提供最好的条件。

66. 艺术飞跃始于颐和园

北京的秋天，是一年中最美的时节。位于颐和园昆明湖南部蓬莱岛上的龙王庙秋叶飘零，益发显得幽静宜人。

龙王庙又名广润灵雨祠，由十七孔桥与颐和园东岸毗连，是当年慈禧太后从紫禁城乘船来颐和园必到的进香之处。这所在中国近代史上与国运兴衰密切相关的皇家园林，仿佛天生就与京剧有不解之缘。园中建于清光绪十七年的德和园大戏楼，是慈禧当年赏戏的所在，曾经主演过中国第一部电影《定军山》的著名演员谭鑫培等光彩夺目的京剧大家，就时常在此为宫廷献艺，致使德和园大戏楼成为推动清末京剧艺术进入极盛时期的主要平台。无巧不成书的是，七十多年后，谭鑫培的曾孙谭元寿，又饰演了京剧革命的代表作《沙家浜》中的重要角色郭建光，而《沙家浜》剧本修改质的飞跃，又是在历史上梨园世家大展风采的颐和园实现的。当然，那时衔命改稿、背如悬鞭的剧作家们是无暇发思古之幽情的，但颇有江南风韵的湖光山色，确实对激发剧作家的创作灵感起到了重要作用。当年参加改戏的一位编导回忆说，剧中郭建光对沙奶奶说的"一日三餐有鱼虾……心也宽，体也胖"，是剧中朗朗上口的台词，也是编剧们栖身颐和园舒心改戏真实生活的写照。

重整旗鼓再次移植改编《芦荡火种》，创作组仍采取集体讨论、分头执笔、最后由汪曾祺统改的方式，尽可能把集体智慧和创作个性统一起来。有了第一次尝试的经验教训，又得天时地利人和，创作组宵衣旰食，昼夜苦干，移植改编仅用十天时间即大功告成。其间，汪曾祺的过人才智再度得以充分彰显，主要场次《智斗》《授计》，还有贯穿全剧的那些美不胜收、令人回味无穷的精美唱词，大都出自他的生花妙笔。当初文牧在塑造刁德一这个人物形象时，为了突出他为人奸刁，同时叫得顺口，给他取了一个生动传神、入耳难忘的名字，但只是安排了一个教官的职位。为更好地衬托阿庆嫂和发展剧情，汪曾祺等人把沪剧《芦荡火种》中的教官刁德一，调整为"忠义救国军"参谋长。沪剧"茶坊智斗"一场戏虽也有三重唱，但舞台上的胡传奎只是一个背影，主要是阿庆嫂和刁德一两个人出戏入戏、斗智斗勇的"背供"唱腔。

创作组反复推敲，确定把胡传魁拉进矛盾冲突之中，这样既可以为三人之间的心理较量拓展较大空间，也便于舞台调度上推陈出新。经精心调整修改，春来茶馆老板娘、中共地下工作者阿庆嫂与"忠义救国军"参谋长刁德一和司令胡传魁，以团团转的圆场调度和巧妙周旋的"背供"唱腔，以及接下来刁德一对阿庆嫂的明夸暗诈、阿庆嫂的机智应答、刁德一居心叵测的跟进试探，都把阿庆嫂的泼辣机警、刁德一的阴险歹毒、胡传魁的愚蠢自负，表现得活灵活现、栩栩如生。沪剧中的胡传奎，在京剧中改名为胡传魁。由"奎"变"魁"，虽仅一字之差，却有其深意在焉。

如何用京剧的传统程式反映现代生活，是创作现代革命京剧的一个难点。传统京剧里各种角色行当都有一定程式，它是演员创造角色和人物的基本语汇。但用与旧时代生活相适应的程式表现现代生活内容，往往会因时代差异而导致错位甚至令人啼笑皆非。移植改编中，编导在创作剧中人物时，必然要以与之相对应的行当唱腔和表演方法作基础或借鉴。如阿庆嫂、郭建光、胡传魁以传统京剧的旦行、老生或生行和花脸行为基础。但工于心计、阴险狡诈的刁德一的人物设计，应定位哪个角色行当？编导一度心中无数，举棋不定。因为按照传统京剧的角色定位，刁德一既非丑角，又非生角，亦非净角，找不到与之相对应的行当。编导几经切磋，最后根据人物的社会身份，在角色定位上作了相应艺术处理，即唱念以老生行为基础，而剧词运用和舞台语调唱腔、唱法则着重突出汉奸参谋长身份和阴险毒辣狡诈的性格特点，通过跨行当这一特殊角色定位方法，基本解决了特定角色与程式对号的问题。

七分剧本三分演。为取得最佳舞台呈现效果，北京京剧团多措并举，进一步调整加强了演员阵容。主要是，调回正在长春拍电影的谭派嫡系传人、著名老生演员谭元寿饰演郭建光，由周恩来誉为"赵派"的京剧名家赵燕侠和青年演员刘秀荣轮流饰演阿庆嫂，同时，召回马派代表人物马连良义子马长礼饰演刁德一，安排周和桐饰演胡传魁，通过遴选名家强化反面人物刻画，以更好地衬托阿庆嫂的机智和郭建光的英勇。群英荟萃的强大阵容,黄金搭档的角色配置,更兼精湛绝美的表演技艺,整台戏演得激情四射,光彩照人,呈现出一派新意与亮色。此外,全剧的执行导演肖甲、迟金声,音乐设计李慕良等,也都是一时之选,可谓强强联手,各擅胜场,尽显大家风范与睿智。

67. 文化部为出精品打组合拳

国务院文化部始终在关注着《芦荡火种》的移植改编。1963年12月下旬,中共北京市委邀请上海人民沪剧团《芦荡火种》剧组进京演出时,文化部也考虑利用这个有利时机,组织北京京剧团与上海人民沪剧团面对面进行观摩学习和交流,为京剧移植改编创造更好的条件。

北京京剧团和上海人民沪剧团采取对口观摩交流的方式,即编剧对编剧、导演对导演、演员对演员,在演出排练全过程跟进学习观摩并开展个性化交流。京剧程式化的东西多,生活化的东西少,在与沪剧对口观摩交流的过程中,就直接从沪剧"拿"来了一些东西。如京剧中阿庆嫂拿抹布、提铜壶这些接地气和来自生活的动作,就是京剧演员借鉴沪剧演员表演而设计的。

对于上海人民沪剧团来说,这次进京演出的一个特殊收获,是刘少奇等党和国家领导人,于1964年1月23日观看了沪剧《芦荡火种》的演出。那天正是癸卯年腊月初九,演出成功的喜悦写在每一个人的脸上,全团上下其乐融融,大家仿佛都度过了一个愉快的节日。

甲辰龙年春节前夕,上海人民沪剧团圆满完成演出任务,即将离京返沪。显而易见,这次进京演出,是一个互鉴共学、双向提高的共赢过程。上海人民沪剧团凭借首都文艺舞台这个宽广且有巨大影响力的传播载体,提升了自身和戏剧的知名度及辐射力。而北京京剧团则通过与上海人民沪剧团现场对接和零距离揣摩体悟,思想上产生了新的飞跃,编创人员对这出戏应该怎么改、怎么演,有了全新的认识,找到了京剧传统艺术与现代生活的结合点,可以说已是胸有成竹。

为帮助演员准确把握饰演角色,文化部和北京市还安排剧团到北京军区部队下连当兵、体验生活。这对多年来只习惯于演封建帝王和才子佳人,根本不熟悉工农兵等当代人物的演员来说,可谓雪中送炭,正当其时。在全面系统认真观摩的基础上，通过扎实到位的生活体验，特别是借助深入军营生活熟悉兵的形象这个桥梁，剧团名家新秀的艺术潜质，在感知军旅、塑造英雄群像中得以充分释放，全剧的表演大有起色。如剧中沙奶奶《沙家浜总有一天要解放》的核心唱段，编导兼收并蓄，在传统唱腔中刻意融进民歌和地方戏曲因素，使之更加流畅和富有时代感；借鉴部队战斗动作改进编排，导演确定《聚歼》一场戏中，郭建光在持枪与身边之敌搏斗时，还甩枪撂倒了远处的敌人。这些武打技艺，既脱胎于传统京剧武技，又是在现代生活基础上概括提炼出来的，集小成为大成，实现了京剧传统艺术与现代生活的完美结合。剧本前后大改两次，剧名重新改为《芦荡火种》。全团上下通力合作、精心打磨，对全剧的表演、唱腔、音乐和舞台美术全面进行精细加工，使全剧的艺术品位、表现形式、创新技法以及各种音乐元素的博采交融和贯通运用，都达到了令人叹为观止的程度。整台戏从剧本、导演到表演，都精细严谨，厚重大气，赋予了古老京剧鲜活的艺术生命，给人耳目一新之感，并可尽享审美愉悦。

1964年3月底，彭真等北京市领导在广和剧场审看了北京京剧团修改后的《芦荡火种》，顿觉眼前一亮，对在文艺革命和推陈出新中涌现的这朵现代京剧奇葩大加赞赏，连声说"你们改得好，演得好"，当即批准对外公演。公演在北京市工人俱乐部举行，从1964年3月31日至5月30日，连演四十五场，观众达五万多人，场场爆满，获得巨大成功。许多人凌晨四五点钟就到售票处排队买票，戏开演前剧场门外经常有人等买退票。《北京日报》开辟"文艺为社会主义服务，为工农兵服务"专栏，对京剧演现代戏问题展开讨论，还发表社论赞扬"京剧《芦荡火种》既成功地表现了现代革命斗争生活，又不失传统京剧的浓郁韵味，是京剧表现现代生活的一次成功尝试"。剧团排演的另一部现代京剧《杜鹃山》剧组，甚至提出了"赶芦荡、超芦荡"的口号。

1964年4月8日，北京京剧团致函上海人民沪剧团：

上海市人民沪剧团：

这次承蒙您团的大力支持，在短促的时间里为我们赶制了二（两）支跑云灯和一支水灯的机头，已于上月二十三日收到，并已经我团搞灯光的同志试验，效果很好，制作亦很细致。

这次工作，要感谢您团的孙逸民同志的热心帮助，特别是你团灯光组的邹福根等同志，在为我们制作的过程中，到处奔波，寻找零件，又很认真负责地按（安）装[，]为[你]们这种兄弟般的支援，致以崇高的谢意。

　　此致

敬礼

　　陈团长　郭团长　丁是娥同志致意

北京京剧团（章）
一九六四年四月八日

4月27日，党和国家领导人刘少奇、周恩来、朱德、邓小平、董必武、陈毅、陆定一、邓子恢、聂荣臻、张治中等，在北京人民大会堂观看了因未修改定稿按原样演出的京剧《芦荡火种》，盛赞演出成功。

1964年5月11日，北京京剧团再次致函上海人民沪剧团，介绍移植改编和演出《芦荡火种》情况，感谢上海人民沪剧团的支持和帮助：

上海人民沪剧团全体同志：

　　你们好，我团根据贵团剧本移植改编的《芦荡火种》经过了几个月的排练，在党中央宣传文化部门和北京市委的关怀指导下，和贵团的大力支援，以及各方面的关心和帮助下，终于在三月三十一日上演，迄今已经演出了二十三场，观众达三万余人次，演出后受到北京市文艺界和广大观众的欢迎和好评，使我们得到很大的鼓舞。

　　这次我团排演现代戏，再广泛的也可以说京剧排演现代戏，还是个新生事物，也是京剧能不能演好现代戏，能不能为社会主义服务，为工农兵服务一场意义深刻的革命。

　　在这次革命中，我们全体同志在党的领导和关怀下，明确了京剧必须演现代戏的认识，充满热情，满怀信心地进行创作，在创作过程中，也当我们遇到困难的时刻，贵团给予我们全面的帮助和人力物力的支援，使我们得到很大的启发，在我团排演芦荡的过程中，贵团全体同志经常关心，不断写信了解情况，我们深深的感谢同志们的关怀，告慰同志们：《芦荡火种》演出后，《北京日报》于五月八日发表了社论，十一日又再一次发表社论，祝贺芦荡演出成功，这是党给予我们的荣誉，这荣誉应该归功于党，归功于贵团的帮助和支持，为此向贵团全体同志汇报和感谢，并随信将这两次载有社论的报纸寄去，但正如社论上所说的：我团演出的芦荡并不是完美无缺的，还存在着很多的问题和缺点，还有待于进一步听取各方面意见后，再进行加工整理。仅此致以

　　革命敬礼

北京京剧团

一九六四年五月十一日

5月27日，《中共北京市委关于贯彻毛泽东对文艺问题批示情况的第二次报告》，集中笔墨介绍了京剧《芦荡火种》移植改编和演出的经验。《芦荡火种》凭借京剧这一在中国极具影响力的艺术载体，迅速在祖国山南海北走红。

68. 哲学家宣传部长与第一夫人

就在京剧《芦荡火种》火爆上演之际，1964年4月的一天，江青在上海飞往北京的专机上，偶然从《北京日报》上获悉京剧《芦荡火种》的演出盛况。当晚，江青就急切赶到剧场看戏。北京京剧团因之前没有编演好这部戏一直抱愧于心，那天的演出格外卖力。但江青看完演出后大发雷霆：你们好大胆子！没经过我就公演了！不行！这出戏是我管的，我说什么时候行了才能对外演出！

此后，江青以"京剧革命"和搞"试验田"的名义，把北京市委及有关部门甩在一边，直接介入戏剧修改，那些随心所欲的指示，常让剧团忙得通宵达旦，也令演职人员苦不堪言。江青横行霸道，颐指气使，编演人员若对她稍有不从，便以"破坏京剧革命"治罪，不惜卸磨杀驴，睚眦必报。

剧组的幸存者都还记忆犹新，当年移植改编中，江青曾莫名其妙地要求拿掉著名的"茶馆"戏，但所有参与者都认为阿庆嫂、刁德一和胡传魁这一场三方斗智斗勇的对唱很精彩，可以说是戏中之戏，实在难以割舍。彭真也认为应予保留。这场戏的去留之争，惊动了总理周恩来。他对刚刚看过的这部戏的剧情十分熟悉，且赞赏有加。弄清事情原委后，周恩来针对江青的意见明确表态，茶馆这场戏"要上"。后来毛泽东看了演出后，也肯定戏排得好，上台接见演员并同大家合影。

经过一场有惊无险的斗争之后，具体领导这次艺术实践的北京市委宣传部长李琪长嘘一口气，感慨万端地对剧组人员说："大家胜利了，如果不是毛主席的

肯定，'茶馆'这场戏肯定是没有了。"

李琪，1914年10月生于山西猗氏县（今属临猗县），抗日战争和解放战争时期长期在晋绥边区第八军分区敌后工作，多次被敌追捕，幸为群众掩护化险为夷。1949年1月，李琪在中央马列学院（中共中央高级党校前身）毕业后留校讲授中共党史，后到北京大学哲学系任教，出版过多部阐释毛泽东《实践论》《矛盾论》哲学著作的论著，在古典文学和戏曲方面亦有一定造诣。1953年9月，三十九岁的李琪调任彭真办公室政治秘书，1961年初任北京市委常委、宣传部长。在受彭真委托组织移植改编《芦荡火种》的过程中，哲学家宣传部长与飞扬跋扈的第一夫人之间，时有"秀才遇见兵"的矛盾和尴尬。李琪尊重艺术创作规律而不唯江青马首是瞻，认为反映重大现实题材的京剧，必须体现好看、好听、令人赏心悦目、值得品味把玩的戏曲审美功能，明确反对江青下令砍掉的很有戏剧性的"茶坊智斗"一场戏，也不赞成江青删去刁小三去芦苇荡等情节，认为改得"没戏了"。李琪的所言所行虽为江青所不待见，但仍秉持操守，不为所动，中国知识分子以天下为己任的家国情怀和服从真理胜于服从权力的风骨毕露无遗。

江青认为，李琪骄傲自大，眼中没有自己。1966年5月16日和17日，《红旗》杂志、《人民日报》先后发表中央"文革"小组成员戚本禹的文章，公开点名批判李琪。随后，在隔离审查和无休止的批斗中，李琪愤而自杀，尊严离世，享年不足五十二岁。

李琪是"文化大革命"浩劫中最早的受害人之一，也是革命样板戏祭坛上英勇捍卫真理和艺术良知的殉道者。

1928年出生的著名京剧表演艺术家赵燕侠，七岁登台，十五岁成名，曾与杨宝森、金少山、马连良、侯喜瑞等京剧大家同台秀艺，蜚声剧坛。1964年她在《沙家浜》中扮阿庆嫂一炮打响，毛泽东看戏后赞扬"阿庆嫂"演得好，对赵燕侠说"你是京剧阿庆嫂的第一个扮演者"。但在变幻莫测的政治风云中，当红名伶无法主宰自己的命运。《样板戏的风风雨雨》一书记述，1964年夏的一个周六下午，中南海照例举行周末舞会，赵燕侠在同国家主席刘少奇跳舞时，刘少奇说："你呀，演阿庆嫂还缺乏地下斗争生活的经验。不客气地讲，你得跟我学学。当年我们在白区什么都得注意。你看卖茶的、卖报的、干钳工活的都有职业习惯……"曲终后，赵燕侠不经意地对江青说："刚才主席说我还缺乏生活……"江青"骤然瞪大了眼珠子，眉头紧蹙"，问道："主席？哪个主席？"赵燕侠惶恐地说："是刘、刘主席呀。"江青咬牙切齿地说："说清楚了，那是你们的主席！哼！"赵燕侠无意间叫错了"主席"，便埋下了"文革"中遭受厄运的种子。赵燕侠饰演阿庆嫂之初，江青对她还关爱有加，有一次甚至还亲手剥糖块放到赵燕侠口中。后来江青送给赵燕侠一件毛衣，赵燕侠看不惯江青横行霸道、反复无常的作风，借口自己体胖而未穿，江青遂派人将毛衣取回。一次赵燕侠带病排戏，无意间得罪了江青，被江青在首都万人大会上点名批判。再演《沙家浜》时，赵燕侠理所当然被江青拿掉，换上了从北方昆曲剧院选来的昆曲演员洪雪飞。

后来人们在回忆这段历史时，比较客观的看法大致有三：

其一，江青按个人喜好朝令夕改指挥戏的移植改编，扰乱了正常的排练进程，不利于调动编导及演职员创作积极性和充分发挥他们的聪明才智；其二，全剧按照她的要求，调动一切资源，集中笔墨描写正面人物，塑造光彩夺目的英雄形象，难免使英雄人物塑造落入不食人间烟火的"高、大、全"窠臼，对塑造血肉丰满且可亲可敬的时代英雄是个无形桎梏；其三，移植改编京剧过程中，删去了原剧"喜堂聚歼"等富有传奇色彩的情节，加入了一些带有浓厚政治色彩的公式化、概念化的内容，使该剧的生活气息和生动性有所减损和削弱。

当然，更多的人也认为，尽管江青插手给沪剧《芦荡火种》移植改编京剧留下诸多遗憾，但主导这部戏移植改编的，毕竟还是带领人民创造恢宏革命斗争历史并且有很高政治水平和艺术造诣的领袖集团，同时还有一大批才华横溢、富有真知灼见和有生活、有经验的艺术家。瑕不掩瑜，经过数十年沉淀和历史检验，凝聚着众多政治家和艺术家心血的《沙家浜》，已经当之无愧成为京剧现代戏中璀璨夺目的明珠。

历史的狂潮退却后，人们冷静地梳理已逝往事，对江青盛气凌人、睥睨一切做派的反感，已不似当年那般强烈，反而丝丝缕缕忆起她有益于戏剧移植改编的一些细枝末节。

当年参加过剧本修改和戏的编导的人也承认，江青还是懂一些戏剧的，她在不恰当地把自己的情绪和偏好带进戏剧修改的同时，对这台戏的完善也有某些建树。如提出郭建光在芦苇荡里隐蔽时要派侦察员过湖去侦察，不能无所作为；为了烘托湖上斗争的紧张气氛，江青出点子让伤病员报告说：指导员，鬼子的汽艇来了！还有在军民鱼水情一场戏中，推敲"朝霞映在阳澄湖上"唱段时，江青对金秋时节阳澄湖区芦花、稻谷、绿柳三种植物颜色的把关，这些建设性的修改意见，得到大家赞同，并被后来的演出实践证明是正确的。

69. 江青听刘飞讲芦荡往事

江青对《芦荡火种》情有独钟，自然也对剧中的人物原型感兴趣。1965年初夏的一天，正在家中养病的刘飞，突然接到有关部门的通知，告诉他正在上海的江青要接见他。刘飞感到很意外。他知道这次召见缘于《芦荡火种》这出戏，顿时面有难色。

就刘飞内心的真实思想而言，他对于江青的召见，有一种莫名的忐忑和不安。当年，他要崔左夫写三十六个伤病员在芦荡坚持敌后游击战争，意在张扬革命战争年代那么一种精神，讴歌阳澄湖上血浓于水的军民鱼水情，弘扬人民军队的光荣传统，教育广大人民群众特别是青少年，绝无宣传自己的动因。但谁承想，崔左夫的纪实文学转化成生动鲜活的舞台形象，芦荡火种的故事由地方剧种改编为国粹京剧，显然，事情的发展已经超出了刘飞的想象。恍惚间，刘飞觉得自己正被一股汹涌而目不可及的波涛裹挟着，身不由己向一个陌生和吉凶未卜的世界奔去。时值南国盛夏，他却感到了一丝莫名的寒意。那天，刘飞左思右想，不禁忧心忡忡，提出准备托病不去。早已窥知丈夫心中纠结的朱一，考虑到江青是毛泽东夫人，劝刘飞还是要去。

刘飞平日里像许世友一样爱穿草鞋，左轮手枪从不离手。这天，为了显示对主席夫人的尊敬，刘飞行前特地换上了皮鞋。但考虑到自己正在病休中，就穿了一身便装。当刘飞来到江青下榻饭店的会客厅时，刚打照面，江青就满脸不快地朝他皱了一下眉，悻悻问道："你是军人吗？"

刘飞没想那么多，很平和地回答："是的。"

"是军人为什么不穿军装？"

江青这一问，生性耿直的刘飞有些不快，生硬地答道："因为我正在病休。"

江青一愣，面无表情地要刘飞坐下。接着，江青让刘飞讲讲当年伤病员坚守在阳澄湖上的背景和有关情况。

刘飞一口气把"江抗"等部队的伤病员，在党的坚强领导和人民群众的大力支持下，英勇坚持阳澄湖斗争的来龙去脉和事迹梗概讲了一遍。他讲了陈毅和叶飞在1939年那个不寻常的春天，奋力排除干扰、毅然挥师东进的的壮阔景象，讲了自己在江阴顾山反击"忠义救国军"偷袭的战斗中负伤后，从苏州沿水路来到阳澄湖后方医院养伤的前前后后，讲了从上海、南京等大城市来的优秀医护人员，克服难以想象的困难，千方百计救护伤病员甚至不惜牺牲自己生命的情形，讲了苏、常、太根据地广大人民群众，真心拥护"江抗"并竭诚救助伤病员的动人故事，讲了夏光带领痊愈伤病员组成的新"江抗"，以两支短枪在根据地建设低潮中再度崛起的顽强斗争，讲了东来茶馆老板胡广兴和侄子胡小龙，智勇双全帮助伤病员从日寇围困的芦苇荡脱险的惊心动魄经历，讲了"常熟三领袖"李建模、任天石、薛惠民，在民族危亡之秋毁家纾难、尽忠报国感天动地的赤诚大义，也讲了当年的新华社战地记者崔左夫，1948年在窑湾战地获悉阳澄湖伤病员斗争事迹后，1957年重返苏南水乡采访，为《芦荡火种》创作提供极可宝贵素材的过程……

随着当年芦荡斗争亲历者和见证人绘声绘色的讲述，一副壮阔舒缓而又绚丽多彩的江南抗战画卷，在江青面前徐徐铺展开来，她一时听得入了迷。

半晌，江青又冷不丁地冒出一句话："你的嗓门怎么这么大？"

刘飞的耳朵在孟良崮战役中被猛烈的炮声震出过血，听力一直不好，说话时生怕别人听不见，故嗓门特别大。此刻，他不想再作什么解释，只是平静地回答说："我平时就是这样说话的。"

江青的召见，使刘飞有一种骨鲠在喉、但欲言又止的感觉。他无从叙说和与人交流，只能默默把那种难于言表的感觉埋在心底。从那以后，刘飞更不愿意提及自己的过去了。

在《芦荡火种》和《沙家浜》红遍全国的年代，剧中人物命运在各界观众中产生强烈共鸣，与剧情对号入座的种种传说也不胫而走。当年，从不愿炫耀自己的刘飞积极支持创作反映三十六个伤病员事迹的戏剧，绝无为自己树碑立传的初衷，但了解刘飞阳澄湖斗争经历的人，常常自觉不自觉地把刘飞与剧中人物郭建光对号，给刘飞平添了莫名的烦恼。他浑身是嘴也说不清，也无法回应人们善意的猜测和联想。素来低调的刘飞，开始采取回避办法，决意从此不再写有关个人经历的回忆文章。新中国成立以后，曾遵命第一个为阳澄湖伤病员传神立照的战地记者崔左夫，曾多次请求给刘飞写回忆录，但刘飞总是说：一将功成万骨枯，我刘飞个人算不了什么，婉言加以谢绝。崔左夫虽然没有苏南东路地区艰苦斗争生活的体验，但也是抗日战争时期从江苏东台三仓镇参军的新四军老战士，又十分熟悉"江抗"的斗争历史，是刘飞传奇生涯的理想代言人。不过，置身四海翻腾、五洲震荡的非常岁月，面对始终秉持温不增华、寒不改叶人生信条的老首长，最佳代言人只能望洋兴叹而难有作为。在复杂的政治生态和社会环境中，崔左夫最终因未能为一代名将刘飞再书华章而抱憾终生。

第十二章 一锤定音

70. 毛泽东观看京剧《芦荡火种》

1964年6月5日至7月31日，全国京剧现代戏观摩演出大会在北京举行。来自全国十九个省、市、自治区的二十八个剧团参加演出，共上演了三十七台戏。根据同名沪剧移植改编的《红灯记》和《芦荡火种》，根据长篇小说《林海雪原》改编的《智取威虎山》，以及取材于抗美援朝战争志愿军第六十八军二〇三师渗透迂回支队奇袭南朝鲜首都师"王牌团"的《奇袭白虎团》，都被大会列为优秀剧目。

观摩演出期间，毛泽东看了其中两台戏。

7月17日晚，毛泽东看了上海京剧团演出的《智取威虎山》。

7月23日晚，毛泽东、刘少奇、周恩来等党和国家领导人来到人民大会堂，一起观看了北京京剧团演出的《芦荡火种》。

毛泽东对京剧这门传统艺术十分喜爱，听京剧是他工作之余最大的乐趣和精神享受，可以说，是一位真正的京剧知音。但毛泽东不愿打扰别人，故很少观看京剧名家演出。于是，身边工作人员就给他搞了一些京剧唱片。上个世纪50年代，当时所有京剧名家的唱片，毛泽东那里都有。在异彩纷呈的京剧流派中，毛泽东比较喜欢听老生戏，特别是对言（菊朋）、马（连良）、谭（富英）、高（庆奎）老生四大派的戏，每每百听不厌，如言菊朋的《卧龙吊孝》，马连良的《借东风》，谭富英的《失街亭》《空城计》《斩马谡》，高庆奎的《逍遥津》，都能一字不落地唱出来。毛泽东尤爱高昂激越的高派和委婉细腻的言派老生戏。对于高派代表剧目《辕门斩子》，言派代表剧目《让徐州》等著名唱段，毛泽东均耳熟能详，欣赏时常常陶醉其中。

毛泽东对用中国传统戏曲表现革命内容的想法由来已久，几十年间曾与京剧界人士专门就京剧如何演好现代戏问题进行过深入交谈。1944年1月，毛泽东看了评剧《逼上梁山》，写信给时任延安评剧院院长的杨绍萱和主持创作《逼上梁山》的齐燕铭说：

> 看了你们的戏，你们做了很好的工作，我向你们致谢，并请代向演员同志们致谢！历史是人民创造的，但在旧戏舞台上（在一切离开人民的旧文学旧艺术上）人民却成了渣滓，由老爷太太少爷小姐们统治着舞台，这种历史的颠倒，现在由你们再颠倒过来，恢复了历史的面目，从此旧剧开了新生面，所以值得庆贺。郭沫若在历史话剧方面做了很好的工作，你们则在旧剧方面做了此种工作。你们这个开端将是旧剧革命的划时代的开端，我想到这一点就十分高兴，希望你们多编多演，蔚成风气，推向全国去！①

鉴于古为今用在传统戏曲中很难在较短时间内取得公认成绩，毛泽东便要求今为今用。周恩来1964年6月23日《在京剧现代戏观摩演出大会座谈会上的讲话》中讲到，1962年秋，毛泽东在党的八届十中全会上提出"要提倡演为社会主义服务的现代的革命戏"，第二年，毛泽东又专门强调了这个问题。

关于毛泽东观看京剧《芦荡火种》的地点，以及看完戏后是否在现场讲修改意见，这些年一些报纸杂志和网络多有不同说法。2014年9月27日，我利用赴京开会之机，在陶然亭公园附近信然庭小区一所公寓，拜访了当年饰演郭建光的北京京剧团德高望重的京剧表演艺术家谭元寿。

一部谭家史，半部京剧史。谭元寿系主演过中国第一部电影《定军山》的京剧泰斗谭鑫培第五代传人。自谭鑫培博采众长，以臻于化境的精湛技艺引领京剧由娱乐向艺术转化并首创京剧流派后，百余年来一门七代承传四十余人共襄生行谭派艺术大业，天下知音之广，以致有"无腔不学谭"之说。时下谭派京剧艺术领军人物谭元寿生于1928年，湖北武昌人，身高一米七，五岁学戏，展艺氍毹七十余载，虽年逾杖朝，但宝刀未老，举手投足依稀可见当年风范。2006年10月，谭元寿赴沪参加其父谭富英百年诞辰纪念活动，国庆日专程赴

---

① 毛泽东.给杨绍萱、齐燕铭的信.人民日报：1982-05-23.

常熟沙家浜镇清唱《沙家浜》选段，令沙家浜人大饱眼福，留下了红色经典名家名段回馈原生地的佳话。

据谭元寿回忆，1964年7月23日晚，毛泽东是在人民大会堂小礼堂看的京剧《芦荡火种》，而且看得非常认真和入神。演出结束后，毛泽东即与剧团编导和演职人员在现场进行座谈，并当面提出修改意见。毛泽东说，戏是好的，胡传魁、阿庆嫂、刁德一人物刻画得好。在肯定《芦荡火种》剧的同时，毛泽东也提了几点重要意见：一是觉得剧中新四军的音乐形象不饱满，要鲜明地突出新四军战士的音乐形象；二是军民鱼水关系不够突出，要加强军民关系的戏；三是结尾不合适。原沪剧《芦荡火种》的结尾是新四军利用胡传奎结婚，化装成吹鼓手和轿夫，出其不意对赴宴的日酋和"忠义救国军"头目进行袭击。汪曾祺等人在移植改编京剧时，保留了沪剧中"喜堂聚歼"的情节。毛泽东认为，这样一来，结尾成了闹剧，全剧就成为风格不同的两截子了，应该改为新四军正面打进去。要突出武装斗争的作用，强调用武装的革命消灭武装的反革命。戏的结尾要打进去。戏是两截，改起来不困难，不改，就这样演也可以，戏是好的。

在那个不寻常的北京仲夏夜，毛泽东是否触景生情，又油然忆起二十六年前，他和他的亲密战友运筹帷幄，精心谋划敌后包括江南地区抗日游击战争的往事？人们无法窥知文韬武略炉火纯青的政治家隐秘的心曲。但艺术家们倾情念、唱、做、打，生动再现抗战相持阶段苏南水乡艰难曲折的斗争历程，必定会唤起当年他在陕北黄土高原思接千载、视通万里的宏阔思维。洞悉历史发展脉络并能准确把握事物本质的共和国领袖，于漫不经心中轻舒云袖，就以"正面打进去"这一画龙点睛之笔，赋予了红色经典揭示历史本真和重启历史回声的高贵品质，使创新探索中的京剧现代戏，最大限度逼近历史真实。

深刻的主题思想，是红色经典保持高远意境和持久生命力的灵魂。从着意突出地下斗争主线，到倾注笔墨描绘用武装的革命消灭武装的反革命，毛泽东这一带有鲜明指向性的修改意见，不仅为剧情和结构的重要调整理清了思路，而且使全剧的主题和思想张力有了很大提升。后来的创演实践和社会效果证明，只有打江山、立传统的革命领袖，才能洞穿历史迷雾，对中国革命斗争胜利规律有着明晰认知和准确把握，从而在纷繁复杂的历史背景和艺术创作实践中举重若轻，一语中的抓住戏剧修改和艺术跃升的要害。

在谈到这出京戏的名字时，毛泽东幽默地说：芦荡里都是水，革命火种怎么能燎原呢？再说，那时抗日革命形势已经不是火种而是火焰了嘛！故事发生在沙家浜，中国有许多戏用地名为戏名，我看这出戏就叫《沙家浜》吧。

智者乐水，仁者乐山。《芦荡火种》天生就是亲水的。它所展示的瑰丽画卷，撷取自江南港汊星罗、水网密布的乡村；表现这一扣人心弦斗争故事的创意，萌发于京杭大运河、老沂河和骆马湖三面环水的窑湾这一水运要津；移植改编结构性、根本性的调整和飞跃，是在颐和园昆明湖南部的蓬莱岛上完成的；经毛泽东点石成金，移植改编后的京剧剧名，又将借鉴传统戏剧手法以故事发生地的湖滨小村冠名。从窑湾织梦到人民大会堂拍板，在跨越战争与和平的十六年时空中，共和国的政治家、艺术家和优秀军事指挥员们，不谋而合在氤氲着江南水乡特有风情的地理人文环境中演绎历史、铺陈剧情，使《沙家浜》充满了"烟笼寒水月笼沙"的诗化意境和"青山隐隐水迢迢"的别样美感，对全剧的文化品位和艺术魅力是个极大增益。

毛泽东随后谈到京剧的唱词，又提醒说，京剧要有大唱段，老是散板、摇板，会把人的胃口唱倒的。

从二十七八年前领导制定开展敌后游击战争战略，到二十七八年后领导艺术再现当年宏伟战略实施的壮阔图景，在两个不同历史时代，毛泽东都当之无愧扮演了总导演的角色。作为抗日战争中敌后游击战争理论的创始人和实施这一战略的大师，毛泽东历来重视战略规划和战略指导，坚持"拿战略去指导战役战术方针，把今天联结到明天，把小的联结到大的，把局部联结到整体，反对走一步看一步"。毛泽东主张，中国革命"不但需有一个大图样，总图样，还须有许多小图样，分图样"①。战略指导解决的显然是"大图样"的问题。"善弈者，谋势；不善弈者，谋子。"正是因为伟大战略家毛泽东重"谋势"而不重"谋子"，因而总能顺应时代潮流和发展趋势制定正确的战略和方针，武能取天下，文能塑青史，在不同历史时空的大舞台上挥洒自如，演绎与改变东西方力量对比和世界政治版图伟业相适应的宏阔篇章。

在那个深晚，毛泽东仿佛不再是共和国元首和党的领袖，而是一位颇为痴迷和深得京剧三昧的票友。在场的梨园名伶想不到毛泽东对京剧还这么有研究，都不禁为主席对京剧独到的见解和高深的造诣所折服。毛泽东对京剧《芦荡火种》的肯定和中肯的修改意见，再加上他和蔼而又风趣的言谈举止，使大家那颗悬着的心终于放了下来。

---

① 毛泽东：《驳"第三次"左倾路线》，原件存于中央档案馆。

71. 郭建光成为"一号人物"

经典剧目的创作改编，从来都不仅仅囿于艺术范畴。围绕如何诠释和理解毛泽东的意见，微妙的角力还在继续。

几天后，江青亲临剧团传达了毛泽东对《芦荡火种》提的几点意见：要突出武装斗争，以武装斗争为主，强调武装的革命消灭武装的反革命，最后可开打，戏的结尾要正面打进去，这样更符合中国人民革命斗争实际，现在后面是闹剧，戏是两截；要加强军民关系的戏，加强正面人物的音乐形象；剧名拗口，改为《沙家浜》为好。江青在传达中煞有介事解释说，突出阿庆嫂，还是突出郭建光？这是关系到突出哪条路线的重大问题。

在中国革命历史上，确实长期存在武装斗争和地下工作两条战线，两条战线密不可分，相辅相成。在江青看来，毛泽东是武装斗争的代表人物，而刘少奇是地下工作的代表人物，她影射的，自然是后者。

观摩大会结束之后，江青又给北京京剧团下达指令：剧中郭指导员的形象必须提高，革命战争的胜利靠的是主力部队，阿庆嫂和几个伤病员只能起配合作用，不能起决定作用。要突出武装斗争，消灭胡传魁，解放沙家浜，应当是新四军从正面打进去。要删掉别的场子，腾出篇幅来表现新四军。要千方百计树立郭建光的音乐形象，要有成套唱腔，要有精彩唱段。

正是十一前后金风送爽时节，《芦荡火种》剧组按照送戏到工农兵中去的要求，先是到北京军区某部为战士演出，接着又去电子管厂为工人演出，最后来到昌平县为农民演出。北京市文化局长张梦庚专程来到昌平演出现场，向大家传达彭真转达的毛泽东八九月份在北戴河会议期间，对京剧《芦荡火种》的重要指示。主要是这出戏戏名要改，就叫《沙家浜》，最后新四军正面打进去，武装斗争解决。这次现场口头传达，把毛泽东7月23日看戏后讲的修改意见的要点和精髓，简洁明了地讲出来了。剧组人员普遍感到毛泽东的指示字字千钧，同时又深感责任重大，进一步增添了改好戏、演好戏的压力和动力。

在人民大会堂小礼堂，汪曾祺等人当面聆听了毛泽东的修改意见。作为编剧，他深知由沪剧以塑造地下工作者阿庆嫂形象为主线，到京剧以塑造新四军指导员郭建光形象为主线，这是一个巨大的转型和全新的创造，其中的难度和艰辛可想而知。但他认为，作为高度重视意识形态工作的党的领袖和深谙艺术创作规律的诗人、哲学家，毛泽东讲的意见都是有道理的，而且使他特别感慨的是，毛泽东并不把自己的意见强加于人。欣慰之余，汪曾祺也因领略领袖的风范而受到终生难忘的教益。多年笔耕形成的艺术直觉告诉他，绝佳的风光通常在最险峻处，迎难而上再攻关，柳暗花明的局面就会到来。

创作组移师上海，闭门谢客苦干十天，完成了对剧本的新一轮修改。根据毛泽东的意见，全剧的总体框架和布局作了调整，主要是丰富了郭建光的戏份，由郭建光取代阿庆嫂为全剧主要英雄人物，而以阿庆嫂为主的秘密工作则降为辅线，同时通过丰富剧情，加强了军民关系的内容。修改后的戏按照毛泽东的指示，以众星拱月之势集中笔墨全方位塑造郭建光这个一号人物，郭建光等十八名伤病员被困芦苇荡十多天，仍如挺拔青松斗志不减一场戏成为全剧核心，郭建光的唱词由七十八句增加到一百零一句，并精心设计了四个重点唱段。为体现毛泽东"从正面打进去"的指示，剧中增加了"奔袭""突破""聚歼"三场戏，将原剧阿庆嫂带人化装送新娘混进敌巢一举消灭胡传魁的精彩结尾，改为郭建光养好伤后杀出芦荡飞兵奇袭沙家浜，鲜明体现了武装斗争的主线。

上海沪剧院艺术室主任褚伯承，曾对沪剧《芦荡火种》和京剧《沙家浜》的区别做过比较：

	沪剧《芦荡火种》	京剧《沙家浜》
首演时间	1960 年 1 月	1964 年 2 月
作品来源	部分取材于纪实文学《血染着的姓名》	根据沪剧《芦荡火种》移植改编
剧情侧重点	以地下斗争为主	突出武装斗争
一号人物	阿庆嫂	郭建光
阿庆嫂结局	继续隐蔽从事地下工作	公开亮出共产党员身份
习德一身份	教官	参谋长
最后一仗斗争方式	乔装改扮潜伏于胡传奎婚礼中，相机歼敌	飞兵奇袭，正面武装攻入沙家浜

总体框架确定后，汪曾祺又对剧本作了通改和润色，同时，由李慕良设计好

新词句的唱腔，由肖甲安排好舞台部位。

随着剧本定稿，移植改编的重心转到了导演身上。导演迟金声系马派名家，演了半辈子戏的他深知，演惯了传统戏的京剧演员改演现代戏和塑造现代人物，对许多人来说无疑是个痛苦蜕变的转型过程。作为艺术创造进程的组织者和演员转型的引领者，导演就是要独具慧眼发现创作灵感，善于恰到好处地点石成金，帮助演员一步一步扎实走好转型路。迟金声和另一名导演肖甲分工合作，由他主抓郭建光的戏，肖甲主抓阿庆嫂的戏，两人昼夜耗在排演现场，及时发现、捕捉、筛选、整合大家的创新火花，对冒出来的各种金点子适时进行沟通协调，进而作出正确的判断和取舍。同时，鼓励演员大胆地向现代戏中的现代人物形象靠拢和迈进。按照舞台表演的起、承、转、合，两位导演组织演职员逐个细节精心推敲打磨，以聚沙成塔、集腋成裘的那么一股劲头，引导创作团队锲而不舍向打造艺术精品的高峰攀登。据谭元寿回忆，为了确保演出效果，有关部门还特意从国外为《沙家浜》剧组进口了十几个麦克风，用完后全部上交了公安部。

72. 陈荣兰在剧场见到毛泽东

在沪剧《芦荡火种》被紧锣密鼓地移植改编为京剧《沙家浜》的过程中，上海人民沪剧团根据毛泽东观看京剧《芦荡火种》的指示，也抓紧对沪剧剧本进行改动。一南一北两个剧组相向而动，形成了京沪双城两个极富特色的剧种互鉴共进的生动艺术景观。

1964年7月23日，毛泽东在人民大会堂小礼堂观看北京京剧团演出的《芦荡火种》时，经有关部门批准，应北京京剧团之邀，上海人民沪剧团主要领导和演员陈荣兰、丁是娥等提前赶到北京，届时十分荣幸地得以到场观摩。

陈荣兰记得，1958年，毛泽东在上海观看《白蛇传》，当法海将白娘子收钵镇压在雷峰塔下的那一刻，毛泽东突然手拍在沙发扶手上，一下子站起来，愤怒地说："不革命行吗？不造反行吗？"

演出开始前，有人对陈荣兰咬耳朵，告诉她，观察毛主席看戏的反应可要注意哦：戏结束后，如果毛主席站起身来，鼓鼓掌就走，那你的戏就没什么；如果坐在那里不动，你可要做两种准备，一是受表扬，一是准备挨批。

那天晚上，演出接近尾声时，站在台上一侧的陈荣兰屏住呼吸，透过幕布缝隙，紧张而仔细地看着台下毛泽东的神情和动作。戏刚一演完，只见毛泽东拍掌站起，并没有马上要走的意思。陈荣兰心里一沉，暗自说，糟糕，戏演砸了！没想到毛泽东鼓掌后很快又坐下了，这时，陈荣兰才放下心来。接着，毛泽东把北京京剧团领导、编导和主要演员叫到身旁，陈荣兰也在其中。在亲切融洽的气氛中，大家一起聆听了毛泽东对京剧《芦荡火种》的修改意见。时值盛夏，人民大会堂小礼堂却宛如春天般温馨宜人。陈荣兰近距离目睹毛泽东的风采，亲身感受了领袖宽阔的眼界、深邃的思想和特有的艺术禀赋与气质，在如坐春风中体验到一种从未有过的陶冶和升华。

从北京返回上海后，陈荣兰立即向有关部门领导汇报了进京观摩情况和毛泽东的指示，上海人民沪剧团党总支组织演职人员认真学习领会毛泽东指示，研究讨论了贯彻落实的具体措施，抓紧展开了沪剧《芦荡火种》的修改和完善工作。

此后不久，陈荣兰专门带上海人民沪剧团《芦荡火种》剧组，重返第二十军五十九师一七五团深入生活、修改剧本，研究加强戏中的武装斗争和如何解决"从正面打进去"的问题。故事原发部队天生就蕴藏着生发和拓展情节的奇思妙想，长于挥戈摆兵的部队指挥员，差不多都是延伸"从正面打进去"剧情的高参。经过集聚群智，沪剧《芦荡火种》加了一场"瓮中捉鳖"的戏，主要情节是，胡传奎与周翻译官妹妹结婚，郭建光率伤愈归队的伤病员与阿庆嫂里应外合，在胡传奎家婚宴现场将敌酋和日伪军一举聚歼。

1971年，上海人民沪剧团曾按京剧演出本演出过沪剧《沙家浜》，1980年5月又复排沪剧《芦荡火种》。

"会当凌绝顶，一览众山小。"当数不清的喧嚣与宁静尽逐时光之水东流后，站在历史的高峰回首移植改编曲径通幽但又别有洞天的过程，人们愈益深刻地认识到，遵循京剧创作和传承的规律，将传统京剧艺术的精髓嵌入现代革命斗争题材，使传统为魂、现代为体，用中国气派、中国风格、中国元素和为老百姓喜闻乐见的艺术形式，讴歌和展现党领导的革命武装斗争波澜壮阔、多姿多彩的历史，这是京剧《沙家浜》在用传统形式表现现代内容和跨剧种移植改编双重惊险跳跃中，最终能够取得成功的致胜之道。

73. 红色经典修成正果

艺术之花天生就依恋培植和养育自己的故土。1965年4月底，北京京剧团《沙家浜》剧组抵沪排练，5月1日在上海人民大舞台首次公演。

一直追踪这台戏修改的观众惊讶地发现，全新打造的京剧《沙家浜》整体舞台呈现已焕然一新，不仅武装斗争主线和郭建光形象明显加强，赵燕侠塑造的阿庆嫂在舞台上也鲜活灵动光彩照人，"智斗""授计""审沙"几个重点场次，既妙趣横生又京剧味儿十足，使观众在享受高水平视听盛宴的同时，能够尽情领略老北京京剧团原汁原味的艺术风格和特色。

　　至此，从纪实文学《血染着的姓名》《火种》和歌曲《你是游击兵团》，到沪剧《碧水红旗》《芦荡火种》，再到京剧《地下联络员》《芦荡火种》《沙家浜》，阳澄湖伤病员引人入胜的斗争故事，终于从零散资料和坊间传说，化为生动翔实的革命回忆录和非虚构文学作品，再到为社会大众所喜闻乐见的现代戏剧广为传播，经有着不同阅历和艺术禀赋的剧作家、各具千秋的艺术表演家、血染着姓名的斗争亲历者、导演中国革命武装斗争威武雄壮活剧又有很高文化艺术造诣的领袖共同创造，几经推敲打磨和起承转合，终于进入中国京剧现代戏亦即无产阶级革命文艺的经典殿堂，从而载入史册。

　　《芦荡火种》和《沙家浜》的成功，制度的优越性是一个无可否认的重要因素。红色经典是社会主义大协作的产物，是政治家、军事家、艺术家和广大人民群众集体智慧和创造的结晶。很少有这样一部戏，引起了上至领袖集团、下至文艺工作者和人民群众如此关注，承载了那么多的政治意蕴。革命领袖对中国革命主流特征的准确把握，刘飞等新四军老战士对坚持阳澄湖芦荡斗争原生态创作素材的艺术直觉，崔左夫以白描的笔触记述芦荡火种的斗争片段，文牧刻意追求的传奇剧情和渗透其间的江湖色彩，汪曾祺充满诗意的散文化语言，都使发生在苏南湖汉河网地区扣人心弦而又特色鲜明的斗争，得以集中优质艺术元素绝佳呈现，从而具有了从本质上揭示中国革命历史进程的典型意义和异乎寻常的感染力。

　　1967年5月10日，《人民日报》《解放军报》《红旗》杂志刊登江青1964年7月在京剧现代戏观摩演出人员座谈会上的讲话《谈京剧革命》，《红旗》杂志配发社论《欢呼京剧革命的伟大胜利》，首次提出"样板戏"概念，并作为官方宣传的正式用语出现在社论中。

　　5月24日，《人民日报》以《毛主席无产阶级文艺路线辉煌成果的盛大检阅——八个革命样板戏在京同时上演》为题，报道了京剧《智取威虎山》《海港》《红灯记》《沙家浜》《奇袭白虎团》、芭蕾舞剧《白毛女》《红色娘子军》、交响音乐《沙家浜》八个革命样板戏在京同时上演的消息。

　　5月31日，《人民日报》发表社论《革命文艺的优秀样板》，再次明确将《沙家浜》列入"八个革命样板戏"。

至此，从江南水乡走来的《沙家浜》，经过近二十年的长途跋涉，终于修成正果，在被奉为革命现实主义与革命浪漫主义完美结合的典范和无产阶级革命文艺圭臬的同时，迅速传遍大江南北，进入千家万户。

　　真理是时间的女儿。时过半个世纪，在潮起潮落、社会环境和人们的价值观念深刻嬗变的今天，《芦荡火种》和《沙家浜》之所以仍有经久不衰的生命力，能在中国戏剧艺术之林中独树一帜、引人入胜，很重要的是作家、艺术家秉持革命现实主义的优良传统，使剧作深深植根于江南水乡革命斗争的深厚土壤，以深刻的主题思想和内涵统领全剧，以新奇的剧情和精湛的细节征服观众，从而达到了革命性与艺术性、先进思想与完美形式的内在统一。山有多高，水有多长。是苏南东路地区抗日根据地丰富多彩的抗敌人物和事迹，为剧作舞台形象塑造，提供了取之不尽、用之不竭的宝贵生活源泉。

　　1965年3月，京剧《沙家浜》演出之前，文牧专门陪同北京京剧团领导到阳澄湖畔湘城、张家浜等地采风，实地感受把握剧作时代背景和人文环境。

　　上海沪剧团1980年5月复排《芦荡火种》时，仍然坚持把深入生活作为突出强调的一个原则和基点。从案头准备到初排，短短两个月时间里，剧组人员曾三进沙家浜，三闯二十年前首演《芦荡火种》时深入生活到过的芦苇荡，从思想感情到艺术呈现都产生了新的飞跃。导演和舞美设计在阳澄湖芦苇荡中写生、取景，在湖中终日盘桓间获得了新的艺术灵感，确定丰富发展原来的舞美创作，取消二道幕，用四个可移动的芦苇丛分隔演出的时空板块，以调节剧情发展节奏，强化人物活动氛围。这个设想付诸实践后取得良好舞台效果。

　　永远坚持向火热的生活汲取创作激情，在精益求精中努力使剧作常演常新，这正是红色经典的特殊魅力所在和成功之道。沪剧《芦荡火种》和京剧《沙家浜》，是艺术精品中的姐妹篇，也是艺术化了的历史片断和画卷。

　　1965年3月18日至20日，《人民日报》发表京剧《沙家浜》初改本。

　　1967年5月31日，《人民日报》发表已确定为"样板戏"的京剧《沙家浜》剧本。

　　1968年5月23日，时任上海市文化系统革命筹备委员会主任和总管上海《智取威虎山》《海港》两部样板戏的于会泳，在《文汇报》发表《让文艺界永远成为宣传毛泽东思想的阵地》的文章，首次提出了"三突出"概念，其理论表达是："在所有人物中突出正面人物；在正面人物中突出英雄人物；在英雄人物中突出中心人物"。于会泳把这一理论的发明权拱手送给了江青。从此，这一来自革命样板戏创作实践、反过来又能动指导样板戏创作和其他文艺创作的理论原则，成为中国文艺界的金科玉律。《沙家浜》后期的润色加工，也毫无例外地打上了"三突出"的印记。

1968年7月1日，毛泽东、周恩来观看了中央乐团演出的革命交响音乐《沙家浜》。

1970年，《红旗》杂志第六期发表京剧《沙家浜》定型本。

1971年，京剧《沙家浜》被长春电影制片厂拍成电影。这部"样板戏影片"整整拍了一年零八个月，由因拍摄《平原游击队》《英雄儿女》而声名鹊起的武兆堤执导，是长影自"文革"以来出品的第一部影片。江青明确要求，剧中每一个动作、每一句台词都不能做任何改动。这一极为苛刻的要求，给影片拍摄工作带来不少难题。

1971年8月，京剧《沙家浜》影片拍摄完成并送江青审查，江青看过影片很高兴，突然心血来潮，表示要在第二天接见剧组主要演员。得到通知后，在京负责送审的厂长苏云和样板团团长慌忙打电话通知厂里，让赶紧买火车票，送剧组有关人员回京。谁知江青又突发奇想，让空军司令员吴法宪派专机去长春接演员。长影接到通知后，演员们已经从长春连夜坐火车返京了，厂里只得派小汽车追火车，上演了一幕生死时速的比拼。好在那时火车速度不快，小汽车终于在四平火车站追上了火车。厂方人员闯进演员们的包厢，来不及多解释，赶紧请他们下车，连夜把演员们用小车拉回厂里。第二天上午，演员们从长春坐空军专机直飞北京。

这年9月，影片《沙家浜》在全国正式公映。

1971年9月23日至29日，应朝鲜对外文化联络委员会邀请，革命现代京剧《沙家浜》《智取威虎山》在朝鲜国庆期间赴朝演出二十余场，金日成主席观看演出并与演员们亲切合影。

1973年，珠江电影制片厂将粤剧《沙家浜》拍摄成电影。

2006年，三十集电视连续剧《沙家浜》在中央电视台播出。

上个世纪70年代初，当京剧《沙家浜》搬上银幕成为样板戏影片时，刘飞正闷在家中，整天价杜门不出。

当时，如火如荼的"无产阶级文化大革命"已经进行了五个春秋，刘飞在紧跟中彷徨过，也在认真学习理解中时常感到苦恼。他对局势的走向越来越感到迷茫，他也越来越沉默了。几年来，随着各地被揪出和打倒的"走资派"愈来愈多，来家中避难的"走资派"子女也与日俱增——叶飞的儿子叶小余，当年在苏中军区的老战友、原上海市委书记陈丕显的儿子陈小津，在上海"一月风暴"中与军内外"造反派"斗得不可开交的上海警备区司令员廖政国的儿子廖年，原新"江抗"五十二团参谋长、牺牲于朝鲜的五十八师参谋长胡乾秀的儿子胡忆朝等逆境中的子弟，在绝望和困厄中，奔着父辈情谊这一线希望，从四面八方来到刘家寻求庇护。古道热肠的刘飞和朱一也慨然敞开家门，为惶恐的孩子们撑起一片蓝天。刘飞家开起了大锅饭，阁楼和储物间都打上了地铺，使这所饱经沧桑的民国古建筑，又开启了过去从未有过的临时避难所功能。

偶尔有穿军装和不穿军装的"造反派"，到家中来搞被打倒的"走资派"的外调，刘飞总是剑眉紧锁，虎视眈眈瞪着来者，常常看得人心里发慌。女儿刘凯军记得，有一次，来自首都军队某单位的两个"造反派"，到家中调查刘飞一位落难老战友的问题。当谈到刘飞那个老战友参加革命时戴着礼帽、穿着长衫，问他家中是不是地主资本家时，年轻的凯军听见刘飞一声怒吼，两个"造反派"慌忙跑出屋去，边回头张望边仓皇离去。凯军不解，问了爸爸一句，刘飞说："要不是有政策，今天我非刮他们两个耳光子不可！"

日子久了，刘飞家添了不少新成员的消息也慢慢透露出去。一天，一位领导受命登门通知，根据中央有关指示精神，军队不得为"走资派"子女提供庇护，住在家里的干部子弟，应当尽快离开。刘飞无奈，只得和朱一把孩子们召集在一起，改善一顿伙食，每人发一点钱和粮票，嘱托孩子们好自为之，然后送他们各奔东西。

刘飞看样板戏影片《沙家浜》，是在南京军区小礼堂。这是一部全方位运用电影语汇和艺术手段，忠实再现美轮美奂京剧现代戏经典的佳作。三百六十度全维展现的声光效果，瞬间将戏剧元素放大到极致，产生了一股摄人心魄的神奇力量；仿佛取之不尽、用之不竭的宏阔景深，不时把囿于京剧舞台的念唱做打演绎得天高地阔，酣畅淋漓地展现了烽火年代的云水苍茫和征程迢递。影片不少场景都收到了源于舞台、优于舞台的艺术效果。那天晚上，女儿刘凯军也跟着爸爸一起去了。坐在后排的刘凯军看到，影片放映过程中，刘飞始终端坐如初，未与左右观众有过任何交流。

影片《沙家浜》上映后，新四军指导员郭建光的形象更加深入人心，成为那个时代光彩夺目的英雄形象。一些熟悉的人见到刘飞，总忍不住要问："刘老，《沙家浜》里的郭建光，是不是以您为原型塑造的?"

刘飞对这类问话内心是反感的，但又不便表露，听到后总是平静地回答说："郭建光是戏剧和电影中的艺术形象，是新四军指战员的代表，和我没有关系。"

74. 汪曾祺的荣耀与随遇而安

当年，汪曾祺作为"摘帽右派"到北京京剧团后，因有"前科"，"文化大革命"中还是第一批被揪了出来。革命群众给他写的一份大字报，标题是《老右派、新表演》。汪曾祺搞了一些时候的"样板戏"后，江青似乎对他很欣赏，忽然有一天宣布："汪曾祺可以控制使用。"于是，汪曾祺又饱尝了"控制使用"压力下搞创作的滋味。

1970年5月21日，为移植改编京剧《沙家浜》作出贡献的汪曾祺，同北京京剧团谭元寿、马长礼、洪雪飞三位主要演员登上天安门城楼，与首都百万军民一起集会，拥护毛泽东5月20日发表的声明《全世界人民团结起来，打败美国侵略者及其一切走狗》。新华社当天发布的通稿中，汪曾祺的名字出现在一长串几百个人名单的近结尾处。外地一些处境堪忧的知识分子看到报纸，禁不住四处奔走相告：汪曾祺上天安门了，咱知识分子有救了！消息传到山西，汪曾祺在农村插队的儿子也唏嘘不已，不久，其处境亦有所改善。

1976年10月，"四人帮"垮台后，汪曾祺再一次作为审查对象被送进"学习班"，两年多时间写下十几万字的检查材料。最后的审查结果自然是不了了之。历史又一次顺应了"愤怒出诗人"的规律，痛苦时光酿造的精神美酒，使汪曾祺的创作攀上了前所未有的高峰。这位运用高度诗意化的散文语言写作京剧剧本和短篇小说的文学大家，戏称自己是一个"中国式的抒情人道主义者"。

1979年，全国绝大多数右派分子得到平反，汪曾祺正式跟右派的影子告别。他到原单位交材料，向经办自己专案的同志道谢："为了我的问题的平反，你们做了很多工作，麻烦你们了，谢谢！"

那几位同志说："别说这些了吧！二十年了！"

有人问他："这些年你是怎么过来的?"

汪曾祺不假思索地说："随遇而安。"

历尽风吹雨打，走遍万水千山，云淡风轻的汪曾祺，曾经的炽热和绚烂都归于宁静与恬淡。

1991年1月31日，汪曾祺写了一篇题为《随遇而安》的散文，文末有这样一段话：

随遇而安不是一种好的心态，这对民族的亲和力和凝聚力是会产生消极作用的。这种心态的产生，有历史的原因（如受老庄思想的影响），本人气质的原因（我就不是具有抗争性格的人），但更重要的是客观，是"遇"，是环境的，生活的，尤其是政治环境的原因。中国的知识分子是善良的。曾被打成右派的那一代人，除了已经死掉的，大多数都还在努力的工作。他们的工作的动力，一是要证实自己的价值。人活着，总得做一点事。二是对生我养我的故国未免有情。但是，要恢复对上者的信任，甚至轻信，恢复年轻时的天真的热情，恐怕是很难了。他们对世事看淡了，看透了，对现实多多少少是疏离的。受过伤的人心总是有瘢的。人的心，是脆的。

这是没有办法的事。

为政临民者，可不慎乎。

这篇散文发表在1991年第二期《收获》杂志上。

1981年，汪曾祺以《大淖记事》获得全国优秀短篇小说奖，从而在新时期文坛奠定了其优秀小说家的地位。此后，有"革命时代的士大夫"美誉的汪曾祺，小说创作硕果累累，在中国文坛独步一时。京剧《沙家浜》的经典化语言、经典化唱腔、经典化人物、经典化表演，无不浸润了汪曾祺平和素净的诗化境界和灵动活泼的语言风格。

1996年12月，汪曾祺在中国作家协会第五次全国代表大会上被推选为顾问。

1997年5月16日，汪曾祺在北京逝世，终年七十七岁。

2011年第六期《中华文学选刊》发表了1975年5月修改的京剧《沙家浜》押韵本。原来，当年创作京剧《杜鹃山》，第二、六、八场是汪曾祺执笔写的。江青感到《杜鹃山》的韵白很好，要求学习《杜鹃山》念白写法，改写《沙家浜》台词，要求一律押韵。汪曾祺等人费了很大劲儿写出了《沙家浜》押韵本。该剧本情节、场次、人物、唱段等均与1970年京剧定型本无异，但全部对白均按江青押韵的要求修改，结果失去了原先生动活泼的语言风格，为押韵难免生拉硬扯，因韵失义。《沙家浜》押韵本改定后，全国只批准印刷四本，一本送到江青处，三本存档。后因江青看后觉得兴味索然，排演押韵版《沙家浜》的事也不了了之。

第十三章　遗爱人间

75. 刘飞身上的子弹不再飞

那颗在江阴顾山与刘飞结缘的子弹，随着由青及壮到老的刘飞时疾时徐地飞了四十五年一个月零两天，在划出任何同类都难以比拟的奇特轨迹后，终于走完了自己的旅程，在乱石穿空、惊涛裂岸的江城南京找到了归宿。

1984年10月24日，芦荡英雄刘飞在南京军区总医院与世长辞。

刘飞一生都像一个盘马弯弓、随时准备衔命出征的战士，始终保持着冲锋和搏杀的战斗姿态。在他生命的词典里，原本就没有死亡二字。超乎寻常的旺盛生命力，使刘飞生来似乎就是为了书写传奇的，他的生命本身就是一部令人荡气回肠的传奇——

这个大别山的儿子初入人世三载，便经历了父亲病亡和两个当童养媳的姐姐相继饿死的苦难。在冰刀霜剑紧相逼的恶劣环境中，他没有夭折和屈服，小小年纪给地主当雇工，到武汉码头扛大包，像顶石破土的山涧竹笋，顽强地存活并成长起来；

作为红军部队的一名骁勇士兵，作战时挥舞大刀冲锋在前是他不变的定位，几度弹雨横飞，几度深陷重围，他都斩关夺隘，硬生生杀出一条血路，置之死地而后生；

江阴顾山遭遇战，"忠义救国军"的子弹打入刘飞紧贴心脏的肺部，在缺医少药并无法手术，终日在水雾蒙蒙和浪花飞溅的芦荡中穿梭极易感染的恶劣条件下，天佑奇人，造化使然，刘飞又一次摸着阎王鼻子闯过了鬼门关。

罹患癌症胃切除了五分之四，经历了"左"的思潮泛滥，经历了十年浩劫等远比芦荡坚守和逐鹿中原更为复杂艰险的环境，刘飞不改为官处事和做人初衷，竟然尊严而有质量地工作、生活了二十年！

有人认为，他的这种顽强生命力，已经超出了人们寻常的思维与想象，甚至超出了生命科学的解释。

1964年12月的一天，南京军区司令员许世友到上海检查工作，刘飞闻讯后赶到许世友下榻的延安饭店看望，许世友见刘飞身体很硬朗，非常高兴，直截了当地问："刘胡子，身体怎么样？能不能工作？"

刘飞胃部动手术时，上海市委书记陈丕显和南京军区主要领导同志决定，不把刘飞患癌的病情告诉患者和家人。刘飞当时并不知道自己的真实病情，自觉身体状况不错，于是爽快地回答说："没问题，再跟着你许司令打仗也不会掉队！"

"好！"许世友哈哈大笑说："那你快来南京军区当副司令，我正缺你这么个帮手呢！"

回到军区，许世友立即与政治委员杜平商量，经南京军区党委研究，给中央军委打了建议任命刘飞为军区副司令员的报告。

1966年8月，许世友获知军委对刘飞的任命即将下发，电催刘飞赴宁履新，笑称："你来南京后，我当班长，你当副班长！"

"还有政委呢！"刘飞赶紧插话说："我去做点具体工作就行了。"

刘飞刚到南京，就参加了军区首长机关欢迎大会，许世友在会上给大家介绍刘飞说："这是军区新来的刘副司令员。"当时，南京军区已经第二次报请军委任命刘飞为军区副司令员。但由于"总政阎王殿"被砸烂，军区的两次报告最终未获批复。师出无名的刘飞一直无怨无悔地履行副司令员职责，直到1980年5月被任命为南京军区顾问。

现在，英雄的乐章余音绕梁，生命的绝响昭示着一种超越物质本体的精神永生。那颗听惯了赤子在抗日战争和解放战争中勇猛冲杀的呐喊，熟视刘飞在和平年代忠诚为党治军带兵不平凡历程的子弹，不再与主人一道呼啸猛进，而是偏安一隅，在芦荡英雄的人生终点处，静静聆听人们对他的怀念和祈福。

崔左夫是在江城黄石收到刘飞逝世讣告的。从这年夏天起，已经离休的崔左夫，每天傍晚都在长江边上的防洪堤漫步，望着江轮在江心中顺流东下，璀璨的灯光倒映在水中，像是一簇簇火焰在江面跃动。眼前的景象常常使他想起窑湾战斗后运河西岸那个傍晚，想起像运动员一样矫健又像老妈妈一样慈祥的刘飞。前不久，崔左夫还给朱一去信询问老首长身体健康状况，提出打算去南京看望刘飞和她，商量为老首长写回忆录事宜。然而一晃三个月不见回音。11月4

日上午，崔左夫突然接到一个白色大信封，拆开一看，是刘飞同志治丧委员会发来的讣告：

> 第四届和第五届全国政协委员、南京军区原顾问刘飞（原名刘松青，曾用名刘清）同志，湖北红安人，因病医治无效，于1984年10月24日十七时五分在南京军区总医院逝世，终年八十岁。刘飞同志追悼会定于1984年11月4日下午三时在南京石子岗殡仪馆大礼堂举行。

这是崔左夫多么不希望发生但迟早会发生的事情。当这一天真的到来的时候，偏偏又阴差阳错，致使为老首长送行的重要通告成了令人遗憾终生的迟到信息！崔左夫看看手表，距开追悼会的时间只剩六小时了！无缘插翅又心急如焚的崔左夫手持讣告，拖着沉重的步子踟蹰于长江大堤上，无奈地望着江中东去的轮船和两岸的高压电线，似乎想通过它们向下游的石头城遥寄心中的悲痛，代为传递无尽的哀思。下午三时，崔左夫赶到电报大楼，向刘飞治丧委员会发去一封题为《敬悼刘飞首长》的电报，把对刘飞的钦敬和哀悼浓缩在一首五言绝句中：

> 将殂钟山麓，兵哀楚江滨。
> 魂追陈粟去，遗爱后人钦。

上海沪剧院第一位饰演阿庆嫂的著名表演艺术家丁是娥，是10月27日上午在团里参加学习时，突然接到上海警备区一位同志打来的电话，才得知刘飞三天前在宁逝世噩耗的。她缓缓放下电话听筒，二十多年来刘飞热情关怀《芦荡火种》创作的往事历历在目，悲恸的心绪不禁像潮水一样袭来。

丁是娥最后一次见到刘飞，已是1979年底。当时，她因病住进华东医院动手术，恰巧刘飞也在这里住院，而且同住三楼。见了面，丁是娥感到刘飞明显衰老了，心里不免有点凄楚。但刘飞精神依然健旺，喜欢交谈，只是由于病魔缠身，已往往不能用清晰的语言表达自己的意思。刘飞常偕朱——起来丁是娥病房探望和聊天，有一次来时因走路快，加上地板滑，不慎摔了一跤。丁是娥十分担心，又感到歉意，但刘飞朗声一笑，很快又进入了关心的话题。丁是娥拿起笔来，满怀对刘飞的敬仰和怀念之情，写下了深情绵邈的《怀念刘飞同志》一文，回首自己亲身经历的刘飞关心支持《芦荡火种》创作演出的历历往事，纪念这位为建立新中国流血负伤、为《芦荡火种》和《沙家浜》诞生作出特殊贡献的老首长。

76. 特殊家庭会议的重要决策

秋深的南京傅厚岗32号，原中华民国政府外交部长王世杰官邸，刘飞亲手种植的金桂银桂正散发着馥郁的芳香。刘飞生前不擅歌咏，但喜唱红军歌曲《八月桂花遍地开》。爱屋及乌，入住傅厚岗后遂广植桂树，日久便绿荫匝地。

1984年11月3日，在南京这所重要近现代建筑中，女主人朱一正主持召开一个特殊家庭会议。

说起来，刘飞算是傅厚岗32号第四位主人。1937年12月13日，日军攻陷南京后，时任上海派遣军司令的日本昭和天皇裕仁的叔父、颁发"杀掉全部俘获人员"命令的南京大屠杀元凶之一朝香宫鸠彦亲王，入住这所宽敞的宅院，成为继王世杰之后傅厚岗32号第二位主人。1967年刘飞一家入住前，新四军老战士、曾任新四军六师十八旅旅长的南京军区副司令员刘先胜，曾在此居住。

对于生死，经历了二十二年残酷战争岁月、几度命悬一线的刘飞向来达观。在照料长期重病卧床的刘飞的年月，朱一和孩子们对刘飞随时可能发生不测也早有思想准备。令家人感到纠结的是，怎么处理那颗伴随了刘飞四十五年，已经成为他身体一部分的子弹？

让它随英雄之躯一并羽化乘风而去，一家人似有不甘。毕竟这颗子弹在很大程度上改变了刘飞乃至家人的命运和人生轨迹，引发了那么多耐人寻味的故事，从一定意义上说，也对国家和民族的精神文化史产生了影响。它承载的东西实在是太多、太多了。

1945年7月，在抗日战争反攻阶段，苏中军区成立了以刘飞为旅长、符确坚为副政治委员的教导旅，旅部即原十八旅机关，一团即十八旅主力、后直属苏中军区的五十二团，二团即以十八旅部分部队为基础组建的江都独立团，三团即原来的东台独立团。

9月中旬，刘飞率刚刚胜利攻取兴化城的教导旅奔赴海安休整。苏中根据地为部队补充了兵员，官兵们兴致勃勃观看了前线剧团演出《甲申记》。这台由夏征农组织编剧，沈西蒙执笔、沈亚威作曲、吴天石作歌词的大戏，以"得民心者昌、失民心者亡、骄傲者必败"的深刻题旨，征服了部队官兵和根据地百姓的心，演出后轰动了苏中、苏北，乃至淮南、淮北。9月18日，全旅集合在海安大操场上，刘飞站在一张方桌上给全旅指战员讲话。多少年后，人们还记得这次战前鼓动的主要内容：一是庆祝教导旅在战斗中成立，二是动员全旅官兵发扬铁军有我无敌的战斗精神，坚决拿下如皋城，消灭拒绝投降的伪独立十九旅，活捉旅长孔瑞五！

士气正旺的指战员群情激昂，高唱战歌浩浩荡荡奔赴战场。

伪独立十九旅有四个团的兵力，经一天一夜激战，教导旅勇猛果敢地扫清了如皋城外围，占领了如皋西门和北门城关。守敌除少量被歼外，大部溃退城内负隅顽抗。刘飞指挥教导旅顺利进抵护城河边，伺机向如皋城发起攻击。

9月19日晚，刘飞感到胸部伤口隐隐作痛，到了下半夜，遂觉疼痛难忍。天赐良机！刘飞敏锐地察觉到，老天爷通过伤口这个最灵验的气象预报员在向他报告：两天之内必有大雨！刘飞掐指一算，9月20日恰好是中秋节，这一天，伪军必定松懈，是攻城的好时机。如夜里再有大雨作掩护，那真是天助我也，再好不过了！刘飞顾不得伤口疼痛，急忙起身连夜召开作战会议，部署雨夜作战任务，要求各团务必于20日白天做好攻城准备，尤其要尽力筹足泅渡护城河用的门板、大木盆、粗树杆等就便漂浮器材。

20日白天万里无云，一丁点儿也看不出有雨的样子。有人开始犯嘀咕，对刘飞的预测是否准确感到疑惑。但军令如山，加之刘飞亲自督察，三个团的准备工作丝毫没有放松。晚十时许，倾盆大雨如期而至，幸运的是，老天没有送来雷电。刘飞一声令下，部队迅速展开，强渡护城河。在昏暗雨幕的掩护下，全旅仅用三小时，就抬山炮、携云梯，于21日凌晨渡过护城河，守城伪军竟然没有察觉。

虽然各团都到达预定的攻城出发位置，但有的连队人员没有到齐，不少弹药经大水浸泡可能已经失效。此时，要不要发起登城总攻击？天很快就要亮了，部队在城上打不开突破口怎么办？旅、团领导焦灼的眼光都一齐望着刘飞。刘飞沉静地对大家说，大雨给我们带来了一些困难，但更给我们"出其不意、攻其不备"创造了难得的有利条件。刚才，全旅几千人泅渡护城河，敌人没有发现，就说明了这个问题。他手一挥，斩钉截铁地说，按计划坚决发起总攻！

在刘飞指挥下，攻城部队趁着雨势迅疾在城西和城北架起云梯，同时登城突破。战斗英雄周文江，是全旅第一个爬云梯登上城墙的勇士，他带一个突击班，每人一把大刀、八枚手榴弹，乘敌不备蹿上西门城头，挥舞着寒光闪闪的大刀东砍西杀，把成排的手榴弹甩向仓促应战的敌群，击溃了敌人一个营，教导旅后续部队迅速突入城内。

9月21日上午，刘飞所部和由东门、南门攻入城中的兄弟部队一起，干净利落地解决了龟缩城区的四千余名伪军，敌十九旅大部来不及反抗就束手就擒。此时，距战斗发起还不到两小时。

部队清查俘虏时，发现伪旅长孔瑞五失踪，盘查四门和搜索全城均未找到。22日，组织搜查城南定慧寺，一个战士爬上藏经阁，用手电筒一照，发现缝隙处露出衣裳一角。战士当即对空鸣枪，厉声喝道："下来!"魂飞魄散的孔瑞五连声说："我下来，我下来!"狼狈万状地爬了下来。至此，战斗圆满结束。上级原来限定七天拿下如皋城，结果教导旅在少量兄弟部队配合下，仅用两天时间，就智取、巧攻相结合，出色完成了任务。

总攻前夕，江西兴国籍红军战士、长征后从陕北分配到新四军的三团政治副主任曾先燕，不幸被流弹击中，医生紧急抢救，终因伤势过重，于当夜光荣牺牲。在以小的代价夺取大的胜利的如皋之战中，曾先燕的牺牲，是苏中军区教导旅颇引人注目的损失。

战后，不少干部战士缠着刘飞问："你怎么知道天要下雨的?"

刘飞笑着指指胸口说："是顽军留在我这里的弹头提示我的。"

回首神奇的如皋之战，朱一不禁感慨万千：莫非是受刘飞血肉之躯教化，顽军的子弹也有灵性？几度朝暮晨昏，两代人曾为这颗子弹的去留反复思忖，颇费踌躇。现在，一个新的意念在朱一的心头萌生：在刘飞遗体火化前，动手术将子弹取出来! 她深知，这样做，显然有悖于世俗常理，但假如刘飞有知，是会理解和支持她的。

"爸爸和我是真正意义上的无产者，我们终其一生，没有给孩子留下房子、汽车和钱财，这颗子弹，就是能留下来的最珍贵的遗产了。"说话的是朱一。此刻，在决定家庭特殊重大事项的庄严时刻，妈妈像是政治嘱托的一席话，好似重槌擂鼓，使六个素来自立自强又十分孝顺的儿女感受到一种摄人心魄的特殊分量。

泪眼婆娑中，朱一望着孩子们深情说道："有人说，人死了不能再动刀，否则就是对死者不敬，也不吉利。我和你爸爸干了一辈子革命，我们是唯物主义者，不能被传统的旧观念捆住手脚。这颗国民党顽固派的子弹，折磨了你爸爸四十五年，但生死相伴，已经成为他身体的一部分。我看，把爸爸身上这颗子弹取出来，用来教育子孙后代，这既是传家宝，对社会也是一件功德无量的事啊!"

妈妈的话，道出了孩子们人人心中所有但又人人口中所无。几十年与妈妈心心相印也最能理解母亲的孩子们都懂得，爸爸身体里的这颗子弹，已经成为远胜过任何物质财富的宝贵精神遗产！妈妈的提议，赢得了全家人一致赞同。

刘飞逝世前肺部感染，南京军区总医院在抢救时曾为他拍过正侧位胸片。从片中可以看出，当年紧贴心脏部位的子弹，已经位移于靠近后背的肺部。11月4日，南京石子岗殡仪馆，在刘建华、刘晨华、刘国欢三个儿子的见证下，南京军区总医院医生从刘飞背部取出了这颗浸透了英雄血的子弹。

这注定是一颗在中国抗战史上划出炫目弹道、并且在英雄传奇构筑中发挥楔子作用的子弹。四十五年前，当它神差鬼使牵着刘飞到阎罗殿里走了一遭之后，发现这个钢铁之躯蕴含着凡夫俗子难以企及的巨大力量，于是铁血交融，化敌为友，心甘情愿追随抗日英雄从阳澄湖到上海滩，又重返鏖战方酣的东路战场。似乎是为赎前衍和完满履责，当窑湾大捷凯歌骤起时，它不失时机提醒主人为揭橥和再现阳澄湖芦荡的精彩往事埋下伏笔。现在，因已缘起并参与演绎的故事已近尾声，是时候重现尘世，让神交已久的人们欣赏一下自己的尊容了。

擦去子弹上的血迹后，孩子们小心翼翼把它放进妈妈事先准备好的小盒中。

1999年4月18日，刘飞逝去十四年六个月零六天，叶飞在北京解放军总医院即第三〇一医院病逝，享年八十五岁。那颗于1934年10月由国民党特务射入叶飞胸中的子弹，在戎马英雄体内蛰伏近六十五年，终于再见天日。

喋血沙场，衔弹人生，这莫非也是"江抗"指挥员的一种宿命？

77. 相见时难别亦难

1984年11月4日下午三时，刘飞追悼会在南京石子岗殡仪馆隆重举行。追悼会会场庄严肃穆。徐向前、秦基伟、陈丕显、许世友、宋时轮、陈锡联、姬鹏飞、彭冲、叶飞、廖汉生、韩先楚、张爱萍、洪学智、陈再道、张震、朱云谦、王平、向守志、郭林祥、唐亮、聂凤智、杜平送了花圈。全国政协，总参谋部、总政治部、总后勤部，南京军区党委，中共江苏省委、浙江省委、安徽省委、湖北省委，上海市人大常委会，中共湖北省红安县委也送了花圈。

南京军区负责同志向守志、郭林祥、张明、唐述棣、王静敏、李宝奇、孙克骥、吴仕宏、魏金山、陈辉，中央顾问委员会委员肖望东、惠浴宇，中纪委委员詹大南，中共江苏省委、省人大常委会负责同志周泽、储江、何冰皓，南京军区空军政治委员郑竹波等参加追悼会。刘飞生前友好张希欣、钱钧、周贯五、刘西元、胡大荣、赵俊、钟国楚、郭金林、温玉成、谢云晖、赖光勋、肖新春、陈光、包厚昌、张开荆、李一平、梅嘉生等也都从南京和外地赶来，与沙家浜伤病员的代表性人物、可亲可敬的首长和战友作最后的诀别。他们中不乏新四军六师十八旅的老战友和老部下。

追悼会场悬挂着朱一为刘飞撰写的巨幅挽联：

同舟共济相濡以沫六年病榻相陪伴痛心今日永分离
轩昂磊落廉公威重一生戎马殊死战遗志欣有儿女承

上海沪剧院送的花圈在追悼会场惹人注目。在送花圈单位中，沪剧院的规格并不高，但谁都知道这只花圈的分量和特殊意义，因而被摆在比较显眼的位置。沪剧院院长丁是娥代表全院演职人员，专程赴宁参加追悼会。在与熟稔而敬重的老首长痛苦诀别之际，这位著名沪剧表演艺术家哀思如潮，心绪难平。没有刘飞和崔左夫，没有陈荣兰和文牧，就不会有永载史册的沪剧精品《芦荡火种》！

斯人远去，精神长存。《芦荡火种》已经成为刘飞和他的战友、文友的纪功碑，任凭时序更替、岁月流逝，那颗子弹和红色经典的前世今生，都是人们津津乐道的话题，从而成为一种永不泯灭的历史记忆。

健在的三十六个伤病员代表夏光参加了追悼会。这位当年与刘飞在阳澄湖芦荡中同生死、共患难并受命重组新"江抗"的新四军老战士，战争年代屡建奇功，和平年代却命运多舛。夏光1949年后任华东海军学校校长，第二、第五海军学校校长。但夏光在大革命失败后，因组织被破坏一度脱党。新中国成立后，夏光的这段经历，给他的政治和军旅生涯蒙上了阴影，1955年受此影响未授军衔，1959年后转到地方任南京化工学院副院长、中共江苏省委党史资料征集委员会副主任。在这个世界上，没有谁能比刘飞更熟悉和更能理解自己了！此刻，看着安卧鲜花丛中的刘飞坚毅的面容，想到与自己一起浴血奋战的首长和战友此一去山高水长、征途迢递，无声的泪水伴着绵绵追思潸然而下。

刘飞和夏光，同为阳澄湖伤病员的主心骨。刘飞在芦苇荡养伤时，是凝聚从各方汇聚来的伤病员的灵魂，而刘飞奉命到上海医治枪伤时，夏光又责无旁贷地挑起了带领伤病员在斗争中绝地求生的千钧重担。说到芦荡火种，刘飞夏光缺一不可。后来，朱一在自费印刷纪念刘飞诗文一书时，郑重提出，一定要请夏光题写《刘飞将军生平》书名。

哀乐低回中，和夏光一同赶来为刘飞送行的"沙家浜部队"老战士有上百人，他们中有三十六个伤病员发展起来的新四军六师十八旅五十二团第一任团政治处主任张鏖，有在阳澄湖后方医院养过伤的南京军区司令部防化部离休干部李立功，有1939年在阳澄湖战斗过的"民抗"老战士、上海市海港医院院长顾定宇，还有从"沙家浜部队"转业地方工作的上海市商业一局党委书记陆慕仁和上海市外贸局局长孙更舵等。

含泪送行的老战士中，1939年在阳澄湖芦苇荡中轮流看护过刘飞的包蕴和白山两名白衣战士，又勾起人们对往事的怀想。包蕴，别名瑞英，原籍浙江宁波镇海，1915年生于苏州阊门外通贵桥下塘，1939年8月入伍，1942年2月入党，历任"江抗"后方医院和新四军六师十八旅野战医院护士、护士长，后任六师十六旅卫生部第三休养所所长等职。当年，在阳澄湖后方医院，包蕴和小自己八岁的女护理员白山，两位军中小丫何等年轻，就像春天的芦荡中刚刚蹿出湖面的两株绿苇，青葱嫩绿，散发着淡淡的清香。驱逐日寇，光复祖国，救亡图存的使命和革命理想烛照着她们的青春岁月，艰苦和危险似乎不属于这些天生乐天达观的女战士。

刘飞负伤转入湖上后方医院第三天清晨，湖区一位老大娘气喘吁吁赶来报信说："快跑，赤佬来了！"原来，狡猾的日本鬼子闻讯湖上后方医院刚刚转移，便悄悄扑了上来，妄图实施偷袭。生死关头，身着便衣的包蕴和白山不知哪儿来的气力和胆子，急忙把刘飞放在门板上，蒙上被单，迅速抬出门去。未到村头，就听到日本鬼子哇啦哇啦狂吼乱叫，两人转身抬着刘飞向村后跑去，忽见一条大河横在眼前。日本鬼子远远看见两个女人抬着一堆白东西，一面追，一面叫："花姑娘，不要跑的，不要跑的！"千钧一发之际，河畔有人召唤："快，快上船！"原来一位老大爷摇船经过这里，一看就知道鬼子追的是新四军，急忙靠岸，待包蕴和白山把刘飞抬到船上，老大爷急忙连撑几篙，小船箭一般驶离湖岸，眨眼就隐没在芦苇丛中，鬼子兵追到河边气得顿脚大骂也无可奈何。

在两位女战士看来，那个佛法无边的神灵似乎总在护佑着刘飞，多少次他都与死神擦身而过，但最终却安然无恙。走过艰苦卓绝的战争岁月，刘飞这棵经历过多少风霜雨雪的青松依然郁郁葱葱。现在正值国靖民安的和平年代，刘飞的生命之树还应不断增添新的年轮，"沙家浜部队"的老战士们还盼望和他一起回首昨天，继续把弥足珍贵的芦荡火种带到明天，播布在祖国建设发展的新征程和千百万后来人的心里。但谁能想到，这棵经冬逢霜愈加挺拔的青松，却在"日出江花红胜火"的春天里猝然倒下，酷似战斗进行曲的生命乐章戛然而止。巾帼有幸，在改变了国家和民族命运的伟大抗日战争中追随刘飞战斗在阳澄湖上，是两位新四军女战士终生的荣耀和自豪。此刻，面对无比钦敬却与自己阴阳两隔的首长，包蕴和白山怎不泪如泉涌，柔肠寸断！

毕竟是落木萧萧的年龄，每一次聚会都会出现令人惋惜的空缺。曾在第二十军五十九师工作的上海市新四军历史研究会第二十军分会常务副会长刘石安，组织前来悼念刘飞的"沙家浜部队"老战士留下了珍贵合影。

刘飞追悼会由南京军区司令员向守志主持，南京军区政治委员郭林祥致悼词。悼词说，刘飞在长达半个多世纪的战斗岁月里，忠于党，忠于人民，忠于无产阶级革命事业，是中国共产党的优秀党员，我军的优秀指挥员，中国人民的好战士。刘飞同志的一生，是革命的一生，战斗的一生。刘飞同志的逝世，是我党我军的损失。我们为失去这样一位老党员、老同志感到十分悲痛，他对革命事业作出的重要贡献，将永远为后人所怀念。

江苏《新华日报》刊发刘飞逝世的消息在介绍生平时专门写道，刘飞在江阴顾山战斗中，因身负重伤留在阳澄湖地区，在极其险恶的环境中，积极组建和扩大革命武装，坚持敌后斗争，对刘飞在坚持阳澄湖敌后斗争中的核心和中坚作用，作了盖棺论定的客观评价。

追悼会结束后，朱一和孩子们虔诚地捧着这颗曾危及刘飞生命、又引发了英雄传奇的子弹，毕恭毕敬地把它供奉在刘飞遗像前。

在射入刘飞身体之际，这颗子弹是敌人意志和力量的体现，是凶恶的、狰狞的。四十多年的休戚与共和生死相依，这颗子弹已与刘飞身体血肉相连、融为一体，是圣洁的、令人景仰的。刘飞生前已经把9月21日作为自己的"再生日"，每年这一天，他都像过生日一样，和家人一起吃面条，郑重其事地纪念这个不寻常的日子，以此来感激那些出生入死拯救自己生命的淳朴善良的乡亲和战友。如今，征战一生的刘飞驾鹤西去，唯有这颗陪伴了他近半个世纪的子弹，似还留着他的体温，传递着他生命的信息。朱一和孩子们商定，刘飞走后，每年顾山战斗纪念日即9月21至22日，她和孩子们都要在刘飞遗像和子弹前燃起一炷香，缅怀将军以惊人的毅力携弹征战的非凡人生。在家人的眼中，这颗子弹已经成为戎马一生的刘飞人格和意志的化身，看见这颗子弹就像看见了刘飞。

78. 乔家霖在傅厚岗发现传家宝

刘飞在苏南抗战中的特殊经历和朱一的健在，使南京傅厚岗32号这所民国建筑成了抢救挖掘珍贵史料的富矿，时任苏州市党史办主任的乔家霖，成了刘飞家的常客。刘家这颗不同寻常的子弹，引起了这位颇富职业敏感的文史工作者的注意。1990年年末，苏州市确定建设苏州革命博物馆。翌年春天，这项如城市地标一样具有同等名片效应的工程正式启动。

乔家霖立刻意识到，要是能把这颗经历了那段传奇斗争经历的子弹陈列在馆中，这将在多大程度上提升馆藏文物的丰度和品质，进而给来自五湖四海的观众以特有的震撼力和冲击力！博物馆即将落成之际，乔家霖不失时机把自己的想法向朱一和盘托出。听到乔家霖的提议，朱一沉默了。

从内心讲，朱一真是舍不得这颗子弹。近半个世纪的烽火历程和风雨人生，刘飞与家人的成败利钝和荣辱与共，这颗子弹无时无刻不在其中。在失去刘飞的岁月，子弹已经成了妻子对丈夫、孩子对父亲生动可感的寄托和念想，成为军人世家特有的精神图腾。这个家庭真是不能没有这颗跟随了刘飞大半辈子，也牵动朱一和孩子们的心几十年的子弹啊！但转念一想，苏州革命博物馆是全面展示苏州地区革命历史最权威、最神圣的殿堂，把这件珍贵的传家宝存放到博物馆去，不仅家人依然可以瞻仰，而且可以在更大范围激励和教育人们，特别是年轻一代，使一家之宝变为万家之宝，何乐而不为呢！朱一再次召开家庭会议征求孩子们的意见，全家慨然作出捐赠子弹的决定。

1993年5月21日，朱一和女儿刘晓亮、刘凯军、长子刘建华，在乔家霖陪同下，把子弹送到了正在建设中的苏州革命博物馆。苏州革命博物馆征集到取自芦荡英雄刘飞身上子弹的消息，在业界不胫而走，有好几家来自北京和其他地方的博物馆，都派员赴宁做朱一的工作，希望这件珍贵的文物能够入藏他们这些等级更高、受众更广的博物馆，以产生更大的影响力和教育效应。朱一深为这些博物馆对这颗子弹的看重所感动，但她认为，人应讲诚信。既然她和孩子们经过郑重讨论，决定把子弹捐赠给苏州革命博物馆，就不能再反悔，否则，既是言而无信，也是对刘飞和子弹的不尊重。当年，刘飞是在苏州地区江阴顾山受伤并到常熟阳澄湖养伤的，关于这颗子弹的故事，每一个细枝末节，差不多都与苏州息息相关。收藏和陈列这颗不寻常的子弹，苏州市最有资格；在吴苑大地演绎了那么多精彩纷呈故事的子弹，置身苏州革命博物馆，也是最好的去处和归宿。

1993年10月1日，苏州革命博物馆建成开馆，朱一携女儿朱行行和正在部队服现役的儿子刘晨华，应邀出席开馆仪式，并同与会领导和观众代表一起，瞻仰博物馆和陈列在第一展厅抗日战争展区的子弹。

刘飞从参加革命后，他的生命和一切，都不再属于个人和家庭，而是属于党和军队事业。如今，这颗与刘飞声息相通、情同骨肉的子弹，同样超越个人和家庭的权属，成为社会公众共同的精神财富。看到展厅中络绎不绝的参观者在陈放子弹的展柜前驻足、凝目，朱一顿时倍感欣慰。

岁月不居，如今，开馆近二十二年的苏州革命博物馆，已经先后接待来自祖国山南海北和海外一百五十多万人次的参观者。在博物馆为刘飞专设的展柜中，陈列着那颗子弹和刘飞战争年代使用过的莱卡照相机以及个人名章。

当年向苏州革命博物馆捐赠相机时，朱一专门作过说明，这架相机本是华东野战军第一纵队政治委员赖传珠的战利品，1946年，赖传珠用相机换走了纵队二师师长刘飞那支心爱的左轮手枪。这些动人心弦的故事，令博物馆的同志更加深信不疑，观众们从展柜中的子弹、相机和名章这些有生命、有温度、有真情的历史见证中，可以直观、真切和零距离熟悉刘飞这位带有传奇色彩的芦荡英雄，由此也可以更加深入地了解《芦荡火种》和《沙家浜》的由来，以及剧中展示的神奇瑰丽的革命斗争历史，从而更加珍惜人间天堂的良辰美景，更加自觉地为建设发展繁荣昌盛的新苏州献智出力。

1994年2月，在"江抗"老战士施光华等老同志的热情筹划下，无锡市新四军历史研究会曾举办陈毅诗词书画展览，当年又到新落成的苏州革命博物馆巡展。在硕果仅存的"江抗"老战士中，施光华算得上熟知"江抗"东进和东路抗日民主根据地两度勃兴历史全过程的"活化石"。筹划书画展期间，施光华不禁又想起了当年陈毅亲赴江阴火线弭兵的往事。他永远记得，1939年10月初那个月明之夜，伫立江阴要塞的陈毅俯瞰长江横槊赋诗的壮怀激烈场景。曾在陈毅麾下参加东进作战的施光华，对老首长的诗词有一种特殊的偏爱。尤其是亲身经历和见证了江阴顾山反顽那段历史，他独钟陈毅《夜过江阴履国防废垒有作》这首脍炙人口的诗作，总是反复吟诵，百读不厌，常常在有声有色的吟诵中陶然忘返，沉醉其间。在准备这次书画展期间，施光华特意请了无锡市一位书法家，恭录了陈毅这首诗，作为压轴作品展出。

在锦绣江南铺金簇银的秋天，苏州革命博物馆也迎来了自己的丰收季：刚刚入藏陈列取自名将刘飞身上的子弹，又迎来了国之元戎的诗词墨宝。那些天，陈毅大气磅礴又文采斐然的诗词，重又唤起了馆内观众对烽火岁月的追忆，刘飞和家人奉献的那颗神奇子弹，仿佛还在飞翔中叙说神奇而引人遐思的东路往事。置身在这历史与现实交汇的神圣殿堂，恍惚间，施光华感到，勇冠三军又不失风流倜傥的新四军江南指挥部指挥陈毅，又点起他的爱将雄兵，按照新的战略指令，在美丽富饶的苏南东路地区，开始了新的进击。

1999年，在有关部门大力支持下，施光华等人再次在苏州革命博物馆组织书画展。为纪念毛泽东对新四军发出的第二个"五四指示"，他专门创作并亲笔书写了《纪念"江抗"东进》一首诗：

五四宏文指路明，义师东进建奇功。

钢刀直插敌心腑，传遍江南鱼水情。

一诗未了，当年"江抗"指战员按照党中央和毛泽东战略部署，以锐不可当之势挺进东路所建立的不朽功勋，已跃然纸上。

2015年4月14日，沈阳军区装备部军械装甲部组织相关技术专家，根据刘飞子女和苏州革命博物馆提供的馆藏子弹照片和有关数据，查阅相关技术资料，结合当时的历史背景和装备情况反复比对和辨别，得出如下判断：鉴于该枪弹口径为7.62毫米，长度约为63毫米，有效射程约为600米~1000米，其最有可能是蒋式（美式）0.3英寸步机枪弹，配用于勃朗宁系列轻重机枪、自动步枪。该枪是二战和抗美援朝战争时期美军主要装备之一，广泛装备步兵和装甲作战车辆，同时也是美国援助蒋介石军队的主要轻武器之一。

令人遗憾的是，为发现和收藏这颗子弹作出独特贡献的苏州市党史办原主任乔家霖，已于2011年11月17日故去，享年八十一岁。斯人已逝，但他的名字和馆中那颗非凡的子弹一起，将永远留在这所红色殿堂而为人们所铭记。

2015年5月5日下午，在取自刘飞身躯的子弹入藏苏州革命博物馆二十二年之际，曾参加过云南老山前线防御作战、1991年安徽和1998年松花江嫩江抗洪抢险、"和平使命-2013"中俄联合反恐军事演习等重大军事任务摄影报道，获第三届、第七届、第八届中国摄影艺术创作个人成就最高奖——"金像奖"的摄影家线云强，带着一种莫名的崇敬，专程来到苏州革命博物馆，对那颗引发和见证了诸多传奇的子弹进行影像描述和诠释。

千万里我追寻着你——从刘飞负伤的江阴顾山，到水陆衔接的伤员转运站苏州太平桥，从"江抗"后方医院所在的阳澄湖畔，到"老王"就医的上海同仁医院，从刘飞萌发再现芦荡艰苦斗争史实梦想的窑湾大运河，到子弹最终的归宿苏州革命博物馆，摄影家的镜头，始终为那颗不寻常的子弹所吸引，聚焦并扫描着刘飞携弹征战的足迹和人生。

在工作人员引导下，线云强来到第一展厅抗日战争展区。在一点五米见方的玻璃展柜前，那颗千呼万唤始出来的子弹，终于出现在眼前。线云强像是走到了时光隧道的入口处，在子弹的引领下再次穿越了七十多年风烟浩荡的历史。英雄之躯四十五年的化育，革命圣殿二十余年的供奉，早已使子弹有了超凡脱俗的灵性。摄影家屏住呼吸，用中国最虔诚的传统礼仪，双手合十，恭恭敬敬地向展柜中的子弹鞠了一躬。

怎样拍出这颗充满神话般传奇子弹的神韵和内涵？寻访和追随子弹八千里路云和月的灵感，犹如电光石火闪过脑海，霎时，一股源自心底的创作激情喷涌而出。他熟练地取出奥林巴斯E-M1照相机，透过24-85镜头从展柜上方垂直下视，美的发现者看到了一幅奇幻的画面——灯光折射下，子弹周边出现了一束圆形光影，犹如日月星辰，与子弹交相辉映，遐思中似觉子弹飞翔在浩瀚无垠的宇宙太空；光影折射的亦梦亦幻的色彩，又仿佛中国绘画所营造的苍凉泼墨，不经意间就点染出子弹与英雄始为敌、终为友，欲拒还迎、爱恨交加的纠结一生。

摄影家转到展柜侧面，换了一个300mm的相机镜头，稍纵即逝中即摄取了取景屏中显露的弹头前的光影。那光影好似当年子弹从枪膛飞旋而出，在弹道空间激起了如梦如幻的气流；锈迹斑斑的子弹映像，又恍如些许历史尘埃，给画面平添了特有的岁月沧桑。相机快门咔嚓咔嚓地响着，摄影家频频调整着自己的身姿和角度，每一个瞬间的定格，都是他的心乃至身体的每一个细胞与子弹的真情对话，仿佛这颗子弹已与他休戚与共、骨肉相连。当他揩把汗，有些疲惫地收起相机，同博物馆工作人员一道，心满意足地检视并欣赏着取景框里的作品时，才猛然意识到，这次激情四射的创作，已经历时近两个钟头，连开饭的时间都过了。而博物馆的众多工作人员也惊异地发现，原来那颗瘢痕累累、凹凸不平的子弹，在读懂了它的非凡历程和内涵时，居然可以拍得如此美不胜收，神采飞扬！

第十四章　阳澄朝霞

79. 朝晖夕照相映红

从那颗子弹走出南京傅厚岗32号院，进入苏州革命博物馆第一展厅抗日战争展区，又是十年多时间过去了。

2005年4月，上海新四军"沙家浜部队"历史研究会，在沪组织纪念抗日战争暨世界反法西斯战争胜利六十周年活动，"沙家浜部队"老战士再度聚首上海。当时，我还在第二十集团军工作，受集团军军长和政治委员委托，代表部队专程前往上海出席纪念活动。

列车驶出中原大地，在绿满天涯的江南原野上奔驰。我的思绪也随着铿锵的车轮声，飞向辽远的时空。

我第一次走进陆军第二十集团军这支曾描绘过阳澄湖朝霞的英雄部队，是1985年秋天。时值百万大裁军格局新成，驻守九朝古都开封的第二十军整编为合成集团军，由原武汉军区转隶济南军区。初识这支战争年代建功大江南北的新四军主力部队，就发现与其他部队两个迥然不同处：同为离退休老干部，其他部队的老首长多有在家喂鸡种菜抱孙子者，而这支部队的"老员外"们则乐此不疲地写书照相作报告；同样有着南征北战的光荣历史，这支部队与中国革命史上脍炙人口的红色经典有着更多割不断的联系：《东进序曲》《黄桥决战》《柳堡的故事》《红日》《战上海》《霓虹灯下的哨兵》等，都与其战斗历程密切相关。尤其令人称道的是，沪剧《芦荡火种》和京剧《沙家浜》，就取材于首任军长刘飞等三十六个伤病员坚守阳澄湖芦苇荡的独特经历。曾担任军文工团团长的陈荣兰，转业去上海后还参与了《芦荡火种》的创作。

既当之无愧地创造历史，又多姿多彩地再现历史，这是一支能打仗、有文化、硬实力与软实力俱佳的雄师劲旅！

出于对德高望重和文武双全老前辈的景仰，赴上海之前，我认真做了功课，仔细阅读了军史有关章节和资料，并作了深入思考。

4月25日上午，纪念大会在上海静安区延安西路中国福利会少年宫举行。战争与和平时期献身第二十军部队建设的老战士，从上海市区和远近郊，从杭嘉湖平原，络绎不绝来到纪念大会会场。由原国家名誉主席宋庆龄创办、平日时常洒满朝晖的中国福利会少年宫，在这个盛大的节日又徒增了晚霞的绚丽。纪念大会预定五百人参加，结果多来了一百二十余人，包括一些行动不便的伤病残老战士。六百多名白发苍苍的"沙家浜部队"老战士，把少年宫楼上楼下挤得满满当当。

负责组织这次活动并主持会议的刘石安，在主席台宣布了一个颇具震撼力的数字：今天大会会场共有二十六把轮椅、五十七副拐杖！

全场哗然。感慨、赞叹、敬仰，汇聚成一首多声部的奏鸣曲，旋即又化为暴风雨般的掌声。

这是历史功勋的见证，也是芦荡火种精神的闪光！

在主席台，我见到了《血染着的姓名》的作者崔左夫。面对这位身材瘦长、面容清癯的前辈，我的心中充满了敬意，向他致以庄严的军礼。但那一刻我没有意识到，绚烂的晚霞往往稍纵即逝。这次会场相逢，是我第一次也是最后一次同崔老晤面。纪念大会之后一年零十个月，2007年2月24日，崔左夫在湖北黄石谢世，骨灰安放于江苏省东台市三仓镇新四军烈士墓园。

2014年，《解放军文艺》编辑部主任王瑛主编的《解放军文艺编年》出版。在这本时逾一个甲子的作品名录大全中，我找到了崔左夫两部短篇小说的题目：一是发表于1959年4月号的《更正的故事》，二是发表于1962年4月号的《没有战斗的胜利》。今天的年轻人，已经很难有机会去领略军旅作家崔左夫当年的作品，但他所著纪实文学和小说作品集《血染着的姓名》一书卷首的三句话，却长久留存在人们的记忆里：

> 无论是危难或是太平时期，国家不需要潇洒的儿子，需要的是倾心效力的男子汉。
>
> 不知历史不明过去的心井，注定会成为一口枯井。
>
> 没有文化意识的富有者，注定要沦为精神侏儒。

那天，参加庆祝活动的还有刘飞在部队工作的儿子刘建华、刘国欢和女儿刘凯军、朱行行，当年火烧虹桥机场的新四军老六团二营营长，"江抗"东路第二支队支队长，后来担任第二十军军长的廖政国的儿子廖年、女儿廖颖等人。刘石安给我介绍了上海沪剧院党总支书记金雪苓，首位饰演胡传奎的八十二岁老演员邵滨孙，第三代阿庆嫂饰演者、国家一级演员、著名沪剧表演艺术家马莉莉等特邀嘉宾。亲历阳澄湖烽火岁月的幸存者，与创造红色历史和演绎红色经典前辈的传人，同台出席有着异乎寻常意义的纪念活动，两代人超越年龄、跨越"代沟"的交融和交流，令人顿生无限感慨。

会上，我代表集团军首长机关，向抗日战争、解放战争时期为第二十军部队建设发展和新中国建立作出贡献的老领导、老前辈表示崇高敬意，向老前辈汇报了集团军部队近年来建设发展的情况，按照自己的理解和认识，从四个方面尝试概括了新四军的历史功绩：

第一，新四军在民族危亡之秋撑起了江南半壁江山，大量牵制和毙伤日伪军，被毛泽东誉为"华中人民的长城"；第二，新四军听党指挥挺进敌后，创造性地丰富了我党我军关于游击战争的理论与实践，在敌后抗战中培养了一大批治党治国治军骨干；第三，新四军在解放战争中作为华东野战军主力，为推翻蒋家王朝和建立新中国，作出了不可磨灭的贡献；第四，新四军在长期斗争中创造的以鱼水深情和战争传奇为标志的新四军文化，丰富了民族精神和我军传统宝库。

讲话结束时，面对全场鹤发童颜的新四军老战士，我十分动情地喊出了发自心底的肺腑之言：新四军的历史功勋是永存的！

即席讲话基于翔实的历史资料，熔铸了我的感悟和思考且鲜有大话套话，赢得了与会者的热烈掌声。

在浩瀚的历史长河中，每个人都是匆匆来去的过客。戎马一生，最在意的也许就是一个评价。那一刻，置身经历过战争岁月久别重逢的老战士之中，我强烈地感受到，垂暮之年的"沙家浜部队"老战士，对自己亲身参与创造的新四军光荣历史的珍视，远胜过对自己功绩的评价！

在会场外，迎面碰到了几位参加会议的老大姐。我随口问道："大姐，你们过去是军里哪个单位的？"

"我们是军文工团的！"

不无自豪的口吻，异口同声的回答，依稀可见当年战地文工团员的风采。

我一怔，急忙又问："当年军文工团团长陈荣兰现在哪里？"

"陈荣兰1973年在上海骑车外出时意外去世了……"

我的心沉下去了，半晌没有作声。

曾为新中国诞生和红色经典创作建立殊勋的新四军女战士的生命之花，没有在枪林弹雨中被摧残，却在和平年代繁花似锦的东方大都市意外凋零，盛世悼亡，怎不格外令人痛惜！

陈荣兰1944年春毅然离开上海，奔赴浙江四明山参加新四军浙东游击纵队。那时，铁蹄践踏下的锦绣江南正遍地狼烟。一个甲子的时光过去，当"沙家浜部队"老战士聚首改革开放中雄姿英发的大上海时，却再也看不见他们熟悉的女文工团员的倩影，听不到她甜美的歌声。遗憾！令人顿足痛惜的遗憾！枪林弹雨中的幸存者，怎能不"独怆然而涕下"！

我从有关史料上看到，陈荣兰少年时期跟着祖父在京剧团学过戏，受过京剧程式表演艺术的熏陶和历练。解放战争中，华东野战军第一纵队进入山东，纵队政治部文工团这支有几十名男女战士的文艺轻骑兵，就活跃在行军作战的千军万马中。战火纷飞的前线，文工团的小伙子紧跟主攻部队冲进据点，抢救伤员，收容俘虏，收集英模事迹，创作文艺节目。文工团的姑娘们则在战地带领民工转送护理伤员，在行军路上进行宣传鼓动。

1946年初冬，山东野战军第一纵队在鲁南峄县、台儿庄一线胜利参加反击战之后，山东大学文工团来部队慰问演出，从延安带来一本大型歌剧《白毛女》油印本。文工团上下如获至宝，袁明、姚征人两人挑灯夜战，把剧本抄写下来。文工团领导敏锐地看到了剧本蕴含的激发部队战斗力和改天换地的巨大力量，动员全团克服难以想象的困难，一鼓作气将歌剧《白毛女》搬上舞台。当时部队正在"大踏步前进、大踏步后退"中打运动战，每天黄昏部队出发前，文工团先演一场《白毛女》，让部队斗志昂扬行军赶路，第二天晚上，文工团又在新驻地为另一部队演出。为保证行军演出两不误，文工团舞美和后台人员与部队同时夜行军，拂晓到达宿营地后搭台借道具做准备，演员夜宿日行，到达目的地后化妆、演出、卸台，归还借物后再休息。一次，陈荣兰在一个师部演出《白毛女》，由于她的出色表演和观众入戏太深，当她饰演的喜儿受辱逃出黄家后，台下有个战士猛地站起来，举枪欲向剧中的黄世仁射击，幸亏班长手疾眼快将枪托起，师政治委员张文碧一声断喝，才得以制止。在二旅旅部演出时，又出现过类似惊险一幕。后来纵队专门规定，部队看戏前都要验枪，不准枪中带弹。在著名的莱芜战役中，第一纵队官兵在小洼阵地和四〇〇高地，高喊"为喜儿报仇！"的口号，与国民党军第四十六军、第七十三军反复拼杀，与兄弟纵队一道，全歼李仙洲集团总部和两个军部、七个师，共五万六千多人。

中央新闻电影制片厂制作的《淮海战役》中，有这样一组镜头：白雪皑皑的堑壕里，有位身着棉军服、腰扎军用皮带、手拿带红飘带竹板的女文工团员，正在向围拢在身边的战士们说快板书，进行宣传鼓动工作。这位女文工团员就是陈荣兰。据陈荣兰战友回忆，当时，她白天随文工团小分队火线演出，晚上就来到广播站，拿起自制的土话筒对敌展开政治攻势。短短几天时间，她和小分队的战友，就沿着战壕和工事演遍了二师（后为第二十军五十九师）阵地。摄影家郝世保闻讯赶来，拍下了她们开展火线文艺活动的一组组镜头。由于陈荣兰表现出色，渡江战役发起前评功时，她荣立三等功。

1947年3月29日，华东野战军第一纵队司令员兼政治委员叶飞等首长联名发布嘉奖令，特予纵队文工团记大功一次。嘉奖令说：

> 我纵队政治部文工团于宿北、鲁南、莱芜三次战役中，护理伤员，宣慰居民，协助俘管工作，艰苦备至，成绩斐然；尤以宿北战役后情况紧张，卫护转运一千五百名伤员，关怀照顾，无微不至，废寝忘食，任劳任怨，获得伤员衷心赞誉。又于行动间克服困难，争取时间排演《白毛女》一剧，收获卓著，提高全军政治觉悟，贡献殊多，至堪嘉许。特予该团记大功一次，并传令嘉奖。

文艺团体集体荣立大功，全军罕见。而身为女主角的陈荣兰的担当和超常付出，纵队文工团的战友们最清楚。

刘石安告诉我，陈荣兰转业到上海人民沪剧团后，经历过转型适应期，但终于找到了足慰平生的事业支点——致力于沪剧改革。她把一生中最瑰丽的一段时光，用来点染阳澄湖上那一抹朝霞，与有志于再现这段壮丽斗争史实的剧作家、艺术家精诚合作，以题旨深远而又极具艺术张力的宏大场景，讴歌了党领导的革命武装斗争一定会胜利的坚定信念，讴歌了芦荡健儿敢打必胜、有我无敌的战斗精神，讴歌了生死相依、休戚与共的军民鱼水情谊。

冬去春来，在"文化大革命"已成强弩之末之际，陈荣兰又重返她日夜牵挂的上海人民沪剧团。韶华易逝，盛年尚在，这辈子似乎还可以做些事情。那个若即若离的沪剧改革梦，又在频频向她招手，昨日芦花似雪，今朝云霞满天。孰料，一场飞来横祸，竟使刚从严冬步入春天的陈荣兰梦断长街！

经刘石安介绍，我在会场见到了陈荣兰在上海交大工作的女儿阮薇兰，她也参加了这次纪念大会。我握着她的手，代表"沙家浜部队"受过红色经典哺养的官兵，向她表示由衷的敬意。

"我到现在都不能去那个路口！"

谈到母亲的意外身亡，眼圈泛红的阮薇兰仍难抑心中的悲痛。从她断断续续的讲述中，我约略了解了陈荣兰人生最后时刻的情景。

1973年11月27日，陈荣兰到上海人民大舞台参加区县和文化院团领导干部会议。当她骑自行车行驶到南京西路和陕西北路交叉路口附近的蓝棠皮鞋店门口时，为躲避突然冲出来的一个少年，急刹车摔倒在地，送院后因伤重不治身亡。

"当时有个工人在现场，看到妈妈仰面摔倒后，立即同我们家里联系，但送到医院后，一点办法也没有，医生说摔着脑干了……"

往事不堪回首！那一年，陈荣兰只有四十三岁。

在她永别毕生钟爱的舞台时，距她奔赴浙东四明山参加新四军刚好三十周年。

距她从朝鲜战场解甲返沪投身沪剧现代戏创演刚好二十周年。

距她开始参与红色经典《芦荡火种》创作刚好十周年。

在"沙家浜部队"老战士纪念伟大的抗日战争胜利六十周年之际，陈荣兰应该当之无愧地在主席台就座。然而，天妒英才，残酷的现实使所有人的美好期冀都化为永久的遗憾。一想到为把莽莽苍苍的芦荡往事转化成红色经典起到不可替代关键作用的一代女杰英年早逝，就愈加使人感到痛惜不已！

2015年6月21日晚，我特意来到陈荣兰骤然离世的上海南京西路与陕西北路交叉路口。夜幕下的街道车水马龙，灯火璀璨的商店顾客川流不息。当年享誉大上海的蓝棠皮鞋店已迁往他处。此去不远，就是陈荣兰人生最后一天准备去听报告的上海人民大舞台，那是她和她的团队倾力打造的沪剧《芦荡火种》在上海首演成功并引起轰动的殿堂。由此向北一百五十米，是上海滩最负盛名的剧院之一美琪大剧院，那里是当年黄金荣等上海大亨经常呼朋引类欢度良宵的所在，也是陈荣兰率团演出《芦荡火种》给上海人民留下精彩难忘记忆的地方。四十二年的时光过去，那个从战火硝烟中走来、毕生致力于红色文化传播的新四军女兵的倩影，依然鲜活如初——

淮海战场堑壕里手持竹板宣传鼓动的文工团员；

解放上海时在歌剧《白毛女》中大放异彩的喜儿；

率领艺术团队创演《芦荡火种》的专家型领导……

悠悠历史长河，每个人的生命，都只不过是转瞬即逝的一朵浪花。陈荣兰的一生虽然短暂，但这朵有着铁军底蕴、一生都为革命战斗文艺而飞舞的浪花，却以令人没齿难忘的个性和特色，永远融入了历史。

80. 红色经典反哺沙家浜

纪念大会结束后，我应邀来到向往已久的常熟市沙家浜。

虞山青，尚湖碧，美丽富饶的生态常熟，宛如一幅浓淡相宜的水墨画。车过常熟城南风光旖旎的尚湖，同行的刘石安兴致勃勃地告诉我，常熟有几张亮丽的名片，风景和水质俱佳的尚湖此其一。相传，尚湖因商朝末年姜子牙（名尚）为避殷纣王暴政，隐居此湖垂钓而得名。面积八百公顷的尚湖水域，水质一直保持在国家二级饮用水标准。有一年，一位国务院领导同志到常熟考察工作，一到尚湖，就双手捧起湖水大口畅饮。每谈及此，常熟人总是感到十分骄傲。

光辉灿烂的历史文化和耕读传家的价值取向，是常熟的第二张名片。自唐至清，常熟高中状元八人，榜眼四人，探花五人，传胪三人，进士四百八十六人。有清一代，全国状元一百一十二人，常熟一地就有六人；仅康熙一朝，就连出三名状元，蔚成中国科举史上的奇观。清代常熟第一位状元孙承恩、两代帝师翁同龢家族，都是秉持"学而仕，仕而休"家训耕读不辍的典范。历史上，常熟出过九名宰相，新中国成立后，这片文化积淀深厚的灵山秀水，孕育了二十四位中国科学院和中国工程院院士，其中有"两弹元勋"王淦昌、著名水利水电工程专家张光斗、中国稳定同位素学科奠基人张青莲等学界泰斗和大家，还走出了包括一位上将、一位中将在内的十四名将军。

活力迸发的经济社会发展，是常熟的第三张名片。2004年，常熟市在中国百强县中名列第二，综合经济实力在全国同类城市中名列第二，在第四届全国县域经济基本竞争力评比中名列第二，GDP为六十八亿美元，财政收入为十亿美元。

新四军伤病员在阳澄湖芦苇荡坚持敌后斗争的传奇和爱国拥军传统，是常熟的第四张名片。常熟是闻名遐迩的全国双拥模范城，今天的常熟籍在役和退役军人，仍然可以感受到源自芦荡火种年代的那种对子弟兵的真挚关爱和鱼水情谊。使我印象尤为深刻的是，驻守常熟境内的军人，除可尽享国家各项拥军红利外，每人每天还可得到常熟市人民政府给予的一元钱生活补贴。

虽然是第一次造访这一红色圣地和鱼米之乡，但这些充满着历史纵深感和鲜明时代感的介绍，使我对常熟震古烁今的优秀文化传统，已是感触良多。

我想起了报刊上曾宣传过的常熟籍中国科学院资深院士王淦昌的事迹。早在抗日战争爆发时，为支持抗战，在浙江大学任物理系主任的王淦昌和物理系仪器管理员任仲英一起，在校内外挨家挨户宣传抗日，号召大家有钱出钱、有力出力。王淦昌还带头捐出自己结婚时的金银首饰和家里多年积攒的银元。1960年底，王淦昌在苏联杜布纳联合原子核研究所工作期满即将回国，当时，正值祖国三年自然灾害的非常时期。想到国内正在经受饥馑磨难的人民群众，王淦昌心里非常沉重。他特地来到莫斯科中国驻苏联大使馆，郑重地把一个存折交给大使说，这是我在联合所工作四年的十四万卢布积蓄，请您收下转交给祖国人民吧！

在常熟重温常熟院士的嘉行懿德，使我对一脉相承的常熟文化更加肃然起敬。古往今来，文化的传承像一条绵延无尽的河流，总是把优良的基因传播到辽远的后世。王淦昌这个精彩高尚的常熟人，无疑给我提供了从历史到现实透视常熟文化的坐标和窗口。置身常熟这片神奇的土地，我的脑海中似乎产生了一种顿悟：从耕读传家的民风世俗，到灿若群星的状元和院士图谱，从民族危亡之秋毁家纾难，到新时期爱国拥军成为一种政治自觉，沙家浜的红色文化，必定有着常熟勤勉好学和崇礼向善传统的深厚底蕴与渊源；今天因红色经典名声大噪的沙家浜镇乃至常熟市这张亮丽的名片，又极大地丰富了常熟源远流长文化传统的内涵。

翌晨，我驱车来到距常熟十二公里的沙家浜镇。正是初夏时节，阳澄湖畔到处生机盎然，游人如织。沙家浜镇党委领导介绍说，沙家浜原名横泾乡，是刘飞等伤病员当年经常栖身的地方之一。1981年5月，横泾乡改名为芦荡乡，1992年3月撤乡建镇，更名为沙家浜镇。2003年6月，沙家浜镇与唐市镇合并为新的沙家浜镇，现辖十一个行政村、两个社区居委会和一个办事处，总面积八十平方公里，人口四万有余。近几年，沙家浜镇先后摘取国家卫生镇、中国环境优美镇、中国重点镇、中国休闲服装名镇等国家级桂冠，并获得联合国人居署迪拜国际改善人居环境最佳范例奖，综合发展排序居于常熟市乡镇前三位。沙家浜风景区还是全国爱国主义教育示范基地、全国国防教育示范基地、国家湿地公园和国家5A级旅游景区，年接待游客二百万人次。今日沙家浜，已不仅仅是一个红色记忆的符号，而是已经成为一个极有号召力的品牌。

这些介绍，不禁使我浮想联翩。英国人詹姆斯的小说《失去的地平线》，使云南迪庆成了全世界游客向往的伊甸乐园——香格里拉；孙犁的散文《白洋淀》，使雁翎队创造的红色传奇极大提升了海河平原最大湖泊的知名度和美誉度；电影《地道战》展示的冀中平原独特抗战情景，使名不见经传的冉庄成为旅游热点；陈逸飞的油画《双桥》，促使昆山的周庄成了旅游品牌古镇。一出戏使江南无名小镇横泾两度更名，先芦荡，后沙家浜，而且把常熟史上大名鼎鼎的唐市也揽入自己的怀抱，以致成了推动经济社会发展的强劲驱动器，这是《芦荡火种》和《沙家浜》几代编创者始料未及的奇迹。子弹引发经典，经典铸造名镇，令人目不暇接的历史嬗变，充分彰显了红色经典在精神变物质中造福一方的神奇功能，是常熟人民辛勤劳动和巧用红色资源智慧的结晶，同时也是刘飞和曾在阳澄湖芦苇荡浴血奋战的伤病员，对再生之地人民作出的特殊回报和贡献。

泛舟虞山倒映、波光潋滟的阳澄湖，恰逢朝暾初上，天宇尽染，浓淡相宜的朝霞与浮光跃金的芦荡相互映衬，秀色可餐的阳澄美景使人物我两忘、陶然入醉。我恍如走进京剧《沙家浜》中军民鱼水情的画意胜境，但见红霞逶迤中，蒹葭飞雪，稻菽泛金，绿柳婆娑，鸢飞鱼跃，一时间，我真有不知身在何处之感。

1970年5月15日，京剧《沙家浜》定稿会议在人民大会堂安徽厅举行。参加会议的有江青、姚文元、叶群等人。会场里面对面摆放着两排桌子，与会者每人面前放一本二号仿宋体大字印刷剧本，由洪雪飞、万一英等演员轮流朗诵。每当江青提出某处要改动的意向，汪曾祺就当场改写。在念到第二场《转移》郭建光出场一段戏时，姚文元不无讨好地提议说，江青同志为这台戏花了很多心血，这里要用几句好一点的词句形容一下。

江青颔首表示同意。

对剧情和台词烂熟于胸的汪曾祺脱口而出：

> 朝霞映在阳澄湖上，
> 芦花白早稻黄绿柳成行。

江青当即点头认可。但她又考虑到"芦花白""早稻黄"和"绿柳"三种植物颜色不可能在同一时令出现，遂令再推敲，最后改为"芦花放稻谷香岸柳成行"。借助这一神来之笔，京剧现代戏反映中国革命斗争壮丽而极具象征意义的经典画面——朝霞映照下的阳澄湖美景和如诗如画的军民鱼水情，在随机大考中应运而生。正是因为这幕戏生动描绘了党和人民军队与群众的血肉联系，因而成为揭示中国革命胜利之道独具魅力且令人过目难忘的瑰丽艺术画卷。

阳澄朝霞的魅力和神韵，在于人文化育山水，红色文化的精髓，浸淫渗透进青山碧水蓝天绿苇，从而收到了交相辉映、回味悠长的效果。泰山名闻天下并不因其高，而是因其有着宏大政治背景的厚重封禅文化；黄河举世皆知并不因其长，而是因其塑造中原和孕育中华民族而称其为母亲河。享有绿色生态和红色旅游双重利好的阳澄湖有今日之知名度，得益于灵山秀水自然天成，也得益于刘飞、夏光等伤病员的隐忍坚守和文牧、陈荣兰、汪曾祺、崔左夫等优秀文艺工作者超越生活本体的艺术创造。戏从湖中来，湖因霞愈美。作为一种特殊人文景观，领秀群湖的阳澄朝霞，已不再囿于寻常天象和自然景观，而是成为在艰难困苦中坚守革命信仰的生动写照，成为至高至纯军民鱼水情的美好象征。

从导游口中得知，抗日战争时期新四军纵横驰骋的芦苇荡，"文化大革命"中因填湖造地一度不复存在。前些年投巨资重新打造的芦苇荡风景区，面积虽然只有当年湖区的十分之一，但可以逼真地展现抗日战争时期的芦荡风情，与矗立广场中央的郭建光和阿庆嫂主题雕塑遥相呼应，足以唤起人们对红色经典《芦荡火种》和《沙家浜》所展现的烽火岁月的缅怀和追思。此情可待成追忆。主体广场是游客徜徉和留影的好去处，也是沙家浜老战士聚会和举行重要活动的理想场地。

1999年11月6日，中共常熟市委市政府、上海新四军"沙家浜部队"历史研究会，在沙家浜主体雕塑广场隆重举行纪念"沙家浜部队"创建六十周年座谈会。时年八十六岁的朱一，携六个子女、两个孙女，三代人共赴沙家浜与会。参加座谈会的"江抗"老战士、军地领导和有关方面的专家，经过深入论证分析，列举大量令人信服的史实指出，沙家浜精神的精髓，是军爱民、民拥军，军民鱼水情。这一共识，赢得了朱一发自内心的赞同。她在会上充满深情地讲了一席话：当年，日、伪、顽、匪多方夹击和水陆封锁，被困芦荡的刘飞等伤病员缺医少药、缺吃少穿，在那样极端困难的条件下，是千百个真心实意拥护支持抗日火种的群众，冒死闯芦荡和相互配合与敌人周旋，才使伤病员一次又一次化险为夷、转危为安，而且还经常使他们"一日三餐有鱼虾"。

讲到这里，朱一动情地说：人民群众是子弟兵克敌制胜最坚强的后盾，江苏常熟是"沙家浜部队"成长壮大的摇篮！

一席话，道出了与会者的共同心声，也赢得了全场经久不息的掌声。11月7日上午，朱一携儿孙们在革命烈士纪念碑前庄严宣誓。祖孙三代人的铿锵誓言，伴着熟稔而激昂的《新四军军歌》，在刘飞等伤病员战斗过的芦苇荡久久回响……

来到位于风景区醒目处的春来茶馆，触景生情，话题转入了小说《沙家浜》。镇党委领导告诉说，2003年1月，浙江省大型文学杂志《江南》发表了薛荣的中篇小说《沙家浜》，小说以戏剧中没有出现的人物阿庆为主线来展开，社会公众耳熟能详的阿庆嫂不仅与新四军指导员郭建光眉来眼去，还被写成是土匪司令"老胡的姘头"。风流版《沙家浜》一问世，立刻引起轩然大波。沪浙两地的《文汇报》《浙江日报》相继发表文章予以抨击，沙家浜镇和上海市新四军历史研究会分别向《江南》杂志社提交抗议书，提出"保留通过法律途径进行诉讼的权利"，《芦荡火种》原作者之一文牧的家人表示要保留法律追诉权。《江南》杂志社就此公开道歉，主编张晓明向浙江省作家协会辞职并向新四军老干部递交检讨书。一场闹剧匆匆收场，红色经典在新的时代环境中遇到的挑战，提出了发人深省的问题。

81. 历史的空谷足音

酷似红色博物馆的沙家浜革命传统教育馆，是这所顶级绿色风景区荟萃红色元素的抢眼名片，也是五湖四海慕名而来人们沙家浜之行的"点睛"之笔。

博物馆本是西方的舶来品。公元前3世纪，版图囊括埃及及周边的托勒密王国国王托勒密·索托，将一个世纪前马其顿亚历山大大帝统兵横跨欧亚非大帝国搜掠的珍宝文物，连同自己在南征北战中获取的艺术品，在亚历山大城创建了一座专门收藏文化珍品的缪斯神庙。这座著名的神庙，就是人类历史上最早的博物馆。英文中"博物馆"一词，也由希腊文"缪斯"演变而来。

现代意义的博物馆，出现于17世纪后期。18世纪，英国内科医生汉斯·斯隆，将自己瑰集的近八万件藏品捐赠英国王室，王室决定建一座国家博物馆予以展陈。建于1753年的大英博物馆，是世界上第一个对公众开放的大型博物馆。

巴黎卢浮宫、伦敦大英博物院、纽约大都会博物馆、莫斯科埃米塔什博物馆（冬宫），这些起源于神庙、教堂、沙龙和帝王、博物学家、收藏家的世界著名博物馆，主要是为陈列收藏巧取豪夺的文物和艺术品。而沙家浜革命传统教育馆则馆如其名，旨在再现和留住那段日渐飘逝的历史，让新四军和水乡人民创造的有鲜明地域特征与文化印记的革命传统，成为永远矗立在阳澄湖畔的历史丰碑。

1969年秋，又是芦花放、稻谷香的美好时节，1940年2月在阳沟溇战斗中右腿负伤入阳澄湖养伤的常熟子弟费介成，从上海警备区动员处副处长岗位上离休重返乡里，实地踏勘血火濡染的故土，寻访有恩于己和新四军的故旧及知情人。

在罗家草荡和黄桥村，费介成找到了当年后方医院的小房东孙大生。阳沟溇战斗负伤后，费介成养伤曾住在孙大生家里。让费介成和孙大生结下一世情缘的，是孙大生家那条水乡百姓家习见的扁担。1982年6月14日，费介成在一篇题为《回忆"江抗"后方医院》的回忆录中这样写道："没有夹板，就用老百姓家里的扁担来代替夹板（我的右腿就是用扁担夹直的）"。

在当年刘飞、夏光安排村姑在昆承湖畔洗衣，设计伏击直扑"江抗"《大众报》和《江南》半月刊的日本鬼子的鲍家河湾，费介成找到了当年印报所的房东宋三保。在抗战最艰苦的岁月里，宋三保一家为"江抗"一报一刊印行作出了很大牺牲。1941年2月下旬的一天，鬼子冲进鲍家河湾，直奔宋三保家，把宋家抢劫一空，不能带走的统统丢到河里。侵略者的淫威改变不了人心向背。面对日军突袭，"江抗"龚家浜印报所来不及带走的二十箱铅字，委托村民于银生保管。于银生漏夜驾船藏铅字于荒野坟地，精心伪装成水乡常见的瓦庐棺材，鬼子几次搜查都扑了空。时隔二十八年，皓首鹳面的费介成和于银生重逢，两人都唏嘘不已。

在北泗泾村，费介成看望了抗日积极分子苏贻民老妈妈。当年，苏贻民像对自己的亲人一样无微不至照顾子弟兵，她的家成了"江抗"之家，不知有多少新四军官兵经她掩护从敌人魔爪下安然转移。日本鬼子烧毁了她家的房子，苏贻民也被抓去遭受严刑拷打。经费介成宣传介绍，英雄妈妈的事迹才为当地人知晓。

费介成还去了阳沟溇、张家浜、肖泾、陆巷等村，战地重游唤醒了花甲老兵沉睡的记忆，他漏夜伏案充实过去积累和整理的资料，形成了一份翔实且染有硝烟味的原生态史料，为两年后建立沙家浜革命传统陈列室，奠定了最初的基础。

弹指间十多年过去。1981年5月10日，经江苏省人民政府批准，横泾公社更名为芦荡公社，不久又改称芦荡乡。当年受过阳澄湖护佑和哺养的后方医院伤病员，以自己特有的方式反哺常熟人民的躬耕开拓，开始结出喜人的果实。

1988年6月间，上海同济大学社会科学系师生在社会调查中发现，芦荡乡倚山傍湖，风光秀丽，地杰人灵，兼有红色和绿色资源两大优势，是大有可为的旅游宝地，于是提出了与芦荡乡合作开发的建议。芦荡工业公司遂于昆承湖边启动"沙家浜游泳场"建设，同时筹建沙家浜革命传统展览馆。1988年7月22日，沙家浜革命传统展览馆和沙家浜游泳场同时对外开放。次年，上海同济大学与芦荡乡联手对展览馆重新布展，馆舍扩大到四十八平方米，内容增加到九部分。始料不及的是，小小展馆贮藏的人们耳熟能详的原生态芦荡往事，以及散见于湖滨的"江抗"印报所、修枪所、后方医院、弹壁洞等参观点，使上海等山南海北的宾客趋之若鹜、纷至沓来。沙家浜革命传统展览馆的开设，带动了沙家浜游泳场发展，场内增设了划船、垂钓、野餐烧烤、品茶、飞艇游湖等活动项目，还利用三艘客轮，一艘消防艇，组织游阳澄湖、游芦苇荡等活动。上海人民广场上树起了"沙家浜三日游"大型广告牌，旅游旺季日人流量超过万人。

随着历史与现实、精神与物质、实体与虚拟、场馆与遗址、人文与自然有机融合和相映生辉，一部影响深远的红色经典，在推动精神变物质中的奇功伟力，也日益彰显，呈倍增和叠加效应。

尽管我曾无数次听芦荡传奇亲历者和见证人讲述有关沙家浜的沧桑故事，但当我在春和景明中步入沙家浜革命传统展览馆这所全国爱国主义教育基地，瞻仰馆内陈列的四百多幅革命斗争历史照片和六十多件革命文物，思想上还是受到了一次全新的震撼和洗礼。那一刻，整整二十年间我对"沙家浜部队"光荣历史的寻访和探求，都随着馆藏文物所理出的历史脉络，化作一个个壮怀激烈的战斗画面和活灵活现的英雄形象。摄于不同历史时期甚至是来自日本国家档案馆的图片，辅以文约意丰的解说，使浩如烟海的往事，开始复原成立体、鲜活、生动、可感的原始场景，令我在触摸久远历史脉搏的同时，更加真切地感知和理解了刘飞那一代英雄战士，为国家独立和民族解放南征北战的呐喊和厮搏。

纪念馆中陈列的一挺锈迹斑斑的马克沁重机枪，吸引了我的视线。讲解人员介绍说，这种世界上首次成功以火药燃气为能源的自动武器，由于采用水冷枪管技术且结构复杂，枪重27.2千克，可单、连发射击，射速每分钟100发~600发。当年"江抗"从国民党顽军手中缴获的这挺机枪，编在谭震林所在的新四军六师师部机枪班，因部件受损不能连发，每次只能打一发子弹，因而通常不参加战斗。有一天，谭震林来到了正在训练的机枪班，见到冯纪林便问："机枪班长，班里有什么问题吗？"冯纪林答："报告师长，大家不愿意扛这挺重机枪！""为什么不愿意扛？""这挺机枪不参战，打仗总轮不到我们，因而大家愿意下连拿步枪，不愿意留在这里扛机枪。"谭震林朗声一笑说："好，明天你召开班务会，我来参加！"第二天，谭师长果真来了。会上，大家你一言我一语，纷纷要求下连，就是不愿意留在重机枪班。听罢大家的发言，谭震林微笑着说："你们的心思我知道了。这挺重机枪，是从敌人手里缴来的，为了夺取它，烈士们献出了宝贵的生命。马克沁重机枪在战场上对敌人威胁大，平时也有很强的威慑作用。目前它虽然只能打一发子弹，但这只有你们知道，老百姓不知道，敌人更不知道。你们重机枪班负责扛马克沁，虽然一般不直接参加战斗，但扛着这挺让敌人心惊胆战的机枪，也是战斗啊！"谭震林一席入情入理的话，说得冯纪林和战友们都会心地笑了。从此，重机枪班的小伙子又乐呵呵地扛起了威风凛凛的马克沁。2007年3月，冯纪林重访沙家浜，一头扎到当年朝夕相伴、耳鬓厮磨的马克沁面前，禁不住老泪纵横。

一杆老枪，一个老兵，蕴藏阳澄湖抗战秘辛的马克沁叙说的"江抗"岁月，居然如此情趣盎然，令人神往！

从革命传统教育馆浓缩的阳澄湖革命斗争历史，重新审视《芦荡火种》和《沙家浜》的价值，一缕朦胧心中已久的思绪在升腾中渐渐变得清晰。民族危亡年月阳澄湖上争烈斗激的生死对决已经渐行渐远，但经济年代精神的匮乏使全社会对红色基因的依存却与日俱增。这是再现沙家浜斗争历史红色经典的价值所在，也是艺术精品生生不息的社会思想和文化根源。

在沙家浜革命传统教育馆，我没有发现沪剧《芦荡火种》执笔创作人文牧的照片。但2014年十一在上海，我曾看过文牧老伴筱惠琴带来的文牧伏案笔耕的黑白照片。照片约拍摄于上个世纪五六十年代，这位高产而又成就斐然的剧作家，看上去并无多少儒雅之气，却更像江南经年耕作面容清癯的一位农夫。文牧已于1995年故去。在他告别终生挚爱的沪剧快二十年的时候，望着照片中衣着朴素作凝神结思状的这位梨园宿将，我无法窥知他当时的心境，也难以读取当年他看到《血染着的姓名》一文时那种艺术感觉的密码，但中国戏剧史上有重大贡献剧作家的风采，已经通过这些原生态的图像，深深镌刻在我的脑海中。

精神圣地的厚重，在于历史与现实的深度交融。穿巡在沙家浜革命传统教育馆，一张醒目的照片吸引了我的视线。那是1990年5月5日，七十七岁的叶飞在率新四军六团东进作战五十一年纪念日，重返阔别已久的沙家浜，兴致勃勃来馆参观并题词的情景。教育馆负责同志回忆说，当时，叶飞在馆内看到展示新四军部队铁流东进，老六团在叶飞率领下直插苏、常、太核心地带阳澄湖开辟抗日游击根据地的图文介绍，深有感触地说："当年陈老总力排众议，果断决策，敢于承担风险，是他派我来到东路的，经过艰苦努力，终于建立了抗日游击根据地，""在长江三角洲的水网地带，初步建立起了以阳澄湖东塘墅为中心的苏、常、太和澄、锡、虞抗日根据地。有了根据地，我们就如鱼得水，进退自如。更重要的是，我们在这里播下了革命的种子，打下了坚实的群众基础。"

那一天，叶飞回顾当年常熟人民支持掩护"江抗""民抗"战士，军民鱼水交融、亲如家人的情景，动情地说："水乡地区有三个好：一是人民群众好，如果没有这样好的人民群众，我们的部队就站不住脚跟，建立不起抗日游击根据地；二是水乡地理条件好，港汊纵横，水网密布，有利我们打游击，同敌人巧妙周旋；三是有天然的芦苇屏障好，茫茫一片芦苇荡掩护过我们多少好战士。"

离开沙家浜革命传统教育馆前，叶飞欣然挥毫为东路抗日游击根据地题词：

> 沙家浜的意义在于，在沪宁铁路武进以东直到上海地区（即江南东路），能否建立抗日根据地，开展抗日游击战争，发展壮大人民抗日武装力量，一九三九年五月，新四军六团以江抗名义东进，建立了以阳澄湖为中心的苏常太根据地，以及澄锡虞、嘉定、青浦根据地，回答了这个问题。

历史进程的亲历者，最能感知重要事件蕴藏的深邃历史内涵。伫立在中国人民解放军唯一在海外出生的开国上将俯身题词的照片前，反复咀嚼品味将军字迹遒劲且意蕴宏阔的题词，我更加全面深刻地认清了叶飞率部开辟东路抗日游击根据地的重大战略意义所在，也从根本上加深了对毛泽东关于京剧《沙家浜》结尾要"从正面打进去"修改意见丰富内涵的理解。

一瞬间，我的心头闪过一道思想的灵光：在"江抗"东进这个重要战略步骤中，以陈毅、谭震林、叶飞、刘飞、廖政国、吴焜、夏光、乔信明、陈挺、蓝阿嫩、杨瑞年、朱一为代表的新四军将士，以杨浩庐、张英、李建模、任天石、薛惠民、于玲为代表的地方党组织和当地抗日武装领导人，以林震、张贤、吴秀英、庞露、白山、包蕴为代表的白衣战士，以蔡悲鸿、盛慕莱为代表的抗日根据地地下交通线的构筑者，以胡广兴、胡小龙为代表的真心实意拥护支持党和人民军队的爱国群众，他们的全部奋斗和牺牲，其价值就在这里。

82. 百岁夏光"长住"沙家浜

古城淮安的夏天，炎天流火，暑气逼人。这是1946年8月的一天上午，急匆匆赶赴东北的夏光出城北行约三十华里，忽听身后有急促的马蹄声，回头一看，只见粟裕的"麻子"警卫员策马飞奔而至，大声报告说："首长要你立即赶回淮安城，继续留在华中军区司令部工作，另换一位同志前往东北！"

那一刻，夏光因失去好不容易争取来的机会而感到失望，但他懂得，这是军区首长的命令，作为军人必须坚决服从。原来，中央军委命令组建新四军第一纵队（亦称远征军），参加东北根据地的斗争，叶飞任纵队司令员，赖传珠为政治委员。叶飞做夏光的工作，要他随其前往东北，而华中军区司令员粟裕和参谋长刘炎，则要夏光留在淮安城华中军区司令部工作。夏光渴望去东北战场建功立业，再次向首长表达了自己的意愿，首长最终还是同意了。于是，他打点行装迅即上路。从赴东北的路上被追回到华中军区司令部，夏光很快调整自己的情绪，立即投入紧张的工作，协助粟裕处理繁重的军务，除任华中野战军参谋处长外，还兼任淮安卫戍司令。夏光随后跟随粟裕，经历了苏中七战七捷、车桥和苏浙等战役，成为粟裕身边十分出色的助手。

夏光以新"江抗"再度崛起之际的创业司令闻名，但究其全部军旅生涯，他本质上还是一个出色的高参和幕僚。

从很多史料可以看出，夏光的军事才能颇受首长肯定和器重。1947年1月，以华中野战军为基础，加上山东野战军，组建华东野战军指挥部。关于参谋处长的人选，粟裕提名的是夏光，陈士榘则另有人选，结果陈毅采纳了粟裕的意见。在野战军参谋处长这个核心而关键的岗位上，夏光随首长参加了淮海、宿北、鲁南、莱芜、孟良崮、豫东、济南、渡江、上海等重大战役，后来担任了第三十军参谋长。尽管长期建功中军帐可圈可点之处颇多，但夏光一生最引为自豪的，还是在"江抗"西撤后，在刘飞和当地党组织坚强领导下，在湖区人民竭诚支持下，他带领伤病员独撑危局，重建"江抗"，使芦荡火种再度燎原那段令人神往的斗争历程。

2005年我去上海，未能见到夏光；2014年再赴上海，又与夏光后人失之交臂；2015年五一重返沙家浜，我在沙家浜革命传统教育馆西南绿园，瞻仰了夏光墓。

夏光于2012年1月22日在南京悄然辞世，享年一百零四岁。那年2月1日，夏光遗体告别仪式在南京石子岗殡仪馆举行，告别厅门外两侧高悬挽联：

芦荡火种燃成烈烈勋业一代英豪颂华夏
楚海风涛铸就铮铮铁骨百岁传奇享荣光

谭震林1940年11月在高度评价东路地区抗日斗争新局面时，曾深情写道：

> 我们能够获得这样的成绩，当然有着许多的原因，然而如果没有夏光同志独当一面的斗争精神，和机警、灵活应付当时的环境，那么就不能够有今天这样顺利的发展。这也指出了在抗战的今天，更需要很多的能够在任何情况下独当一面支持整个斗争的同志，才能够保证正确的策略路线的实现。我们东路的全体同志应该学习夏光同志的这种斗争精神，这种斗争的决心。

1982年5月，八十岁高龄的全国人大常委会副委员长谭震林，在南京召开的华东七省市党史工作会议上说，《沙家浜》斗争的故事是真实的，"郭建光"现在就在台下，他的名字叫夏光。中央电视台记者采访夏光时间："您就是《沙家浜》戏里的郭建光？"夏光急忙摆摆手，谦虚地说："不能这样说，不能这样说。戏剧中的郭建光是许多新四军指挥员的一个缩影，而我只是占了一个'光'字。"

1990年5月，全国人大常委会副委员长叶飞重返芦荡青青的阳澄湖，缅怀1939年10月率"江抗"部队西移扬中后，夏光奉命以留下的伤病员为骨干重建新"江抗"那段艰难竭蹶的战斗历程，满怀深情地说："夏光同志了不起啊！"

夏光，有将军之功，却无将军之誉。当年东路抗日斗争的领导人和苏、常、太及澄、锡、虞地区的人民群众，都记着他的功勋。生前夏光曾嘱咐女儿夏春秋说，百年之后，把他的骨灰安葬在沙家浜，让他陪伴逝去的战友，一起沐浴阳澄湖上的缕缕朝霞。在这之前，抗日战争中牺牲于浙东的三十六个伤病员之一的张世万，以及当年曾在阳澄湖养过伤的"江抗"小战士钱卓云，分别于2001年八一建军节前夕和2005年4月5日，安葬在沙家浜革命传统教育馆左侧绿园中。1941年参军的原新四军六师十八旅五十二团一连即沙家浜连老战士杨铭，2004年过世前立下遗嘱，死后把骨灰播撒在曾经战斗过的阳澄湖里。当年10月，杨铭的遗愿已经完满实现。阳澄湖伤病员中最长寿者夏光过世后，应湖南省武冈县政府要求，部分骨灰回归家乡安葬，另一部分骨灰则追随当年战友的脚步，于2012年3月25日重返沙家浜，由亲人安放在绿园，融入当年战斗过和成就抗日大业的神山圣水，成为丰富沙家浜红色文化内涵的新景观。

生前描绘阳澄湖朝霞誉满苏南，身后欣赏阳澄湖朝霞永世长眠，百岁夏光及战友的人生何其壮美！

83. 永生的常熟三领袖

七十多年过去了，那些在风雨飘摇年月殒身不恤、救国救民的壮士和英雄，忠骨安在，魂系何方？

2015年5月2日上午，我在霏霏春雨中来到虞山脚下的常熟革命烈士陵园，拜谒著名的常熟抗日三领袖李建模、任天石、薛惠民。

抗日英雄是中华民族的脊梁和良心。考察东路抗日根据地的建设与发展，常熟梅李三杰是不可或缺的历史人物。

常熟烈士陵园依山向水，绿树掩映。进入陵园拾级而上，在一宽阔的台地上，一字摆开三座有着鲜明江南风格的馒头坟，墓庐由白色花岗石砌成。烈士陵园负责同志介绍，三烈士墓建于1965年2月，当年，常熟县人民委员会把三烈士遗骸，分别从原葬地迁葬于此。三位得故乡灵山秀水精华的英烈，把自己的生命和一切，全部贡献给了救亡图存、重整河山的旷世伟业，常熟人民则用中国传统文化中最佳风水宝地和隆重葬仪，让自己的伟大儿子头枕如黛虞山，脚踏故土湖荡，在与山河永世同存中，供千秋瞻仰，令万代称颂。

距三烈士墓不远处，安放有原新"江抗"副司令员兼政治处主任、外经贸部副部长杨浩庐的骨灰。杨浩庐的阳澄湖之恋可谓生死不渝：在芦花胜境中收获自己的爱情，又在湖涛舐岸的韵律中安歇自己的灵魂。这位从四川宜宾走来、常熟人民熟悉的"江抗"老战士，1992年9月26日在北京去世后，不恋京华繁盛和桑梓情深，宁可身后与爱侣不同穴，也要和"江抗"老领导吴仲超一样，回归生前战斗过的抗日热土。青年时代与肝胆相照的李建模、任天石、薛惠民并肩战斗，百年之后又同殒命沙场的老战友相携守望阳澄湖，杨浩庐与第二故乡生死相依的真挚情谊，写在巍巍虞山之巅和浩浩阳澄湖中，也写在常熟人民的心里。

历史上，常熟抗日三领袖在当地被誉为百姓的"青天"，但在更大的范围内，他们为中年以上的人所熟知，还是因为红色经典《芦荡火种》和《沙家浜》中，领导新四军伤病员和地下交通员阿庆嫂的县委书记"陈天民"和"程谦明"的形象使然。今天，了解他们情况的人都已作古，人们只能从存世不多的照片中感知他们的音容笑貌，借助有限的史料寻觅他们的生平和战斗足迹。

1945年10月15日晚，浩浩长江浊浪翻滚，夜霭如磬。满载着苏浙军区第四纵队政治委员兼浙西地委书记韦一平等近千名军政领导和部队指战员的"江安轮"，正穿云破雾，在漆黑的江面上劈波斩浪艰难前行。时任苏南行署财经处长、苏浙皖边区经委会主任的李建模随船过江。

几天前，叶飞、廖政国率苏浙军区最后一批撤离江南的部队渡江北上时，国民党军队曾出动军舰进行拦截。为了避免与国民党军冲突，部队改为夜渡长江。"江安轮"连续七个夜晚运载未经检修，又严重超载，底舱进水后继续行驶，终于在泰兴县天生港江面沉没。叶飞、廖政国闻讯后，立即会同地方党政领导动员渔船前往抢救。但夜深天黑更兼风高浪急，船上第四纵队机关、第十支队两个多连和部分地方干部，共八百余人为江水吞噬，仅打捞起三百二十多具遗体。后经多方查证，遇难者中知道姓名的仅二百四十六人，尚有六百多名烈士未查到姓名、籍贯和工作单位。李建模随苏浙军区部队北撤时，原本计划随苏皖区党委机关一起行动。后为收回江南银行发行的货币，避免群众受损失，同时将征收的公粮卖出换成黄金带走，并负责押运金银和货币，故延至15日，与韦一平等领导同志一道乘"江安轮"过江，不幸罹难。

事发后，新四军副军长张云逸、政治委员饶漱石、参谋长赖传珠急电延安：

> 中央，昨晚廖政国直属队及地方干部百余，又部队，共计约千余人，在渡长江时，江轮在江中沉没。因江阔夜黑，只救出数十人。旅政委韦一平及苏南财经处长近千人遇难身亡。

李建模，原名鸿生，字屺椿，又名李范、李坚，1907年2月出生于常熟梅李镇一个职工家庭，1921年进梅李同福布店当学徒，1931年任该店上海申寓经理，九一八、一二·八事变后，积极从事抗日救亡宣传活动。1933年，李建模在上海参与发起建立进步组织"进社"。1934年8月参加中共"特科"组建的"中华民族武装自卫会"（简称"武卫会"），同年加入中国共产党。1935年，李建模任"武卫会"上海分会主席，同年8月任总会党组成员、秘书长，协助有关组织为恢复出版被国民党政府下令停刊的《新生》周刊，营救被捕爱国人士杜重远而积极斗争，发动武卫会基层组织声援北京一二·九学生运动。日军侵占常熟后，李建模受组织派遣，回常熟领导抗日斗争并参与创建"民抗"。1936年7月，李建模在苏州被捕，狱中受尽酷刑犹铁骨铮铮。1937年七七事变后，李建模出狱返回常熟并与中共江苏省委接上关系，组织开展支前抗敌活动。在他领导和发动下，1938年3月，梅李一带爆发矛头直指日伪、声势浩大的抗租抗赋斗争，数千农民拥上街头，捣毁了伪区维持会、警察所和租栈，严惩了为虎作伥的日伪头目和巡警。

李建模成为常熟党组织的担纲人物和东路军地财经工作中坚，是在1938年。这年5月，李建模相继出任重建后的中共常熟县委书记、中共东路特委宣传部长、东路经委会主任、新四军六师供给部部长、江南财经处处长兼惠农银行行长、苏浙皖边区经委会主任等职，与常熟县委成员一起，配合武卫会在东乡建立党的基层组织，领导建立壮大"民抗"和新六梯团两支敌后抗日武装，是东路第一支党领导的抗日游击队的组织者和实际领导人。《中共苏州地方史》一书载，被称为"理财能手"的江南财经处处长、新四军六师供给部长李建模，带头倡导"一张纸用两面，一个信封用四次"，经常带领财经干部布袋里装着金条，肩膀上背着现钞到根据地各处办公，腰缠万贯而一尘不染，被谭震林誉为廉洁奉公、艰苦奋斗的模范。

1939年5月起，李建模领导常熟军民，配合"江抗"在常熟东乡、东南乡、阳澄湖一带开辟苏、常、太抗日根据地。同年10月，"江抗"主力西移后，在敌我力量对比悬殊，斗争形势极其艰苦复杂的情况下，李建模作为东路抗日根据地的灵魂和核心，组织领导干部群众在危境和险局中，从事建党、扩军、统战、民运、财经和教育等工作，是护佑芦荡火种、与阳澄湖后方医院伤病员一起胜利地坚持和巩固东路抗日根据地的当家人。

1940年后，李建模历任中共东路特委委员兼东路经委会主任、江南财经处处长、新四军六师供给部部长等职。1942年4月后，李建模调茅山抗日根据地，先后担任江南财经处处长兼惠农银行行长、新四军六师十六旅供给部部长、苏南行政公署行政委员兼财经处处长和苏浙皖边区经委会主任，被誉为党在江南地区的理财能手。在抗战最艰苦的岁月里，常熟一代抗日领袖李建模，置身日伪顽冰刀霜剑紧相逼的残酷斗争环境傲然挺立，屡屡逢凶化吉，不料，在抗战胜利刚刚两个月时，这位常熟人民引为骄傲的伟大儿子，却怀着未酬壮志，在养育自己的长江上意外殉职。生也长江，死亦长江，与长江生死相依的李建模的猝然离去，给苏、常、太和澄、锡、虞地区的抗日军民，留下了永世不竭的哀伤和追忆。

"不为良相，便为良医。"在常熟梅李镇塘桥村的一个世代中医家庭，1913年4月出生的任天石，少小年纪就把人生抱负写在了自己的旗帜上。这位人称梅李三杰中的"郎中革命家"，1927年9月考入常熟私立孝友初级中学，受五卅运动影响，积极参加学生自治会组织的进步活动，被校方开除出校。置身风雨飘摇的旧中国，任天石返乡后足不出户，开始思考自己的人生道路。当他看到广大农民卖儿鬻女、沿村乞讨、贫病交加的悲惨情景，为给天下苍生减轻病痛和苦难，立志行医为民，子承父业。九一八事变后，任天石想到东北参加抗日义勇军，未能成行后转向动员爱国青年上街募捐，声援东北抗日将士。1932年8月，任天石考取上海中国医学院。由于品学兼优，苦读经典，1933年11月，学院创办《光华医药杂志》时，二十一岁的任天石被聘为编辑。1934年9月，任天石经考试合格，领取了上海市卫生局颁发的行医执照，于翌年春天返回常熟，在城区租赁东殿巷屈姓住屋开诊所行医。

1935年5月，日军进犯华北五省，蒋介石公然禁止抗日。四顾神州，版图变色；民族危殆，朝不保夕。国破家危的严酷现实，击碎了任天石氤氲着草药馨香的郎中梦。武卫会常熟负责人李建模以看病为名约谈任天石，使他的思想发生了飞跃。思想的闪电一旦照亮人生的苍茫云水，任天石便迅速登上了以身许国事业的高峰。面对国事日非、外侮日甚之乱局，任天石痛感"做个医生，只能救命；若要救民，必先救国"。西安事变后，任天石参加了"常熟人民抗日救国会"，在圹桥小镇办起了读报室，吸引店员和布厂职员前来读报和议论国事，唤醒爱国青年觉悟。八一三淞沪抗战爆发后，任天石任"常熟人民抗日救国会"梅李分会副主任，积极开展募捐，并在圹桥设站安置难民。

1937年11月13日凌晨，日寇攻占上海第二天，即马不停蹄从常熟沿江的野猫口、高浦口、徐文泾等地偷袭上岸，沿途烧杀掳掠，任天石被迫与全家老小在日机狂轰滥炸中背井离乡逃难。1938年2月，任天石将一家老小安置在外婆家后，决心弃医从戎，筹建抗日武装。他用劝募所得在偏僻的寨角收购国民党溃军丢弃的几支步枪和几枚手榴弹，与原"抗援会"几个会员分头收集武器，先在镇上拉起了一支不脱产的自卫队，审时度势决定暂与圹桥的毛鹏华合作拉武装，并向十多家渴望靖乡安民的布厂老板募集经费，冒险到上海嘉定买回一批武器，很快拥有了五十多支步枪和两挺机枪。为了解决自卫队给养，任天石盘掉了其父与人合作创办的中药铺，拆卖家中十三间新旧房子，两条行医船也充作公用。

"党给咱派红军团长来啦！"1938年5月下旬，一个激动人心的消息，悄然在常熟圹桥的抗日武装中流传。应任天石请求，上海地下党派来了曾参加过海陆丰起义并当过红军团长的赵伯华，并由李建模、杨浩庐、赵伯华重建中共常熟县委，在任天石的圹桥部队办起了四十多人参加的军事训练班，作为今后扩大武装的骨干。7月1日，训练班一结束，圹桥部队就改编为"民抗"第一大队，连同不脱产的自卫队员，共有一百多人枪。为缓和与周围游杂武装的矛盾，由徐少川当挂名大队长，任天石、毛鹏华为副大队长，杨浩庐为政治部主任，赵伯华任参谋长。"民抗"队伍虽小，但却是党在苏南东路敌后掌握的第一支武装。此后，任天石整肃军纪，亲自清除败类和处理违纪队员，先后解除了徐少川和毛鹏华的职务，任天石被任命为大队长，不久改任"民抗"司令员。1939年5月，叶飞率"江抗"东进常熟时，"民抗"成为已拥有四百多人枪的脱产武装，并在控制区内普遍建立起常备队和自卫队。

1939年秋，任天石迎来了人生的重大转折。这年9月，他在鲜红的中国共产党党旗下举手宣誓，把自己的生命和奋斗进取，同这个以扭转乾坤、拯救斯民为己任的神圣同盟紧紧连接在一起。同月下旬，"民抗"编入"江抗"主力。"江抗"主力西撤后，"民抗"编为"江抗"二路，随"江抗"总指挥部移至西石桥，后留在武南。任天石奉命与常熟县委书记李建模留在原地坚持斗争，11月6日，参加了在东塘墅召开的新"江抗"成立会议，并担任新"民抗"司令员，担负起扩军、保卫根据地和开展地方民运工作的重任。12月13日，新"民抗"在新"江抗"特务连配合下，于徐市击退伪军仲炳炎、赵培芝部的进攻，匪伪气焰大为收敛。任天石把刚上升新"民抗"的圹北、圹南两个常备队组成一个连，经过一个月时间的紧张军事训练，由他亲自率领加入了新"江抗"。不久，他又把常备队上升到新"民抗"主力的一个连，送到何市殷玉如部"江抗"独立大队。到1940年三四月间，新"民抗"拥有四个连（包括一个教导队），并在苏州县和常熟东南乡五个地区建立常备队，脱产武装有六百人之众。"江抗"主力西撤后，任天石与新"江抗"司令员夏光密切配合，多次回击日伪和顽匪的"扫荡"与侵袭。

曾拥有二百人枪的青红帮小头目吴文信，"江抗"东进时被打垮并收编，一直心怀不满的吴文信收拾残部，勾结附伪的浒浦"二赵"意欲卷土重来，收复失地。任天石致信吴文信，言明如勾结匪伪侵扰抗日根据地中心区，必坚决打击；如生活上有困难，鉴于过去的合作关系可予帮助，并送去一点钱。任天石守底线、讲策略的做法，打消了吴文信蚕食根据地的野心，为阳澄湖革命火种的存留和复燃，争取了宝贵时间。任天石还和杨浩庐、夏光一起坚持党独立自主建立抗日根据地的原则，挫败了国民党流亡县长安蔚南以所谓"合法政府"的身份，在新"民抗"控制区设区公所、恢复保甲制，借"统战合作"之名行吞并之实的阴谋，并坚决拒绝"加封"自己为江苏省保安三十一团团长。1940年1月，匪伪赵北指派罗大有部侵扰苏州县，又派孙纪福支队进逼常熟横泾。任天石率部进抵南儒家浜以作牵制，配合新"江抗"在唐市痛击罗部，并袭击了接应罗部的孙纪福支队一个大队，取得显著战果。从此，赵匪不敢贸然进犯苏、常、太抗日根据地。

谭震林1940年4月到东路后，任天石5月任常熟县委军事部长。此后，任天石受命在常熟进行民主建政，8月3日通过民主选举产生了常熟有史以来第一个党领导的民主政权"常熟县人民抗日自卫会"（皖南事变后改为常熟县政府），任天石当选主席（即县长）。1940年9月，任天石接替李建模任中共常熟县委书记，次年2月，任苏南第一行政督察专员公署专员兼常熟县县长，党内任中共苏、常、太工委委员。任天石抗战初期毁家纾难兴办抗日武装，在艰苦的游击作战间隙常为农民看病，这些都使他在家乡父老乡亲中享有崇高威望。常熟百姓亲昵地称他为"老天"，把"民抗"称为"老天部队"。当年，谭震林曾对顾复生介绍说："任天石同志是常熟人民的天老爷，他在劳动人民中间威望很高。"1941年秋，日伪"清乡"之后，为恢复苏、常、太地区工作，任天石任新成立的江南办事处主任，翌年春，任苏北中共通海工委书记兼通海行署副主任、通海自卫团政治委员。

1943年4月1日，通海自卫团团长汤景延，下令将一名"新四军"大张旗鼓地押至团本部处死，一时成为街谈巷议的热点话题。了解内情的人知道，这是菩萨心肠但却睿智过人的任天石，在与日伪斗智斗勇中与汤团合演的一出双簧。通海自卫团已为我党掌握并改为"江苏实验区外勤警卫团"，值此日伪对苏中第四军分区大举"清乡"之际，敌"清乡委员会"主任张北生指令汤团寻机进攻新四军游击武装。任天石知道敌对汤团有怀疑，便与汤景延约定，把姜灶港一个应处死刑的暗探留下来，让其穿上新四军军服押至汤团处决，造成汤团积极捕杀新四军的假象，使汤景延获得敌人信任。张北生打消疑虑后，汤团旋即被派驻南通城外，在海门、姜灶港等集镇设立"伪据点"，使通海区在日伪"清乡"中，成为掩护我党政军干部及家属和部队非战斗人员的安全区。1943年9月下旬，汤团按党的指令在金沙镇一夜间全部倒戈，从敌军火库中获取大量武器弹药，有力支援了我反"清乡"斗争。1944年初夏，任天石任第六行政区专员，具体领导苏、常、太的工作，并兼任沙洲、常熟地方武装组编的独立团政治委员。1946年10月，任天石任华中十地委常委、社会部长，由乡入城，到地委驻地上海市工作。

1947年1月30日，任天石被曾任苏、常、太经委会合作指导员的叛徒郑习端出卖，在上海梅白克路（新昌路）祥康里393号三楼柯宅被捕，先后关押于虹口敌警备司令部、南市看守所、无锡城防指挥部、南京首都卫戍司令部军事看守所。任天石在南京监狱写过一篇题为《天雨庭前的梧桐树》的散文，通过描述梧桐树在淫雨连绵中卓然挺立，自喻铮铮铁骨和耿耿丹心：梧桐树"任凭百般的摧残，不到秋风是不会扫落的"。"秋风年年有，毁灭不尽的梧桐叶，只见它年年在增添着引人喜欢的娇嫩，依旧在炎热的阳光中给囚徒们一点凉快，直到牢房变废墟"。1948年4月的一天深夜，任天石在南京被国民党秘密杀害，时年三十五岁。

常熟三领袖都是在抗日救亡洪流中涌现的优秀本土领导干部，又同在上海受过地下党的培训，但薛惠民与李建模和任天石有所不同的是，这位文武兼备的青年才俊，日寇入侵后即参与兴办常熟抗日武装"民抗"，"江抗"东进后即率队随之起舞，先后任"民抗"总部参谋长、五十五团团长，在神出鬼没同日伪展开水乡游击战和反"清乡"斗争中，锻炼成长为"江抗"和新四军的优秀指挥员。

薛惠民1917年出生于常熟梅李镇驸马村一个富裕农民家庭，曾化名王皓，少年时在镇里日新成布店当学徒。1934年春，薛惠民加入进步组织"进社"常熟分社，不久转入"武卫会"常熟分会，同年秋入党，致力于组织"农民兄弟会"向地主进行斗争。1935年6月，武委会常熟分会被国民党反动派破坏，薛惠民去上海隐蔽，并参加武委会总会训练。不久返回常熟，领导常熟东乡党的秘密工作。1937年11月，常熟被日寇占领，薛惠民一面设法与上级党组织取得联系，一面发动群众打捞国民党溃散部队丢弃在河里的枪支弹药，为建立抗日武装作准备。1938年5月，中共常熟县委重新建立，薛惠民参与组建了"民抗"，他所领导的驸马泾自卫队，成为"民抗"重要组成部分。在南北转战的斗争砥砺中，薛惠民成长为"民抗"参谋长。

1939年5月"江抗"东进，成为苏南东路地区抗战史上划时代的大事件。一柱擎天，常熟"民抗"主力即随"江抗"行动，并成立了"民抗"总部，身为参谋长的薛惠民同时负责"民抗"总部情报工作，随时收集和掌握敌伪动向。"江抗"西撤后，薛惠民和留守人员继续坚持斗争，稳中求进不断创造逆境中求发展的奇迹。到1940年3月，"民抗"已拥有三个连和一个教导队。同年8月，薛惠民当选为常熟人民抗日自卫会执行委员。随着抗日武装的扩大，"民抗"又新建三个连，编为新"江抗"第五支队。新任支队长薛惠民率部采用"麻雀战""伏击战""攻心战"等战术，灵活机动打击敌人，在毛家市、新塘市、虎路圈、香花桥、新桥等地连战皆捷，出色完成了牵制敌人和巩固苏、常、太根据地的任务。

"皖南事变"之后，新"江抗"五支队编入新四军六师十八旅五十三团，薛惠民改任江南保安司令部所属警卫二团副团长。6月初，薛惠民兼任常熟县县长。7月，新四军十八旅组建由薛惠民任团长的五十五团，薛惠民率领苏、常、太地区反"清乡"斗争的主要武装力量，参与领导了极其残酷的苏、常、太地区反"清乡"斗争。8月初，薛惠民奉命率队向西突围到达苏中抗日根据地，被任命为新四军六师十八旅作战科长。

1942年冬，薛惠民调通海地区，配合兼任通海行署副主任的任天石，隔江领导苏、常、太地区的秘密工作，筹备恢复开展该区武装斗争。翌年初，薛惠民抵上海设立秘密联络站，陆续向苏、常、太地区派出武装小分队，开展敌后游击战争，并逐步恢复中共党组织，建立扩大苏常游击区。1944年七八月间，薛惠民赴苏、常、太农村，集中武装小分队队员进行为期三天的整顿，使当地游击斗争形势出现新局面。同年12月，薛惠民任中共苏中六地委苏、常、太工委书记。他日夜殚精竭虑工作，抗战胜利前夕，苏、常、太地区先后建立六个区级游击政权。

薛惠民被任命为苏中军区第六军分区副司令员，是在1945年春上。1935年，由于颠沛流离和营养匮乏，薛惠民不幸罹患肺结核病。抗战中经年辛劳又得不到及时治疗，染疾已久的薛惠民病势日见沉重。这年3月，组织上安排他来到长江边上的吴市镇包塘村包家湾养病。

奔腾不羁的长江日夜东流，扶病操劳的薛惠民，目睹当年日寇登陆的口岸，心情犹如滚滚长江东逝水，一刻也不能平静。春蚕到死丝方尽，蜡炬成灰泪始干。驱除鞑虏、拯救黎民的大业正方兴未艾，未及而立之年，自己竟然感到人生的艰难跋涉已近终点！自知病将不起的薛惠民，怀着遗憾与悲壮交织的情愫开始了最后的冲刺。1945年4月20日，薛惠民病情恶化撒手人寰。在此之前，苏中军区已任命他为六分区副司令员。任命书辗转送达包家湾，天人相隔的薛惠民，已经无法领略组织的信任和重托了。这一年，他的生命之树只刻下了二十八个年轮。

2015年8月24日，国家民政部公布的第二批600名著名抗日英烈和英雄群体名录中，薛惠民以苏中军区第六军分区副司令员身份名列其中。

常熟抗日三领袖中的李建模和任天石，1938年5月到1941年2月相继担任常熟县委书记。这两年零九个月时间，正是苏、常、太抗日民主根据地两次勃兴的发轫期。虽然在以军事斗争为中心的战争环境下，"江抗"对根据地党政军实施统一领导，但三位同出常熟一乡的属地党组织和抗日武装领导人，在配合"江抗"开辟根据地、组织群众支前参战和救护伤病员、扩大和升级抗日武装、发挥独特优势夯实根据地基础等方面，都发挥了不可替代的重要作用。特别是在"江抗"主力西撤、伤病员苦守芦荡的艰难时日，李建模和任天石义无反顾肩负起了巩固东路抗日根据地和守护革命火种的历史重任，其劳绩和功勋为后世所颂扬。东路抗日斗争的光荣史册镌刻着他们的名字，红色经典留下了他们光彩照人的形象，是历史必然，也是人心所向。

朝霞因朝暾而生，最美的朝霞在东方地平线上。本土抗日英雄李建模、任天石、薛惠民，就是常熟旭日东升时最瑰丽的朝霞。他们舍生忘死为民族独立和人民解放毕生奋斗的英雄壮举，为阳澄朝霞增辉添彩；他们机智果敢、务实自矜的领导风范，至今为人们所称道并内化为一届又一届人民公仆勤政为民的自觉行动。常熟人民无比景仰的三烈士墓，已经成为当地爱国主义和革命传统教育的重要基地，也是沙家浜红色旅游感人至深的课堂。

84. 上海滩的"江抗"文化经纪人

1949年5月，解放大上海的隆隆炮声还在浦江两岸回荡，一个身材看上去有些单薄的青年学生，就迫不及待地投身第二十军军长刘飞麾下，成为这支与阳澄湖有着不解之缘部队的普通一兵。当时，这个名叫刘石安的青年学生并没有意识到，他的这一选择，像在红色基因深厚的军旅中播下了一粒种子，这粒种子在"江抗"传统沃土中经过二十年孕育、培植，终于成长为展示和传播"江抗"文化的一棵华盖如云的大树。

吸引刘石安从东方大都会投身第二十军部队的，不仅仅是战士们手中威武的钢枪，还有渗透和散发在持枪人身上的那种令人着迷的奇妙力量。

刘石安是从师长和战士一起睡马路，开始认识了这支亘古未有的部队，进而感受到蕴含在新型人民军队中那种超越枪杆子威力的力量的。

上海战役中，华野司令员陈毅下令，为保护城市建筑和人民生命财产，攻城部队不允许使用重型武器。刘飞率部苦战两日，先后攻占平湖和金山卫，控制了松江以南、黄浦江以西地区，随后东渡黄浦江，攻克浦东，策应友邻攻取高桥，进入苏州河战斗。5月27日，上海解放。此前，已陆续进入城区的第二十军部队，随即转入上海市第一警备区的警备与松江城防。刘飞指示部队严守《入城三大公约》《外事纪律》等城市纪律和规定，从师长、团长到每一个士兵，都在马路上睡了七个夜晚。

第二十军五十九师师长程业棠的女儿程胜利，2009年在《师长和战士同睡马路》的回忆文章中，记述了父亲率部在雨中夜宿马路的情景：

5月的上海阴雨绵绵，部队渡过黄浦江，从江南造船厂码头上岸，一直向北进发，占领了南京东路、福州路一带。进入城区的第一天晚上，父亲冒着蒙蒙细雨，在大街小巷巡视，检查部队宿营，执行《入城守则十三条》《外交守则十条》《军容风纪三十五条》《入城常识二十八条》等规定的情况。他看到战士们一个个都在马路两边，或站或蹲在雨地里，或躺在铺有麻袋的潮湿的地上……

部队连续作战，极度疲劳，又下着细雨，却没有一个人进入民宅。父亲看着看着，一股热血涌上心头，多么可爱的战士啊！父亲放轻脚步，走入有秩序地睡在马路上的战士中，看着熟睡的战士们。那些个头小的缩成了一团，而那些身高体大的，则将大手大脚伸展开来，短小的军衣包不住他们的身躯。父亲轻轻地走过去，往上拉了拉他们的衣服，没有惊动他们！

父亲看了看表，已是午夜。他停下了脚步，和衣与睡在南京路上的战士们睡在一起。[①]

人在做，天在看。第二十军指战员威武之师文明之师的感人举动，终于使上苍动容并赋予了历史一个闪光的定格。

5月27日，一个晨曦初露的清晨，当年常熟城卢山照相馆学徒、1940年6月参加新"江抗"、曾任江阴祝塘区区长和中共沙洲县委宣传部部长的新华社战地记者陆仁生，走到南京东路福州路一带，一幅震撼人心的画面扑入眼帘——在高楼鳞次栉比的上海屋檐下，入城解放军为了不扰民，一排排官兵手持武器，席地而卧睡在马路上！

从古到今，世界上何曾有过这样秋毫无犯、守纪如铁的部队！

陆仁生心头一热，视线有些模糊了。眼前的场景，不正是从血火中走来的党领导的人民军队爱民为民宗旨的生动体现吗？他立即端起照相机，迅速调整光圈速度，用略俯的角度抓取两排战士当街和衣而眠的景象，以管中窥豹的手法，着意突出近景几位战士的睡姿，有的紧抄双手沉入梦乡，有的酣睡中还紧握钢枪……咔嚓咔嚓，不寻常的瞬间被陆仁生用相机写进历史。

享誉中外的入城解放军露宿上海街头的军事摄影名作，就诞生在这天清晨。

---

① 姚致平.上海，美丽的土地，我们的！上海：文汇出版社，2009:172.

陆仁生拍完照片并冲洗后，将照片交给第二十军五十九师副师长戴克林，经上级审查，同意供报纸发表。5月28日，上海《解放日报》创刊号刊登了陆仁生拍摄的这张解放军攻入上海市区后露宿街头的新闻照片，随后，照片被新华社公开发表。事后，陆仁生得知照片中在马路上和衣而卧的官兵，其中就有当年"江抗"东进时，学习并铭记陈毅给"良团"的一封信，并与群众在生死相依坚守阳澄湖中深谙军民鱼水情真谛的五十九师一七五团一营机炮连即"沙家浜连"。若干年后，就是这支深得陈毅来信精神真传和精髓的部队，依据部队所处新的历史条件，提出了享誉全军的口号：视人民如父母，把驻地当故乡。

　　就在大上海新生的那个榴花似火的五月清晨，深孚众望的民主人士、著名民族资本家荣德生（荣毅仁父亲）起床推开房门，看到睡在马路上的解放军战士，得知其中还有指挥千军万马的师长，对比美日等外国侵略军和国民党军队鱼肉百姓、无恶不作的行径，感慨地说，蒋介石再也回不来了！

　　新中国诞生前夕，人民解放军是中国共产党最好的形象代言人，也是即将建立的红色国家机器的集中体现。上海人民正是通过解放军中高级指挥员带领士兵睡马路这一寻常但却意味深长的情景，更加形象直观地认识了人民子弟兵，也更加具体深刻地认识了代表自己利益的中国共产党。

　　当年，带领全营官兵夜宿街头的上海籍"江抗"老战士万中原撰文回忆：

　　　　我带通信员到哨位上巡查，常常遇到这样的情况，一些市民喜欢站在离哨不远的地方，对着哨兵没完没了地看，从帽徽、胸章、手中的武器，瞧到腿上的绑腿和脚上的布鞋，似乎什么都觉得新鲜有趣，看得我们年轻的战士脸绯红。然而与我谈解放军谈得最多的还是我的一些亲友同学。他们不奉承也不忌讳，说上海这个地方，可以说什么兵都到过，英、美、法、日、意等国家都派过军队到上海租界驻防，日本还两次在沪发动侵华战争。"公共租界"的万国商团招募的兵大多是沙皇俄国的白俄。海军更不用说了，差不多西方军舰都停泊过黄浦江。至于中国自己的军队，从清朝骑兵开始，什么太平军、新军、北伐军、中央军、"和平军"都在上海出现过，所以上海百姓说解放军"从没有见过介好的军队"，这是凭上海人的见识比较出来的。

　　与进城解放军官兵守纪如铁相映成趣的，还有那些征战十年荣归故里的上海兵。上海父老发现，抗战烽火中投身新四军的那些热血青年，不少已经成为军中干才。单是刘飞率领的第二十军，团以上干部就不胜枚举：军政治部组织部部长何振声，五十八师参谋长方铭，一七三团政治委员夏期发，一七九团代团长张季伦，一七七团副团长郑光宏，当年都是上海工人，张季伦还是个白铁匠呢。军政治部干部科长姜宿，曾是上海申安轮船公司的练习生。军政治部宣传部长江岚，一七二团政治委员丁公量，军司令部参谋处长蔡群帆、作战科副科长朱锦辉，五十九师宣传科长黄苇、直工科长骆基，参军前都是书生气十足的上海青年学生。最奇妙的是上海有名的泰康饼干公司老板的儿子王荣桂，当年穿着西装、拎着皮箱参加新四军时，不少人掩嘴讪笑：这样的上海"小开"还能抗日？如今，刚毅果敢的王荣桂已是一七八团副团长了！

英姿勃勃的青年指挥员，无疑是新生上海人心向往之的一道风景。

这是人民的胜利，在拯救民族危亡的炼狱之火中，曾经匍匐在社会最底层的一批青年人，成了新生的人民共和国的治军骨干。方铭后任武汉军区空军副司令员，蔡群帆后任上海警备区参谋长，张季伦后任第十二军副军长，何振声后任上海警备区政治部副主任，黄苇后任总政治部组织部青年处（局）处长，朱锦辉后任南通军分区司令员，姜宿后任一八〇团政治委员，转业后任上海市经济委员会秘书长，丁公量后任第六十军一八一师政治委员，1964年转业后任上海市科学技术委员会副主任。

十年生死两茫茫。6月2日下午四时，军政治部组织部部长何振声，来到国际饭店十四层参加上海地下党领导骨干与入城部队团以上干部会师大会，忽听有人叫他以前用过的名字"何穆"，定睛一看，一位三十来岁身穿旗袍的女同志正向他走来。他认出这是原美丰绸厂女工裘慧英，当年曾和自己一起在沪南青年救亡团工作过。这天，何振声才知道，裘慧英是革命烈士李白的夫人，1958年上映的电影《永不消逝的电波》，就是以他们夫妇为原型创作的。"天亮了，会师了！"会上，裘慧英谈起往事，低沉而激动地说："5月7日，上海解放前夕，李白和十几个坚贞不屈的共产党员一起，在浦东戚家庙刑场高喊着'中国共产党万岁'的口号，英勇地牺牲了……"

为了冲破黎明前的黑暗，多少优秀儿女血洒浦江，赍志而殁！

在那些趴在窗上睁大了眼睛看解放军官兵夜宿马路，站在哨兵不远处没完没了地品头论足，议论谁家的孩子当了啥官的市民和青年学生中，就有在天翻地覆巨变中严肃思考人生之路的刘石安。就在上海人民从解放军睡马路这一闻所未闻、见所未见的奇观中毫不迟疑地选择了中国共产党的同时，年轻的刘石安也选择加入解放军作为自己走向社会的开端。一个令人回味无穷的历史定格，影响和决定了一个人的一生。刘石安为追寻那股神奇的力量，在第二十军五十九师拼搏奋斗了二十个春秋，1970年转业回上海，又矢志不渝把毕生精力奉献给诠释弘扬伟大"江抗"精神和新四军优良传统的光荣事业。

新四军历史研究会，是党的十一届三中全会以后，为研究中国共产党领导并坚持的南方三年游击战争和新四军在大江南北英勇抗击日本侵略军可歌可泣的英雄业绩，在南方八省应运而生的群众性学术研究团体。中国新四军历史研究会成立于江苏省南京市，全称中国新四军暨华中抗日根据地研究会，首任会长叶飞和继任会长彭冲，都是领导和建功"江抗"的新四军老战士。

上海市新四军历史研究会，隶属上海社会科学联合会领导。新四军在抗日战争中发展为七个师和一个浙东纵队，根据民政部有关规定的精神，新四军研究会按新四军编制组建研究会。为便于开展研究活动，各地新四军研究会有不同组建形式。上海市新四军历史研究会研究的主要对象原中国人民解放军陆军第二十军，其前身部队是新四军第一纵队，是原新四军部队保留最完整的军。按部队编制和历史沿革，当时，五十八师属新四军一师，五十九师属新四军六师，六十师属浙东纵队。如果按师和纵队组建研究会，势必把原第二十军部队新四军历史的研究分割开来，不利于学术研究的开展。根据这一特殊情况，经有关部门批准，1999年4月，上海市新四军历史研究会增加了第二十集团军委员会，同时根据沙家浜历史特殊背景和实际情况，又增加了上海市新四军历史研究会"沙家浜部队"委员会，后改为上海新四军"沙家浜部队"历史研究会。十六年来，上海新四军"沙家浜部队"历史研究会已经历四届领导班子，"三朝元老"刘石安在前三届班子中分别任过秘书长、常务副会长兼秘书长和第三任会长。

把新四军"沙家浜部队"的历史研究作为事业，把弘扬伟大的"江抗"精神作为朝阳文化产业，年逾八旬的刘石安，已经把他的人生融入新四军特别是"江抗"历史和精神的发掘、宣传、纪念之中，而这一切，已经成为他人生不可或缺的重要组成部分。人们甚至很难设想，假如没有刘石安的组织和参与，有关"江抗"和沙家浜的纪念活动会是一个什么样子。

"折腾，天生一个能折腾！"在上海延安饭店，居沪的几位"江抗"后代，包括从北京赶来的蔡悲鸿的儿子蔡晓鹏，谈起刘石安，都不无敬重和抱怨地这样说。

就是靠这么一股折腾劲，几十年来，刘石安和他的同事们像一个神奇的桥梁和纽带，乐此不疲、矢志不渝把历史与现实、前辈与后人、创造与传承、奠基与发展很好地接续和连贯起来，在大上海打造出一个生机盎然的精神家园，一个承载厚重的交流平台和红色殿堂。圆梦之旅自然不乏困顿，但刘石安却甘之如饴。

在第二十军和沙家浜两个研究会成立之前，刘石安等热心新四军历史研究和优良传统弘扬的同志，主要以联谊会的形式，开展以征集、学习、研究"沙家浜部队"的历史为主要内容的群众性学术活动，以历史唯物主义的观点研究第二十军和"沙家浜部队"各个历史时期的史料，组织撰写革命回忆录、英雄人物传记和战斗故事，举办各种形式的座谈会、纪念会、报告会，以及书法、绘画、参观、旅游和文体活动，以多种形式进行爱国主义、社会主义核心价值观和革命传统的宣传教育，同时组织访问伤病残老战友家庭以体现人文关怀。

三十多年来，上海新四军"沙家浜部队"历史研究会，组织老部队在沪老战友三千余人参加各类活动，举行纪念会、报告会、宣讲等五百余场，参加活动人数达两万余人次，宣讲活动遍及全市机关、大中小学、部队军营、企事业单位，听众达五万六千三百五十七人。研究会编撰出版了《沙家浜战士足迹》《新四军中上海兵》《崇尚荣誉》《战争亲历者说——一江山岛之战》等十六本专题文集和传奇故事，总计六百四十万字，还先后与东方航空公司客舱部"五一劳动奖章"获得者"凌燕"小组、南京路上好八连、上海交通大学团委、上海政法学院团委、上海光明中学、上海报童小学等单位开展互助活动。

2007年8月，时任中共上海市委书记的习近平同志，在百忙之中阅读了由上海新四军"沙家浜部队"历史研究会组织撰写并由上海文艺出版社出版的《新四军中上海兵》一书，给予充分肯定和热情鼓励。2007年10月出版的《铁军》杂志，刊载了习近平对这本书的评价：

> 这是一本好书。揭示了在抗日战争初期，新四军在敌占区上海扩军，上海地下党组织和人民支持新四军发展的史实；披露了上海兵在新四军中不怕艰难险阻、不怕流血牺牲鲜为人知的爱国主义精神、献身民族解放事业的光辉事迹，是弘扬光荣传统，进行爱国主义教育的好读物。

上海新四军"沙家浜部队"历史研究会组织撰写并由上海文艺出版社出版的《崇尚荣誉》一书出版后，时任中共中央政治局委员、上海市委书记俞正声看到这本书后，于2009年5月5日专门写信给予热情鼓励。2009年8月出版的《铁军》杂志，刊载了俞正声的回信：

刘石安同志：

谢谢你的来信和送来的书籍。

这是一本进行爱国主义教育的好书。书中再现了近百位先烈的勇敢和智慧，正是上海人民在艰难的抗战时期激发出的民族精神的体现。在庆祝建国六十周年和上海解放六十周年之际出版发行《新四军中上海兵》续集，对于缅怀革命先烈，传承上海人民的爱国主义传统和新四军的铁军精神，激励青年一代健康成长具有深远的现实意义。

祝纪念上海解放六十周年座谈会暨《新四军中上海兵》续集首发式成功！

置身上海这个中国市场经济发育最为成熟的东方大都市，承前启后的刘石安，这位在流变不居的时代潮流中不改初心，执着为"江抗"坚守理想高地和精神家园的耄耋老兵，身边聚集着一大批"江抗"精神的忠实拥趸：曾在谭震林领导下到上海扩军而广为人知的"江抗"老战士张鏖的女儿张小滨，原第二十军军长余光茂的儿子余江如，"江抗"老战士张潇的儿子张如宁，1942年率淞沪游击队八百健儿南渡钱塘江的朱文俊的女儿朱亚平，"江抗"独臂英雄廖政国的儿子廖年、女儿廖颖，原新四军第一纵队参谋长贺敏学的女儿贺小平，原新四军浙东游击纵队政治委员谭启龙的儿子谭大骏，原第二十军首任政治委员陈时夫的女儿陈小宁，原新四军六师十八旅五十二团参谋长颜伏的儿子颜宁，原新四军老战士、第二十军五十九师师长程业棠的女儿程胜利，原常熟"民抗"负责人之一、曾参与上海扩军的张梦莹的儿子张野澜，"江抗"后方医院伤病员金辉的女儿金若岩……这些虔诚的志愿者，既是史料书刊的组稿和编辑，又是活动召集人和组织者，他们的加盟和参与，使上海新四军"沙家浜部队"历史研究会这个有着鲜明地域特征和特定研究对象的红色学术团体，在上海乃至江南声名远播，影响不断扩大。

2015年5月2日，我又一次在刘石安陪同下造访了阔别十年的沙家浜。刘老已经八十四岁，卸去了上海新四军"沙家浜部队"历史研究会会长的担子。但在上海，在常熟，在江阴，在无锡，军地间涉及沙家浜、第二十集团军和《芦荡火种》的事，刘石安仍不知疲倦地在穿针引线和从中斡旋，仿佛不知老之已至。

湖光山色相映成趣的景区，2006年9月新落成的沙家浜革命传统教育馆气势恢宏，景区正门庄重大气的影壁墙上，镌刻着1990年5月叶飞视察老馆时题词内容的鎏金大字，画龙点睛道出了"江抗"东进的重大战略意义。新建的"东进桥"全长三十九米，意在纪念1939年新四军东进；桥面宽三点七米，警示人们勿忘卢沟桥七七事变；桥栏上立有三十六块刻有白云、芦苇、茶馆、小舟的石碑，纪念新四军在阳澄湖芦苇荡坚持敌后斗争的三十六名伤病员。教育馆与"东进桥"遥相呼应，形象而直观地诠释了景区的主题和内涵。站在形制简约而意蕴丰厚的"东进桥"上，仿佛置身于历史与现实的交叉点上。举目浓缩了沙家浜发展历程的景区，场馆与景观有机融合、红色与绿色相得益彰的特色，愈加鲜明。

"今天的沙家浜景区，每年仅门票就收入一个亿！从沙家浜看全市，位于中国经济最发达的长三角经济圈核心地带、综合实力长期位居全国百强县（市）第一方阵、连续多年被《福布斯》杂志评为中国大陆最佳县级城市的常熟，2014年全市实现地区生产总值两千零九点四亿元，公共财政预算收入一百四十七亿四千万元，工业总产值四千五百八十一亿两千万元，社会消费品零售总额六百一十五亿六千万元。常熟已经由以年年丰收而得名的传统农业福地，向着历史底蕴深厚、生态环境优美、生机活力勃发、经济社会协调发展的城乡一体的现代化新型城市跃进。"望着水清湖美、物阜民丰的沙家浜，刘石安如数家珍地对我说。

"在我们国家已经成为世界第二大经济体，国家综合实力和竞争力不断提升的今天，我们不能忘记自己昨天是从哪里来的，今天和明天要到哪里去。过去坚守阳澄湖，开辟苏、常、太，靠的是勇于牺牲、万难不屈的'江抗'精神，同筑中国梦，再创新辉煌，同样需要伟大的'江抗'精神。"

5月2日下午，我和刘石安冒雨乘车从常熟赶赴无锡，路上，刘老饱览烟雨笼罩的苏南大地，触景生情，十分感慨地这样说。当晚，我转赴南京，刘老返回上海。分手前，望着他疲惫的面容和蹒跚的脚步，我的心中掠过一丝歉疚，又隐隐有些担心。从早晨七点我们一起从上海出发，到现在已经超过十二个小时，等他返回上海，应该已近午夜。毕竟已届耄耋之年，又患有严重的糖尿病，这样高强度地连轴转，他的身体能吃得消吗？晚上八九点钟，我接连给他拨了几个电话，但都无人接听。他的确是太累了，应该是在车上睡着了。但我知道，人的精神状态，有时与年龄并不完全正相关。作为"江抗"的形象代言人，刘石安已经成为一个理想飞扬、精神高蹈的文化符号。因之这一层精神底色，这位矢志把余生全部奉献给弘扬伟大"江抗"精神事业的"沙家浜部队"老战士，心中永远升腾着一幅瑰丽的画卷，那是阳澄朝霞的时代大写意。此生无他求。让朝霞永远映在阳澄湖上，是刘石安及同事的毕生愿景，也是他们不懈奋斗的力量之源和精神支点。

第十五章 经典余韵

85. 昔日文化宠儿勇闯市场

刘飞与子弹为伍的时光，正是红色经典《芦荡火种》和《沙家浜》播种、萌芽、砥砺、破土、生长和收获的全过程，差不多浓缩了江南港汊纵横和水网交织地带革命武装斗争那段重要而特殊的历史，也印证了新中国艰难而曲折的探索。当这颗子弹和刘飞一起获得休憩权利时，当年那些呼啸而来附加在红色经典上的飞花和泡沫，早已消退殆尽。走下"样板戏"圣坛的京剧《沙家浜》，已经在中国革命文艺的历史画廊中找到了新的定位，正分享着它应得的荣耀，也接受着人们对它更加客观公允的评判。在那场深刻影响了中国社会主义进程的"文化大革命"过去近四十年后，人们重新回望和审视那段历史，似乎更加客观全面地认识了刘飞和众多政治家、艺术家以及热心的人们，同心协力创造奉献文艺精品《沙家浜》的历史文化价值。

而在发展社会主义市场经济的社会转型期，北京京剧院这个昔日国家文化界的宠儿，勇敢面对市场经济世界大舞台，精心营造院团演出舞台小世界，坚持以艺术改革为先导，以人才品牌作旗帜，以创演精品树形象，不断扩大主流文化市场，以开拓进取的步伐迈向民族文化振兴的新里程。

2014年十一前夕，我在拜访当年饰演郭建光的著名演员谭元寿之后，走进了由当年北京京剧团发展而来的北京京剧院这座神秘艺术殿堂。当年饰演阿庆嫂的名角赵燕侠尚健在，但因年事已高，不便见人，未免令人遗憾。1966年，从北方昆曲剧院调入北京京剧团改唱京剧，并接替赵燕侠饰演阿庆嫂的洪雪飞，1994年9月14日赴克拉玛依油田演出时，因车祸身亡，年仅五十三岁。从当年江青确定北京京剧团为样板团并种"试验田"到如今，转瞬过去了半个世纪的时光。今天的北京京剧院已由虎坊桥迁到丰台区北京南站附近的海户西里，当年样板团饰演郭建光和阿庆嫂的主要演员和整体演员阵容已经更新了五代。我从团里了解到，国庆前后，京剧院正忙着纪念建院三十五周年，推出了一系列优秀剧目展演。9月20日，在长安大戏院专场演出《沙家浜》，阿庆嫂的饰演者、北京京剧院一团团长、国家一级演员、中国戏剧梅花奖得主、著名张派青衣王蓉蓉领衔主演。纪念演出前，前十天所有戏票即已售罄，不少票友为了一睹经典风采，不惜花高价托"黄牛党"搞票，《沙家浜》上座率在所有演出曲目中创了新高。从1965年3月正式在首都公演算起，五十年来，京剧《沙家浜》先后有五代阿庆嫂担纲。第一代阿庆嫂饰演者为赵燕侠，第二代饰演者为洪雪飞，第三代饰演者为严桂祥，王蓉蓉算是第四代阿庆嫂。目前，北京京剧院正在积极培养第五代阿庆嫂，郑潇等优秀青年演员开始崭露头角并挑起大梁。

令人欣慰的是，北京京剧院作为具有丰厚艺术积淀和鲜明艺术风格的京剧艺术表演团体，深知在市场经济大潮冲击下，自身对京剧艺术传承发展承担的特殊责任。在保留优秀传统剧目和积极编创现代戏的同时，剧院始终坚持把《沙家浜》《红灯记》等红色经典，作为涵养底气、积蓄人才、继往开来的保留曲目。在《沙家浜》走出"文化大革命"特定时期光环而演出盛况不复再现、文艺院团面临票房压力和社会文化价值观双重挑战之际，北京京剧院坚持以高品质的剧作和高水准的表演闯市场，使问世半个世纪的《沙家浜》常演常新，在时代环境深刻变化、观众代际更替和价值追求多元多色背景下，依然能赢得观众并保持十分可观的影响力和上座率，实现了社会效益与经济效益的统一。《沙家浜》剧组时常回"娘家"，到孕育过红色经典的上海、苏州演出，每每在各界观众和演职员的心灵回音壁上，引发属于自己的人生回响：中老年观众在"致青春"中重拾记忆、倍感温馨；青少年观众在欣赏国粹中感知历史、深明重任；演职人员在再现历史中陶情冶志、播布甘霖。剧组的足迹遍及祖国大江南北，每逢党和国家的重要节日，更是成为各地竞价相邀的压轴曲目，九十多人的演职员队伍基本都是"空中飞人"，连轴转式的赶场演出成为常态，有时演员忙得连吃饭的时间都没有。

从艺苑骄子到享受"国民待遇"，昔日以独家拥有红色经典傲视群芳的样板团，今天可上蟾宫折桂，可下市场弄潮，时逾五十年，北京京剧院在新的时代环境中，找到了发挥优势和实现价值新的定位与支点。

历史最终会把一切纳入正轨。降尊纤贵的宠儿回归寻常，眼前一派生机。

86. 并未终结的那个时代

一个剧种可以承载一座城市的历史，凝聚一个时代的风云。走进上海徐汇区天平路38号一栋不起眼二层小洋楼里的上海沪剧院和淮海路1889号沪剧会馆，你会更深刻地体味这句话的内涵。

2015年5月1日，我在上海沪剧院见到剧院党总支书记金雪苓，发现十年前我来上海参加纪念抗日战争胜利六十周年活动时，金书记作为剧院领导也在主席台就座。记忆犹新的往事迅速缩短了我们之间的距离。金书记带我走进沪剧会馆精巧紧凑的院史展厅，指着挂在展览起始处的上海沪剧先辈图谱，如数家珍般地给我介绍起了新中国成立之初，上海沪剧院由两对演员开的"夫妻店"起家，先后融合数家民营剧团，发展成今天国家剧院筚路蓝缕的创业奋斗史，使人不禁由衷感叹沪剧的源远流长和流传有序。徜徉在图文并茂的史馆中，虽然只在上个世纪60年代演出的《战士在故乡》剧照中看到了陈荣兰的形象，但从满室琳琅满目、令人美不胜收的剧照中，又分明能够感受到陈荣兰的音容笑貌和存在。金书记告诉我，陈荣兰不仅是一位好领导，而且也是一位优秀演员。当年，她是沪剧院《白毛女》中喜儿的B角。

一个战火中土生土长的部队文工团演员，转业到有国家级艺术水平的沪剧团，居然能够挑大梁、唱主角，这多少有些出乎我的意料。听金书记简洁精到的介绍，从未谋面的陈荣兰，渐渐由模糊到清晰，仿佛正从云水苍茫和风烟弥漫处走来，依然英姿飒爽，精神抖擞。

新中国成立前，沪剧以西装旗袍戏和才子佳人闻名。陈荣兰1954年来到上海人民沪剧团任党总支书记并兼副团长，由于当时实行的是书记负责制，陈荣兰又懂业务，成了名副其实的一把手。她把人民军队的优良传统和鲜明的政治意识带进团里，沪剧创演从此开了新生面。

金书记的介绍，有两点使我印象深刻：

一是陈荣兰很好地发挥了把关定向作用。作为沪剧团的当家人，陈荣兰不仅认识到沪剧是上海本土特有的戏曲剧种、海派文化不可缺少的经典代表和流动风景，而且具有曲调清新优美、江南丝竹韵浓、没有传统表演程式束缚、表现现实生活特别自由的剧种优长。从她当书记和副团长第一天起，沪剧团始终坚持党的"双百"①方针，坚持文艺为人民服务，为社会主义服务，为时代立言，为人民放歌，在现代戏、现实题材创作上取得了累累硕果，开创了沪剧团创演现代戏空前繁荣的新阶段。陈荣兰带领沪剧团编导和新老演员走开了写现代戏演现代戏的路子，使脱胎于旧时代的沪剧大踏步跟上新中国前进的步伐，让青青紫竹调在每一个重大历史节点都能发出自己的声音，从而独创性地奠定了沪剧团特有的风格，让沪剧在表现现实生活方面，走在了全国各剧种的前列。关注现实题材，已成为沪剧最大的特色和优长。尤其是在众声喧哗和多元价值观并存的社会环境中，沪剧所承载的城市发展的历史，每每以独特的艺术呈现唱出了新时代的"上海声音"。在社会大变革的今天，上海沪剧院仍能保持旺盛的生命力，与时代同步，与城市同行，相继推出的大量表现新时代、塑造新人物、叫好又叫座的优秀现代戏，与陈荣兰坚持把"贴近生活"作为立团之本，使这一原则贯穿沪剧团六十年创演实践，是分不开的。

二是陈荣兰开创的常态化"下生活"和"回娘家"活动，使几代沪剧人受益匪浅。下基层在沪剧院被称为"回娘家"，给"娘家人"送戏，向"娘家人"学习，是沪剧院所有人都要上的一课，成为沪剧院老中青七代沪剧人一脉相承的坚守。金书记给我展示了一张当年陈荣兰带演职员下生活的照片：夏夜，无锡太湖之滨马山，陈荣兰和演员们和衣而卧，真切感受野外露宿的况味。金书记介绍说，沪剧的观众主要在郊县，今天的沪剧院，一年四季差不多都在演出和采风中"回娘家"，把"下生活"作为创作演出的必经阶段，把沪剧的艺术之根牢牢扎入现实主义的土壤。沪剧院每年演出一百八十多场，在剧场演出只有三分之一，其余都是下乡进社区和去高校。

"上海的郊区，是沪剧的大后方、我们的娘家，当然要常回。"沪剧院现任院长、著名沪剧表演艺术家茅善玉在接受中央媒体采访时介绍说："我们通常清晨出发，深夜回来，一去就是一整天。白天分成几个小分队，到田头、工厂、学校、福利院、打谷场，站在群众中间唱，辅导当地业余沪剧团排练。晚上十里八村的乡亲都来了，我们就演大戏，幕布一拉，专拣老百姓们爱听的唱。"

---

① "双百"方针，即百花齐放、百家争鸣。1956年4月28日，毛泽东在中央政治局扩大会议上讲话提出，艺术问题上的"百花齐放"，学术问题上的"百家争鸣"，应该成为我国发展科学，繁荣文学艺术的方针。

1988年6月，沪剧院又一次组织"回娘家"，当时一同下乡的老院长丁是娥已经患了癌症，但她以为得的是胆结石，身上焐了两个热水袋，仍然坚持前行。当晚演出时，丁是娥疼得几乎讲不了话，脸煞白煞白，但她担心自己来了不上台观众失望，挣扎着上台演出，在台上手一直握着搭档，身体摇摇欲坠。回到上海，已是半夜，丁是娥被家人搀着，蹒跚回家。茅善玉回忆说："那个背影，我至今记得。就是那天半夜，丁老师紧急入院抢救，再也没能从医院出来！"1988年6月28日，第五届全国人大代表，第二、三、四届全国政协委员，中国民主同盟会中央候补委员，曾任上海沪剧团团长和首任沪剧院院长的丁是娥，因晚期肾癌辞世，终年六十五岁。

不断向生活开掘艺术的生命力，成为一代又一代沪剧人薪火相传的职业操守和价值追求。2014年，为了排演《邓世昌》这部戏，沪剧院像当年创演《芦荡火种》组织演职员下生活一样，组织该剧主创一行三十余人到海军上海水警区四大队，与战士们同吃同住，接受包括队列、打绳结、游泳、损管、滚轮等课目的严格训练。这样的体验和磨砺，让演员在舞台上表演自如，底气十足。《邓世昌》上演时，舞台上，熟悉生活且出色诠释家国情怀的演员，声泪俱下、出神入化表演，台下的观众随着剧情起伏喜怒哀乐，动情处无不热泪盈眶。首轮三场演出，场场爆满，使观众受到震撼心灵的精神洗礼。

1982年9月，上海人民沪剧团更名为上海沪剧院；2001年3月起，沪剧院由《解放日报》报业集团领导。2001年纪念建党八十周年之际，上海沪剧院在美琪大剧院再次公演《芦荡火种》，连演十多场，场场爆满，以致出现一票难求的景观。首场演出由沪剧院老、中、青三代演员与"沙家浜部队"参加过抗日战争、解放战争和抗美援朝战争的老战士现场互动，上海各报和电视台报道了演出盛况。

2015年八一，在中国人民解放军建军八十八周年纪念日，上海沪剧院全新复排的红色经典剧目《芦荡火种》，在与观众久违十余年后，于故事发生地常熟市沙家浜再度亮相。

当日晚七点，当人们在座无虚席的常熟保利剧院争相一睹复排后公演的《芦荡火种》风采时，发现这部公演五十五周年、从第一代阿庆嫂丁是娥到今天的明星版主演程臻、青年版主演洪豆豆，先后有七代演员扮演过阿庆嫂。复排后的《芦荡火种》由周中庸执导，这位导、演双栖、1960年《芦荡火种》首演时饰演天子九、剧组第二次演出时任副导演的老"戏骨"，与《芦荡火种》结缘已五十五年；周中庸从1979年任导演起，迄今已有三十六年。复排后的《芦荡火种》

中，阿庆嫂重新作为剧中一号人物出现在舞台上。全新呈现的明星版阵容除程臻饰演阿庆嫂外，郭建光由钱思剑饰演，陈天民由李建华饰演，沙老太由徐蓉饰演，刁德一由凌月刚饰演，胡传奎由金玉明饰演，沙七龙由王森饰演，叶思中由金世杰饰演，卫生员小凌由钱莹饰演。引人注目的是，新版《芦荡火种》注意突出个性，扬长避短，绕开沪剧没有武打、不擅表现"正面打进去"的难题，恢复了上个世纪60年代移植京剧过程中加上去的"喜堂聚歼"的结尾。而为了遵循沪剧艺术表演规律、实现这一最佳效果，上海沪剧院整整用了半个多世纪的时间，主创人员也付出了沉重的代价。

沪剧《芦荡火种》在移植改编为京剧时，要不要改为"正面打进去"，被解读成是坚持以毛泽东为代表的武装斗争路线，还是坚持以刘少奇为代表的白区工作路线，成了一个十分敏感的政治问题。

1964年11月12日，上海市举行文艺会演，时任中共上海市委书记处候补书记的张春桥，关切地询问沪剧《芦荡火种》的修改进度，责令将沪剧、京剧两个本子合成一个向全国推荐，并郑重其事地向有关部门和上海人民沪剧团领导说明，此乃江青同志的意见。

同年12月，丁是娥进京参加政协会议，带回来北京京剧团党委书记薛恩厚转交的由江青过目的京剧修改本。

是简单奉旨行事，还是尊重剧种艺术创作演出规律？上海人民沪剧团面临何去何从的艰难抉择。作为曾亲聆毛泽东对京剧《芦荡火种》修改指示的艺术院团领导，陈荣兰当然懂得在戏中加强武装斗争主线的政治意义和历史依据。自京返沪后，根据毛泽东的重要思想，同时也根据沪剧本的传奇色彩和剧种自身的承载力及艺术呈现方式，陈荣兰组织添加了与原剧剧情和风格相协调的"喜堂聚歼"这场戏。陈荣兰认为，就《芦荡火种》的剧情和这一题材而言，不管怎么改，观众最喜爱、剧中最光彩夺目的形象，都是阿庆嫂。另外，改为"正面打进去"，恰恰是不擅武功的沪剧最难以反映和表现的，客观效果肯定不好。戏剧百花园中，最可贵、最令人赏心悦目的还是个性化作品。有京剧的"突破"和"聚歼"，有沪剧的"瓮中捉鳖"，南文北武，各展其长，不也挺好吗？

饰演阿庆嫂的丁是娥，日子也不好过。江青提出，"挂红灯"和"开药方"，不符合地下工作者的规矩和行为方式，建议删去。丁是娥却觉得，红灯要撤，开方要去，这台戏也就没啥看头了。

在那个事事看政治风向标、不允许个性存在的年代，明明不需改、不宜改的作品，也偏偏要逼迫你改，快人快语的丁是娥的不满之辞变得俏皮而又尖刻：
"这个戏要把郭建光改为主要人物，等于冬瓜生在鬈里面，肯定死掉哎！"

不久，丁是娥就被一脚踢开，到乡下搞"四清"运动去了。

在史无前例的"文化大革命"中，陈荣兰的执拗和坚守，使她吃了比别人更多的苦头。那时候，沪剧团办公的院落在愚园路，与陈荣兰住的公寓一墙之隔。阮世炯本来是为让陈荣兰有更多时间和精力投入戏剧创演，才把家安在这里的。但在狂飙突进的年代，亲人刻意为陈荣兰营造的出门就回家的便利，却为上海市文艺系统不依不饶的造反派利用。因为陈荣兰顶着不改，她的问题被上纲上线到可怕的程度，无论是办公室还是家中，再也找不到一寸安宁的空间。不善应对和周旋的陈荣兰几度被打得皮开肉绽，不得已，她又重新走上了二十多年前奔赴浙东参加新四军的道路，先后四上四明山，都被上海人民沪剧团和家人找回。

陈荣兰主政上海人民沪剧团的年月已经渐行渐远。从"文化大革命"中陈荣兰被打倒，特别是她于1973年罹难后，应当说，上海人民沪剧团的陈荣兰时代已经结束了。但这些年来，陈荣兰开辟的创演现代戏和坚持下生活的道路，在上海沪剧院越走越宽广，并日益彰显出强大的生命力。辉煌总在身后。在新四军女战士陈荣兰随风飞飏四十多年后的今天，走进上海沪剧院，在洁净优雅的院落里，在小洋楼纤尘不染的楼道里，在沪剧院沪剧会馆充满历史纵深感的院史展厅里，你会感到陈荣兰的影子无处不在。她仍然在路上，身染四明山的风霜、淮海战场的烟尘、阳澄芦荡的朝霞，为了矢志不渝的崇高艺术追求，她和她因新秀迭出而生生不已的艺术团队，正一刻不停地向着新的高峰奋进和攀登……

87."沙家浜部队"今何在

当年威震苏南、享誉东路的"江阴老虎"新四军六师十八旅，转战长江以北后再也没有回到诞生地阳澄湖畔，但曾用生命和最真挚的爱哺养了这支部队的常熟人民，却始终梦萦魂牵与自己有着特殊亲缘关系的子弟兵。

经历了抗日战争、解放战争、抗美援朝和建设新中国的和平年代，新四军六师十八旅后融合其他部队发展为新四军第一纵队、山东野战军第一纵队、华东野战军第一纵队，新中国成立后几经整编调整，成为中国人民解放军第二十军，1985年整编为合成集团军，即中国人民解放军陆军第二十集团军。部队从浙江湖州、杭州到河南开封，屯兵中原已经整整四十个春秋。曾任过新四军四师参谋长的中央军委原副主席张震上将，把这支部队誉为"百旅之杰"。

以三十六个伤病员为骨干组建的新"江抗"特务连，1940年3月在东路发展为新"江抗"二支队，下属三个大队（连），同年10月，新"江抗"由两个支队发展成七个支队。皖南事变后，新四军摆脱国民党限制扩编为七个师，苏南新四军和新"江抗"编为新四军六师，新"江抗"东路部队编为新四军六师十八旅，原二支队与六支队合编为十八旅五十二团。后新四军一师与六师机关合并，十八旅隶属于新四军一师。1945年7月，十八旅奉命改编为苏中军区教导一旅，五十二团改编为教导一旅一团。8月，苏中军区教导一旅改编为新四军第一纵队二旅，原教导一旅一团改编为二旅四团。1947年1月，新四军第一纵队二旅四团改编为华东野战军第一纵队二师四团。1949年2月，华东野战军第一纵队二师四团改编为中国人民解放军第二十军五十九师一七五团。1985年百万大裁军中，原五十九师撤师改制组建高炮旅，隶属于合成集团军第二十集团军。

鉴于有"沙家浜团"之称的五十九师一七五团撤编，为保留部队历史荣誉单位，第二十集团军积极向上级建议，将该团"沙家浜连"所在的一营，编入集团军所属步兵第六十师，1998年，该师改制为旅。"沙家浜连"由团属一营二连，成为旅属一营二连。英雄连队的隶属关系几经调整变化，但源于阳澄湖的优良传统却始终薪火相传，绵延不绝。我在采访和披阅有关史料中惊喜地发现，在抗日战争和解放战争中，"江抗"及其发展而来的部队，有三位特色鲜明的英烈，都担任过"沙家浜连"或该连所在营的"党代表"，而这在过去军、师、旅、团的史馆和史料中，并无记载。

1941年，在东路地区反"清乡"斗争中，曾在阳澄湖后方医院养过伤的三十六个伤病员之一、新"江抗"特务连亦即"沙家浜连"首任指导员、时任新四军六师江南东路保安司令部警卫一团参谋长的陈新一英勇牺牲。七十四年后，2015年8月24日，陈新一的英名载入国家民政部公布的第二批600名著名抗日英烈和英雄群体名录，从而成为"沙家浜连"首位享有国家荣誉的著名英烈。

曾任五十九师干部部副部长的"沙家浜连"老战士陆惠林，珍藏着山东野战军第一纵队《前锋报》一份剪报，这是1946年11月，时任"沙家浜连"指导员的刘淑，写的一篇题为《悼柳汀》的文章：

教导员，你死了。

但是你的影子，总在我头脑里转来转去。不打绑腿的你，讲话时的你，吃烟时喷烟的你，骑在马上跑的你，常常出现。但是更时刻使我咬嚼的，却是我们的谈话。

你之所以这样在我心里，并非是我们一向很好。却是因为对你不断的有意见，不断的打通思想，在不同意见交流中，冲激出来的友谊，仿佛更永磨不灭。

教导员！你记得为了二连事务长问题，我和你大闹大吵吗？你记得为了逃亡问题，你的谈话，我对你的意见吗？你征求我的意见，我率直地说："你很聪明，有办法，但是有一种小资产阶级的锋芒太露，引人反感。"我又说："你接受意见很好，改正不够。"这是指你不大下连谈谈而说。可是，你并不因此而难过，你是很勇敢地改正了，这在以后对连队的接近上，大家都看得出来的，你这种虚心精神我是时刻不忘的。

教导员！你对干部的培养是关心的，你记得你死的前一天晚上，凄冷的寒月下，部队集合在旷野上，和我所说的话吗？你谈到一般干部的情况，你也谈到下一代政工人员的培养，你说到几个班长的历史成分，你也说到他们的发展前途。作为一个领导者的你，时刻关心各种人才的发现培育，这也是我时刻不忘的。

教导员！你对平级干部的帮助，是到死不放手的。打响枪前，在出发的路上，你和营长说："老李啊！咱们两个人是合着一双好腿，大家都是半条命，这次上去，你死了，我回来下决心把一营搞好，我要是死了，你在修养上多锻炼、锻炼呀。"这以后，你上去了，你就再没下来，营长也看不见你了。教导员！你还记得对我说的话吗？——"营长感情是重的，是质朴的，有时也会为了一点小事不开心，你们今后多帮助他。"教导员，你关心的人，今天都在，可是关心人的人，是永远不见了。

惨惨一见，冥冥万年。音容俱在，永世别离。教导员！你是永远不见了。你在我发牢骚时，特别是统计工作、写小结报告怕麻烦时，往往举你过去的例子，说我在走你过去的路。当你死之后，看到你的自传，我就更体会到这些问题了。你说你在入党时，心里早想入党了，但是支部书记和你谈话时，你却说自己不大懂，你自己反省，这是一种"待价而沽"的思想。这种思想不但我过去有过，我想一般小资产阶级知识分

432

子参加了革命，往往对党有这种看法，今天看起来这是幼稚的。当你当了指导员后，也曾把情绪不高、思想混乱的连队，大刀阔斧地整理成主力连，在黄桥战斗，你也曾以一个班而俘虏顽军一个大队。教导员！你是勇敢的，是党的好干部，更是人民的好战士。在三垛河口，不但打垮了马佑铭，消灭了鬼子，缴获了鬼子的九二重机、曲射炮，你更创造了示范性的战前鼓动工作。教导员！在那次战斗中，我才懂得战前的鼓动工作是打通思想的工作。在水城兴化，你的血洒在西门碉堡下，也正是你领导下的英雄战士朱宝三，首先爬上刘湘图的西城墙。

但是，教导员！你死了。

你不死于八年鬼子的三八枪下，而死在美国造的六架飞机，十五辆坦克配合下的蒋匪军重机枪下。教导员！和你一起死的有经过多年抗战锻炼的许多老练的干部和战士，也有活泼天真的司号员"小绿豆"。教导员，你不过二十六，司号员不过十六七，你们都很年轻，你们都是为了打鬼子而入伍，为人民而战斗，但是，匪首蒋介石却用了大好江山换来的美国武器杀害了你们。

在早晨，在半夜里，在晚上，你们的影子会突如其来地在我面前跳跃，教导员！这是血海深仇，只有用血，才能磨灭呀！

一九四六年十一月十八日①

柳汀是上海长大的热血青年，1931年，年仅十一岁的柳汀听到日寇占领东北，通宵不寐，写下一大摞"打倒日本帝国主义""还我东北"的标语，央求弟弟做帮手，在南市大东门一带张贴。幸得市民搬凳相助，人小身矮的兄弟俩才把标语贴在醒目的高处。1939年8月，柳汀从上海穿越封锁线到苏南，开始了与"江抗"共同成长的战斗历程。

刘淑原名刘凤岐，抗战爆发时在北平念初中，后家人把他送到上海，考进了名气很大的学校上海中学，刘淑和同学们组织读书会，写文章，办刊物，积极投身党领导下的文化运动。1941年12月8日，刘淑和同学一起去苏中参加新四军，临上船时被亲戚发现领回家锁在屋里。刘淑用三天时间，撑开亭子间窗户的

---

① 新四军中上海兵编委会. 新四军中上海兵. 上海：上海文艺出版社，2007:203.

铁栏杆，从二楼跳了出去，登船到达苏中抗日根据地，在抗日烽火中，由一名青年学生成长为军政兼优的模范带兵人。就在刘淑痛悼于鲁南泥沟战斗中牺牲的柳汀后十个月，1947年10月，他也在山东曹县与敌整编第十一师作战中血洒疆场，追随柳汀英魂而去。

柳汀和刘淑，两位在"沙家浜部队"创始营连任职、对阳澄湖革命斗争本色传统感知最真、体悟最深、践行最笃的优秀指挥员，在那个血溅神州寻常事的年月，以掏肝见胆、至真至纯的党性，用身先士卒、前仆后继的模范行动，为后来人树立了政治干部和"党代表"的样子，也更加鲜明、生动、具体地奠定了"沙家浜连"党的建设和政治工作的基调。

当年"沙家浜连"党支部书记、连队指导员刘淑，勇于开展批评和自我批评，用这个锐利武器不断扫除支部"一班人"和党员思想上灰尘的做法，在连队生生不息、代代相传，"沙家浜连"党支部成为永不褪色的战斗堡垒，带领连队在各个历史时期都不断书写新的辉煌。1998年，连队被中央军委授予"抗洪抢险英雄连"荣誉称号，被国家防总、人事部、总政治部授予"全国抗洪先进集体"称号；2004年7月，连队被总政治部评为"全军先进基层党支部"；2004年12月，连队被共青团中央评为"全国五四红旗团支部标兵"；2008年6月，连队被中组部表彰为"抗震救灾先进基层党组织"；2008年10月，连队被中共中央、国务院、中央军委授予"全国抗震救灾英雄集体"荣誉称号。

最令人称道的是，得益于阳澄湖哺养的英雄部队，在荆江抗洪抢险中，与重生父母常熟人民再叙芦荡情谊、续写鱼水新篇的动人佳话。

1998年8月，长江流域发生百年未遇特大洪水。长江告急！湖北告急！华中告急！

8月下旬，在抗洪抢险最紧张的日子，常熟人民从央视《新闻联播》节目中，看到了飘扬在荆江石首市调关矶长江大堤上的"沙家浜团"红旗。接着，报纸刊载了石首市六个"沙奶奶"慰问"沙家浜团"的消息。六十年前在阳澄湖畔与常熟人民生死与共、鱼水情深的"江抗"劲旅，今天又用赤诚和血肉之躯守护石首乃至江汉人民的生命安全！

"沙家浜部队"官兵奋战在长江抗洪抢险第一线的消息，像春风一样迅速传遍了虞山脚下、阳澄湖畔。中共常熟市委领导迅速召集市双拥领导小组开会，决定以市委、市政府名义派出慰问团，由市委副书记、市双拥领导小组组长戈炳根等领导同志带队，千里迢迢奔赴湖北省石首市，慰问"沙家浜团"官兵，支援处于抗洪抢险关键时刻的石首人民。

8月31日，慰问团来到抗洪官兵严阵以待的调关矶长江大堤。

"家乡来人啦！"当年的"模范游击兵团"新四军六师十八旅五十二团、今天的陆军第二十集团军六十师一七五团全体官兵，整装列队肃立日夜守卫的长江大堤，用热烈的掌声欢迎远道而来的亲人。

六十年天翻地覆，六十年日月重光，那些传颂在村镇湖浜和部队军营的动人故事，特别是脍炙人口的红色经典《芦荡火种》和《沙家浜》，始终激荡着常熟人民与"沙家浜部队"的鱼水深情，但常熟人民的父母官与"沙家浜团"全体官兵亲切晤面、畅叙衷情，还是头一回。迎着猎猎飘舞的写着"沙家浜团"四个醒目大字的红旗，常熟市慰问团检阅了有着阳澄湖血脉的英雄部队。

　　阳澄湖畔，虞山之麓，三九年的严冬，三十六个伤兵病员高举共产党的旗帜……啊！游击兵团，游击兵团，你是党的模范游击兵团……

当年新四军六师十八旅官兵最爱唱的歌曲《你是游击兵团》，早已成为一七五团团歌，也是歌颂英雄十八旅的战歌。目睹山呼海啸的战斗场景，聆听歌声与涛声的激越雄浑应和，戈炳根和慰问团全体同志的眼睛湿润了。

万里长江，险在荆江。而荆江的险中之险恰在石首。在险象环生的石首江段啃硬骨头的"沙家浜团"，在祖国和人民需要的时候，又创造了与当年坚守阳澄湖斗争相媲美的英雄事迹！

《沙家浜》中有"十八棵青松"，荆江大堤上十八勇士舍生忘死堵管涌的壮举，也为当地群众所称道。8月15日下午三时十五分，青山告急，干堤管涌！团首长带领突击队十八名五千米武装泅渡好手紧急赴险。指导员朱其军一到出险地段，就纵身扎入江中探险，在四米深的水下摸到管眼。随即，十八勇士一起跃入水中，七手八脚用油布盖住管口，用沙袋紧紧压住油布。全团官兵紧急运土，苦战三个多小时，重新筑起三十五米长、十米宽的外堤，确保干堤安然无恙。官兵们连续战胜五次洪峰的袭击，未决一堤、未毁一垸、未死一人，得到了中央和军队领导人的高度评价。中央军委授予"沙家浜连"为"抗洪抢险英雄连"称号，陆军第二十集团军给"沙家浜连"连长李学洪记一等功。

时任国务院总理朱镕基，看到调关大堤上巍然壮观的子堤挡住了波涛汹涌的江水，称赞说："解放军具有不怕苦、不怕一切牺牲的精神！这才叫严防死守！"

而更令慰问团感动的是，一七五团及所在的六十师，在新一轮调整精简中刚刚撤销建制，全团官兵以"我不知道下一步去哪里，但我知道现在自己的战位在哪里"的高尚情怀，奋不顾身投入长江抗洪抢险战斗。从三十六个伤病员到今日"沙家浜团"，尽管世事沧桑巨变，命运流转无常，人员几经代谢，但红色基因一脉相承，"模范游击兵团"还是当年那股劲。

　　长江抗洪，是新一代"沙家浜部队"官兵，向亲爱的祖国和人民奉献的最后一个军礼！

　　1939年5月，叶飞率领新四军一支队六团，融合当地抗日武装，高举"江抗"的旗帜，东进苏、常、太胜利开辟抗日根据地。"江抗"当年10月西撤以后，与新四军挺进纵队合编北上，几经转战，发展壮大为新四军苏北指挥部第一纵队、新四军一师一旅、新四军第一纵队一旅，后编为山东野战军第一纵队一旅、第一纵队一师，华东野战军第一纵队一师，1949年整编为中国人民解放军第三野战军第二十军五十八师，是三野的头等主力师。1985年10月，陆军第二十军五十八师改编为陆军第二十集团军五十八师。1998年9月，五十八师缩编为五十八旅，不久改编为全军首个机械化步兵旅。

　　作为全军地处中原的对外开放部队，这些年，五十八旅接待过多国政要、军队领导人和武官。2005年5月12日，美国前国务卿基辛格到五十八旅参观访问。基辛格1943年加入美国国籍，不久应征入伍，在美国陆军服役。1944年9月，基辛格所在部队美军第八十四师，被派往欧洲战场。基辛格在这支部队任过列兵、军士、陆军中士参谋，因而他对陆军部队并不陌生。基辛格知道，五十八旅前身部队志愿军第二十军五十八师，当年曾在朝鲜长津湖同美陆军骑兵第一师较量过，那一仗，五十八师涌现出特级英雄杨根思。那一天，基辛格兴致勃勃参观了五十八旅的训练场地、兵舍、伙房等设施，察看了部队装备的96坦克、92轮式装甲车和轻武器等装备，而后在装备库区一张桌子上欣然题词：

I hope we two countries will never use their weapons against each other.
Thank you for your hospitality.

——Henry A.Kissinger

希望我们两国永远不要兵戎相见。感谢你们的热情接待。

——亨利·基辛格

88. 谁是三十六个伤病员

三十六个新四军伤病员坚持阳澄湖敌后斗争的传奇故事，日后经回忆录和戏剧电影广为传播后，一些当年曾有过阳澄湖战斗和养伤经历的老同志争相对号入座。由于当时经常栖身芦苇荡的伤病员居无定所，无法存档保留名单，一些人在时间计算上不完全以夏光召开的第一次芦荡会议为准，加之年代久远当事人记忆上的模糊和差别，后人统计三十六个伤病员的口径也不尽相同，致使第二十集团军军史馆和所属部队有关旅团史馆所列伤病员名单，与苏州革命博物馆和沙家浜革命传统教育馆所列名单及有关回忆文章的记载存有差异。一些在夏光主持的第一次芦荡会议之后进入阳澄湖后方医院养伤的伤病员，以及当年曾工作战斗在阳澄湖上的警卫人员和医护人员，也都以跻身三十六个伤病员行列为荣。一时间，谁是三十六个伤病员众说纷纭，莫衷一是。

经考察，军地有关史馆和史书中，对当年在阳澄湖后方医院养伤的伤病员的记载，共有六个版本。

第二十集团军军史馆所列三十一名伤病员是：刘飞、夏光、黄烽、吴立夏、潘阿兴、赵阿三、李之毅、张金雷、康金龙、陈金荣、叶耀青、狄凡、叶诚忠、张英、薛村、张世万、何刚、周义大、王新明、金辉、金耀忠、袁阿毛、费介成、王佑才、巫中、叶克寿、李立根、谢锡生、李朱、黄德清、何彭福。

第二十集团军五十八旅旅史馆所列三十六名伤病员是：刘飞、夏光、黄峰、吴立夏、潘阿兴、赵阿三、李之毅、张金雷、康金光、陈金荣、叶耀卿、狄凡、叶诚忠、张英、薛村、张世万、何刚、周义大、王新明、钱卓云、金辉、金耀忠、袁阿毛、朱墨陶、费介成、王佑才、巫中、叶克寿、李立根、谢锡生、李朱、刘义龙、黄德清、吴志勤、陈明、何彭福。

第二十集团军六十旅旅史馆所列三十二名伤病员是：刘飞、夏光、黄峰、吴立夏、叶诚忠、张世万、王新明、金耀忠、费介成、叶克寿、李朱、巫中、谢锡生、潘阿兴、李之毅、袁阿毛、何刚、王佑才、李立根、何彭福、黄德清、金辉、赵阿三、张金雷、陈金荣、朱墨陶、狄凡、薛树、顾金龙、叶耀青、周义太、张英。

原第二十军五十九师一七五团团史馆和沙家浜革命传统教育馆所列三十六

名伤病员名单是：刘飞、夏光、黄烽、吴立夏、叶诚忠、张世万、王新明、金耀忠、费介成、叶克寿、李朱、潘阿兴、赵阿三、李之毅、张金雷、康金龙、陈金荣、叶耀卿、狄凡、张英、薛树、何刚、周义大、钱卓云、金辉、袁阿毛、朱墨陶、王佑才、巫中、李立根、谢锡生、刘义龙、黄德清、吴志勤、陈明、何彭福。

苏州革命博物馆展示的留在苏常游击区养伤的"江抗"部分伤病员是：刘飞、夏光、黄烽、吴立夏、潘阿兴、赵阿三、李之毅、张金雷、康金龙、陈金荣、叶耀青、狄凡、叶诚忠、张英、薛村、张世万、何刚、周义大、王新明、钱卓云、金辉、金耀忠、袁阿毛、朱墨陶、费介成、王佑才、巫中、叶克寿、李立根、谢锡生、李朱、刘义龙、黄德清、吴志勤、陈明、何彭福。

馆中关于这份名单的介绍，没有明确讲伤病员数量，但正好是三十六名。

由苏州市委党史办原主任乔家骖和陶克华、刘品玉撰稿，国家行政学院出版社出版的《江抗战史》一书，开列了二十二名伤病员名单：

刘飞、夏光、黄烽、吴立夏、童袭予、梁玉贵、袁阿缪、章立、叶诚忠、陶祖全、张世万、谢锡生、赵林坤、华玉坤、曹德清、陈新一、褚学潜、彭海清、尹桂宝、王佑才、杨弟二、赵政山。

几处军地史馆和《江抗战史》所列伤病员名单，数量不尽一致，人头也有差异，有的人名音同字不同，有的人名形似字不同，显示出在史料传承和搜集整理中，错讹在所难免。

实际上，真正意义上的三十六个伤病员，是指夏光按照刘飞指示在芦苇荡中召开第一次会议并进行人员登记的三十六人。2007年5月14日，新华社播发了《芦荡火种——新四军三十六个伤病员养伤沙家浜》通稿，《人民日报》等中央媒体在《永远的丰碑》专栏中突出刊发了这篇文字精粹、意蕴丰厚的稿子，首次正式披露二十二名伤病员名单。他们是：

刘飞、夏光、黄烽、吴立夏、童袭予、梁玉贵、袁阿毛、章立、叶诚忠、陶祖全、张世万、谢锡生、赵林坤、华玉坤、曹德清、陈新一、褚学潜、彭海清、尹桂宝、王佑才、杨弟二、赵政山。

新华社公布的二十二名伤病员，大部分为闽东籍红军战士，其中五十二团一营营长陶祖全和副营长叶诚忠，1944年1月5日在宝应县大官庄战斗中英勇牺牲。当年淮宝地区党政机关和人民群众为了永远铭记烈士英名，在大官庄矗立了一块纪念碑，上面写着："1944年1月5日，为解放大官庄而壮烈牺牲的新四军十八旅五十二团一营营长陶祖全、副营长叶诚忠等烈士永垂不朽！"为纪念两位烈士，当地政府决定将叶诚忠牺牲地大官庄乡命名为"诚忠乡"，将安乐桥乡命名为"祖全乡"。五十二团还专门为陶祖全和叶诚忠两位烈士创作了一首题为《我们勇猛地跟进》的歌，多年来一直在烈士所在部队和宝应祖全乡、诚忠乡广为传唱：

> 寒光照碉堡，血花洒战场。智勇双全的陶营长，以身作则党性强，四次流血不退让。三猛顽强的叶营副，杀敌常在前，文化学习最努力。营长有打得、跑得、饿得的作风，营副有猛打、猛追、猛冲的传统。攻克大官庄，一个胜利歼灭战，流尽你们的鲜红的血，获得了千万人民的解放！安眠吧！安眠吧！英勇的战士！在党的旗帜下，你们光荣的牺牲，但是永远活在我们心上！学习你们的作风，继承你们的传统，我们踏着你们的血迹，勇猛地前进！勇猛地前进！

1943年3月初，五十二团在泰州和兴化交界的安丰镇塔儿头举行赛歌大会，开头是全团合唱两首歌，接着是十一个连队各唱一首独具特色的歌，看谁唱得好，再后是各营比赛唱《我们勇猛地跟进》。因这首歌是歌颂大官庄战斗烈士一营营长陶祖全和副营长叶诚忠的，比赛中一营唱得特别动感情，全体官兵是含着眼泪把歌唱完的，所以一营得了第一，而素来唱歌最好的二营，这次竟出人意料地与冠军无缘。晚会结束后，五十二团官兵精神抖擞开赴战场，以有我无敌的英雄气概投入了车桥战役。歌声未歇，就传来了车桥大捷的喜报。

宝应县革命历史档案资料中，珍藏着陶祖全任新四军六师十八旅五十四团三营教导员时，于1942年11月25日写给营长高志祥的一封信：

高营长：

　　面条猪肉真好味，你真好福气，但太不友爱，为什么不叫我尝一点味？唉！……总算我运气不好。

　　关于三连一个战士偷老百姓东西吃这个问题，我刚才同陈政指说不要太过火。因他对错误还觉悟了，详情可问三连连级干部，假使关禁闭我认为太过火了。

干部调整问题，听说你不同意，那么要改变我的意见只要服从真理就好了，你可于今晚用书面向首长提出意见。

三连的反"扫荡"动员工作请你多多督促，特别是军事上动员及准备。

老高：实在对不起，你我俩工作时间不久，我可能对你有的方式上不太好，希多多原谅，同时有不对处你可站在同志立场向我指示，至（只）要同过去高山那样态度。

——完——

敬礼

陶祖全拜
十一月二十五日

陶祖全写信后一年零一个月又十一天，作为五十四团一营营长，在宝应大官庄战斗中腹部受伤，肠子流了出来，他把肠子塞进肚子里继续指挥战斗，直至昏迷被抬离战场，因伤重不治牺牲。这封光明磊落讲原则、真切实在讲感情的信，被收入中央党史出版社2014年5月出版的《新四军在宝应》一书。

曾参加过夜袭浒墅关、火烧虹桥机场等战斗的"江抗"东路排长张世万，后担任新四军浙东游击纵队五支队二大队大队长，1943年8月在浙江余姚县丈亭战斗敌前侦察中牺牲。2001年八一建军节前夕，张世万遗骸由他当年的通信员徐道明操持，从余姚县迁葬沙家浜革命传统教育馆旁的绿园。当年在阳澄湖芦荡养伤时，从滩外给每个伤病员带回一截雪白鲜嫩的芦柴根，并拍着赵阿山的肩膀说打跑鬼子就让他老婆烧大闸蟹给大伙儿吃的谢锡生，于1940年2月8日大年初一这天，在常熟阳沟溇战斗中英勇牺牲，长眠在故乡的土地上。伤病员中的王佑才等人，在南北转战中下落不明。刘飞、夏光、黄烽等人上个世纪80年代以后陆续病故。三十六名伤病员在时代变迁中的人生旅程各不相同，但这一英雄群体所创立的历史功绩将永远为人们所传颂。从三十六名伤病员中走出了两名共和国将军，刘飞为1955年授衔的开国中将，曾任福州军区空军政治部主任的黄烽，于1964年由大校晋升为少将军衔。

新华社通稿中列出的伤病员名单，与《江抗战史》最为接近，稿中提到的伤病员袁阿毛，《江抗战史》中为袁阿缪，一字之差疑为发音不同所致，其余名单和排序完全一致。

上个世纪60年代，原第二十军为编纂军史，曾多次派员访问刘飞、夏光、黄烽、吴立夏等人，他们对1939年10月间在阳澄湖芦苇荡开会登记的三十六个伤病员反复进行回忆和核对，取得共识的是二十三人。1996年，济南军区黄河出版社出版的《中国人民解放军陆军第二十集团军军史》记载，根据刘飞的回忆，三十六名伤病员中能回忆起姓名的有二十三名，他们是：

　　刘飞、夏光、黄峰、童袭予、吴立夏、袁阿缪、梁玉贵、叶诚忠、张世万、谢钧生、赵林坤、华玉坤、曹德清、褚学潜、王佐才、陶祖全、杨弟二、章斗、赵阿山、尹桂宝、陈新一、彭海清、高桥（日本人）。

　　第二十集团军军史在以上名单后专门写了一句话：其余伤病员的名字无法核证，成为永久的遗憾。

　　显而易见，以上七份名单中，《江抗战史》和第二十集团军军史中的名单，与新华社播发通稿中的名单基本是一致的。其中第二十集团军军史名单中除多一个日本人高桥外，有两个人的名字音同字不同，有五个人名中的一个字形似，基本可以认定是一个人。

　　当年，第二十军军史编写组找夏光访谈时，他曾不无自责地说："未能保管好那份花名册（指1939年10月间在阳澄湖芦苇荡开会登记的名册），是我最大的失误，有愧于那十三位生死与共的老战友啊！"

　　曾在新四军六师十八旅五十二团战斗过的原舟山军分区副政治委员万中原，长期从事"江抗"历史研究及其精神的弘扬。2001年12月，万中原在其所撰《关于三十六个伤病员》一文中谈到，关于三十六个伤病员，"自然要以第一次伤病员会议登记的三十六人为准"。他在这篇文章中还讲道："主持第一次伤病员会议的夏老还健在，近与他夫人言勇同志联系，夏老已九十三岁高龄，回忆不起那一次的登记人员名单了，事实上不可能也无必要再予考证核对。"

　　那个为创建沙家浜革命传统教育馆铺路奠基而贡献不菲的费介成，是1940年2月8日在阳沟溇战斗中负伤来阳澄湖养伤的。费介成虽未参加1939年秋夏光召开的芦荡会议，尚不能视为真正意义上的三十六个伤病员，但在沙家浜人看来，这位血洒故土、功在子孙的"江抗"老兵，理所当然是三十六个伤病员之一。1985年12月9日，费介成夫人陈玮和子女遵费介成临终嘱咐，将这位从芦荡后方医院走来的"江抗"老战士的骨灰，撒进他梦萦魂牵的阳澄湖。

　　湖上后方医院的大门对远归游子是敞开的，并不问是否在三十六个之列。

89. 第二十三名伤病员是日军战俘高桥

在二十二名伤病员之后，其他伤病员的名字已很难记清，但有一个伤病员的名字却被刘飞等当事人所铭记，他就是日军俘虏高桥。

刘飞的女儿刘凯军证实，三十六个伤病员确实应包括因负伤被俘的日军人员高桥，而且他的名字应该排在新华社公布的二十二名伤病员之后。因为这既有父亲刘飞当年的回忆和"江抗"老战士提供的信史，也有后来高桥访问中国与母亲朱一等人会面的佐证。

这就出现了一个小小的奇观，当年在阳澄湖芦苇荡养伤的三十六名伤病员中，可以确认的第二十三名伤病员，竟然是一名日本人！

《沙家浜战士足迹》一书，收入了当年"江抗"后方医院白衣战士王嶙、庞露和白山，于1989年回忆五十年前在阳澄湖面临的一场严峻考验的文章。文中讲到，高桥在苏、常、太地区一次战斗中负伤被我军俘虏，并因病住进阳澄湖新四军后方医院，由住院的战地服务团的章立负责教育和日常生活，得到了精心治疗和照顾。高桥亲身体验到我党我军的俘虏政策和在医疗、生活上对他的特殊优待，亲眼目睹了日军残害中国人民的罪行和我军爱民、民拥军、军民团结一心坚决抗日的感人事迹，心灵受到极大震动。加之经常受到时事政治教育，高桥思想感情上逐渐发生了变化，由起初担心自己被杀头，到与新四军伤病员融为一体共同抗战，还加入了中国共产党。

1939年12月26日拂晓，头一天刚刚转移到曹家浜村的后方医院突遇日寇水上偷袭，二十多名伤病员和医护人员被抓，高桥也被带走。他凭着自己的特殊身份，及时向外传递有关信息，并根据新"江抗"司令部的指示，积极参加营救被捕人员行动。高桥还借到监狱为女同志送生活用品之机，暗示要设法出钱保释她们。包蕴奉命回家通知被捕同志的家长和亲属，动员他们通过各种关系做保释的工作。在党组织和红十字会及各方努力下，高桥充分发挥自己的特殊作用，有十多人被营救了出来。

高桥于抗战胜利后随遣返日军俘虏回到日本。当时，为了他的安全和回国后有个好的处境，他的真实身份和经历没有公开。

上个世纪80年代中期，高桥以商人身份访问中国，特意来到南京寻访当年一起在阳澄湖养伤的异国战友。当时刘飞已经病故，朱一和当年"江抗"东进参加火烧虹桥机场的新四军六团二营营长、"江抗"二支队支队长、新中国成立后曾任上海警备区司令员廖政国的夫人史凌，抗日战争时期任苏中军区副司令员兼参谋长、新中国成立后曾任兰州军区副司令员张藩的夫人彭克，在南京金陵饭店接待了这位日本籍的阳澄湖伤病员。

美人忽迟暮，香草犹芬芳。看到当年阳澄湖伤病员和驰骋江南的新四军将领夫人满头华发但神采奕奕，高桥不禁热泪盈眶，感慨万端。他从三位战火中走来的巾帼女性身上，找到了刘飞等人的影子。这是他寻访再生之地最大的收获。

1957年，崔左夫用两个多月时间，到阳澄湖采访三十六个伤病员斗争事迹后写的纪实文学《血染着的姓名》，没有提到高桥这个日籍伤病员，恐怕与当时保密和政治上的要求有关。但崔左夫这篇重要史料记载的阳澄湖后方医院的伤病员中，还有共产党员吴有民和王作财，以及新"江抗"成立后，在东塘墅"江抗"办事处担任主任负责筹集粮款和做团结各阶层抗日工作的蔡悲鸿三人。《百旅之杰》一书中，王传洪、黄苇所著《你的旗帜插遍江高宝》一文，有"五十二团二连连长薛才如是闽东老红军，三十六个伤兵病员中的一个"的记载。

1949年3月，第二十军卫生部召开卫生队长会议部署渡江任务，会议间隙，1939年3月到1941年11月入伍的李立根、谢汉新、顾定宇、沈逸、陈勇、杜学文六名白衣战士，特意在扬州地方照相馆合影留念。渡江战役中，李立根被敌机子弹击伤下颌而破相，故六名参加过抗日战争、解放战争、抗美援朝战争的新四军老兵，格外珍视这张照片。当年在阳澄湖后方医院护理过伤病员的顾定宇和沈逸，共同证明并为这张照片作注，已于2001年8月12日在上海病故的李立根，是三十六个伤病员之一，从而印证了军地史馆和博物馆的记载。

在三十六个伤病员和在阳澄湖养伤者的生命之花差不多尽皆凋谢的今天，已经很难确切搞清全部参加第一次芦荡会议的伤病员了。这的确是一件憾事。不过，时隔四分之三个世纪之后，我们完全可以这样讲，当年所有在苏南抗战中英勇负伤并在阳澄湖后方医院养过伤的红军、新四军和当地革命武装组织的官兵，包括多年不为人们所知的日军战俘高桥，都有理由共享三十六个伤病员的荣誉。因为尽管"三十六个伤病员"在时间和人头上有特定含义，但与芦荡会议召开后因作战负伤栖身阳澄湖后方医院的其他伤病员并无本质区别，广义上讲都可以看作三十六个伤病员的化身。他们不仅共同创造了芦荡火种的英雄传奇，而且为这种伟大精神的薪火相传都作出了各自的贡献。

90. 胡肇汉并非胡传奎

沪剧《芦荡火种》中塑造的刁德一这个地头蛇的形象，是文牧根据自己抗战生活经历中遇到的人物，用典型化的手法拼凑和聚拢来的。沪剧中的刁德一的身份虽是个教官，但极其阴险狡诈，设置这个角色，主要为便于展开剧中的矛盾冲突，反衬阿庆嫂的机智灵活。

文牧笔下的草包司令胡传奎，是个粗野蛮横、大炮式的人物。根据剧情和人物性格，这个乱世英雄时常胡搞，于是便让他姓胡。至于名字传奎，也有讲究。"传"字音轻且为缩口音，"奎"字音则突出有力，两相组合能够形成轻重对比，戏中叫起来也有抑扬顿挫的效果。

戏剧公演后，苏南一带不少人认为剧中的胡传奎，就是当年阳澄湖畔的土匪司令胡肇汉。实际上，"江抗"东进后，当地流匪胡肇汉的队伍确实编入了"江抗"的建制，胡本人也受命任"江抗"独立一支队支队长和"江抗"四路副司令员。"江抗"西撤后，胡肇汉重新拉起一支百把人的队伍，既受国民党的委任，又受"忠义救国军"的委任，暗中还接受了日本鬼子的番号。夏光任新"江抗"司令后，出于开展统战工作和壮大自己力量的考虑，给胡肇汉写了一封问候信，通过尺素传情，搭建拉近胡肇汉的桥梁。

胡肇汉接到夏光来信，便差人送来十担大米和一件皮衣，还约夏光在董家浜东来茶馆见面。一番寒暄之后，竟然乡音融融。原来，夏光是邵阳人，胡肇汉是岳阳人，两人是湖南老乡。夏光感谢胡肇汉在"江抗"伤病员困难时给予的援助，并将皮衣还给他，告诉他当兵的人穿军装，要皮衣派不上用场，婉言谢绝了他的好意。胡肇汉见夏光连支手枪都没有，便解枪相赠。夏光拍拍上衣口袋说："胡司令，不用啦！我有金星自来水笔，手枪你留着防身用吧！"胡肇汉颇为感动，对夏光也非常赞赏。这次夏胡会，促成了胡肇汉后来与"江抗"的第二次合作。

在东路地区敌伪顽我犬牙交错的斗争局势中，国民党顽固派以"正统""合法"身份自居，加紧拉拢收编地方武装。"忠义救国军"打算委任胡肇汉为先遣支队司令，企图通过收编他敲开"江抗"控制区南面的门户。夏光和杨浩庐联名写信给胡肇汉，委任他为新"江抗"副司令员。但一连几次去信，胡肇汉既不回复，也不见面。夏光考虑到胡肇汉曾受过"江抗"总指挥部的委任，所部也曾编入"江抗"序列并随之活动过，有继续争取的基础，于是几次有意把新"江抗"部队移到胡肇汉的活动区域，希冀无意邂逅自然而然做他的工作。但老奸巨猾的胡肇汉同新"江抗"玩起了"躲猫猫"，双方总也遇不上。后经仔细打听，得知胡肇汉在阳澄湖北岸车渡有个安乐窝，经常去那里过夜。一天黄昏，夏光带部队移驻车渡。部队安顿好后，便在村口和湖边布置岗哨。夜幕四合时分，忽见湖上出现一条小篷船，船头挂一盏灯，悄无声息向车渡驶来。船快要到岸时，忽然又停下来，既不进，也不退。哨兵拉一下枪栓，大声喊道："靠船，靠船，不靠船就开枪了！"小篷船这才缓缓地驶近岸边。夏光冲小船问了一句："是胡司令吗？"胡肇汉神情紧张地钻出小篷船，连声向夏光和杨浩庐打招呼问好。当晚，胡肇汉无可奈何，与夏光和杨浩庐同住一家地主的大屋里。

夏光向胡肇汉说明，"江抗"主力西去执行任务，很快就要回来，现在上级命令组建"江抗"东路司令部，委任自己为司令员。胡肇汉满脸堆笑地应付着，晚上却吓得睡不着觉。是乘机扣留胡肇汉，强迫改编他的部队，还是表明诚意，解疑释惑，逐步消除其对立情绪？夏光与杨浩庐反复权衡利弊，感到新"江抗"力量有限，即使解决了胡肇汉，也无力控制阳澄湖，反而可能让日伪势力乘虚而入，于我军不利。倒不如让胡肇汉在阳澄湖独自行动，一定程度上接受新"江抗"制约，必要时新"江抗"也可到阳澄湖活动。于是，夏光和杨浩庐决定第二天一早就放胡肇汉走。

谁知天一亮，两眼充满血丝的胡肇汉就来找夏光，说他们的部队就在附近，打算下午来车渡请司令训话。夏光提议开个联欢会，胡肇汉喜不自胜，连声说好。于是新"江抗"准备了饭菜，下午，双方部队官兵在一起又唱又演，然后兴高采烈地聚餐，夏光和胡肇汉都讲了话。当晚，夏光、杨浩庐同胡肇汉告别，新"江抗"返回东塘市。此后，胡肇汉对新"江抗"的态度明显好转，还经常与新"江抗"东路司令部通过书信等方式进行联系。新"江抗"到阳澄湖一带活动时，胡肇汉总要赶来见见面，还提供一些给养。

在当年敌后不乏两面派和"多面人"的特定环境中，新"江抗"把胡肇汉作为统战对象加以争取，在一定阶段有效遏制了其反共行径，利于我开辟和建立抗日根据地。但胡肇汉的本性决定了他必然与人民为敌。1940年下半年，国民党掀起第二次反共高潮，反复无常的胡肇汉再一次露出狰狞面目，接受国民党保安团长加委，率部充当"忠义救国军"先遣队，配合日伪与新"江抗"作战，残害抗日干部和爱国群众，死心塌地充当日伪的走狗和鹰犬。1949年春，胡肇汉逃往台湾，被国民党军统委任为"江苏人民反共自卫救国军第二纵队"副指挥官，继而潜来上海。1950年9月15日，匪首胡肇汉在上海浦东落网，11月28日，被苏州行政区人民法院判处死刑并执行枪决。

舞台上的胡传奎与生活中的胡肇汉虽有相似之处并同姓，但纯属巧合。针对社会上的一些猜测和传闻，文牧后来在一篇创作谈中专门申明，写胡传奎这个人物时，并无以胡肇汉为模特的考虑。

91. 毛森公馆的历史记忆

上海高安路25号的一栋花园别墅，是当年有"军统巨枭"之称的上海国民党特务头子、伪警察局长毛森的公馆。1949年上海解放时，首先入住这所豪宅的不是哪一位军政要员，而是第二十军文工团的男女青年演员。

2009年9月，在纪念"沙家浜部队"（新"江抗"）成立七十周年庆祝大会前夕，上海新四军"沙家浜部队"历史研究会，曾专门向"江抗"老战士及其后代征集珍贵照片并汇编成册，送给与会的老战士及其后代。画册收入了第二十军文工团部分团员在毛森公馆门前的一张珍贵合影，其中有饰演《白毛女》中喜儿的陈荣兰、代替生病的朱仁饰演王大春的朱兆璋、饰演杨白劳的孔丹、饰演黄世仁的白浩、饰演张二婶的蓝茜（A角）和姚征人（B角）等人。

2015年5月2日下午，我在刘石安和陈荣兰女儿阮薇兰陪同下，来到高安路毛森公馆。毛森公馆现为上海市人民政府新闻办公室网络处办公场所。正是假日，楼门紧闭，但透过院内葳蕤的草木，依然可见当年花园洋房的气派。夕阳在园内投下橘红的余晖，温婉润泽的光晕，使人油然忆起战火中的文艺轻骑兵，卓厉风发向海派文化进军的情景。我让阮薇兰在母亲和伙伴六十六年前合影处照相，试图通过女儿约略拾取湮没的文化印记，但很快就哑然失笑了。由于公馆改装了铁门，1949年文工团员合影的门前台阶也被拆除，镜头里已很难找到当年的感觉。历史毕竟是无法复制的。时过境迁，物是人非，慨叹之余，不免使人又有些伤感。

1949年5月，第二十军参加解放上海的战斗后，当时上海剧场里演出的是才子佳人古装戏，影院里放映的是美国电影《出水芙蓉》。陈荣兰和她的战友们按照军首长"用革命文艺占领上海舞台"的要求，在上海虹口乍浦路文艺会堂（后改为解放剧场）成功演出了《白毛女》。演出从首场门可罗雀，到第三天剧场即爆满，随后出现了一票难求和观众要求买站票看戏的盛况。上海文艺界的一些知名人士也纷纷前来观看，他们始而怀疑，继而惊讶，最后赞叹不已：真想不到，从战火硝烟中走来的部队文工团，居然能演出如此精彩的大型歌剧！他们更没有想到，文工团演员中不少人是从上海参加新四军的学生，其中饰演白毛女的熊兰（陈荣兰）、饰演王大春的朱仁、饰演杨白劳的孔丹，都是上海白克路（今凤阳路）建承中学的学生，还有扮演黄世仁的白浩、扮演张二婶的蓝茜，也都是上海的青年学生。

原第二十军文工团从上海入伍的女演员姚征人，古稀之年曾撰文记述了当年第二十军文工团进入上海和演出《白毛女》的生动情景。

文工团的驻地竟是毛森公馆

1949年5月25日，第二十军各部遵照陈老总"瓷器店里打老鼠，只许消灭敌人，不准打破上海一坛一罐"的指示，从高桥、川沙、浦东、苏州河南段攻进上海，最后在虹口凯福饭店一举全歼了守敌。我们文工团从梅陇入城后，被分配住在八区（当时划的区域）高安路国民党大特务、上海警察局长毛森的公馆里。

我们一接到命令，马上直奔高安路。可是赶到那里，大家都傻了眼：原来军管处只指定了房子，却没有给钥匙。那是幢很漂亮的洋楼，钢窗铁门，白砖外墙，然而铁将军把门，谁也进不去，既不能违反入城纪律破门而入，也不能爬墙入室，因为墙头没有空隙。

正在为难之时，有人忽然大叫一声："爬窗进去！"他指着一扇有着一条缝的气窗："从这里爬，可以进去。"

当即有人自告奋勇地出来说："我来！"这名勇夫就是我团最小的年仅十四岁的小团员，也只有他瘦小的身子才钻得进这扇气窗。只见他站在一个高个子团员的肩上，打开了窗，一下子就爬了进去，接着打开正门，把大家放了进去。

啊，这座在高级住宅区的洋楼真豪华富丽，上下三层，钢窗蜡地，有会客室、饭厅、吸烟室、卧室、洗澡间、储藏室，还有个不小的花园，设备一应俱全，但就是没有我们可睡的地方。走遍上下所有房间，只有一张大床，当然这应该留给首长，其余的人依旧发扬传统，在打蜡的地板上铺铺，像罐头里的沙丁鱼一样排列着睡觉。

当大家打扫着本班分配的房间时，在二楼的卧室里发现地上有一副玻璃已被打碎的镜框，镜框里是一个穿着军装的中年男子的半身像，那严肃的目光中似乎透着一股杀气。看着这张相片，大家面面相觑："这是谁？"

这时有人在一个角落里回答："这是毛森。"虽然话音极轻，可所有的人都听到了，大家的目光不约而同地射向那个说话的人，原来是我团做后勤工作的小沈。

"你怎么知道？"

"他是我姐夫。"

啊，大家都吓了一跳。文工团里出了个大特务头子的小舅子，"不会是内线？"旁人不免有些怀疑，但他却如此坦率，再笨的人也不会自己坦白了身份而来做内线的。此人平日在团里不声不响，埋头苦干，无论多么艰苦的战勤任务，他都不折不扣地完成。大家认为，他有这么个大靠山，不来上海投靠他姐夫封个一官半职，反倒去穷山岙里投奔共产党吃苦受累，就凭这点，也不能不对他产生敬意。

《白毛女》演出轰动申城

《白毛女》将要在解放剧场演出。我们兴冲冲登了广告，贴出了海报。谁知演出的第一天，近千个座位的观众席只坐了七八个人，大家都不知所措。

是戏不受欢迎呢，还是宣传不够？群众不知道这里在演出？可我们并不气馁。在前线，我们有时也为一个战士演出一台戏，我们照样认认真真地演完。我们相信，上海的观众会爱看我们的《白毛女》的。

果然，在七八个观众传播之下，第二天就卖出了八成的票，第三天、第四天、第五天出现了满座，有的观众买不到票子，还要求买站票看戏。以后的日子，不但剧场走廊被站得水泄不通，连剧场周围的窗户都被无座的观众占满。每场落幕后，很多观众都久久不肯离去。

到我们演满一个月要移防嘉定时，那些没有看到戏的团体和观众纷纷来信来人挽留我们，要求延长演出日期，哪怕是多演一星期也好。但军令如山，文工团只能服从命令，按指定时间离开上海。

不过，当我们离去不久，上海的许多剧团如上海沪剧团、上海京剧团都纷纷演出了《白毛女》，来满足上海观众的要求。此外，上海电影制片厂的演员剧团排演了讴歌纱厂女工的《红旗歌》，周信芳剧团的《明末遗恨》、玉兰越剧团的《北地王》等相继上演，一批革命的和爱国主义的戏剧已开始覆盖上海舞台。①

姚征人，这位上个世纪40年代从上海殷实人家投身新四军的大小姐，历经抗日战争、解放战争和抗美援朝战争从而成长为坚定共产党人的文艺战士，已于2014年12月去世。但她留下的这篇生动鲜活的回忆文章，以历史见证者的现场目击，使人那样逼真地感受到当年铁军文艺战士抢滩大上海的难忘情景而恍如亲临其境。

当年与姚征人同为第二十军文工团演员的朱仁，晚年看到姚征人的回忆文章，心绪难平，感喟万端。2015年6月21日清晨，我从上海赶到杭州访问朱仁时，他忆起，1949年5月，第二十军文工团在上海演出《白毛女》前，曾想把战争年代向草台班子学的简易道具，恢复为规范像样的布景。但前来看戏的白杨、上官云珠等著名演员提出，还是按原来的样子演出好，能增加乡土味。

"由于年代久远，一些人的身世遭际也很难弄清。"

上海解放时在第二十军文工团扛鼎的朱仁告诉我，姚征人文章中讲的"小沈"名叫沈雄飞，据他回忆，沈雄飞参军前曾在宁波当报童，因帮地下党传递情报被国民党特务逮捕。沈雄飞的姐姐通过关系找到时任宁波市警察局局长的毛森，几经周折将弟弟保释，后沈雄飞参军来到第二十军文工团。新中国成立后，沈雄飞离队还乡，在宁波当一名小学教员。

《白毛女》在沪面世，使上海人民首次欣赏到了来自解放区的有着强烈民族特色的歌剧。演出期间，上海《解放日报》《文汇报》除发消息介绍剧情外，还邀请文艺界专家撰写评论文章。他们认为，《白毛女》有着强烈的革命内容和完美的表现形式，无论是演员表演、音乐伴奏，还是舞台布景，都十分成功。部队

---

① 新四军中上海兵编委会. 新四军中上海兵. 上海：上海文艺出版社，2007：485.

移防嘉定时，上海许多剧团纷纷争演《白毛女》。

昆仑电影制片公司旗下的著名演员蓝马，看了陈荣兰等人演的《白毛女》后，不由激动万分，一把抱住军文工团副团长葛鑫说："了不起，革命了不起！我跟你当兵去！"

参军前曾为中国旅行剧团演员、参加《雷雨》演出人称"活鲁贵"的葛鑫，凭着近十年革命斗争锻炼积累的经验，冷静审视蓝马，既看到了他的进步倾向，也考虑到他与著名影星上官云珠刚刚闹翻，正寄居赵丹家，当兵很可能是一时冲动，便打哈哈说："你是大明星，我这个小庙放不下的！"

蓝马却越发认真了："我投降工农兵，投降无产阶级文艺，请你受降！"

"什么投降、受降的，老朋友怎么能这么讲？"葛鑫哭笑不得说。

"对不起，我念错台词了，但我是认真的。我参军是铁定的了！"

葛鑫看到软缠硬磨非要参军的蓝马主意已定，无奈自己不能定夺。于是蓝马干脆跟着部队到了嘉定。经军和军区政治部批准，蓝马终于如愿以偿，成为一名享受营级待遇的演员，不久调入总政话剧团，后在话剧《万水千山》中饰演主角。

革命是一个阶级推翻另一个阶级的暴烈的行动。毛森公馆曾经是权力、恐怖和黑暗势力的象征。抗战时期，冒着生命危险在魔窟与日伪打交道，为东路根据地构建地下交通线的盛慕莱，就是于上海解放前夜被毛森残酷杀害在虹口公园的。刘飞任上海警备区副司令员时，因家里修房子，全家曾在毛森公馆居住半年。从上海警察和特务头子豪宅，到部队野战文工团临时住所，再到开国中将全家短期栖身处，直至今天成为上海市人民政府新闻办公室网络管控中枢，历史以这所花园洋房为圆心，在不经意间给我们编织了如许反差强烈的故事。在令人目不暇接的角色转换中，这座打着复杂政治烙印和不同文化底色的建筑，已经伴着驰骋浦江两岸文艺轻骑兵的英姿，永远融入申城的历史记忆。

毛森公馆是一个洞察世事沧桑的窗口，变幻的历史风云在这里浓缩；毛森公馆又是一个特殊的舞台，黑暗与光明、反动与进步、专制与民主，不同政治力量的代表，相继在这里登场。纵观六十年的世事变迁，目睹五十六年前文艺轻骑兵陈荣兰和她的战友在毛森公馆前的合影，你会由衷地感悟到，第二十军这支有着红军血脉和较高文化素养且久经沙场的华东劲旅，不仅出色地完成了"瓷器店里打老鼠"的战斗任务，而且连续打出两张好牌彰显了我军软实力：一是和衣搂枪睡马路赢得了民心，二是以《白毛女》演出打响了革命文艺进军上海滩的第一枪。担纲演出白毛女的陈荣兰，功不可没。

第十六章　历史星辰

92. 属于最后的"江抗"活化石

作为一个历史概念，"江抗"已经淡出今天的社会生活，日益隐入尘封的历史。但"江抗"的业绩是永存的。在东路英雄大部在人生舞台谢幕的今天，硕果仅存的"江抗"老战士，还有当年舍生忘死救助阳澄湖后方医院伤病员的群众，已经成为见证和承载那段历史的珍贵"活化石"。

最后的伤病员——吴志勤

2015年5月2日下午，在无锡市北塘康复医院7楼703病房，我见到了九十二岁的原"江抗"二路一连文化教员、曾坚守上甘岭的原志愿军七十师二〇九团二营教导员、原第二十四军七十师后勤部政治委员吴志勤。

在原第二十军五十九师一七五团团史和第二十集团军五十八旅旅史馆及苏州革命博物馆展示的有关资料中，吴志勤都在三十六个伤病员之列。我在采访中了解到，吴志勤是在吴焜牺牲那天，在江阴顾山与"忠义救国军"作战时负伤的，在阳澄湖后方医院得到白山的护理和照顾。史料、负伤地点与时间以及医护人员的印证，似乎都证明吴志勤是三十六个伤病员中唯一的存世者。

吴志勤生于1923年，小学文化程度，父母都是无锡县钱桥镇溪南村的贫苦农民。1937年末无锡沦陷后，吴志勤随家人逃亡，于1939年2月在武进参加梅光迪领导的"江南抗日义勇军"，新四军六团东进时合编为"江抗"，受到叶飞、刘飞等"江抗"领导的教育，迅速实现了从贫困农民到革命战士的转变。

吴志勤告诉我，尽管时移世易，物是人非，但他至今还清晰地记着"江抗"东进途中，刘飞挥舞手臂给部队作报告的情景。吴志勤先后参加了黄土塘、夜袭浒墅关车站和火烧虹桥机场等战斗。1939年9月24日，"江抗"在江阴马镇湖塘里遭"忠义救国军"侧击，在刘飞负伤、吴焜壮烈牺牲之际，吴志勤右腿也负了重伤。"江抗"西撤后，吴志勤转到阳澄湖后方医院养伤。1966年4月，驰骋沙场二十七年，参加过抗日战争、解放战争和抗美援朝战争的吴志勤，怀揣上百枚荣誉奖章和纪念章，解甲归田回到无锡，担任无锡县集镇政治部主任，后从无锡县政协副主席岗位离休。

"江抗"与生俱来的传奇基因，赋予了吴志勤浓重的传奇色彩。1941年8月，吴志勤随部队参加反"清乡"斗争，望亭一战右腿再度负伤。部队转移后，伤病员化整为零分散在锡东茅塘桥一带，吴志勤以王祥仁村王三和、蔡梅岭老夫妇儿子的名义居家养伤，其间躲过了日伪军多次搜捕。

一天，日寇突然进村，王三和速将吴志勤驮到后屋，想把他藏进柴垛，但鬼子已冲进院内。情急之下，吴志勤纵身跳入粪坑，用一芦苇管换气，急中生智在敌人眼皮底下逃过一劫。粪坑中的蛆虫直拱伤口，疼得钻心。嗣后，吴志勤伤口积痛生蛆，伤势加重，幸得梅村镇强家桥村强福康医生精心救治，才保住了性命。日寇的疯狂搜捕，使吴志勤在王家已难存身，不得已转移到附近的青莲庙假扮和尚继续养伤。离家前夜，蔡大娘为他赶制僧衣，王老爹为他落发，还找来一串佛珠，把吴志勤驮进庙去。危急时刻，吴志勤得到了地下党的帮助。留守女护士、上海姑娘陈冰隐蔽在青莲庙坟堂屋内，负责照顾吴志勤和另一名伤病员李小根。

青莲庙来了个小和尚，还有个年轻漂亮的女子天天晚上到庙里去，当地地痞高阿狗闻讯后顿生歹念。这个惯于为虎作伥、公然拜日伪"清乡"队长为"老头子"的恶棍，又做起了癞蛤蟆想吃天鹅肉的美梦，唆使几个走狗登门讹诈，妄图乘人之危将陈冰据为己有。一个暴雨倾盆的夜晚，陈冰给吴志勤换完药，深一脚浅一脚回到青莲庙坟堂屋内，三条凶神恶煞般的汉子便找上门来，威逼陈冰说："今儿晚上你就到高阿狗家去过好日子，保你平安无事，不答应我们就报告"清乡"队，你和伤员一个也跑不了！"面对猝然降临的祸患，陈冰反而镇静下来。她知道，对高阿狗这样的歹徒，硬碰硬必然难脱虎口，必须虚与委蛇，机智应对。她眼睛一扫，发现窗台上有个针线笸箩，顿时心生一计："今夜昏天黑地又下着大雨，就这么去像什么样子！要去也得明天雨过天晴，漂漂亮亮去。"说着，她从针线笸箩里抄起一把剪刀，对准自己的喉咙喊道："你们今晚硬要我去，就用棺材抬我去！"三条恶棍没想到吴侬软语的小女子竟如此刚烈，一时束手无策，想到一块肥肉已在嘴边，困守庙内的弱女子和伤员已是笼中之鸟，谅他们插翅也飞不出去，于是便就坡下驴说："那好，那就明天来接你。"

天还没亮，陈冰即跑到青莲庙，面对吴志勤号啕大哭，诉说昨晚的遭遇。吴志勤说："你快走吧，不用管我，说什么也不能让你落入火坑！我是当兵打仗的，早就做好了牺牲的准备。"陈冰擦擦眼泪，坚定地说："那怎么行！照顾好伤员，是党交给我的任务，不管有多大的危险，我都要和伤员在一起！"

说话间，门突然被打开了，两个陌生的青年人急匆匆跑进来说："我们是来救你们的，现在情况紧急，快跟我们走！"吴志勤冷峻地注视着两个年轻人，脑子飞快一转：莫非是地痞变换花样诱骗我们落网？刻不容缓之际，地下党员蔡天生和进步群众蔡伯琴各自亮明身份，吴志勤经反复盘问确信无疑，才由他们驮到小船上，在天色微明中驶往鸿山，陈冰和李小根抄小路前往会合。

鸿山西有皇坟吴泰伯墓地，东有铁山寺，相传为东汉梁鸿孟光隐居处，又称鸿隐堂。三人来到铁山寺，寺内当家和尚来法顿生恻隐之心："新四军为民造福，深遭苦难，贫僧救苦救难，理当行善。"他们将吴志勤藏进内室，仍化装和尚，并教他吟诵经文和常习佛法举止，李小根假扮香伙，陈冰住在泰伯墓坟堂屋内，做看坟堂的张老太女儿。经精心照料，吴志勤伤势逐渐好转。这时，多次搜捕新四军伤病员未果的日寇扩大了搜索范围，将魔爪伸向佛门净地。吴志勤与李小根、陈冰商量，与其坐以待毙，不如分散突围，各自设法寻找部队。

吴志勤和陈冰离开寺院，恰逢日伪军又来"清乡"，两人只得躲进河边一片芦苇丛中。后来看到河浜里停着一只小船，两人便恳求上船暂避。船主周全荣是靠打鱼为生的本分渔民，决意搭救他们："你们为百姓打鬼子负伤，我一定把你们送出去！"于是，两人假扮夫妻，白天在河浜隐蔽，晚上偷渡封锁线。经五昼夜周旋，终于闯过日寇层层关卡，过荡口到达通往常熟的公路边。伪军扣押过往船只，留待天明鬼子检查。船主趁夜暗潜入冰冷的水中，悄无声息将船推离船群三百米，而后荡桨送两人避开了日伪关卡。吴志勤和陈冰拜谢周全荣，另寻闯关良策。

入夜，两人到鸿山浜斗村借宿。村民陈耀民开始说："你们在此非但生命难保，还要牵连老百姓。"听吴志勤和陈冰诉说遭遇后，心为所动的陈耀民便给吴志勤找了一张男性"良民证"。女裁缝钱石兰知道两人是新四军，马上给他们做饭吃，把自己的"良民证"给了陈冰，还送给两人一些干粮。村里的教师华尚志分别给两人照了相，用铜钱在"良民证"贴照片处按了个模模糊糊的硬印。靠着两张改制的"良民证"，吴志勤和陈冰假扮夫妻又一次逃出了虎口，相约各自回家，待吴志勤养好伤后重返部队。不久，吴志勤找到锡西地下党，重返抗日前线。但返回上海家中的陈冰却杳如黄鹤。有消息说，陈冰后来又参加革命时英勇牺牲。

吴志勤参加抗美援朝回国后，始终一往情深地怀念战争年代的救命恩人。他在家乡寻访看望救助过自己的乡亲，也多次在报纸上撰文和在电视中出镜，用最真挚的感情发出源自肺腑的呼唤：当年与自己假扮夫妻闯过敌人封锁线的陈冰，你在哪里？帮助自己和陈冰逃出虎口的钱石兰，你在哪里？无数次的呼唤和年复一年的寻觅，始终没有得到回应，但吴志勤一直在等待。

奇迹终于出现了。2014年7月24日下午，无锡市北塘康复医院吴志勤病房，鸿山浜斗村钱石兰的女儿、时年八十三岁的陈洁，双手紧紧握住吴志勤的手，惊喜地说："吴老，我刚知道，您一直在寻找我母亲，我来看您了！"

陈洁递上母亲钱石兰的照片，吴志勤仔细端详，喃喃自语："是她，就是她！我终于找到救命恩人了！"

陈洁问吴志勤："吴老，我长得像不像妈妈？"

"像，非常像啊！"吴志勤感慨地说着，双眼流下了热泪。

原来，2014年6月的一个夜晚，陈洁在家中忽然接到上海的弟弟陈仲华打来的电话："姐，快看上海电视台戏曲频道，当年咱娘救的那个小和尚要找我们呢！"

陈洁家的电视收不到上海地方台的节目，急忙提醒弟弟："你不会搞错了吧？"

陈仲华说："怎么可能呢？电视里老人亲口说，要找无锡鸿山的钱石兰，而且讲的被救经过和咱娘在世时说的一样！"

陈洁和陈仲华从小就听母亲说过，1941年，她在无锡鸿山乡下救过一个"小和尚"，给他饭吃，送给他干粮，还把自己的"良民证"给了他的女伴。从这个夜晚开始，陈洁家再也不能平静。他们找到无锡市史志部门，希望他们帮助联系吴志勤。无锡市滨湖区史志办公室主任华水平受陈家人委托，专门向市史志办宣教处处长龚伟作了汇报。无巧不成书，龚伟之父正是吴志勤的表弟！经龚伟和华水平联系，八一建军节前夕，陈洁一家与吴志勤终于在北塘康复医院喜相逢。吴志勤苦寻救命恩人终于如愿以偿的动人故事，经媒体传播，像春风一样传遍了苏、常、太和澄、锡、虞地区，在当年的抗日根据地激起了一股久违的"江抗"热。人们惊异地发现，经过七十五年的漫长岁月，依然健在的阳澄湖三十六个伤病员之一、1941年1月在桐岐歼灭战中怒烧关帝庙日军的"江抗"英雄吴志勤，几十年锲而不舍寻觅当年的救命恩人，这一感人举动，重又唤起东路人民对"江抗"的追忆和无限深情，给了这个需要精神动力的社会以新的正能量！

吴志勤的髌骨至今还留有战争年代留下的弹片。1997年，他把自己战争年代保留下来的缴获国民党军的望远镜、入朝日记、牛皮公文包等七十四件珍贵文物，连同四十张战争年代拍摄的照片，悉数捐给了无锡博物院。作为苏南仅存的沙家浜"青松"，这些年，山南海北前来采访的记者络绎不绝，吴志勤总是强撑病体，尽其所能给他们讲解当年的战斗经历和情形，并撸起裤管给他们看右腿深凹的疤痕。烈士暮年，当年阳澄湖芦苇荡里的火种，仍以向社会展示自己经历的独特方式发光发热，让伟大的"江抗"精神播布大江南北，润泽人们心田。

最后的护理员——白山

《芦荡火种》和《沙家浜》中有女卫生员小凌的形象，当年阳澄湖"江抗"后方医院女护理员白山，是戏剧中小凌的人物原型之一，也是救护过刘飞的唯一健在的女护理员。2015年5月3日上午，在南京市盐仓桥24号南京军区联勤部第二干休所，我见到了九十二岁高龄的上海瑞金医院原院长白山。

1923年出生于上海的白山，初中毕业后即进纱厂做工，接触了党的进步力量。1939年4月18日，上海地下党扩军人员通过白山亲戚做她的工作，激发了这个纯朴女工抗日救国的热忱。白山毅然告别大上海，奔赴阳澄湖。犹如山涧汩汩流淌的小溪汇入江海，白山一经投身中华民族有史以来最为伟大的救亡图存洪流，便立刻充满了在汹涌澎湃中永不干涸的活力。

白山先是到"民抗"后方医院，开始学习做医疗和护理工作。"江抗"东进后，"民抗"后方医院与老六团卫生队合并，白山是"江抗"后方医院除包蕴之外较多护理刘飞的医护人员，其间不仅经历了缺少药物、封锁断粮和蚊蝇叮咬的困苦，而且几度在日寇偷袭中死里逃生。刘飞在阳澄湖后方医院养伤虽然只有短短四十多天，但这一个多月时间，铸就了白山与刘飞一家一生的患难友谊。

"江抗"老战士白山性情温和，但命运多舛，人生经历颇为坎坷。白山第一任丈夫喻求清，是1930年参加革命的老红军，曾随部队参加过湘鄂赣苏区历次反"围剿"战斗，并随部队坚持了南方三年游击战争。1937年抗日战争爆发后，喻求清所在部队编入新四军一支队一团，开赴抗日前线。新中国成立后，"老牛"张志强在《抗战时期江阴地区的革命斗争》一文中，深情地回忆起1940年7月，为开展对国民党上层地方实力派及"大刀会"的统一战线工作，成立了江阴、无锡、武进三县边区抗敌委员会，自己任抗敌委员会副主任兼经济委员会主任，原来在部队搞供给工作的喻求清任经济委员会副主任的难忘往事。

解放战争中，喻求清任第二十军后勤部部长。1950年11月，喻求清随志愿军入朝作战。1951 年 5 月，在第五次战役中，喻求清乘车机动途中遭遇美机轰炸，壮烈牺牲。那一年，白山二十八岁。后来，白山与南京军区总医院副院长张安友结合了。前几年，张安友不幸病逝，垂暮之年的白山再度形单影只。

为迎接我的来访，白山找出几本已很陈旧的相册。谈及阳澄湖往事，她戴上老花眼镜，用颤抖的手打开相册，脸上立刻现出一种无限神往的神情——那是几张她在战争年代的珍贵留影，其中有她在阳澄湖畔亭亭玉立的小照和与战友的合影。相册中有刘飞与朱一的合影，那些形态各异的婴幼儿照片，尤令我感兴趣。

"这是朱一小时候的照片。"白山指着相册上的一张婴儿照说道，脸上露出了一丝甜蜜的笑容，宛如一抹灿烂的晚霞。这使我顿生感慨：连自己襁褓中的照片都毫不悭吝地相赠，足见朱一对白山的感情之深和信任之诚！

白山又一一指着刘飞与朱一六个孩子儿时的照片给我介绍，对孩子的特点和个性如数家珍。影集中刘飞和朱一孩子们的照片人头之全、保存之完整，已经令我叹服；看到白山对孩子视同己出和如此熟稔，我感受到了一种源自生死考验、超越骨肉亲情的高尚情感。

白山指着刘飞和朱一的女儿亮亮儿时的照片告诉我，当年，幼小的亮亮特别喜欢她在军里当后勤部长的丈夫喻求清，吃饭、理发甚至洗澡都非他不可。1951 年 5 月，赴朝参战的喻求清血洒三千里江山，给她留下了永难平复的创痛，也给刘飞和朱一的儿女带来了永远割舍不下的怀念。

刘飞女儿刘凯军曾给我介绍，从小到大，逢年过节，兄弟姊妹总像归巢的小鸟一样，扑棱棱飞来看望可亲可敬的白山阿姨，多少童真乐趣，多少人间真情，都消融在幸福难忘的时光里。流光容易把人抛。在当年那种超越门第、亲情的友谊成为一种美好追忆的今天，令人高兴的是，源于烟波浩渺的阳澄湖后方医院的战斗友谊，开始向下一代延伸，两个家庭的儿孙辈们，也在学着大人的样子，开始建立和发展一种特殊的友谊和亲情。

2007 年 5 月 7 日，白山的亲密战友，当年在阳澄湖后方医院和她一起护理过刘飞的包蕴，在上海走完了自己的人生路程。于是，白山成为烽火阳澄湖中最后那株纤纤伫立的绿苇和随风摇曳的芦苇。桑榆之年，"江抗"后方医院最后的护理员白山，仍心系燃烧过她战火中青春的沙家浜。澄湖夕照，渔舟唱晚，在那绿色为体、红色为魂的美好所在，存储着白山人生最难忘的经历和最珍贵的记忆。那一天，触摸抗日巾帼英雄内心最柔软的地方，我不禁油然忆起那首古老的诗歌：

蒹葭萋萋，白露未晞。

所谓伊人，在水之湄。

1999年11月6日，在沙家浜主题雕塑广场举行的纪念"沙家浜部队"创建六十周年活动中，出现了意外和感人的一幕。1939年9月，在顾山负伤转到阳澄湖后方医院养伤的"江抗"老战士吴志勤，时隔六十年后，与当年在后方医院护理过自己的白山不期而遇。吴志勤紧紧握着白山的手，激动地说："我就是你当年护理过的伤病员，你还记得吗？"白山望着吴志勤，怅然若失，困惑地摇摇头，一时竟难以回答。当年，经她护理过的伤病员实在是太多了。

告别白山时，我久久端详着墙上喻求清年轻时的彩色戎装照。白山是喜欢摄影的，孤独而热爱生活的白山，对亲人和有着血浓于情关系战友的照片，更是珍爱有加。英年早逝丈夫的人生定格，记录着一个军旅之家的情感密码，折射出战争与和平转换时代的世道人心，也见证了刘飞和白山两个家庭超越世俗的等级和利害关系、长达七十六年并且延续了三代人的纯洁友谊。

最后的见证人——施光华

古人称九十岁的老人为"鲐背"，意思是老人背上生斑如鲐鱼之纹。

2015年5月2日下午，我从上海途经常熟赶到太湖之滨的无锡市，在青山一村总装备部某干休所见到的"江抗"老战士施光华，已是九十七岁高龄，早已年逾"鲐背"，即将跨入令人称美的"期颐"之寿。

1957年，崔左夫为完成刘飞交给的任务，专程采访过施光华。从那时起到如今，近六十个春秋转瞬即逝，久历人世沧桑，施光华仍耳不聋、眼不花，思维敏捷，健饭如初。拜访施光华，你仿佛是在同"江抗"代表和代言人晤面与交流，侃侃而谈中，施光华独具的"江抗"经历、"江抗"气质、"江抗"精神，俨如营造了一个强大的气场，使你笼罩其间并受到净化和洗礼。"江抗"第二代都对我讲，施光华是"江抗"的"活字典"，经历的事多，脑子又特别清楚，有些掰扯不清的事问他，十有八九都能给你说明白。同施老一接触，感到此言果然不虚。

从上海"特科"到苏南"江抗"，施光华经历了东路抗日根据地两次兴起的全过程。由于工作关系，当年他跟随何克希直接接触过陈毅、谭震林、叶飞等新四军和新、老"江抗"领导人以及梅光迪等特殊人物，对刘飞、吴焜、廖政国、乔信明等"江抗"领导骨干也很熟悉，是一个难得的了解"江抗"斗争历程又十分阳光的老人。谈起当年他在南京军区司令部办公室主任任上接受崔左夫采访的往事，他竟能清楚地记得崔左夫此后写的《血染着的姓名》一文中有他的名字。我对此印象不深，后来特意重温崔文，施老的记忆果然十分准确。

施光华是浙江温州平阳县人，1937年8月在家乡参加红军创办的抗日救亡学校，两个月后，在准备跟随新四军去皖南时被调到上海，之后又被分配下乡。后来施光华得知，他工作的地方其实就是上海"特科"。当时，"特科"除搜集情报外，还担负组织敌后武装的任务，其负责人是徐强和高原。施光华的直接领导是何克希。后来，陈毅派何克希到江阴，去做争取和发展地方抗日武装梅光迪部的工作，施光华遂跟何克希离开"特科"，开始了自己在"江抗"的战斗历程。

1938年8月，"忠义救国军"袭击江阴，何克希组织部队边抵抗边向西撤，在茅山地区走了两天两夜。一天晚上，施光华向老乡借了荞麦秸铺在地上刚要入睡，当时负责培训上海下乡青年骨干"青训班"的吕一平对他说，陈毅司令员要见见上海来的同志，便带他去了一家大院。施光华进屋后，见陈毅正在不停地抽烟。陈毅亲热地跟吕一平和施光华打过招呼后，对何克希说："这支部队不能叫新四军。因为国民党不允许我们到东路发展，叫新四军反而受限制。"何克希说："那就叫江南抗日义勇军吧！"陈毅高兴地说："那好，就叫这个名字。"于是江阴梅光迪的游击队和另两支游击队一起赴茅山整训，而后被命名为"江南抗日义勇军"第三路，梅光迪任司令员，何克希任副司令员，吕一平任政治部主任。这是苏南东路地区第一支使用"江抗"番号的抗日武装，施光华无意间成了首支"江抗"部队诞生的见证人。之后，施光华在"江抗"三路政治处任干事。

1939年5月，叶飞率老六团以"江抗"二路名义东进，在武进县戴溪桥镇与梅光迪所部"江抗"三路会合。千人规模的"江抗"正式成军，揭开了波澜壮阔的东进作战序幕，在江南抗战血火交织的历史舞台上，开始创造一幕幕惊心动魄的英雄传奇。施光华也在抗日武装百川汇海的融合中，实现了人生的新飞跃。

耳濡目染，施光华从新老"江抗"领导人身上学到了很多东西，受用终生。在施光华的记忆中，原本文化程度不高的谭震林非常善于学习，每到一地，总是想方设法收集国民党方面的报纸和有关情况，从中分析局势，还经常利用战斗间隙给干部作报告。施光华回忆说，谭司令作报告都是亲自动手思考和准备，有时就是在香烟包装纸里面列上那么几条，就给大家讲，看起来简单，实际上都作了充分的思考和准备，每次都讲得很有条理，听了以后很受启发。施光华谈到，有一次谭震林作报告，指定一个从上海来的大学生作记录，可报告结束了，这个大学生只字未记。有些工农干部原本想靠他的记录回去搞传达，结果毫无指望，于是生气地问他："你为什么不记录？"这个大学生依然沉浸在对谭震林报告的回味之中，怔怔地说："林司令员（当时谭震林化名林俊）的报告讲得太好了，我从来没有听过这么精彩的报告，越听越爱听，把做记录的事忘了。"说完，这个大学生又天真地问谭震林："林司令员，你是哪个大学毕业的？"谭震林诙谐地一笑，挥挥手说："我是劳动大学毕业的！"大学生感到很诧异："这个大学没听说过，在哪儿？"谭震林哈哈大笑："就在我们这里！"满脸通红的大学生这才恍然大悟。

1941年秋，部队从江南向苏中转移，施光华在吴永湘任团长、刘飞任政治委员的十八旅五十四团三营任教导员。有一次，吴永湘深有感触地对施光华说，自己学习的习惯和方法，就是从谭师长那里学来的。

"'江抗'打的仗都不算大，但因为都在日伪的心脏地带，特别是靠近上海，所以影响很大，也很有特色。"施光华说，他很喜欢江阴，因为那里不仅是徐霞客的故里，也是"江抗"战斗过特别是刘飞负伤和吴焜牺牲的地方。"江抗"这两员虎将，使"江抗"历史熠熠生辉并平添了特殊引力。前些年，他时常到徐霞客故居和顾山驻足流连，想起牺牲的烈士，想起当年"睡的没脚床，喝的青菜汤，生的革命虫（虱子），长的癞疥疮"的顺口溜，他愈加感到今天幸福生活来之不易，愈是增强了让历史告诉未来的使命感和责任感。在年逾九旬时，他完成了《江抗！江抗！》一书，共收入十七篇故事，计四万余字。

施光华对刘飞等伤病员坚持阳澄湖斗争的情况了如指掌。1940年春，他在阳澄湖边参加的一次党小组会，使他晚年每逢忆及，便思绪万千。那是3月初的一天，部队经过一整夜乘船机动和徒步行军，在阳澄湖畔一个村庄里宿营，一面隐蔽休息，一面准备对付敌人的"扫荡"。午饭后，施光华所在党小组五六个人到一间茅草屋外开会，互相汇报思想和工作，讨论发展新党员。草屋外有一个很大的晒谷场，透过村边稀疏的毛竹和树木，隐约可以看见湖中的船只和飞鸟。那天天气好，没有大的敌情，大家晒着太阳，讨论得蛮起劲。小组会议题结束了，又继续聊天，成为小组会的延伸。有个同志说，我们常说革命胜利后，"耕田不用牛，点灯不用油，楼上楼下，电灯电话"，像这个村里的破草房，将来会变成一片楼房吧。又有人讲到了生死问题，有个同志冒了一句："如果我牺牲了，只希望在我的墓碑上能刻上一颗红五角星！"讲这话的是麦汝璧，祖籍广东，生于上海，说一口夹带上海腔的广东普通话。那时大家戴一顶灰军帽，因为国共合作抗日不能戴红五角星帽徽，但大家也不用国民党青天白日帽徽。有人从上海带来斯诺的《西行漫记》，大家都抢着读，书中有毛泽东和一位小红军的照片，他们戴的军帽镶有红五角星的帽徽，非常吸引人。听了麦汝璧的话，大家很快就想到了这张照片。实际上，他道出了大家共同的心愿——盼望一颗红五角星！

不久，日伪军下乡抢掠，政治部和战地服务团的同志分别到各连参战，部队从三面向敌人包抄时，施光华身后一名战士被敌人子弹击中，鲜血像喷泉般从脸上喷射出来，当即倒下。傍晚，打扫战场时，又发现一名青年战士牺牲了，他就是施光华刚刚谈过心的那个新党员，战斗打响前被连里选为青年突击队队长。战后，大家各奔东西，按组织分配去做开辟新区工作或下到营连。施光华始终没有再见过希望在自己墓碑刻上红五角星的麦汝璧。

上个世纪80年代中期，施光华和当年"江抗"的几位战友聚会无锡和苏州，应邀乘坐汽轮游览了阳澄湖和吴淞江。一路上看到村村新瓦屋连片，有的人家已经盖起两三层楼房，还有几处已经变成了规划整齐的新渔村，当年以小网船为家、居无定所四处飘零的穷苦渔民，如今成为新楼房和新渔村的主人。天翻地覆的变化，使施光华不禁浮想联翩，重又忆起四十多年前阳澄湖畔那次党小组会上，几个青年党员一起聊天的事。当年大家对未来农村的期望和憧憬，不已成为令人鼓舞的现实了吗！施光华多方打听憧憬在墓碑上刻红五角星的麦汝璧，后来才得知，这位在1941年1月31日桐岐歼灭战中带领五十二团四连勇夺一挺日军92式重机枪并亲自扛回驻地的指导员，同年7月在盐城反"扫荡"战斗中英勇牺牲。这不禁使施光华感慨万千：麦汝璧及其他牺牲的战友，他们离开这个世界后进没进烈士陵园？他们的坟头有没有树立墓碑？他们的墓碑上刻没刻上一颗红五角星？

拥有一颗红五角星，在今天看来，烈士们当年这一朴素而不乏理想色彩的愿望，是何等微不足道，但施光华深知，七十多年前，当烈士们满怀不舍长辞人间时，有多少人因未能实现这些甚至有些卑微的愿望而抱憾终生！从战争年代过来的每一个幸存者，是在十分奢侈地享受烈士们用生命和鲜血换来的胜利成果，面对他们可能至今还游走荒野的英灵，我们没有理由计较个人的得失！带着这样一种情愫和意念，施光华格外珍惜自己晚年的每一天。夏光在世时，施光华积极参加他组织的"江抗"史稿撰写，为今人提供了一部翔实可靠的信史。此外，他还热心参加无锡梅村红色资源的开发，每年要写几万字的回忆文章。他觉得，自己是在替那些渴望红五角星但殁志以亡的战友做这些事。

最后的摆渡人——胡小龙

烟雨笼罩的董家浜西南梅村东来茶馆外湖浜，携妻挈子的"瘦马"胡广兴和侄子胡小龙一家，同乘一条木船，依依不舍地告别了赖以安身立命的东来茶馆，取道苏州前往上海谋生。单调的桨声似在诉说着生活的艰辛，迷茫的水路昭示着前程的未卜。1940年秋深的一天，胡小龙跟着因难舍双妻而不得不退党离乡前往上海经商的"瘦马"叔叔胡广兴，离开了生活多年且投身饶有兴味抗日活动的常熟，使他的人生骤然变轨驶入了另一条道路。叔侄俩的黯然离去，令十里八乡的常熟人和新四军伤病员怅然若失。

在沪剧《芦荡火种》和京剧《沙家浜》中，春来茶馆的设置可谓神来之笔。正是依托茶馆这一极富江南水乡特色的平台，剧作家才塑造出阿庆嫂、刁德一等活灵活现的艺术形象，演绎了令人荡气回肠的"智斗"等精彩场景。1957年，军旅作家崔左夫深入阳澄湖等地采访，写出了纪实文学《血染着的姓名》，揭开了常熟董家浜东来茶馆鲜为人知的一段历史内幕，为剧中春来茶馆老板娘阿庆嫂和沙七龙（移植改编京剧时，江青嫌沙老太不注意计划生育，故改名为沙四龙）等形象的塑造，奠定了坚实生活基础，进而打开了剧作家艺术想象的空间。两个艺术形象塑造的成功，越发引起人们对戏剧创作生活原型胡广兴和胡小龙的关注。

七十多年过去了，命运之神是如何刮划"瘦马"和胡小龙的？在人海茫茫的大上海，他们又经历了怎样的困厄和坎坷？愈是走进历史幽深处，对东来茶馆胡氏叔侄的牵挂便愈加强烈。

2015年5月，我请上海新四军"沙家浜部队"历史研究会原会长刘石安依据有关线索，协助在上海查找胡广兴和胡小龙。5月13日，上海新四军"沙家浜部队"历史研究会致函上海市公安局，请求市局协调奉贤等区公安局下属派出所，帮助查找胡小龙的下落，并循此查找胡广兴及家人。公函全文如下：

上海市公安局：

　　今年是抗日战争胜利七十周年。1939年秋天，新四军在常熟阳澄湖畔留下了三十六个伤病员，在当地党组织和人民群众呵护下，三十六个伤病员一边坚持养伤，一边坚持抗日，演绎了英勇抗日的传奇故事。其中有东来茶馆的老板胡广兴（共产党员），他凭借熟悉当地地形和敌、我、友情况的优势，机智勇敢地担负地下联络站工作，给伤病员传递上级指示和重要情报，帮助转运物资物品、危急关头设法使伤病员脱离险境，在东路地区抗日斗争史上，写下了精彩而神奇的一笔。胡广兴因个人原因，最终决定退党离乡而去上海做生意。

为寻找传奇人物胡广兴、胡小龙叔侄俩，挖掘他们抗日斗争的传奇事迹，需寻找他俩的踪迹。据有关户籍资料记载：胡广兴、胡小龙是在抗日战争期间离开常熟到上海的，胡小龙，1928年生，江苏镇江人，上海奉浦开发区肖塘村1215号有其户籍记载；另有松江区京都路二组（已故）也有其户籍记载；崇明县长兴乡新港村88号有户口记载。我们恳请帮助调查了解胡氏叔侄在沪从业生活等情况并告我会，不胜感谢！

专此函达，请予支持！

上海新四军"沙家浜部队"历史研究会

二〇一五年五月十三日

两周后，5月27日，上海奉贤区奉浦派出所打电话告诉刘石安，其辖区内有人名叫胡小龙，1928年生，江苏镇江人，上个世纪40年代曾在常熟经商，后来到上海，现居住在奉浦开发区肖塘村。接到刘石安发来的短信后，我立即与胡小龙的儿子胡东良通了电话，得知胡广兴已于新中国成立前因病辞世，年逾八旬的胡小龙尚健在。根据通话了解的情况判断，抗战中悄然消失于大上海的那匹"瘦马"，确已有了踪影！2015年6月20日下午，我在刘石安陪同下径往奉贤区奉浦派出所，在教导员陈军华、警官王思军带领下，来到肖塘村胡小龙居室。

肖塘旧名秦塘，从清末到新中国成立前夕，先后设立过县辖或区辖乡镇公所。新中国成立后，肖塘一直是乡和公社机关所在地，后隶属于上海市奉贤区南桥镇，处于浦南首镇南桥和闵行工业区间，与老闵行仅一江之隔。前几年南桥镇撤销后，胡小龙家所在的北区划入奉浦工业园区。

恰逢端午佳节，胡小龙已去女儿家过节，得知我们到来的消息，胡东良特地把父亲从姐姐家接回。这是一所两居室的住宅，面积虽不大，但收拾得很干净。端坐在外间桌旁的老人银发灰衫，面色红润，双目炯炯有神。这就是那个在凶残暴戾的日寇面前，神不知鬼不觉安然转移新四军伤病员的草根抗日英雄吗？霎时，我的脑海中闪过一帧历史画面：天低云暗中，芦苇掩映的湖面上，一叶扁舟悄悄冲破日寇和"忠义救国军"封锁，载着被围困多日的"江抗"后方医院伤病员，飞快地向指定的湖浜村落驶去。而在日伪眼皮底下悄悄下湖解缆潜水、用芦苇管呼吸托船驶进芦苇荡的，正是端坐在眼前的这位八十七岁老人。

胡东良把我们介绍给胡小龙后，我紧紧握着老人的手，由衷说道："老人家，我代表从阳澄湖地区发展壮大起来的新四军老部队，看您来了！真诚地感谢您和您叔父在中华民族最危险的时候，在新四军伤病员最困难的时候，为护佑东路地区抗日火种作出的贡献！离开常熟后这几十年，您吃了不少苦，但您千万不要以为共产党把您忘了。当年领导东来茶馆地下交通站的常熟县委书记李建模、任天石，抗战和解放战争中都英勇牺牲了，这些了解你们情况的领导人，都在常熟烈士陵园的大坟里躺着哪！这些年，我们一直在寻找你们这些抗日英雄。在上海市公安局奉浦派出所的大力帮助下，今天终于找到了您！我们要向部队官兵和社会各界宣传您的事迹，让千千万万的人都了解和铭记抗日英雄，还要把您的情况向当地政府有关部门反映，使您受到应有的尊重！"

当我把一只东北老山参和慰问金交给老人时，我感到了那双粗糙大手的颤抖。

老人虽年事已高，但反应机敏。胡东良也不时插话介绍情况。从与两代人的交流中，我大致弄清了胡广兴和胡小龙从常熟到上海谋生的轨迹。

常熟一带古来富庶，百姓有到茶馆喝茶的习惯。当地一望无尽的大小湖荡，盛产优质芦苇，适合发展编织业。胡广兴和胡小龙两家人从镇江来到董家浜后，靠开茶馆、当编织芦苇的篾匠和兼营理发谋生。常熟沦陷后，深明大义的胡氏叔侄积极投身抗战，胡广兴入了党，东来茶馆也成了中共常熟县委的地下交通站。

1940年秋冬之际，胡广兴携家人和胡小龙父母一起，乘一条木船，一程几回首，离开生活了多年的抗战热土和安身立命的东来茶馆，从董家浜经阳澄湖水系至苏州，沿京杭大运河向东进入上海青浦淀山湖，再转入黄浦江闵行段。胡广兴和胡小龙父亲先是带两家人在闵行郊区落脚，依旧靠开"老虎灶"（茶馆）、当篾匠和理发糊口。

那时，上海已经全面沦陷，不仅日本人随意杀人抢劫、强奸妇女，地痞流氓也乘势欺人，为非作歹。胡广兴和胡小龙父母都受过日本人和恶棍的欺负。后来，两家在闵行难以立足，便各奔东西，胡广兴去了上海市区，胡小龙随父亲到了奉贤县肖塘镇。

新中国成立前夕，胡广兴患肺病在上海去世，两个儿子有一人返回镇江度日。胡小龙一家在肖塘靠理发谋生。由于为人和气，与街坊邻居相处融洽，全家人在周围群众中有着不错的口碑。谈到当年胡广兴离开常熟的原因，胡东良特意说明，过去听父亲讲过，叔祖父胡广兴当年离开常熟来上海时，没有办理退党手续，但来上海后因找不到党的组织，与党失去了联系。对这位神秘的叔祖父，他没有见过面，只是有时听父亲说起过。

胡小龙于1948年结婚，新中国成立时育有一个女儿，因那时经常唱《东方红》，遂取名胡东方。三年后的1952年，胡小龙又有了儿子胡东良。胡东良在海军潜艇部队当过声呐和通信兵，退役后经过自学在肖塘中学当物理老师，后学搞输配电设计工程，退休后受聘航天某企业当工程师。胡东良回忆，在他七八岁的时候，胡广兴回到镇江的儿子曾两次来肖塘看望胡小龙，每次都带着镇江特产香醋，但可惜没有留下电话和住址，只隐约记得他说过家离镇江不远，住在铁路边。前几年，胡东良曾数次去镇江找分离多年的叔叔，想为接续本姓的族谱做些事情，但由于不知道叔叔姓名，也无确切住址和联系方式，每次都抱憾而归。

1988年12月，崔左夫在悼念丁是娥去世的一篇文章中，曾忆起1960年秋，他对丁是娥讲述胡广兴出党去上海的往事。崔左夫在文中引用了青年马克思的一句话：他说的不是他想的，他想的又没有说出来。悼文写道："胡广兴在黎明前的止步，是他没有足够的抑制力而挣扎向前，这是他的软弱，但他把自己的软弱坦诚地袒露在众人面前，他便不属于'他说的不是他想的'那种人，当然也不应在马克思所嘲讽的那种人之列。"崔左夫在《血染的姓名》中讲胡小龙是"青年党员"，经我查询，这位时年十一岁的英雄少年并未入党。

谈起当年胡广兴在常熟东来茶馆设立地下交通站、接待过往地下党员和帮助新四军伤病员的往事，胡东良说，父亲认为，这些事都已过去了，在那个年月，每个有良心的中国人都会那样做，他只是做了一个中国人面临亡国灭种之祸时该做的事。新中国成立后，他在肖塘村从未讲过阳澄湖和东来茶馆的事，在《芦荡火种》和《沙家浜》红透半边天的年月，也没有对人讲过，现在更不需要宣扬。

胡东良诚挚的话语，使我心中涌起一股热浪。抗日战争是近代以来中国人民第一次抵御外侮取得完全胜利的战争。面对不可一世的日本侵略者，以毛泽东为代表的中国共产党人，用历史唯物主义的眼光，深刻洞察蕴藏在亿万群众中的巨大力量，创造性提出了持久战和开展敌后游击战争的伟大战略思想，终于在广袤无垠的华夏大地，汇聚起驱逐日寇出中国的排山倒海的磅礴力量。

告别倚门送行的胡小龙，我深情凝望着这所简朴两居室的门牌——肖塘村1215号。胜利之本、力量之源，在中国最广大的民众中，在中国最普通的村巷里。在千百万像胡小龙这样的草根抗日英雄面前，曾经猖獗一时的日寇焉能不败！

93. 一个新四军之家的历史折光

这显然是一张经历过岁月风霜洗礼的照片——在上海延安饭店，我看到了陈荣兰女儿阮薇兰带来的母亲年轻时的一张小照：身着棉军服的陈荣兰手持竹板，正利用战斗间隙在堑壕对战士进行战地宣传鼓动。时值1947年1月，地点是鲁南战役华东野战军第一纵队二师五团朱小庄、陈楼附近阵地前沿。摄于六十八年前的这张照片已经微微泛黄，但照片背面陈荣兰用钢笔写的"送给阮副主任"和"陈荣兰"的署名九个字，却依然十分清晰，彰显了这张经过战火硝烟熏染的照片，在一个新四军之家组合中的特殊价值。

出自军旅摄影家郝世保之手的这一作品，应当是华东野战军第一纵队文工团员陈荣兰，向时任华东野战军第一纵队三师七团政治处副主任的心上人阮世炯以身相许的定情照吧。现在，照片上英姿飒爽的上海籍新四军战士、新中国成立后为创作红色经典呕心沥血的陈荣兰，以及女战士倾心的来自上饶集中营的华东野战军部队基层指挥员、后来担任过上海同济大学党委副书记的阮世炯，均已过世，唯有这张战地署名小照，还时时触发人们对激情燃烧岁月的怀想。

阮世炯1921年3月出生于浙江省平阳市。抗日战争爆发后，初中毕业的阮世炯进入平阳临时中学读高中。1938年秋，阮世炯组织了十三名志同道合的同学，找到新四军驻山门办事处，由他们介绍奔赴皖南新四军军部，在新四军教导总队入伍并就地学习政治和军事。阮世炯1939年4月入党，同年下半年毕业被任命为教导总队第一中队政治干事，后又在第一大队任政治教育干事。皖南事变中阮世炯受伤被捕，被关入上饶集中营杨瑞年所在的第六队，面对国民党特务的酷刑折磨坚贞不屈，在狱中组织秘密党支部并担任了支部委员，领导难友对国民党特务和宪兵进行了不屈不挠的斗争。1942年6月，阮世炯参与领导了赤石暴动。之后，经历了一年多出生入死的艰苦跋涉，阮世炯终于在1943年下半年回到了浙江四明山抗日根据地，任新四军浙东游击纵队第五支队宣传股长。

解放战争时期，阮世炯在多个部队团级领导岗位和师团政治机关任职，并于1946年，在第三野战军第一纵队三师七团政治处副主任位置上，在鲁南和宿北先后参加了消灭国民党快速纵队和六十九师的战斗，随后参加了孟良崮战役、鲁中战役、豫东战役和淮海战役。1950年11月，阮世炯随部队抗美援朝，任志愿军第二十军一七八团副政治委员、志愿军第二十军直属教导团军政办公室主任。

1953年1月，阮世炯转业回上海，任上海钢铁二厂党委书记，1954年调上海市委工业部任部委委员、办公室主任，后任上海市委工业部教育处处长。1960年，阮世炯受命在上海筹建一所工业大学，任筹备处主任。当年，上海工学院（后改名为上海大学）成立后，阮世炯调任该院党委副书记。1966年10月至1972年6月，阮世炯因皖南事变被捕受到隔离审查。1978年4月，走出十年浩劫阴影的阮世炯，先后出任上海同济大学党委副书记、第一副校长，上海工学院党委副书记。1986年，阮世炯任上海同济大学顾问。2002年8月，阮世炯因病在上海华东医院去世，走完了充满艰辛和坎坷的人生路程。

解放军出版社1990年出版的《新四军回忆史料》（1），收入了阮世炯写于1987年12月的《赤石暴动拾零》一文。在这篇珍贵史料中，作者以亲身经历和翔实细节，再现了上饶集中营周田村监狱六队难友，在福建省崇安县崇阳溪畔成功暴动惊心动魄的过程。阮世炯在新四军教导总队就与担任文化教员的杨瑞年熟悉，在这篇回忆录中，他以深情的笔触，描述了"江抗"副总指挥吴焜的恋人杨瑞年暴动中未能逃脱魔爪，英勇就义时身中数枪还高呼口号的感人场景。

2015年6月22日清晨，在杭州市教工路一所住宅里，我见到了上海解放时在《白毛女》中饰演大春的原第二十军文工团演员朱仁。朱仁和陈荣兰都是从上海建承中学参加新四军的校友和战友，参军后又先后到军文工团工作。"大春"暮年忆"喜儿"，往事依稀，却又历历在目。说到阮世炯，朱仁忍不住赞叹，那是个非常英俊、潇洒、干练和出色的部队指挥员。据他回忆，阮世炯原在华东野战军第一纵队三师宣教科当干事时，就与陈荣兰熟悉。后来阮世炯任三师七团政治处副主任，陈荣兰作为战地文工团员，经常到部队休整地演出和在战壕搞宣传鼓动，两人自然有一些接触。朱仁认为，阮世炯与陈荣兰从相恋到结缘，是在烽火连天战争岁月绽放的幸运之花，也是陈荣兰理性对待和正确处理终身大事的结果。

1946年3月，山东野战军第一纵队党委决定，撤销各旅文工团队，充实调整纵队文工团。原在三旅政工队的陈荣兰，进入了有百人之众的纵队文工团，随部队来到山东泰安。正值国共合作，内战尚未爆发，一些青年文工团员在艰苦征战中被压抑的情感，在短暂和平春光萌动中渐次破土。从浙东鲁迅文工团调来不久的音乐股长何为，与刚参军的女战士林远谈起恋爱来。这一有悖军规的举动，很快遭到非议和干预。何为想不通，一气之下写了《杜鹃鸟的脖子为何是红的》的文章，贴在墙报上。何为在文中说，杜鹃鸟爱吸吮杜鹃花的花蜜，花枝上的刺难免会刺入其脖颈，吸得越多，刺得越深，天长日久，杜鹃鸟的脖颈就被血染红。何为在文中以杜鹃鸟自喻，宣示对林远的爱会像杜鹃鸟一样矢志不渝。

此文一出，全团大哗。文工团领导没有立即从墙报上取下何为的文章，也没有采取硬性压制的办法，教导员陈成刚循循善诱引导大家说，我们共产党人不是禁欲者，也不是单身主义者，但战争环境下，只能暂时牺牲"个人问题"，上级作出"二八五团"规定，的确是客观形势所迫。青年男女生活在一起，难免会发生情爱之事，但要节制，不能任其发展，违反纪律，影响工作。发生在纵队文工团的恋爱风波，很快风吹云散。新中国成立后，何为转业地方工作，几经波折最终与林远结合。一只不惧花刺执着吮蜜的杜鹃鸟，冲破军规与成见的约束展翅亮羽，终于实现了与心上人莺俦燕唱、相濡以沫的夙愿。

此后，令朱仁惊骇和终生难以释怀的是，著名小提琴家马思聪的弟子、纵队文工团音乐股副股长袁明因恋爱受挫自杀。袁明性格内向，1944年参军前在上海学琴，与一吴姓女小提琴手相熟，女琴手送给他的小提琴，是他战地演出形影不离的信物。后因袁明职务不符合恋爱结婚规定，加之女方家庭社会关系复杂，组织上不同意两人保持关系。热恋中的袁明遭此沉重打击后感到绝望，终于在一天上午，快节奏演奏几首小提琴曲后，反复书写团、营两字，用白朗宁手枪结束了自己的生命。

关于袁明之死，朱仁没齿难忘的有两个场景。一个是，当年，他正在上海养病，一天，文工团领导托他转给袁明女友一包用报纸包的东西。袁明女友接到朱仁电话后匆匆赶来，迫不及待打开那包东西，只见里面是五本彩色布面的精装笔记本，其中一本夹着一缕长发和一封信。女孩拆信看完后脸色惨白，手不停地颤抖，对朱仁说声谢谢，抱起笔记本跟跟跄跄离去。另一个是，此后有一天，已调任军教导营文艺教员的朱仁回文工团找资料，碰到总务股长陈平带人抬一副门板，上有盖着白布的一个人，头上流着血。朱仁一惊，急忙来到文工团所在的天主教堂，只听教导员在会场宣布，袁明自绝于党，自绝于人民，我代表党组织宣布开除袁明党籍和军籍！

袁明生命之花的非正常凋谢，成了朱仁终生挥之不去的痛。2015年，年逾八旬的朱仁写出了《袁明之死》一文，以沉重的笔触，记述了发生在解放战争凯歌高奏旋律中的不和谐音。我从朱仁的介绍中感到，陈荣兰是幸运的，在纵队文工团先后有十八名男女文工团员在火线英勇牺牲的情况下，她作为经常直抵前沿对敌喊话演唱展开心理攻势的先锋，居然从未负过伤；在团里一些战友未能理智驾驭自己的情感之舟相继触礁搁浅之际，她以难能可贵的情感自觉，让自己的爱情之花，植根于符合"二八五团"规定的土壤，终于顺利步入了幸福的殿堂。

朱仁忆起自己亲历的一个细节：1948年夏豫东战役后，华东野战军第一纵队三师于9月召开庆功会，纵队文工团前往演出《白毛女》。演出结束后，一七九团政治处主任阮世炯请来自上海建承中学的几个文工团员在一位老乡家吃饭，还搞了肉菜。在经常数月不知肉味的战地，肉菜的出现是一个不寻常的信号。朱仁记的，有次吃中午饭，突然加了两个荤菜。大家正诧异时，总务股长王棣荣大声宣布，今天是文工团当家花旦之一、党支部副书记徐畹华与一旅政治部主任陈伟达结婚的好日子，团里特地加两个菜，以示祝贺！大家齐声道贺，现场顿时响起了用筷子敲击碗边的叮当声。记忆闪回间，朱仁越发觉得蹊跷，阮主任怎么单单请我们几个吃饭？他问陈荣兰，你是怎么搞的？你和阮主任是不是有什么情况？看到陈荣兰默许的神情，朱仁又问，你们是什么时候谈的？陈荣兰爽快地说，早就谈了！是因为阮世炯从上饶集中营九死一生重返部队格外珍惜生活，还是陈荣兰对劫后余生的暴狱英雄格外崇敬，两人开始了一段真正的战地浪漫曲。

大规模的急风暴雨式的武装斗争行将结束，阮世炯与陈荣兰的绿色罗曼，随着戎马生涯戛然而止余音袅袅。抗美援朝回国后，阮世炯和陈荣兰一起转业回到上海，两人一个进了高校，一个进了上海人民沪剧团。阮世炯对肩负重任的妻子陈荣兰十分体谅与关照，宁可自己天天跑路上班，也把家安在沪剧团隔壁一栋建于上个世纪30年代的英式公寓里。1973年，陈荣兰不幸早逝，阮世炯毅然肩负起了四个孩子升学深造和就业的重任。1991年和1992年，阮世炯和陈荣兰的一双儿女先后赴美国留学。2006年，四个子女经合计卖掉了愚园路全家居住了四十七年的房子。阮薇兰记得，买这套房子的，是一个年轻漂亮的中国小姑娘。

2015年5月1日下午，为追寻陈荣兰踪迹，我和刘石安在阮薇兰带领下，来到愚园路585号陈荣兰一家曾住过的公寓。阮薇兰摁过门铃后，201室对应的楼门对讲机中传出了一个男声。阮薇兰担心房屋新主人介意，特意说明她们全家曾在这套房子里住过多年，我们只在二楼门口看看，并不进屋。一会儿，门打开了，走出来的是一位英俊洒脱的外国小伙。经询，他是德国人。我初则惊异，继而很快明白这位到中国"洋插队"的德国青年，就是购房中国女孩的丈夫。

多么有趣的东西对调和换防！白云苍狗，世事沧桑。生活喜欢跟人们开玩笑。当两位新四军老战士的儿女先后奔赴并融入大洋彼岸的美利坚合众国时，来自西方发达国家的年轻人，竟阴差阳错住进了当年大上海英租界内的这个红色之家。生活往往比戏剧更精彩。资深中国共产党人的后代与老牌资本主义国家的青年，不远万里跨洋交换自己的生活方位，无意间在这套一百二十七平方米的房屋演绎出饶有兴味的故事。这是陈荣兰和阮世炯投身革命和告别这个世界时，绝对想不到的奇遇和巧合。

家庭是展示时代风云的一角。发生在世界东方的中国革命，神州大地前无古人的社会主义探索实践，这一切，都使跨越战争与和平两个历史时期的陈荣兰和阮世炯的命运，与党、国家、军队历史上的重大事件息息相关。一个普通的新四军老战士之家，一头连着皖南事变的衍生物——上饶集中营，一头连着红色经典的原创作品——《芦荡火种》，这个社会细胞的悲欢离合，折射出革命和改革时代的风云变幻，也映照着革命事业进程的千曲百折。

阮薇兰告诉我，2006 年这套房子出售时，每平方米两万元。据说，那位德国小伙看上这套房子，是因为其历史文化价值。他很喜欢这套房子纯正的英格兰古典风格。如果有朝一日，德国小伙子知道房子前主人奇特的红色经历，以及与主人相关的传奇故事，他更会感到物超所值。

94. "江抗"第二代

刘飞和朱一有七个子女，老大是儿子，1941 年生于皖南事变非常时期，取名刘非常。1944 年，刘非常因患白喉夭折，成为夫妻心中永远的痛。晚年的朱一对非常的思念似乎格外强烈，每当看到蹒跚学步的孩子，常常会深情地提起苦命的非常，喃喃自语："如果非常不死，当年就这么大，现在也快七十了……"

刘飞和朱一的六个儿女懂得父母的苦楚，谁也不去揭他们心中的疮疤，因而谁也不知道哥哥非常因病去世的真情。

2004 年全军举办老干部"长城杯"保健知识竞赛，刘凯军过关斩将，有幸被选拔到南京军区代表队赴京参赛，恰遇成都军区代表队的邓敬苏阿姨。交谈中得知，邓阿姨的老伴郑冶叔叔，抗战时和父亲刘飞同在苏中军区第一军分区。在京巧遇几十年未见的老战友的女儿，邓敬苏格外兴奋，当即拨通了成都家中的电话。郑冶在电话中与刘凯军寒暄问候之后，讲起了发生在六十年前的往事。

1944年，三岁的刘非常跟妈妈朱一生活在一起。他年纪虽小，但很懂事，从不烦人，嘴也很甜。小小年纪的刘非常随部队行军是家常便饭，途中知道要乖乖的，不能哭闹暴露目标。到了宿营地，小非常会跟战士到老乡家，模仿大人的模样嘘寒问暖，逗得老乡和战士们哈哈大笑。战士训练时，他会肩扛小树枝，跟在队伍后面，像模像样地走步子、学刺杀、练卧倒，成了官兵的开心果。刘飞对儿子更是疼爱有加，战斗之余，只要见到儿子，总是先把他高高举过头顶，再用满脸的胡须去扎非常稚嫩的脸庞，这是父子俩恒久不变的见面礼。亲热一番之后，刘飞就津津有味地给儿子讲战斗故事，有时还教他唱战斗歌曲。要是有人问小非常长大了想干什么？他必定挺起小胸脯，响亮地回答："跟爸爸一样，打小日本！"

有一天，小非常忽然染上了白喉病。这个病及时对症下药，是完全可以治好的。但那时部队药物非常匮乏，就在军医准备用盘尼西林（青霉素）给小非常治疗时，被闻讯赶来的刘飞坚决地阻止了。刘飞十分严肃地对军医说："这种药是很多同志冒着生命危险好不容易从敌占区搞来的，要留给重伤员救命用，我的孩子决不能用，这是命令！"医生发现，刘飞说话时，两眼湿润了。谁都知道，不用特效药盘尼西林，就等于放弃治疗，孩子就有生命危险。刘飞完全知道，放弃治疗，就是放弃儿子的生命，但他坚定地作出了这个痛苦的选择。

朱一抱着小非常，眼睁睁地看着他经过三天三夜的煎熬，痛苦而无奈地离开了人世。在场的人都流下了热泪。

回首六十年前的往事，郑冶仍禁不住老泪纵横，在电话中呜咽着说："你父亲把战士们的生命看得比自己唯一儿子的命更重要，当时对我们的教育太深了，真是终生难忘啊！"

听完这迟到而令人心碎的故事，刘凯军的心震颤不已。原来，非常哥哥并不是死于无药可治，而是有药未治！回到南京以后，刘凯军向妈妈问起了此事。朱一出奇的平静，喃喃地对女儿说："在那个年代，谁都会这样做的。"原来，母亲也和父亲一样，认为战士的生命要比自己孩子的生命重要得多！

2009年，刘凯军在一篇短文中满怀深情地写道：

我可亲可敬的父亲，我坚强慈祥的母亲，你们在战争年代出生入死、前赴后继、浴血奋战，为了革命的胜利，完全是毫无保留地贡献出了自己的一切！我的非常哥哥，生命虽然是短暂的，但永远值得我们去歌颂、去怀念。在新中国成立六十周年之际，无数像我的哥哥一样，在战争年代献身的小生命——我们的兄弟姐妹们，你们在天之灵如有知，请接受已届花甲之年的弟妹们的祝福……

刘飞和朱一养育的另外六个子女，比小哥哥刘非常要幸运得多。这种幸运，不仅在于他们历经风风雨雨最终长大成人，而且在于他们从小就受到红色家庭的特殊熏陶和严格要求。

"生孩子容易，教育孩子难，教育孩子成才更难！对孩子不能只管温饱，不生病就行了，父母是孩子人生的第一个老师，教育孩子首先自己要做好样子。要从一言一行教起，从一点一滴抓起。"这是朱一终生践行并传诸后世的箴言。

1955年，全军实行军衔制，刘飞被授予中将军衔。年仅七岁的刘凯军看到营区站岗的解放军叔叔向爸爸敬礼，不解地问："同样都有两颗星星，为什么叔叔站岗，你不站岗？"

刘飞笑着对女儿说："我年纪大了，站岗已经站不动了。但我们只是分工不同，没有高低贵贱之别。这些事情，等你长大了就会明白的。"一直到上了初中，凯军才知道，爸爸是人民解放军的高级干部，中将军衔。爸爸普通一兵的本色，像种子一样，从小就在孩子们的心中播种生根，自觉杜绝和远离优越感。刘飞和朱一生活上很简朴，袜子总是补了又补，布鞋前后都打着皮掌。全家大人小孩的衣服全部都有补丁，妈妈还用土布染成藏青色或咖啡色，给孩子们做衣服。家中的西瓜从来都是三吃：瓜瓤是水果，瓜皮做菜，瓜子洗净晒干，过年时炒着吃。在这个将军之家，六个孩子分吃一个苹果、一个橘子是常事。

1955年，刘飞动员担任安徽军区政治部干部复员转业科副科长的朱一复员。当天晚上，朱一在被窝里紧紧抱着幼小的凯军，双肩剧烈抖动，竭力压低声音抽泣着。按照有关政策规定，朱一不在必须复员之列。可为了便于动员其他在部队工作的女同志复员，支持刘飞的工作，她必须带这个头。作为颇受父母宠爱的"小棉袄"，刘凯军对家底最清楚。从1955年复员到80年代中期以前，妈妈一直没有任何收入，全家两个大人和六个孩子的生活，还有在湖北老家两个叔叔三个女儿的学费，都要靠爸爸三百多元的工资来维持，家里几乎没有什么积蓄。凯军亲眼看见，为了节省纸张，妈妈把收到的来信信笺用纳鞋底的锥子扎上两个眼，再用纸捻成的绳子穿起来，用信笺反面登记家庭日常开销。孩子们从小就不敢向大人要一分钱，结婚都是自筹经费。

革命人自有传家宝。姐弟六人从小就跟着爸爸妈妈在菜园子里干活，向日葵、玉米、南瓜、冬瓜、花生、西红柿、辣椒、地瓜、蚕豆、萝卜和各种时令小菜都种过。姐弟六人相继入伍后，连队战士看着这些搞农副业生产的好把式，都不相信他们是城市兵，更不知道他们有刘飞这样一个老革命的爸爸。有的子女直到入党填表时，才暴露自己的家庭出身。1988年，南京军区卫岗子弟小学同学聚会，凯军小学时的同桌蒲德胜从西安赶来，见到凯军高兴地说："当年，中校的儿子坐在中将司令官的女儿旁边上课，我自豪啊！"凯军一脸茫然地问："那时我都不知道爸爸的职务，你怎么会知道？"引起在座同学的哄堂大笑。

从上个世纪60年代全国开展学习"南京路上好八连"开始，刘飞和朱——直要求孩子们像解放军叔叔那样，定期召开生活检讨会，孩子们可兴奋呢。会议由驾驶员或公务员叔叔主持，表扬好的方面，指出不够的地方，相互开展批评与自我批评，明确努力方向。孩子们受了表扬，高兴之余会更加努力去保持；受了批评，虽然心里不太舒服，但会暗暗使劲，努力改正缺点，争取下次检讨会上受表扬。每次检讨会，都由叔叔认真作记录。这项家庭会议制度，一直坚持到"文化大革命"开始后六个孩子陆续参军。

半个世纪过去，已经为人夫、为人妇和为人父母的姐弟们重新聚首，一起翻阅家庭检讨会的记录本，看到那些稚拙但纯真的文字，感受跃动于字里行间的批评和自我批评精神，无不感慨万端。自己投身军旅后能够尊重领导、团结同志、诚恳待人，敢于坚持原则，同不正确的思想和行为作不疲倦的斗争，在很大程度上得益于爸爸妈妈的言传身教和良苦用心。漫漫军旅生涯，他们始终难以忘怀和不断回望的，是成为共和国军人前家庭生活检讨会上的那些预演和彩排。一生的品行和追求，似乎在那些会上就已经铸就了。

六个姊妹中的三位姐姐，均诞生在枪林弹雨的战争年月，一来到人间就和父母一样过上了军旅生涯。

大姐刘晓亮，1944年7月1日天蒙蒙亮时诞生于宝应湖上，于是有了晓亮的名字。晓亮出生不久就得了百日咳，哭闹不休，朱一又没有奶水，一度以为养不活了。杨浩庐爱人王嶙闻讯后，放下自己正在吃奶的孩子，赶过来先把晓亮喂饱，再回去喂自己孩子，剩多少奶就让自己孩子吃多少。大热天，王嶙抱着晓亮跑几里路到苏中军区医院看病。结果晓亮不但活了下来，而且女承父业，成为共和国一名女兵，把自己的美好青春和年华，献给了国家和军队的卫星测控事业。

二姐朱行行，名字有点怪。1945年11月6日，新四军第一纵队北撤江苏涟水，行行恰好出生在行军途中，又跟妈妈姓，故名。行行人如其名，朴素、泼辣，颇有男儿之风。1962年，行行报考哈尔滨军事工程学院差几分落榜，转而入上海工学院学习。行行不仅学业优异，在校入了党，而且还是校女子篮球队队员和短跑好手，四十多岁还能驰骋篮球场当中锋。行行后来在南京军区总医院搞技术保障工作，曾获国家科技进步三等奖和军队科技进步二等奖。

　　生于1948年12月初的小女儿刘凯军，因诞生于1948年窑湾大捷的凯歌声中得名。凯军长期在南京军区司令部机关门诊部做医生，退休后致力于江苏省新四军历史研究会后代分会的组织和研究工作，是南京市关心下一代工作委员会思想道德讲师团成员、南京市军休干部讲师团成员，2014年被南京市离退休干部安置办公室授予"老有所为宣讲优秀志愿者"称号。经姐姐和弟弟推举，刘凯军还是刘家的新闻发言人，负责接待新四军历史研究工作者和与父母有关的采访等事宜。

　　刘飞和朱一的三个儿子，都出生在新中国成立后，又都承袭父亲的衣钵在军旅工作了几十年，成为共和国的职业军人。

　　刘飞长子刘建华，1950年生，清华大学精密仪表专业毕业，是原南京政治学院计算机教研室主任。建华初涉军旅，刘飞有言，我的儿子要到基层，不在机关，我工作过的老部队绝对不去。建华从父命到某部当一名坦克兵，调南政院工作后，被评为全军优秀教员、解放军总政治部系统优秀党支部书记，在部队和院校三次立功。2005年4月，我在上海见过建华。十年过去，天增岁月人未老，退休后的建华生活充实，心态平和，正乐享人生第二个黄金时期。

　　刘飞次子刘晨华生于1951年，原任南京军区政治部检察院检察长，2006年被最高人民检察院授予"全国检察业务专家"称号，是四十二个获此殊荣专家中唯一的现役军人。在南京傅厚岗32号院，晨华带我在这所全家住了四十七年、2014年已腾出的民国老建筑里楼上楼下看，又忆起红军老爸因喜唱"八月桂花遍地开"而在院内广植金桂银桂，"文革"中妈妈明确造反派来了由她去应付，指定刘晨华卸掉爸爸手枪里的子弹等往事，童真又跳跃在初现沧桑的脸上。

　　刘飞三子刘国欢生于1952年，1969年当兵后一头扎到连队，像老兵一样摸爬滚打，几乎不需转变就适应了基层艰苦紧张的生活。由于国欢朴实能干，加之当时跟妈妈姓朱，军政治委员张文碧在自己部队一时竟没找到刘飞这个儿子。后来，国欢入党填表，连队干部才知道，这个看起来像来自河南农村的小伙子，原本是个将门虎子。国欢从安徽大学外语系毕业后在南京军区司令部军调系统工作，曾荣立三等功。退休后的国欢家国情怀愈浓，但更关注下一代教育。

刘飞和朱一在世时，一直谆谆教导六个儿女："要做一个老实人，做一个普通人，做一个善良的人，做一个脚踏实地的人。"六个儿女以诚实的人生，实现了父母对自己的要求，交上了合格的答卷。我在与刘飞和朱一六个子女十年间多次接触中真切感受到，有着鲜明红军和"江抗"印记的优良家风，铸就了他们一生一世立身做人的骨骼和灵魂。

与刘飞子女始终在父母关爱中成长有所不同，"江抗"领导人乔信明的后代，过早经历了痛失父爱的变故和磨难。1963年，乔信明因病骤然离世，抚养五个孩子的重担全部落在于玲一人身上。在失去乔信明的岁月，生来要强、凡事要做就做最好的于玲，开始创造堪比江阴祝塘岁月的新业绩。她勤俭持家，严于教子，使孩子皆成国家有用之才。大女儿乔阿光生于1941年，1959年作为南京市顶尖优秀学生，考入苏联莫斯科大学高能物理专业，回国后先后在中科院物理研究所、第七机械工业部二〇七所工作。长子乔晓阳生于1945年11月，从小就以大姐乔阿光为榜样，勤奋求知，品学兼优，于1964年考入古巴哈瓦那大学学习西班牙语，后回到北京语言学院外语系深造，毕业后分配到部队基层连队和工厂各锻炼两年，后选调到江苏省外办工作。当年墨西哥总统埃切维利亚访问南京，外交部随行翻译人员一致推荐造诣深厚的乔晓阳担任口译。乔晓阳后任全国人大法制工作委员会主任，参与过香港和澳门特别行政区基本法的制定。二儿子乔泰阳生于1948年11月，1968年入伍到原济南军区第六十七军二〇〇师炮兵团，因表现突出成为部队先进典型。后为照顾家庭困难，调南京军区空军后勤部工作，退休前任军委空军后勤部副部长，空军少将军衔，现担任北京新四军暨华中抗日根据地研究会副会长。二女儿乔春雷生于1950年，1969年入伍后长期从事医务保健工作，退休后以极大的热情投身江苏省新四军历史研究会的工作。三女儿乔文雷生于1951年，1967年入伍，长期从事中医针灸研究，有军中神医美誉，其事迹曾上过《解放军画报》，后转业到南京医学院国际针灸交流中心任教授，经常出国讲学和治疗疑难杂症，有时还成为总统和其他政要家的座上宾。

创业与守成，"江抗"第二代的人生路线图，同样绕不开这个古老而时新的话题。告别了战火纷飞的年月，失却了父辈挥戈建功的平台，他们都以共和国普通公民和劳动者的身份，在编织着各自的梦想和生活。但血脉传承的"江抗"基因，却铜浇铁铸般规定了他们的人生定格。回望"江抗"传人遒劲、坚实的足迹，人们总是依稀可见当年东路英雄的影子。

就年龄而言，他们已不再年轻，随着共和国喧哗而至的银发浪潮，开始领略秋之丰饶和绚丽。然而，当你走进他们的世界，你会感到碰到了一群童心未泯的大孩子。作为战争与和平的跨界者，作为埋葬旧世界、建设新中国的接力人，他们的心理年龄，仿佛永远徘徊在"蓝蓝的天上白云飘"的草原牧歌年代。没有职位之忧，没有世俗烦恼，在不少同龄人醉心颐养天年之际，他们孜孜以求的却是一项共同的事业，那就是父辈创立的伟大"江抗"精神的弘扬与传播。在北京，在上海，在南京，在杭州，在福州，在无锡……活跃于各地的新四军历史研究会及其后代分会，总能看到他们在不知疲倦地奔波、访谈、研讨、著书。

这是一个天然具有内生动力和自组织机制的特殊群体。谭震林女儿谭经远，在北京任新四军研究会六师分会会长。那个"文革"中栖栖惶惶到刘飞家暂避的落难公子——陈丕显儿子、叶飞女婿陈小津，年届桑榆风华不逊当年，有模有样地做起了中国新四军和华中抗日根据地研究会副会长。在乐此不疲追寻父辈脚印、通过重拾抗战记忆获取有裨今天历史启迪的"江抗"儿女中，叶飞女儿叶小楠、刘飞女儿刘凯军、廖政国女儿廖颖、何克希女儿何竞生和儿子何晓东、乔信明女儿乔春雷，分别担任所在地新四军研究会副会长，刘飞、何克希、乔信明、曾如清的第二和第三代，几乎悉数参加新四军历史研究。江渭清儿子江旅安，何克希另三位女儿何晓鲁、何晓芳和何晓军，廖政国儿子廖年和廖德强，颜伏儿子颜宁，戴克林女儿戴晓汶和戴南翔，陈同生女儿陈淮淮和钱季鲁，顾复生儿子顾小林，陈挺女儿陈黄河，程业棠女儿程胜利和儿子程军，张鏖女儿张小滨和儿子张健儿，都是这一领域的辛勤耕耘者。

星汉灿烂，若出其里。在浩瀚深邃的历史天穹，这些以自己独特方式熠熠闪光的微星辰，或热情奔放，或内敛自矜，或超凡飘逸，或从容淡定，都在孜孜不倦向这个陆离斑驳的世界释放关于"江抗"的原生态信息，从而汇成了蔚为壮观、璀璨夺目的精神银河。我在采访中深深感到，再现当年东路地区惊心动魄的壮丽斗争史实，除了有限的书刊回忆录和馆藏资料外，从小到大，"江抗"儿女在父辈茶余饭后闲谈中获取的信息，往往成为独家发布的珍闻秘籍，成为塑造"江抗"领导人血肉丰满、生动感人形象的宝贵细节。

时下荧屏上的一些抗战神剧，时常为人们所诟病。病灶所在是严重失真。要呼唤真正意义上的抗战文艺的回归吗？那就请我们的作家和艺术家迈开双腿，到他们中间去，向这些离英雄和传统最近的人问计吧。毕竟，他们也到了需要进行抢救性挖掘的年龄了。

第十七章 东路三问

大江东去，不舍昼夜。

铁流东进的鼙鼓已渐行渐远，但"江抗"两度勃兴和东路抗日根据地发展峰回路转的历程，特别是芦荡火种低潮中复燃在苏、常、太和澄、锡、虞形成燎原之势的壮丽史实，七十多年后依然犹如斯芬克斯之谜，吸引人们沿着历史演进的轴线，在这片神奇的土地上踟蹰流连，于传奇诞生起始处探幽索微。

2014年十一、2015年五一和端午节，在阔别沙家浜十年之际，我三度来到上海和刘飞等抗日将士当年纵横驰骋、挥师扫敌的苏淮战场，实地探寻湮没在战地烟尘中的第一手资料，重拾与芦荡英雄相关的珍贵记忆。

流逝的时光总是带有一去不返的一维性。

上海，静安区愚园路786号，走进上海交通大学医学院附属同仁医院，你会感到，这所清末由美国人创办、1939年曾为刘飞治疗过枪伤的百年老院，虽经火灾后重修，仍珍藏着"老王就医"的神秘信息；

常熟，潇潇春雨中来到当年苏、常、太抗日根据地核心东塘墅镇，步入新"江抗"诞生和当年"江抗"办事处所在的那所古庙，你分明会听到东路抗日民主政权心脏的有力搏跳声，感喟之余不禁潸然泪下；

窑湾，伫立在国民党军第六十三军军长陈章毙命的水津古渡，遥想当年刘飞挥师克敌和与战地记者畅想胜利后再现阳澄湖芦苇荡斗争的情景，你会由衷感叹红色经典创意的萌生，浸染着怎样的烽火硝烟……

在英雄传奇诞生大半个世纪后的今天，重新挖掘那段已经显得十分久远但却气壮山河、经天纬地的历史，透过那些断代、零散甚至是难以确定的信息，人们愈益强烈地感受到，生活远比传奇更丰富、更生动、更多姿多彩！

文献和记忆的吉光片羽，吸引我一次又一次叩响沉重的历史之门，发出超越事件本身和时代局限的深沉诘问。那些在我心中萦绕了近十年的谜团，开始由混沌变得清晰，汇聚成发人深省的东路三问——

一问历史：在湖荡棋布、日伪如麻又无山林隐蔽之利的平原水乡，是什么神奇力量支撑"江抗"挺进敌后，克服难以想象的困难开辟巩固了抗日游击根据地？

东路抗日根据地在面临诸多不利因素情况下得以建立和发展，使日伪统治的心腹地带和财阜之区，成为新四军筹集人、枪、款的风水宝地，成为开展平原水网地带游击战争的"水泊梁山"，成为阻止反共顽固派北渡的前哨阵地，绝非偶然。在对历史经纬跨时空条分缕析中，人们通过对党史、军史和抗战史的反刍，日益清晰地认识到，新四军六团东进作战这一战术行动，不仅有宏阔深邃的战略背景，而且有厚重坚实的战略支撑。

战略支撑之一：因情措变进行战略创新，是创立发展东路抗日根据地的重要前提和基本保证

苏南所处的华中，土地肥沃，资源丰富，人口稠密，经济繁荣，是中国最富庶的地方。华中地区又是国民党反动统治的中心，也是国民党四大家族和江浙财团的老巢。对日本帝国主义来说，华中地区是掠夺中国人力、物力，实施"以战养战"政策的必争必保之地，同时还是推行其"南进计划"的重要后方基地。另外，侵华日军总司令部和汪伪中央政权，均设于南京。这些因素决定了，华中必定是日伪军事、政治、经济中心和全力维护的战略要地。

华中地处长江中下游，华中抗日根据地的建立，将直接威胁日伪统治的中心，起到据局部而扼全局的作用，因而具有极其重要的战略地位。1938年4月21日，中共中央明确指出："华中是我党发展武装力量的重要区域，并且战略上华中亦为联系华北、华南之枢纽，关系整个抗战前途甚大。"1940年4月5日，毛泽东针对蒋介石要把八路军、新四军统统纳入黄河以北的图谋，专门致电八路军、新四军领导人："第一，华北敌占区日益扩大，我之斗争日益艰苦，不入华中不能生存；第二，在可能的全国性突变时，我军决不能限死黄河以北而不入中原，故华中为我最重要的生命线。"建立东路抗日根据地，对于实现党中央经略华中、"缩毂中原"战略，具有重要而典型的示范和带动作用。

战略的价值在创新。苏南地区为日伪统治重点，也是寻常意义上开展敌后游击战争的难点。新四军纵横驰骋的苏南地区，日军常驻兵力达三万两千人，占日军侵华总兵力的4%左右。就军事地理和社会政治环境看，苏南与八路军活动的华北多有不同：华北山多水少，苏南水网交织；华北虽有日伪顽我之间的多角斗争，但由于国民党顽军在苏南势力较大，加之汪伪首都设在南京，因而苏南我与外敌内奸之间的斗争，更激烈、更复杂、更尖锐。

面对极为不利的地理环境和敌情条件，党中央和毛泽东着眼国内外战略格局发展大势，正确分析华中敌我各方面情况，准确把握抗日战争由战略防御向战略相持转换的阶段性特征，遵循敌后游击战争发展规律，创造性提出了新四军的发展战略及方针。解放军出版社出版的《新四军文献》显示，自新四军军部1937年12月在武汉成立，到1941年1月皖南事变发生前，毛泽东和中共中央关于新四军建设发展的战略方针、专题文电、批示和信函等总计近一百三十件之多，其中多有关于向江南发展的战略构想和方针原则。1938年和1940年5月4日，毛泽东亲自为新四军起草了中共中央两个"五四指示"，以党中央名义规定了新四军的战略任务、发展方向、作战方针和斗争策略，成为指导新四军建设发展的纲领性文献。在构建新四军总体发展战略的同时，党中央和毛泽东特别注意加强对新四军挺进敌后开展游击战争的战略指导，而且始终把关注的重心，放在创造性解决三个根本性、方向性、关键性的重大问题上。

第一，解决能否发展的问题。新四军是由坚持南方三年游击战争的红军游击队组建的，他们在十年内战特别是三年游击战争中，基本上是在深山老林进行世所罕见的艰苦斗争，擅长山地游击战而缺乏平原游击战争经验。能否在平原水网地区开展敌后游击战争并建立根据地，是一个重大理论和实践问题。1938年2月15日，毛泽东明确要求新四军"力争集中苏浙皖边发展游击战争"。5月，毛泽东在第一个"五四指示"中明确指出："在广德、苏州、镇江、南京、芜湖五区之间广大地区创造根据地，发动民众的抗日斗争，组织民众武装，发展新的游击队，是完全有希望的。在茅山根据地大体建立起来之后，还应准备分兵一部进入苏州、镇江、吴淞三角地区去，再分一部渡江进入江北地区。在一定条件下，平原也是能发展游击战争的。"5月14日，中共中央书记处致电长江局、东南分局及项英："根据华北经验，在目前形势下，在敌人的广大后方，即使是平原地区，亦便利于我们的游击活动与游击根据地的创立。""新四军正应利用目前的有利时机，主动的积极地深入到敌人的后方去……在大江以南，创立一些模范的游击根据地，以建立新四军的威信，扩大新四军的影响。"①同月，毛泽东所著《抗日游击战争的战略问题》，从理论上进一步阐明了平原地区创立根据地的必要性和可能性："中国有广大的土地，又有众多的抗日人民，这些都提供了平原能够发展游击战争并建立临时根据地的客观条件。""依据河湖港汊发展游击战争，并建立根据地的可能性，客观上说来是较之平原地带为大，仅次于山岳地带一等。"②1940年1月19日，中共中央书记处就新四军发展方针致电项英和东南局各同志，明确"华中是我们目前在全国最好发展的区域"。同年，毛泽东在第二个"五四指示"中强调："不论在华北、华中或华南，不论在江北或江南，不论在平原地区、山岳地区或湖沼地区，也不论是八路军、新四军或华南游击队，虽然各有特殊性，但均有同一性，即均有敌人，均在抗战。因此，我们均能够发展，均应该发展。"

第二，解决向哪发展的问题。为创建一个既有利于八路军和新四军相互配合作战，又可减少与国民党军队发生冲突，并适于新四军在敌后展开游击战、群众基础好和地形有利的地区，毛泽东从全局和长远出发，为新四军提出了"东进、北上"，"巩固华北，发展华中"的发展方向，后又派周恩来专程赴皖南新四军军部，确立了新四军"向南巩固，向东作战，向北发展"的十二字方针。1940年5月4日，中共中央书记处就新四军军部移苏南及第一、二、三支队发展方向致电项英、陈毅，指示"同意军部后方机关及皖南主力移至苏南"，明确"新四军一、二、三支队主力的主要发展方向，也不是溧阳、溧水、郎溪、广德等靠近中央军之地区，而是在苏南、苏北广大敌人后方直至海边之数十个县，尤其是长江以北地区。请按这个方针布置兵力，分配指挥人员及指挥机关"。这些重要的指示，高瞻远瞩提出了新四军的发展方向和行动方针，即大胆地放手地向东向北发展，在大江南北的平原水网地区开展游击战争，创建广阔和巩固的敌后抗日根据地。

第三，解决怎样发展的问题。有无正确的思路和策略，直接关系到战略创新和实施的成效。毛泽东和中共中央对新四军的战略指导，是坚持面向实际和解决问题相一致，把发展方向、发展内容和发展方法有机融合和紧密联系在一起的。毛泽东第二个"五四指示"明确指出："所谓发展，就是不受国民党的限制，超

---

① 中国人民解放军历史资料丛书编审委员会.新四军文献（1）.北京：解放军出版社，1994：112.

② 中共中央文献编辑委员会.毛泽东选集（第二卷）.北京：人民出版社，1991：420-421.

越国民党所能允许的范围，不要别人委任，不靠上级发饷，独立自主地放手地扩大军队，坚决地建立根据地，在这种根据地上独立自主地发动群众，建立共产党领导的抗日统一战线的政权，向一切敌人占领区域发展。例如在江苏境内，应不顾顾祝同、冷欣、韩德勤等反共分子的批评、限制和压迫，西起南京，东至海边，南至杭州，北至徐州，尽可能迅速地并有步骤有计划地将一切可能控制的区域控制在我们手中，独立自主地扩大军队，建立政权，设立财政机关，征收抗日捐税，设立经济机关，发展农工商业，开办各种学校，大批培养干部。"

这些光辉战略思想，注重把马克思主义普遍原理与中国革命的具体实践相结合，坚持开展敌后游击战争的一般规律与特殊规律相统一，独创性地在敌伪如蚁、水网密布、交通发达的华中敌后，开辟了发展壮大抗日武装、建立抗日民主根据地和灵活机动打击日伪顽的新路。恩格斯指出："一个想争取自身独立的民族，不应该仅限于用一般的作战方法。群众起义，革命战争，到处组织游击队——这才是小民族制胜大民族，不够强大的军队抵抗比较强大和组织良好的军队的唯一方法。"敌后战场的胜利开辟，不仅给日本侵略者以直接有力的打击，通过分散削弱日军有效减轻了正面战场的压力，而且填补了因正面战场作战失利留下的空白，实现了变敌人后方为前线，变战略上的内线为战略上的外线，变战略上的被包围为战略上的反包围，迫使日军陷于两面作战境地，对于塑造有利于我的战场态势，推动抗战由日军期冀的速决战进入中国设定的持久战，在战略相持中发挥中国总体优势进而扭转被动局面，具有不可估量的重大意义。1940年12月，日本天皇忧心忡忡对参谋总长杉山元说："侵入莫斯科的拿破仑就是败在消耗战与游击战上，日本军在中国是否感觉到无法对付了？"从1931年到1941年，日本在十年间投入巨大军费维持战争，致使国力耗竭。日本历史学家菊池一隆指出："武汉会战后，日军与中国军队形成对峙，从而彻底陷入了战争泥潭，除非战败则无以自拔。"

正确的战略不会自然而然产生效应，必须精心运筹，在实践中破题引路。东路抗日根据地的开创和抗日高潮的兴起不是孤立的。在按常规看来难以开展敌后游击战争和建立抗日根据地的地域，中国共产党和新四军及地方党组织领导人，凭借科学战略运筹和非凡斗争精神，不断创造化危为机和转劣为优的有利契机。毛泽东的纵横捭阖，周恩来的精到运筹，陈毅的铁肩担当，叶飞的智勇兼备，谭震林的大刀阔斧，刘飞和夏光的险境坚守，任天石和杨浩庐的组织策应，李建模、任天石、薛惠民的机智权变……这些层层衔接、环环相扣的缜密工作布局，构成了依靠全局和总体优势扭转局部劣势的战略支点，不仅形成了尖刀插进敌心脏的有利态势，而且创造了红色火种在敌人眼皮底下形成燎原之势的奇迹。

战略的力量在实施，实施的主体是觉悟了的能充分发挥主观能动性的部队广大官兵。"江抗"东进势如破竹，很重要的是在于广大官兵对坚守以阳澄湖为中心的苏、常、太抗日民主根据地战略意义的透彻理解。新四军六团出征前，普遍接受了按照六届六中全会制定方针东进作战重要意义的教育，"江抗"领导人把党关于开展敌后游击战争的方略与东路的实际结合起来，全面分析东路地区开展游击战争的利弊因素，认清东路地区敌情严重、社情复杂，地形地貌总体不利于游击战争的开展，但不利中也蕴含着有利因素。河网地区虽然没有北方的青纱帐，但无处不在的圩岸和一望无际的芦苇荡，却为部队机动和开展游击战提供了很好的隐蔽条件。"江抗"领导人顺天时、应地利，注意整合和综合发挥一己优势，扬长避短创造平原水乡开展敌后游击战争的斗争策略和作战形式。如以军事斗争为中心，把东路地区党政军凝为一体；化敌为友，最大限度团结融合东路地区的游杂武装力量；依托河、湖、港、汊开展灵活机动的游击战，积小胜为大胜；模范践行我军宗旨，像人民的儿子一样保护和帮助人民群众；充分运用圩岸、芦荡和舟楫之利，乘船行军作战用几条汽艇拖上几十条民船，浩浩荡荡的"机械化"游击兵团穿湖过荡，令匪伪闻风丧胆，让人民扬眉吐气。这些斗争策略和战术思想的运用，贯穿在以阳澄湖为中心的东路抗日根据地建立、巩固和发展的全过程中，成为"江抗"红旗始终不倒的重要法宝。在"江抗"主力西撤、敌伪卷土重来的险境中，后方医院的伤病员紧紧依靠当地党组织，与人民群众休戚与共、生死相依，在总体不利中寻找局部有利因素，兴利抑弊，错锋寻隙，机动灵活与敌巧妙周旋，有效保存了革命火种，为迎接战略反攻阶段到来和再掀抗日民主根据地建设高潮，作出了极可宝贵的贡献。

东路地区创造性贯彻落实中共中央关于新四军发展战略的经典一例，是正确引导和稳慎改造在日伪顽残酷压榨下骤然兴起的群众性组织"先天道"。

1945年春，苏南大地突现怒海狂飙，"先天道"十万群众举行抗日大暴动。2月27日，无锡安镇西北上山村遍插五颜六色旗帜，两千多名头缠黑布，手持大刀、铁尺、木棍等器械的道徒，口念"刀枪不入"等五雷真诀，跟随道首鸣锣做法。驻安镇日军得知"先天道"集会，十几个日本鬼子和二十几个伪军，由翻译和伪乡长领路火速赶来。众道徒和群众见鬼子来了，不由怒火中烧，只听有人高呼："打鬼子！"随着一通锣响，道徒霎时把日伪团团围住。日伪大惊失色，急忙退到红花浜、大铲墩附近，架起机枪欲射，不料枪卡了壳。一个周姓道徒冲上去一刀砍死机枪手，另两个道徒也砍死两个鬼子兵。群情激昂的道徒士气大振，在如雷吼声中把三十多个日伪军全部打死。安镇上山村"先天道"痛歼日伪军的消息不胫而走，东到青浦，西至武进，北到常熟、江阴，踊跃入道者不计其数，"先天道"威震四方。当时，苏、常、太和澄、锡、虞两个中心县委已于上年10月合并组建为苏中六地委，同时成立专署和军分区，由钱敏任地委书记，任天石为专员，包厚昌为军分区司令员。包厚昌闻讯后火速从苏州北赶到无锡安镇。

经调查，1944年夏，有个点传师边宝昌到无锡传道，在安镇上山村等地摆起香堂，大搞"消灾延寿""超度祖宗""升天成仙成佛""避过乱世末劫"等封建迷信活动，"先天道"遂兴盛一时。太平洋战争爆发后，日寇加紧"以战养战"，变本加厉抢粮抽丁和搜集铜铁。不堪压榨和欺凌的安镇农民酝酿起义。"先天道"道首倪子才抓住人们急于消灾避难的心理，大肆宣扬不论男女老少，只要交一斗米入道，就可以授以刀枪不入的五雷真诀，同时提出"反对拿枪的人、反对苛捐杂税、反对抽壮丁、反对敲诈勒索"的口号笼络人心，大批群众被骗入道。日伪派兵到安镇时，群众疯传他们是来装军粮和抓壮丁的，正值青黄不接时节，这一传闻犹如火上浇油，上山村暴动就是在这种背景下发生的。

包厚昌弄清"先天道"由来和暴动起因后，同大家分析认为，"先天道"是具有反动政治背景会道门性质的封建迷信组织。其道首在内部提出的"先打新四军，后打'忠救军'，再打东洋人"的行动口号，显然是针对我党我军的，后两句口号是掩盖实质、欺骗群众的谎言。但一般道徒是因痛恨日伪顽欺压、为谋求生存才被骗入道的，这些劳苦大众是我们的基本群众。上山村暴动，实际是自发性农民抗日暴动。包厚昌决定，对"先天道"，应采取联络其上层、争取其中层、控制其下层、团结广大群众的策略。经地委同意，他亲赴锡北、锡东统一各级认识，要求各县因势利导，派员打入"先天道"内部，积极领导群众投入反迫害、反征粮、反抽丁斗争，把农民自发的斗争引导到反法西斯斗争的正确轨道上来。

锡澄县县长张卓如抗战前任小学校长时，与在学校旁开小店的"先天道"道首倪子才相熟。根据包厚昌和锡澄县委指示，张卓如与倪子才一个月三次接触，迫使倪子才不得不考虑我以民族大义为重打击日伪的主张。与此同时，二三十名入道共产党员和积极分子，经群众推荐当上了有实权的"先天道"标长，每标可率五百多人，逐步控制了"先天道"的基层组织。根据党组织部署，入道同志积极向道徒宣传抗日爱国主张，提出了"保村庄、保太平、反抽丁、反征粮、打鬼子、打土匪"的口号，很快为道徒群众接受，形成了"先打东洋人，后打忠救军，不打新四军"的共识。在此基础上，对道徒进行现代科学和基本战术教育训练，把"先天道"群众的爱国热情，引导到进攻日伪和"忠义救国军"上。八士桥和东房桥分别驻有伪军一个中队和一个班，在几千道徒围攻下，东房桥伪军弃枪逃入八士桥，两据点伪军在向无锡逃窜途中被歼。无锡县委书记姚家祊指挥西漳、长安等地武工队，会同"先天道"三四千道徒，在西阳桥击溃"忠义救国军"章晓光部。江阴"先天道"五六千人攻克敌伪据点义城桥，随后在璜塘袭击"忠义救国军"陆扯林部致敌全军覆没。武进"先天道"近万人，追杀下乡抢粮伪军直驱洛阳镇，砍死伪警头目顾鹤亭，活捉二十多个伪军，缴获长短枪三十多支。无锡南郊群众举着大刀攻击伪海关征税所，杀死七个海关人员。北门近郊农民举着大刀冲进无锡火车站，杀死五六个伪路警。如火如荼的暴动迅速遍及无锡、江阴、常熟、武进各县，十万农民大暴动掀起的轩然大波震撼大江南北。

1945年春夏之交，延安《解放日报》连续四次对苏南农民大暴动进行了报道：5月13日，发表题为《常熟无锡江阴一带三万农民抗敌起义》的报道；6月19日，发表题为《利用会门团结力量江南农民纷起抗敌》的报道；7月9日，发表题为《华中新华论坛号召支援江南农民起义运动》的报道；7月12日，发表题为《援助江南农民起义》的文章。《解放日报》指出，"锡、澄地区是敌伪向来自吹为'清乡'中心"，而农民大暴动，证明敌伪江南"清乡"的惨败。

无锡一些报刊在描述暴动声势时称"如黄河决堤，一泻千里，抗捐抗税难以收拾"，广大道徒如"烽烟四起，触目惊人，如蚁附毯，难以镇压"。

苏南十万群众抗日大暴动的兴起，是东路地区党政军领导坚持党的抗日民族统一战线，紧密结合抗战特定阶段苏南实际，创造性贯彻落实新四军发展战略取得的重要成果。"先天道"从"先打新四军"到"不打新四军"的转变，彰显了党的正确方略在东路地区落地生根的成效，也反映了该地区我党组织及其领导的抗日武装政治上的成熟。

历史是检验战略正确与否的最公正判官。苏、常、太和澄、锡、虞抗日民主根据地的建立，尤其是"江抗"两度在阳澄湖畔兴起，不仅丰富发展了中国共产党人在日伪猬集的江南水乡开展敌后游击战争的理论与实践，而且大量钳制了侵华日军主力部队，有效减轻了日军对华北等战场的压力，对世界反法西斯战争也是一个实际有力的支持。

抗战初期，美军派出海军陆战队指挥官埃文斯·福代斯·卡尔逊，作为美国政府代表多次访问敌后抗日根据地；嗣后，1944年7月，按照美国总统罗斯福的要求，经重庆国民政府军事委员会和中共中央同意，美军观察组组长包瑞德上校率一百多名美军各军兵种军事专家，进入延安和晋察冀、晋西北、冀中等敌后抗日根据地，美军"延安观察组"的观察员同中国抗日武装一起长途行军并观看他们作战，零距离研究其战略战术。他们共向美国发回四万多件机密观察档案。先后进入中国敌后抗日根据地的两批美军观察员，最终得出相同的结论："中共军队从1941年以来没有得到任何供应，完全靠自制和从日军缴获的武器武装自己，却抗击了大部侵华日军。"殊途同归的美国人都认为，中国用来抵消日本现代化军事装备优势的最好办法就是中国共产党倡导的"全面抗战"和游击战术。

太平洋战争爆发后，曾任过英国驻华大使新闻参赞的英国教授林迈克，在抗日根据地目睹中国军民的敌后抗战，认为"在根本没有外界援助的条件下进行的中共领导的抗日战争，应该被称作当代最有战斗力和抵抗力的胜利战争"。

1940年10月19日，《上海周报》发表泰羊的《江南战场琐记》指出，日人最感头痛的是"京、沪、杭这个小小的三角地带中至今还不能完全统治和控制"。日本如抽调前方的兵力，正面战场就不能支持了，"如果在这里完全不理睬，无异是使心窝一天一天在溃烂，也是终于不可收拾的。"

战略支撑之二：在匡正战略指导中确立正确的斗争方针，是东路抗日根据地两次大发展的决定因素

抗日战争是继中国共产党在遵义会议从幼年走向成熟后，党领导的武装力量由弱到强的重要历史淬火期。东路的开辟和坚守不是一帆风顺的。面对敌我悬殊的力量对比和内忧外患的复杂局面，党内、军内始终伴随着两条路线的尖锐斗争。东路抗日根据地的胜利，是正确思想战胜错误思想的胜利。斗争的实践再次证明，在革命营垒内部，以正确思想战胜错误思想，有时比战胜外部凶恶的敌人还要艰难。围绕要不要开展敌后游击战争，能不能在敌人心脏地带建立根据地，东路地区乃至新四军高层，曾爆发过严重激烈的斗争。

"江抗"出征之初，陈毅进军东路的战略指导，曾被项英讥讽为充满实用色彩的"人、枪、款主义"。但东路地区抗日根据地两度兴盛、两次发展的历史，无可辩驳地证明了"陈毅主义"的正确。针对项英不敢大胆发展武装和建立抗日根据地、一再批评陈毅的所谓"人、枪、款主义"的思想偏差，刘少奇旗帜鲜明地指出："有人反对'招兵买马'。打日军要用枪来打嘛！有枪就得有兵，为抗日招兵买马有什么不好？要放手扩大新四军，扩大游击队。有了兵就要有个'家'！这个'家'就是根据地。历史上的流寇主义，没有一个能够成功，抗日战争没有根据地也不可能取得胜利。有了根据地就要建立政权，有了政权就可以筹粮、筹款、收税，部队也不用向'人家'讨饭吃了。"①

谭震林主政东路党政军全面工作，大力扩军和放手发动群众，其领导魄力和大刀阔斧作风，与特委书记林枫沿袭党的地下斗争"隐蔽精干、长期埋伏、积蓄力量、以待时机"十六字方针实施的工作指导，水火不相容。谭震林在充分肯定东路抗战以来取得的成绩的同时，对林枫提出了尖锐批评，认为其开展工作如同躲在棺材里一样谨小慎微，并称之为"棺材作风"。1940年10月15日，在东路抗日根据地建设取得重大成果、"江抗"即将组建三个纵队的关键时刻，正在上海治病的林枫，以"柳岸"的笔名，在特委发行各抗日群众团体的《江南》半月刊发表《论东路抗战的一般问题》的长篇文章，认为东路"像在华北晋察冀边区等地一样"，"建立抗日根据地，这就完全错误"。1941年1月30日，谭震林以"梅城"的笔名在《江南》杂志发表《论"论东路抗战的一般问题"》的长篇文章，集中批驳东路不能建立抗日根据地的错误观点。两位领导人在党刊展开万言论战，为后来的人们管窥当年"江抗"和东路抗日根据地的民主风气，打开了一个弥足珍贵的窗口，论战对于廓清统兵对日作战指挥员和在敌占区从事地下斗争领导同志的思想，凝聚对党的六届六中全会精神共识进而促其在部队和根据地扎根，产生了重要而积极的影响。张英、夏光等一线指挥员，先后在《江南》和《大众报》发表文章，联系东路抗日根据地一年来的大发展，支持谭震林的正确思想和观点，批评"不敢大胆发展，只会偷偷摸摸"的"一贯的手工业式的作风"。

2015年5月2日，我在无锡总装备部某干休所，访问了九十七岁的"江抗"老战士施光华。谈及当年东路地区领导层的论战，施老感慨地说，当年，谭司令怒斥林枫谨小慎微的"手工业作坊式的工作方法"是"棺材作风"，言语确实尖刻了些。林枫是在基本不掌握武装力量和地下状态中，在敌后开展党的工作的，坚持"十六字方针"有其客观必然性。但如果没有谭司令那样一种胆识和气魄，东路抗日革命根据地建设，就难以在那么短的时间内再次进入高潮。以后方医院伤病员为基础组建的新"江抗"成立后，不仅迅速发展为四千五百多人的游击兵

①　中国新四军和华中抗日根据地研究会. 华中抗日根据地史. 北京：当代中国出版社，2003：72.

团，而且建立了四个专署、十六个县级民主政权，控制了包括九十四个市镇约二百万人口的广大地区。1940年10月，"江抗"一支队北渡增援苏中黄桥决战时，专门携带经费六万元，上交新四军苏北指挥部。东路地区抗日根据地的建立，沟通了与茅山、太湖地区的联系，打开了与靖江的通路，并以浦东为基础，向嘉兴、海宁和钱塘江北岸发展，迎来了抗日民主根据地建设的第二个春天。

春秋责备贤者。世无完人，历史只认可为人类进步事业作出贡献的人，而并不在意他是否"百分之百的布尔什维克"。夕阳西下时分，当我与最有资格评说这段历史的施光华告别时，掐指一算，这次我与施老的晤面，距1957年崔左夫对他的采访，已经过去了整整五十八年时光。

战略支撑之三：拥有独当一面的领袖人物和久经考验的红军骨干，是东路抗日根据地在力量悬殊中独撑危局红旗不倒的重要保证

在严酷的战争环境中，久经考验的精英群体统领同仇敌忾的雄师劲旅，足以战胜任何困难并创造非凡业绩。

"江抗"以新四军老六团为基础，老六团由经受过南方三年游击战争磨砺的红军闽东独立师缩编而成，这就使"江抗"的结构实现了以有斗争经验的红军为骨干、以上海爱国青年学生、产业工人、市民及苏南优秀青年农民为骨干的优化组合。尤其是"江抗"领导人，都是出生入死、智勇过人的红军骁将，其中核心人物叶飞，青少年时期做过福建省党和共青团的领导工作，任过红军闽东独立师政治委员，身经百战并屡屡经受生死考验；曾任"江抗"东路司令部政治委员的吴仲超，1928年入党，先后任过两个中心县委书记、新四军战地服务团副团长、苏南特委书记和苏皖区委书记，军地兼通、成熟练达；"江抗"副总指挥何克希1929年入党，先后在四川、上海从事党的秘密工作，抗战初期即参与争取改造游杂武装并任中共澄、锡、虞工委副书记；"江抗"东路司令员吴焜长征途中一路闯关开道，八次负伤，屡建战功，任过红军师长；"江抗"东路参谋长乔信明任过红十军团二十师参谋长，在参加中央苏区反围剿中任北上抗日先遣队师参谋长；"江抗"政治部主任刘飞参加过黄麻起义和长征，任过红四方面军独立师政治部主任；"江抗"总指挥部秘书长陈同生，1926年由团转党，参加过广州起义，在成都、上海等地从事过党的地下工作，跻身"江抗"开展统战和领导苏中海启地区党政军全面工作卓有建树；"江抗"二路二支队长廖政国参加过长

征，是身经无数次硬仗恶仗锻铸摔打成长起来的优秀指挥员；"江抗"五路参谋长夏光，进过毛泽东主持的湖南农民运动讲习所，有丰富的作战经验和较高的谋略水平；新"江抗"副司令员兼政治处主任杨浩庐，是中共江苏省委最早派到常熟的播火者，担任中共常熟县委和"民抗"、"江抗"领导人饱经砥砺；曾任新"江抗"部队团政治委员的张英，1935年就是上海高校学生运动领袖，担任过东路特委组织部长、代理书记和书记等重要领导职务；"江抗"东路指挥部第二纵队司令员陈挺，1930年入党，是参加过闽东地区反"围剿"和南方三年游击战争的红军团长；新"江抗"一支队支队长戴克林，1929年参加红军，1930年由团转党，参加长征时经历了三过草地和河西走廊恶战等生死考验；曾任"江抗"东路指挥部参谋长的张开荆，1926年入黄埔六期学习，1927年入党，1930年参加红军，经历了南方三年游击战争，曾任红一方面军团政治委员、红十二军三十四师政治部主任；"江抗"驻东塘墅办事处主任蔡悲鸿，1928年年仅十五岁入团，1932年转党并从事工运和学运活动，抗战爆发后任抗日自卫团团长，是经略东路和皖江财经工作不可多得的人才；"江抗"东路政治部副主任黄烽，也是1938年参加新四军且任老六团组织股长的政治干部。对推动东路地区抗日高潮再度兴起起着决定性作用的谭震林，1926年入党，1927年任井冈山革命根据地茶陵县工农兵政府主席和县委书记，后任中共湘赣边特委书记，中共工农红军第四军第二、第四纵队政治委员，第一军团十二军政治委员，福建军区政治委员、司令员，在南方三年游击战争中，任闽西南军政委员会军事部部长、副主席，卢沟桥抗战爆发后，任新四军三支队副司令员；"常熟抗日三领袖"李建模、任天石、薛惠民，既是知民忧、解民难、得民心的优秀地方党政领导干部，也是"江抗"重要领导骨干。各路阅历丰富、识见高远、斗争坚决的群英荟萃东路，使"江抗"自始至终拥有堪称卓越的领导群体。

政治路线确定之后，干部就是决定的因素。回溯东路的抗战史不难看出，难在开局，难在坚守，难在由低潮走向高潮。

马克思和恩格斯曾引用18世纪法国启蒙思想家、唯物主义哲学家爱尔维修的话说："每一个社会时代都需要有自己的伟大人物，如果没有这样的人物，它就要创造出这样的人物来。"当年中共东路特委代理书记张英回首艰难斗争历程时写道："一个大局面是要有主力才能支持的。东路在主力西撤后剩下来的只有一个伤病战士排和一点点'民抗'。于是大局面变成了小局面，高潮走入了低潮，整个东路形势在这时是急转直下。除了自己主观力量的削弱，外来压迫也就随之而来。"三军易得，一将难求。在共度时艰中应运而生的优秀干部和骨干，就是支持大局面和形势急转直下时推动低潮进入高潮的决定因素。"江抗"进军东路能迅速打开局面，新四军伤病员独撑危局火种不灭，"江抗"主力西撤后，东路能触底反弹迅速兴起抗战热潮，党的正确领导和群众竭诚支持无疑是根本保证，但独当一面的领袖人物和身经百战的红军骨干，确实起到了力挽狂澜、砥柱中流的重要作用。

东路地区抗日斗争前后两个兴盛期，都与叶飞和谭震林两个关键人物密切相关。而阳澄湖伤病员的坚守和新"江抗"的再度勃兴，也与刘飞、夏光、杨浩庐、廖政国、张开荆、戴克林、陈挺等领导骨干，以及夜袭浒墅关车站主攻连连长吴立夏、闽东籍红军战士叶诚忠等战斗骨干的种子和酵母作用分不开。在民族危亡的烽火岁月，古来人杰地灵的东路地区，已然成为冶炼纯钢的熔炉、催生治国治军栋梁的摇篮。从东路地区抗日根据地和"江抗"及衍生发展的部队，走出了谭震林、姬鹏飞、彭冲、叶飞四位党和国家领导人，走出了刘飞、张翼翔、廖政国、刘先胜、张藩、温玉成、谭启龙、何克希、乔信明、曾如清、张英、颜伏、邱布、陈时夫、张开荆、夏光、戴克林、陈挺、吴咏湘、周文在、张文碧、钟发宗、程业棠、余光茂、蔡啸、贺敏学、刘文学、汤光恢、彭飞、曾昭墟、张日清、梅嘉生、刘亨云、张元培、杨家保、邱相田、黄志远、黄烽、洪大中、张季伦、蔡群帆、林震、沈云章等将军和军职以上领导干部，走出了江渭清、谭启龙、管文蔚、包厚昌、王一平、钱敏、陈光、何克希、杨浩庐、张开荆、贺敏学、韦永义、梅嘉生、顾复生、周文在、吴仲超、陈同生、刘烈人、石峰等省部级领导干部。

业由才兴，功以才成。一部东路抗日根据地的兴盛和发展史，就是胸怀大志、腹有良谋的帅才和呼啸猛进的勇士，在生死鏖战中崭露头角进而创造奇功伟业的历史。"江抗"在东路和大江南北取得的辉煌胜利，已经成为中华民族共赴国难中脱颖而出的杰出人才群体，用生命和鲜血构筑的伟大纪功碑。

战略支撑之四：依托上海大都会扬长抑短解决人才物资等困难，是东路抗日根据地在倚城向乡中变相对劣势为相对优势的关键所在

上海是中国最富有的地方，上个世纪30年代，有"一个上海，半个中国"之说。1936年，上海拥有工厂五千多家，占全国十二个大中城市的36%，资金占60%；上海有甲种商业一万九千六百九十三家，乙种商业两万五千三百八十三家，各种商店八万六千六百三十九家，在中国占绝对优势；上海直接对外贸易值占全国55%，进出口贸易值占全国总额的80%以上；上海金融机构达三百家，占据着外国对华投资80%的份额，金融市场营业资金达三十二万七千一百九十一亿元，占全国金融资金的47.8%；上海交通运输和邮电通信已步入现代化，拥有丰富的文化财富且人文荟萃，大专以上高校三十多所，学科门类全国最全，各种研究所数量居全国之首，拥有商务印书馆、中华书局等著名出版社，中外报刊、通讯社有一百多家，出版报纸杂志四百多种，出版图书三千九百五十八种。

上海地处经济发达的长江三角洲，拥有与内地终年通行的不冻航道三万里，三面向海的区位优势，使它离太平洋所有主要航道的最西点都不超过一百海里。上海位于中国南北海岸线中端，旧时官方规定南方船只不得在上海以北贸易，北方船只不得在上海以南贸易，上海自然成为南北两大地区货物主要集散地。这些产生和造就大城市的优越条件，不仅使上海在近代迅速崛起，而且在20世纪30年代以远东第一大都会的地位，成为中国经济文化中心和政治副中心，被誉为"东方的巴黎""东方的纽约"。

上海不仅是孕育新四军的发祥地，而且是新四军的重要战略支点。虽然城市及其郊县没有通常意义上开展游击战争的自然环境依托和条件，但却有其他游击区和根据地没有的独特优势。根据中共中央指示，中共江苏省委为配合新四军完成挺进华中敌后战略任务，直接领导了上海人民支援新四军的工作。上海是新四军重要的人才输送基地，抗战期间共为新四军输送了两万多青年学生、产业工人和市民，其中不乏军事、医学、文化、经济等人才。1938年夏，上海地下党以输送难民到外地垦荒的名义，分两批给新四军军部输送男女青年九百人，得到中共中央的肯定和表扬，认为"能从日军包围的情况下，从租界中送出大批难民支援新四军，这是上海地下党成功的壮举。"[①]1939年4月至1940年11月，由上海输送到苏、常、太抗日根据地的人员有五百多人。"江抗"领导人何克希、杨浩庐，常熟"民抗"领导人李建模、任天石，都是上海党组织派往东路抗日根据地的优秀人才。原在上海《导报》任主笔的中共党员陈同生，被派到"江抗"总指挥部担任秘书长。上海党组织通过举办无线电技术培训班，向"江抗"输送了一批无线电收发报技术人员，以加强部队通信联络工作。新四军在给养不保的困难

---

① 中共上海市委党史研究室，上海市新四军暨华中抗日根据地历史研究会.新四军与上海.上海：上海人民出版社，2013：143.

条件下，尽最大努力优待知识分子，规定凡属高级知识分子，均享受团以上干部待遇，配勤务员；在战地服务团工作的知识青年，都享受排以上干部待遇。当时新四军营连干部每月津贴为三块大洋，团以上干部为四块，项英也只有四块。而专家学者每月则十几块、数十块不等，正规医科大学毕业医生每月七十块，少数人每月一百块以上，军医处技术高的医生每月可达一百四十块。国际友人史沫特莱，以在八路军和新四军中的丰富阅历和切身感受赞誉说，新四军是"最有效、最文明的军事力量"，是"文化水平最高和最有力的部队"。多才多艺的浦江儿女除用手中的枪英勇杀敌外，还拿起革命文艺的武器，或"发为文章，形诸歌词，以抒胸中愤慨之气，以写敌人残酷之情"，"藉可歌可泣之诗文，鼓如虎如黑之勇气，裨益抗战，裨益建国，良非浅鲜"。①一大批有文化知识、接受能力强的新兵充实部队，对提高"江抗"战斗力发挥了重要作用。

上海因其资源富有而成为新四军的物资筹措中心。上海地下党深入发动广大人民群众，除源源不断支援新四军车辆、武器弹药和军工生产设施、衣被鞋袜、医疗器械和药品等物资外，还于1940年4月，派吴以常帮助新四军在苏南创建水上印刷厂，安排地下交通员蒋国梁设法在上海采购印刷器材，使在东路地区有着很大影响的《大众报》，于1940年7月7日由油印改为铅印，从而产生了更大的辐射力和影响力。林震从任"江抗"阳澄湖后方医院院长到六师十八旅卫生部长，先后七次赴上海，在地下党组织的帮助下采购药品，并为根据地带回一批又一批医护人员。1939年底，上海中国职业妇女俱乐部主席茅丽瑛，根据上海党组织部署积极组织义卖活动为新四军募捐。日伪给她寄来三颗子弹进行恐吓，茅丽瑛无所畏惧，继续出头露面组织募捐活动，于12月12日被敌暗害。茅丽瑛的牺牲没有吓倒前仆后继的上海人民，社会各界支援新四军的活动仍方兴未艾。

2014年8月29日，茅丽瑛被国家民政部列入第一批公布的300名著名抗日英烈和英雄群体名录。

上海地处华中腹地，又是新四军华中分布图中扇形面的轴基，特殊的地理位置决定了上海必然成为新四军地下交通的枢纽和生命线。从1937年到1940年，上海党组织着力构建通往抗日根据地的可靠地下交通线，仅到苏南抗日根据地的就有五条之多，这些交通线主要靠地下交通员保持正常运转。江苏省委组织部就

---

① 中国新四军和华中抗日根据地研究会.新四军在华中.北京：军事科学出版社，2012：126.

曾直接指派地下党员荣健生负责上海到苏南的地下交通工作，任务是把省委发动组织的人员秘密输送去苏南参加抗日游击队，并给荣健生配备了王占魁、朱明、蒋国梁、陈明、孙其昌等若干交通员。地下交通人员开辟的较为安全的交通线，保证了从苏南抗日根据地到上海，只需一两天就能到达。刘飞到上海同仁医院疗伤，靠的就是荣健生等上海地下交通员安排和接应。

上海还是新四军的情报收集中心。抗日战争时期，上海是国内外各种力量相互角力的场所，也是情报网络最为密集、情报信息最为集中的城市。1939年4月，党中央派潘汉年从延安到达上海，领导上海的情报工作。抗战期间，上海情报部门为新四军提供了大量重要情报，包括日方高层动向，日伪特工在沪、宁、杭的部署，日伪部署大"扫荡"的情报，日伪顽相互勾结的内幕和文电，为新四军制定正确行动方针，提供了重要的参考和依据。

上海具有反帝反侵略的光荣传统，是中国革命的摇篮。鸦片战争中，吴淞守将陈化成英勇御敌，为国捐躯；太平天国战争中，上海小刀会起义，同洋枪队和清兵作殊死斗争；戊戌维新，康有为、梁启超先在上海发端，成立强学分会并办《强学报》，影响全国；武昌首义，上海同盟会迅疾呼应，光复成功；1921年7月23日至31日，中国共产党在上海召开了第一次全国代表大会；1925年在上海爆发的五卅运动，形成了全国范围的反帝爱国运动高潮；1926年10月至1927年3月，上海工人先后三次发动武装起义并占领上海；大革命失败后上海是文化"围剿"与反"围剿"主战场，最终以进步文化反"围剿"胜利告终。长期革命洗礼和先进文化陶冶，使上海拥有良好社会条件和群众基础，成为动员民众和支援抗日根据地的特殊政治优势。上海进步报刊和党组织协调的国际友人，对新四军挺进敌后及取得的战果的及时报道和广泛宣传，极大地焕发了全社会的爱国热情和抗敌决心，形成了同仇敌忾共御外侮的良好舆论氛围，有力鼓舞了新四军将士杀敌报国的高昂士气。全方位的有力支持，使大上海成为苏、常、太和澄、锡、虞抗日根据地的力量之源和坚强后盾。

二问历史：亲历土地革命战争、抗日战争和解放战争，曾经身经百战且三过草地的刘飞，几十年挥师克敌可圈可点之处可谓多矣，但为什么对坚守阳澄湖敌后斗争这段历史情有独钟？

作为军政兼优的指挥员，刘飞挥师克敌不乏精彩战例。

除首战窑湾一个纵队歼灭国民党一个军，三垛河以三团一营兵力设伏消灭日伪军近一千八百人这些已载入军史的精彩战例外，刘飞在军、师指挥岗位创造的威慑敌胆的辉煌战例，依然不胜枚举。

1946年12月17日，在山东野战军和华东野战军共同围歼国民党军整编第十一、第六十九师共六个半旅的宿北战役中，刘飞受命率苏中军区教导二旅担负控制老虎洞的艰巨任务。战前，叶飞再三叮嘱刘飞："老虎洞是敌口袋阵打结的地方，纵队钻进口袋，敌人必全力争夺老虎洞。老虎洞一丢，纵队就真成了人家的饺子馅了。"在事关纵队安危和战役成败的关键一战中，刘飞指挥全旅顶住了国民党军的八次强攻，上午十时，当敌人发起第九次强攻时，刘飞决心来个猛虎出洞，令四、六两团同时主动出击，进攻之敌顿时阵脚大乱，受重创之后纷纷溃逃。刘飞所部守住了"口袋"口，保证了叶飞挥师击溃整编第十一师，又把整编第六十九师团团围住。刘飞率教导二旅负责歼灭第六十九师六十旅，他把旅指挥所移到罗庄前沿，采取正面攻击、侧后迂回卷击战术，全歼六十旅旅部及两个团。宿北战役开了解放战争以来我军全歼敌人一个整编师的先河。12月26日，延安《解放日报》发表题为《蒋介石孤注一掷的失败》的社论，指出，宿北战役"是苏皖解放区超过以前十一次大捷的空前的大胜利，也是7月以来整个爱国自卫战争中空前的大胜利"。此役，刘飞所部第一纵队二旅建功显赫。

1947年5月，在陈毅决心"百万军中取上将首级"的孟良崮战役中，刘飞指挥华东野战军第一纵队二师和独立师，执行从"百万军中"剜出"上将"这一最危险最关键的任务，即切断蒋介石御林军整编第七十四师与黄百韬兵团整编第二十五师的联系。国民党声称："有七十四师就有国民党"，"有十个七十四师就可以控制全中国"。刘飞率二师和独立师一夜穿插二十公里，大胆楔入敌纵深，勇猛果敢地将七十四师从敌一线八个整编师中央像剜眼球那样剜出来，为胜利全歼国民党军五大主力中武器装备最好、战斗力最强、号称"王牌中的王牌"整编第七十四师，作出重大贡献。激战中，三天三夜没有吃饭和睡觉的刘飞，手持冲锋枪和官兵一起奋力攻坚、英勇杀敌。5月16日下午五时，刘飞率二师与兄弟部队同时冲上孟良崮主峰，张灵甫卫士排被阳澄湖伤病员发展壮大而来的二师六团二营全部生俘，缴获二十多支崭新的德国造毛瑟冲锋手枪。战后，各通讯社和报社普遍采用的张灵甫那张呲牙咧嘴的"遗照"，就出自第一纵队《前锋报》摄影记者徐光之手。当年新四军战地服务团演员、时任华东野战军第六纵队政治部宣教部部长的吴强，在张灵甫尸体旁写下一副对联："看！刽子手恶贯满盈如此下场；劝！蒋家兵弃暗投明早日归降。"吴强命文工团员林倩用毛笔将对联写在两张大纸上，分放在张灵甫尸体旁。后华东野战军部队装殓并埋葬了张灵甫，通过新华社通告了张灵甫埋葬地点，要其家属前往领尸。

1948年11月30日午夜，杜聿明率三个兵团弃徐州绕道萧县、永城南逃，华东野战军给第一纵队下达十万火急命令：直取萧县，猛追逃敌。刘飞受命后立即给各部队下令："不要尾追，要迂回猛插到敌人前面去，不要为小股敌人所困扰，发现敌人的高级指挥部坚决捣毁；发现敌人的战车和装甲车要坚决摧毁，勿使敌人利用现代装备逃跑。"这一简洁、易懂、好操作的命令，抓住了拦截三十万逃敌的关键所在。三师八团二营在萧县西南桃园与敌装甲车群展开较量，排长郭荣熙率爆破组一举击毁敌三辆坦克，俘获两辆装甲车，创造了步兵消灭坦克的战斗范例。至12月3日晨，华东野战军第一纵队和第九纵队以迅猛的行进战斗动作，从东西两翼迂回到逃敌前方，出色完成了拦堵三十万逃敌艰巨而光荣的任务。

这些惊天地、泣鬼神的奇功殊勋，刘飞似乎都已渐渐淡忘。从上个世纪30年代末到80年代初，他始终萦绕在心难以释怀的，就是秋之阳澄湖一望无际的芦花和迤逦苇荡的扁舟。

1940年12月13日，驻苏州日军第十七师团第八十一联队二百多人汹汹来犯，新"江抗"一纵队政治委员刘飞指挥部队在张家浜给水上来袭之敌以迎头痛击。在抓住战机组织部队撤离时，刘飞未及登船，从湘城赶来增援的日军已经逼近。危急关头，距河岸不远的矮屋里闪出宋大婶，飞快地把刘飞拉到屋前，把他藏在屋檐下的干草堆里，然后从容不迫地迎向日伪军。当宋大婶看到日本鬼子用刺刀向干草堆里乱捅，急中生智对伪警察说：那个新四军刚过河，我摇船送你们过去追！鬼子离开草垛，将信将疑来到河边，看到宽阔的河面两岸芦苇茂密，怕中伏击，哇啦哇啦嚷了几句便撤走了。鬼子走远后，宋大婶急忙回到屋前扒开干草堆，见刘飞被敌人捅伤的腿正在流血，急忙把他扶回家，包扎好伤口，又烧粥给他喝，随后摇船躲过敌人岗哨，把刘飞送到东张家浜。

刘飞儿女记得，多少年来，每逢想起几次在群众掩护下死里逃生的经历，爸爸总是发自肺腑地慨叹：常熟百姓就是子弟兵的再生父母啊！没有他们冒死相救，自己哪能活到今天！刘飞终生铭记这样一个史实：抗日战争相持阶段，国民党向敌后派出五十万军队开展游击战争，其数量远远超过共产党在敌后的抗日武装，但发人深省的是，国民党在敌后开展游击战争的部队，要么让日军撵得东躲西藏，无处存身，要么面对凶悍的日军及金钱官职诱惑，"降官如毛，降将如潮"，迅速伪化，除了指导思想、战法战术有误和战斗意志薄弱外，根本的原因就是国民党军在敌后不能与群众紧密结合，得不到人民的拥护和支持，所以不可能站住脚。

1942年，日军吉冈安直中将曾绘声绘色向伪满皇帝溥仪介绍日军对付中共领导的"共产军"的种种战术，溥仪不解地问，"共产军"小小的，何犯上用这许多新奇战术？吉冈解释说，"共产军"这和国民党军不一样，军民不分，就像赤豆埋在红沙土里，"共产军"不管到哪里，百姓都不怕他，这实在是大陆上从来没有的军队，这样的军队越打越多，将来不得了。可怕，真是可怕。

在孤立分散和与敌周旋作战最艰苦、最困难的岁月，刘飞几度在生死边缘真切地感受到真心实意拥护党和军队的人民群众金子般的心，清晰地触摸到了我军力量之源深根的坚实和脉搏的律动。永远同人民在一起，用生命和鲜血保护人民群众的利益，这正是我军为人民群众所爱戴并始终立于不败之地的法宝所在啊！

曾任新四军新一支队新一团团长、新四军七师十九旅副旅长兼参谋长的原昆明军区司令员张铚秀将军回忆说，当年，陈毅、粟裕司令挥戈江南时，毛泽东曾告诫他们说，江南没有北方那样的青纱帐，但你们要紧紧依靠人民群众，人民群众就是你们的"青纱帐"。

东路抗日根据地的开辟和再度兴盛，堪称中国革命胜利袖珍版的百科全书，"江抗"和东路地区人民在这片充满传奇色彩的土地上创造的动人故事，酣畅淋漓地体现了我党我军的宗旨，诠释了中国革命胜利的奥妙。救斯民出水火的切身体验，使刘飞比任何人都更深刻地认识到，东路抗日根据地的建立和牢不可破，本质上源于人民群众的热切期盼和强力支持。

1939年12月27日清晨，驻守昆山的日军窜过阳澄湖，突然包围了隐蔽在曹浜村的"江抗"后方医院。乡亲们纷纷把来不及撤离的伤病员隐藏在自己的家中。沈河翠大妈一个人在家中柴草堆里藏了四个伤病员，临危不惧机智与前来搜查的日本兵周旋。新"江抗"交通员连柏生执行任务时，突然与一群下乡扫荡的日军相遇，急忙躲进附近村子一户人家。正在给孩子喂奶的大嫂认识连柏生，急中生智把孩子交给他，让他抱着孩子睡在床上。日军追来后指着连柏生问："他是什么人？""他是我男人！"大嫂话音刚落，丈夫从地里回家了。日军见状顿生疑心，逼问道："他又是什么人？"大嫂咬咬牙说："我不认识他。"于是日军带走了她丈夫，再也没有回来。村头稻场上，日军把全村人赶到一起，架起机枪逼群众交出部队伤员。农民陈福林被日军严刑拷打，宁死不说。

当年，东路百姓中流传着这样一段顺口溜：

东洋人杀人，"游劫队"（土匪部队）抓人，新四军救人，共产党是亲人。

百岁夏光晚年仍能哼唱当年流传在阳澄湖畔的歌谣：

桃树开花红盈盈，柳树发芽绿满枝，桃红柳绿我不爱，单爱亲人"江抗"军。

大隐隐于市，小隐隐于湖。"江抗"在常人认为难以立足的地区站住脚并巩固发展了抗日根据地，制胜秘诀，在于依靠真心实意拥护支持党和军队抗战的人民群众。当年曾任"江抗"澄、锡、虞地区总办事处主任，新中国成立后任江苏省政协副主席的顾复生回忆，1941年5月29日，他以江南行政委员会第三行政区专员的身份，率"江南参观团"到盐城新四军军部时，恰逢几个外国记者前来采访。刘少奇推荐顾复生接受记者们的采访。金发碧眼的无冕之王听说新四军在上海外围的平原水乡和铁路沿线展开了游击战争，感到十分诧异。记者们拿着地图，指着苏、常、太和澄、锡、虞这一狭长地带问顾复生："阁下讲的东路地区，就是这里吗？"顾复生回答："是的。"记者在地图上看到的只是密如蛛网的河流和大大小小的湖泊，又有数不清的日伪军据点，感到很不理解，于是再问："这个地方没有山，你们怎么隐蔽自己、对付敌人呢？"他们得到的是意味深长的回答："这个地方也有山，人民群众就是我们的靠山！我们是靠人民群众的支持打日本的。"

顾复生的回答，使外国记者深受震撼。历史的逻辑无可违拗，在以毛泽东、周恩来、陈毅、谭震林、叶飞为代表的中国共产党人的战略运筹下，在以刘飞、夏光为代表的部队优秀指挥员的精心组织实施下，"江抗"儿女同东路人民水乳交融、血肉相连，自觉融入"青纱帐"，依靠"青纱帐"，服务"青纱帐"，以无愧于人民子弟兵宗旨的创新实践，在不利中寻求有利，能动地扭转战局态势，用生命和鲜血铸造牢不可破的鱼水深情，成功实施了中国革命史上令人叹为观止的反弹琵琶，形成了苏南无山胜有山的人文地理奇观！

1941年6月6日，陈毅在盐城新四军军部接见"江南参观团"全体成员时讲了话，鲜明提出"由于六师的环境和任务跟一、三师不同，因此在建军方面不应抄袭一、三师建军的要求和方法"，"六师以建设'党的模范游击兵团'为适宜"。

正是怀着对苏南人民这种深厚的感情，当年"江抗"部队上下自觉以建设党的模范游击兵团为己任，视人民如父母，把驻地当故乡，行军作战到哪里，就把遵守纪律、发动群众、统一战线、建立政权、改造民间武装、减租减息等工作做到哪里，受到人民群众的信任和爱戴。

1945年农历正月初三，六师十八旅五十二团奉命返回苏中，在部队多次驻过的泗洪县小集镇朱湖，出现了震撼人心的一幕：家家户户门口都摆着一个小桌，桌上铺着红布，上面放着一面镜子、一碗水、一根针。乡亲们拉着战士们的手说，你们是清如水、明如镜，不拿群众一针一线啊！

大江东去的澎湃涛声中，间或可闻小溪流的潺湲。1938年，青年学生蔡群帆从上海参加了新四军。抗战胜利后，上海地下党为防止国民党反动派加害我军干部家属，特地把蔡群帆的母亲送到山东烟台。她寻子未果，于1947年秋国民党进攻胶东时，辗转来到大连，并在那里参了军，在被服厂用缝纫机缝制军衣。上海解放时，这位母亲已成为一名连级干部，穿一身军装到上海寻找儿子，遍访无着后，鼓足勇气敲响了上海市市长陈毅的办公室。

"你的儿子叫啥子名字哟？"日理万机的市长从宽大的座椅上抬起身，亲切地望着这位风尘仆仆的母亲，认真问道。

"我的儿子叫蔡群帆，群众的群，帆船的帆，是1938年从上海去参加新四军的。"母亲望着蔼然可亲的市长，紧张之情顿时烟消云散。

"哦，1938年，那是三八式的干部！从上海去参加新四军的，那该是我的部下啰！"陈毅朗声笑答，给期待中的母亲带来了希望。

"莫急，容我在小本子上找一找。"陈毅从抽屉里找出一个小本子，那是第三野战军团以上干部花名册，姓名、年龄、籍贯、职务一目了然。

"上海，1938年入伍，可能在谭（震林）老板的六师？或在何克希手下？……哈，有了，蔡群帆，上海人，1938年入伍，现在是第二十军司令部参谋处长，他不久前还在上海，现在移防嘉定。我马上派辆车叫人送你到那里！"

蔡群帆就在时任第二十军军长刘飞所在的军机关，刘飞听到陈毅帮自己部属母亲在军中寻子的故事，思索了很久。与吴焜和杨瑞年的父亲杨效颜相比，蔡群帆和他的母亲无疑都是最幸福的人。由市长帮着母亲找儿子的经典情节，刘飞自然而然想起了陈毅谆谆告诫部队将士的那首《赣南游击词》：

靠人民，支援永不忘，他是重生亲父母，我是斗争好儿郎，革命强中强。

这些充满了历史质感、鲜活而生动地揭示了中国革命胜利之道的往事昭示刘飞，树高千尺总有根，人民群众永远是我军不可战胜的力量源泉，血浓于水的军民情谊永远是我军克敌制胜的重要法宝。靠人民支援永不忘，人民军队什么时候都不能忘记自己是从哪里来的，要到哪里去；什么时候都不能忘记为了谁、依靠谁。这不正是刘飞对阳澄湖斗争岁月刻骨铭心并着意再现这段历史的动因所在吗？

三问历史：是一种什么力量，驱使刘飞透过陆离斑驳的战争图景看到了芦荡火种的价值，并且在几十年的坎坷岁月中痴情不改，始终如一地关注支持反映芦荡斗争生活红色经典的创作？

历史现象必须以历史眼光来判读。巨大的引力背后，必定有着不同寻常的动因。《芦荡火种》和《沙家浜》，从浸染着芦花水渍的原生态作品，到跻身红色经典之列，是一种十分奇特和耐人寻味的文化现象。

2015年5月2日下午，我在窑湾沿六十七年前刘飞、崔左夫走过的运河西岸信步前行，听当年的"儿童团"陆振球叙说窑湾之役争烈斗激的场景。京杭大运河在窑湾波澜不惊地流淌了大半个世纪，淮海战役急风骤雨般的首战留下的谜团，至今还在引发人们的探究和思索：当华东野战军第一纵队，以对等兵力一举歼灭国民党军第六十三军，在攻坚作战中创造了历史时，纵队指挥员刘飞何以婉拒新华社战地记者采访，思绪由硝烟弥漫的苏北沃野，飞向波光潋滟的苏南水乡？

当年刘飞战地有言：窑湾大捷是上级正确指挥、兄弟部队全力配合、广大官兵英勇奋战的结果，决不能把功劳记在个人头上！

掷地有声的肺腑之言，分明为人们提供了一个赤子用党性铸成的思想路标。循着这一轨迹继续向前探寻，你看到的是一个从大别山走来的苦娃子，对党和人民千秋大业无比珍爱又极端负责的耿耿丹心和殷殷深情。

在1948年冬淮海战役的战场上，已经可以清晰地听见新中国走来的脚步声。朝思暮想的胜利就要到来了，用生命和鲜血换来的江山，怎样才能坐得稳？受人民哺养、为人民建功的子弟兵，怎样才能永葆自己的本色，让鱼水新歌世代传唱，永远立于不败之地？在血火斯搏中深谙政治教育和心灵培塑之道的刘飞，惯于用生动鲜活的史实和材料，来教育部队、说服官兵，从人们的心底，激发起深厚而又恒久的力量。当新中国犹如站在桅杆上可以眺望东方一轮喷薄欲出的朝日时，深知江山是白骨堆起来的，胜利的捷报是用烈士的鲜血写成的刘飞，比常人更加深刻地意识到文化传承历史，对于赓续党和军队优良传统的特殊重要性。这是其他任何形式都无可比拟和代替的啊！在窑湾那个硝烟尚未飘散的黄昏，望着从阳澄湖走来的部队官兵，刘飞怎能不热切思念对自己有再造之恩的苏南热土，怎能不对绿苇如海、芦花似雪的阳澄湖心驰神往！似乎是深贮脑海的潜意识被刻骨铭心的记忆唤醒，刘飞这位融铁血红安风骨与芦荡鱼水情谊于一身的红军战士，决意用自己见证的可歌可泣的历史，告诉千千万万后来人，在他们为国家和民族担负起自己的责任时，应该知晓、铭记和坚持哪些东西。当他尚属朦胧的创意变成珍贵的战地之约，蕴含至高至纯党性和在严酷战争中冶炼熔铸的深邃思考，与文学艺术以个性彰显共性的特点规律相契合，这一在中国革命史和文学艺术史上具有特殊意义的跨界碰撞，立刻便灵光四射，使南北两地的文学和戏剧界尽显人人握灵蛇之珠、家家抱荆山之玉的生动景观。经政坛和文苑精英联袂打造并千锤百炼，最终演绎出属于整个革命时代的史诗般壮丽辉煌的经典。

今天的人们追溯这段丰赡而奇特的历史，不难看出，刘飞可贵的文化自觉，无疑对战争传奇向红色经典演化，起到了重要的助推和催化作用。刘飞从小因家贫失学，投身革命后，随着肩负的责任越来越重要，对文化特殊功能的认识也越来越深刻。从陕北到江南，在融入新四军部队的过程中，特别是东进作战后，苏南水乡耕读传家文化传统对他的浸润，上海兵为主体的有文化的部队给予的熏陶，使刘飞的思想产生了新的飞跃，开始形成一种超越自身职位和眼前斗争局限的文化自觉。后来，刘飞刻苦学习以致眉秃发落，军务繁忙之际仍把支持红色经典创作作为分内事予以重视，都是责任使命和文化自觉交互作用使然。

1957年夏，陈同生对前来采访的崔左夫说，当年在"江抗"，叶飞把自己介绍给刘飞时，刘飞嚷道，不要叫陈同志当秘书长，到我们政治部去工作吧！他是老同志，又有文化。我是一个十足的土包子，可是，我那些科长、干事，全是大学生、洋学生，我真不知道该怎么样搞，陈同志去了一定行。刘飞女儿刘凯军回忆说，爸爸在全家生活很不宽裕的情况下，执意出钱资助大别山区两个叔叔的三个女儿上学，固然是亲情使然，但更重要的是他深刻地感受到没有文化的苦楚和掌握文化的极端重要性，这恐怕也是他在艰苦的战争年代担任领导职务后，对知识和人才有着特殊偏爱的深层原因。

诞生在窑湾大捷中女儿的解析，使我对胼手胝足却偏偏具有一种与生俱来文化渴求的刘飞，有了更深一层的认识。作战中，刘飞以砍杀敌人的个数，来换取文书包教包会的字数；自己文化水平不高，却一定要找个有文化的伴侣；求爱受挫的团政治处主任牺牲后遭到非议，刘飞及时有效地对官兵进行教育引导；淮海战役首战告捷，刘飞婉拒记者采访，以独到的眼光提出了采写新四军伤病员芦荡斗争生活的意向。铁马金戈创造和推动历史的战争亲历者，对如何从本质上艺术地再现中国革命武装斗争进程，往往有着天然的直觉和敏感。于是，在以工农为主体的我军前身部队，出现了一种耐人寻味的现象：越是久违文化甘霖者，其文化饥渴便越强烈；越是远离文化圈的斗争亲历者，其文化创造的动因便越遒劲。历史就是这样以逸出常规和超凡脱俗的形式，给世人留下了一颗子弹与一部红色经典这一中国革命史上耐人寻味而又永远叙说不完的话题。这正是刘飞身经百战却独钟阳澄湖兼葭苍苍的深层原因所在。

刘飞与崔左夫的窑湾对话，已经过去了近八十个春秋。在共和国和人民军队的编年史上，当年淮海前线一位战役指挥员与战地记者交流与碰撞的细节，丝毫不会引起编著者的注意。但这次意味深长的对话，却有着怎么想象都不过分的厚重意蕴。矗立在当年东路抗日根据地上的苏州市革命博物馆，年年月月都在迎接山南海北不同年龄、不同阅历的来宾。当人们目睹那颗浸透将军鲜血的锈迹斑斑的子弹，随着呼啸的子弹划过的弹道去探寻血火交织的传奇故事，谁的心灵能不受到震撼，谁的思想能不受到洗礼和净化呢？

子弹无言，活生生的历史见证所蕴含的丰富信息，日复一日以特殊的穿透力直抵受众心灵，从而使他们对中国革命斗争历程和军民鱼水情谊的本质，有了更加真切深刻的认识和理解。从这颗子弹登堂入室，进而观赏博物馆中由八一电影制片厂参与制作的题为《阳澄烽火》的大型半景画多媒体演示，带着由红色历史真实切片所引发的浓浓兴趣，再去重温红色经典《芦荡火种》和《沙家浜》，你对中国革命为什么会发生，我们的党、国家和军队是怎样从昨天走过来的，迈向明天的路径和动力在哪里，就会有一个形象直观而又全新的认识。

一颗子弹为我们打开了洞察和深省一段历史的窗口。从这颗子弹标示的轨迹，重温江南塞北的抗战史，纵观那段属于整个民族乃至全人类记忆的烽火岁月，毛泽东、周恩来、刘少奇、朱德、邓小平、董必武、彭真、陈毅、聂荣臻等党和国家领导人对《芦荡火种》和《沙家浜》创作演出高度重视、倍极关爱，刘飞、文牧、陈荣兰、汪曾祺、崔左夫呕心沥血打造红色经典，其深邃的思想政治和文化考量，似乎都有了一个明晰的答案。

尾声 雨花台上

2015年5月3日上午，我来到风景秀丽的红色圣地雨花台，寻觅"江抗"前辈神秘的人生后花园，瞻仰叱咤风云的东路英雄光耀千秋的灵魂安歇处。

六朝雨花凝天地神韵，一部青史铸千秋圣台。雨花台从公元前1147年泰伯到这一带传礼授农算起，已有三千多年历史。自公元前472年越王勾践筑"越城"起，雨花台一直为江南登高揽胜之佳地。三国时，因岗上遍布五彩斑斓的石子，又称玛瑙岗、聚宝山。相传南朝梁武帝时，有位高僧云光法师在此设坛讲经，感动上苍，落花如雨，雨花台由此得名。

"葬我于高山之上兮，望我故乡……天苍苍，野茫茫，山之上，国有殇。"1962年1月24日，新中国成立前夕痛别妻儿被裹挟到台湾的于右任，在海峡彼岸饱蘸血泪写下了《望大陆》一诗，发出了呼天抢地的呻唤。

凭险临江的雨花台，历史上就是一个掩埋忠骨的地方，每每上演"山之上，国有殇"壮怀激烈的一幕。南宋抗金英雄杨邦乂拒不降金，被金人在雨花台下剖腹取心，宋高宗赐谥号，建"褒忠祠"。一百五十年后，抗元英雄文天祥兵败被俘，押解大都（今北京）途中经建康（今南京），在《怀忠襄》一诗中，表达了对杨邦乂的敬仰之情和殉国之志。文天祥殉难后，人们在"褒忠祠"附祀他，遂改名"二忠祠"。1927年以后一段风雨如磐的岁月，雨花台成为新民主主义革命时期中国共产党人和爱国志士最集中的殉难地，无数烈士在这里血洒圣台，其中留下姓名的仅两千四百零六人。

登临雨花台，一个无法绕开的亡灵是南京大屠杀主犯谷寿夫。

1937年12月12日十二时三十分，日军第六师团中将师团长谷寿夫，率领攻破南京城的"首功"部队入城后，公然宣布部队"解除军纪三天"。灭绝人性的日军在中华门、城西长江畔至下关一线，进行了惨绝人寰的疯狂屠杀，罪孽之深重，时逾六周，江边流水尽为之赤，城内外河渠沟壑无不尸满为患。据1940年2月11日大阪《朝日新闻》报道，南京屠城后，谷寿夫被日本天皇亲授金鸱军功奖章，并加授大勋位菊花大绥章。后西方媒体揭露了南京大屠杀真相，日本高层不得不将声名狼藉的谷寿夫召回国内转服预备役。

1946年2月2日，谷寿夫在家乡冈山县小镇被美军宪兵抓获。同年8月，关押在巢鸭拘留所的谷寿夫，在被引渡中国羁押于上海警察局小南门看守所期间，上演了一幕颇为惊险的劫狱闹剧：

谷寿夫的旧部河野满少佐、冈田次郎上尉和韩裔女特务李长美，收买了看守所副所长毕尚清，给谷寿夫服了丸药使其突发"重病"，尔后在上海一家教会医院"死"去。当日深夜，几个黑影扛着一具尸体摸进了医院太平间，企图以此与佯装死亡的谷寿夫调包，却发现停放谷寿夫的19号尸床是空的！原来，国防部军法司特勤组军官在验尸时，发现谷寿夫诈死，当即将其押往南京，关进陆军特种监狱。河野满等人仍不死心，旋即赶到南京绑架了特勤组成员邢某，抢走其监狱证件。就在女特务李长美准备活埋邢某时，邢某挣脱绳索，打死李长美，抢先用电话向监狱作了报告，使预有准备的狱警生擒河野满，击毙冈田次郎。河野满入狱后咬碎牙中毒药身亡，劫持谷寿夫的阴谋化为泡影。

南京大屠杀十年后的1947年2月6日下午，国民政府国防部军事法庭对谷寿夫进行公审。军事法庭统计出当年南京计有三十四万五千三百三十七人被害。谷寿夫百般抵赖，声称部队"不乱杀一人"。军事法庭庭长石美瑜怒不可遏，当庭下令展示取自雨花台万人坑的累累颅骨，每一颗颅骨底部明显的切痕，都无可辩驳地证明死难者全部都是被刀砍头！当年曾组织掩埋遇难者尸体四万余具的红十字会副会长许传音出庭作证，愤怒揭露他亲眼所见的日军烧杀劫掠、奸淫妇女的暴行，充满正义感的国际友人金陵大学教授史密斯、贝德士和英国《曼彻斯特卫报》、美国《纽约时报》驻南京特派记者，相继出庭指控日军暴行。法庭放映了美国驻华使馆新闻处拍摄的纪录影片，镜头里在中华门现场指挥部队疯狂屠杀和平居民的日酋，正是嗜血恶魔谷寿夫！

1947年2月25日和3月10日，国民政府国防部军事法庭又相继对谷寿夫进行两次公审，上千民众扶老携幼、顶风冒寒前来控诉谷寿夫罄竹难书的滔天罪行。铁证如山，谷寿夫不得不向中国人民低头认罪。正义或许迟到，但不会缺席。4月26日，谷寿夫在南京市中山路307号励志社大礼堂（今钟山宾馆）黄埔厅被判处死刑，押至雨花台执行枪决。屠城主凶谷寿夫，成为战后在雨花台血祭成千上万抗日英烈和无辜冤魂职务最高的战争罪犯。

1957年，叶飞与在宁的"江抗"领导人动议，将吴焜遗骸从江阴定山湾迁葬雨花台。从那时起，随着"江抗"辽远悠长的集结号声的召唤，一些原"江抗"领导人及追随他们南征北战几十年的部属，百年后陆续会聚于此，在这个神圣的精神家园找到了人生归宿。

进入雨花台功德园拾级而上，最先看到的是吴焜由叶飞题写碑名的赭红色墓碑。光阴荏苒，流光似箭，这位当年苏南日伪顽畏之如虎的红军师长，在殉难地附近定山湾小憩十八年后，已经在这片充满英风浩气的圣地长眠五十八个春秋了。

据说雨花台的忠魂多红色恋情。生于1910年的吴焜，在这个世界上生活的二十九年充满了苦难和危险，当他刚刚与自己挚爱的镇江姑娘杨瑞年相识相恋时，不幸血洒江阴，以身殉国。很多人都知道"江抗"有个虎将吴焜，但很少有人知道吴焜与杨瑞年甜蜜而又悲楚的恋情。今天的人们已经无法想象当年吴焜的壮烈牺牲，会给杨瑞年带来怎样的打击，但想起被囚于上饶集中营的这位新四军女战士在刑场上视死如归，身中六枪还高呼口号的悲壮一幕，想起吴焜猛虎一样扑向敌人喷着火舌的机枪，掉转枪口向敌猛扫直至中弹牺牲的震撼人心场景，人们怎能不为两位新四军儿女的侠骨柔肠所感动和骄傲！

吴焜和杨瑞年战火中的红色恋情，绚烂不逊五彩雨花，悲壮不输千秋忠魂！

2014年8月29日，虎将吴焜的赫赫英名，光荣入选国家民政部公布的第一批300名著名抗日英烈和英雄群体名录。

来自新四军老六团的华东野战军第一纵队团长蓝阿嫩虽是小字辈，却是继吴焜之后第二个来雨花台的"江抗"红军战士。

1963年4月7日，国家有关方面把蓝阿嫩的灵柩从当年的山东战场起运到南京时，专门动用了一节车皮。迎灵那天，刘飞、乔信明、廖政国、曾如清等来自"江抗"和新四军的将领，亲赴南京中华门车站为蓝阿嫩扶灵。当八名壮工用木杠把蓝阿嫩残旧的黑色棺木从火车上抬下，众多身经百战、伤痕累累的将军用颤巍巍的手抚棺前行时，他们感到，那只英勇无畏的畲族雄鹰，凤凰涅槃般复活了，惯于呼啸沙场、斩关夺隘的蓝阿嫩，又重新回到了"江抗"和新四军、山东野战军、华东野战军第一纵队的战斗序列里。

1947年1月15日，在鲁南战役第二阶段攻克齐村的战斗中，担任主攻任务的华东野战军第一纵队一旅一团，向敌一一三旅旅部发起进攻。一营三连爆破手杨根思和另一名爆破手受命炸掉十字路口大碉堡和周围三个暗堡。由于敌火力严密封锁，两名爆破手几次翻滚腾挪，怎么也躲不开敌人轻重武器编织的火网。杨根思匍匐前来到连部，恰好副团长蓝阿嫩到达前沿实施指挥。杨根思上气不接下气地对蓝阿嫩说："报告副团长，敌人炮火封锁得很厉害，无法抵近碉堡，我报告排长批准我牺牲，排长不批准。哪有人家要求牺牲也不批准的？"

蓝阿嫩非常喜欢这个憨厚的战士，拍着他的肩膀说："不是要你去牺牲，而是要你去夺取胜利！"他指着左侧一个四方形碉堡说："你从二连那里插进去，可以避开敌人的火力封锁，先炸开方形堡，再从左面向里插！"

杨根思抱起炸药包，接连投出两颗手榴弹，趁着烟幕飞快逼近四方型碉堡，正要引燃导火索，忽听里面的敌人吵成了一锅粥。杨根思贴近一听，原来敌人是争论投降还是不投降。说时迟，那时快，只见杨根思一个箭步蹿进碉堡，高举着手榴弹大喊："缴枪不杀！一个一个走出碉堡来！"犹如惊弓之鸟的敌人被突然出现的杨根思吓呆了，战战兢兢爬出碉堡，挤了一大堆，总共有上百人。单枪匹马的杨根思迅疾令敌整队集合，跑步将这批俘虏押回二连。凌晨三时，齐村守敌被全歼，旅长李玉堂、副旅长李朴全以下两千五百余人被生俘。

1950年9月，时任连长的杨根思，从朝鲜战场归国出席全国战斗英雄代表大会，旋又重返朝鲜前线。同年11月29日，在抗美援朝二次战役中，杨根思在长津湖率部阻击南逃美军，用尽弹药后抱起炸药包冲进敌群，与四十多个敌人同归于尽，胜利完成了阻击任务。

1952年9月，中国人民志愿军为杨根思追记特等功，并追授"特级英雄"称号，命名他生前所在连为"杨根思连"。在中国人民志愿军十九万七千六百五十三名烈士中，只有杨根思和黄继光获"特级英雄"殊荣。

1953年6月25日，朝鲜民主主义人民共和国最高人民会议常任委员会，追授杨根思"朝鲜民主主义人民共和国英雄"称号及金星奖章、一级国旗勋章，朝鲜政府还在长津湖畔修建了一座杨根思英雄纪念碑。

中国人民解放军志愿军司令员彭德怀题词赞誉杨根思是"中国人民的优秀儿子，国际主义的伟大战士，志愿军的模范指挥员。"杨根思所在新四军和华东部队老首长陈毅，在杨根思家乡江苏省泰兴县杨根思烈士事迹陈列馆纪念碑上，题写了"杨根思烈士碑"六个大字。

作为第二十集团军曾经的一员，我到沈阳工作后，曾多次到位于皇姑区北陵公园东侧的志愿军烈士陵园凭吊与瞻仰，伫立在杨根思墓前静思默想，久久不忍离去。2014年3月28日，在韩四百三十七具志愿军烈士遗骸归国时，我作为这一仪式的军方组织者，专程来到志愿军烈士陵园，实地检查烈士遗骸安放处，再次拜谒了杨根思烈士。

2009年，杨根思被评为"100位新中国成立以来感动中国人物"。

杨根思成为名垂青史的著名战斗英雄，蓝阿嫩功不可没。

蓝阿嫩遗骨从山东迁葬南京雨花台后，"江抗"老领导商有关部门以华东野战军第一纵队名义给他立了碑。让蓝阿嫩从陌生的战地回归纵队这个温暖的战斗集体，是"江抗"老首长对爱将最大的人文关怀。

蓝阿嫩迁葬雨花台二十一年后的1984年，时年七十三岁的陈挺不顾年迈和身患高血压等病症，徒步跋涉来到不通公路的闽东大山中，拿着军用地图和放大镜实地勘察，召集当地年长者座谈调查，最终在福建省柘荣县富溪乡草籽坪村，找到了蓝阿嫩的老家。陈挺想起蓝阿嫩十三岁参军后就跟在自己身边当通信员，在南方三年游击战争中跟大人一起吃树皮草根从不叫苦，还常常施展甩石击鸟绝技打鸟给自己打牙祭，禁不住老泪纵横，特意给蓝阿嫩的女儿蓝谷平写了一封长信，要求她回老家看看，"温故而知新"。

2008年初冬，蓝谷平在父亲牺牲六十周年之际，专程到徐州淮海战役纪念馆寻觅父亲的踪影，挥泪写下了《爸爸，我想对您说》一文：

爸爸，几十年后，您的老首长和老战友们，陆陆续续都聚集到了望江矶，这是你们这些战将们最后"攻占"的一个制高点。不同的是，高地下不再是硝烟弥漫的战场。每到星空朗月的夜晚，在黑黢黢的松林尽头，细心的人们静下心来侧耳倾听，仿佛能听到从望江矶上隐约飘过来的那一阵阵只有军人才有的那种遏制不住的开怀大笑声。你们这伙永远不会老也永远不会死的战争煞神们围坐在一起，望着滚滚东去的长江，加农炮、榴弹炮加火箭炮，和你们的大嗓门一齐"开炮"了：夜袭虹桥机场、养伤"沙家浜"、大战孟良崮、风雪长津湖、横扫一江山……说到兴奋处，免不了高谈阔论起美好的未来。……在望江矶上，爸爸，我相信您一定会指着灯火辉煌的南京大都市而万分惊喜。我想您又会提出不少奇怪的问题，并引来大伙儿的哄笑吧！爸爸，能打仗的人爱笑。你们的笑声极具爆炸性，能量高，冲击波强。笑声也曾深深感染过多愁善感的我，但每次喜尽悲来，我还是要为您大哭一场！爸爸，您血雨腥风苦了一辈子，枪林弹雨打了一辈子，没有享受过一天进城的好日子。牺牲时舍下的是一岁多的女儿和刚出生两个月、从未谋面的儿子。

纯粹的人如同透明的书。爸爸，您就是这样的书，在淮海战役纪念馆我又一次看到了您，您也在透明的书页那边用那善于探索的眼神看着我。在人生大大小小的转折时，我都会去读读这本书。这个习惯我保持了大半生。我常常怀着深切的敬意，感受着爸爸和战友们在他们那个时代做出的惊天动地的伟业，体味着前辈们浴血奋斗的战斗豪情，学习爸爸的为人和做事。弹指一挥间，我已从小姑娘读成了老太婆了。年轻时，从书中寻找生活的理想和力量；老了，掩卷长思，常常禁不住老泪纵横……

爸爸，我和您相隔阴阳两界整整六十年，如今我已经六十多岁了，而您永远是二十九岁。您的一生是那么短暂，但您活得纯粹，活得精彩，活得有价值！您的生命中属于我们家的只是小小的一部分，而您真正属于和您同甘共苦的战友，属于生您养您的畲族人民，属于你们那个不愿做奴隶的悲壮时代，属于培育您成长的人民军队，属于无数前辈和先烈用鲜血和生命为子孙后代缔造的新中国！

长歌当哭，泣血祭父，襁褓中就痛失慈父的蓝谷平，穿越六十年历史时空，寻访徐州古战场，遥望南京雨花台，其畅诉衷肠的心声情动大江南北，纵贯阴阳两界。蓝阿嫩泉下有知，怎不泪飞顿作倾盆雨！

吴焜墓前方不远处，是当年"江抗"东进时的参谋长、原南京军区空军后勤部政治委员、开国少将乔信明的陵墓。

第三个来雨花台报到的"江抗"老战士乔信明，1909年出生于湖北省大冶县，1930年参加红军，1932年入党。土地革命战争时期，乔信明任红军学校政治营队长，红十军八十二团团长，红七军八十七团政治委员，北上抗日先遣队八十八师参谋长，参加了中央苏区反"围剿"，创造了从贫苦农家小木匠到红军中高级指挥员的奇迹。抗日战争时期，乔信明任新四军军部教导营队长，教导团大队长，三支队六团参谋长，"江抗"总指挥部参谋长，挺进纵队一团团长，一师一旅一团团长，苏中军区第二军分区副司令员。保卫郭村，乔信明率部抵御十倍于己之敌，黄桥决战率一团与兄弟部队消灭韩德勤主力独立六旅两个团，迫使该旅中将旅长翁达自杀，旋又消灭李守维第八十九军军部，战前叫嚣把新四军赶下江喝水的李守维坠河溺毙。解放战争时期，乔信明任苏中军区后勤部部长兼政治委员等职。新中国成立后，乔信明先后任华东军区和南京军区空军后勤部政治委员。1963年9月4日，五十七岁的乔信明在南京英年早逝。

1934年10月，红十军与从瑞金北上的抗日先遣队红七军团合编为红十军团，时任红十军团二十师参谋长的乔信明跟随方志敏北上。有一次乔信明负伤，脚肿得很厉害，医生说可能要截肢，报告都打上去了。方志敏批示：不管花多少钱，一定要保住这条腿，药在根据地买不到，可以到白区去买，钱由省委报销。在方志敏的重视和关怀下，乔信明的腿终于保住了。北上途中，方志敏所部在怀玉山陷入重围，连续奋战七昼夜未能突破敌包围圈。方志敏把剩下的部队编成一个团，任命乔信明为团长掩护突围。坚持战斗数日后，部队弹尽粮绝，乔信明双脚被冻伤，敌人放火烧山时和方志敏一起被俘，被关进南昌军人监狱。

方志敏把仅有的一元多钱给乔信明，让他买菜补养身体，并写信叮嘱，应对干部进行教育，在敌人面前一定要顽强，怕死是没用的。我们几个负责人准备为革命流最后一滴血，你们不一定死，但要准备坐牢。在狱中要学习列宁的榜样，为党工作，坚持斗争，死了也是光荣的。方志敏牺牲后，被判无期徒刑的乔信明把生死置之度外，以狱中秘密党支部书记身份领导了三年不屈不挠斗争。大磨得大道。作为方志敏狱中斗争见证人，乔信明经黑牢磨难更加成熟坚强。抗战爆发后，经徐特立营救，乔信明获释参加新四军，重返革命队伍建功抗日战场。

残酷战争的摧残和积劳成疾，使乔信明过早辞世。他的传奇经历和非凡精神，与武能上马、文可立言的妻子于玲相映生辉，为"江抗"伉俪平添了别样风采。

在雨花台红色伴侣中，于玲是百年之后在此逗留时间最短、与传统观念实行最彻底决裂的女杰。于玲晚年体弱多病，随着岁月流逝，她对当年死于"暗杀党"之手的上海姑娘林杰的思念与日俱增。上个世纪80年代中期，于玲多次到江阴寻找林杰墓地。在当地领导和群众帮助下，终于在祝塘一块旱地找到了当年掩埋林杰的地方。清明节前夕，于玲和二儿子乔泰阳及孙女乔争月专程来到祝塘，把从南京选购的四棵苍翠挺拔的青松，种植在林杰墓周围。

江阴是于玲生于斯、长于斯的故土，是她参加革命后奋斗出彩的起点，也是于玲劫后余生始终心怀歉疚的所在。在生命的最后时光，于玲无意中对孩子们流露过自己对身后事的想法："我死后你们不要乱葬，我不去雨花台，还是要回老家江阴。那里是生我养我的地方，是我参加'江抗'并做出成绩的地方，也是上海姑娘林杰替我逃过一劫的地方。她那么年轻就替我去死了，我要和她在一起。我相信，你们爸爸会理解和支持我的。"

孩子们懂得妈妈对江阴的深深眷恋和特殊挚爱。于玲辞世后，几个在外地工作的子女，从山南海北相约来到江阴，为妈妈寻觅心灵的休憩之处。市领导带他们到江阴几处地势和风景俱佳的墓地，孩子们看后似乎都没有什么感觉。但当来到祝塘，一行人伫立在林杰的墓前，五个孩子不约而同都流下了热泪。在另一个世界里，于玲似乎给了孩子们一个暗示，这里正是她如意的归宿和精神皈依之地。同行的市镇领导提出，于玲既是老革命，又任过江苏省中医院副院长，是厅级领导干部，祝塘地方太小，把老前辈的骨灰安放在这里不是很合适。但孩子们思想高度趋同，一致同意把妈妈安葬在祝塘镇的英烈苑，让她和一起战斗过的"江抗"战友们相伴，与代她牺牲的林杰烈士为邻。

2011年4月2日，于玲的子女把她的骨灰送到雨花台烈士陵园乔信明墓前，让妈妈向相濡以沫、携手走过艰难岁月的爸爸告别。两位在战争年代出生入死几十年的革命伴侣，在望江矶最后一次相聚。孩子们默默但却十分虔诚地祈祷，愿红色伴侣早日在天国聚首。

4月4日，于玲的骨灰在子女亲友的护送下，来到江阴祝塘镇英烈苑。《红旗颂》的辉煌乐曲在墓地奏响，于玲的子女亲友，于玲当年在祝塘发展的党员的后人，于玲当年的通信员，共同见证了感人至深的一幕：于玲的骨灰盒缓缓安放进墓穴，与林杰烈士比邻而居。历史仿佛演绎了一个红色的轮回，当年的江阴县委宣传部长兼祝文区区长于玲，与祝塘区年轻的民运工作队队长、上海姑娘林杰，诀别七十一年之后，在她们共同战斗并用热血浇灌过的土地上，又相聚在一起。

不寻常的性格，必定会有不寻常的人生。生不弃残，相夫教子成就一番事业；死不同穴，别夫伴友书写巾帼华章。一生茹苦含辛，身后卓尔不群，于玲以她不同凡响的举动，实践了自己做一个时代新女性的诺言。

1959年夏秋时节，乔信明根据自己的亲身经历，利用和夫人于玲在黄山疗养之机，在有关同志的帮助下，创作了反映方志敏最后岁月和记述自己狱中斗争生活的长篇小说《掩不住的阳光》。乔信明和于玲两位拿枪杆子威慑敌胆、拿笔杆子青史留痕的老"江抗"，生前未能看到这部五十一点八万字的心血之作出版。经历"文革"浩劫，在雪藏半个世纪之后，这部"江抗"伉俪呕心沥血创作的纪实小说，终于于2011年由解放军文艺出版社出版。人们为这部书经子女不懈努力和多方帮助终于与读者见面感到庆幸，同时也为作者未能亲眼看到倾注了自己全部理想和寄托的著作问世而感到遗憾。于玲病危时，孩子们曾把《掩不住的阳光》手稿放在她的床头，让这部她暮年最为牵挂的呕心沥血之作，陪伴她走过了人生最后四天的路程。2011年4月4日，于玲的骨灰安放在江阴祝塘烈士陵园时，细心的子女将一本散发着油墨香的《掩不住的阳光》，轻轻放在于玲的骨灰盒上，聊补于玲生前未看到心血结晶付梓之憾，告慰其在天之灵。

乔信明和于玲泉下有知，当感到欣慰吧。

廖政国仍旧性急，打了大半辈子仗，才过了不到二十年太平日子，1972年4月16日，这位五十九岁的南京军区炮兵司令员，就早早循着"江抗"集结号的号音，到雨花台报到来了。独臂将军的英年早逝，据说是因为一起医疗事故。

生于1913年的廖政国是河南息县人，这位大别山的儿子原任新四军六团二营营长，东进作战时任"江抗"东路二支队支队长，因火烧虹桥机场声名鹊起，成为江南威慑敌胆的抗日英雄。后来，廖政国历任新四军挺进纵队一团参谋长，挺进纵队四团团长，新四军一师一旅参谋长，苏中军区教导旅旅长，苏浙军区第四纵队司令员，华东野战军第一纵队一师师长，第三野战军第二十军参谋长，第二十军副军长，中国人民志愿军第二十军副军长，中国人民解放军第二十军军长，上海警备区副司令员、舟嵊要塞区司令员，上海警备区司令员等职。

"江抗"领导人素来个性鲜明，共性也高度趋同，即生来命大，人人都摸过几回阎王鼻子。廖政国战争年代先后八次负伤无损虎威，1940年10月高擎意外自燃的手榴弹经历惊天一爆而失去右臂后，依然敢闯敢冒，为克敌制胜孜孜不倦研究开发武器装备的作战性能。

转战苏中期间，已经担任旅长的廖政国，根据群众提供的线索，在部队驻地挖出两个光绪元年生产的炮筒子和三十几发炮弹。在地下沉睡了几十年的两门古老的独角炮，只能打一发填一发，且没有炮栓。廖政国却如获至宝，部队走到哪儿，他就让人把炮抬到哪儿。部队南下浙西龙头界时，廖政国要求供应处把两具古炮筒改造成平射炮，由军工科曾在大学学过机械制造的徐鹏飞负责设计，十多人共同参与试制，奋战十九个日夜终获成功，第一次试射就把土地庙打了个大窟窿。后来打双林桥头堡，两门古炮大显神威。打着廖政国浓厚印记的独角炮，现藏北京中国革命军事博物馆。

鲁南战役前，廖政国发现被击毁的国民党飞机上有13.2毫米高射机枪，就派人拆卸回来，由修理所将机枪电击发改为手扣扳机击发，用来对付敌坦克。鲁南战役打国民党第一快速纵队，这挺穿甲力极强的机枪，对敌坦克构成很大威胁。

淮海战役中，国民党飞机俯冲低飞，把老百姓草房的屋顶都掀掉了，战士们气愤地用机枪和步枪射击，往往无济于事。一师师长廖政国来到号称"廖记小小兵工厂"的修理所，找到徐琨等三人商量，问能不能用迫击炮打飞机，就是打不下来，吓唬吓唬狗日的也好，使它不敢飞得这么低。徐琨等三人受命后，绞尽脑汁开发82迫击炮对空射击功能，通过改变迫击炮底火触发装置、改造迫击炮对空高射引信起爆管，采用高空定时爆炸的方法，使迫击炮弹能在400米~600米高空爆炸。试验成功后，修理所一次改装了三十发82迫击炮弹，用于实战，敌机再也不敢在一师阵地上空耀武扬威，大大削弱了敌人的空中优势。

廖政国因探索开发武器作战效能发生意外失去右臂，成了其军旅生涯的一个拐点，也给他波澜壮阔的人生平添了新的传奇色彩。飞来横祸不仅促使他学会了用左手打枪、写字、吃饭、穿洗衣服，而且注定使他成为共和国又一个独臂将军。1955年授衔，毛泽东在谈到我军伤残将领时说，中国从古到今，有几个独臂将军？旧时代是没有的，只有我们的红军部队，才能培养出这样的独特人才。

从吴焜墓向南第三排是刘飞的墓。1984年10月刘飞逝世后，江苏省和苏州市领导考虑到刘飞抗战时期一直战斗在苏南和苏北，特别是作为阳澄湖三十六个伤病员的代表人物具有很大影响，建议刘飞安葬在苏州。1989年8月初，朱一和子女亲属一道，将刘飞安葬在苏州西南善人桥一所墓园。

随着朱一年龄的增大，年复一年去苏州扫墓日感艰难，于是老人萌发了将刘飞迁到南京雨花台的想法。有的子女提出，中国古来讲究入土为安，爸爸既已安葬在苏州，再迁葬怕不好吧？朱一说，我不信这个，将来我死了，和你爸爸合葬在雨花台。当时，有港商和南京市有关部门正在雨花台合作开发功德园，甚至打出了"北有八宝山，南有功德园"的招牌。在地方有关部门支持下，2001年5月1日，刘飞子女亲属将刘飞的骨灰由苏州迁葬雨花台，在原墓留有衣冠冢。刘飞在雨花台的陵墓，紧靠吴焜、乔信明、廖政国所在的烈士墓园。刘飞成为"江抗"部队第一个进入雨花台功德园的将军。

2004年10月24日，刘飞逝世二十周年之际，九十一岁高龄的朱一，与乔信明夫人于玲、蓝阿嫩夫人李励，以及从阳澄湖后方医院走来的原江苏省卫生厅厅长盛立等，分别率子女来到雨花台刘飞墓前，一起举行追思纪念仪式。朱一满含深情宣读了《我的亲人——刘飞逝世二十周年祭》：

松清：

这是我第一次这么称呼你，可能"刘松清"这个名字早已被遗忘。今天是你离开我们二十周年的日子。你的老战友及老战友的后代和我们全家又一次来到了你的墓前纪念你。

我永远不会忘记：你是在苦水中泡大的。你三岁时父亲出卖苦力，劳累而死，从此你和五岁的姐姐、几个月的弟弟跟着你那坚强善良的母亲，在饥寒交迫中到处求乞讨饭。你八岁时就到有钱人家放牛干杂活。后来你母亲病了，你只得离家到汉口当码头工人，全家的生活重担落在你的肩上。在旧社会你受尽了欺凌压迫，过着牛马不如的生活。参加革命后，你就把自己的一切献给了党和人民。

你的一生是在战斗中求生存的，你在五次反"围剿"的浴血奋战中，你在万水千山的长征路上，你在党和国家生死存亡的关键时刻，始终坚定不移地紧跟着伟大的中国共产党。抗日战争爆发后，1938年春天，毛主席亲自召令你到新四军，随老六团东进。在苏常太、澄锡虞、江高宝等地，开展敌后游击战。1939年9月21日，在江阴顾山战斗中，你率部冲锋在前，胸部中弹，负了重伤。那时我部奉命西撤，你带领三十多个伤病员留在阳澄湖畔养伤。在孤军无援，敌伪顽四面包围之中，你们依靠人民群众的大力支援、舍身掩护，才能如鱼得水，康复后重返战场。在你战斗的一生中，有四十多年战斗在江南地区，江苏的大江南北，到处都留下了你的足迹，你和江苏人民血肉相连，有着特殊的深厚感情。至今沙家浜的乡亲们仍怀念着你。全国解放后，你为保卫祖国，保卫人民的安全，抱病工作，走遍了皖南山区，走遍了海防前线，你为党的事业，为社会主义建设事业，呕心沥血，流尽了血和汗。

松清，这二十年来，我时刻都没有忘记你。昨天我率全家开了个纪念座谈会。用你的优良作风教育下一代，并且要他们代代相传。如今你的子女们都五十多岁了，他们都牢记你的教诲，遵照你的意愿，听党的话，听毛主席的话，做老实人，老老实实地工作。不图名，不图利，在各自的工作岗位上，忠诚老实地为党工作，勤勤恳恳地为人民服务，个个都是单位的骨干。你的第三代已有五个工作了，三个是人民解放军的基层干部、共产党员，还有两个在继续攻读，力求上进。全家二十余人都能相互谦让，和睦相处，对我无微不至地关心体贴，这是我最大的安慰。希望我们所有的后代都能继承老一代的光荣传统，踏踏实实地工作，老老实实地做人，这是你生前的心愿。

松清，你在伟大的中国共产党培育下，经过千万次与敌奋战，在枪林弹雨中锻炼成长，从一个没有进过学校大门的放牛娃、码头工人，在我军的大熔炉里从战士、班、排、连、营、团、旅、师、军长、大军区副职领导，一步一个脚印成长为我军的高级将领。你是我党和中国人民无私无畏的忠诚战士！是我们全家永远的榜样！1955年国务院授予你中国人民解放军中将军衔，这是党和人民给予你的最高荣誉。你是受之无愧的！

　　我最亲密的战友，我的亲人——刘飞同志，你安息吧！

　　雨花台上诉衷肠，朱一对阔别二十年丈夫的深情道白，勾起了于玲心底往事万千。于玲认识刘飞的时间，同她的革命生涯一般长。参军第一天，于玲就见到了面容慈祥但却对新战士严格要求的"江抗"政治部主任刘飞。那天，于玲穿一件旗袍，戴近视眼镜，一副十足的城里学生娃模样。刘飞对她说的第一句话是："革命是要流血牺牲的，你有思想准备吗？"得到肯定的回答后，刘飞派这个刚刚加盟政治部政工大队的女队员，来到"江抗"同周振纲部对峙的前沿阵地，站在战壕前高声呼喊："中国人不打中国人！"那一刻，于玲意识到牺牲的危险。但她坚持下来了，阵前喊话成为女学生向合格战士转变的起点。

　　于玲也是刘飞顾山之战英勇负伤的目击者，还是为数不多有幸到阳澄湖后方医院看望过刘飞的部属。在她看来，惯于身先士卒冲锋在前和经常把门板让给别人睡的刘飞，是部队勇往直前的旗帜，也是同群众关系最好的领导。此刻，于玲想起刘飞伤愈后在苏北与乔信明重逢，一起享用陈毅送的奶油的情景，想起乔信明战争年代因伤病瘫痪七年，刘飞对自己一家的照顾，无尽的缅怀伴着直抵心灵的真挚话语，涓涓流淌在刘飞墓前。

　　2008年5月19日，在1930年任中共苏州县委书记的朱杏南烈士殉难七十七周年之际，九十六岁的朱一冒雨率子女最后一次来到雨花台，在烈士纪念馆朱杏南生平和遗物展区前，祭奠和缅怀影响了自己一生的叔叔。

　　朱杏南是江阴夏港人，1930年9月9日，因叛徒出卖，这位正在苏州寓所召开秘密会议的农民暴动领袖，被国民党逮捕。同为中共党员的妻子申蕴珍前来探监，也不幸落入魔掌。朱杏南设法给妻子递了一张纸条，上面写着"不要害怕，倘有不测，为革命牺牲在所不惜"。朱杏南被转往南京国民党军政部陆军署军法司后，遭受严刑拷打，好几个同时被捕的同仁向敌人捧出了自己的灵魂，朱杏南始终坚贞不屈。1931年5月19日，朱杏南在雨花台北坡从容就义。

　　那个忌日，毕生认为自己的革命生涯始于叔叔影响的朱一，潜意识中已有在向后代移交和传递精神火炬的意念，同时，也为自己的人生作结。面对叔叔的遗像和遗物，朱一颤巍巍地对子女说："这是我最后一次带你们来雨花台了，希望你们永远继承父亲和叔公的遗志，保持和发扬好他们创立的革命传统啊！"

2008年11月9日，一朵终生辅佐抗日英雄刘飞并为那颗不寻常的子弹向红色经典转化而持久奉献芬芳的生命之花，在南京悄然凋谢。新四军女战士朱一，十分平静地走完了自己不平凡的生命历程。子女们在雨花台父亲的墓旁，为母亲精心安排了一个简朴的骨灰安放仪式。刘飞辞世二十四年后，一双从阳澄湖畔走来的红色伴侣，在雨花台开始了新的比翼齐飞。

姗姗来迟的戴克林于1990年去世，在杭州小住十年，于2001年加盟雨花台"江抗"老战士方阵，安葬在刘飞墓的西侧。

戴克林1913年出生于湖北黄安（今红安），十三岁参加童子团，十五岁参加共青团，十六岁参加红军，十七岁由团转党。经历过鄂豫皖地区历次反"围剿"和创建保卫川陕苏区的斗争，戴克林随红四方面军参加了长征，历任连指导员、连长、副营长、代理营长，在河西走廊恶战中身负重伤，一路乞讨回到延安。这位1940年4月和刘飞一起随谭震林到东路的红军战士，刚加入新"江抗"就被任命为第一支队支队长。4月25日，谭震林在北港庙附近的"民抗"司令部开会，刚宣布戴克林任一支队支队长的命令，就接报支塘、沙溪据点里的日本鬼子突然来犯。谭震林盯着戴克林，斩钉截铁地说："你去指挥，打退这股敌人！"

"我去！"身穿长袍、头戴礼帽的戴克林忽地站起身，挓挲着两只手说："我这身打扮，部队听不听指挥？再说，手里什么家伙什也没有啊！"

谭震林一挥手，厉声说："快去！你一面宣布命令，一面指挥战斗，把仗打好！"

何克希递过一支驳壳枪，夏光拿来一具望远镜，一起交给戴克林。

戴克林甩掉礼帽，把望远镜挂在脖子上，一手拿枪，一手拎起长袍，一个箭步蹿到屋外，冲着官兵吼道："我是新来的支队长，这个仗由我指挥！"说着令人架起梯子，噌噌爬上房顶，拿起望远镜一看，只见公路上上百名日军分成几路，野马般冲了过来，距开会地点只有百把米。戴克林指挥部队立即占领北港庙村和公路一侧，急令调来一挺捷克式轻机枪，一把抱在怀中，率先向敌开火，一下子撂倒四五个鬼子。清脆的机枪声犹如战斗号令，部队长短枪也一齐开火，顿时把敌人打蒙了，新"江抗"与日军形成对峙。中午时分，陈挺、黄烽率二支队火速驰援，两队官兵合力击退了日军。北港庙之战共毙伤日伪军三十多人，十里八乡的百姓闻讯奔走相告，短短几天就有六十多名热血青年加入了新"江抗"。

1948年11月窑湾战斗中，时任二师参谋长的戴克林率六团进入小东门突破口后，部队正同守敌激烈巷战。戴克林令师侦察连找一被俘军官查问情况，结果侦察员带来一个身披国民党军官服、下穿一条短裤的汉子。戴克林问他是第六十三军哪个单位的？胳膊夹着一摞书的汉子说，自己是窑湾中学一名教师，想渡运河东逃，又不会水，只好光着身子在芦苇丛中躲了一天一夜，枪声稀落了，回校捡了件军服披在身上，见学校图书馆正燃烧，抢了几本书，就碰上了解放军。侦察员呵斥教师胡编乱造，声言再不老实就把他五花大绑送到后方俘管处去。戴克林指着教师手中的书，严肃批评侦察员说："这是一个教书人要用的书，不是金条、美钞和高级手表嘛！再随便抓人，就要关禁闭！"

事后，戴克林感到自己在火头上批评重了，特地于1948年除夕夜，专门来到侦察连与官兵一起辞旧迎新。他没参加战士们的会餐，而是同那个在窑湾受到自己批评的侦察员仲明高一起吃了"回民灶"，亲热地和他唠起了回民的风俗习惯，并以此考问连长。交谈中，戴克林忽然问连长："听你的口音好像是阳澄湖那一带的人？""是的，我们家乡的大螃蟹名扬天下！"连长高兴地说。戴克林不胜感慨地说："我知道，当年叶飞司令员、刘飞副司令员、廖政国师长、夏光、陈挺和我，在你们那里打过仗。我在你们那里学会了一句话，那是常熟'老天司令'任天石常在群众大会上讲的，'江抗'好比蟹墩（壳），俫（你们）好比蟹脚，有墩有脚，大家爬起来就着力哉！"

抗战胜利后，戴克林任过新四军一师一旅四科科长，江都独立团参谋长，一旅二团团长，山东野战军第一纵队二旅五团团长，华东野战军第一纵队二师六团团长、二师参谋长，第三野战军第二十军五十九师副师长、师长，中国人民志愿军第二十军五十九师师长，算是从阳澄湖起家的"沙家浜部队"名副其实的老领导。后来，戴克林任过第二十七军副军长、安徽省军区参谋长、工程纵队司令员和浙江省军区副司令员等职。大约生前的战斗情谊意犹未尽，戴克林在杭州辞世后，家人遵他生前之嘱，送他来南京雨花台与老战友和老部属会师。

源自阳澄湖的战斗情谊，使"沙家浜部队"具有超越生命本体和时空的特殊凝聚力。上个世纪70年代以来，相继到雨花台的有新四军一支队政治部组织科科长、新四军十八旅旅长兼苏中军区第一军分区司令员、南京军区副司令员刘先胜，新四军一支队一团副参谋长、新四军挺进纵队参谋长、兰州军区副司令员张藩，原华东野战军第一纵队五十八师师长兼政治委员、新中国成立后任过第二十军政治部主任、第二十七军政治委员、新疆生产建设兵团副政治委员的曾如清，新四军十八旅五十二团参谋长、炮七师师长、南京军区炮兵司令员颜伏，曾任新四军二支队政治部组织科干事、第二十军政治部组织部部长、安徽省生产建设兵团政治部主任的邱布，新四军老战士、第二十军五十八师炮兵团政治委员、江苏省军区政治部顾问的洪大中等新四军和第二十军的老前辈。

那个从湖南浏阳河畔走来的"模范将军"何志远，1992年9月11日在山东济南逝世后，在他工作生活了三十八年的齐鲁腹地徘徊十年，最终来到梦萦魂牵的南京雨花台功德园。

1941年1月13日，主持新四军五团政治处工作的副主任何志远，积极协调和请示团首长，准予身负重伤的二营营长陈仁洪和副营长马长炎带部分战士就地养伤，择机突围，无意间为共和国保留了两位优秀军政人才。之后，何志远按要求携法币若干，带部分失散的新四军战士隐蔽突围，不幸被国民党搜山部队捕获。两个国民党兵搜身时，不禁喜出望外："多大官？怎么带这么多钱？"何志远说："我是搞军需的。"两个国民党兵说笑着数钱时，何志远从那个副班长熟悉的乡音中捕捉到一个机遇，便问："你是湖南人吧？""是啊。"何志远故作亲热地说："小兄弟，我也是湖南人，国难当头，中国人不打中国人，更何况咱们还是老乡呢！这些钱你们拿去回家吧，我也不去见你们的长官了，大家各自方便吧！"两个国民党兵一商量，又还给何志远一些钱，说："你自己也找个出路吧！"何志远脱险后，带包括赵亚、焦恭真两名女战士在内的二十多人，乘夜暗摸掉国民党搜山部队的哨兵，历尽艰险到达长江南岸，由繁昌渡江北上安然脱险。

生死考验也是催生爱情的媒介。过江不久，何志远收到赵亚写的一张纸条，上面写着"有人在追我。"何志远心里一热，一下子全明白了，找到赵亚表达了相伴终生的愿望。不久，经组织批准，两人喜结良缘。而新四军女战士焦恭真，因在何志远的正确指挥下死里逃生，遂使周恩来题词的珍贵丝绢得以完好保存。

"焦恭真鬼着来，那么多年，她一直保留着丝绢不对别人说。"人生晚晴，赵亚忆及焦恭真收藏周恩来题词丝绢事，常常忍不住这样说。

日本军国主义发动的侵华战争，使中华民族蒙受了空前浩劫，但客观上也创造了成就中国第一个无产阶级政党千秋伟业和凝聚中国人民的历史契机。1931年九一八事变前夕，日本关东军只有一万多人，而东北军有近二十万人，日军对挑起战争能否取胜并无把握。但九一八事变元凶、关东军高级参谋板垣征四郎说，中国是一个同近代国家情况大不相同的国家。它不过是在拥有自治部落的地区，加上了国家这一名称而已。事变发生后，日军三天占领沈阳，一周占领辽宁，四个月十八天占领东三省，战争冒险之顺利，甚至连日本人自己也未曾想到。一盘散沙与觊觎华夏已久的豺狼互为因果，正是中国罹患亡国灭种之祸的悲剧之源！

1937年7月15日，中国共产党中央委员会在公布国共合作宣言时，发出感天动地的呼唤："寇深矣！祸亟矣！同胞们，起来，一致地团结啊！我们伟大的悠久的中华民族是不可屈服的。起来，为巩固民族的团结而奋斗！为推翻日本帝国主义的压迫而奋斗！胜利是属于中华民族的！"同年7月下旬，郭沫若从日本归国途中，写下了"四万万人齐蹈厉，同心同德一戎衣"的诗句，呼吁苦难的同胞同仇敌忾驱逐鞑虏。金瓯破碎的严酷现实，血火交织的殊死抗争，东方的睡狮醒来了，八国联军挥刀直取义和团头颅时麻木不仁围观的中国人，凝聚起来了。毛泽东指出，抗日战争"促进中国人民的觉悟和团结的程度，是近百年来中国人民的一切伟大的斗争没有一次比得上的"。赤县神州亿万不愿做亡国奴的同胞，在血火劫难中告别一盘散沙，用有史以来最伟大的觉醒和自己的血肉之躯，筑起了共御外侮的万里长城，打破了日寇妄图变四万万五千万炎黄胄裔为家奴的梦想。从中国共产党人引颈就戮的刑场，到万众膜拜革命英烈的圣地，雨花台的变迁，见证和折射了近代以来中华民族整体觉醒、广泛动员和空前凝聚这一最伟大的转折，而永垂青史的历史性转折，正是包括苏南东路抗日英雄在内的无数志士仁人热血浇灌的丰硕果实。

1991年，叶飞大女儿叶小楠从厦门出差回到北京，向叶飞汇报厦门经济社会发展情况，当叶飞听到台湾塑料大王王永庆拟在厦门投资建设大型石化项目时，情不自禁站起来在房间踱步，随后郑重地对王于畊和叶小楠说："我死后就葬在厦门，这是对你们俩正式的交代。"厦门，是叶飞最初参加革命的地方，也是他戎马生涯中指挥的最后一个和唯一一次失利战役的地方。将军生不能看到祖国统一，死也要在离金门最近处看到这一天以解心头之结。

历史仿佛在冥冥中作出了新的安排，当年率部进军东路的"江抗"领导班子成员，除叶飞怀着未竟之志，于2000年4月18日把自己的指挥位置放在与台湾和金门隔海相望的厦门外，其余成员又进入了一个新的任职期，横跨雨花台烈士墓园和功德园，在这片神圣的土地上组成了新的战斗集体，准备完成生前未了事，同时开始新的进击。

而"江抗"老领导何克希，当年从江南行政委员会主任兼保安司令员和新四军六师副参谋长任上，赴浙东开辟抗日游击根据地并创立新四军浙东游击纵队，后在华东转战多年，桑榆晚景便陷入阳澄湖、雨花台和四明山何去何从的纠结。

最终，何克希还是一步三回首，揖别阳澄湖，遥拜雨花台，重返他战争年代事业的转捩点四明山。毕竟，他是那支队伍的主官，一班人在那里眼巴巴地等着他。上个世纪末到2009年，原新四军浙东纵队司令员何克希、政治委员谭启龙、参谋长刘亨云、政治部主任张文碧相继去世后，遵照他们的遗嘱，四人的骨灰都被安葬（撒）在当年浙东纵队司令部驻地余姚市梁弄镇。何克希的女儿何竟生说："浙东游击纵队的班子成员都到齐了，他们又可以在一起决策重大问题了。"

令人欣慰的是，铁流东进中凝结的战斗情谊，犹如优良传统一样绵延不绝。"江抗"第二代青出于蓝而胜于蓝，他们不仅有父辈铁肩担道义的禀赋，而且大大发展了上一代人的友谊。有好几位第二代在共同的理想和事业中结为秦晋之好，使一些战争年代生死与共结下深厚友谊的"江抗"前辈，又成了儿女亲家。

五月的阳光下，如诉如泣的音乐流水般在墓园荡漾，充溢着江南丝竹特有的人生况味。

墓园本是凝固的民族精神文化史。近代以来，特别是欧洲那个共产主义幽灵漂洋过海来到中国以后，赴义千秋、血沃圣土的雨花台，便以其无与伦比的特有浩然正气，深藏厚植着中华民族百死不悔、万难不屈的精神密码。

伫立在红色天堂的入口处，但见满山忠骨，遍地英灵。

每一座墓碑都是一个巍然矗立的灵魂。

每一个名字都承载着一段光耀千秋的历史。

置身庄严圣洁的民族精神之林，游目骋怀，我仿佛又回到了旌旗招展、鼓角争鸣的烽火岁月：陕北的深远经略，云岭的拨云见日，茅山的星夜进击，澄东的喋血厮搏，阳澄的芦荡坚守，茂林的绝地反击，延安的隐忍取义，窑湾的梦回苏南……曾经点亮"江抗"乃至波澜壮阔中国革命战争历史的一个个或震撼、或隽永的场景，一齐在我的眼前叠现、翻飞，一如凹凸有致、栩栩如生的浮雕，山呼海啸般齐集我的眼帘。那一刻，我读懂了何为历史在这里聚焦、风云在这里际会！

与功德园近在咫尺的望江矶东端，新四军军部三位老领导项英、袁国平、周子昆，与新四军老六团几员虎将守望相依，抵足而眠。

历史大舞台上，他们都曾厉兵秣马，叱咤风云。

人生如戏，戏却永远逊于意蕴无穷的人生。历经世纪风雨和沧桑，曾经的金戈铁马、气冲霄汉，都在这里戛然而止，化作一帧隽永而令人回味无穷的历史映像。

1941年1月中旬的一天，在皖南突围中藏身螺丝坑的项英，与激战中被打散的李志高和谢忠良等人不期而遇。看到他们衣衫褴褛的样子，项英激动而惭愧地说:"新四军这次失败,我是要负主要责任的,把你们搞成这个样子!"

假若项英与吴焜有幸在天堂相会,项英在全面深入地了解了吴焜和杨瑞年的情感经历,特别是了解了他们两人惊天动地壮烈牺牲的情景,他会为自己当年劈头盖脑批评吴焜,指责他刚到南方就腐化,甚至改变初衷,由安排吴焜任团长到改任副团长而感到后悔和自责吗?

群冢无语,绿树飒飒。时光回溯七十四年,在皖南三县交界的崇山峻岭中,项英以他带血的忠诚,向亲爱的党和战友作了披肝沥胆的回答。

古希腊哲人赫拉克里特说,人不能两次踏进同一条河流。如同悲壮的皖南1941年这一页将永远被历史翻过一样,武汉—南昌1938年吴焜和杨瑞年相识相知的种种切切,也早已付诸历史长河,在鲜为人们知悉的书刊中留下几分惆怅,几声叹息。当年的新四军秘书长李一氓,曾在宋婕回忆文章的读后记中,郑重地向杨瑞年表示"引为遗憾和歉恨",光明磊落地坦言"应该向她道歉,应该为她平反"。要是吴焜和杨瑞年能听到更多这种虽然迟到但却发自心底的真诚道白,九泉之下,他们将何其欣慰而释然啊!

但愿人长久,千里共婵娟!

江南的杜鹃花年年映山红,兼有血谊和亲情的"江抗"儿女们,岁岁来雨花台看望和祭奠自己的亲人,在天上人间的凝目相视和心灵感应中,向父辈汇报自己的奋斗进取和所得所获。

昨日的红色追忆令人回味无穷,今天的金色梦想正衍生出新的传奇。

高天流云,江风浩荡,奔流到海不复回的长江,正穿过虎踞龙盘两千六百个春秋的古城金陵,一泻千里,蔚成万千气象。

一个雄心勃勃编织无与伦比复兴梦想的民族,比以往任何时候都更需要永不枯竭的精神动力。而回望七十多年前那场波澜壮阔的战争,人们蓦然发现,炼狱之火熔铸的,正是凤凰涅槃极可宝贵和不可或缺的东西。

大江南北,神州八极,纪念抗战胜利七十周年的热潮正方兴未艾。那是一个民族在新的历史起点上的苏醒和重塑。

2014年7月12日至2015年10月7日写于沈阳,其间,2014年十一、2015年五一、端阳节和9月20日,采访修改于上海、北京、南京、杭州、苏州、徐州、无锡、镇江、奉贤、常熟、江阴、吴县、句容、窑湾。

主要参考文献和书目

1. 中共中央文献编辑委员会.毛泽东选集.北京：人民出版社，1991.

2. 中共中央文献编辑委员会.毛泽东文集.北京：人民出版社，1999.

3. 中共中央文献研究室，中国人民解放军军事科学院.毛泽东军事文集.北京：军事科学出版社，中央文献出版社，1993.

4. 中共中央文献编辑委员会.周恩来选集.北京：人民出版社，1980.

5. 中共中央文献研究室.毛泽东年谱.北京：人民出版社，中央文献出版社，1993.

6. 中共中央文献研究室.周恩来年谱.北京：中央文献出版社，1998.

7. 金冲及主编.周恩来传.北京：中央文献出版社，2008.

8. 中共中央党史研究室.中国共产党历史.北京：中共党史出版社，2002.

9. 军事科学院军事历史研究部.中国人民解放军全史.北京：军事科学出版社，2000.

10. 中国人民解放军历史资料丛书编审委员会.新四军回忆史料.北京：解放军出版社，1990.

11. 中国人民解放军历史资料丛书编审委员会.新四军参考资料.北京：解放军出版社，1992.

12. 中国人民解放军历史资料丛书编审委员会.新四军文献.北京：解放军出版社，1994.

13. 新四军战史编辑室.新四军战史.北京：解放军出版社，2000.

14. 中共江苏省党史工作办公室.江抗战史.北京：国家行政学院出版社，2006.

15. 陆军第二十集团军，中共常熟市委，上海市新四军历史研究会"沙家浜部队"委员会.沙家浜战士足迹.上海：学林出版社，2002.

16. 中国人民解放军，中国中共党史人物研究会高级将领传编审编撰委员会.中国人民解放军高级将领传（第18卷）.北京：解放军出版社，2013.

17. 中国新四军和华中抗日根据地研究会.华中抗日根据地史.北京：当代中国出版社，2003.

18. 王辅一.项英传.北京：中共党史出版社，1995.

19. 中国新四军和华中抗日根据地研究会.铁军.南京：铁军杂志社，1997-2014.

20. 中国新四军和华中抗日根据地研究会.铁军纪实.南京：铁军杂志社，2012-2013.

21. 林强，鲁冰.叶飞传.北京：中央文献出版社，2007.

22. 叶飞.叶飞回忆录.北京：解放军出版社，1988.

23. 崔左夫.血染着的姓名.北京：中国和平出版社，1996.

24. 王于畊.往事灼灼.北京：人民出版社，2012.

25. 陈丹淮，叶葳葳.三个新四军女兵的精彩人生.北京：人民出版社，2011.

26. 新四军中上海兵编委会.新四军中上海兵.上海：上海文艺出版社，2007.

27. 中共上海市委党史研究室，上海市新四军暨华中抗日根据地历史研究会.新四军与上海.上海：上海人民出版社，2013.

28. 赵勤轩，康青星.朱克靖传.北京：中共党史出版社，2006.

29. 刘伯承，陈毅，粟裕.星火燎原全集五、六、十七.北京：解放军出版社，2009.

30. 中国新四军和华中抗日根据地研究会.新四军的组建与发展.北京：军事科学出版社，2001.

31. 百旅之杰编委会.百旅之杰.杭州：杭州出版社，1999.

32. 新四军茅山纪念馆.新四军与苏南抗日根据地.南京：江苏人民出版社，2005.

33. 安徽省新四军历史研究会.茂林悲歌.北京：中央文献出版社，2010.

34. 刘喜发，李亮.皖南事变史论.长春：吉林人民出版社，2007.

35. 邵凯生.皖南事变回忆与思考.合肥：安徽人民出版社，1991.

36. 陈同生.战斗在大江南北.北京：解放军出版社，2001.

37. 中共常熟市委党史工作委员会，中共常熟市沙家浜镇委员会.沙家浜抗日烽火.南京：南京出版社，1992.

38. 中共江苏省委党史工作委员会，江苏省档案馆.苏南抗日根据地.北京：中共党史资料出版社，1987.

39. 烽火征程编辑委员会.烽火征程.杭州：中国美术学院出版社，1994.

40. 新四军辞典编辑委员会.新四军辞典.上海：上海辞书出版社，1997.

图书在版编目（CIP）数据

一颗子弹与一部红色经典 / 高建国 著. -- 北京：作家出版社，2015.12（2021.8 重印）

ISBN 978-7-5063-8630-2

Ⅰ. ①一… Ⅱ. ①高… Ⅲ. ①报告文学 – 中国 – 当代 Ⅳ. ①I25

中国版本图书馆CIP数据核字（2015）第297778号

一颗子弹与一部红色经典

作　　者：高建国
责任编辑：丁文梅
装帧设计：xinyiyun 新意云 设计
出版发行：作家出版社有限公司
社　　址：北京农展馆南里10号　　　邮　　编：100125
电话传真：86-10-65067186（发行中心及邮购部）
　　　　　86-10-65004079（总编室）
E-mail:zuojia@zuojia.net.cn
http://www.zuojiachubanshe.com
印　　刷：三河市北燕印装有限公司
成品尺寸：170×240
字　　数：550千
印　　张：33
版　　次：2015年12月第1版
印　　次：2021年8月第18次印刷
ISBN 978-7-5063-8630-2
定　　价：48.00元